Manifest einer gottbegnadeten Seele

Bibliografische Information der Deutschen Nationalbibliothek
Die Deutsche Nationalbibliothek verzeichnet diese Publikation
in der Deutschen Nationalbibliografie;
detaillierte bibliografische Daten sind im Internet
über http://dnb.d-nb.de abrufbar.

Deutsche Originalausgabe
2. Auflage 2020 ▪ Samuel E. Surazal
Edition AVRA bei BuchWerkstatt Berlin
Eine Marke der Frieling & Hufmann GmbH & Co. KG
Tel. + 49 30 766 999 0
mailto:lektorat@edition-avra.de

Printed by Amazon Fulfillment
Verantwortlich für Inhalt, Korrektorat und Satz: Der Autor
Samuel E. Surazal
Email: info@samuel-surazal.com
Website: www.samuel-surazal.de

ISBN 978-3-946467-80-9

Inhalt

Vorwort

Liebe Schwester, lieber Bruder,

dies ist keine spirituelle Unterhaltungsliteratur und auch keine theoretisch-spekulative Glaubensschrift, wie es sie heutzutage zuhauf gibt. Du hältst ein lebendiges Buch in Händen, das in und aus erlebtem und gelebtem Glauben entstanden ist. Es zu lesen macht nur Sinn, wenn in dir Bereitschaft und Sehnsucht zu einem in der Liebe zu unserem himmlischen Vater erneuerten Dasein bestehen.

Frage dich aufrichtig, ob dir die Wahrheit des Lebens wirklich am Herzen liegt. Bist du bereit für Antworten, die dich herausführen aus der Gefangenschaft weltlichen Wahnsinns und kollektiver Geistesgestörtheit? Und frage dich, ob deinem Wunsch nach Befreiung und Erlösung die nötige Willenskraft innewohnt, um abseits aller Konventionen und Konfessionen den schmalen Pfad zu beschreiten, der dich in dein wahres Zuhause führt. Befindest du dich bereits auf dem Weg in die geistige Heimat, wird dir diese Schrift sowohl in so manchen Unsicherheiten als auch in schwierigen und scheinbar aussichtslosen Lebenssituationen weiterhelfen. Arbeiter im Weinberg des Herrn und Soldaten der Armee Gottes finden hier Nahrung, um sich zu stärken in Prüfungszeiten und in der Vorbereitung und Ausübung ihrer endzeitlichen Berufung.

Neben der Beschreibung meiner Erwachenskämpfe als materieverfallener Weltmensch berichte ich von verschiedenen Erlebnissen im Diesseits und Jenseits, die dir Klarheit über das Leben vor und nach dem Tod vermitteln. Es erwarten dich Einsichten in geistige Verhältnisse zur Erkenntnis rechten und gerechten Glaubens, Hinweise auf Gefahren auf dem geistigen Pfad, eine wahrheitsgetreue Offenlegung des tatsächlichen Zustands der Erdbevölkerung sowie Sinn und Zweck des Erdenlebens als auch der gesamten Schöpfung. Das Herzstück dieses Buches bildet eine verständliche Darstellung der bevorstehenden, mit der Erneuerung der Erde einhergehenden Ereignisse und gravierenden Veränderungen. Daran anschließend folgen Offenbarungen des Zustandes der Welt nach der Apokalypse mit Einblicken in die weitere Menschheitsentwicklung bis weit hinein in die Ewigkeit.

Ein professioneller Autor hätte die einzelnen Schriften vielleicht miteinander verknüpft und in einheitliche Erzählform gebracht. Doch ich bin kein Schriftsteller im herkömmlichen Sinne, sondern schreibendes Medium beziehungsweise geistiger Berichterstatter, und deshalb nur bis zu einem gewissen Grad fähig, ein literarisches Werk zu verfassen. Die Texte sind Tagebüchern entnommen und daher bloß zum Teil in fließender Form abgehandelt. Eine thematische Sortierung gewährleistet jedoch Kontinuität insgesamt als auch innerhalb der Kapitel. Gelegentlich gibt es inhaltliche Wiederholungen, die aber stets aus einem neuen Blickwinkel Betrachtung finden. Da ich mich in den Visionen zugleich in Gegenwart und Zukunft sowie in den zwei Welten Diesseits und Jenseits befinde, kommt es bisweilen zu unterschiedlichen Zeitformen im Ablauf zusammengefasster Aufzeichnungen.

Manche Geistesgaben erschließen sich erst im Leseverlauf. Was man möglicherweise zunächst nicht versteht oder aufgrund irdischer Prägung nicht annehmen kann, erklärt sich nachfolgend von selbst und beleuchtet das, was zuvor im Dunkeln lag; deshalb ist es hilfreich, das Buch zu Ende zu lesen. Zuletzt schließt sich der Kreis des Verständnisses und man hält ein göttliches Licht nicht nur in Händen, sondern auch im Herzen.

Meine Person öffentlich darzustellen ist mir unangenehm, doch anders kann der Gnadenweg nicht vermittelt werden. Der äußere Mensch ist im Grunde unwichtig, es geht allein um die Botschaft. Die biographischen Schilderungen sollen Zeugnis dafür sein, dass der himmlische Vater auch eine in vielerlei Sünden gefallene Seele aus dem tiefsten Weltensumpf ziehen kann, um sie auf wundervollen Pfaden in die geistige Heimat zu geleiten. In diesem Sinne ist es Gottes Wille, dass mein Werdegang öffentlich wird.

Der Einfachheit halber steht in den meisten Darstellungen dieses Buches das männliche Prinzip stellvertretend für beide Geschlechter. Genauso gut gilt alles für die Frau. In der göttlichen Liebe gibt es keinen Werteunterschied zwischen Mann und Frau. Allein die Grundstruktur jedes Menschen als auch jeden Volkes ist jeweils eine seelenspezifische und schafft unterschiedliche Voraussetzungen zur Entwicklung und Gottesvereinigung.

Quellangaben habe ich weggelassen, wie es auch in der neuen Zeit zumeist der Fall sein wird, denn Worte haben nur eine Quelle: Das Ursprungswort, den alles belebenden und die Unendlichkeit durchdringenden Geist Gottes, der durch zahllose Kanäle im Grunde immer für sich spricht. Zitate, Bibeltexte, die Mitteilungen und Antworten der Geister, die Worte Satans sowie die Kundgaben unseres Vaters in Jesus Christus sind kursiv gedruckt.

Ausdrücklich weise ich darauf hin: Schenkt man göttlichen Offenbarungen Glauben, ist man der Wahrheit Rechenschaft schuldig. Enthüllte Wahrheit fordert sich immer zurück - mitsamt dem Leben, das sich ihrer und dem sie sich bemächtigt. So auch die Liebe. Befrage deshalb vor Betreten dieses Buches dein Herz, ob es willens ist, sich von der gefallenen Welt abzuwenden, um wieder zu atmen Leben, Licht und Liebe des lebendigen Gottes.

Falls du dich für diese Schrift öffnen möchtest, ist es ratsam, vor jedem Lesen ein Gebet zu unserem himmlischen Vater zu sprechen, um rechtes Verständnis für die geistigen Erläuterungen und Schutz insbesondere in den jenseitigen und satanischen Aufschlüssen zu erhalten.

In der Liebe Jesu Christi
Samuel E. Surazal

Samuel

Aus dem Dunkel ins Licht

"Ich habe dich bei deinem Namen gerufen.
Du bist Mein!"

Rausch, Gewalt und Exzess

Mein früheres Leben war bestimmt von täglichen Alkoholgelagen, brachialer Musik und selbstzerstörerischer Sexualität. Als Punk stach ich mir Nadeln durch Ohren und Wangen und lief in zerrissenen Klamotten durch die Straßen Münchens. Die Hauptbeschäftigung unserer Clique bestand darin, sich regelmäßig zu betrinken und in Parks herumlungernd die Zeit totzuschlagen. Wegen ständigen Geldmangels klauten wir uns Schnaps, Zigaretten und was man sonst noch so brauchen kann. Um in Rockkonzerte zu gelangen, stürmten wir im Pulk durch die Halleneingänge und rannten alles nieder, um schließlich im Getümmel der Massen unterzutauchen. Wegen diverser Delikte wie Hausfriedensbruch, Sachbeschädigung und Körperverletzung war die Polizei unser ständiger Begleiter.

In der Straßengang ging es nicht gerade zimperlich zu. Rache war oberstes Gebot, weshalb es immer wieder zu heftigen Schlägereien mit konkurrierenden Banden kam. Manchmal wurde beschlossen, dass nicht alle Kontrahenten aufeinander losgingen, sondern ein Zweikampf Mann gegen Mann Streitigkeiten oder Revieransprüche entschied. So wurde verhindert, dass sich eine Horde Irrsinniger gegenseitig verprügelte. Bei so einem Kampf schlug ich einmal meinen Gegner brutal zusammen, und als er bereits blutend und halb bewusstlos am Boden lag, hämmerte ich weiter mit Fäusten auf ihn ein. Hätte mich die Meute nicht weggezogen, wer weiß, was ich in meiner blinden Aggression angerichtet hätte.

Aber auch ich bekam des Öfteren mein Fett ab. Unter den Banden galt das ungeschriebene Gesetz, im Kampf keine Messer zu gebrauchen. Schlagwaffen waren jedoch damals `groß in Mode´. Einmal zog mir jemand unvermutet eins mit einem Baseballschläger über. Die Wirkung war enorm, ich war absolut kampfunfähig. So schlug das Echo meines unsinnigen Verhaltens hin und wieder gewaltig zu. Doch man prahlte auch gerne mit den eigenen Verletzungen und nicht nur mit denen, die man dem Gegner zugefügt hatte.

Nahezu täglich torkelte ich volltrunken von den Kneipenzügen nach Hause. Zusätzlich benebelt von Haschisch legte ich mich einmal in völliger Orientierungslosigkeit auf die Gleise der Tram, nicht mehr in der Lage aufzustehen. Gott sei Dank waren hilfreiche Hände zur Stelle, die mich wegzogen, denn die Bahn nahte schon.

Dies sind nur ein paar Beispiele meiner damaligen geistesgestörten Lebensweise; im Grunde war ich jahrelang in einem Zustand berauschter Unzurechnungsfähigkeit.

In der Schule war ich stets ein Außenseiter. Wegen mangelnden Interesses konnte ich mich nur schwer konzentrieren, verstand die einfachsten Vorgänge und Zusammenhänge nicht und konnte mir nichts merken. Die schlechten Noten belasteten mich sehr, denn ich spürte, dass ich eigentlich nicht dumm bin. Schließlich fielen meine Leistungen so sehr ins Bodenlose, dass ich von der Schule verwiesen wurde. Nach einigen alkoholgetränkten Monaten begann ich eine Lehre als Koch, die ich trotz meines labilen Zustandes mit Gesellenbrief abschloss.

Bei den nächtlichen Kneipenzügen lernte ich meine damalige Frau kennen. Sie war Bedienung in einer Bar und offen für alles. Unsere Ehe führte in einen nahezu unablässigen Exzess im Dschungel von Alkohol, Drogen und Sadomasochismus. Meine damals noch verborgenen übersinnlichen Empfindungen hatten mit Beginn der Pubertät dazu geführt, dass ich den Freiheitsentzug der Seele durch die Inkarnation in den Leib sowie ihre geistige Unbeweglichkeit aufgrund meiner Gottverlorenheit in körperlicher

Gebundenheit ausleben musste. Nur im Bondage und entsprechender Behandlung konnte ich mich eindringlich spüren und sexuelle Befriedigung erlangen. Immer tiefer verirrte ich mich im Labyrinth perverser Süchte und Begierden und verlor mich zuletzt gänzlich darin.

In jenen Jahren kam ich in Kontakt mit ausdrucksstarker Lyrik, die mich ganz und gar in ihren Bann zog. Sie tauchte meine gespaltene Persönlichkeit für Augenblicke in das heilsame Feuer der Sehnsucht nach einer besseren Welt und nach einer Liebe, die Herzen heilen konnte und nicht zerstörte. Einem inneren Impuls folgend begann ich Gedichte zu schreiben. Die Schreie meiner Seele manifestierten sich wie von selbst auf dem Papier und verliehen meinem selbstzerstörerischen Treiben literarischen Ausdruck. Vor allem gaben sich dämonische Gedanken kund, die Gott verhöhnten und mich in den Selbstmord treiben wollten.

Während diesem von dunklen Mächten getriebenem Schaffen begann ich erstmals meine Hellsichtigkeit zu erahnen. In die durch das Schreiben hervorgerufene Bewusstseinsöffnung drängten sich nun auch lichte Botschaften. Wesen hellerer Sphären meldeten sich zu Wort - ihre Mitteilungen bewirkten ein leises, verstecktes Erwachen.

* * *

Die Seele erwacht

Bereits als Dreizehnjähriger hatte ich zu rauchen begonnen. Diese Sucht steigerte sich durch meine Haltlosigkeit schließlich ins Extreme, so dass ich täglich bis zu 50 Zigaretten konsumierte. Sogar wenn ich nachts aufwachte, zündete ich mir eine an, um anschließend in einer Rauchwolke wieder einzudösen. Der Tagesablauf war, neben der sich bereits in jungen Jahren abzeichnenden Alkoholabhängigkeit, somit stark beeinträchtigt und mitbestimmt von meiner Zigarettensucht.

Eines feuchtfröhlichen Abends, als ich eine Schachtel aus dem Automaten ziehen wollte, hatte ich plötzlich eine seltsame Empfindung in der Stirn. Es fühlte sich an, wie wenn sich etwas direkt auf das Gehirn legte. Aufgrund dieser Berührung konnte ich die Münzen nicht einwerfen. Verblüfft stand ich da, mich fragend, was jetzt los sei. Wieder hob ich den Arm, doch kurz vor dem Münzschlitz stoppte der Druck im Kopf meine Hand. Verwundert ging ich zum Tresen, um es nach einer gefühlten Raucherewigkeit von ein paar Minuten erneut zu versuchen. Leider gab es das gleiche Problem wie zuvor.

Hatte mich jemand hypnotisiert? Bevor ich betrunken mit dem Auto nach Hause fuhr, musste ich Zigaretten kaufen! Eine Stunde ohne war eine Horrorvorstellung, geschweige denn eine ganze Nacht! Ich wagte einen letzten Versuch und scheiterte kläglich. Daraufhin machte ich mich, teils erstaunt, teils beleidigt (aber wem konnte ich beleidigt sein?) auf den Heimweg ... und rauchte ab dem nächsten Tag nicht mehr. Etwas Unglaubliches war geschehen: Dieser charakterliche Schwächling, der an jeder Kippe saugte wie ein Säugling an der Mutterbrust, hatte unvermittelt eine seiner elementarsten Lebensgrundlagen aufgegeben. Aber es sollte noch besser kommen: Wein, Bier und Schnaps waren meine Hauptnahrung, und erst ab einer leichten Dröhnung, die mir half, mich regelmäßig bis zum Anschlag abzufüllen, hatte mein Dasein einen Sinn. Doch seit der Berührung im Kopf an jenem Abend hatte ich kein Bedürfnis mehr, Alkohol zu trinken. Also beendete ich von heute auf morgen meine Trinkerkarriere. Seltsamerweise machte mir das alles nichts aus, ich hatte weder Entzugserscheinungen noch trauerte ich den ehemaligen Begierden nach.

Schon immer hatte ich mich für Übersinnliches begeistern können und verstärkt las ich jetzt entsprechende Literatur. Das sich steigernde Interesse an mystischer und spiritueller Nahrung ersetzte mehr und mehr auch andere selbstzerstörerische Gewohnheiten. Aber nicht alle. Denn nach wie vor war ich gefangen in den Fesseln des S/M und einer damit verknüpften unbändigen Triebhaftigkeit, aus diesem Gefängnis es scheinbar kein Entrinnen gab.

Fast unmerklich, aber immer drängender überkam mich indessen eine bis ins Innerste erschütternde Vorahnung, die in eine Art Schockstarre mündete: Ich erkannte, dass mein Leben in sexuelle Enthaltsamkeit führen musste - und würde. Das war eigentlich undenkbar, denn meine ausgeprägte Suchtveranlagung hatte sich gerade hier am stärksten manifestiert, die Befriedigung meiner perversen Sexualität war seit Pubertätsbeginn wichtiger als alles andere im Leben. Und doch war diese Erkenntnis eindeutig.

Trotz aller inneren Widerstände ergab ich mich aktiv meinem Schicksal und beschloss, die körperliche Verfallenheit immer öfters zu ignorieren. Um mich dauerhaft von den visuellen Anfechtungen zu trennen, zerschnitt ich die Bänder meiner S/M-Videokasetten-Sammlung und warf sie in die Mülltonne. Um den Körper abzuhärten und ihm jede Art von Komfort zu nehmen, schlief ich auf dem nackten Fußboden. Mein unbändiger Hang zum Extremen veranlasste mich, diese Entwicklung fortan zu vertiefen, täglich zu meditieren und enthaltsam zu leben.

Nun war ich also äußerlich und auch ein wenig in mir ein anderer Mensch. Bisweilen kamen mir die Veränderungen recht seltsam und unwirklich vor, doch war mein Erleben realer als im ständigen Rauschzustand zuvor. Warum ließ ich all dies geschehen? Ich spürte intuitiv, dass es so sein sollte, es fühlte sich richtig an - alles in mir drängte in ein neues Leben.

Jetzt war der Zeitpunkt gekommen, mich vom Thron zu stoßen. Die Liebe, die ich all die Jahre in den tiefsten Schmutz gezogen hatte, öffnete sich und wurde zur Quelle eines Schmerzes, der alles in mir verbrannte, was der Dunkelheit angehörig war. Die folgenden Ereignisse ließen die bisherige Entwicklung des Entsagens wie ein laues Lüftchen gegen einen Orkan erscheinen:

Nachdem die Ehe in Brüche gegangen war, war mein Herz im Trennungsschmerz erschüttert. Die folgenden Monate fand ich Trost in kurzen Bekanntschaften, bis ich mich schließlich neu verliebte. Die Seele dieser Frau war voller Anmut und das Licht ihres Herzens leuchtete durch ihre wunderschönen Augen. Trotz ihrer jungen Jahre strahlte sie Weisheit und Gelassenheit aus, ihre unvoreingenommene Liebe war Balsam für meinen zerrütteten Zustand. Die gemeinsame Zeit war sehr intensiv, der Drang nach abartiger Sexualität verlor in den Flammen dieser neugewonnenen Liebe vorübergehend seine Macht. Doch als ich von einer USA-Reise zurückgekehrt war, war meine Freundin zunächst nicht mehr erreichbar, und schließlich erfuhr ich, dass sie wieder mit ihrem früheren Partner zusammen war. Der damit verbundene Liebesschmerz brach unvermittelt und unbarmherzig über mich herein und isolierte mich gnadenlos von aller Welt. Nichts war mehr Halt, nichts Befriedigung, nichts Freude. Nirgends konnte ich mich noch spüren und reflektieren. Ich war tot in einem funktionierenden Körper, ein schrecklicher Zustand der Einsamkeit und Verlorenheit, der sich über viele Monate hinzog.

Da sprach ich in meiner ausweglosen Verzweiflung: "Lieber Gott, wenn es Dich tatsächlich gibt, zeige Dich! Aber ich will Dich erkennen, wie Du wirklich bist. Nicht, was die Menschen aus Dir gemacht haben will ich sehen, sondern Dich in Wahrheit und Wahrhaftigkeit. Wenn das nicht geht, dann lassen wir das."

Und er zeigte sich. Eines Abends gipfelte die Liebesqual in eine Vibration und ein Erbrennen meines Oberkörpers. Erst nahm ich einen Riss in der Seelenbrust wahr, plötzlich öffnete sie sich weit und ein Schwall lichter Energie ergoss sich aus meinem Innersten und strömte und strömte und erfasste mein ganzes Sein, so dass ich mich förmlich auflöste in göttlicher Liebe. So betrat Gott mein Grab, um mich von den Toten zu erwecken und auf dem schmalen Pfad in sein Herz zu begleiten.

* * *

In dem im ersten Erwachen ausgelösten Hunger nach geistiger Nahrung verschlang ich alles an spirituellem Gedankengut, was greifbar war. Das Spektrum reichte von der Bibel, dem Koran, der Bhagavad Gita, den Schriften Buddhas, Lao Tses und Konfuzius, den Büchern der Mystiker des Sufismus, den Biographien indischer Yogis, den Erläuterungen erleuchteter Meister, den Offenbarungen neuzeitlicher Propheten, bis hin zu den Ausführungen medialer Botschafter kosmischer und jenseitiger Spiritualität, die man mühelos im Dschungel esoterischer Literatur finden kann. Ich war zu Gast in buddhistischen Zentren, wohnte Darshans und Vorträgen mehr oder weniger erleuchteter Redner bei, belegte Heilerseminare, besuchte Bibelkreise und Gottesdienste freichristlicher Gemeinden. Gott hatte mich angerührt und erweckt; doch noch fehlte meinem Erwachen die bedingungslose Liebe zu ihm und die darin enthaltene Geborgenheit, weshalb der Verstand nach Halt im Äußeren verlangte.

Mittels allerlei meditativer Techniken suchte ich Ruhe und Frieden zu finden, aber frei von lärmenden Gedanken und Sorgen wurde ich nie so recht. Licht und Liebe flossen nur spärlich, so wurde der Hunger des Herzens nicht wirklich gestillt. Erst als ich mich Jesus Christus inniger zuwandte und all meine Sehnsucht bei ihm zu erfüllen trachtete, nahm ich göttliche Fürsorge und Barmherzigkeit bewusst wahr. Dadurch wurde das geistige Fundament fester und bot bald sicheren Halt. Das Seelenhaus wurde entrümpelt von den verschiedenen (Irr-)Lehren, die keine klare Sicht auf die Wahrheit zuließen.

Bisweilen durfte ich jetzt Gottes Gegenwart und Zuneigung genießen. Doch in Abgeschiedenheit und ohne große Widerstände sich in der geistigen Einstrahlung zu sonnen, darin liegt eine verborgene Gefahr, da in seelischer Zurückgezogenheit der anfängliche Glaube allzu leicht in Schwärmerei und Lebensuntüchtigkeit abdriftet.

Das ist darin begründet, dass das weltlich geprägte Bewusstsein bei der Erweckung mit dem Gottesgeist unstimmig ist. Die in und aus den verborgenen Winkeln der Seele waltende Eigenliebe erlaubt keine anhaltende Hingabe an die göttliche Lebensweise. Für Nachhaltigkeit braucht es Gegenkräfte und Hindernisse. Im ernsthaften Ringen um und für die Liebe im Umgang mit den Mitmenschen in den Herausforderungen des Alltags, sowie in der täglichen Selbstüberwindung der angeborenen und anerzogenen

Fehler und Schwächen erfolgt die Integration der Gottesgaben, die latent in der Seele lagern. Erst hier und jetzt erweist sich in der Tat der wahre Glaube, darin der irdische und geistige Aspekt menschlicher Existenz stetig näher zusammenrücken, um schließlich eine harmonische Einheit zu bilden.

* * *

Erwachende denken sich gleich am Ziel, denn sie sehen noch nicht die vielen verborgenen Gebrechen und Krankheiten ihres Herzens. Oftmals braucht es Jahre und Jahrzehnte für seelische Operationen und die anschließenden Genesungszeiten. So folgte auch bei mir eine Zeit der Wandlung.

Dazu öffneten sich notwendigerweise immer wieder die gut getarnten Abgründe der Seele, wobei die früheren Süchte und Leidenschaften aufflammten und mich in selbstzerstörerischen Brand setzten. Phasen der Zerrissenheit, in denen ich Gott verleugnete und zurückfiel in alte Verhaltensweisen, dauerten oft Wochen und Monate. Denn solange sich Hochmut und Sturheit die Hand geben, erbaut man sich ständig neue Hindernisse, die der himmlische Vater bereits aus dem Weg geräumt hat und die man nun augenscheinlich selbst bezwingen muss. So habe ich in einer Glaubenskrise wieder zu rauchen begonnen und es erforderte mühsame Kämpfe, bis ich dieses Laster erneut überwinden konnte.

Selbst als mein Geistesauge bereits geöffnet war, hatte ich noch die Ignoranz und Arroganz, nicht meiner Bestimmung zu folgen, sondern vor allem körperliche Begierden zu befriedigen und meine wahre Identität zu verleugnen. Auch habe ich nicht immer fest und unerschütterlich geglaubt, dass Gott ein von ihm angerührtes Kind nicht mehr loslässt und ihm in allen Erwachenskämpfen beisteht. Doch da er mich immer wieder mit seiner Gegenwart erfüllte und die Fürsorge seiner väterlichen Liebe spüren ließ, gewann ich zunehmend Vertrauen und bemühte mich ernsthaft, weitere hindernde Verhaltensweisen loszulassen, um seinem Ruf folgen zu können. Ja, erst der Blick in sein Herz setzte die dringend gebotene Heilung in Gang.

Nun war auch mein künstlerisches Schaffen begleitet von guten Geistern und es kamen von Licht und Liebe erfüllte Worte zum Vorschein. Dies Schreiben führte mich in bislang ungeahnte Bewusstseinsbereiche und schenkte mir eine völlig neue Einsicht und Wahrnehmung geistiger Verhältnisse. Nie wusste ich zuvor, was sich durch den Stift in meiner Hand kundgeben würde und war jedes Mal voller Erstaunen über das ins Sprachgewand eingeborene Kind aus dem Licht. So ist es auch heute noch, doch sind es keine interpretierbaren Gedichte mehr, sondern klare Botschaften aus der jenseitigen Welt.

Um was ich vor Jahren in Trübsal und Verzweiflung gebeten hatte, wurde trotz aller Widerstände Wirklichkeit. Gott hat mein Leben, das gänzlich aus dem Ruder lief, wieder in die Spur gebracht. Er gab mir meine wahre Identität zurück, er gab sich mir zurück. Eine lange Reise liegt hinter mir. Endlich angekommen, entfaltet sich meine göttliche Bestimmung. Ich werde zu dem, der ich bin.

* * *

Vor einigen Jahren begann ich zu laufen. Als Marathonläufer kommt man immer wieder in Situationen, in denen man eigentlich nicht mehr weiter kann. Der Körper schmerzt, er gibt eindeutige Signale anzuhalten. Man läuft allein mit Willenskraft, setzt sich über den Schmerz hinweg. Nicht aufgeben ist oberstes Gebot - es gibt ja ein Ziel, man läuft nicht umsonst. Positiv motiviert wächst man über sich hinaus; man vollbringt Leistungen, die in Resignation oder mit negativer Einstellung niemals möglich wären.

Manchmal orientiert man sich an den anderen Läufern und lässt sich ein Stück mitziehen; in der Gruppe läuft sich´s leichter, doch kämpfen muss jeder für sich allein. Mit der Dauer des Laufs kommt einem das Ziel stets näher - und teilt man sich das Rennen gut ein, bleibt man im Gleichgewicht von verbrauchter und verbleibender Energie. Zum Abschluss mobilisiert man noch einmal alle Kräfte und sprintet ins Ziel. Ausgelaugt ringt man nach Atem, doch die Freude in der Gewissheit des Erfolges überlagert die Erschöpfung. Es bereitet einem ein tiefes Gefühl von Zufriedenheit, seinen Körper besiegt, seine Schwächen überwunden und sein Vorhaben erfüllt zu haben.

Der geistige Pfad entspricht vollends einem Marathonlauf: Der Flow, wenn ´s wie von selbst läuft, der tote Punkt, an dem man nicht weiß, ob und wie ´s weitergehen soll, Schwäche und quälende Not, überwältigende Glücksgefühle und Euphorie, die Gruppendynamik - alle Höhen und Tiefen eines Laufs sind Attribute des Glaubensweges. Der Zieleinlauf entspricht dem Ankommen in der himmlischen Heimat. Alle, die sich ernsthaft und zielgerichtet auf den Weg machen, erreichen einmal diesen Ort der Bestimmung, gleich ob schnell oder langsam, jung oder alt, frisch oder erschöpft, früher oder später. Sämtliche Teilnehmer werden vom Vater und den bereits eingetroffenen Gotteskindern freudig erwartet.

Doch man muss sich erkundigen, wo der richtige Lauf stattfindet (die Wahrheit bei Jesus Christus suchen), sich anmelden (um göttliche Gnade und Führung bitten), an den Start gehen (durch Aufrichtigkeit und Hingabe Gott die nötige Ernsthaftigkeit offenlegen) und, wenn der Startschuss erfolgt, loslaufen.

* * *

In meinem neu erlernten Beruf pflege und betreue ich schwerbehinderte Menschen. Ein Mann, den ich sehr lieb gewonnen habe, hat seit seinem sechsten Lebensjahr Kinderlähmung. Er ist nahezu vollständig bewegungsunfähig und wird maschinell beatmet. Obwohl ihm eine geringe Lebenserwartung von höchstens 30 Jahren vorausgesagt war, ist er dank seines Glaubens und der daraus resultierenden lebensbejahenden Einstellung inzwischen Mitte 60 und führt ein zufriedenes und dankbares Dasein.

Die pflegerische Tätigkeit lehrt mich Demut, Hingabe und Geduld, wodurch der im Herzen verborgene Gottesgeist Möglichkeit zur Entfaltung bekommt. Während der Ausübung werde ich zumeist von Engeln begleitet und liebevoll unterstützt. Auch Sternenseelen, die sich auf eine Erden-Inkarnation vorbereiten, sind bisweilen geistig gegenwärtig und sehen diesem Dienst am Nächsten interessiert zu. Stets überkommt mich große Freude in der Gemeinschaft der Geister, mit denen ich herzlich kommuniziere.

Die Körperbehinderungen der Personen, denen ich zu Diensten bin, zeigen mir meine seelische Verfassung. Denn trotz der Öffnung und beginnenden Entfaltung gottgegebener Talente und des damit verbundenen fortschreitenden Erwachens ist meine Seele immer noch gelähmt. Sinnbildlich sitzt sie im Rollstuhl oder liegt auf dem Krankenbett und wird von ihren jenseitigen Pflegern in die verschiedensten geistigen Bereiche geschoben. Tag und Nacht wird sie mit Liebe beatmet, mit himmlischer Nahrung gefüttert, mit göttlichem Licht gewaschen und gereinigt - und ist so rundum bestens versorgt.

Mein Glaube ist noch nicht stark genug, dass Jesu Worte *"Steh auf und wandle!"* ihre Kraft der Heilung entfalten können. Doch wird dieser Tag kommen und ich werde völlig gesund aus dem Krankenlager erstehen und die Bestimmung erfüllen, für die ich vorgedacht war vor unnennbaren Zeiten im Schoße der Gottheit.

* * *

In die Geheimnisse des Lebens eingeführt zu werden und den wahren Sinn seines Daseins zu erkennen beinhaltet große Verantwortung. Die Tragweite dieser Einweihung wird einem im geistigen Fortschreiten stets mehr bewusst. Allein an des himmlischen Vaters Seite kann die Seele den nun verstärkt auftretenden Gegenkräften standhalten, um sich beständig der göttlichen Liebe anheimzugeben.

Ein Erweckungsgeschenk war und ist die Schau in meine geistwesenhafte Identität. Vor Ewigkeiten wurde ich im Hinblick auf die Zeit der Wandlung erschaffen, um hier und jetzt Gott zu dienen. Vor dem \`Abstieg´ in die Welt der Vergänglichkeit wurde mir noch einmal vor Augen geführt, welchen Gefahren man auf dieser Erde ausgesetzt ist. Der Vater zeigte mir die Möglichkeit des Verlorengehens durch die Verfallenheit an das materielle Wohlleben mit all seinen Lustbarkeiten und scheinbaren Sicherheiten. Ich sah und sehe, dass uns die Materie anzieht wie ein Magnet, die Liebe zu ihr uns bindet und selbst über den Tod hinaus nicht freigibt durch die mit der Seele fest verwobenen irdischen Begierden und Leidenschaften. Und ich sah und sehe, dass die Liebe zu Gott der einzige Weg zurück in die Freiheit des Geistes ist.

Ich erinnere mich, dass ich unbedingt gehen wollte, um in dieser Zeit der Wandlung einen göttlichen Auftrag zu erfüllen, und dass ich um der Liebe willen gerne alles ertragen wollte, was mir auf Erden an Ungemach begegnet. Ich erinnere mich an die Zuversicht ob des Gelingens, erinnere die Bereitschaft, allzeit für die Liebe zu leben und zu sterben. Und erinnere mich an den innigen Abschied von den Geschwistern - und Jesu Umarmung.

Doch nicht nur die vorgeburtliche Existenz ist gegenwärtig. Die kommenden Aufgaben klar vor Augen, sehe und gehe ich an des himmlischen Vaters Seite vertrauensvoll in die Zukunft. Sich bei und in ihm ganz und gar geborgen zu wissen, ist ein wundervolles Gefühl. In der Seele wird es von Tag zu Tag heller, das göttliche Liebelicht durchdringt und entmachtet den geistigen Tod. In Gottes Gnaden werde ich eingeführt in die Geheimnisse des Lebens - der großen Welt verborgen, dem kleinen Kind geschenkt.

* * *

Es besteht kein Zweifel in mir, dass Jesus Christus der für uns schau- und berührbare Schöpfer und Gott ist. Bereits seit Beginn des Erwachens fühle ich mich innig mit ihm verbunden. Immer eindringlicher wird das Gefühl, dass es eine `alte´ Liebe ist, um es irdisch auszudrücken. Stets spüre ich Jesu warmherzige Aufgeschlossenheit, voller Erwartung, dass ich seine Zuneigung erwidere. Dann fühlt es sich an, als ob sich zwei enge Freunde nach langer

Zeit wiedersehen. Man ist sofort wieder eins und tiefe Freude schenkt der Begegnung Erfüllung.

Diese himmlische Zweisamkeit verleiht einem ein völlig neues Wertebewusstsein. Erst in der freien Herzensliebe erlebt man Gott als Vater, erst in der bedingungslosen Hingabe an einen fürsorglichen Vater im Himmel, der seine Kinder mehr liebt als sein eigen Leben, erfährt der Mensch, was es bedeutet, Kind Gottes zu sein.

* * *

Im irdischen Dasein ist man Schwächen und Unzulänglichkeiten unterworfen, in der gottgeistigen Existenz wirkt man vollkommen. Diese Diskrepanz zu überwinden und die egoistischen Willenskräfte schrittweise in den Willen Gottes eingehen zu lassen, um schließlich darin wiedergeboren zu werden, ist das vordringliche Amt jedes Menschen.

Bei auftragsgebundenen Seelen muss die Tür ins Herz bisweilen mit Gewalt geöffnet werden, um die Ausführung ihrer Berufung zu gewährleisten. Dann ist der Gottesgeist sofort präsent - und verlangt ganzen Einsatz, um rechtzeitig und umfassend durch die ihm anheimgegebene Seele wirken zu können.

So wurde auch ich gewaltsam aus dem weltlichen Dasein gerissen, wobei es großer Anstrengung und Geduld seitens jenseitiger Helfer bedurfte, mich in der göttlichen Bestimmung zu halten. Das wiederkehrende Auf und Ab im seelischen Reifeprozess hielt mich in Verschwiegenheit, um nicht verfrüht mit eigenen Ansichten vermischtes und dadurch verfälschtes Geistesgut zu vermitteln. Doch nun ist es Zeit, die endzeitliche Berufung anzutreten. Auch wenn viele der bereits geöffneten göttlichen Talente erst noch verwirklicht werden müssen, so ist das geistige Schauen und Hören soweit gediehen, um zu offenbaren.

Als Bewohner des göttlichen Herzens bin ich Bote und Überbringer seiner innersten Liebe. Daraus teile ich jedem Menschen mit, dass der himmlische Vater jede noch so tief gefallene Seele erretten will - und kann, gleich in welcher Verfassung sie sich befindet. Ferner besteht meine Aufgabe darin, spirituellen Suchern aller Orientierung sowie Angehörigen verschiedener Religionen Wahrheit aufzuzeigen. Viele Gotteskinder haben sich in falschen und christusfernen Lehren verloren und können ihre wahre Identität nicht finden. Hier wird der Vater Erweckung schlafender und Stärkung kämpfender Geschwister bewirken. Gleich ob berufen oder auserwählt, jeder ernsthaft strebende Gläubige findet in den Mitteilungen die nötigen Informationen, um sein Dasein lebendig in der Liebe zu Gott gestalten zu können und dadurch zur Freiheit des Geistes zu gelangen.

Mein Hauptamt ist es, auf die geistige Verirrung der Menschheit hinzuweisen und die apokalyptischen Konsequenzen aufzuzeigen, die bei Beibehaltung des sündhaften Verhaltens auf uns zukommen. In diesem Sinne diene ich dem prophetischen Geist, der da ist der Geist des Rufers in der Wüste, der da ist der Geist, der dem Herrn allzeit den Weg bereitet.

Klar und deutlich sehe ich Zweck und Ziel meiner irdischen Existenz bis zum Jahr, in dem ich den Körper verlassen werde. Zuvor wird jedoch eine Stunde kommen, in der mich der Tod mit der ganzen Macht seines Schreckens kreuzigen wird, doch die Gegenwart Gottes wird ihn entwaffnen zum Zeugnis der Macht und Herrlichkeit des Lebens in Jesus Christus.

* * *

Die Kämpfe der Seele

"Honig aß ich, taumelnd vom Geruch meiner geistigen Verwesung."

Man möchte meinen, dass jemand, dem sich Einsicht in die Wahrheit des Lebens aufgetan hat, sogleich bestrebt ist, dem eröffneten Weg zu folgen, um sich das erkannte göttliche Leben anzueignen. Leider ist eine erwachende Seele oft dermaßen in materielle Begierden verstrickt - eigentlich verliebt -, so dass ihr Bewusstsein trotz erleuchteter Sichtweise keine Befreiung erlangen kann. In seinen Schwächen bleibt der von Gott angerührte Mensch vorerst weiterhin ein Geliebter des Todes. Dieser Umstand bereitet vielen Christen belastende und selbstquälerische Stunden, in denen sie ringen, um das Land ihrer Berufung zu erreichen. Hierzu diesbezüglich einige Texte, geschrieben in Niedergeschlagenheit und Verzweiflung, aber auch in immer wiederkehrender Hoffnung und Zuversicht.

* * *

Es wird nicht hell in mir, bin voller Zorn und Aggression. Kann nicht zu Jesus hinschauen, will nicht zu Jesus hinschauen. Bin zu stolz und eigensinnig, um Hilfe zu erbitten. Ich will wütend sein! Suhle mich in der \`Freiheit´ der Selbstzerstörung.

Dieser Tod kennt alle Eingänge zum Herzen - und es gibt so viele geistige Tode, die man sterben kann, so viele Fallen ... die Schlange, Symbol der Versuchung, schwarz glänzend sehe ich sie lautlos durch die Seele streifen. Sie ist ein Meister der feinen Verführung, des stillen Fallenlegens, im Verborgenen lauernd mit der Geduld des Bösen. Sie kann jede Mimik annehmen, jede Gestalt, jede Lust der Materie, jede scheinbare Wohltat. Sie gibt ihr Gift als Labsal aus und ihre Umschlingung als einen Ort der Geborgenheit.

Meisterlich verkauft sie den Tod als das Leben, diese Kunst beherrscht sie perfekt.

Mit ihr eng umschlungen tanze ich den Schattentanz im fahlen Schein meiner erstarrten Liebe - und wehre mich mit aller Kraft, diesen Ort zu verlassen, da ich hier vermeintlichen Halt finde und das Feuer körperlicher Begierden für das Licht des Lebens halte.

* * *

Im Geiste schlage ich mit dem Kopf gegen die Wand. Wieder habe ich eine traurige Niederlage im Ringen mit den niederen Leidenschaften erlitten - diesen einen, schon unzählige Male verlorenen Kampf. Mein Kopf zerspringt in tausend Teile und offenbart seinen Inhalt: Mutlosigkeit, Widerwille, Verzweiflung, Zorn gegen Gott, dass er mich so tief fallen ließ.

Mein zerbrochenes Gehirn schwebt als destruktives Denken um mich und fällt schließlich in Scherben zu Boden. Doch das wahnhafte Bewusstsein hält sich hartnäckig aufrecht, sammelt die am Boden liegenden Trümmer und Splitter ein und bekleidet sich erneut mit all den vergänglichen Begierden, um so rasch wie möglich wieder die Gestalt des Todes anzunehmen. Schon morgen wird er mir erneut entgegentreten und mich lustvoll binden und zerren in die finsteren Höhlen meiner Ichsucht, meiner Sturheit und meines Hochmuts.

* * *

Übermannt mich die körperliche Begierde, kann ich keinen geistvollen Gedanken mehr fassen, geschweige denn Zuflucht in der geistigen Welt finden. Dann ist mir so ziemlich alles egal, zwanghaft denke ich nur noch in lust- und triebgesteuerten Bildern. Was daraus folgt, ist jedoch nicht mehr so beglückend: Im sinnlichen Rausch hat sich der Gottesgeist zurückgezogen, dadurch hat die Seele wieder Anteil am Tod des Fleisches. Qualvolle Stunden der Reue und Selbstanklage folgen.

Viele ernsthaft strebende Christen kommen hier nur beschwerlich voran. Aber Schwäche kann Fortschritt bedingen, denn darin findet man Gottes unendliche Liebe und Geduld, ohne jeglichen Zwang und Vorwurf. An seines Kindes Seite geht er mit hinein in dessen tödliche Leidenschaften, nimmt Anteil an dessen Kämpfen, tröstet und richtet auf. Dies ist ihm auch deshalb möglich, da er als Mensch Jesus Christus selbst seelische Schwächen durchleben musste, mit denen er sich bekleidet hatte, um sie als Instrument zur Entbindung seines im Herzen eingekerkerten Geistes einzusetzen.

* * *

Wieder ergreift mich Deine Gnade, herein in den Sumpf meiner Sündhaftigkeit bietest Du mir Deine Hand. Du steigst in den stinkenden Schlamm meiner Eigenliebe - wie eine Mutter, retten wollend ihr versinkendes Kind. So öffnest Du Dein Herz. Ich verachte und beschimpfe Dich, doch Deine liebenden Augen wenden sich nicht von mir ab. Dein Herz bleibt geöffnet, obwohl ich es mit Abfall bewerfe und meine spitzen, verletzenden Gedanken sich tief in Deine Arme und Füße bohren und Dich ans Kreuz schlagen, mein Gott und Vater! Und Du blutest für mich und blickst mich dabei an mit unsagbar gütigen Augen, die sagen: *"Ich liebe dich, Mein Kind, Ich sterbe für dich, Mein Sohn."*

So holst Du mich aus meinem Grab. So erlöst Du mich vom Tode. So erwache ich in Dir.

* * *

Beim Beschreiten des geistigen Pfades sind aufgrund vorhandener seelischer Schwächen Rückfälle unvermeidlich. Immer wieder stürzt man aus lichten Gefilden hinab in die weiter vorhandene, im Umgang mit den Mitmenschen auftauchende Selbstgerechtigkeit und die damit verknüpfte Verurteilung und gedankliche Bestrafung.

In diesen Situationen nehmen mich Zorn und Ärger gänzlich in Beschlag, ein schwarzes Tuch legt sich übers Herz und hüllt es in die Ausweglosigkeit der an Selbstgefälligkeit und Eigenliebe gebundenen Willenskraft; und wenn sich ein Mensch hier befindet, ist er der dunklen Mächte Schuldner. Unterliegend dem Gesetz von Ursache und Wirkung, zahlt er mit dem Blut der Seele den Preis seiner Hörigkeit.

Obwohl der Vater seine schützende Hand über seine Kinder hält, lässt er es manchmal zu, dass sie die Macht der Dunkelheit erfahren - zur Selbsterkenntnis und damit sie die diabolischen Mechanismen vor Augen geführt bekommen. So ist auch die Unvollkommenheit des Kindes in Vollkommenheit gestellt. In letzter Konsequenz macht der allesdurchdringende göttliche Lebensgrund jede unvollkommene Tat zum Diener des Lichts und der Liebe.

* * *

Aufgrund meiner übersinnlichen Wahrnehmung verspüre ich die Worte der Geister der uns umgebenden Jenseitswelt. Da hört man nicht immer Angenehmes. Mein selbstgerechtes Verhalten in gewissen Situationen wird oft mit Spott und Gelächter kommentiert. Gebe ich mich Mutlosigkeit oder Selbstanklage hin, werden diese Emotionen von den niederen Wesenheiten noch verstärkt. Dann kann ich die belastenden Zustände nur annehmen und aushalten.

Die Seele weint, das Atmen wird schwer. Am Himmel türmen sich drohend schwarze Gewitterwolken. Im Sturm der Verzweiflung peitschen die Wogen des Seelenmeeres wild umher, das Bewusstsein wird zum Spielball dämonischer Gewalten. Doch jetzt erlebe ich Gottes Macht. Jesus erscheint in dieser Nacht. Er kommt mir auf den Wogen entgegen und gebietet dem Sturm zu schweigen. Sofort herrscht Stille. Darin spricht er Worte des Trostes und der Aufmunterung. Die Seele beruhigt sich unvermittelt, das Herz atmet Licht und Liebe. Unbeschreibliches Angenommen-sein bewirkt augenblickliche Befreiung.

Immer öfter vernehme ich nun Botschaften aus der lichten Geisterwelt, bekomme Anweisungen für die nächste Zeit, erfahre, welche Prüfungen bevorstehen und welche seelische Verhaftung freigesetzt werden soll. Stets schwingen dabei Geduld und Fürsorge mit. Doch auch das Drängen der Zeit wird mir nahe gelegt, denn verloren ist sie unwiederbringlich.

* * *

Es muss eine gänzliche Hingabe in den göttlichen Willen erfolgen, erst dann ist dem Weltengeist das Recht genommen, auf eine Seele Anspruch zu erheben. Wenn Gott einen Menschen anrührt und Erwachen bewirkt, hat Satan das Vorrecht der Versuchung.

Er spricht: *"Noch heute werde ich dich zu Fall bringen - wenn ich dir meine Süßigkeiten hinhalte, wirst du Gott verleugnen und mir nachfolgen!"*

In diesen Prüfungen kommt es vor, dass ein bereits erwachtes Gotteskind das ihm eröffnete Geistesleben wieder verliert. Übrig bleibt ein genuss- und anerkennungssüchtiger Egoist, getaucht in Ängste, Sorgen und Selbstmitleid. Seine Schwächen bestimmen in diesen Seelennächten sein Verhalten und bereiten ihm zuweilen Hoffnungslosigkeit und Verzweiflung. Hier erweisen sich Beharrlichkeit und Treue - und hier fällt die Entscheidung über Leben und Tod.

Wie auch in Jesus Christus der Vater (die göttliche Liebe) sich zurückzog in der Nacht vor der Kreuzigung und der Menschensohn Jesus ohne göttlichen Beistand (allein mit der Kraft der Seele) ringen musste um die Entscheidung, sich zu opfern für die Liebe, so muss jeder Mensch, der ernsthaft ins geistige Leben eingehen möchte, sich im nächtlichen Garten seiner Seele die Bereitschaft zur Hingabe an die göttliche Liebe erringen. Dieser Willenshingabe wohnt der Sieg über die dunklen Mächte inne: Satan muss weichen.

Und eines Tages, wenn die Seele geläutert und erprobt ist in diesen Kämpfen, wird der weltliche Stachel von ihr genommen. Dann darf sie ewig wohnen im Haus ihres himmlischen Vaters.

* * *

Die Diskrepanz zwischen der Wesenheit, die man zu sein glaubt und der, die man tatsächlich ist, erfasst jeden Menschen auf der Suche nach seiner wahrhaftigen Identität und Herkunft. Der Zwiespalt irdischer und geistiger Existenz spaltet sein Selbstvertrauen und bringt zuweilen Verwirrung und Unsicherheit.

Eine fundamentale Frage stellt sich immer wieder und wird zum ständigen Begleiter: "Wer bin ich wirklich? Ist mein Erwachen real?"

Auch Phantasie wohnt die Kraft der Realität inne. Doch Phantasie ist wie ein Sog, ein Wirbel unendlicher Möglichkeiten, der die Seele hinein zieht in den Fluss mannigfaltiger Geisteskräfte, die nicht immer mit offenen Karten spielen. Hier gibt es viele versteckte Motivationen eines geistigen Atemzugs, aber erst in der Erkenntnis ihres Ursprungs und ihrer Bestimmung atmet die Seele im Licht. Welcher Sauerstoff ist nun der Leben spendende - und welcher der giftige und tödliche? Kann die blinde Seele im Kerker des Körpers überhaupt göttliche Wahrheit erspüren?

Ich weiß, dass die Lüge schleichend sich bewegt. Das hat sie sich von der Geduld der Liebe abgeschaut. So benützt und verdreht der Lügengeist alles Göttliche, um Leben zu imitieren. So bietet er die Früchte des Todes dar, ihnen zusprechend Lebendigkeit. Wagt der Mensch zu kosten von verderblicher Nahrung im Dschungel der Verlorenheit, riskiert er, ein Hüter der Lüge zu sein. Wagt er es nicht, setzt er sich dem Hungertod aus. Daher hat er nur diese eine Wahl: Vorwärts zu gehen, hoffend auf Erlösung im festen Glauben und Vertrauen in des Vaters Liebe und Barmherzigkeit. Der wird seinem verirrten Kind sicher die Hand reichen und es in die Herzenskammer führen, in der sich das Feuer befindet, das der Seele dunkelste Abgründe zu erhellen und Lüge und Tod bloßzustellen vermag.

Dann werden sie sich nackt gegenüberstehen: Satan, der Verräter des Lebens, und der Mensch, Verratener seiner Falschheit. In diesem Zusammentreffen wird die Liebe des Vaters den Tod endgültig durchdringen - und sich windend und um sich schlagend wird sich die Nacht dem Tag ergeben. Und gemeinsam werden Tag und Nacht erstehen im Licht der geistigen Sonne, lieblich und herrlich und strahlend, sich mit göttlichen Augen betrachtend. Und es wird ein Ton erklingen durch die Unendlichkeit, verkündend die unbesiegbare Macht der Liebe.

* * *

Fasten - Lichtnahrung

"Wenn der Bräutigam da ist,
braucht die Braut nicht zu hungern."

Je nachdem, welches Ziel man mit dem Fasten verfolgt, gestaltet sich das Ergebnis. Erstrebt man nur eine Reduktion des Gewichtes sowie Entschlackung und Reinigung des Körpers, erlebt man das auch so; ein bewusstes Eindringen in unerforschte seelische Bereiche findet nicht statt. Das Fasten dient dann allein einem physischen Zweck - mit stets guten Auswirkungen auf Leib und Seele.

Befindet sich ein Mensch auf dem geistigen Pfad und hat Probleme, seine Begierden und Leidenschaften zu überwinden, kann er das Fasten unterstützend anwenden, um gewisse Vorhaben und Vorgaben zu verwirklichen. Hier spielen die in der Enthaltsamkeit vom Essen erfolgende körperliche Reinigung und Abnahme lediglich eine untergeordnete Rolle.

Beim Fasten werden nicht nur krankmachende Schlacken und Giftstoffe in den Körperzellen frei und verbrannt, auch das in der Seele abgelagerte Gift - dies sind eingeprägte Verhaltensmuster und Konditionierungen verschiedenster Art, die den geistig Strebenden am Vorwärtsschreiten hindern - wird freigesetzt und will verarbeitet werden. Dadurch wird die Fastenzeit zu einem Prozess, der den Menschen ganz und gar herausfordert. Er dringt nun in die tieferen Schichten seines nach außen gerichteten Verlangens vor. Er betritt den Raum, darin sich ihm die Bindung an die vergänglichen Dinge der Welt auftut. Hier sind die beständig in der Seele tobenden egoistischen Energien schonungslos geöffnet, da ihnen der Deckmantel irdischer Befriedigung entzogen wurde.

Deswegen ist diese Bewusstwerdung erst einmal sehr unangenehm und demütigend - der Mensch gerät aus seinem Gleichgewicht. Doch gerade diese Demütigung erschließt dem geistig Strebenden bislang verborgene Seelenbereiche. Das vertrauensvolle

Fasten an der Hand des Vaters öffnet die Türe zu Erkenntnisräumen weitab weltlicher Schein-Selbsterkenntnis.

In der Bibel wird die optimale Dauer des Fastens mit 40 Tagen beziffert. Einmal sollte jeder Christ, der tatsächlich erwachen möchte, ein langes Fasten durchleben, wenn es seine Verfassung und Konstitution erlauben.

* * *

Beim längeren zurückgezogenen Fasten offenbart sich die Lust am weltlichen Konsum. Hier sieht man seinen Hang zum übermäßigen und ausschweifenden Essen und Trinken. Man wird sich seiner Abhängigkeit von jeder Art von Unterhaltung und Zeitvertreib in den Medien gewahr. Man vermisst Fernsehen, Smartphone und Computer, worin und woraus man ständig neue Informationen erhält, die einen Standpunkt und dadurch eine Meinung ermöglichen, um in den unterschiedlichsten Identifikationen und Betrachtungsweisen scheinbare Lebendigkeit zu erzeugen. Über alldem thront die (Sehn-)Sucht nach Anerkennung der beruflichen und privaten Tätigkeiten, welche die Illusion von Bedeutung verleihen.

Für die gottlose Welt sind egozentrische Motivation und Wertschätzung existentielle Notwendigkeit, doch da diese in der Regel auf äußeren Betätigungen und Bestätigungen ohne geistigen Halt beruhen, kann man Sinn und Zweck seiner Existenz niemals finden. Im steten Streben nach irdischen Erfolgs- und materiellen Verwöhnerlebnissen lebt man an seiner eigentlichen Daseinsaufgabe, der Selbstfindung in Gott, vorbei.

Fasten bietet die Möglichkeit, in verborgene Bewusstseinsbereiche vorzudringen. Enthält man sich über einen längeren Zeitraum von den allgegenwärtigen Befriedigungsmöglichkeiten, kommt man in einen Zustand, darin die Seele nackt in der Haltlosigkeit ihres irdisch-vergänglichen Strebens steht. Bleibt man in dieser Wüste standhaft und läuft nicht vor sich davon, offenbart sich in der Folge der Halt eines bisher unbekannten Fundaments: Abseits allen weltlichen Treibens tut sich eine Lebendigkeit auf, die unabhängig von äußeren Geschehnissen existiert. Hier findet sich der Mensch in seiner geistigen Identität, hier schenkt der himmlische Vater der Sehnsucht seines Kindes bleibende Erfüllung, hier findet das Gotteskind seinen Wert in der Liebe Jesu Christi.

Im Durchleben dieses Prozesses fließen viele Tränen, oft habe ich vor Gott geweint in meiner Erbärmlichkeit. Doch stets spürte ich seine Freude über das aufrichtige und ehrliche Eingeständnis meiner Falschheiten, und diese Zuneigung schenkte allzeit Trost und Zuversicht.

* * *

Auf dem geistigen Pfad kann man gewisse Vorgaben nicht immer gleich oder überhaupt nicht umsetzen, wodurch der Wille zeitweise sehr geschwächt wird. Fasten bringt die Seele nach anfänglichen Widerständen wieder ins Gleichgewicht. In der Fastenwüste wird sie gereinigt und kann erstarkt aus der selbst auferlegten Enthaltsamkeit hervortreten. So ist Fasten stets ein Neubeginn.

Gerade im Kampf mit dem sexuellen Trieb ist Fasten eine mächtige Waffe. Während dieser enthaltsamen Zeit zieht sich die genusssüchtige Seele aus dem Körper zurück, wodurch die sinnlichen Begierden an Einfluss verlieren. Das fühlt sich manchmal etwas seltsam an, da die Bindung zum Körper sich lockert. Die Atmung wird flacher, die Sauerstoffaufnahme ist vorübergehend reduziert. Kopfschmerzen und Konzentrationsschwächen sind bisweilen die Folge. Bereits vorhandene leibliche Beschwerden können sich erst einmal verschlimmern.

Nimmt man die jeweiligen Zustände an, entwickelt sich daraus großer Segen. Bereits in den ersten Wochen reduziert sich das Bedürfnis nach körperlicher Befriedigung. Das weitere Fasten von der 3. bis zur 6. Woche schenkt völlig neue Einblicke in geistige Verhältnisse. Ein Gefühl von Freiheit, Leichtigkeit und Demut erfüllt die Seele. Darin kann sie sich ganz in Gott fallen lassen, die Vaterliebe bringt das Herz erneut zum erblühen.

* * *

Fastenerlebnisse

Seit Tagen ringe ich mit den niederen Trieben und Lüsten, die mir ohne Unterlass vor Augen gestellt sind. Ich sehe meine Unersättlichkeit an guten Speisen und Leckereien, sehe die Abhängigkeit von den Massenmedien, sehe die unbändigen sexuellen Begierden, sehe das Verlangen nach Anerkennung von weltlicher Seite, sehe Bequemlichkeit und Faulheit, Rechthaberei, Überheblichkeit und Anmaßung. Und sehe, wie diese seelisch-materiellen Verwachsungen die Freiwerdung verhindern, wenn ihnen immer wieder nachgegeben wird.

Innere Unruhe, Überempfindlichkeit und Aggression wechseln sich ab mit Resignation und dem Bedürfnis, sich den Schwächen der Seele zu beugen. Rückzug und Stille wären öfters notwendig, doch diesmal faste ich im beruflichen Alltag. Wiederholt versuche ich zu beten, kann mich aber nicht sammeln. Dennoch weiß ich, dass Jesus da ist und mir beisteht, auch wenn ich seine Gegenwart nicht spüre.

Fällt die Seele auf dem Pfad der Entbehrungen, hilft ihr der Vater auf mit den Worten: *"Komm, Mein Kind, steh wieder auf und geh weiter. Schau nach vorne und nicht zurück! Wer zurück sieht, fällt gleich wieder über die bevorstehenden Hindernisse. Achte immer auf den Weg und hab stets dein Ziel vor Augen."*

* * *

Ich bat Gott inständig um eine Möglichkeit zum Rückzug in die Einsamkeit, um mich betend und fastend weiter von irdischen Zwängen lösen zu können. Nun hat sich eine Gelegenheit aufgetan: Das Haus einer Bekannten in einem Bergdorf hoch über dem Gardasee ist dafür perfekt geeignet. In den Sommermonaten herrscht dort reger Betrieb, doch jetzt im November sind nur Einheimische anwesend. Von der Dachterrasse reicht der Ausblick über weite Teile des Sees, der von oben betrachtet friedlich und still im Tal liegt. Lange werde ich da sitzen, die Seele wird ruhig werden und klar.

Die geistigen Geschwister teilten mir mit, dass sie vor Ort sein werden, um den Prozess begleitend zu unterstützen. Aber auch finstere Mächte werden zugegen sein. Sie werden mich mit ihrer zerstörerischen Energie bedrängen und in Angst und Zweifel zu versetzen versuchen. Das kenne ich bereits und bin vorbereitet. In Jesu Namen gebiete ich ihnen zu weichen - das ist bereits in der Vergangenheit geschehen, daher kenne ich das Verhältnis der Kräfte, die aufeinander treffen.

So eine Auszeit ist immer ein Sprungbrett in einen neuen Lebensabschnitt. Das Geistesgut, das sich in Enthaltsamkeit und Abgeschiedenheit eröffnet hat, muss anschließend liebetätig in den Alltag integriert werden, wodurch es zum Eigentum der Seele wird. Dies ist das A und O im Vorwärtsschreiten auf dem geistigen Pfad. Hier beweisen sich Ernsthaftigkeit und Treue. Und hier macht man die großen und festen Schritte in des Vaters Herz.

* * *

Fasten in der Einsamkeit der Schweizer Berge. Es fällt schwer loszulassen. Die Trennung von der Familie kostet Überwindung. Die plötzliche Stille, die Enthaltsamkeit von den weltlichen Annehmlichkeiten und Genüssen versetzen die Seele in Unruhe. Doch deswegen bin ich hier, um der Welt noch mehr zu entsterben und Gott näher zu kommen, auf dass ich ein brauchbares Instrument seiner Liebe sein kann.

Innere Kämpfe und tiefer Friede wechseln sich ab. Selten habe ich so viel geweint und gebetet. Eines Abends spüre ich die Liebe zu meiner Frau und den Kindern so sehr, dass der Trennungsschmerz mir fast den Atem raubt. Dieser Zustand will nicht enden - ich stehe vor der Entscheidung: Nach Hause fahren oder bleiben. Doch das ist eine Prüfung: Jesus oder Familie. Obwohl mein Herz blutet, beschließe ich abzuwarten und nicht wegzulaufen. Die Seele wird gereinigt. Die Achtsamkeit erhöht sich, Ruhe kehrt ein. Nach anfänglichen Schwächegefühlen bin ich bald voller Energie und Tatendrang und werde zum Wanderer in den Bergen.

Nicht ich habe nach der Auszeit auf der Alm gerufen, Jesus hat diesen Wunsch in mich gelegt und die Ausführung ermöglicht. "Ich liebe Dich, Jesus!" - Jetzt ist er da. Ich drücke mich an seine Brust und die Umarmung soll nicht enden. Der Blick in seine Augen macht mich sprachlos und gedankenlos. Jesu Liebe ist nun meine Nahrung, mein himmlisches Brot, mein himmlischer Wein. Ohne ihn nichts, mit ihm alles. Wenn der Bräutigam da ist, braucht die Braut nicht zu hungern. Er nährt die Seele und auch den Körper. Er zeigt mir, dass mein familiärer Trennungsschmerz sein Liebeschmerz in meinem Herzen war und ist - und wie sehr er sich danach sehnt, bei und mit seinen Kindern zu sein.

Während einer Wanderung werde ich plötzlich von mir getrennt und durchschaue mein gefallenes Menschliches: "Oh Gott! Das bin ich!? Dahin will ich nicht wieder zurück! Das ist ja furchtbar! Dieses hektische und chaotische Gewirr von Gedanken und Gefühlen mag ich nicht mehr sein!"

Die Seele ist ernüchtert und erschüttert, fällt förmlich in sich zusammen, ringt nach Atem, sucht Halt. Da nimmt mich der Vater in seine Arme, in seine Augen, in sein Herz. Unsagbares Angenommen-sein überkommt mich. Alles ist gut. Endlich Zuhause. Liebe, Liebe, Liebe.

* * *

Der Lichtnahrungsprozess

Lichtnahrung bedeutet, dass man die Lebensenergie nicht mittels fester Nahrung zu sich nimmt, sondern unmittelbar - ohne den Trägerstoff Materie. Ein Weg dazu ist der sogenannte Lichtnahrungsprozess, der Anfang der 90er Jahre in Australien bekannt wurde. Dieser dauert drei Wochen, wobei man in der ersten Woche weder isst noch trinkt und in den zwei weiteren Wochen nur verdünnte Säfte zu sich nimmt. Das hört sich ziemlich heftig an - und das ist es auch.

Während der ersten Woche wird man angeblich in der Nacht vom 3. auf den 4. Tag von geistigen Wesenheiten operiert, wobei ein ätherischer Tropf ins Rückenmark eingesetzt wird, um den Tod durch Nierenversagen oder Verdursten zu verhindern. Dadurch wird der Umstellungsprozess eingeleitet und man fühlt sich am Ende der ersten Woche bereits ernährt.

Zweck der Lichtnahrung ist nicht das Nicht-mehr-essen, sondern sie ist ein Werkzeug zur Loslösung aus dem festgefahrenen Kollektivbewusstsein, um frei zu sein für neue Geisteserfahrungen. Laut Anleitung soll man den Lichtnahrungsprozess nur durchführen, wenn man seelisch stabil ist und bereits Fastenerfahrung besitzt (Genaue Hinweise und wichtige Informationen zum Thema gibt es im Buch von Michael Werner `Leben durch Lichtnahrung´. Von anderen Themenbüchern rate ich ab, da man darin größtenteils mit spirituellem Unsinn konfrontiert wird).

Ich will mich in diesem Prozess nicht mit fremden Wesenheiten einlassen, sondern den Kontakt zu Jesus Christus vertiefen. Obwohl ich nicht sicher bin, ob er mein Vorhaben gutheißt oder sich nur aus Achtung vor meinem freien Willen zurückhält, werde ich meinen Plan durchführen, in der Hoffnung, mich dadurch weiter von seelischen Fehlhaltungen und irdischen Verhaftungen lösen zu können.

Erster Tag:

Vor 12 Stunden den letzten Schluck Wasser getrunken. Da mir die Symptome des Fastens bekannt sind, bin ich auf körperliche Missstände wie Kopfschmerzen, leichte Schwäche- und Schwindelgefühle und Konzentrationsstörungen vorbereitet.

Zweiter Tag:

Nütze diesen Tag zur Besinnung und tieferen Einstimmung. Die Seele betet. Ich fühle mich transparent und leicht. Vom Fasten weiß ich, dass Gelüste oft als Hunger verkleidet auftreten. Tatsächlichen Hunger kennt man in unserer Welt des Überflusses kaum mehr.

Dritter Tag:

Fühle mich heute etwas schwächer. Das Atmen strengt an. Mich friert, da der Organismus ohne Nahrung wenig Wärme produziert. In der kommenden Nacht steht angeblich eine seelische Operation bevor, um den Tod zu verhindern und den Körper auf Lichtnahrung umzustellen. Vertrauensvoll begebe ich mich in Jesu Hände.

Vierter Tag:

Von einer nächtlichen Operation habe ich nichts mitbekommen. Das Schwächegefühl nimmt zu, kann nicht mehr klar denken, fühle mich wie betäubt, zugleich aber sehr gereizt. Dies ist das Extremste, was ich bisher gemacht habe. Vier Tage nichts essen ist kein Problem, nicht trinken schon. Ich kämpfe jetzt um diesen Prozess.

Durch die erhöhte seelische Transparenz haben eigene sowie Gedanken und Worte anderer eine direkt ins Herz dringende Intensität. Die Seele öffnet ihre dunkelsten Kanäle, alles Unterdrückte drängt an die Oberfläche, in den Abgründen des Bewusstseins gespeicherte Erinnerungen und Traumata werden frei. Der Durst wird übermächtig. Ich habe Nierenschmerzen und hyperventiliere. In vier Tagen hat mein Körper bereits 7 kg abgenommen.

Fünfter Tag:

Bei einer Größe von 188 cm und einem regulären Gewicht von etwa 88 kg bin ich eigentlich recht kräftig - und durch das Marathonlaufen gut trainiert. Doch nun kann ich vor Schwäche nicht mehr aufstehen. So muss ein behinderter Mensch empfinden, dem der Körper nicht gehorcht. Das fühlt sich nicht gut an. Dies ist die Todeszone. Totaler Rückzug ist jetzt wichtig. Frau und Kinder machen sich große Sorgen und das ist verständlich. Sie sehen mein Elend, befürchten das Schlimmste, bitten mich inständig, den Prozess zu beenden - doch ich bleibe stur wie ein Esel.

Sechster Tag:

Die Stimmen der Menschen werden flüssig. Je heller die Stimme, umso reiner und klarer die Flüssigkeit. Ich höre Musik mit hohen Gesangsstimmen und trinke davon. Im Laufe des Tages fühle ich mich seltsamerweise zunehmend kräftiger. Etwas ist anders ... und alles, was anders ist, ist gut. Am Abend habe ich einen Hustenanfall. Daraufhin fühle ich mich wie neugeboren - vielleicht wie ein Baby, bei dem sich nach der Geburt die energetischen Kanäle öffnen. Voller Energie renne ich vier-, fünfmal die Treppen ins Dachgeschoß hinauf und hinunter. Das Schwächegefühl ist gänzlich verschwunden.

Siebter Tag:

Obwohl der Körper ausgezehrt ist und das Gesicht eingefallen, bin ich weder schwach noch antriebslos, der Durst ist jedoch fast nicht mehr auszuhalten, Mund und Hals sind total ausgetrocknet. Ich habe Gedankenspiralen im Kopf und verstehe Wahnsinn, denn ich kann ihn sehen. Heute Abend um 22 Uhr darf ich trinken.

Zweite und dritte Woche:

Das Erlebnis des ersten Trinkens kann ich nicht beschreiben. Mein ganzes Sein war erfüllt von einem wundervollen Wort: DANKE!

Bereits zu Beginn der zweiten Woche habe ich die Empfindung, gut ernährt zu sein. Ich trinke verdünnte Säfte, bei den gemeinsamen Mahlzeiten essen meine Augen mit und erfreuen sich am Appetit der Mitmenschen. Im Gegensatz zu manch anderen `Lichtnahrungs-Menschen´, die sich von außen ernährt fühlen, empfinde ich das Ernährt-werden von innen heraus. Der Körper ist mir nun viel näher als zuvor; in dieser Nähe spüre ich seine unsagbare Entfernung, fühle, dass ich nicht er bin, sondern er mein Vehikel. Eine kunstvoll konstruierte Maschine, die der Seele irdische Existenz ermöglicht.

Der Prozess hat mich gedemütigt. Mein Gottvertrauen ist intensiver geworden. Ich sehe: Nur Gott erhält mich am Leben. Er ist die Energie in der materiellen Nahrung, er ist das Brot des Lebens. Ich habe jetzt Gewissheit, dass man ohne materielle Nahrung nicht unbedingt sterben muss. Eine unmittelbare Nahrungsaufnahme aus der Lebensenergie, in die wir eingebettet sind, ist auf jeden Fall möglich. Allerdings kann und möchte ich mir nicht vorstellen, keine Flüssigkeit zu mir zu nehmen. Diesen Widerspruch muss ich so stehen lassen.

Es wird einmal eine Zeit kommen, in der sich die Menschheit auf diese Art und Weise ernähren kann. Doch wie so einige andere, von übereifrigen Geistern vermittelte seelenöffnende Techniken, ist auch dieser `gechannelte´ Prozess - der bei einzelnen Personen funktioniert, bei den meisten aber nicht - nicht von Gott inspiriert. **Deshalb rate ich dringend vom Lichtnahrungsprozess ab.** Ich habe erkannt, dass es nicht Gottes Wille ist, dauerhaft keine Nahrung zu sich zu nehmen, geschweige diesen Prozess durchzuführen.

Fasten hat bisweilen seinen Platz auf dem geistigen Pfad, da es Leib und Seele reinigt. Doch essen und trinken in rechtem Maß ist ein göttlicher Akt, entsprechend der geistigen Speisung. Auch wird bei der Nahrungsaufnahme in Materie gebundenes Seelenleben befreit, da während des Verdauungsvorgangs feinstoffliche pflanzliche und tierische Substanzen freigesetzt und der menschlichen Seele zugeführt werden. Überdies eröffnet die Nahrungszufuhr die Möglichkeit der Dankbarkeit zu Gott, sowohl vor als auch nach dem Essen und Trinken.

Wenn einmal Lebensmittelknappheit und Hungersnot in unseren Breiten auftreten, wird der Vater die seinen auch ohne diesen Prozess speisen aus seinem Geist.

* * *

Christlicher Alltag

"Der Demut offenbart sich die Macht der Liebe in den kleinen Begebenheiten des Alltags."

In der Stadt an einer viel befahrenen Straße. Als die Fußgängerampel auf grün schaltet, stürmen die Massen los. Im starken Berufsverkehr hat sich allerdings ein Stau gebildet, so dass der Fußgängerüberweg blockiert ist. Die Menschen drängen sich vor und hinter den Fahrzeugen vorbei, doch ein Rollstuhlfahrer kommt nicht durch. Also stößt ein Autofahrer zurück, um Platz zu machen. Just in dem Moment bahnt sich hinter ihm ein Vater mit Kinderwagen den Weg - und kann gerade noch ausweichen, um nicht angefahren zu werden. Einige Passanten bleiben stehen, beschimpfen den Autofahrer wüst, was für ein Idiot er doch sei. Eine Frau mit äußerst sympathischer Ausstrahlung schimpft nicht.

Als die Menge eilig weiter über die Straße hastet, spricht die Frau zu einigen erregten Passanten mit freundlicher und angenehmer Stimme, dass der Fahrer des Autos doch nur zurücksetzen wollte, um den Mann im Rollstuhl vorbei zu lassen. Dies tut sie so liebevoll und gänzlich ohne Aggression und Verurteilung, dass die Leute sich sofort beruhigen und offensichtlich ihren Groll im Augenblick ablegen. Die erregten Gesichtszüge glätten sich, ein leichtes Lächeln wird in den Gesichtern erkennbar. Voller Freude danke ich Gott für diese Lehrstunde in Nächstenliebe.

* * *

Im Supermarkt reichen die Menschenschlangen von den Kassen mindestens zehn Meter weit bis nach hinten zwischen die Regale und es geht nicht so recht weiter. Die Wartenden sind teilweise nervös und ungeduldig.

In mir spricht es: *"Warten kann auch schön sein. Genieße diesen Augenblick und sieh, was geschieht."*

Vertrauensvoll lasse ich alles um mich los und es überkommen mich eine Freude und eine Liebe, dass ich mich schwer tue, nicht die Umstehenden nacheinander oder lieber gleich alle auf einmal zu umarmen. Mein Blick schweift umher ... das Geschehen hat sich verändert. Es ist ruhiger, das Drängeln hat aufgehört, keine Ungeduld ist mehr zu erkennen, die gestressten Gesichter wirken entspannt.

Verändert sich die Umgebung durch die Hingabe an die Liebe, oder ist es eine unveränderte Situation, betrachtet mit einem von Gott berührten Herzen? Verhalten sich die Leute jetzt anders, weil der himmlische Vater seinen Segen ausgießt? Wie auch immer, die kleinen Wunder des Alltags sind Teil meines Lebens geworden, und es ist jedes Mal eine Freude, teilzuhaben an Gottes Liebedienst am Menschen.

* * *

Im überfüllten städtischen Bus war eine außergewöhnlich friedliche Atmosphäre. Trotz der Enge waren die Fahrgäste freundlich und zuvorkommend, kein böses Wort konnte man vernehmen, jeder war voller Geduld zum Nächsten. Darüber war ich verwundert und stellte diese Verwunderung als Frage in mein Herz.

"Ein wahrhaft Gläubiger kann die Atmosphäre eines Raumes verändern, worauf viele Seelen friedvoll und liebevoll werden." vernahm ich - und versuchte, den gläubigen Menschen ausfindig zu machen. Da ich ihn nicht entdecken konnte, tauchte der Gedanke auf, dass vielleicht ich selbst es sei, schämte mich aber dafür, da ich mich keinesfalls für wert befand, in meiner Sündhaftigkeit als wahrhaft gläubig bezeichnet zu werden.

Ich hörte: *"Erst im demütigen Eingeständnis der eigenen Sündhaftigkeit öffnet sich das Tor im Herzen der Seele, daraus sich Geistesleben offenbaren kann."*

* * *

In einem ärmlichen Dorf in Afrika sah ich einen Vater, der den Arm liebevoll um seinen Sohn gelegt hatte. Ihre innige Zuneigung spiegelte sich in ihren strahlenden Augen wieder. Bei diesem eigentlich nicht außergewöhnlichen Anblick wurde ich so von Glückseligkeit erfüllt, dass meine Seele unvermittelt in Flammen stand. Voller Freude dachte ich, dass es eigentlich nur Liebe braucht, um glücklich zu sein; und wie schön es doch da ist, wo die Liebe wohnt, gleich wie die äußeren Verhältnisse beschaffen sind.

* * *

Mit meiner Tochter Christina an einem 10km Lauf teilgenommen. Es war ihr erstes längeres Rennen. Sie hat gekämpft, um durchzuhalten und den Lauf trotz Erkältung zu beenden. Sie wollte ihren Papa nicht enttäuschen - und sich selbst auch nicht. Nachdem wir Hand in Hand durchs Ziel gelaufen sind, haben wir uns innig umarmt und das gemeinsame Glück nach der vorangegangenen Anstrengung ist unvergesslich.

Einige Marathons hab ich schon absolviert, doch die laufende Gemeinschaft mit meiner Tochter bedeutet mir mehr als viele vormalige Zieleinläufe. Was für eine Freude, was für ein Segen Vater oder Mutter sein zu dürfen, seinen Kindern Liebe und Verständnis zu schenken und Erlebnisse mit ihnen zu teilen.

Dank der Liebe zu unseren Töchtern schaue ich tief in Gottes Herz. Wenn ein Mensch schon so eine Zuneigung zu seinen Kindern in sich trägt, ihnen alles verzeiht, in allem zu ihnen steht, wie sehr erst ist uns unser himmlischer Vater in seiner vollkommenen Liebe zugetan, sich darin verschenkend in allen unseren Lebenslagen - wenn wir zu ihm hinblicken und uns für ihn öffnen.

* * *

Wir verbringen unseren Urlaub am Atlantik. In der Ferienanlage reservieren manche Gäste die Liegen mit ihren Strandutensilien schon früh am Morgen, obwohl sie erst spätvormittags dazukommen. Viele Badegäste gehen wieder, da sie keinen freien Platz finden. Eine Familie kommt erst gegen Mittag zu ihren reservierten Liegen. Ich beobachte: Ein deutsches Ehepaar mit zwei erwachsenen Töchtern, primitiv-arrogant in ihren Äußerungen, die sie lautstark und kettenrauchend von sich geben. Ihnen scheint es gleichgültig zu sein, dass sie vormittags die Liegen blockieren. Ich überlege, ob ich sie darauf aufmerksam mache, doch nett wäre die Ansprache sicher nicht.

Still wende ich mich Jesus zu. Er berührt mein Herz und mich überkommt innige Zuneigung zu dieser Familie. Auch ihre nicht gerade hübschen Gesichter bekommen sympathische Züge. Im Geiste sehe ich sie als Kinder Gottes, zärtlich berührt er ihre Seelen, wie eine Mutter es mit ihren geliebten Kindern tut.

So zeigt sich Nächstenliebe. Das ist der Weg, den wir gehen können: Zurücktreten, das Herz öffnen und göttliche Liebe darin und daraus wirken lassen. Das können geistige Gaben im gesprochenen Wort oder im stillen Gebet sein, oder materielle Hilfeleistungen aller Art. Wenn man sich nicht mehr im Wege steht, wird man zur Türe, durch die unser himmlischer Vater die Erde betreten kann. Mit dieser Lebensweise kann man viel Segen verbreiten.

* * *

Im Lebensmittelladen konnte eine ältere Frau ihren Einkauf nicht vollständig bezahlen und gab traurig die Ware zurück. Ich legte ihr sanft die Hand auf die Schulter und bot an, den fehlenden Betrag zu übernehmen. Ungläubig schaute sie mich an und auch die Kassiererin schenkte mir einen fragenden Blick. Nachdem ich bezahlt hatte, gab mir die Frau ihren Segen und wünschte mir lebenslange Gesundheit. Beim Verlassen des Ladens hatte ich Tränen in den Augen vor Glück, dass ich jemandem eine Freude machen konnte.

Jesus sagte: *"Was du dieser Frau getan hast, hast du Mir getan."* Auf dem Nachhauseweg dachte ich über seine Worte nach und musste gleich noch mehr Freudentränen verdrücken.

Geben ist Segen, wenn man mit Jesus vereint wirkt, denn dann geschieht Gottes Verschenken durch einen - Nächstenliebe wird somit zum geheiligten Akt. Doch muss man lernen, beim Geben nichts zu erwarten. Wenn einmal der Dank ausbleibt oder Hilfsbereitschaft ausgenützt wird, darf man nicht aus der Liebe treten. Das gelingt nur, wenn man das Wohl des Nächsten in den Mittelpunkt seines Handelns stellt. Diesen Schritt muss man wagen, will man wahrhaftig auf dem geistigen Pfad wandeln und sich auf das Abenteuer der Gotteskindschaft einlassen.

* * *

Eine Arbeitskollegin lebte in Scheidung und konnte ihre Miete nicht bezahlen. Ich lieh ihr die Hälfte meines Monatslohnes, so dass sie über die Runden kommen konnte. Als sich unsere Wege trennten, war es ihr nicht möglich, den Betrag zu begleichen. Ich gab ihr meine Adresse und sie sollte das Geld zurückzahlen, wenn es ihr finanziell besser ginge. Sie hat sich nicht mehr gemeldet. Jahre später traf ich sie in einem Restaurant wieder. Sofort spürte ich ihr schlechtes Gewissen. Ich umarmte sie herzlich und freute mich ehrlich über diese Begegnung - vor allem darüber, dass sie wieder Fuß gefasst hatte. Das Geld erwähnte ich nicht, es war und ist mir eine Freude, der Liebe gedient zu haben.

Der Verstand verurteilt solches Tun gerne und bezeichnet es als Dummheit, nicht zu seinem Recht zu kommen. Weltlich betrachtet ist diese Sichtweise legitim. Vom göttlichen Standpunkt aus betrachtet sieht das anders aus. Selbstlose Taten, die über irdischem Vorrecht und materiellem Eigennutz stehen, manifestieren Gottes Segenskräfte und bewirken allenthalben Befreiung.

Doch nicht das Erheischen von Gottes Gnade für einen selbst soll Ursache der Wohltaten sein. Nur die bedingungslose Liebe zum Vater sei das Motiv, allein an der Schönheit der Liebe erfreut sich das Gotteskind. Kein Geld der Welt, kein materieller Reichtum, keine irdische Sinnesbefriedigung kann einem die Glückseligkeit bereiten, die im Gottesleben ruht. Kein Wort kann beschreiben, was der Vater den Kindern schenkt, die ihn mehr lieben als den vergänglichen Glanz dieser Welt.

* * *

Habe heute in der Gaststätte eines Freundes in der Küche mitgearbeitet und 120,- DM verdient. Auf dem Heimweg spricht mich eine alte Frau an, ob ich vielleicht eine Mark für sie übrig habe, da sie sich wegen ihrer hohen Mietzahlung nichts zu essen kaufen kann. Mein Herz zerspringt fast vor Mitgefühl, ich gebe ihr 100,- DM und behalte 20 für mich. Sie kann es fast nicht glauben und sagt erregt: "Dass es solche Menschen noch gibt!" und umarmt mich herzlich. Ich freue mich genauso wie sie oder noch mehr und danke innig für diese Fügung.

Erst wenn der Weltverstand außen vor bleibt, kann das Herz wahrhaftige Nächstenliebe üben. Natürlich soll man nicht sein ganzes Geld verschenken, aber man wird schon so geführt, dass man im rechten Maß geben kann, auch wenn das irdisch geprägte Vernunftdenken dies nicht gerne einsehen mag. Und lieber öfters etwas mehr geben als einmal zu wenig.

Taten der Nächstenliebe können ihre göttliche Wirkung nur entfalten, wenn sie nicht ins Rampenlicht gestellt werden - außer Gott wünscht es so. An dieser Stelle sollen die Beispiele Zeugnis dafür sein, dass der Vater sein Kind mit seinem Geist erfüllt und in ihm Wohnung nimmt, wenn es nicht materiellem Eigennutz, sondern der Liebe dient. Hier erfüllt sich Gottes Wort wahrhaftig und lebendig. Er ist die Liebe und das Leben. Ohne ihn nichts, mit ihm alles. Mein Leben gehört Jesus Christus. In ihm bin ich unsagbar glücklich.

* * *

Glaubensgeschenke

"Wenn man irritiert oder verblüfft ist über die Dinge, die auf dem Weg zu Gott geschehen, ist man noch nicht fest genug im Glauben."

Tollwood-Festival in München

Als wir das Festivalgelände betreten, hören wir die alten Supertramp-Lieder aus der Musikarena zu uns herüberklingen und ich sage zu meiner Begleiterin: "Da werden Erinnerungen an die 70er wach", und denke insgeheim, wie schön es jetzt in diesem Konzert wäre ... aber leider ist es ausverkauft. Im Herzen schaue ich Gott liebend-fordernd-fragend an - wie ein kleines Kind, das die Eltern mit seinen Augen um ein Spielzeug im Schaufenster bittet -, ob es nicht doch eine Möglichkeit gäbe, das Konzert zu besuchen.

Wir schlendern durch die Zelte und Stände und entdecken eine Freundin im Biergarten. Als wir uns begrüßen, erfahren wir, dass sie Geburtstag hat und gratulieren herzlich. Sie sagt: "Möchtet ihr zwei Supertramp-Karten geschenkt? Wir haben welche, bleiben aber lieber hier und feiern im Freien."

Ungläubig schaue ich sie an und sage dann gedehnt: "Äh ... jaa??!", während man uns schon die Eintrittskarten in die Hand drückt und ein schönes Konzerterlebnis wünscht. Natürlich gehen wir sofort ins Musikzelt und Jesus spricht durch Roger Hudgson: "Give a little bit of your love to me …"

So beglückt der Vater auf vielerlei Art und Weise, und erfüllt auch irdische Wünsche, wenn seinen Kindern deren Verwirklichung nicht schadet und sie in den Geschenken seine Zuneigung und Liebe erkennen.

* * *

Eine Woche Camping-Urlaub in Italien. Laut Wetterbericht soll es gerade in dieser einen Woche regnen und kühl sein, vor allem an den ersten Tagen ist Schlechtwetter angesagt. Auf der Hinfahrt regnet es so sehr, dass man teilweise nichts mehr sieht und wir nur langsam vorwärts kommen. Währenddessen unterhalte ich mich mit Jesus über die verschiedensten Themen, und bezüglich der Wettervorhersage setze ich meinen kindlichen Herzensblick auf.

Er sagt: *"Nicht die Menschen sind für das Wetter zuständig, sondern Ich; wie in allen Dingen des Lebens habe Ich auch hier das letzte Wort."*

Als wir uns dem Urlaubsziel nähern klart es auf und bei der Ankunft ist der Himmel nahezu wolkenlos. Wir verbringen einen wunderschönen Nachmittag am Strand und essen am Abend im Freien vor unserem Wohnwagen. Erst als wir uns zu Bett begeben beginnt es zu tröpfeln, worauf es die ganze Nacht regnet. Am Morgen scheint die Sonne durchs Fenster in die Schlafkabine und es erwartet uns herrliches Wetter. Ab dem dritten Tag regnet es auch nachts nicht mehr, und bis auf einen sind die folgenden Tage getaucht in warmes Sonnenlicht vor strahlend blauem Himmel.

Mit solchen Erlebnissen offenbart der Vater, dass er allzeit Freude schenken möchte. Liebevoll spricht er zu seinem Kind: *"Weil du deine Liebe Mir geschenkt, gehört auch Meine Liebe dir."*

Am letzten Urlaubstag reinigen wir den vor Ort gemieteten Caravan und gehen dann zum Strand, um dort noch einige schöne Stunden zu genießen. Da unser alter Sonnenschirm schon arg zerfleddert ist, beschließen wir, hier einen neuen zu kaufen. Ich will meine Geldbörse aus der Badetasche nehmen ... und finde sie nicht. Auch eine gründliche Suche im Wohnwagen bringt sie nicht zum Vorschein. Auf dem Weg zurück zum Strand begleitet mich eine sanfte Stimme: *"Du bist hellsichtig, da müsstest du doch wissen, wo sich die Geldbörse befindet!"*

Ich gehe in mich und finde sie in der Badetasche - ich hatte sie tatsächlich übersehen. *"Ja, da ist sie!"*, sagt mein geistiger Begleiter, erfreut über meine gelungene Schau. Am Strand öffne ich die Tasche und nehme den Geldbeutel dankbar an mich.

* * *

Urlaub in Thailand

Beim Baden im Meer bekomme ich aus heiterem Himmel einen durchdringenden Impuls, mich sofort an Land zu begeben. Ich denke: `Was soll mir schon groß passieren, Strömung gibt es hier keine und Haie wohl auch nicht´ - und schwimme weiter. Sekunden später spüre ich einen stechenden Schmerz am Fuß. Schnell kehre ich zum Strand zurück, dort ist der Fuß bereits sichtbar angeschwollen und brennt. Als mich Einheimische untersuchen, stellt sich heraus, dass mich ein Seeigel gestochen hat.

Das war leider nicht das erste Mal, dass ich eine geistige Warnung ignoriert habe - und dann entweder mir oder jemand anderem etwas zugestoßen ist. In Zukunft werde ich besser darauf hören.

* * *

Meine Frau und ich besuchen die See-Festspiele in Bregenz. Für diesen Abend ist Regen angesagt, die Aufführung im Freien wird trotzdem gegeben. Ich bitte Jesus, dass wir die Vorstellung trocken erleben können. Als wir Platz nehmen, beginnt es leicht zu nieseln und geschätzte 99% der etwa 6000 Besucher ziehen sich hastig ihre Regenjacken und Plastikcapes über; mit ihren spitzen Kapuzen bilden sie ein lustig anzusehendes Zwergenmeer. Auch mein Nachbar zur Rechten ist nun so bekleidet und blickt mich fragend an, da ich nur im T-Shirt dasitze. Freundlich sage ich zu ihm, dass es nicht regnen wird. Er schaut mich mitleidig an, denn pechschwarze Wolken hängen drohend über unseren Köpfen. Um meinem Glauben Kraft zu verleihen, ziehe ich die Jacke nicht an. Kurz darauf endet der Niederschlag abrupt und in den folgenden zwei Stunden fällt kein Tropfen mehr zur Erde.

Ich bin nicht so der klassische Opern-Fan und eigentlich meiner Frau zuliebe hier. Während der Aufführung wende ich mich deshalb Jesus zu.

Er sagt: *"Bete!"*

"Für wen soll ich beten?"

"Für alle Menschen in dieser Arena."

"Das sind aber viele!"

"Meinen Kindern schenke Ich uneingeschränkte Gebetskraft."

Mein Herz wird angerührt, erfüllt von Gottes Liebe bete ich innig für alle Anwesenden.

Daraufhin spricht Jesus: *"Dir ist erlösendes Gebet für die ganze Erde gegeben. Wenn deine Zeit gekommen ist, wird dein Beten Meine Barmherzigkeit offenbaren und der Erde und vielen Seelen Linderung in ihren Wehen verschaffen."*

* * *

Geistiges Schauen und Erleben
Glückseligkeit

"Meine Zeit steht in Deinen Händen,
nun kann ich ruhig sein, ruhig sein in Dir.
Du gibst Geborgenheit, Du kannst alles wenden.
Gib mir ein festes Herz, mach es fest in Dir."

Wir sind eingeladen zu einem evangelischen Gottesdienst anlässlich des Besuchs der tansanischen Partnergemeinde. Das Pfarrer-Ehepaar aus Tansania zelebriert die Messe. Der Kinderchor singt afrikanische Jesuslieder, ihre hohen Gesangsstimmen bewegen die Herzen der Zuhörer. Schließlich wird die deutsche Delegation, die die Woche darauf nach Afrika reist, vom Pastor gesegnet.

Ich sehe auch die jenseitige Segnung. Himmlische Geister erscheinen und legen ihre Hände auf die sechs Reisenden. Lichtstrahlen durchfluten ihre Seelen, es ist so schön anzuschauen! Engel werden ausgesandt, um die Wege der deutschen Gesandtschaft zu bereiten. Mit liebeerfülltem Herzen wird sie den tansanischen Geschwistern jede mögliche Hilfe angedeihen lassen.

In dieser wundervollen Messfeier wird mir schließlich gezeigt, dass es viele solcher kleiner Liebeinseln spiritueller und konfessioneller Gemeinschaften über die Erde verteilt gibt.

* * *

Einen Bekannten für eine Rückführung in die vorgeburtliche Existenz besucht, doch ich sah nur unzusammenhängende Bilder und alte Gedankenfragmente. Ein intensives Erlebnis hatte ich jedoch gegen Ende dieser Behandlung: Ich erblickte mich als Embryo im Mutterleib. Als schließlich die Geburt stattfinden sollte, wehrte ich mich dagegen. In der geistigen Welt fand ein Kampf um meine

Seele statt. In letzter Minute musste und konnte ich den Geburtskanal verlassen, sonst drohte der Erstickungstod. Insgesamt dauerte die Geburt drei Tage und war sehr beschwerlich für meine junge Mutter. Aufgrund der damaligen gesellschaftlichen Zustände im Bayerischen Wald kam für ein uneheliches Kind, entstanden aus einem Verhältnis mit einem verheirateten Mann, nur eine geheime Hausgeburt infrage.

Meine Ankunft im finstern Diesseits war aber jenseitig ganz anders ersichtlich: Im von strahlendem Licht erfüllten Zimmer waren Engel zugegen - Jesus stand inmitten und segnete das Geschehen. Dann sah ich noch, wie Jahre später meine Seele in Ketten irdischer Begierden gelegt wurde, auf dass sie im Kampf darin und daraus erstarke, um zu gegebener Zeit göttliches Leben empfangen und tragen zu können.

Das atemlose Geburtstrauma verfolgt mich gelegentlich noch immer; dies führt bisweilen dazu, dass die autarke Atmung aussetzt. Auf Grund dessen erlebe ich das Atmen sehr bewusst. Dem Atem zu folgen und dadurch Lebendigkeit intensiv zu spüren, schenkt tiefen Frieden und Herzensfreude. In der himmlischen Welt atmet alles Leben Licht, und Liebe trägt dieses Licht in jede Faser der Seele und offenbart göttliches Bewusstsein.

(Notabene zur Reinkarnationstherapie: Inzwischen ist mir bewusst, dass hypnotische Rückführungen nicht ungefährlich sind. Da währenddessen der natürliche Selbstschutz der Seele außer Kraft gesetzt ist, können sich arge Geister des in Trance befindlichen Menschen bemächtigen. Deshalb ist von dieser Behandlung dringend abzuraten.)

* * *

Ich sitze im Einkaufszentrum auf einer Bank und beobachte das geschäftige Treiben. Gelegentlich darf ich in das Innenleben eines Menschen schauen, um in der Liebe zu wachsen. Mein Blick fällt auf eine zartgliedrige Frau mittleren Alters. Sogleich öffnet der

Vater ihre Seele: Ein verletztes Vöglein mit gebrochenen Flügeln, das unsägliches Leid in sich trägt; und doch hat sie standgehalten in den Stürmen der Welt. Trotz ihres Seelenschmerzes hat sie sich ein liebendes Herz bewahrt und dadurch ihre Würde nicht verloren. Tränen des Mitleids laufen über meine Wangen, was hat die Welt hier bloß angerichtet. "O Vater, bitte mach diesem Trauerspiel bald ein Ende!"

Im Geiste umarme ich dieses liebenswerte Wesen und lasse es nicht mehr los. Jesu Liebe durchdringt und erfüllt mich mit einem Gebet von bisher nie gekannter Intensität. Mein Dank findet kein Ende, als ich erfahre, dass ich diese Schwester einst im Himmel umarmen darf.

* * *

Eine Freundin feiert ihren Geburtstag im Biergarten. Ich sitze gegenüber einer ebenfalls eingeladenen sympathischen und überaus fröhlichen jungen Frau. Ihr kleiner Körper trägt einen missgebildeten Kopf, die Augen quellen aus übergroßen Lidern, die Hände haben jeweils nur einige Stummelfinger. Sie ist das, was wir gemeinhin als hässlich und abstoßend bezeichnen. Da ich sie mit dem Herzen betrachte, offenbart sich mir ihre Seele. Fast vergesse ich zu atmen beim Anblick dieser Schönheit. Tränen füllen meine Augen. Ich versuche, das zu verbergen und vertiefe mich in meinen Teller. Jetzt zeigt mir Jesus seine innige Liebe zu ihr und ich sehe, wie er sie einst persönlich in die geistige Heimat geleiten wird.

Ich kenne nicht Grund und Ursache für das Schicksal dieser Frau, doch sehe ich, dass ihr nach dem Ableben große Seligkeit bereitet ist. Sie weiß nicht darum, aber ihr Herz weiß es und lebt bereits in dieser die Seele berührenden Vorfreude.

Erfüllt von Liebe und Dankbarkeit sitze ich schweigend in der lärmenden Menschenmenge. Tiefe ist mein Sein - Geist mein Leben. Mein Leben gehört Dir, o Vater. Dir allein.

* * *

Im Kaufhaus beobachtete ich eine Mutter mit ihrer kleinen Tochter. Beim Blick in die Augen des Kindes erkannte ich, dass es in der neuen Zeit eine besondere Aufgabe erfüllen wird. Ich bat um Gottes Segen für die beiden. Da kam eine Schar Engel herbei mit dem Auftrag, diese Familie insbesondere zu beschützen und sie auf ihrem weiteren Lebensweg zu begleiten. Es waren die Geschwister der Mutter und des Kindes, die nicht ins Fleisch gegangen waren. Um bei ihren Schwestern zu sein und ihnen zur Seite zu stehen, öffnete das Gebet das Erdentor für sie. Sie hatten auf diesen Moment gewartet und gingen voller Eifer ans Werk.

Der Vater bewegt ein Menschenkind, zu beten, auf dass sich eine Tür auftut, durch die sein Segen strömt. Aus ihm allein geschieht das Wunder der Erlösung, doch in väterlich-göttlicher Liebe schreibt er sein Wirken seinen Kindern zu.

* * *

Unsere Tochter spielt ein ergreifendes Stück auf dem Klavier. Hinter ihr steht ein Engel, der sich an ihrer Darbietung erfreut. Es ist eine Geschwisterseele. Die Liebe, die von diesem Besucher ausgeht, erfüllt das ganze Haus. Meine Seele brennt lichterloh, fast löse ich mich auf in dieser unsagbaren Lichtgeborgenheit.

In der geistigen Heimat werden Licht und Liebe der Sauerstoff sein, den wir atmen. Wie sehr freue ich mich auf den Tag der Heimkehr!

* * *

Auf der Matratze liegend folge ich dankbar meinem Atem. Ein seltsames Gefühl der Leichtigkeit überkommt mich. An Jesu Herzen verlasse ich den Körper, schwebe als Geist frei im Raum. In meiner jenseitigen Sphäre sitze ich plötzlich an einem Klavier, obwohl ich dieses Instrument noch nie gespielt habe. Hände und Finger gleiten über die Tasten und offenbaren eine herrliche Melodie, die mich ganz durchdringt; ja, ich bin die Musik, bin die Töne selbst, förmlich vergehend in dieser Ekstase.

Als ich mich wieder im Leib finde, spüre ich seine nassen Wangen. Die Tränen der Seele weint der Körper auch, wenn sie außerhalb von ihm ist.

* * *

Auf den Münchner Olympiaberg gegangen und einen wunderschönen würdevollen Baum umarmt.

Er sagte: *"So wie ich auf diesem Berg, errichtet aus den Trümmern des Krieges, gepflanzt wurde und gewachsen bin, und jetzt dastehe in meiner Kraft und Würde, so wirst auch du aus den Trümmern deines inneren Krieges erwachsen und erstarken und schließlich erstehen in göttlicher Kraft und Seelengröße."*

Ich habe den Baum Samuel getauft. Er hat sich darüber sehr gefreut.

* * *

Winterlauf

Die langen Läufe dieses Jahr haben mich in tolle Kondition gebracht. Ich empfinde keinerlei Anstrengung beim Laufen - alles passt, ich bin gesund. Leichtfüßig renne ich los und genieße die körperliche Kraft und Leichtigkeit. Das gleichmäßige Knirschen des Schnees versetzt mich in einen leichten Meditationszustand, während dicke Schneeflocken tanzend um mich wirbeln. Langsam verschmelze ich mit dem weißen Teppich, fast schwebe ich dahin. Tiefe Dankbarkeit und Zufriedenheit überkommen mich. Entleert vom Wahnsinn der Welt finde ich mich geborgen in des Vaters Herzen.

Die Seele wird durchpulst von Licht, alle Trennung löst sich auf - jeder Mensch wird offenbar als Bruder und Schwester im göttlichen Sinne. Jetzt sehe ich voraus, weit voraus! So wie es einmal sein wird, nein, so wie es im Grunde ist: Die Menschheit ist eigentlich ein Mensch. Und dieser ist sich seiner selbst bewusst als Einheit aller Menschen. Und in Ewigkeit wird er immer tiefer eingehen in das Wesen Gottes, wird sich mit Gott vereinen in grenzenloser

Liebe. Ja, das sind wir, die wir uns gegenseitig seit Jahrtausenden bekriegen und ermorden: Ein Mensch aus Licht und Liebe!

Wo bin ich? Der Körper da draußen läuft. Sanft gleite ich wieder hinein, verbinde mich mit den Sinnen. Das Werden verdrängt das Sein, die Zeit übernimmt wieder das Zepter.

* * *

Urlaub am Meer

Am Strand sitzend umspielt das Meer zärtlich meine Füße - wie ein großes, treues Tier. Ich rede mit ihm und zeige ihm meine Zuneigung und meinen Respekt. Da öffnet es sich, um zu offenbaren Ursprung und Heimat allen Lebens:

In dieser gewaltigen Schau sehe ich die Wahrheit des Menschen, verborgen im Körper, gestrandet an den Ufern der Vergänglichkeit, bis die Zeit zerbricht: Gläserner Ozean, Meer der Schmerzen und Leiden, hineingeschrien in die Unendlichkeit! Hier erbebte Gottes Innerstes! Und es geschah, was nie zuvor war und nie mehr sein wird in Ewigkeit: Das Wagnis des ewigen Todes, das Opfer dieser Schöpfung, die Menschwerdung Gottes, die Kreuzigung und Auferstehung der Liebe!

Wieder zu mir kommend spüre ich das sanfte Streicheln der Wellen, zärtlich berührt das Meer meine Seele, zeigt mir seine Verbundenheit. Es weiß.

* * *

Als ich wieder einmal tiefe Liebe zu Gott verspürte, sah ich diese wie eine Welle durchs Weltall wogen, unendlich weit und ohne Ende. Da fragte ich: "Wie ist das möglich, dass ein kleiner Mensch solch eine Liebewelle erzeugt, die den unendlichen Raum erfüllt?"

Ich hörte: *"Jeder Mensch trägt die Unendlichkeit im Herzen, und jeder selbstlos liebende Gedanke lässt das Weltall erbeben und erfüllt es mit Licht und Liebe. So wird jeder Mensch durch seine Liebe zu Gott zum Miterlöser aller gefallenen Materie und aller verlorenen Seelen. Diese*

Liebe ist der alleinige Schlüssel zur Erlösung und Befreiung. Sie ist der Schlüssel zum Himmel."

* * *

Die Nacht zum Karfreitag verbringe ich allein wachend auf einer Bank im Park. In Gedanken ganz bei Jesus, möchte ich mich in meiner menschlichen Schwäche solidarisch zeigen. Im Bewusstsein, dass das Geschehen jener Nacht und die darauf folgende Kreuzigung etwas die Welt Veränderndes gewesen ist, fühle ich mich mit ganzem Herzen zu ihm hingezogen. Plötzlich sehe ich, dass der mit Satan ringende Jesus mich wahrnimmt. Und sehe, dass er in seinen Kämpfen an jedes Menschen Schicksal gedacht hat. In diesen Gedanken fand er schließlich die Kraft, die ihn sagen ließ: *"Mein Vater, nicht Mein, sondern Dein Wille geschehe!"*

Jetzt bin ich geistpersönlich in den Garten Gethsemane versetzt. Der Mond scheint hell und es herrscht absolute Stille. Jesus trägt ein weißes Gewand. Er sitzt am Boden, die großen, kämpfenden Augen voller Liebe. Der Vater hat sich zurückgezogen. Der Mensch Jesus, in dieser Stunde gottverlassen, ringt um die Erfüllung seiner Bestimmung ohne die ihm zugehörige göttliche Macht, allein die seelischen Kräfte kann er nutzen. Er schenkt mir einen Blick in sein Inneres und ich sehe seinen wortlosen Kampf angesichts der kommenden Ereignisse. Schweigend gehe ich zu ihm hin, wie ein Bruder lässt er sich umarmen, tief vereinen sich unsere Herzen. So verweilen wir, bis der Körper mich zurückruft.

Noch lange bleibe ich auf der Bank sitzen, um das eben Erlebte zu begreifen. Jesus Christus so zu erkennen hat mein bisheriges Denken vernichtet. Der Verstand hat sich in Demut der Liebe ergeben, die mich während dieser Zusammenkunft ganz in Besitz genommen hat. Meine Glückseligkeit ist grenzenlos. Mein Herz gehört Dir, o Vater, für immer Dir!

* * *

In der Kirche

Von der hinteren Reihe beobachte ich, wie die Leute automatisiert ihre Gebete aufsagen und die Zeremonie im Altarraum verfolgen. Unverhofft sehe ich Jesus. Er sitzt in härenem braunem Gewand auf einer der Längsbänke an der Seite. Niemand beachtet ihn, niemand hat ehrliches und wahrhaftiges Interesse an ihm, keiner der sogenannten Gläubigen möchte wirklich bei ihm sein.

"So ist es mit den Menschen, sie sehen nicht Jesus, sie sehen nicht den armen Bruder nebenan. Sie gehen aus Eigennutz und Gewohnheit in die Kirche und schlafen den Schlaf der Gerechten." spricht es in mir.

Ein andermal sehe ich in die Seelen zweier Kirchenbesucher, die nahe beieinander sitzen. Einer ist blinder Gläubiger der kirchlichen Institution, die Worte des Pfarrers verblassen im Nebel seines toten Glaubens. Im Diktat des materiellen Denkens ist ihm jegliche geistige Tiefe abhanden gekommen. Sein Glaube besteht darin, dass es schon für irgendetwas gut sein wird in die Kirche zu gehen - und weil es die anderen auch tun. Er denkt ans Mittagessen und an die Fußballergebnisse. In seinem Schlaf ist Gott für ihn unendlich weit weg und somit unerreichbar.

Der andere hat die wahre Kirche in sich und kommt hierher, um Liebe in die Gemeinschaft zu tragen. Er ist ganz präsent, sein Herz ist erfüllt von Gottes Gegenwart. Jedes Wort des Pfarrers dringt tief in sein Herz und ist Nahrung für das Feuer seiner Vaterliebe, denn *"dem Reinen ist alles rein"*. Ich sehe, wie er still für seine Mitmenschen betet und auf diese Fürbitte hin der Kirchenraum in helles Licht getaucht wird.

Jesus erscheint jetzt in weißem Gewand, begleitet von Engeln segnet er die Anwesenden. Der Fürbittende spürt, dass Heiliges vor sich geht. In seinem Herzen spricht er: "Lieber Vater, ich bitte Dich um Deiner Liebe willen, dass keine hier befindliche Seele verloren gehe, alle sollen sie errettet werden und zu Dir finden."

Daraufhin erbrennt der Kirchenraum in noch hellerem Licht, die ganze Kirche besteht aus Licht und Liebe, ihr Glanz strahlt weit hinein in die Unendlichkeit. Der Gläubige spürt, dass der Vater seine Bitte erhört und seine Freude ist unbeschreiblich.

Und ich sehe, dass der eine Mensch für die blind-materielle Welt steht und der andere für die sich allem verschenkende Liebe. Weiterhin wird mir gezeigt, dass die Kirche symbolisch für die Erde steht. Und tiefer wird sichtbar, dass die Kirche die gesamte materielle Schöpfung darstellt. Und noch tiefer offenbart sie sich als Symbol der geistigen Schöpfung - mit der Liebe als Gebet der Erlösung und des ewigen Lebens.

Tief berührt danke ich Gott für diese Schau. Noch lange steht meine Seele in Flammen, so dass ich mir kaum zu helfen weiß.

* * *

Während der Herzensmeditation mit meinen Kindern werden wir in den Thronsaal Gottes entrückt. Jesus sitzt auf dem Thron, er trägt ein strahlend weißes Gewand und in seiner hier königlichen Offenbarung eine Krone auf dem Haupt. Links und rechts stehen im Spalier eine große Anzahl Engel die Seitenwände entlang und blicken ehrfurchtsvoll auf ihren Herrn und Gott - auch viele andere Geister sind zugegen. Wir laufen schnurstracks auf Jesus zu und die Kinder setzen sich auf seinen Schoß, wie sie es immer tun, wenn wir ihn treffen.

Er spricht: *"Seht, das sind die Kinder der Erde, sie haben den Weg des Fleisches gewählt und dadurch einen schweren Weltenkampf zu bestehen. Zuvor waren sie wie ihr, voller Ehrfurcht vor Gottes Heiligkeit und Allmacht. Im Dunkel der Welt konnten sie den Vatergott erkennen und lieben Mich, wie Kinder ihren Vater eben lieben, und ihre in Mir erkannte Liebe überwindet die Ehrfurcht und öffnet die Tür zu Meinem Herzen. Sie sehen nicht auf Meine Herrlichkeit, sondern blicken nur auf Mein geöffnetes Herz.*

So muss jeder Geist diesen Weg beschreiten, will er sich Mir nahen wie diese. Und diese sind auch Meine Freude und Meine Glückseligkeit unermesslich. Auch wenn sie noch den Staub der Erde an ihren Füßen tragen, so wird Meine Liebe ihre Seelen weiß waschen wie Schnee im Sonnenlicht und ihre Freude wird kein Ende haben."

Jesus liebkost seine und meine Töchter und sie schmiegen sich an seine Brust und trinken von seiner Liebe. Schließlich steht er auf und blickt mich an. Er nimmt mich vollends an in meiner Erbärmlichkeit und Sündhaftigkeit. Ich darf ihn umarmen und versinke in der Geborgenheit dieser Vereinigung. Die Geister beobachten uns und sind ganz gerührt, aber auch überrascht, dass wir Gott so ehrfurchtslos begegnen.

Schließlich ist es an der Zeit, den Königssaal zu verlassen. Als wir uns wieder in unserem materiellen Heim finden, sind wir noch ganz lichterfüllt von unserem Jesus-Besuch. Dies war keine Phantasiereise, sondern wahrhaftiges Erleben in der geistigen Welt.

* * *

Reise durch Marokko

Wir sind auf Kamelen in die Sahara geritten. Als es im Lager ruhig wird, vernehme ich den Ruf, auf eine hohe Düne zu gehen. Es ist Mitternacht, der Vollmond taucht das Meer aus Sand in fahles Licht. Im Wüstencamp schläft meine Familie, die ich so sehr liebe und für die ich Gott von ganzem Herzen danke. Sanft streichelt der Wind meine Haut und meine Seele. Erfüllt von Liebe zu Gott beginnt sie zu singen. Früher habe ich gegrölt, wenn ich betrunken war und das war nicht selten. Jetzt bin ich `trunken aus Liebe zu Gott´ - und besinge diese Liebe.

Unvermittelt tauchen Geister auf, neugierig beobachten sie mich. Da es offensichtlich verstorbene Muslime sind, sage ich ihnen, dass Mohammed sicher ein Prophet war, durch den Gott gesprochen hat. Füge aber hinzu, dass Jesus Christus kein Prophet war, denn in ihm war und ist Gott vollkommen gegenwärtig. Jesus Christus ist Gott in Person und steht somit unvergleichlich höher als Mohammed. Sie verstehen mich zumindest sprachlich - wie beim Menschen fällt auch beim Wort im Jenseits die Hülle weg, allein der innere Sinn/die Seele bleibt sichtbar - und beobachten weiter.

Ich begebe mich tiefer ins Herz und werde in den vom Vollmond beschienenen Garten Gethsemane entrückt. Jesus sitzt da in weißem Gewand. Der Vater - die göttliche Liebe - hat sich zurückgezogen, Jesus ist jetzt ganz Menschensohn. Viele Geister sind anwesend, ja der Himmel hat sich über Gethsemane geöffnet, doch niemand darf helfend in das kommende Geschehen eingreifen. Ich umarme Jesus lange und innig und trinke von seiner Liebe. So verweilen wir, bis ich mich wieder auf der Düne finde. Stille hüllt mich ein, unsagbarer Friede erfüllt mich. Alles ist Liebe, alles ist Gott. Befreit von den irdischen Gewalten gehöre ich nur noch ihm. Erneut werde ich in die geistige Welt versetzt:

Jesus Christus hat vor 2000 Jahren den direkten Weg ins Himmelreich gebahnt, und die ihm nachfolgen, kommen dahin, wo er ist. Doch es bildeten sich Hindernisse zu und auf diesem Weg, die gelöst werden müssen. Eigens dafür ausgebildete Geister haben zu diesem Zweck einen irdischen Körper angezogen. Sie sind die Bahnbrecher der göttlichen Liebe, mit der Aufgabe, die geistigen \`Zufahrtsstraßen´ zu dem von Jesus errichteten Pfad und den Pfad selbst wieder gangbar machen. Sie arbeiten hart, um die christliche Lehre liebe- und wahrheitsgetreu offenzulegen, die von geistigem Unkraut überwuchert und von wahngläubigem Gestein verschüttet ist. Dieser apostolische Dienst beinhaltet auch die Richtigstellung der Identität Jesu Christi als einzig wahren Gott - für alle Völker dieser Erde.

Als ich aus diesen Erkenntnissen auftauche, hat sich der Himmel bewölkt, der Mond ist verschwunden und der Wind bläst kräftig Sand auf meinen nackten Oberkörper, so dass es sich wie tausend Nadelstiche anfühlt. Ich schließe die Augen und frage Jesus, ob ich bleiben soll. Da öffnet er meine Zukunft und ich sehe mich erst vor einigen und dann vor mehreren Menschen sprechen.

"Was soll ich denn da kundtun? Das ist nicht mein Ding!" sage ich. Doch Jesus versichert, dass ich in den jeweiligen Situationen

Mut zum Reden und die treffenden Worte erhalten werde. Aber das ist noch nicht alles. In christlichen Versammlungen teilt er Kranken und Behinderten durch mich mit, dass er sie heilt, wenn sie an die erlösende Macht seiner Liebe glauben. Daraufhin werden ein Mann im Rollstuhl und andere Anwesende mit verschiedenen körperlichen Leiden gesund.

Dann spreche ich zu den Zuhörern: "Die wahren Krankheiten sind seelischer Natur und viel schwerer zu heilen als leibliche. Denn in Behinderungen wie Hochmut, Geilheit, Neid, Geiz oder Gier kann man leicht zurückfallen, wenn man sich dafür wieder öffnet. Nur wer bereit ist, sich von seinem sündhaften Verhalten zu verabschieden, bitte, auf dass Jesus ihn jetzt heile." Daraufhin werden einige Personen von ihren Sünden frei und erkennen Gottes Liebe.

Wieder im Körper, stelle ich mich mit dem Rücken zum Wind. Mein Leben gehört Jesus Christus, ja, eigentlich ist das Leben jedes Menschen gebettet in Gottes Vollkommenheit, doch verleugnet man diese Geborgenheit. In der Tiefe meiner Seele sehe ich die Bereitschaft, jederzeit den Körper abzulegen. Ja, ich bin bereit! Das Wort Zufall versinkt im Nichts. Ich spüre, wie mich der Tod für immer verlässt und Unsterblichkeit mich durchdringt. Nicht im theoretischen Glauben, sondern in lebendiger Gewissheit. Was für eine Befreiung! Die eigene Unsterblichkeit zu sehen, das untrügliche Bewusstsein ewigen Lebens ist Gnade und Geschenk des Vaters an seine ihn über alles liebenden Kinder!

Inzwischen ist es 3:00 Uhr. Ich spreche ein Fürbittgebet für Verwandte und Bekannte und gehe dann ins Lager, um noch etwas zu schlafen, denn wir wollen den Sonnenaufgang nicht versäumen.

* * *

Familie

Unsere Ehe ist von Gott gestiftet und reich gesegnet. In so manchen Kämpfen sind unsere Seelen gereift, die individuellen Veranlagungen ergänzen sich zunehmend wie zwei Teile eines Ganzen und gestatten eine harmonische und glückliche Beziehung. Die religiöse Gesinnung meiner Frau ist eine stille, der Glaube für sie eine Intimität, die sie nicht gern bespricht. Tief in ihrem Herzen trägt sie das Geheimnis der bräutlichen Gottesliebe.

Das kennzeichnende Attribut ihres Geistes ist Gerechtigkeit. Trotz ihres ausgeprägten Gerechtigkeitssinnes zum Liebegrund ihres Herzens vorzudringen und ihr weltliches Rechtsverständnis der barmherzigen Liebe unseres himmlischen Vaters anheimzugeben ist ihre Lebensaufgabe.

In Jesu Gnaden durfte ich einmal ihren vorgeburtlichen Zustand sehen: Ein Geist voller Weisheit und entschiedener Gerechtigkeit, die göttlichen Anweisungen ausführend, doch dabei an Gottes Willen gebunden und dadurch nicht in selbstbestimmter und unabhängiger Liebe tätig. Daraufhin schaute ich ihr im Weltenkampf neugestaltetes Bewusstsein - und erblickte eine zart leuchtende, ätherische Gestalt. Ihre Geisteshaltung war reine und demutsvolle Hingabe. Nie zuvor habe ich solch eine Anmut gesehen, jede Faser ihres Seins war Gott zugewandt, während seine Liebe ihre lichte Schönheit durchdrang und ihr Herz mit unsagbarer Freude und himmlischem Frieden erfüllte.

Das ist meine Frau? Das ist meine Frau! Kaum traute ich mich, sie mit meinem Blick zu berühren. Doch dann gewahrte ich, dass wir in der gemeinsamen Liebe zu Jesus Christus eins werden können. Und sah uns als ein Wesen eingehen in unseres himmlischen Vaters Herz, darin lebend grenzenlose Freiheit und Glückseligkeit ewiglich.

* * *

Bevor sich unsere Tochter Maria verkörperte, hat sie mich des Öfteren besucht und begleitet, so kannte ich ihren Namen und ihr Geschlecht bereits vor ihrer Geburt. Wenn sie ihr Herz öffnete, spürte ich ihre innige Zuneigung und sie ließ mich teilhaben an ihrer Vorfreude auf diese Inkarnation.

Auch unsere jüngere Tochter ist ein Kind aus dem Licht. Beide sind Segen nicht nur für uns Eltern, denn in der neuen Zeit werden sie viele Menschen mit ihrer Liebe-Weisheit beglücken. Ihr Hauptamt liegt in der Ausbildung der Kinder und Jugendlichen der neuen Erde. Dies ist ihre Berufung, darin sie ihre irdische Erfüllung finden. Bis sie schließlich eingehen werden in das Herz ihres himmlischen Vaters, woraus sie einst geboren.

* * *

Während eines Gesprächs mit meiner Tochter Christina über den Tod habe ich eine Vision ihres Hinübergehens: Sie wird dereinst ahnen, dass ihr dieser Tag bald bevorsteht. Nur kurz wird sie etwas leiden, doch das trägt sie demütig, wie sie es stets in ihrem irdischen Dasein getan hat. Sie liegt im Krankenbett und verabschiedet sich von ihren Lieben. Bald darauf schläft sie ruhig ein. Völlig gesund und selig erwacht sie im Jenseits. Ich stehe da und erwarte sie … doch da ist noch jemand ... es ist Jesus, der sein Kind in die Arme nimmt. Jetzt kommt auch meine Frau, o welch unsagbare Freude!

Hier endet die Schau, doch weiß ich, dass auch Maria dazu kommen wird. Weitere Familienmitglieder und Verwandte werden die himmlische Gemeinschaft vervollständigen und es wird ein glückseliges Beisammensein in der Liebe unseres Vaters in Jesus Christus.

* * *

Viele Geister aus den lichten Sphären haben jetzt irdische Gestalt angenommen. Wie meine Familie haben die meisten von ihnen an ihre vorgeburtliche Existenz keine Erinnerung. Doch früher oder später werden sie erwachen und ihre Herkunft wird sie vage aus dem Unbewusstsein heraus berühren, und sich manchen teilweise oder sogar gänzlich offenbaren.

Aus den herrlichsten Himmelsregionen sind sie herabgestiegen, um der Menschheit in dieser Zeit des Wandels zu dienen. Hier auf Erden erfahren sie den unmessbar großen Unterschied existentiellen Daseins: Vormals als an Gott gebundener Willensteil in der glückseligen Tätigkeit verordneter Vollkommenheit, jetzt als selbstbestimmter Mensch in grundsätzlicher Willensunabhängigkeit von Gott. Dadurch unvollkommen, weil blind gegenüber dem im Herzen der Seele verborgenen Gottesleben - bis zum Erwachen.

* * *

Glückseligkeit

Alles an und in mir ist Sünde. In meinem irdisch Menschlichen bin ich zu nichts Gutem fähig. Selbst vorgestellte Freundlichkeit, Anteilnahme und Hilfsbereitschaft sind begleitet von Egoismus, Selbstgefälligkeit und Eigennutz. Es gibt kaum einen schlechten Gedanken, den zu denken ich nicht fähig bin. Dies zu bekennen ist die einzige Wahrheit, der ich mich rühmen kann.

Alles wahrhaft Gute und alle wahrhaftige Liebe in und aus mir ist Gottes, denn nur er allein ist gut und liebevoll - außer ihm gibt es nichts Gutes, gibt es keine Liebe, gibt es keine Wahrheit, gibt es kein Leben.

Die lebendige Erkenntnis, dass wir so einen guten und liebereichen Gott haben, erfüllt mein Herz mit tiefer Dankbarkeit und Liebe zu ihm. Dies ermöglicht es ihm, mich eindringlich und umfassend mit seinem Geist zu durchdringen und all meine Sünde in sein Göttliches zu verwandeln.

* * *

Ohne Gott nichts, mit Gott alles

Mein Leben findet allein in Gottes Gnade statt. Alles, was ich irdisch mein Eigen nenne, gehört dem Vater - ich bin nur Verwalter seiner Gaben. Meine Frau ist ein Geschenk seines Herzens, meine Kinder sind seine Kinder, mein Haus ist sein Haus, mein Geistesleben ist sein Eigentum. Meine Dankbarkeit für diese Gnade kennt keine Worte, sie kann und darf sich allein in der Liebe Treue erfüllen.

Zuweilen spüre ich Gott mit jeder Faser meines Seins. Von ihm erhalte ich das Geschenk ewigen Lebens. In der göttlichen Angehörigkeit empfinde ich unsagbare Liebe-Geborgenheit, Furchtlosigkeit und absolutes Gottvertrauen, das jegliche Lebenssituation durchdringt. Solch innigstes Vertrauen gründet sich in der uneingeschränkten Liebe zu Jesus Christus.

* * *

Auf dem christlichen Pfad verlässt man immer öfter die irdische Scheinwelt, denn man hat die Illusion Materie erkannt und durchschaut. In der Versenkung in des Vaters Liebe erfährt die Seele verschiedenste Zustände geistiger Realität. Mitunter paaren sich wundersam anmutende Empfindungen mit sehnsüchtig erwarteter Gottesbegegnung:

Lässt man sich in der Hingabe an den göttlichen Geist ganz los, findet man sich wieder in einer absoluten Vertrautheit. Scheinbar verliere ich mich dabei, werde in die Endlosigkeit des Raumes hinaus vergrößert. In dieser Ausdehnung sehe ich meinen Wesenskern: Ein winziger Punkt in der Unendlichkeit, wiederum Unendlichkeit in sich enthaltend; ein Augenblick der Ewigkeit, der Ewiges in sich trägt.

Ein Impuls steigt aus der Tiefe der Seele empor. Nein, kein Gedanke, ein zeitloses Gewahr-sein, getragen vom ewigen Wort \`Ich bin´. Und obwohl die Antwort gegenwärtig ist, stellt sich die

Frage: Wer ist Schöpfer allen Seins? Wer hat Wahrheit und Liebe geboren?

In der Ferne sehe ich eine Gestalt in weißem Gewand. Längst weiß ich, wer es ist, denn sie kommt auch in meinem Herzen auf mich zu. "Vater!" spricht es in mir, "mein Jesus!" Und die Umarmung will nicht enden. Hier darf ich meinen armseligen Zustand verlassen, darf endlich leben!

Nur in seinem Herzen findet der Mensch hierher, nur hier findet er die Geborgenheit, die er sein Leben lang ersehnt hat.

* * *

Der Vater rührte mich an, worauf ich mich unvermittelt in geistiger Gestalt erblickte. Zu meinem Erstaunen war da ein von Liebe und Licht durchdrungener Mensch, in dem kein Böses ist und kein Falsch. Verwundert dachte ich: \`Oh, ich bin gut! Wo ich auch hinschaue ist Liebe, Sanftmut und Güte! Hier ist keine Verstellung möglich, keine Lüge, hier gibt es nur Wahres und Gutes!´

Unter Tränen saß ich da ich in meiner Sündhaftigkeit und konnte gar nicht glauben, dass ich so sein darf. Und sah, dass ich dieser mit Liebe und Licht erfüllte Mensch eigentlich immer bin, allerdings gefangen in vielerlei sinnlichen Begierden und Abhängigkeiten und dem damit verknüpften Denken und Handeln. Und sah, dass eigentlich jeder Mensch in seinem innersten Grunde ein vollkommener Geist in und aus Gott ist.

Und erkannte, dass dieser Geist Gott selbst ist in allem Leben und dass in der in ihm und aus ihm wirkenden Liebe jede Trennung endet. Und dass der endgültige Eintritt eines Menschen in seine göttliche Identität die Vereinigung von Schöpfer und Geschöpf, von Vater und Kind, von Seelenbraut und Gott-Bräutigam bedeutet. Und sah immer tiefer hinein in diese Liebe und wurde immer entrückter und sprachloser und war nicht mehr und war doch - und war angekommen, von wo ich einst ausging.

* * *

Unverlierbare Freude, was auch geschieht, gleich ob Leben, gleich ob Tod. Und wenn eine geliebte Person stirbt, so weinen die Augen die Tränen der Seele. Doch diese Tränen fließen im Gleichstrom mit der im Herzen erwachten Glückseligkeit und sind getaucht in göttliche Geborgenheit. Und in dem Maße, indem die Freude wächst, wächst auch die Hingabe. Welche Seligkeit, Jesu Hand zu halten, an seiner Brust zu ruhen, von ihm eingeführt zu werden in seine Schöpfungspläne.

Diese geistige Neugeburt gebiert eine Liebefähigkeit und einen Frieden unbeschreiblich. Nur das kann als Leben bezeichnet werden. Dies ist das Erbe Gottes für jeden Menschen, der sich ihm in vorbehaltloser Demut zuwendet.

Mein Leben in Deiner Hand, o Jesus, Du mein Gott! Immer öfter darf ich Dich in mir und mich in Dir erleben. Glückseligkeit ohne Ende, Liebe ohne Maß und Ziel! Was für ein Geschenk ist dieses Gottesleben!

* * *

Von Zeit zu Zeit werde ich unversehens entrückt. Inmitten großer Menschenmassen, fast erschlagen von den verschiedenen Energien, wird meine Seele entflammt, brennt im Liebefeuer Gottes. Tiefer Friede überkommt mich, zeitlos und raumlos betrachte ich das geschäftige Treiben. In Jesu Herzen geborgen erkenne ich, dass alle Welt nichts ist, dass es außer seiner Liebe nichts gibt, was von Wert wäre. Ich möchte vergehen in dieser Liebe, schmiege mich an sie, ganz sanft und zärtlich, unendlich zärtlich ist sie. Gottes Herz, es ist heilig, es ist die Quelle der Reinheit, Sanftmut und Güte. Ja, hier ist der Himmel, hier offenbart der Vater seinen Kindern seine Herzenskammer.

In seinen Armen bin ich gestorben und bin erwacht in seinen Armen. In seinen Augen bin ich ertrunken, darin hat er mich wiederbelebt. In meinen Adern fließt sein Erlöserblut, mein Herz pocht mit seinem Herzschlag. Ich sehe mich als göttlicher Funke, als Teil seines Wesens ... war ich immer, werde ich immer sein!

Dort draußen steht, unsichtbar für die Umgebung, ein Mensch in Flammen. Mein Äußeres vergeht förmlich in der Ausstrahlung der göttlichen Liebe. Ich bleibe hier, verweile als Geist in unsagbarer Glückseligkeit bei meinem Vater.

* * *

Ich kann jetzt aus meinem Geist schöpfen ohne Ende. Ströme von Licht ergießen sich in die Seele. Immer tiefer darf ich eindringen in das göttliche Liebeleben, immer öfter nimmt Gott von mir Besitz. In der Liebe zu ihm bin ich eingegangen in meine zeitlose Identität. Hier trinke ich aus der Quelle der Liebe, hier eröffnet der Vater seinem eingeborenen Kind die Schatzkammer seines Herzens, hier führt er es ein in die Geheimnisse seiner materiellen und geistigen Schöpfung.

Wenn die Menschen nur wüssten, wer und wie Gott wirklich ist!

* * *

Die Quelle der Liebe ist die Lebendigkeit des göttlichen Herzens. Aus der Gottesbrust strömt unerschöpflicher Reichtum - hieraus trinken die Engelsgeister ewige Glückseligkeit. Gerne möchte ich diesen Zustand mitteilen, doch es geht nicht.

Ich befinde mich im unaussprechlichen Bewusstsein, bin nicht mehr und bin doch. Meine Seele weiß sich vor Freude und Dankbarkeit nicht zu helfen, ich zerfließe im Feuer der Gottesliebe, kaum kann ich mich noch zusammenhalten.

"Dein Zustand ist erst der anfängliche Seligkeitsgrad des Himmels!" höre ich in mir.

* * *

Mein Atem ist Friede. Mein Herz ist Liebe. Jeder Augenblick schenkt Erfüllung und grenzenlose Freude. Farben dringen in mich und leben in mir. Jeder Stein, jede Pflanze, jedes Tier, jeder Mensch strahlt Liebe aus und berührt mein Herz unmittelbar. Das Licht des Tages, ich kann es nicht beschreiben, es lebt. Welch wundervolle Harmonie in dieser Tiefe des Daseins! So existiere ich jetzt. Mehr braucht es nicht, wenn die Seele im Gottesleben erblüht. Keine irdische Befriedigung kann solche Erfüllung schenken. Erst in der Freiheit göttlicher Liebe findet der Mensch seine ewige Glückseligkeit.

Welches Bedürfnis habe ich noch? Ein einziger Wunsch steigt in der Seele empor: Mich mit dieser Liebe auf immer und ewig zu vermählen. Ganz eins zu sein mit dieser einzigen und wahrhaftigsten Lebendigkeit für immerdar.

* * *

Ich bin. Alles ist, wie es ist. Existenz - ich falle in die Wahrheit dieses Wortes und lebe darin. Sein, unendlich einfach und einfach unendlich - an sich, in sich und aus sich. Wie könnte man dies Erleben bezeugen? Hier endet jede weltliche Ausdrucksweise, jeder Beschreibungsversuch verliert sich in den Tiefen wahrhaftigen Daseins. Und doch möchte sich die Seele mitteilen ...

... dieses Leben beinhaltet, nein, ist eine allerlebendigste Sicherheit, eine allersicherste Lebendigkeit. Leben, das sich als Liebe ewig aus sich selbst gebiert. Liebe, die sich immer wieder neu an alles Leben verschenkt. Liebe, die die Seele zärtlich durchdringt. Liebe ohne Vergangenheit und ohne Zukunft. Liebe, so unendlich kraftvoll, so unendlich verletzlich, so unendlich rein. Liebe, unberührbar - und doch alles berührend: Das Herz Gottes. Hier beginne ich vor Äonen, hier beginne ich gegenwärtig. Hier beginne und ende ich zugleich. Immerfort. Unendliche Geburt, durchpulst von unzerstörbarer Lebendigkeit. Hier bin ich nicht der Mensch, der geboren wurde auf Erden, hier bin ich der Geist, der ich bin seit Anbeginn.

* * *

So spricht die Liebe in mir:

"Ich bin das Leben in allem. Bin das Allerinnerste und der Grund jedes Menschen, bin seine Essenz. Ich durchdringe alles und umfasse alles und bin somit auch das Äußerste und darin bin Ich auch der Tod und darin wieder das Leben.

Ich bin das Sein im Werden, bin die unveränderliche Beständigkeit im Vergehen. Nichts kann Mich berühren, doch bin Ich allesberührend.

Ich bin das allesverwandelnde Liebeprinzip der Schöpfung, bin ihr unendlicher Raum, bin ihre Kraft und Energie. Ich lenke die Bahnen aller materiellen und geistigen Welten. Ich bin auch die Fülle der scheinbaren Leere zwischen den Welten.

Ich bin die Unendlichkeit und die Ewigkeit selbst. Wo Ich ende, beginne Ich und wo Ich beginne, ende Ich. Ich bin namenlos und bin der Name aller Namen, geschrieben auf dem Grunde deines Herzens.

Ich bin Liebe. Ich bin grenzenlose Liebe. Ich bin die Liebe selbst. Ich bin die Liebe Gottes. Ich bin Gott.

Nur lieben kann Ich, alles wird in Mir zu Liebe. Wer sich Mir überlässt, den verwandle Ich in Mich und mache ihn frei. Bedingungslos."

* * *

Erlebnisse mit verstorbenen Seelen

"Wenn jemand dürstet, so komme er zu Mir,
Ich werde ihm das Wasser des Lebens geben."

Lichtkreuz

Bereits zu Beginn meines Erwachens begann ich, gedanklich Lichtkreuze in Räume und vor Häuser zu setzen. Weit in die geistige Welt strahlende Zeichen der Macht der Liebe, der Erlösung und des Sieges.

Manchmal beobachte ich die verstorbenen Seelen in unserem Garten, die vom Licht des dortigen Kreuzes angezogen werden. Einige nähern sich neugierig und begutachten es, andere entfernen sich schnell wieder. Bisweilen versammelt sich eine Schar Verstorbener, die sich angeregt bespricht und diskutiert. Springt ein Funke Licht über, nähern sich Himmelsgeister. Sie erfüllen die Sehnsucht der Suchenden mit Liebe und geleiten sie in hellere Gefilde.

Ist es angebracht, spreche ich zu den Geistern, die uns besuchen. Es sind die Worte, die ich auch auf Friedhöfen an die Toten richte. Dabei erfüllt mich göttliche Autorität und die Gewissheit der Erlösung. Voller Mitgefühl darf ich sie auf ihren jeweiligen Stand hinweisen und auf die Begegnung mit Engeln vorbereiten.

Meinen irdischen Beruf übe ich in der Pflege schwerbehinderter Personen aus, die Betreuung verstorbener Seelen entspricht dieser Aufgabe im Geistigen. Unerkannt von der Welt bin ich ein Arbeiter im Weinberg des Herrn.

* * *

Wenn ich mit Geschwistern geistige Gespräche führe, nehme ich mitunter jenseitige Besucher wahr, die interessiert zuhören. Je länger die Ausführungen dauern, umso mehr Geister \`drängen´ in den

Raum. Sie sind hungrig und lassen die Worte tief in ihr Herz sinken, daraus sie großen Nutzen ziehen. Doch nicht nur Verstorbene sind anwesend. Auch Wesenheiten anderer Welten sind geistig präsent, wodurch sie Einblick in irdische Verhältnisse sowie in die göttliche Vater-Kind-Liebe auf Erden bekommen. Für einige ist ein Besuch Anreiz zu einer baldigen Inkarnation.

So wachsen nicht nur wir Diesseitigen, die ganze illustre Gesellschaft lernt in dieser Runde. Und es ist so eine Freude, in dieser gemischten Gruppe dabei zu sein mit Jesus Christus in unserer Mitte.

Jeder Mensch, der aufrichtig den christlichen Liebeweg beschreitet, zieht gute Energien herbei und ist stets von hilfreichen Geistern umringt.

* * *

Beim sommerlichen Lauf durch goldgelbe Weizenfelder und leuchtend grüne Wälder hatte ich meinen Trinkvorrat aufgebraucht. In einem Dorf kam ein Friedhof gerade recht, um die Wasserflasche aufzufüllen. Beim Gang zum Brunnen nahm ich die verstorbenen Seelen wahr, die bei ihren Gräbern weilten. Mein Schutzgeist trug mir auf, für sie zu beten und zu ihnen zu sprechen.

Ich wurde von Bestimmtheit und Wahrhaftigkeit erfüllt und sagte zu den Verstorbenen, sie sollten Jesus Christus in ihren Herzen anrufen, denn nur er könnte ihnen helfen. Sie müssten jetzt endlich ihre Grabstätte verlassen, und gleich würden Engel kommen und sie ihrer Bestimmung zuführen. Stets geschieht das, sobald ich die Örtlichkeit verlassen habe. Einer stellte sich aber sogleich auf und sagte erbost zu den anderen: *"Was will denn der Trottel hier? Glaubt ihm kein Wort, dem Wichtigmacher!"* Und zu mir: *"Verschwinde! Was willst du hier!?"*

Da erwiderte ich: "Glaubt mir, es geht allein um eure Erlösung. Nur Liebe bestimmt mein Sprechen und Handeln, denn alles ist Gottes und nicht mein. Verlasst diesen Ort, hier ist nicht euer Zuhause. Folgt den Engeln und lasst euch in eure wahre Heimat führen."

Diese Worte, und auch weil ich sie sah, brachte einige zum Nachdenken, worauf sie sich abwandten von der Seele, die diesen Ort, der ihre tote Vergangenheit beherbergt, nicht verlassen und deshalb die anderen an sich binden wollte. Sodann lief ich mit freudigem Herzen weiter im Bewusstsein, dass hier Erlösung geschieht und dankte Gott für diese Gnade.

* * *

Urlaub in Österreich

Beim nachmittäglichen Stadtrundgang im Urlaubsort passierten wir vereinzelt nicht mehr bewohnbare Häuser. Plötzlich breitete sich Dunkelheit um mich aus, ich konnte fast nicht mehr atmen, ein tonnenschweres Gewicht lag auf meiner Seele.

Mit den Augen des Geistes schaute ich in die düsteren Behausungen. Verstorbene aus alter und neuer Zeit bewohnten diese toten Gemäuer. Es war die traurigste Erscheinung, die ich seit langem gesehen hatte. Was für ein Elend! Lebendig begraben hausten sie in ihren erbärmlichen Vergangenheiten, verfallen in Lethargie vegetierten sie ohne Hoffnung dahin.

Erst als wir diese Örtlichkeit verlassen hatten, legte sich die Bedrückung und ich war auch körperlich wieder aufgerichtet. Jetzt konnte ich für die armen Seelen beten, indem ich den Vater bat, dass er seine Engel aussenden möge, um diese Toten zu erwecken. Er bejahte dies - dankbar und erleichtert besichtigten wir anschließend die Stadt.

(NB: Gott kann man nicht zu Barmherzigkeit bewegen, denn er ist alle Barmherzigkeit selbst. Es ist immer der Vater, der das Kind mit fürsorglicher und mitfühlender Liebe erfüllt. Er bringt das Menschenherz dazu, sich zu ihm hin zu sprechen - wodurch er sich seinem Kind sowohl in der Bitte als auch in der Erfüllung schenkt.

Es ist seine größte Freude, das Erlösungswerk gemeinsam mit seinen Kindern zu bewerkstelligen.)

* * *

Ein Freund ist gestorben. Ich durfte seinen Leichnam waschen und anziehen. Dabei redete ich mit der noch anwesenden Seele und entschuldigte mich für ein Fehlverhalten, denn in meiner Selbstgerechtigkeit tat ich ihm einmal sehr weh. Für diese Möglichkeit der Wiedergutmachung bin ich von ganzem Herzen dankbar.

Zuweilen geschieht es, dass jemand stirbt, mit dem man nicht im Reinen ist; dann grämt man sich vielleicht, dass man sich zu Lebzeiten nicht ausgesprochen hat. Das kann sowohl in einer auseinandergelebten Familie zwischen Eltern und Kindern oder zwischen Geschwistern der Fall sein, als auch in einer nachbarlichen oder beruflichen Feindschaft. Dass Verstorbene sich länger im Dunstkreis ihres ehemaligen Umfeldes aufhalten, kann durchaus an einer unerlösten Bindung oder Rivalität liegen. Nicht selten ist es der Fall, dass ein Jenseitsbewohner in Ärger oder Rachsucht einem ehemals irdischen Feind arg zusetzt und durch Beeinflussung der Lebensumstände Schaden zufügt.

Gerät man in eine solche Situation, kann man seine Notlage dem Vater ans Herz legen mit der Bitte, er möge der verstorbenen Person ein Verzeihen oder das Ansuchen um Vergebung übermitteln. Wenn sie nicht ganz verhärtet ist, wird sie diese und die damit verbundene Liebe früher oder später in sich finden. Auch einen unüberwindbaren Kummer angesichts des Todes eines geliebten Menschen kann man dem Vater anheim geben. Es ist wichtig zu wissen, dass anhaltender Sehnsuchtsschmerz die Verstorbenen an die irdische Sphäre binden kann. Wenn Gott hier Befreiung bewirkt, ist es also eine beidseitige, sowohl für die Hinübergegangenen als auch für die Zurückgebliebenen.

* * *

Ein Arbeitskollege hatte Selbstmord begangen. Eines Nachts kam er mich im Traum besuchen, beschimpfte mich und gab mir eine schallende Ohrfeige - warum dies zugelassen war, weiß ich nicht. Gelegentlich kam mir dieses Erlebnis in den Sinn und gerne betete ich dann für Hans. Nach Jahren besuchte er mich wieder. Seine Liebe berührte mich tief. Offensichtlich war er aufgestiegen und bewohnt jetzt eine lichtere Sphäre. Ich freue mich schon auf ein Wiedersehen.

Einst wird es viele Zusammenkünfte in der geistigen Heimat geben und große Freude wird sein in den Herzen. Doch alle diese Begegnungen verblassen in der Gegenwart Jesu. Er überstrahlt alles Geschehen in Zeit und Ewigkeit. Erst in der gemeinsamen Liebe zu und in ihm werden jede Begegnung und jedes Wiedersehen zu einem Fest himmlischer Glückseligkeit.

* * *

Besuch bei einer Freundin. Im Garten begegnete mir ihr Opa, der vor einigen Jahren gestorben war. Er war mit Gartenarbeit beschäftigt, die er auch Zeit seines irdischen Daseins stets getan hatte. Er schaute beiläufig zu mir her, während er weiter geschäftig im Schuppen hantierte, um den Eindruck von Wichtigkeit zu erwecken. Eindringlich legte ich ihm nahe: Er sei tot und müsse diesen Ort verlassen, um den Weg in die geistige Heimat antreten zu können. Gott werde sich um seine Frau und um sein Haus kümmern, und einst, wenn auch sie die jenseitigen Gefilde betritt, werde er sie wiedersehen. Doch er müsse vorangehen, um bereit dafür zu sein. Ganz wichtig sei, dass er sich an Jesus Christus wende, denn dann gingen Gesundung und Heimkehr zügig vonstatten.

Nach etwa einem Jahr war ich wieder zu Besuch. Während der Unterhaltung betrat plötzlich eine aggressive und bösartige Energie den Raum. Es war der Großvater, der nun noch verhärteter und boshafter geworden war. Ich konnte nicht in seine Sphäre dringen, jeder lichte Gedanke wurde von ihm angegriffen und blockiert.

Wenn sich eine Seele einmal den finsteren Mächten anheimgegeben hat, bleibt sie oft lange Zeit gefangen in Verbitterung und Hass.

* * *

Meinen Onkel nach einer Geburtstagsfeier zurück ins Altenheim gebracht. Ich half ihm aus dem Anzug und zog ihm Jogginghose und T-Shirt an. Dabei unterhielten wir uns über dies und jenes. Als die Rede auf seine verstorbene Frau kam, nahm ich plötzlich ihre Anwesenheit wahr. Ich spürte ihre Freude und Zuneigung aufgrund meiner Hilfsbereitschaft für ihren Mann. Da ich seine Anzugshose zwar ordentlich, aber nicht exakt gefaltet auf den Kleiderbügel hängte, reagierte sie jedoch verärgert, maßregelte mich und sagte, ich solle die Hose sorgfältiger aufhängen. Ich war verblüfft und irritiert, dass eine seit Jahren Verstorbene bei einer solchen Begegnung derlei materielle Kleinigkeiten in den Vordergrund und über die zuvor erbrachte Herzlichkeit stellte.

Dies Erlebnis zeigt, wie schwer es ist, ins Jenseits mitgebrachte egoistische Ansichten und gebieterische Verhaltensweisen loszulassen. Erst wenn ein Mensch Sehnsucht nach seiner wahren Heimat in der Liebe zum himmlischen Vater in sich erweckt hat, löst er sich von allen negativen Eigenschaften, und erst dann findet er in die Freiheit des Geistes.

(NB: Mein Onkel, zu dem ich aufgrund unseres gemeinsamen Glaubens eine innige Herzensverbindung habe, ist mittlerweile gestorben. In der Nacht nach seinem Tod wurde ich im Geiste durch seinen Geburts- und Wohnort geführt, allerdings in den 60er Jahren, die ihn offensichtlich sehr geprägt haben. Am nächsten Tag besuchte er mich, seine Zuneigung und Liebe berührten mich tief. Er wird mich auf meinem weiteren Lebensweg oftmals besuchen, denn einst war er ein geliebter Bruder in Jesus Christus - und ist es jetzt wieder.)

* * *

Bei einem gemeinsamen Abendessen war die verstorbene Mutter der Gastgeberin anwesend. Die Liebessehnsucht nach ihrer Tochter und der damit verbundene Schmerz füllten mich vollständig aus, worauf ich weinen musste. Auf die Frage, warum ich denn weine und was los wäre, wollte ich keine Antwort geben und wollte auch die Anwesenheit der Mutter nicht erwähnen. Die bedrängte mich jedoch sehr, dass ich ihrer Tochter die Worte mitteilen solle. Das versprach ich schließlich, verschob das aber auf später, da mir das Sprechen schwerfiel. Nach dem Essen teilte ich der Bekannten dann die mütterliche Botschaft mit. Sie weiß, dass ich geistig sehend bin und hatte deshalb keine Probleme, mir zu glauben.

Tritt man mit geliebten Verstorbenen in Kontakt, wird es sehr emotional, die Gefühlswellen schlagen hoch. Unter Tränen umarmten wir uns und lange saßen wir noch schweigend, um das Geschehene zu betrachten. Der Mutter teilte ich aber insgeheim mit, dass sie ihr Kind loslassen müsse, vor allem Jesus Christus in ihr Herz lassen solle, um frei zu werden von den irdischen Gewichten, auf dass sie in der jenseitigen Heimat Erfüllung nach der schweren Erdenzeit finde.

Als ich wieder einmal zu Besuch war, kamen wir auf die früheren Familienverhältnisse zu sprechen. Da erschien die Mutter erneut. Sie war inzwischen geistig fortgeschritten, jede Bewegung ihres Herzens war Anmut und Sanftmut, voller Verzeihen und Verständnis. Darin und daraus erwuchs ein unbeschreiblicher Friede. Sie hatte ihre Berufung angetreten und betreut nun die früh verstorbenen Seelchen. Den Beruf der Kinderbetreuung hatte sie auf Erden auch schon ausgeübt, Kinder waren stets ihr Lebens- und Liebeselixier. Vor allem aber erfreute mich ihre Liebe zu Gott, darin sie ihr Zuhause gefunden hat. Diesmal musste ich nicht weinen, sondern war erfüllt von Wonne und Dankbarkeit.

* * *

Bei großen Laufveranstaltungen kann man immer wieder diesen kollektiven Geist der Läufergemeinschaft erleben. Am Start herrscht eine überwältigende Aufbruchsstimmung. Und hier waren es über 45000 Laufbegeisterte, die dieses Signal aussendeten.

Die ersten Meilen durch Brooklyn ging es im gemäßigten Tempo voran und ich sog die Atmosphäre dieses Stadtteils auf. Vor mir lief ein Mann mit einem aufgeklebtem Foto einer sehr hübschen jungen Frau auf dem Rücken und dem Text, dass sie im Alter von 20 Jahren gestorben ist. Als ich beschloss, neben dem Mann zu laufen, überkam mich ein herzzerreißender Schmerz. Ich konnte kaum noch atmen, alles zog sich in mir zusammen, noch nie hatte ich fremdes Herzeleid so tief erlebt. Ich weinte und versuchte das während des Laufens so gut es ging zu verbergen. Als ich mich wieder beruhigt hatte, sprach ich den Mann an:

"Hello, I´m from Germany. Do you run this Marathon in memory of your daughter?"

"Yes!" vernahm ich, und fragte weiter: "Why did she die?"

"She had cancer." bekam ich zur Antwort. Wir schauten uns an, nun sah ich den Schmerz in seinen Augen und darin verborgen die namenlose Liebe zu seiner Tochter.

Jetzt war sie da. Sie drängte mich, zu ihrem Vater sprechen zu können; doch es war mir peinlich, mich hier als Medium vorzustellen. Wir rannten weiter nebeneinander her, bis ich mich etwa eine Viertelmeile später überwinden konnte:

"Do you believe, your daughter is still alive?"

"Yes, I do!" - Sein Blick drückte erst Verwunderung aus und war schließlich voller Erwartung ob dieser Frage. Es schien, als habe er diesen Moment unbewusst herbei gesehnt, und ich spürte, dass seine Seele auf dieses Treffen vorbereitet worden war. Nun konnte ich nicht mehr zurückhalten, die Gegenwart seiner Tochter durchdrang mich so sehr, dass ich sie sprechen ließ:

"Hello Daddy! Oh, I love you so much! ... Please think always about me, oh Daddy ... I will never forget you ... Oh Daddy, I love you ... Today you will lose your pain ... I am with you ...".

Die Worte sprudelten nur so aus ihr/mir heraus und sie teilte ihm so innig ihre Liebe mit und dass es ihr gut gehe und alles gut werde, dass ich schließlich nur noch mit brüchiger Stimme sprechen konnte, zu tief waren die Gefühle und die unbeschreibliche Freude des Wiedertreffens. Immer wieder stöhnte der Vater auf mit einem "Yes!" oder "Oh!", bis schließlich die Verbindung abbrach. Er hatte offensichtlich keine Zweifel, ein Gespräch mit seiner verstorbenen Tochter zu führen.

Ich weiß nicht mehr, welche Strecke wir inzwischen zurückgelegt hatten, und auch nicht, ob jemand unsere `Unterhaltung´ mitbekommen hatte. Mein Bewusstsein hatte sich in der medialen Instrumentalisierung ganz vom Körper gelöst, doch der lief wie in Trance einfach weiter. Ähnliches kannte ich schon von anderen Erlebnissen.

Noch einmal trafen sich unsere nassen Augen. In diesem Blick sah ich Gottes Liebe meinen neugewonnenen Bruder umarmen. Und da mir nichts Besseres einfiel, ballte ich die Faust als ein Zeichen des Durchhaltens auf jeder Ebene - wir liefen schließlich einen Marathon - und zog das Tempo an, um eine Trennung herbei zu führen.

* * *

Bei der Beisetzungsfeier des Mannes einer Freundin meiner Frau. Von der Empore aus sah ich den Verstorbenen bei seinem Sarg stehen. Ich wusste nicht, ob er gläubig gewesen war, doch offensichtlich stand er unter großer Gnade, denn Jesus wohnte der Trauerfeierlichkeit bei. Er zeigte dem Hinübergegangenen absolutes Angenommen-sein in göttlicher Umarmung. Dann nahm er ihn an der Hand und geleitete ihn hinaus, während der Gottesdienst noch in vollem Gange war.

Im Herzen sah ich, dass der Vater ihn auf dem Weg in die geistige Heimat begleiten und ihm helfen würde, die darauf befindlichen Hindernisse beiseite zu räumen, auf dass er sicher ans Ziel komme.

Mit irdischen Augen betrachtet war diese Beerdigung eine traurige und kummervolle. Mit den Augen des Geistes besehen war sie voll lichter Schönheit. Wenn Jesus anwesend ist, ist der Himmel geöffnet und viele seiner Bewohner machen die Trauerfeier zu einer wahren Jubelfeier. Es herrschten Freude und Frohsinn über die Gnade der Heimführung, die Herzen der anwesenden Geister waren erfüllt von Dankbarkeit über dieses Gottesgeschenk.

Eher trist gestalten sich aus jenseitiger Sicht die prunkvollen Beisetzungen hochgestellter und prominenter Persönlichkeiten, die von den Massenmedien bereits zu Lebzeiten und noch mehr im Tode quasi heiliggesprochen werden. Während im Diesseits landes- oder gar weltweite Anteilnahme und kilometerlange Trauerzüge die Feierlichkeiten begleiten (bei denen man geneigt ist zu glauben, Gott selbst werde hier beerdigt - was im Sinne der Gottlosigkeit ja auch wieder stimmt), halten sich die Geister des Lichts fern von Hochmut und Selbstbeweihräucherung, denn die hochgelobte Prominenz führt zumeist ein verblendetes Materieleben in übersteigertem Egoismus. Die gerne verkündete Aussage: "Ich liebe euch alle!" resultiert allein aus Eigenliebe, die sich in Verehrung sonnt. Wenn Glaube öffentlich zur Schau gestellt wird, ist dieser zumeist bloßes Lippenbekenntnis, oder dient dazu, sich marktstrategisch neu zu positionieren.

Drüben angekommen, wollen die Toten ihren Macht-, Anerkennungs- und Reichenstatus beibehalten. Sie werden auch im Jenseits von Hochmut, Habgier und Herrschsucht regiert und wandern verblendet in die falsche Richtung, wo sie aber nur auf Ihresgleichen treffen. Oft erkennen sie erst nach Jahrhunderten ihren Irrtum und beginnen frühestens dann, um Befreiung aus dem selbstgeschaffenen Gefängnis zu bitten.

Im Jenseits gibt es keine Prominenz - hier gibt es einen Vater und viele Kinder. Allein selbstlose Liebe, das ist die Liebe Gottes im demutsvollen Herzen, schenkt graduelle Glückseligkeitszustände, die in der geistigen Welt nach außen hin sichtbar sind und die Nähe zu Jesus Christus bezeugen. Dies stellt jedoch kein Höhergestellt-sein dar, sondern einen liebelichtvolleren Grad im Dienst am Nächsten.

* * *

Bei Beerdigungen erlebt man verschiedenste Zustände Verstorbener. So mancher grämt sich, dass er sich nicht bereits in seinem Erdendasein um ein Leben nach dem Tod gekümmert hat. Erst jetzt, nachdem alles Irdische vom Abgrund des Todes verschlungen wurde, tun sich Erkenntnisräume auf, in denen sich Nutz- und Sinnlosigkeit allein materieller Lebensweise offenbaren. Doch ist dies nur bei Personen der Fall, bei denen ein grundsätzliches Bedürfnis zum Guten vorhanden ist. In ihnen erwacht bald der Hunger nach geistiger Nahrung. Nach einer kürzeren oder längeren Phase der Selbstfindung und Orientierung werden sie in entsprechende Schulungsräume geführt, wo sie bei gutem Willen das im Erdenleben Versäumte nachholen können, um schließlich den Weg in die Ewigkeit anzutreten.

Leider werden viele Hinübergegangene aufgrund ihres auf Erden erzeugten sündhaften Verlangens, das so sehr von ihnen Besitz ergriffen hat, dass es ihr Denken und Handeln völlig bestimmt, von den destruktiven Energien ganz vereinnahmt. Sie sind darin dermaßen bewusstlos, dass sie sich mehr oder weniger reaktionslos ins nachtödliche Geschehen fügen - sie bleiben der Erde noch lange verhaftet. Andere verzweifeln schier in der scheinbaren Ausweglosigkeit ihres selbstgeschaffenen Gefängnisses. Da habe ich schon bitteres Wehklagen vernommen. Im Namen des Vaters bete ich inständig für sie. Bisweilen legt sich dann Friede über das Geschehen - die Seele wird mit einem `Tuch´ aus Licht und Liebe bedeckt. Jetzt ist sie ansprechbar und erfährt, was sie tun muss, um frei zu werden.

In einigen Verstorbenen ist aufgrund ihrer maßlosen Eigenliebe und der daraus hervorgehenden Gewissenlosigkeit jegliches Unterscheidungsvermögen für Gut und Böse erloschen. In ihren Herzen ist es abgrundtief finster. Ihr Sterben in den jenseitigen Wahnwelten dauert Jahrzehnte und Jahrhunderte. Sie lieben ihre Dunkelheit und verteidigen diese mit allen Mitteln. Erst nach einem lang andauernden Läuterungsprozess verblassen die höllischen Ausgeburten, dann können behutsame Bekehrungsversuche Abgesandter des Himmels vielleicht eine Umkehr bewirken.

* * *

Eine Schau begleitet mich seit Jahren. Eine große Schar Jenseitiger, allesamt abgemagert und in zerlumpten Kleidern, wandert ziellos durch eine trostlose Wüste. Ihre Blicke sind leer und hoffnungslos, roboterhaft trotten sie dahin - nicht einmal Tränen haben sie noch, um ihrer Hilflosigkeit Ausdruck zu verleihen. Es sind Tausende, die Karawane des Todes nimmt kein Ende. Verlorene Seelen, die hungrig und durstig durch ihre Jenseitswüsten irren. Da sie in ihrem Erdenleben keine geistige Nahrung zu sich genommen haben, wissen sie nicht, wie sie das jetzt tun sollen, und sie wissen auch nicht wohin sie sich wenden können, um Speise oder Trank zu erbitten. Nie haben sie einen Funken Gottes- oder Nächstenliebe erlaubt, nur Liebe zu sich selbst und daraus zur Materie bestimmte ihr Dasein. Da sich die Lichtbeschaffenheit der jenseitigen Sphären allein in der Liebe zu Gott und zum Nächsten gestaltet, finden sie keinen Ausweg aus ihrer Trostlosigkeit.

Diese tote Seelenschar, die es tatsächlich gibt, symbolisiert auch den Zustand der diesseitigen Menschheit, denn der Großteil ist allein sich selbst und der Materie dienlich - eine geistige Welt ist ihnen so fremd wie einem Polypen in den Tiefen des Meeres die Sonne. Genauso wie die jenseitigen, hungern und dürsten die im Fleisch befindlichen Seelen in den Wüsten ihrer Gottlosigkeit nach geistiger Nahrung. Sie sehen und spüren ihre Armseligkeit jedoch nicht, da sie diese mit weltlichem Lärmen und Treiben verdecken.

Ihre Verwahrlosung wird ihnen erst sichtbar im Schmerz und in der Einsamkeit, die die Liebe zur Welt kurzzeitig aus der Seele verbannen. Doch kaum geht es wieder besser, fällt der Mensch zurück in egoistische Gewohnheiten und erstarrt erneut in seiner materiellen Verfallenheit.

Aber nicht mehr lange wird es dauern und es ist schon soweit, dass die Wahrheit die Erde durchdringt und alle Falschheit bloßstellt. Dieses Geschehen wird den Gotteskindern zur Freude und Erlösung, den Kindern der Welt zum Gericht, wenn sie sich nicht ändern in ihrer Verblendung und gewissenlosen Umtriebigkeit.

* * *

Noch drei Erklärungen zu den Zuständen und Aufenthaltsorten der geistig blind Verstorbenen:

- Nicht jede und jeder Hinübergegangene weiß um ihren/seinen Tod. Vor allem jene, die unerwartet aus dem Erdendasein scheiden, meinen nach dem Erwachen aus der Todesohnmacht, sie befänden sich noch im Körper, da sie sich vorrangig in der Einbildung der vorangegangenen Inkarnation wahrnehmen. Gemäß ihres Entwicklungszustandes werden sie früher oder später mit ihrem tatsächlichen Schicksal konfrontiert.
- Obwohl sie weiter in ihren früheren Behausungen, Umgebungen oder bei ihren Gräbern verweilen, leben die Toten in einer projizierten Scheinwelt. Sie fristen ihr Dasein quasi in einer Welt in der Welt, oder anders ausgedrückt: Sie wesen in einer traumhaften Projektion, die gebildet und erhalten wird von ihrer Bewusstseinsprägung. Diese kann die frühere Örtlichkeit beinhalten, kann aber auch eine völlig andere Welt darstellen, darin sich die Seele am Ort oder in der Nähe des früheren Erdendaseins befindet. Ähnlich wie bei einem Schlafenden, der sich in einer fernen Traumwelt aufhält, tatsächlich aber in der realen Welt körperlich gegenwärtig ist.

- Aus der Sicht des Jenseitsbewohners betritt ein Besucher dessen Sphärenwelt, also dessen Einbildungswelt, die der oder die Verstorbene für Realität halten. Beim Medium ist die Sichtweise abhängig vom Standpunkt: Manche sehen die sphärischen Projektionen, andere den tatsächlichen Aufenthaltsort des Verstorbenen. Ist das Medium fortgeschritten, sieht es beide Welten - oder im besten Fall deren drei: Die Traum-Sphäre des Verstorbenen, dessen realen kosmischen Aufenthaltsort, sowie die Schöpfung mit all ihren Inhalten in deren geistiger Wirklichkeit. Ausführlicheres dazu im Kapitel `Jenseits´.

* * *

In Jesu Gegenwart

*"Siehe, Ich stehe vor der Tür und klopfe an.
Wer Meine Stimme hört und die Tür öffnet,
zu dem werde Ich eingehen."*

Mancher Leser wird sich vielleicht wundern, wie nah der himmlische Vater seinen Kindern im Alltag ist. Selbst in ganz trivialen Begebenheiten steht er ihnen jederzeit mit Rat und Tat zur Seite. Diese seine Gegenwart ist jedem Menschen bewusst, der sein Leben in der Liebe zu Jesus Christus gestaltet.

* * *

In der Fußgängerzone zwei Bettlern 5€ in die Hand gedrückt. Später reute es mich, nur so wenig gegeben zu haben.

Da sagte Jesus: "*Nicht das Geld allein ist der Segen, sondern der Blick in die Augen der Hilfebedürftigen und der Händedruck, den man ihnen schenkt. Wann immer das Herz dabei ist, bin auch Ich dabei. Ich bin Segen und Befreiung. Ich bin der Geber und der Empfangende und du der Mittler."*

* * *

In der U-Bahn gab ich einem Flaschensammler einen Euro, sprach ein paar Worte und gab ihm zum Abschied die Hand. Danach musste ich Tränen unterdrücken, soviel Freude und Liebe verspürte ich.

Jesus sagte: *"Nicht der geschenkte Euro erfreut Mein Herz, sondern deine Worte und deine Handgabe haben Mich erfreut. Denn damit hast du Mir die Hand gegeben, da Ich in den Geringsten zuhause bin. Wahrlich, jede noch so kleine Liebetat erfreut Mich aufs Unaussprechlichste und spendet göttlichen Segen dem Geber und dem Empfänger."*

* * *

Bekam den Impuls, für zwei Gäste unseres Hauses zu beten. Da ich jedoch in jenem Moment keine Nächstenliebe verspürte, sagte ich Jesus insgeheim, dass ich so jetzt nicht beten könne und wolle, da ohne Liebe und Zuneigung das Gebet ja keinen Sinn hätte.

Da sagte er: *"Du hast schon des Öfteren voller Hingabe und Liebe gebetet. Diese deine damalige Liebe - also Mich - lege Ich in dein scheinbar gefühlloses Gebet, wenn du das möchtest. Dann ist es so, als ob du jetzt voller Liebe für deine Gäste beten würdest und dein Gebet wird göttliche Früchte tragen."*

Und er blickte mich mit freudig strahlenden Augen an, als ich erstaunt war, dass er dies auch so ermöglicht.

* * *

Meine Frau und ich verbrachten zwei Tage im Gebirge. In meiner Besserwisserei sagte ich zu Jesus, dass meiner Meinung nach gerade jetzt zwei Wochen Zurückgezogenheit nötig wären, um mich weiter von seinem Geist erfassen und durchdringen zu lassen.

In seinem Verständnis für mein mangelndes Vertrauen erwiderte er: *"Gut, Ich mache für deine Seele aus den zwei Tagen zwei Wochen. Wenn du das Geschenk annimmst und den Inhalt liebetätig umsetzt, ist es so, als ob du tatsächlich zwei Wochen mit Mir in den Bergen verbracht hättest und wir uns dadurch ein großes Stück näher gekommen wären. Doch musst du auch ungezweifelt glauben, dass es geschieht und dass Mir alle Dinge möglich sind im Himmel und auf Erden."*

* * *

Manchmal wünschte ich, dass Jesus leiblich erscheint und ich ihn auch körperlich umarmen kann.

Er sagte daraufhin: *"Natürlich könnte Ich dir in einem festen Körper erscheinen. Doch Meine Wesenheit erkennst du nur in Meinem auferstandenen Leib, den du mit deinen geistigen Augen erschaust. Eine geistige Umarmung, wie du sie bereits kennengelernt hast, ist unvergleichlich intensiver als eine körperliche - und im Grunde ist eine körperliche Umarmung immer eine seelisch-geistige.*

Je mehr du Mich liebst, umso inniger wird unsere Begegnung werden. Wenn du einst ganz in Mir verwurzelt bist in all deinen Tagen und Nächten, wird dir unsere Vereinigung eine Glückseligkeit bereiten, die in der Materie nicht vollziehbar ist. Dann wirst du auch Meine Wundmale sehen und darin Meine Barmherzigkeit in einer dir bisher unerkannten Tiefe erfassen. Deshalb habe Geduld und arbeite weiter an dir mit Mir, und habe Vertrauen, dass unser Plan gelingen wird."

* * *

Nach dem Blick in Jesu Augen richtete ich die anmaßende Bitte an ihn, dass er mir einen Blick wie seinen schenken möge, denn es ist der vertrauenswürdigste und treuherzigste Blick, den man sich nur vorstellen kann.

Er antwortete: *"Erst muss dein Herz zu Meinem Herzen werden, dann wirst du mit Meinen Augen schauen und Ich werde zusammen mit dir die Welt betrachten. Dann wird Mein Licht durch deine Augen scheinen und deinen Blick vergöttlichen. Und unser beider Augenpaare werden zu einem Augenpaar verschmelzen und so mancher Mensch wird Meinen Blick in deinem erkennen."*

In und mit diesen Worten berührte mich Jesus so tief und innig, dass ich körperlich fast zusammenbrach vor Liebe zu ihm.

* * *

Ich habe ein Abkommen mit Jesus: Immer wenn ich auf eine spezielle Befriedigung verzichte und diese für einen Tag aufopfere, kommt ein Mensch auf den Erlösungspfad, und einst darf ich ihn in der geistigen Welt in geschwisterlicher Umarmung begrüßen. Eines Tages wurde mir dieses Vorhaben wieder ins Herz gelegt und ich erwartete den Namen oder das Gesicht der dafür vorgesehenen Person. Da sprach Jesus: *"Heute sollst du das Opfer für Mich bringen."*

Ich war überrascht, doch nach kurzer Besinnung wurde mir bewusst, dass er so meine Liebe zu ihm vertiefen möchte. Seine

Worte verliehen meinem Herzen Kraft, es wurde stark in der Liebe und schenkte mir das Gelingen.

Und er sagte: *"Ja. Mir ist alle Macht eigen im Himmel und auf Erden!"*

Stets durfte ich das Opfer des Verzichts für angenehme Mitmenschen bringen. Eines Tages teilte mir Jesus mit, dass es auch und vor allem für schwierige und boshafte Personen Gültigkeit hat. Solche, die einem Schaden zufügen, die hintergehen, beleidigen oder betrügen, die einen nicht mögen und das auch zeigen. Diese Liebe muss man sich erst zu eigen machen. So wie sich der Mensch Jesus seine alles verzeihende göttliche Liebe zurück erobern musste, müssen sich auch seine Nachfolger diese Liebe erkämpfen. In der Feindesliebe werden die Schwächen der Seele zu ihren stärksten Waffen.

Der Geist führt mich zum jugendlichen Jesus. Ich darf in seine Seele schauen und sehe, wie er einsam mit den niederen Begierden gefallenen Menschseins ringt. In seinem göttlichen Bestreben ist jedes unvollkommene Tun eine unendliche Last für ihn. Still leidet er, doch beklagt sich nie. Nicht selten dauern die Kämpfe Tage. Man kann es nicht in Worte fassen, welche Kräfte hier am Werk sind und sein müssen, auf dass der von seiner Liebe sich getrennt habende Gott wieder eins wird mit sich, auf dass die göttliche Seele wieder eins wird mit dem göttlichen Geist, auf dass der Sohn wieder eins wird mit dem Vater. Immer wieder schafft es Jesus, sich ganz von himmlischer Liebe erfüllen zu lassen, nicht ein böser Gedanke kann ihn erobern. Schritt um Schritt geht es voran, immer stärker wird seine Seele, göttliches Bewusstsein ergreift von ihm Besitz.

* * *

Vatertag

An diesem Tag bin ich bei unserem Vater im Himmel. Hingebungsvoll wende ich mein Bewusstsein zu ihm, bringe mich dar mit ganzer Seele. Tief spüre ich seine Nähe und innige Verbundenheit - immer wärmer wird es im Herzen, bis meine Seele spürbar in Flammen steht. Fast habe ich das Gefühl, dass mein Körper sich auflöst in dieser Einswerdung mit Gottes Liebe.

Er spricht: *"Nicht viele widmen Mir diesen Tag wie du. Deine Hingabe und deine Liebe zu Mir erfreuen mich gar sehr. Bald wird jeder deiner Tage sein wie dieser. Dann wird dein Leben zu einem einzigen großen Vatertag und jeder Pulsschlag deines Herzens ein Pulsschlag Meines Herzens. Amen, das sage Ich, Gott der Unendlichkeit, Bräutigam deiner Seele."*

* * *

Nach schweren Kämpfen

"Komm wieder zur Ruhe, Meine Seele. Besinne dich, du hast gestern guten Willen gezeigt, dies zeugt von deiner Bereitschaft zur Überwindung. Verfolge weiter deine Ziele in geistiger und beruflicher Hinsicht. Bemühe dich, werde ruhig, lass dich nicht zerstören in deinen Visionen und Plänen. Ich mache gut, was du verwirkst. Meine Worte sind immer bei dir, benütze sie, höre Mich, doch dazu sind innere Stille und Hingabe nötig. Vertraue Mir ganz in jeder Hinsicht.

Mein Segen ist mit euch, du weißt es. Ich bin dir nah, näher als du es jemals gedacht. Sieh zu Mir, du spürst Meinen Blick, Meine Güte und Fürsorge, Meine unendliche Geduld mit deinen Fehlern und Schwächen. Du brauchst Mich, ohne Mich gibt es nur Irrwege und Täuschungen. Deshalb besinne dich während des Tages immer wieder aufs Neue, fühle dich geborgen in Mir in deiner so oft wiederkehrenden Dunkelheit. Stoß Mich nicht weg, wenn Satan anklopft. Ich gebe dir Macht, ihm zu befehlen, zu weichen. Doch nur mit Mir zusammen kannst du es."

* * *

Als ich mich wieder einmal schwer an der Liebe versündigt hatte, kamen mir die Kreuzesworte Jesu in den Sinn: *"Vater vergib ihnen, denn sie wissen nicht, was sie tun!"*

Er sagte: *"Ja, auch für dich habe Ich diese Worte gesprochen, wie für jedes Meiner verirrten Kinder. Jedes Meiner Worte hat Gültigkeit für alle Zeit und Ewigkeit."*

Daraufhin bat ich um das Verständnis des Satzes: *"Mein Gott, warum hast Du Mich verlassen!"*

Er antwortete: *"Mein Göttliches musste sich ganz aus Mir zurückziehen, denn Sterben konnte und sollte allein Mein Leib. Meine Seele spürte unsagbare Schmerzen und Qualen - doch nicht nur des Fleisches wegen, sondern auch aufgrund der Verlorenheit Meiner Kinder. Der Hilferuf Meines im Sterben vom Vater verlassenen Ichs - also Meiner von der göttlichen Liebe im Todeskampf getrennten menschgewordenen Persönlichkeit - steht somit für den unaufhörlichen Hilferuf aller gepeinigten Körper und Seelen dieser Welt. Meine Kreuzigung steht für Meinen an die Materie geschlagenen Willen, welcher das stoffliche Universum bildet und erhält. Mein Tod am Kreuz zeugt vom baldigen Tod der alten Erde, die drei Tage im Grab offenbaren die kommenden drei Tage der Finsternis, Meine Auferstehung steht für die Erstehung der neuen Erde - und für die Auferstehung der gesamten gefallenen Schöpfung ins ewig-geistige Leben."*

* * *

Auf die Frage, ob ihn seine Wundmale immer noch schmerzen, erwiderte Jesus, ich müsse erst begreifen, was seine Wundmale bedeuten, und er fuhr fort:

"Unendlich ist das Erlösungswerk Gottes in sich und außer sich für alle Ewigkeit und somit auch die Tiefe der Wundmale. Für die jetzige Zeit symbolisiert der Schmerz Meiner Wunden die Handlungsunfähigkeit der Liebe in der Abkehr Meiner Kinder Herzen. Darin bluten Meine Wunden noch immer und Mein Herz wird täglich durchbohrt von den verblendeten und erblindeten Menschen dieser Erde. Doch jeder liebende Gedanke zu Mir ist Balsam für Meine Wunden und mildert das Leid Gottes in dieser Zeit. O wie sehr sehne Ich Mich nach der Liebe Meiner Kinder, es ist nicht auszusprechen.

Erst wenn alle Materie, alles Leben im endlosen Raum erlöst und vergeistigt sein wird, wird Mein Liebeschmerz sich endgültig auflösen in der Eintracht allen je geschaffenen Lebens. Und Freude wird sein und ein Leben, wie noch nie eines war in Ewigkeit und Unendlichkeit."

* * *

Als ich Jesus bat, mir die Schwachstellen dieses Buches aufzuzeigen, damit ich sie verbessern oder entfernen kann, sagte er: *"Du bist die Schwachstelle dieses Buches."*

Erstaunt fragte ich: "Wie meinst Du das?"

Er antwortete: *"Du sollst dich aus diesem Buch entfernen. Doch nicht deine Erkenntnisse und Erlebnisse sollst du herausnehmen, sondern entäußere dich deiner Bindung zum Geschriebenen. Bilde dir nichts darauf ein, du bist nur Verwalter der geistigen Gaben. Wenn das Buch fertiggestellt ist, lass es los, binde dich nicht daran, dann werden die Worte frei und haben eine ganz andere Kraft, als wenn du eigenen Platz darin beanspruchst. Wenn du zurücktrittst und Mir das Buch schenkst, kann Ich in den Worten leben und Mein Licht und Meine Liebe darin und daraus entfalten."*

* * *

Ich hatte Sorge, dass das Buch den passenden Verlag und die nötige Verbreitung findet.

"Jesus sagte: *Warum bist du so kleingläubig! Warum sorgst du dich? Glaubst du nicht, dass Ich selbst Sorge trage für das, was Ich in Auftrag gebe? Überlass beruhigt alles Mir. Die, die es lesen sollen, werden es lesen. Diejenigen, die sich nicht für diese Botschaft eignen, werden die Seiten aufschlagen, die ihnen nicht munden - und das Buch bald wieder schließen. Viele werden aber auch darüber herziehen und sich daran ärgern und dich angreifen. Doch damit greifen sie Mich an, denn Ich trage die Verantwortung für das Tun Meiner Kinder. Vertraue Mir noch mehr, kümmere Dich allein um die Liebe, lass Dein Herz fallen in Mein Herz - und alles ist gut."*

* * *

Jesus führte mich zu folgenden Zeilen eines Romans:

"Von jetzt an, mein Sohn, ist diese Wohnung dein, und kein Gemach dir verschlossen. Dich hat die Vorsehung erwählt. Noch nie ging alles so leicht wie diese Nacht. Von jetzt an bist du mein Sohn, auch wider deinen Willen. Die Vorsehung hat etwas Großes mit dir vor. Dir blühet der Baum, der nur wenigen blühete je zuvor."

Im Bewusstsein, dass diese Worte auch für mich Gültigkeit haben, sagte ich: "Ja, das ist schon etwas Großes, was Du mit mir vor hast."

Daraufhin erwiderte er: *"Da hast du recht, du bist aber nur einer unter vielen. Und je größer deine Aufgabe, umso kleiner musst du werden. Die Größe der geistigen Aufgaben richtet sich stets nach der Kleinheit Meiner Kinder. Willst du selbst in deiner Bestimmung groß sein, verdrängst du Mich daraus und verdunkelst Meinen Geist in den Worten. Auch wenn du bereits viele deiner göttlichen Möglichkeiten siehst, diese realisieren sich allein deiner demütigen Hingabe gemäß.*

Vieles habe Ich dir bereits geschenkt, doch ist dies nichts im Vergleich zu deinen noch unentwickelten Talenten, und es kann ein wahrhaftiges Erscheinen Meiner Wesenheit in dir und durch dich geschehen. Gehst du jedoch nicht mit und in Mir weiter auf deinem vorgezeichneten Pfad, dich ganz und gar Meiner Liebe überlassend in jedem Aspekt deines Lebens, und bleibst selbst groß in deinen Worten und Taten, wird es ein Kleines bleiben in deiner Bestimmung. Von Meinen Dienern muss Ich alles fordern, auf dass Ich alles geben kann. Und denke stets daran: Der Schmerz demütigt dich gewaltsam und scheinbar unbarmherzig, die Liebe jedoch durchdringt dich zärtlich mit Demut."

* * *

Ich sagte zu Jesus: "Es gibt so viele Menschen, die wesentlich liebevoller und gereifter sind als ich, wären die nicht besser geeignet für diese Endzeit-Aufgabe? Und ich entspreche meinem Äußeren nach auch überhaupt nicht dem vorgestellten Bild eines Propheten ... !?"

Er erklärte: *"Tatsächlich könnte Ich jeden Menschen zum Propheten machen, doch er müsste es auch wollen. Ich nehme jeden, den Ich bekom-*

men kann. Denn im Grunde ist jeder Mensch berufen, Mein Wort zu verkünden - doch wer möchte Mir dienen? Frage sich jeder selbst, ob er bereit ist, sein Leben Mir zu opfern und sich wahrhaftig in Meinen Dienst zu stellen. Ich sage es dir: Da gibt es nicht einen unter Hunderttausend. Auf der ganzen Erde finde Ich heute nur wenige Mir ergebene Kinder, und um die muss Ich noch kämpfen, auf dass sie endlich ihre Fesseln loslassen und Mir nachfolgen in Demut und Hingabe - du bist das beste Beispiel dafür.

Doch im Laufe der kommenden Jahre werden viele göttliche Samen aufgehen, und auf dem Feld der Liebe werden zahlreiche lichte Seelen zu keimen und zu sprießen beginnen und kostbare Früchte werden zum Vorschein kommen. Und Ich werde Ernte halten und die Früchte in Körbe sammeln und den Menschen zur Nahrung darreichen - und wer davon kosten wird, wird erlangen das ewige Leben.

Im Übrigen spielt das Äußere eines Menschen überhaupt keine Rolle. Ich sehe allein auf die Seelengestalten Meiner Diener."

* * *

Ein anderes Mal teilte mir Jesus mit, dass er mir frei stellt, ob ich den von ihm angetragenen apostolischen Dienst antreten möchte. Es soll kein Zwang sein. Mein Amt kann auch jemand anderem übertragen werden. Ich soll nochmal überlegen, ob ich es wirklich will. Diese Frage stellte er mir wegen meiner fehlenden Ernsthaftigkeit und Lauheit in so manchen geistigen Verpflichtungen.

"Auf jeden Fall möchte ich es. Ich kann mir ein Leben ohne diesen Dienst gar nicht mehr vorstellen!" antwortete ich.

Jesus: *"Dann musst du dich mehr anstrengen. Die Zeit drängt. Bald ist es soweit. Ich brauche fertig ausgebildete Boten und Verkünder, die stark und unerschütterlich im Weltensturm stehen. Auch müssen Meine Diener alle Verlockungen der Welt überwunden haben, sonst fallen sie beim ersten Angriff und geben als vermeintliche Gotteskinder der Welt ein Zeugnis von Schwäche und Furcht. Meine Kraft ist zwar in den Schwachen mächtig, doch nur, wenn sie sich in ihrer Schwäche ganz Mir anheim geben. Verstehst du das?"*

Dies sagte er voller Liebe und Sanftmut, ohne jeden Vorwurf, doch fühlte ich die Bedeutsamkeit der Situation und die mir unangenehme Wahrheit seiner Worte. Daraufhin stellte er mir noch einmal den Ernst der Lage und meine Zukunft vor Augen. Da sah ich, wie sich Verwandte und Freunde abwenden, sah die Ächtung der Diener Christi, sah das Gelächter über ein kommendes Weltgericht, sah Hohn und Spott. Da wurde mir Angst und Bange und mich überkamen große Traurigkeit und Verzagen ob meiner Berufung.

* * *

In Jesu Gegenwart

Man kann sich kein sympathischeres und liebenswürdigeres Antlitz vorstellen. Die aufrichtigsten, wahrhaftigsten, lebendigsten, liebereichsten Augen, die sagen: *"Du bist frei von jeglicher Schuld, du bist angenommen und angekommen."* Der offenherzige Blick, der jede Sehnsucht im Augenblick stillt und mit den Worten einlädt: *"Komm! Ich zeige dir, was dein ist in Mir."* und *"Du bist zuhause."*

Jesus spricht: *"Die Seelen, die Mich schauen dürfen, sehen Mich in verschiedener Kleidung, Gestalt und Antlitz, je nachdem, welches Bild sie sich von Mir gemacht haben oder welche Vorstellung sie von Mir haben. Deshalb gibt es die vielen unterschiedlichen Beschreibungen von Mir. Mein Aussehen verändert sich auch danach, welche Eigenschaften Mir eine Seele vorrangig zuschreibt. Du hast dir kein Bild von Mir gemacht, weder von Meiner äußeren Erscheinung, noch und vor allem von Meiner Wesenheit, deshalb siehst du Mich wahrhaftig.*

Je demütiger und hingebungsvoller ein Geist in der Liebe, umso klarer ist seine Erkenntnis von Mir. Wie seine Umgebung in seiner Vervollkommnung stets schöner und liebevoller wird, so wird auch Mein Aussehen für ihn immer lieblicher und wahrhaftiger. So bin Ich auch in Meiner äußeren Gestalt Meister der Unendlichkeit.

Meine Brautseelen, deren Wesen nur noch Liebe ist und die eigentlich Ich selbst bin gemäß ihrer demutsvollen Hingabe, sehen Mich, wie Ich

Mich selbst sehe und sehen sich, wie Ich sie sehe. Allein diese gehen ein in die Geheimnisse Meines Herzens.

Wahrlich, kein Ohr hat es je vernommen, kein Auge gesehen, was Ich denen bereitet habe, die Mich über alles lieben!"

* * *

Der Mensch

Mensch - Welt - Gott

"In jedem Menschen ist Gott Gefangener dessen Todes."

Durch die Anbetung der Materie hat der Mensch seine göttlichen Wesenszüge in den Schmutz gezogen. Um seine Herrschsucht und Besitzansprüche durchzusetzen, ist er zu einer rücksichts- und gewissenlosen Ausbeutungsmaschine mutiert. Mit dem Blut zahlloser Opfer durch Rassen- und Völkermorde, grausamen kriegerischen Auseinandersetzungen, sowie durch Lüge und Betrug hat er alles wahre Leben verachtende politische, wirtschaftliche und religiöse Strukturen geschaffen, durchdrungen von Gier und Machtwahn, aufrecht erhalten durch Terror, Korruption und Manipulation.

In diese Welt werden wir hineingeboren und von Geburt an wird uns ihre \`Normalität und Unabänderlichkeit´ injiziert. In dieser Verblendung wurden wir zu gewalttätigen und konsumsüchtigen Marionetten mit nahezu ausnahmslos materiellen Lebensinhalten, darin sich die Bestimmung wahrhaftigen Menschseins längst verloren hat. Wer nicht konform geht, wird entweder als Sonderling belächelt oder gleich für verrückt erklärt, oder dem elitären Kreis entrückter Heiliger zugeordnet, der für \`Normalsterbliche´ angeblich nicht zugänglich ist.

So sterben wir täglich in unseren seelischen Abgründen und denken, wir leben. Wir nennen unser Treiben Bewegung, doch es ist Erstarrung. Ja, wir verteidigen unser unsägliches Tun mit allen Mitteln, um unser Dasein weiterhin mit dem schmerzhaften Gewicht der Vergänglichkeit beschweren zu können. Wir verwenden unsere gesamte Energie, um unsere unsterbliche Seele mit ihrer sterblichen Umhüllung in den sicheren Tod zu führen.

Aber bald wird unser himmlischer Vater diese Erdenwelt reinigen von allem Übel und jammervollem Elend und sie begießen mit der immerwährenden Liebe seines Herzens, auf dass wieder erblühe der Garten Eden in voller Pracht und wohlschmeckende Früchte trage, zu speisen das erschaffene Leben im Angesicht der ewigen Wahrheit.

* * *

Die Menschheit sitzt in einem Käfig bei geöffneter Tür und krallt sich aus Angst vor der Freiheit am Gitter fest. Dabei bräuchte sie nur ihr selbstgewähltes Gefängnis loslassen, sodann könnten sich ihre geistigen Flügel entfalten. Frei wie ein Vogel flöge sie gen Himmel, um wieder zu atmen die Liebe Gottes in der wundervollen Leichtigkeit des Lebens.

Klärtest du aber die Menschen auf über ihre Gefangenschaft, lachten sie dich aus oder beschimpften dich, da du damit ihre scheinbare Existenzgrundlage infrage stelltest. Ließen sie sich von der Wahrheit berühren, würden ihre \`ruhmreiche´ Vergangenheit, ihre eingebildete Gegenwart und die darin vorgestellte Zukunft als Trugbilder entlarvt und verblassend in Wert- und Sinnlosigkeit versinken. Aus diesem Grund flieht der Mensch die Wahrheit; am liebsten kleidet er sie in den Mantel des Mystizismus und des Mysteriösen und wandelt in sicherer Entfernung deutungsvoll um sie herum.

Die Flucht vor der Realität verhindert nicht nur das Entfalten der Flügel und den Flug aus dem Käfig, sie unterbindet das vorherig notwendige Öffnen der Augen, um zu sehen, wo man sich tatsächlich befindet und wer man eigentlich ist.

* * *

Um der Menschheit die Rückkehr in ihre göttliche Bestimmung zu ermöglichen, hat ihr Gott den Baum der Erkenntnis zur Verfügung gestellt. Da sie dessen Früchte zur Erschaffung und Erhaltung eines macht- und geldgierigen Systems benützt, sind diese jeden göttlichen Segens verlustig gegangen - sie sind vergiftet und bringen Leid und Tod. So tastet sie sich mehr oder weniger blind durch die

Zeiten. Fern der Wahrheit spekuliert und theoretisiert sie sich durchs Labyrinth des eitlen Weltverstandes, ohne zu wissen, dass sie sich darin verirrt hat. Schließlich wird eine Korrektur nötig sein, auf dass wieder Liebe, Licht und Leben einkehren in die Herzen der verlorenen Kinder dieser Schöpfung.

Es kann sich aber jeder Mensch abwenden von all dem irdischen Blendwerk und sich Gott anheim geben, worauf ihm der Erkenntnisbaum gesegnete Früchte darbietet. Diese beleben sein verlorenes Herz, wodurch er sehend wird. Er verlässt den vom Weltverstand gesteuerten Zug, der im Missbrauch göttlicher Gaben auf einen Abgrund zusteuert - und findet sich bald auf dem Erlösungspfad der Wahrheit und des ewigen Lebens. Er hat sich das blinde Suchen und Forschen durch unendliche Zeiträume im Irrgarten der Vergänglichkeit und des Todes erspart.

* * *

Jeder Mensch hat zu seiner größtmöglichen Freiheit einen eigenen Willen geschenkt bekommen. Dieser gibt ihm einerseits die Möglichkeit, sich auf allen nur erdenklichen Bewusstseinsebenen zu bewegen, andererseits kann er sich in dieser geistigen Selbstständigkeit mit jedem Gedanken, jedem Wort und jeder Tat für oder gegen ein Leben in Liebe zu Gott entscheiden.

Verbringt man sein Dasein ohne Liebe zu Gott, wird das unbekannte Schicksal zum sorgenbringenden Gefährten. Man weiß nicht mehr den wahren Sinn und Zweck seiner Existenz, weshalb man sich in äußeren Befriedigungen sucht und verliert. Die strenge Hand `höherer Gewalt´ führt das Instrument von Schuld und Sühne. Krankheit, Leid und Tod sind die früheren oder späteren Begleiter und werden zur unabdingbaren Normalität.

Lebt man sein Dasein in der Liebe zu Gott, tritt man Schritt um Schritt aus der geistigen Finsternis. Man erfährt wahrhaftige Erkenntnis von Leben und Tod, von Gut und von Böse. Man durchschaut die scheinbare Willkür des Schicksals, durchschaut Ursache und Wirkung allen Geschehens. Diese Sichtweise entfacht zunehmend das Feuer der Sehnsucht nach Wahrem und Gutem; in der Liebe zum himmlischen Vater findet dieses Verlangen schließlich seine Erfüllung. Getreu seiner Lebensweise wird der Mensch vom göttlichen Geist erfasst und durchdrungen - bis dieser zu seinem natürlichen Lebenselement wird.

* * *

Führt man ein Leben in materiellem Wohlstand oder gar Reichtum, genießt dazu vielleicht einen gewissen Anerkennungs- oder Verehrungsstatus in der Öffentlichkeit, ist man gemäß der allgemein gültigen Auffassung und Wertevorstellung erfolgreich.

Aus geistiger Sicht ist jedoch das Gegenteil der Fall. Ein Leben in Überfluss und Selbstzufriedenheit verhindert das ernsthafte Streben nach gottgeistigen Lebensinhalten. Man genügt sich in den materiellen Sicherheiten, darin man keinen Gott benötigt. Wenn es denn schon einen geben soll, dann bitte einen unnahbaren, damit man in seiner Sinnlichkeit und Bequemlichkeit nicht gestört wird; "... denn er könnte ja etwas anderes mit mir im Sinn haben und mich aus meinem behaglichen Dasein nehmen." (Was früher oder später bei Krankheit und Tod ohnehin geschieht). Bestenfalls bedient man sich alternativ einer Spiritualität, die dem Ego schmeichelt und in unsinniger Toleranz und falsch verstandener Glaubensfreiheit alles erlaubt, was der leiblichen und seelischen Befriedigung dienlich ist.

Ist man finanziell nicht so gut gestellt, besteht der Lebensinhalt zumeist in monatlichen Balanceakten, um die Miete bezahlen zu können, das Auto zu finanzieren, einige Freizeitaktivitäten zu erleben und vielleicht für ein paar Tage Urlaub etwas anzusparen. Das ist an und für sich notwendig und gut. Doch im ununterbrochenen medialen Beschuss irdischer Bedürfniserweckung blickt man dabei stets auf die, die mehr haben; man ergötzt sich an den Reichen und Prominenten und wünscht sich auch so ein `sorgenfreies, glückliches und erfolgreiches Leben´. Platz für Gott gibt es keinen - Sehnsucht und Verlangen suchen ihre Erfüllung vorwiegend in der Welt der Materie.

Verbringt man sein glaubensloses Dasein in einkommensschwachen Verhältnissen oder Armut, sind die Wünsche in der Hauptsache ebenfalls finanzieller Art. Im unumgänglichen Vergleich mit der umgebenden Wohlstandswelt ist das Verlangen verständlicherweise in erster Linie auf materielle Güter ausgerichtet. Ein gottergebenes Dasein in Einfachheit und Genugsamkeit wird zumeist als Benachteiligung oder Strafe empfunden.

(NB: Wobei es zunehmend arbeitsame Bürger und Rentner gibt, die aufgrund des Unvermögens regierender Instanzen und der Geldgier von Vermietern in Armut getrieben werden. Sie sind Opfer des Kapitalismus und resignieren angesichts der sozialen Ungerechtigkeit. Eine herzliche Hinwendung zu Jesus Christus könnte ihnen bislang verschlossene Türen öffnen und wieder Zuversicht und Lebensfreude schenken.)

So ist nahezu ausnahmslos aller Menschen Lebensinhalt vergänglicher Natur. Macht, Geld, Besitz, Genuss und Vergnügungen aller Art wurden zum globalen Objekt der Begierde. Seine wahre Heimat und bleibende Erfüllung in der geistigen Welt und vor allem in der Liebe zu Gott zu suchen, hat sowohl im alltäglichen (Über-) Lebenskampf als auch im Rausch äußerer Sinnesbefriedigungen und egoistischer Selbstgefälligkeiten keinen Platz.

Was nicht heißen will, dass man sich unter allen Umständen von den dargebotenen Annehmlichkeiten dieser Welt enthalten soll. Es bedarf aber der seelischen Freiheit davon, um nicht in den unstillbaren Leidenschaften und Begierden gefallenen Menschseins zu ertrinken. Die Liebe zu Gott muss über allem Verlangen stehen.

Ist ein Mensch vom Gottesgeist erfüllt, ist ihm der Reichtum dieser Welt nicht mehr wichtig. Er hat sein Leben seinem himmlischen Vater anheimgegeben, der ihn nun selbst über diese Erde geleitet und in allen Belangen für das Wohlergehen seines Kindes Sorge trägt.

* * *

Die Scheidung der Geister

Die Mehrheit der Erdbevölkerung hält die lebendige Seele für ein Phantasieprodukt, denn sie ist nicht beweisbar. Spricht man einen Weltmenschen auf die Realität des Jenseits an, wird man mitleidig belächelt, "... denn das kann man ja nicht wissen!" Vergänglichkeit und Tod schiebt er weit von sich - konfrontiert man ihn mit seinem eigenen, wird er ärgerlich. Der Zustand der Welt mit all den seelischen Grausamkeiten und Kriegen wird gerne mit "Es war ja schon immer so!" beantwortet.

Für die große Allgemeinheit ist die Existenz Gottes, falls sie überhaupt in Erwägung gezogen wird, eine eher unwahrscheinliche Möglichkeit, und Liebe zu Gott ist für sie überhaupt nicht nachvollziehbar. Selbst die meisten Mitglieder konfessioneller kirchlicher Institutionen haben nur einen blind-hörigen Glauben ohne geistige Substanz. Wahrhaft Gläubige, die ihr Leben dem himmlischen Vater anheimgeben, werden allseits als Fanatiker bezeichnet und eindringlich auf die Gefahr geistiger Verirrung hingewiesen. Doch geisteskrank ist derjenige, der sich nicht zu einer göttlichen Realität bekennen kann, die ewiges Leben bedingt.

Ein kleiner Teil der Menschheit erkennt, dass das materielle Dasein nicht alles ist und öffnet das Herz für spirituelle und religiöse Inhalte. Diese Suchenden tragen eine starke Sehnsucht nach Liebe und unverfälschter Lebendigkeit in sich. Ihr aufrichtiges Verlangen hält ihnen jederzeit und überall die Tür in ihre wahre Heimat geöffnet.

So scheiden sich die Geister. Im Laufe der nächsten Jahre wird diese Kluft stetig größer werden. Die Sklaven der Welt werden noch mehr von materiellen Begierden vereinnahmt. Von den religiös orientierten Menschen wird mehr verlangt werden an Opferbereitschaft und Hingabe. Der Weg wird schmaler und drängt auf eine vor Gott gültige Entscheidung. Die Schwelgerei in selbstgefälliger Esoterik und selbstverliebter Spiritualität muss und wird verschwinden, Wahrhaftigkeit tritt an ihre Stelle. Das Bekenntnis zu

Jesus Christus und die Liebe zu ihm ist Fundament wahrhaftigen Glaubens, sie allein schenkt Sicherheit in den kommenden Endzeitstürmen.

* * *

Beim Lauf durch Wald und Feld begegnete mir ein gemächlich dahin schreitendes Pferd. Der Reiter darauf hatte ein Smartphone in der Hand, auf das er fleißig tippte. Das Tier kannte anscheinend den Weg, denn sein Passagier bearbeitete konzentriert das Gerät und sah nicht ein einziges Mal hoch.

Sonst sieht man diese \`abgelenkte´ Art der Fortbewegung bei so manchem Fußgänger und Autofahrer, ja, sogar bei Radfahrern - einen tippenden Reiter sah ich zuvor noch nie. Dieses seltsame Bild wurde mir zum Symbol dafür, wie sehr der Mensch aus seiner Gegenwärtigkeit getreten ist. Die degenerierte Seele ist ohne äußere Hilfsmittel, die ihr Selbstbestätigung, Befriedigung ihrer Neu-Gier und eindringliche Spannungselemente liefern, nicht mehr in der Lage, sich lebendig zu erfahren und zu entfalten, weshalb multimediale Kommunikation in alle Bereiche unseres Daseins vorgedrungen ist. Die (Sehn-) Sucht nach ununterbrochener Reflexion in und aus den künstlich geschaffenen Welten breitet sich aus wie eine Seuche, wovon vor allem die Generation Jugend betroffen ist.

Dem Erwachten offenbart sich in der globalen digitalen Vernetzung die Interaktivität der Seelenwelten: Verschiedenste Vorgänge, die sich in den jenseitigen Sphären abspielen, umkleiden sich im stofflichen Universum mit Materie, sprich: Werden diesseits mittels Wissenschaft und Technologie bewerkstelligt. So sind die jenseitige Seelen-Verflechtung und geistige Wechselwirkung in den Ausdrucksweisen Smartphone und Computer mit all den Netzwerken einer \`fortschrittlichen´ Zivilisation für irdische Prozesse nutzbar.

Da sich die geistige Welt zunehmend zur Erde neigt, respektive die \`Trennwand´ zwischen Diesseits und Jenseits fortlaufend dünner wird, werden die materiellen Entsprechungen in den nächsten Jahren noch deutlicher zutage treten - immer mehr geistige Realitäten manifestieren sich in analogen diesseitigen Erfindungen. Ihre uneingeschränkt wirksame Schöpferkraft erlaubt der Menschheit technische Innovationen in einem bisher für unmöglich gehaltenen Ausmaß.

* * *

Da der Mensch sein göttliches Dasein verloren hat, darin der gesamte Kosmos enthalten ist, muss er die Welt außer sich erforschen. Er ist zum Entdecker und Eroberer nicht nur dieser seiner Erdenwelt geworden, er hat auch einen starken Drang ins All vorzudringen, um vielleicht auf fernen Planeten auf intelligentes Leben zu stoßen. Hier kommt die Herkunft inkarnierter Sternenseelen zum Tragen - ihre kosmische Sehnsucht und Wissbegierde sind Antrieb für unsere Raumfahrt geworden. Aber auch die Liebe und Zuneigung unserer Geschwister auf fernen Planeten und Sternen zu uns Erdenmenschen zieht unsere Herzen gleichsam wie ein Magnet an.

Den ersten sowie den im weiteren Zeitenverlauf im Geiste Gottes eingeborenen Menschen war ihre Seelenwelt noch gänzlich erschlossen. Sie lebten im Bewusstsein, dass sich die äußere Welt in ihrer wahrhaftigen und unvergänglichen Realität in des Menschen unendlichem Seelenkosmos befindet. So konnten sie diese Erde geistig bereisen, und auch die fernen Planeten und Sterne waren ihnen nicht fremd, da sie geistpersönlich vor Ort waren.

(NB: Im eigentlichen Sinne erlebt man die Welt nur in sich. Allein durch die materielle Bindung entsteht eine relative äußere Bezugswelt, die aber nicht der Wirklichkeit entspricht. Man sieht außer sich die in der Seele gleichsam formatierten Bildnisse einer im Grunde unbegreiflichen, weil unendlichen Geisteswelt. Diese räumlich und zeitlich begrenzten Abbilder werden auf den jeweiligen Wirklichkeiten dreidimensional dargestellt. So entsteht eine für unsere Sinneswahrnehmung (be)greifbare gegenständliche Projektion. Dies ist ebenso beim Wort als auch bei allen Lebewesen der Fall.

Gemäß des geistigen Erwachens löst sich die bildhafte Manifestation sukzessive auf, worauf die universelle Realität `dahinter´ sichtbar wird. Eigentlich: Worauf sich die im Gottesgeist im Herzen des Menschen enthaltene göttliche Realität allmählich offenbart. Äußere universelle und herzensinnere Wirklichkeit entsprechen sich aber nicht nur, es ist ein und dieselbe Wirklichkeit/Wahrheit.)

Was ein wiedergeborener Mensch der geistigen Realität verordnet, muss in der äußeren, materiell erscheinlichen Welt geschehen, daher gehorchen ihm die Pflanzen- und die Tierwelt. Damit ist ihm die Erde und alles, was auf, in und über ihr ist, untertan - wie es uns ursprünglich von Gott angetragen war. Dieser Zustand wurde immer wieder von einzelnen Gotteskindern verwirklicht. Aus weisheitsvollen Gründen offenbarten sie ihre Fähigkeiten aber stets nur im kleinen Kreis und nie der herrschenden Verstandeswelt. Für die Allgemeinheit war und ist allein das lebendig machende Wort Träger geistiger Macht.

In der Aufrüstung des Endzeitgeschehens wird es vermehrt Erdenbewohner geben, die in ihren Anlagen und Talenten teilweise, vereinzelt sogar vollständig im Geiste wiedergeboren sind. In der neuen Zeit werden sie darin und daraus öffentlich agieren.

* * *

Es gibt zahllose Wesenheiten im Kosmos, die sich unter den verschiedensten Bedingungen und Voraussetzungen entwickeln und die unterschiedliche Aufgaben zu erfüllen haben:

Auf dieser Erde geht das, sich in der Gottverlorenheit erst verflüchtigt habende und schließlich zu Materie erstarrte Seelenleben (Seele ist das verlorene Bewusstsein der aus der göttlichen Vollkommenheit gefallenen Geister) zu seiner Wiederbringung den Evolutionsweg durch das es stetig freier setzende Mineral-, Pflanzen- und Tierreich.

Wenn nun ein solches Seelenbewusstsein alle nötigen Ausbildungsphasen bis zu den höchstentwickelten Tierarten durchschritten hat, werden seine noch geteilten Anteile wieder zusammengefügt und konsolidieren sich je nach Beschaffenheit über einen gewissen Zeitraum zu einer Menschenseele. Ist eine passende Geburtskonstellation vorhanden, kann sie sich in einen Mutterleib einzeugen, wo ihr im embryonalen Zustand der Geist Gottes ins Herz eingebunden wird. Diesen kann und soll der Mensch in der Liebe zu seinem Vater in Jesus Christus möglichst bereits im irdischen Dasein entbinden - was aufgrund der allgemeinen Gottverlorenheit bislang zumeist jedoch erst in der weiteren jenseitigen Entwicklung geschieht. Sodann schließt sich der Kreis des Werdens, die wiedergeborene Seele geht als freier Geist ein in die ewige Heimat.

Dann gibt es die aus ihrem eigentümlich-seelischen Evolutionsprozess hervorgegangenen Menschen der zahllosen anderen Planeten sowie der unzähligen Sternenwelten des Alls. Viele von ihnen vollbringen ihre Existenz in geistigen Höhen, dennoch leben sie nicht uneingeschränkt willensfrei, da ihr Bewusstsein gottverordneter Lebensart unterliegt - in Anpassung an das bewohnte Gestirn. Sie wagen den Weg des Vergessens in die Finsternis dieser Erdenwelt, denn sie wollen hier die freie Gotteskindschaft erlangen, die ihnen umgehend einen Platz in der Wohnstatt unseres himmlischen Vaters bereitet. Eine langwierige Vervollkommnung durch zahllose Zeitenläufe in aufsteigenden Inkarnationen auf immer höher entwickelten Gestirnen, um schließlich die Atmosphäre des Himmels atmen zu können, ist infolgedessen nicht nötig.

(NB: Die unmittelbare geistige Wiedergeburt ist nur auf dieser Erde möglich, da hier die satanischen Kräfte am stärksten gegen den Gottesgeist wirken, wodurch sowohl Gutes als auch Böses grenzenlos ausgeübt werden kann. Hier ist der Geist Satans gebunden - und hier nahm Gott Menschengestalt an und bahnte für seine gefallenen Kinder den direkten Weg aus dem Tod in sein Leben.)

Und es gibt die Geister aus den Himmeln, die hier gegebenenfalls einen Auftrag erfüllen sollen. Wie die Sternenseelen müssen auch sie im irdischen Lebenskampf ihren Gottesgeist erst wieder entdecken und freisetzen. Ihre Aufgabe besteht darin, mit ihrem Herzenslicht das Welten-Bewusstsein zu erhellen und der Erdbevölkerung mit aller Kraft und Hingabe zu dienen.

Manche Himmelsbewohner, die jetzt Fleisch angezogen haben, sind, seit der Erschaffung des ersten Menschen vor etwa 6000 Jahren, schon einmal über diese Erde gewandelt. Davor gab es wohl auch humanoide Lebewesen, ihre Seelen waren aber mehr tierischer Natur - sie waren noch nicht in der Lage, göttliches Bewusstsein zu empfangen. Erst in und durch Adam und Eva wurde das heutige Menschengeschlecht begründet. Dieses Paar ist wahrhaftig das von Gott erschaffene Urelternpaar der Menschheit.

Grundsätzlich gibt es in der Gotteskindschaft aber keine Unterschiede. Sei es, dass eine Seele aus den himmlischen Sphären `herabgestiegen´ ist oder von Gestirnen und Planeten abstammt. Alle geschaffenen Geister kommen ursprünglich aus Gott, gehen verschiedene Wege und finden sich als vollkommene Einheit in Gott wieder. Eine geistige Hierarchie existiert also nur in Form zeitbedingter Relativität, wobei jede geschaffene Wesenheit in ihrer angelegten schöpferischen Bestimmung eine ganz individuelle Funktion ausübt - und somit eine ganz eigene Glückseligkeit erfährt.

Im universellen Erlösungswerk gestaltet sich die Liebe-Ordnung so, dass die Himmelsgeister Diener der Erden- und aller anderen Allseelen sind, denn um die geht es ja eigentlich. Die durch die Gottverlorenheit mit Satan gefallene Geisterschar, nun sich erscheinlich darstellend als materielles Universum, soll im Laufe der Ewigkeit befreit und erlöst werden. Und die intensivste Tätigkeit und Anstrengung dafür findet auf diesem kleinen Planeten namens Erde statt - denn bei Gott wird stets das Kleinste zum Größten erhoben.

* * *

Eigenschaften und Vorlieben jedes einzelnen Erdenbewohners als auch ganzer Völker dieses Planeten richten sich nach dem jeweils vorherrschenden Kollektivbewusstsein, aber auch nach der vorgeburtlichen Herkunft. Bei Seelen, die bereits selbstbewusst auf anderen Gestirnen existiert haben, sind dafür maßgebend dortige religiöse und soziale Verhältnisse, aber auch die landschaftliche und wirtschaftliche Beschaffenheit.

Dem Planeten Erde entstammende Seelen bringen natürlicherweise ebenfalls prägende Voraussetzungen ins Menschsein mit, die sich aus den Charakteristiken hochentwickelter Tierarten ergeben.

Die von den unterschiedlichsten Gestirnen mitgebrachten Eigentümlichkeiten vermischen sich mit der auf dieser Erde erfahrenen Erziehung, der vorherrschenden kulturellen und traditionellen Färbung, dem Bildungsstand beziehungsweise der Meinungsbildung, dem maßgeblichen Glaubensprinzip sowie dem Liebezustand. Zusätzlich spielen die, von den Eltern der eingezeugten Seele übergebenen Seelenanteile (Analoge Wesensart, körperliche Ähnlichkeit - diese können aber auch aufgrund einer identischen kosmischen oder himmlischen Abstammung gegeben sein), als auch die genetischen Vorgaben des Stammbaumes eine nicht unbedeutende Rolle. Unter dem Begriff Genetik oder genetische Vererbung verbergen sich Blutlinien - dies sind aufgrund der seelisch-geistigen Abstammung verordnete Ahnenreihen, die bis zu den ersten Menschen zurückreichen.

Es ist also das Zusammenspiel vorgeburtlicher Eigenschaften und irdischer Prägung, die eine Persönlichkeit ausmachen - wobei die charakterliche Grundhaltung primär und materielle Vorlieben häufig im vorerdenmenschlichen Dasein ihre Wurzeln haben.

In der Erdbevölkerung geistiger Erblindung ist das Wissen um die Existenz der kosmischen Völkerschaften verloren gegangen, daher zieht der Verstand eine in den Leib mitgebrachte seelische Grundbeschaffenheit überhaupt nicht in Betracht. Ist man geistig erwacht, werden einem diese Verhältnisse jedoch ersichtlich; sie schenken ein tieferes Verständnis irdischer Um- und Zustände. Ausführliches dazu in `Abkömmlinge des Lichts´.

* * *

Kurze Geschichte der Geburt der Menschheit (in Anlehnung an die Offenbarungen des Vaters durch Jakob Lorber):

Mit der Einbindung des Gottesgeistes im Herzen der Seele des erstgeschaffenen Menschen Adam wurde die Menschheit geboren. Dieser Geist unterscheidet uns vom Tier und von den Urmenschen, denn er schenkt uns freiheitliches Bewusstsein und macht uns dadurch fähig zur wahrhaftigen Gotteskindschaft.

Aber der Erstgeschaffene erkannte sich und die Welt noch nicht. Ihn überkamen große Einsamkeit und Verlorenheit, da er weder kannte seine Herkunft noch seine Identität und seine Bestimmung. Ruhelos irrte er umher und konnte nichts finden, was seine unbestimmte Sehnsucht befriedigen konnte. Er hatte Hunger und Durst sowohl nach materieller als auch nach geistiger Nahrung, doch wusste er nicht, was diese Bedürfnisse bedeuten und kannte auch nicht die Möglichkeit, diese zu stillen.

Da versetzte Gott Adam in einen tiefen Schlaf und zeigte ihm die Liebe seines Herzens, darin Adam sich und die Welt mit Wohlgefallen erkannte. Doch es bestand die Gefahr, dass er sich selbstverliebt darin verlieren könnte und dadurch den in seiner der Erde entnommenen Seele vorhandenen satanischen Kräften erneut Tür und Tor geöffnet würden.

Daraufhin entnahm ihm Gott die erwachte Eigenliebe und manifestierte diese als separates, jedoch von Adam abhängiges Bewusstsein in Form einer wunderschönen reizenden Gestalt, voller Anmut, Sanftmut und Zartheit. Und Adam fand großen Gefallen an der Eva und es ward Licht in ihm und Freude und dadurch auch in der Eva.

In der Folge offenbarte Gott dem ersten Menschenpaar alles Leben dieser Erde. Er schenkte ihnen ein göttlich Leben im Paradies, darin sie herrschten über alle Tiere, Pflanzen und Elemente.

Um Adam und Eva zur Zeugung von Nachkommen zu befähigen, auf dass die Erde zum Zwecke des seelisch-geistigen Erlösungsprozesses zunehmend bevölkert werde, zeigte ihnen ihr Vater die Möglichkeit der Fortpflanzung. Um ihre Demut und ihre Ergebung in den göttlichen Willen bleibend zu festigen, gebot er ihnen aber, den Beischlaf erst auf sein Geheiß hin zu vollziehen, ansonsten sie aus dem Paradies verstoßen würden und der Tod die Folge sein werde.

Das Verlangen zu kosten von der sinnlichen Frucht war jedoch größer als ihr Gehorsam. Adam und Eva erlagen `der Schlange der Versuchung´. Sie verfielen wiederholt der hemmungslosen Fleischeslust - und verloren schließlich ihre jungfräuliche Vollkommenheit an die Sterblichkeit und Unvollkommenheit zeitlicher Liebe. Ihr gottgegebener Geist, der sie zu Regenten über die Erde gemacht hatte, zog sich zurück. Fortan durften sie nicht länger die Früchte des Lebensbaumes genießen (lebendiges allgegenwärtiges Wissen), sie mussten sich von den Früchten des Baumes der Erkenntnis ernähren (Weg der zeitlichen Erfahrung).

Im Verlauf der folgenden Generationen teilte sich die Menschheit in die Völker der Höhen und Tiefen. Die Bewohner der Berge fanden Dank göttlicher Führung zurück zum wahren Glauben. Aufgrund ihrer reinen Lebensweise kannten sie weder Krankheit noch andere existenziellen Nöte. Die Liebe in und zu Gott sowie der Dienst am Nächsten waren ihr Lebenselixier. Sie erreichten durchwegs ein Alter von mehreren hundert Jahren, ihr `Tod´ war zumeist ein bewusstes Verlassen des Körpers.

Die glaubenslosen Völker in den Tälern verschlossen ihre Herzen gänzlich vor Gott. Krankheiten wurden geboren, der Tod wurde zum Schreckgespenst. Bereits damals gab es Städte, die von machtgetriebenen Herrschern regiert wurden. Die privilegierten und wohlhabenden Bürger lebten allein für ihre Lustbedürfnisse, das niedere Volk wurde in erbärmlicher Sklaverei gehalten.

Bedingt durch den gesellschaftlichen Verkehr mit den Talbewohnern zogen jedoch immer mehr Bewohner der Berge hinab in die Städte, um am ausschweifenden Leben der Völlerei und Hurerei teilzuhaben. In den Generationenfolgen verloren schließlich auch sie ihr gottgeistiges Bewusstsein.

Infolge ihrer widergöttlichen Lebensweise ging die Bevölkerung in den Tälern in einer Überschwemmung gigantischen Ausmaßes zugrunde. Allein Noah, der in den hohen Regionen des Glaubens als Getreuer der Liebe des himmlischen Vaters blieb, wurde mitsamt seiner Familie verschont. Er wurde zum Stammvater eines neuen Geschlechts.

Heute befindet sich die Welt in einem ähnlichen Stadium. Nur wenige Menschen sind Gott tatsächlich treu und leben auf den Bergen wahrhaftigen Glaubens - und bleiben auch dort. Die Liebe zum himmlischen Vater entspricht der rettenden Arche. Wenn die Schleusen zur Dunkelheit geöffnet werden und diese alles Böse und Lügenhafte mit sich in ihren Abgrund reißt, wird allein Gottes Herz Schutz und Rettung bieten.

(NB zu Mann und Frau: Egozentrische Liebe als negatives, empfangendes Prinzip stellt sowohl die Schöpfung als universelles Aufnahmegefäß göttlichen Lebens dar, wurde aber auch weiblich wesenhaft aus dem ersten Menschen Adam als Urmutter Eva gestaltet.

In der derzeitigen Phase der Emanzipation wird die Darstellung der Frau als dem Mann entnommene Selbstliebe bei vielen auf Unverständnis und Ablehnung stoßen. Hier gibt sich jedoch keine Meinung kund, sondern eine rein objektive, tatsächlichen Gegebenheiten folgende Betrachtungsweise, die das weibliche Geschlecht in keinster Weise ab- und den Mann keinesfalls aufwertet.

Dieser hat seine gottgegebene Verantwortung als liebeweiser Führer der ihm angetragenen Weiblichkeit für niedere Zwecke missbraucht und wurde zum despotischen Unterdrücker des weiblichen Geschlechts. Das konnte nicht gutgehen. Jetzt erstrebt die Frau die Macht, um den Mann in die Schranken zu weisen. Doch auch das ist nicht in der göttlichen Ordnung.

Mann und Frau sind gleichwertige Wesenheiten, jedoch mit unterschiedlicher Seelenstruktur und dadurch divergenten Lebensaufgaben - er als gebendes, sie als empfangendes Herz; beide bilden aber nur in ihrer Liebe zu Gott und daraus zueinander eine vollkommene Einheit. Eine himmlische Ehe kann erst zustande kommen, wenn sich beide Partner in ihren gottgegebenen Identitäten verwirklichen und vereinen - und nicht in falsch verstandenem Geltungs-, Gleichheits- und Unabhängigkeitsstreben ihre wahrhaftige Bestimmung untergraben. Mehr zu diesem Thema im Kapitel `Sexualität´.)

* * *

Das Denken
Verstand, Vernunft und göttlicher Wille

"Lebst du - oder bist du eine Marionette deiner blinden Gedanken?"

Da dem Menschen die Reflexionen aus dem Herzensgeist abhanden gekommen sind, erblindete sein göttlicher Verstand. Dadurch ging ihm jeglicher wahrhaftige Lebensinhalt verloren. Um sich dennoch Sinn und Bedeutung zu verleihen und ein scheinbares Gefühl von Lebendigkeit zu erzeugen, spricht er ständig mit sich und gibt sich Selbstwert durch aufgeblasene Nichtigkeiten; er braucht unablässig Input, denn der Verstand benötigt Nahrung, um seine egozentrischen Bedürfnisse zu befriedigen.

Beobachtet man der Gedanken Vorgehen, durchschaut man ihr Treiben. Man sieht, wie sie Aufmerksamkeit einfordern, penetrant und lärmend auf sich aufmerksam machen wie quengelnde Kinder. Ähnliche Gedanken ziehen sich an und bilden Gemeinschaften, die sich als Energiefelder in der Seele einnisten.

Deren gibt es positive und negative, die ihrer Verfassung gemäße Nahrung benötigen. Zuerst handeln sie nur instinktiv, mit der Zeit lernen sie jedoch, sich aktiv der Intelligenz des Menschen zu bedienen. Je intelligenter jemand ist, umso raffinierter agieren seine ihn und die Umwelt bestimmenden Gedankenkräfte. Im Rahmen des ihnen zur Verfügung stehenden Intellekts führen sie ihren Wirt in Lebenssituationen, die ihnen ihrer Ausrichtung entsprechende Energiezufuhr ermöglichen.

Wenn sich nun jemand im Laufe seiner Kindheit, Jugend und weiterem Erwachsenendasein vorwiegend destruktiven Gedanken hingibt, bilden sich entsprechende energisch-energetische Kräfte, die aus dem Unterbewusstsein heraus das tägliche Leben weitestgehend bestimmen. Solche Energiefelder werden immer wieder

Anlässe schaffen, in denen der Mensch in seine dunklen Seelenräume abgleitet. Ärger, Neid, Ungeduld, Gier, unersättliche Neugierde oder andere belastende Eigenschaften und Abhängigkeiten sind dann seine beständige und vorwiegende Nahrung, die ihm mit der Zeit zur Normalität wird. Nicht selten mündet so ein Zustand in Launenhaftigkeit, Lieblosigkeit und schließlich Lebensverachtung.

Im Gegensatz dazu erwirkt positives Gedankengut Lebensbejahung. Eine zufriedene und freudvolle Person wird immer wieder Gleichgesinnten begegnen, um ihre Frohsinns- und Glücksenergiefelder zu nähren. Positive Kraftfelder erzeugen vorwiegend erfreuliche Lebenssituationen. Der Mensch hat Freude am Leben, seine Vorhaben und Wünsche erfüllen sich zumeist ohne große Widerstände.

Da beide Zustände der Polarität unterliegen, bedingen sie sich gegenseitig, sind in der unvollkommenen Welt jedoch ungleichmäßig wechselwirksam. Eine vorwiegend positiv getragene Person erfährt auf der Waage der Polarität also auch den Gegenpol. Das geschieht zum Beispiel durch das Zusammenleben mit einem schwierigen Ehepartner oder anderem Familienmitglied, andauernden Problematiken im beruflichen Umfeld, durch Krankheit, dem Tod eines geliebten Menschen oder einem anderen belastenden Schicksalsweg. Diese Nöte bieten die Möglichkeit, die angeborene oder anerzogene fröhliche Grundstimmung von der seelischen Oberflächlichkeit abzuziehen und in Bereiche des Bewusstseins zu lenken, die einen tieferen Lebenssinn offenbaren können.

Auch negativ besetzte Personen erleben den gegenpoligen Aspekt, können diesen aber aufgrund ihrer psychischen Belastung zumeist nicht oder nur kurzzeitig wahrnehmen. Ihre destruktive Konditionierung lässt keine anhaltende Freude zu; sie finden immer und überall etwas Negatives, das sie wieder auf ihr gewohntes zerstörerisches Fundament stellt. So jemand wird vielleicht durch einen Unfall oder einer schweren Krankheit aus seiner Dunkelwelt gerissen, bevor er darin zu ertrinken droht. Demütigendes Leid hat schon so manche Veränderung bewirkt. Ergreift die Person diese Möglichkeit des Neuanfangs nicht, wird sie in der Regel zeitnah ins Jenseits abberufen.

Gelegentlich kommt es vor, dass sich jemand in einem traumatischen Leiden von seiner konditionierten Persönlichkeit trennt - die ohne Energiezufuhr entweder in kürzester Zeit quasi abstirbt oder augenblicklich in sich zusammenfällt - und dadurch eine teilweise oder gar umfassende Befreiung erfährt. Gemäß ihres grundlegenden Charakters sowie ihrer kulturellen und religiösen Prägung wird diese Person dann ihr neugewonnenes Leben offenbaren. So mancher spirituelle Lehrer ist aus einer solchen Erfahrung hervorgegangen.

Sucht ein Mensch beständig Gottes Gegenwart, tritt er schrittweise aus der seelischen Ungleichmäßigkeit. Die ihn bestimmenden Energiefelder werden vom göttlichen Geist durchdrungen und lösen sich darin auf wie der Morgennebel in den wärmenden Strahlen der Sonne. Die Polarität positiv - negativ bleibt zwar bestehen, da diese Leben erst ermöglicht, doch nun sind die Pole Plus und Minus in der Liebe zu Gott synchronisiert und ergänzen sich äquivalent. Diese Einheit ermöglicht vollendete Lebensart in körperlicher Existenz und gewährleistet darüber hinaus die vollkommene Ergänzung von Schöpfer und Geschöpf in der ewigen Heimat.

* * *

Die Seele ist das agierende und interagierende Bindeglied zwischen Materie und Geist. Sie ist Aufnahmegefäß sowohl der sie umgebenden Meinungswelt als auch des in ihrem Herzen wohnenden Gottesgeistes. Durch die in dieser Welt vorherrschende egoistisch-materielle Bewusstseinsausrichtung verkümmert sie jedoch in ihrer menschlichen Kindheit und Jugend so sehr, dass ihre Begehrlichkeiten sich nur noch nach außen richten und dort erfüllen können. Ihr Instrument Gehirn degeneriert und ist nicht mehr in der Lage, göttliches Gedankengut zu erfassen.

Im Laufe seines Lebens prägen sich die unaufhörlichen materiellen Gedankenkräfte so sehr in die Gehirnzellen ein, dass der Mensch in den entsprechenden Lebensbereichen bloß noch in vorgefassten Formen denken kann: Er wird starr im Denken und Handeln und setzt sich darin selbst in Gefangenschaft. Oft eröffnen erst eine Krankheit oder ein anderer Schicksalsschlag einen Ausweg, denn Schmerz und Leid haben die Macht, gedankliche Prägungen und Strukturen aufzubrechen, zu verändern oder außer Kraft zu setzen.

So sind viele Faktoren ausschlaggebend, wie jemand durchs Leben geht. Grundsätzliche Einfachheit und fehlende Verbildung machen es leichter, an den gottlosen Verstand gebundene Mechanismen loszulassen. Unkomplizierte Menschen sind nicht so sehr gefangen vom Intellekt, sie können sich eher der göttlichen Liebe zuwenden, können diese freier fassen und begreifen. Verstandeskraft und Intelligenz sind zwar zweckdienliche Werkzeuge, deren Verwendung geht jedoch zumeist mit (verstecktem) Hochmut und Standesdünkel einher, wenn man nicht bewusst Herzensliebe über seine Gescheitheit stellt. Einfältigkeit - im Glaubensleben ist sie unentbehrlich, in Egoismus und Lieblosigkeit wird sie zu Sturheit und Besserwisserei.

Will jemand den Glaubensweg ernstlich und wahrhaftig beschreiten, spielen Intellekt und Bildung keine Rolle. In der Hingabe an den göttlichen Willen bewirkt der Herzensgeist, dass Seele und Gehirn gemeinsam gesunden. Herz und Verstand ergänzen sich sodann perfekt und dienen gemeinsam der Liebe. Der Mensch steht sich nicht mehr im Weg, die Gedanken aus dem Geist können ungehindert fließen und offenbaren sich als lichte Worte und Taten in der Welt des Scheines und des Todes.

* * *

Das Gehirn ist kein unabhängiges Denkorgan, es ist dazu da, um die Gedanken der Seele aufzunehmen, zu ordnen und zu speichern. Es ist ein für das Erdenleben notwendiges Instrument, das, gemäß gegebener und/oder geschulter Funktionalität, zu einem guten oder schlechten Gedächtnis sowie leichter oder schwerer Auffassungsgabe befähigt. Dieser Umstand hat zu der irrigen Meinung geführt, Intelligenz sei allein auf die Denk- und Lernfähigkeit des Gehirns zurückzuführen, was so jedoch nicht stimmt.

Die Seele denkt mit ihrem Belebungsgeist. Ihre Gedanken werden in ihrem Herzen geboren, steigen empor und durchwandern das individuelle Bewusstseinsland, das einerseits in dieser geistesgegenwärtigen Erfahrung seine Prägung erhält, wodurch die Gedanken zum persönlichen Eigentum werden, andererseits wirkt die Seele wiederum selbst färbend auf die sie formenden Geistesideen ein. Erst dann erreichen diese das Gehirn, wo sie für den Menschen sichtbar werden. Gedanken sind also zum einen stofflich gebunden im Gehirnapparat gespeichert (verstandesrechtliches Denk- und Erinnerungsvermögen), zum andern in ihrer geistigen Existenz in der Seele (emotionales Denk- und Erinnerungsvermögen). Je nach Bewusstseinsausrichtung hat das eine oder das andere mehr Gewicht.

Misst man die Hirnströme, liest man also nicht des Gehirns eigene Denkaktivität aus, sondern die Verarbeitung und Übersetzung seelisch-geistiger Bewusstseinsimpulse in formale Aussagekraft.

Im Erdenleben kann man Gedanken dem Gehirn entnehmen, während diese in der geistigen Welt nur seelisch gespeichert zur Verfügung stehen - das Gehirn bleibt ja dem Körper angehörig. Hat man im irdischen Dasein sein Herzenslicht in der Liebe zu Gott nicht entzündet, gibt es im Jenseits keine Möglichkeit, die Gedanken der Seele zu lesen. Man ist mehr oder weniger blind-traumatisch in seiner Sphäre gefangen und erlebt seine jenseitige Existenz als Projektion autarker Mechanismen und Prägungen.

Hat ein Mensch bereits diesseits das Feuer seines Herzens entfacht, wird er Schritt für Schritt und immer beständiger `intuitiv' Entscheidungen und Unterscheidungen treffen. Im Geiste erwacht, nimmt er schließlich seine Gedanken bereits in der Seele wahr. Er denkt, spricht und handelt nicht mehr mechanisch unter dem

Kommando des egozentrischen Verstandes, sondern benützt seinen Verstand freiheitlich im Licht der Liebe. Diese Lebensart führt ihn beständig tiefer ins seelische Bewusstsein und schafft die nötigen Voraussetzungen für ein wahrhaftiges Dasein sowohl im Diesseits als auch im Jenseits.

Ist ein Mensch im Geiste wiedergeboren, vernimmt er seine Gedanken nicht länger als von Gott getrennte Bewusstseinselemente. Als Bürger der himmlischen Welt lebt er im alles durchdringenden und allumfassenden göttlichen Selbstbewusstsein.

* * *

Der Gottesgeist im Menschen ist zwar in der Ausübung seiner Eigenschaften vorerst gebunden, in seiner Ausstrahlung schenkt er ihm jedoch Intelligenz und selbstverantwortliche Willenskraft, die ihm gänzliche Unabhängigkeit in allen Bereichen des Daseins ermöglichen. Im Gegensatz zum Tier, dem lediglich seelisch verordnete Fähigkeiten zur Verfügung stehen und das dadurch nur in ihm von Gott zugedachten Verhaltensweisen existieren kann, ist der Mensch vollkommen frei im Denken und Handeln. Sein Geist befähigt ihn zur Beurteilung und Ordnung allen möglichen Gedankengutes. Wir bezeichnen das als Verstand und Vernunft.

Diese sollten der Menschheit eigentlich als Werkzeug für rechte Lebensführung und zur Wahrheitsfindung dienen, sie hat sie in ihrer Selbstsucht jedoch zweckentfremdet und zum Instrument irdischer Wohlstandsbefriedigung degradiert. Verstand und Vernunft dienen allein noch materiellen Bedürfnissen - eine gottgeistige Lebensweise (Verstand: "Was ist das?") wird nicht mehr in Betracht gezogen. Diese atheistische Lebensart wird gemeinhin als Zeitalter der Aufklärung und des Fortschritts definiert.

Mithilfe dieser egozentrischen Intelligenz wurden und werden todbringende Waffen erfunden, werden Völker ausgebeutet, versklavt und ermordet. Mit ihr wurde eine Welt voller Würdelosigkeit und Grausamkeit erschaffen, ein gewalttätiger Planet, beherrscht von Kriegen, Hungersnöten und menschenverachtenden wirtschaftlichen und politischen Systemen. Ein Planet, dessen geisteskranke Bewohner von Besitz- und Geldgier, Machtbesessenheit und unablässiger Lustbefriedigung getrieben sind und die ihre unersättlichen Bedürfnisse mit rücksichtslosen Mitteln durchzusetzen suchen.

Nun kann man sagen: "So schlecht ist der Mensch auch wieder nicht! Er hat soziale Hilfswerke, humanitäre Organisationen sowie praktische Hilfsmittel für alle Lebenslagen hervorgebracht. Er hat Schiff, Flugzeug und Auto, Fernsehen und Computer erfunden; er erzeugt Energie und nutzt sie für sein Wohlergehen. Er ist tief eingedrungen in das Wesen der Materie und hat physikalische und chemische Vorgänge und Zustände erforscht, die ihm eine fortschrittliche und visionäre Lebensweise ermöglichen."

Ja, das ist richtig. Aufgrund des Verlustes ihrer geistigen Identität erschuf die Menschheit eine ihren Bedürfnissen angepasste Welt. In einem angemessenen Rahmen wäre das recht und gerecht, doch sie hat sich mit Haut und Haar der Materie verschrieben. Anstatt die schöpferischen Kräfte zu nutzen und zu benutzen, um geistige Einsicht zu gewinnen und dadurch wieder zur Gotteskindschaft zu finden, verlor sie sich in äußerer Befriedigungssucht und ging ihrer eigentlichen Herkunft und Bestimmung verlustig.

All die zweckdienlichen Erfindungen und wissenschaftlichen Erkenntnisse heutiger Zeit verdrängten zwar den von der Kirche erschaffenen Aberglauben, doch gebar das Zeitalter der Aufklärung und des Fortschritts eine Welt gewissenloser Machtbesessenheit und moderner Sklaverei. Sieht man heute hinter die Kulissen großer Konzerne, steht da zumeist eine Industrie voller Profitgier und Herrschsucht. Die die Weltwirtschaft beherrschenden Unternehmen kennen nur eine Maxime: Ihre Gewinne unter allen Umständen ins Unermessliche zu steigern. Zahlreiche ursprünglich im Gutwillen ins Leben gerufene (Hilfs-)Organisationen sind infiltriert und verseucht von ihren Geldgebern, welche diese am Gängelband eigener Interessen führen. Jede dem Menschen dienliche Erfindung findet ihre finale Anwendung als Instrument skrupelloser Bereicherung und Machtausübung.

Folglich kann man feststellen, dass der Missbrauch göttlichen Potentials stets Leid erzeugt, wenn nicht in Achtsamkeit und Weisheit damit umgegangen wird. Wobei die im verkehrten Handeln heraufbeschworene Not wiederum die Tür ins Licht öffnet, denn letztendlich bewirkt die allem zugrunde liegende Vollkommenheit immer Gutes.

* * *

Verstand und Vernunft ermöglichen ein geordnetes Dasein in der Welt zeitgebundener Erkenntnis, sie sind ein notwendiges Licht in der Nacht der Seele. Dienen diese Instrumente allein irdischen Bedürfnissen, verhindern sie ein lebendiges Glaubensleben, denn in ihren rationalen Berechnungen lassen sie nur logisch Erklärbares gelten. Der gottlose Verstand bindet den Menschen an egoistische Gedankengänge und widersinnige Weltanschauungen. Die Ratio der Vernunft leugnet ein Jenseits - und einem Schöpfer, der nicht beweisbar ist, wird ein hoher Grad an Unwahrscheinlichkeit verliehen.

So hat das Zeitalter der Aufklärung zwar den Aberglauben früherer Tage beseitigt, aber zugleich eine neue Blindheit geboren, indem atheistische Wissenschaft zum existenziellen Erkenntniswerkzeug erklärt wurde. Verstand und Vernunft degenerierten zu Schergen des geistigen Todes und führten die Menschheit geradewegs in den Wahnsinn.

Völlig anders lebt der Mensch, benützt er seinen Verstand unter der Schirmherrschaft des göttlichen Liebelichts, wobei beide Geisteskräfte eine gesegnete Ehe miteinander eingehen. Dies erleuchtete Denken erlaubt eine sinnvolle und wahrhaftige Lebensweise, darin man sich als selbstbewusstes Gotteskind wiederfindet. Der Baum der Erkenntnis spendet lebendige Frucht.

* * *

Die Interpretation von Erleuchtung orientiert sich an Zuständen, die universelle Liebe, Glückseligkeit, Geborgenheit und ewigen Frieden beinhalten respektive offenbaren. Im materiell ausgerichteten Verstand hat spirituelle Erfahrung jedoch keinen Platz, da die weltliche Prägung die seelisch-geistige Dimension nur bis zu einem niederen Grad begreifen, geschweige denn erleben kann. Das gottlose Denken kann den Weg zu unvergänglicher Glückseligkeit niemals finden. Der Pfad in den Himmel liegt abseits der breiten Gedankenstraßen.

Amt und Bürde des ordnungsgemäß benutzten Verstandes bestehen darin, dem Menschen einerseits Unterscheidungsvermögen im Labyrinth widergöttlicher Denkweisen zu schenken, andererseits dient er als Instrument zur Abgrenzung der Seele von ihrem Gottesgeist, denn er erschafft ein egozentrisches Bewusstseinsfeld als Voraussetzung für die freie Liebe zu Gott. Im rechten Gebrauch liegt also Segen auf dem Baum der Erkenntnis.

Diese seine notwendigen Pflichten enden in seinem Eingehen in die Liebe des Herzens. Hat die Seele zur wahren Gotteserkenntnis gefunden und diese tätig in ihr Dasein integriert, wird der Verstand vom Herzensgeist erfasst, erfüllt und erleuchtet. Das ichhafte Denken tritt zurück, um dem umfassenden göttlichen Bewusstsein Platz zu machen. Jetzt kann der Verstand seine wahrhaftige Funktion als Organ göttlicher Weisheit ausführen. Nun gestalten sich die Abläufe des alltäglichen Lebens in ihrer Wertigkeit und Notwendigkeit im Dienst der selbstlosen Liebe.

Sie schafft den Raum, den das Christusbewusstsein zur weiteren Entfaltung benötigt. Denn noch ist der Mensch nicht in seinen Herzensgeist eingeboren; erst in unbedingter Hingabe an den Liebewillen des Vaters kann ihn dieser ganz durchdringen und zum Bewohner der himmlischen Welt machen. Jetzt sind Glückseligkeit, Geborgenheit, Friede und Liebe ewiges und göttlich-lebendiges Eigentum der Seele.

* * *

Der Mensch möchte die Wahrheit seinem Weltverstand angleichen und unterordnen, und nicht seinen Weltverstand der Wahrheit anheim geben. Das verstandesrechtliche Denken verteidigt sich mit allen ihm zur Verfügung stehenden Waffen der Argumentation und der Aggression, denn es will `überleben´. Es meint, wenn es in Gottes Willen eingeht, wird es seine Selbstständigkeit verlieren. Die demütige Beachtung und Befolgung notwendiger Weisungen und Verhaltensregeln werden als Einschränkung freigeistigen Lebens betrachtet: "Ein liebender Gott kann doch die Eigenständigkeit und Unabhängigkeit seiner Geschöpfe nicht begrenzen, indem er ihnen Vorschriften macht!" Doch schon irdische Erziehung und Schulung zeigen, dass eine feine charakterliche Entwicklung und zweckmäßiges Lernen nur in der gehorsamen Befolgung vorgegebener Richtlinien und fürsorglicher Unterweisungen erfolgen können.

Infolge dieser `egozentrisch-freiheitlichen´ Denkweise wurde und wird geoffenbarte Wahrheit zumeist bereits im Keim erstickt. Das hat dazu geführt, dass unzählige spirituelle und religiöse Standpunkte entstanden sind. Eine grundlegende Wahrheit, die sämtliche Scheinwahrheiten dieser Welt quasi vernichtet, wird nicht nur nicht mehr akzeptiert, sondern mit den Attributen anmaßend, größenwahnsinnig, unflexibel usw. belegt, und mit den Aussagen: "Alle Wege führen zu Gott", "Die Wahrheit hat doch viele Gesichter" oder "Warum soll es gerade die sein!?" tolerant bestätigt.

Einige dieser Ansichten sind in gewisser Weise richtig, denn mit einem aufrichtigen Herzen kann man in jeder Religion zu einem liebevollen und wahrhaftigen Menschen werden. Doch leider werden in der allgemeinen geistigen Blindheit alle Religionen auf eine Stufe gestellt. Im allgemeinen Toleranzwahn ist der sogenannte Christ nicht mehr in der Lage, sich final zu einer einzig gültigen Wahrheit in Jesus Christus zu bekennen. So werden falsch verstandene Aufgeschlossenheit und Liberalität zum Deckmantel geistiger Orientierungslosigkeit und schließlich zum Grabstein des geistigen Todes.

Es gibt nur einen Gott und somit nur eine grundlegende Wahrheit und einen darin sich gründenden Willen. Liebe, Leben, Wahrheit und göttlicher Wille sind untrennbar eines. Allein in der Liebe zu unserem himmlischen Vater findet der Mensch zur Wahrheit allen Lebens - und zu einer Freiheit, die ihm der Weltverstand niemals geben kann.

* * *

"Dein Wille geschehe!"

Im Gebet sprechen wir diese Worte zumeist mehr oder weniger gedankenlos dahin und sind uns ihrer Tragweite in keinster Weise bewusst. Mit diesen drei Worten geben wir unser Leben konsequent in Gottes Hand. Wir geben unserem himmlischen Vater das Einverständnis, dass er uns führen soll in allen Belangen - ob Freude oder Leid, wir werden unser Schicksal vertrauensvoll annehmen. Wir erklären uns bereit, nicht mehr selbstgerecht zu handeln, sondern allzeit Gottes Willen zu suchen und zu erfüllen. Wir erklären uns bereit, ihm all unsere Sorge anheim zu gegeben. Wir bestätigen, dass wir ihm in Liebe dienen wollen, wie und wohin er uns auch immer führen wird.

Der Verstand kann in diesem Licht schwerlich noch die Worte sprechen, denn in ihrer Verwirklichung gibt er die Herrschaft über seinen Menschen auf. Nur das vertrauensvoll-demütige Herz sieht hinein in die Tiefe der Worte und findet dort die Liebe, von der sie ausgehen. Erst an dieser Quelle offenbart sich die wahrhaftige Erkenntnis Gottes, der seine Kinder über alles liebt - und hier kann das Kind sich nichts Schöneres vorstellen, als seines himmlischen Vaters Willen zu erfüllen. Erst in der Verwirklichung dieser drei Worte findet die fundamentale Vereinigung von Gottvater und Menschenkind statt.

* * *

Viele Menschen denken, dass ein Eingehen in den göttlichen Willen sie ihrer Freiheit beraubt, dass sie dann kein eigenständiges Leben mehr führen können. Oberflächlich betrachtet sieht das tatsächlich so aus. Wenn man der Meinung ist, dass der Hauptaspekt von Freiheit darin besteht, dauerhaft in der Unvollkommenheit des Eigenwillens zu verharren, hat dieser Standpunkt Berechtigung.

Der ändert sich jedoch im Einblick in das Herz des Vaters. In der Erkenntnis der darin enthaltenen vollkommenen Freiheit und freiheitlichen Vollkommenheit werden einem die Unzulänglichkeit und Gefangenschaft des eigenen Willens stets mehr bewusst. In diesem Licht sieht man, dass der Wille Gottes allumfassende und alleserfüllende Liebe ist. Darin und daraus erwächst der Wunsch, das ichhafte unvollkommene und blinde Wollen der Freiheit des göttlichen Liebewillens anheim zu geben, um zuerst daran Anteil zu haben und schließlich allzeit darin tätig zu sein.

In der Unterordnung des eigenen Lebens an das erkannte Gottesleben, im Eingehen des Eigenwillens in den göttlichen Willen, in der Anheimgabe der eigenen Liebe an die göttliche Liebe entbindet und öffnet das Seelenherz ihren lebensspendenden Geist. Es erfolgt die Vereinigung von Vater und Kind, das nun, im Geiste neu geboren, sein Erdenleben frei von irdischen Banden vollbringt.

* * *

In der Freiheit des göttlichen Willens

Was in dieser Welt als freiheitliches Leben bezeichnet wird, ist im Licht der Wahrheit betrachtet eine tödliche Gefangenschaft. Wahrhaft freies Denken und Handeln finden erst im Eingehen in den göttlichen Willen statt - allein dieser ist absolut frei, denn er erwächst aus vollkommener Liebe und der darin und daraus sich bildenden göttlichen Weisheit. Er ist keiner Gesetzgebung untertan, er ist an keine Richtlinie gebunden, da er nicht fehlgehen kann. Gottes Wille ist unbedingte und grenzenlose Freiheit, ist allmächtige Schaffenskraft, ist die Unendlichkeit durchdringende Lebendigkeit.

Geht ein Mensch ein in Gottes Willen, offenbart sich ihm der größte Schatz in Zeit und Ewigkeit. Er wird gewahr, dass sein ureigenes Wollen im Liebegrund seines Herzens sich nicht von Gottes Wollen unterscheidet. Er erkennt, dass in der Liebe zu Gott ein Zusammenschluss der voneinander getrennten Willensteile erfolgt. In dieser sich erfüllenden Liebe gießt der himmlische Vater seinen Geist in die Seele aus: Es findet eine Willensverschmelzung statt - die Hochzeit von göttlichem Bräutigam und Seelenbraut. Der Mensch wird durchdrungen von einer zuvor nie gekannten Lebendigkeit und Freiheit. Jetzt erlebt er, was die Worte bedeuten:

"Kein Auge hat es je gesehen, kein Ohr gehört, und kein Mensch wird es je aussprechen können, was Gott denen bereitet hat, die ihn über alles lieben."

Nur die Worte kann er noch sprechen: "Vater! Du! Mein Leben und mein Alles!"

* * *

Krankheit und Leid - Alter und Tod

"Welches Feuer in dir brennt, sagt dir dein Herz, wenn es leidet."

Krankheit und Leid

Viele Krankheiten entstehen, da sich der Mensch aufgrund seiner widergöttlichen Lebensweise dauerhaften Schaden zufügt. Gesucht wird im Allgemeinen nach körperbedingten Auslösern, weshalb Erkrankungen zumeist nicht die Möglichkeit haben, ihre Wirkung als Heil- und Erlösungsmittel zu offenbaren. Denn im Grunde will Not immer helfend und korrigierend auf die Seele einwirken, auf dass diese ihr Lebensziel erreicht oder zumindest nicht ganz verfehlt. Im Folgenden führe ich einige Krankheitsursachen an und zeige auf, dass Heilung stets im seelischen Bereich stattfindet.

Grundlegendes:

Der menschliche Körper ist in seiner Gesamtheit ein komplexer Organismus, der sein Leben von der Seele erhält. Dies materielle Kleid ist ein gottgegebenes Instrument, das geistigem Leben Existenz in einem stofflichen Universum ermöglicht. In dieser seiner Eigenschaft verdient der Leib Aufmerksamkeit und Pflege.

Während einer Inkarnation bilden Seele und Körper eine Einheit, es findet eine vollkommene Symbiose statt, was eine bis zum irdischen Ableben andauernde Wechselwirkung zwischen diesen beiden elementaren Lebensträgern verursacht.

Eine gesunde Seele wirkt heilsam auf den Körper, ebenso hat die ordnungsgemäße Funktion des organischen Leibes positive Auswirkung auf die Seele, denn so kann sie ihre Aufgaben und Herausforderungen unbelastet ausführen.

So wie der äußere Mensch unter normalen Umständen sich gemäß seiner Lebenssituation gerne mit sauberer und ordentlicher Bekleidung umhüllt, ebenso bekleidet sich der innere Mensch (Seele) gerne mit einem gesunden und leistungsfähigen Leib. Ist dieser in seiner Funktion beeinträchtigt, leidet das seelische Bewusstsein unter der schmerzlichen Last. In den seelisch-körperlichen Bereichen findet also ein beständiges gegenseitiges Ein- und Auswirken sowohl im positiven als auch im negativen Sinne statt.

Missbraucht ein Mensch seine Inkarnation, indem er eine geistige Existenz nicht in Betracht zieht und nur die Bedürfnisse seines Körpers befriedigt, erkrankt die Seele aufgrund des fehlenden gottgeistigen Lebensflusses, was sich zuerst in psychischen und daraus in leiblichen Funktionsstörungen äußert. Die aus der verkehrten Lebensweise geborenen Krankheiten und Nöte werden wiederum zu potentiellen lebensrettenden Instrumenten, die die Seele von ihren materiellen Verhaftungen abziehen, um ihr ein neues, glaubensorientiertes Daseinsfundament zu eröffnen.

* * *

Durch widersinnigen Lebenswandel, durch Über- oder Unterbeanspruchung kann der Körper in seiner Funktion stark beeinträchtigt werden. Aufgrund der Wechselwirkung Seele-Materie wird dadurch auch das Bewusstsein in Mitleidenschaft gezogen. Die misslichen Zustände des leiblichen Organismus belasten die darin inkarnierte Seele mit Unwohlsein bis zur Erkrankung und rauben ihr die notwendige Energie für ein freies Erdendasein.

Sei es durch körperlichen oder seelischen Missbrauch - was im Grunde auf ein und dasselbe hinausläuft -, dieser veranlasst den Geist, seine Seele unter allen Umständen wieder der göttlichen Lebens- und Liebeordnung zuzuführen. Im eigentlichen Sinne ist es daher der herzenseigene Gottesgeist, der mittels einer länger anhaltenden demütigenden Krankheit, einem Unfall oder vorzeitiger Abberufung versucht, sich wieder Zugang zu seinem Menschen zu verschaffen, auf dass dieser sich in seiner Verkehrtheit nicht dauerhaft von seiner Lebensquelle abschneidet.

Meistens ist es so, dass ein Mensch jahre- oder jahrzehntelang fehlgehen kann und erst dann eine entsprechende Krankheit zutage tritt, die ihm sein weltlich-existentielles Fundament unter den Füßen wegzieht. Er wurde zwar immer wieder durch leichtere Erkrankungen, problematische Lebensumstände und Hinweise seitens der Umwelt auf sein verkehrtes Verhalten aufmerksam gemacht, nahm diese Anzeichen aber nicht ernst, beziehungsweise ließ seine Selbstgerechtigkeit keine Veränderung zu. So kommt es schließlich `überraschend´ zu einer schweren bis tödlichen Krankheit.

Je nachdem, was man sich für sein Erdendasein vorgenommen hat, ist die Intensität der Korrektur beschaffen. Da kann es durchaus sein, dass jemand sich ein hehres Ziel gesetzt und gebeten hat, dass dieses möglichst erreicht werden soll. Auch wenn diejenige Person bereits ins Glaubensleben gefunden hat und Liebe zu Gott sich in ihrer Seele entfaltet, kann sie trotzdem oder gerade deshalb Drangsal und Leid ausgeliefert sein, die sie ihrer vorgefassten Bestimmung näher bringen. Die Begegnung mit dem himmlischen Vater kann dann auch erst jenseits erfolgen - der leibliche Tod spielt hier nur eine untergeordnete Rolle.

Doch nicht immer machen sich seelische Zustände im Körper bemerkbar. So mancher führt ein lieb- und rücksichtsloses Dasein, bleibt dabei aber bis zu seinem Tod körperlich gesund. In diesem Fall wirken sich die Missstände aus weisheitsvollen Gründen erst in den jenseitigen Sphären aus. Allein der himmlische Vater weiß um die existenziellen Notwendigkeiten jedes Einzelnen als auch der Menschheit insgesamt.

* * *

Ernährung

Die Mehrheit der Menschheit ernährt sich ungesund, da sie mit den Mahlzeiten giftige Chemikalien zu sich nimmt, die entweder an Tiere verfüttert, über Felder und Plantagen versprüht oder den künstlich hergestellten Lebensmitteln direkt zugeführt werden. Dieser Umstand sowie Überernährung haben zur Folge, dass mehr als die Hälfte der Wohlstandsgesellschaft am Essen erkrankt und frühzeitig an Krebs, Tumoren oder anderen Organschädigungen stirbt.

Das ist aber nur der oberflächliche Aspekt krankmachender und tödlicher Ursächlichkeit, denn auch ernährungsbedingte Erkrankungen sind zumeist Ausdruck seelischer Fehlhaltungen. Obwohl der organische Apparat Körper wie jede andere Maschine durch verkehrte Behandlung und Versorgung in seiner Funktionalität stark beeinträchtigt oder gar zerstört werden kann, stellt die materielle Fehlernährung eigentlich die Entsprechung der giftigen geistigen Nahrung dar. Diese setzt sich zusammen aus verschiedensten widergöttlichen Lehren, die man zu sich nimmt. Die daraus hervorgehenden verkehrten Gedanken, Worte und Handlungen beleben das geistige Gift, das zuerst und vor allem der Seele Schaden zufügt. Dieser manifestiert sich in der Folge, entsprechend der betroffenen seelischen Bereiche, im Körper.

Ernährungsbedingte Funktionsstörungen haben also meistens Missstände der Seele zur Ursache, die in ihrer Blindheit auch ihren Körper mit falschen Essgewohnheiten ruiniert. Ernährt sich der Mensch mit reiner geistiger Nahrung durch die Einhaltung der Gebote Jesu Christi, gesundet seine Seele umfassend und dadurch auch sein Leib, der nun einerseits in göttlicher Einsicht vernünftige Speise erhält, andererseits durch das Essensgebet gesegnete und dadurch gereinigte Kost genießt.

* * *

Weitere Ursachen:

- Viele Krankheiten entstehen aufgrund seelischer Blockaden, die sich im Laufe des Erdendaseins durch mehr oder minder traumatisierende Erlebnisse gebildet haben und die eine zeitlich notwendige geistige Entfaltung verhindern. Diese Widerstände manifestieren sich im Körper als Geschwüre oder andere Gebrechen. Auch oftmaliger Ärger sowie Gedanken von Hass und Neid, gleich ob ausgesprochen oder unterdrückt, bilden seelisch-geistige Hemmnisse, die sich als verschiedenste leibliche Krankheitsbilder darstellen.
- Aufgrund verkehrter Lebensweise kommt es gelegentlich zu einer zeitweiligen oder dauerhaften Um- oder Besessenheit von jenseitigen Wesenheiten. Die in die sündhaften Seelenbereiche eingedrungenen und sich darin eingenistet habenden negativen Energien manifestieren sich in Form von materiellen Wucherungen und offenbaren in ihrer Lokalität die kranken Bewusstseinsfelder der betroffenen Person. Mehr dazu im Kapitel ` Besessenheit ...´.
- Bekanntermaßen ist Strahlung für gravierende Schädigungen des Körpers verantwortlich. Diese wirkt jedoch nicht wie allseits angenommen auf den leiblichen Organismus, sondern greift unmittelbar ins seelische Gefüge. Dadurch und daraus entstehen erst die körperlichen Gebrechen - bis hin zum Strahlentod. Schulmedizinisch betrachtet sind Krebsgeschwüre und Tumore körpereigene Gewächse, in geistiger Betrachtung sind es Manifestationen externer zerstörerischer Energien.
- Bei vielen `Gläubigen´ findet Religiosität nur vermeintlich statt, da sie der Gewohnheit, der Gewissensbefriedigung oder als Instrument für Anerkennung und Selbstdarstellung dient. Bei manchen ist Spiritualität nur ein Hobby wie jedes andere. In der Diskrepanz angelesener Theorie und nicht gelebter Praxis erkrankt die Seele schließlich.

- Niemand ist gefeit vor Krankheit, weshalb auch wahrhaft gläubige Menschen erkranken können. Sie sind genauso wie jede andere Person den Gefahren des Seelenweges ausgesetzt. In der Regel wissen sie jedoch um die Hintergründe und Verhältnisse von Leid und Unglück - und können das auch so annehmen. Sie wissen, dass Not ein Werkzeug ist, um irdische Abhängigkeiten und Bindungen zu lösen, auf dass die Seele frei wird für die rückhaltlose Hingabe und Liebe zu Gott. Diese Demutshaltung bewirkt einen großen Schritt im "Näher mein Vater zu Dir!"
- Manchen Christen, die nicht die letzten entscheidenden Schritte in die Freiheit des Geistes wagen, schickt der Vater gelegentlich ein kleines Kreuz, das ihnen die Welt verleidet, auf dass sie sich ihm doch endlich ganz anheimgeben mögen. Wird ein solches Gotteskind aus wohlweislichen Gründen abberufen, erfolgt im Jenseits bald die Gesundung. Ihm ist Dank der kurzen leidvollen Loslösung ein bisweilen mühsamer Befreiungskampf in den jenseitigen Gefilden erspart geblieben; der Weg in die himmlische Heimat ist schnell gegangen.

Ist ein Mensch geistig wiedergeboren, ist er geschützt vor allen Gefahren für Leib und Seele. Bei Kontakt mit ansteckenden Krankheiten bleibt er kerngesund. Wird er gezwungen Gift zu sich zu nehmen, nimmt er davon keinen Schaden; ebenso können ihm das Gift von Tieren sowie Strahlung jeglicher Art nichts anhaben, denn die göttliche Gesundheit ist immer und überall wirksam.

Oder anders beleuchtet: Im Grunde wird alles Dasein von Gottes Willen durchdrungen und erhalten. Geht jemand vollständig in diesen ein, wird er durch und durch zu göttlicher Willensenergie. Wesensfremde Energien gibt es für ihn somit nicht mehr. Auch hier gilt: *"Dem Reinen ist alles rein."*

* * *

Wenn man von körperlichem Schmerz spricht, ist es eigentlich ein seelischer Schmerz, den wir im Körper wahrnehmen, denn dieser wird von der Seele belebt und nur durch sie wird er lebendig. Betrachtet man es genau, ist es allein die Seele, die fühlt, spürt und empfindet. Sie durchdringt Gewebe, Muskeln und Organe und ermöglicht dem Leib Bewegung; sie ist das belebende Bewusstseins-Prinzip im Menschen - und natürlich in Fauna und Flora. Ebenso erfolgen das Sehen, Hören, Riechen und Schmecken in und mit der Seele und dadurch nur mittelbar im Körper.

Und was man fast nicht glauben kann: Auch das Atmen geschieht im seelischen Bereich, der Körper atmet nur mit, er wird quasi von der Seele ge- und beatmet und erhält so den nötigen Sauerstoff zur Erhaltung seiner irdischen Manifestation. Erst in der leiblichen Identifikation hat der Mensch die Empfindung, er spüre und atme mit dem Körper - und das ist gut so, denn dadurch findet die Seele ihre Verankerung in der Materie. Atmet man bewusst, ist dies ein begreifbarer jenseitiger Akt, denn es erfolgt ein unmittelbarer Kontakt zur seelischen Identität. Das gegenwärtige Atmen wird zur Türe in die geistige Welt.

Der menschliche Leib ist also in seiner sichtbaren Darstellung ein der Seele entsprechendes Werkzeug, damit diese in der Materie existieren kann. Existenz ist im Grunde immer, gleich ob diesseits oder jenseits, seelisch-geistiger Natur.

* * *

Wird ein kranker Mensch behandelt und gesundet, bleibt jedoch seinem verkehrten Bewusstsein verhaftet, zeigt sich in der Regel das Defizit nach einiger Zeit an derselben oder an einer anderen Stelle im Körper wieder. Deshalb ist es wichtig, den seelischen Mangel hinter dem körperlichen zu erkennen, damit ein Bewusstseinswandel erfolgen kann. Aus diesem Grund ist es hilfreich, dass einem die Entsprechung von Geist, Seele und Körper geläufig ist.

Herzerkrankungen oder ein Infarkt zum Beispiel sind Anzeichen dafür, dass die Liebe zu materiellem Besitztum oder die übermäßige Sorge darum den Lebensfluss blockiert. Die Seele möchte göttliches Leben atmen, atmet der Mensch nur weltliches Begehren, kann es zu einer Erkrankung der Atemwege oder der

Lunge kommen. Tritt jemand in Kontakt mit seinem Gottesgeist - was mitunter nicht glaubwürdig wahrgenommen wird -, richtet sein Leben aber nicht danach ein und aus, erregt beziehungsweise erhitzt sich das Seelenbewusstsein an den geistberührten Körperstellen, was sich als Entzündungen verschiedenster Art oder als Erkrankung der Nerven(bahnen) bemerkbar macht.

Weitere analoge Körperteile: Die Arme bezeichnen die tätige Nächstenliebe, die Beine und Füße das christliche Vorwärtsschreiten, der Rücken steht unter anderem für Aufrichtigkeit, Augen und Ohren sprechen mit ein bisschen Licht für sich.

Eine andere seltsame Krankheit ist Magersucht. Hier ist das Verlangen der Seele nach Leichtigkeit in materieller Ungebundenheit fehlgeleitet, die ersehnte Freiheit von den irdischen Belastungen wird mit dem Weniger-werden des Leibes bewerkstelligt, anstatt diese im geistigen Leben zu erstreben. Grund hierfür kann eine latente Öffnung der vorgeburtlichen feinstofflichen Existenz durch ein traumatisches Erlebnis sein.

Als welches Gebrechen sich eine seelische Fehlhaltung im Körper manifestiert, ist der Seelenstruktur und der Intensität der geistigen Berufung geschuldet, daher sich bei identischer Bewusstseinsstörung abweichende Symptome und Beschwerden zeigen können.

(NB: Nicht allen Erkrankungen liegt unbedingt eigenes oder ein Fehlverhalten der Vorfahren zugrunde. So auch bei Behinderungen, wobei die Verbindung Seele-Leib oftmals infolge eines Traumas oder durch Eindringen bösartiger Elementarwesen (Viren) gestört oder unterbrochen ist. Doch ruhen in der göttlichen Zulassung ungeahnte seelisch-geistige Entwicklungsmöglichkeiten.)

Gelegentlich tritt der Fall ein, dass eine geistige Verirrung aufgrund eines heilsamen Erlebnisses von selbst gesundet, oder erkannt und bewusst beseitigt wird, die leibliche Entsprechung aber weiter vorhanden ist. Dann schließt sich eine Geschwulst vielleicht ein beziehungsweise bildet sich sogar zurück, oder eine Krankheit verschwindet plötzlich. Aber auch Operationen oder Therapien können Werkzeuge sein, um den Körper an die gesundete Seele anzugleichen. Wenn man in einer schulmedizinischen Behandlung des Vaters Fügung und Gnade erkennt, werden weitere kranke Gedanken erlöst, was zur umfassenden Freiwerdung mit beiträgt.

Der Körper kann natürlich auch zerstört werden. Dann zieht ihn der Mensch aus - er `stirbt´. Im Jenseits wird er früher oder später seiner Seelengestalt gewahr. Er sieht, dass diese genauso beschaffen ist wie sein irdischer Leib, nur eben als geisttätige Realität. Er erkennt, dass er bereits in der materiellen Welt als seelisches Bewusstsein existiert hat und der ihm verliehene Sinneskörper nur das Instrument war, welches ihm den Aufenthalt auf Erden ermöglichte. Der Körper ist also ein Aufnahmegefäß der Seele, so wie die Seele an und für sich ein Aufnahmegefäß des Geistes ist.

Haben Babys und Kleinkinder, die ja noch keine Verantwortung für ihr Bewusstsein tragen, eine Krankheit, kommt darin das Fehlverhalten der Eltern oder deren Vorfahren zum Vorschein. In dieser und durch diese Not wird zugleich eine zukünftige Gefahr für das Seelenleben des Kindes oder der Familie abgewendet. Stirbt ein Kind, ist in der Vollkommenheit göttlicher Liebe nur eine kurze Erdenzeit für diese Seele vorgesehen. Mit seiner Abberufung wird den Eltern ein neues Lebensfundament eröffnet, das geistiges Wachstum ermöglicht.

In weltlicher Betrachtungsweise erscheint das sehr hart und ungerecht - den Schmerz der Eltern über das Leid oder den Tod ihres geliebten Kindes kann man nicht in Worte fassen. Vom göttlichen Standpunkt besehen sind diese Geschehnisse jedoch existenzielle Notwendigkeiten. Gott zieht allein die geistige Entwicklung aller Beteiligten für ein ewiges Leben in größtmöglicher Glückseligkeit in Betracht - das kurze Erdendasein ist nur Instrument dieses hehren Zieles. Leben und Tod von dieser Warte aus betrachtet lässt so manches Unverständliche im Licht erscheinen.

* * *

Seelenleid und Schmerz demütigen den Menschen und entführen ihn aus seiner Gewohnheitswelt. Krebs, Tumore und andere Organ- oder Nervenerkrankungen sowie Körperbehinderungen durch Unfälle bringen bisweilen erniedrigende Qual, oft dauert die Not Jahre und Jahrzehnte.

Neben der schulmedizinischen Behandlung wäre eine geistige Betreuung und Aufklärung dringend notwendig. Der Mensch müsste jedoch bereit sein, Wahrheit anzunehmen und sich Gott mit ganzem Herzen anheim geben. Aber wer kann und will das in dieser glaubenslosen Zeit? Und wer kann Wahrheit vermitteln? Unterzieht sich ein dem Tode Geweihter einer geistigen Heilmethode, ist es zumeist so, dass diese nicht wirklich hilft - die Person stirbt und man stellt diese Praktik an den Pranger.

Die oftmalige geistheilerische Erfolglosigkeit ist einerseits darin begründet, dass die erkrankte Person aus Mangel an Glauben keine wahrhaftige Seelenkorrektur zugelassen hat. Andererseits wird, genauso wie in vielen schulmedizinischen Fachgebieten, auch in den geistigen Behandlungsbereichen Scharlatanerie betrieben und so mancher sein wollende Heiler bereichert sich auf Kosten der nach jedem Strohhalm greifenden Patienten. Wo viel Geld verlangt wird, ist Gott nicht zugegen. Doch der Ansatz einer Hinwendung zur vorrangig seelischen Gesundung ist richtig und notwendig, denn mit der Heilung der Seele heilt in der Regel auch der Körper, falls nicht das Verlassen der Erdenwelt bereits vorgesehen war.

Denn Heilung kann auch körperlichen Tod bedeuten. Dieser wird im Allgemeinen als Verlieren des Lebenskampfes betrachtet; doch es geht ja um die unsterbliche Seele, sie muss gesunden, der vergängliche Körper ist bloß ihr Gewand. Heil werden kann sie oftmals nur noch im Jenseits, ihrer eigentlichen Heimat. So wird sie hier im Krankenlager vorbereitet, der Vater nimmt dann den Leib zu rechten Zeit hinweg. In den geistigen Hospitälern wird die Seele gepflegt und nach der Gesundung behutsam der in ihr angelegten Bestimmung zugeführt.

* * *

Wir fahren an einem Krankenhaus vorbei. Unvermittelt bin ich versetzt in eine dortige Station, in der Verbrennungsopfer gepflegt werden. Hier befinden sich Personen, die bei Unfällen neben anderen Verletzungen schwerste Verbrennungen erlitten haben. Ihre Haut und das darunterliegende Fleisch sind stellenweise total verbrannt. Bewegungslos müssen sie daliegen, teilweise eingewickelt wie Mumien.

Ich sehe diese Leidenden nicht nur äußerlich, sondern erlebe ihr Inneres. Die Seelen der komatösen Patienten befinden sich in ihren Jenseitswelten. Hier spüren sie nicht des Körpers Schmerzen, sondern fühlen die analogen seelischen Wunden. Je nach Entwicklungsstand finden sie sich mehr oder weniger zurecht. Manche irren orientierungslos in ihren Sphären umher, denn in der Welt ist Materie ihr Gott und Geistesleben ist ihnen fremd. Nur wenige haben Kontakt mit jenseitigen Helfern, die sie gemäß ihres Zustandes unterweisen. Mit diesen Patienten zu sprechen und ihnen Liebe zu schenken hat großen Einfluss auf ihr Befinden. Sie spüren die Zuneigung, die ihnen segensreiches Licht spendet. Erwachen sie, haben sie in der Regel keine Erinnerung an ihre Erlebnisse.

Komatöse Personen, die aufgrund ihrer Lebensweise drüben bereits in lichteren Gefilden wandeln, erleben zum Teil eine nie gekannte Lebendigkeit. Sie spüren die ihnen dargebrachte Herzenswärme ebenfalls und haben große Freude daran. Gelegentlich erinnern sie sich nach dem Erwachen traumhaft, in den seltensten Fällen deutlich an ihre Jenseitswelt.

Nun sehe ich das unaussprechliche Elend der wachen Patienten. Einige sind nicht in der Lage zu begreifen, was mit ihnen geschehen ist, denn ihre Erinnerung an den Unfall ist gelöscht. Manche möchten sterben, ihre Verzweiflung ob des unausweichlichen Schicksals bricht mir fast das Herz. Ich möchte wegschauen, da diese Not nur schwer zu ertragen ist.

Jetzt erblicke ich Engel durch die Reihen gehen. Sie betauen die Seelen mit Licht, behutsam streichen sie über die entstellten Körper. All ihre Fürsorge gehört den Menschen, die an diesem Ort durch namenloses Leid gehen. Dessen ungeachtet fällt es mir schwer, diese Situation zu betrachten. Ich richte meinen Blick zum Vater. Er zeigt mir das Verhältnis dieser relativ kurzen zeitlichen Qual zum darauf folgenden Ergebnis. Unvermittelt sehe ich die Leidenden in ihren ihnen noch verborgenen heimatlich-geistigen Gefilden. Hier sind sie bereits gesundet, überall sehe ich Heiterkeit und Freude. Ihre Gesichter strahlen, ihre Herzen sind erfüllt von Dankbarkeit.

"Ja!", ruft es in mir, "Das ist es wert! Diese kurze Pein für ewige und nimmer endende Freude, ja, das ist es wert! Wenn dies die endgültige Erlösung bedingt?!" Und demütig lasse ich mich fallen in Jesu Arme, in sein Herz, in seine barmherzige Liebe.

Noch einmal betrachte ich die hier liegenden Patienten, deren Bewusstsein sich im Schmerz reinigen muss. Sie wissen nicht, dass sie sich einst in der Freiheit göttlicher Liebe bewegen werden. Doch bald wird dieser glückselige Zustand Realität - und wahrlich, sie werden Gott danken für ihr irdisches Schicksal.

Als ich mich wieder im Auto finde, sind nur einige Sekunden vergangen. In der Welt des Geistes wird die Zeitlichkeit jeden Geschehens neutralisiert - die relativen Inhalte von Raum und Zeit werden in ihrer geistigen Offenbarung zu distanzlosen und gegenwärtigen Erlebniselementen.

* * *

Organspende ...

... ist ein heikles Thema. Der Tod ist für die meisten etwas Endgültiges, der lebendige Glaube an ein Weiterleben nur in einer Minderheit vorhanden. Vor allem in der Wohlstandsgesellschaft wird nicht mehr an eine jenseitige Welt geglaubt, die unsere eigentliche Wirklichkeit darstellt und beinhaltet. Die erblindete Seele sieht nicht mehr ins geistige Reich und dessen Bewohner sind für sie unerreichbar. Die Mitglieder der Weltreligionen und Angehörige spiritueller Gemeinschaften glauben zwar vage an eine jenseitige

Existenz, doch zumeist ist es ein theoretischer Glaube, dem keine Gewissheit und Lebendigkeit innewohnen. Deshalb versucht man, das Erdenleben mit allen zur Verfügung stehenden Mitteln zu verlängern, was unter diesem Gesichtspunkt verständlich ist.

Für Krankenhäuser und pharmazeutische Unternehmen spielt die `Lebensverlängerung´ ebenfalls eine wichtige Rolle, denn den Kliniken bescheren Organtransplantationen dringend benötigte Gelder und den Pharmakonzernen bringen die transplantierten Dauerpatienten beträchtliche Gewinne.

Dass der Mensch im eigentlichen Sinne nicht tot ist, wenn ihm die notwendigen Organe entnommen werden, da diese abgestorben nicht mehr verwendet werden können, ist weithin leider nicht bekannt. Im allgemein herrschenden Materialismus konnten sogenannte medizinische Autoritäten sehr überzeugend den Gehirntod zum (end)gültigen Tod erklären - wobei im Falle der Organentnahme Herz- und Kreislauffunktion weiterhin künstlich aufrecht erhalten werden müssen, da nur durchblutete, also noch intakte Organe verwendet werden können.

Besteht keine Sicherheit über den Tod eines Menschen, wird ihm mittels des sogenannten Apnoe-Tests (hierbei soll festgestellt werden, ob bei Entzug der künstlichen Beatmung körpereigene Spontanatmung stattfindet) immer wieder Sauerstoff verweigert. Nicht selten ist der Patient dann erst hirntot genug, um ihm `legal´ Organe nehmen zu können. In diesem Zustand wird der Körper des `Toten´ ohne Narkose geöffnet. Doch nur weil das Gehirn nicht mehr arbeitet, bedeutet das nicht unbedingt, dass die Seele bereits aus dem Leib ausgetreten ist und keine Schmerzen mehr empfindet.

Aber nicht nur das. Durch die materielle Lebensweise sind eigentümliche Seelenanteile in den Körperzellen verankert. Diese werden bei Organtransplantationen auf eine andere Person übertragen. Nicht selten hört man deshalb von Bewusstseinsveränderungen vor allem nach Herzverpflanzungen. Auch bei umfassenden Bluttransfusionen werden fremde Eigenschaften mit eigenen vermischt, denn das Blut ist Trägerstoff des Seelenlebens. Außerdem bleibt der Organspender an die Sphäre des Empfängers gebunden bis dieser stirbt, da er auf die eigenen Seelenanteile warten muss, die nun in einem anderen Menschen verkörpert sind. Der Spender kann also seinen natürlichen Weg im Jenseits nur bedingt fortsetzen, denn seine Seelenspezifika müssen ihm ab einem gewissen Reifegrad notwendig wieder zugeführt werden. Dies geschieht in der Regel im natürlichen Verwesungsprozess des Leibes.

Die `Verantwortungslosigkeit´ derjenigen, die ihre Organe nicht spenden möchten, wird geschickt von der `Organlobby´ angeprangert, zudem setzt sich die sogenannte Prominenz in den Medien pflichtbewusst für dieses legalisierte Verbrechen ein. Und die Menschheit läuft blind hinterher, wie bei so vielen verkehrten, aber profitbringenden Ansichten und Verfahrensweisen von Wissenschaft, Wirtschaft und Politik.

Eine Lösung wäre, öffentlich über die tatsächlichen Umstände der Organentnahme aufzuklären. Auch sollte auf die jenseitige Wartezeit und Persönlichkeitsvermischung hingewiesen werden. Wenn jemand dieses Opfer unter den gegebenen Umständen bringen möchte, um einem Mitmenschen das irdische Dasein zu erhalten, ist es in Ordnung.

Da der liebe Gott aus allem Übel Gutes macht, kann auch Organtransplantation zum Segen werden, wenn man in diesem Verfahren seine Liebe, Fürsorge und Barmherzigkeit erkennt. Dann löst der himmlische Vater etwaige seelische Bindungen und geleitet sein Kind in sein Herz, darin es ewiges Heil und göttliche Heimat findet.

Nach der Reinigung der Erdenwelt wird es diese Methode der `Lebensverlängerung´ jedoch nicht mehr geben.

* * *

Aids

Ich thematisiere Aids, um aufzuzeigen, wie weit Konzerne in der gewissenlosen kapitalistischen Welt gehen, um sich zu bereichern. Menschenleben sind ihnen egal, sie benützen die Patienten rücksichts- und mitleidlos für profitbringende Zwecke, denn das `Wohl des Menschen´ findet in der Pharmazeutik nur unter dem finanziellen Aspekt Betrachtung. Anhand dieser manipulierten Krankheit sieht man, wie programmier- und beeinflussbar die Bevölkerung in dieser Zeit der `Aufklärung´ geworden ist. Wobei Aids hier stellvertretend für viele andere kriminelle Machenschaften von Wissenschaft und Wirtschaft stehen soll.

Aids ist eine Erfindung und eine der größten Lügen im Bereich Pharmazie. Diese Krankheit gibt es, so wie sie öffentlich dargestellt wird, nicht.

In den 1980er Jahren benötigte die Pharmaindustrie dringend eine ansteckende Krankheit, um neue Märkte zu erschließen und größere Umsätze zu generieren. In Afrika hatte man bereits einige bislang unbekannte Krankheitssymptome entdeckt, die mittels Körperflüssigkeit übertragen werden und fast immer tödlich sind. Doch Afrika ist weit weg und die Bevölkerung größtenteils arm, da war nichts zu holen - man brauchte diesen Erreger in der zivilisierten Welt, um richtig Geld scheffeln zu können. Da war es ein `Glücksfall´, dass so ein ansteckendes Virus in die Homosexuellenszene eingeführt und sichergestellt wurde. Doch mit einigen Dutzend Kranker war noch nicht viel verdient.

Jetzt war es an der Zeit, das Vorhaben, das schon lange in den Schubläden eines geld- und machtgierigen Unternehmens auf Umsetzung wartete, zu verwirklichen: Zusammen mit dem eingeschleusten Virus bündelte man Symptome verschiedenster ansteckender Krankheiten und stellte diese der Öffentlichkeit als todbringende Immunschwäche Aids vor. Mithilfe der Massenmedien wurde Aids quasi über Nacht zur weltumspannenden Angstblase. Nun konnte man ein bereits vorhandenes, sehr teures Medikament einer neuen Bestimmung zuführen und in großen Mengen produzieren und verkaufen: AZT.

Auch wenn es den `Aids-Patienten´ nach den ersten Einnahmen kurzfristig besser geht, die Nebenwirkungen dieses Präparates bedeuten für viele auf lange Sicht den sicheren Tod. Und was erst stillschweigend in Kauf genommen wurde, ist mittlerweile gewollt, denn ohne eine andauernde hohe Sterberate wäre das milliardenschwere Unternehmen Aids nicht aufrecht zu erhalten.

Bis heute werden laufend neue Merkmale und Indikationen hinzu gezogen, um diese `Epidemie´ sukzessive zu erweitern und ihren Fortbestand zu garantieren. Da es keine einheitliche Kennzeichnung gibt, kann man Aids nach Belieben diagnostizieren - man erweitert einfach die Palette der Symptome. So kann es sein, dass in einem Land der Test negativ ausfällt, am nächsten Tag in einem anderen Land positiv. Tatsächlich gibt es jedoch keinen einzigen wissenschaftlich fundierten Beleg und Beweis für ein einheitliches HI-Virus.

Fazit: Unter dem Pseudonym Aids verstecken sich verschiedenste immunschwächende und tödliche Viren. Die damit verbundenen Krankheiten könnten oft mit entsprechenden Methoden geheilt werden. Aber alle Symptome werden hauptsächlich mit AZT oder ähnlichen Wirkstoffen behandelt. Zahlreiche Patienten, die ihre Medikation absetzten, wurden wieder gesund, wenn nicht schon die unter dem Aids-Deckmantel verborgene Krankheit den Tod in sich trug. Und selbst wenn es heute vergleichsweise weniger aggressive Behandlungsmethoden gibt, dienen diese genauso dem im Namen von Forschung und Arzneimittelvertrieb entstandenen Finanzimperium Aids, das seine Betreiber unter allen Umständen erhalten wollen. Die allgegenwärtige Seuche namens Aids gibt es nur aufgrund der Machenschaften größenwahnsinniger und geldgieriger Konzerne.

* * *

Abtreibung

In der heutigen Zeit werden Embryos in verschiedenen Stadien abgetrieben. Gleich zu welchem Zeitpunkt eine Abtreibung stattfindet - die Seele wird gezwungen, den Mutterleib zu verlassen. Der Weg über diese Erde ist ihr verwehrt und es braucht Zeit, bis wieder eine passende Konstellation gefunden und ein geeignetes Elternpaar zur Kindeszeugung bereit ist.

Je nachdem, ob erst im Mutterleib sich ordnende und ausbildende Seelen aus der irdischen Evolution den Weg des Menschseins antreten (sie inkarnieren je nach Konsolidierungszeit blind-instinktiv bis intuitiv sehend), oder Wesenheiten von anderen Gestirnen und Engel ins Fleisch gehen (sie inkarnieren selbstbewusst), wirkt sich eine Abtreibung aus. Wobei inkarnierte Engel äußerst selten abgetrieben werden; sie gehen zu Eltern, die aufgrund ihrer Geisteshaltung auch in widrigen Umständen eine Schwangerschaft nicht abbrechen.

Da die Sternenseelen und Himmelsgeister durch die Einzeugung bereits ins Vergessen gegangen sind, brauchen sie nach der Abtreibung Zeit, um wieder zu sich zu finden. Einige kehren zurück in die Sphäre ihrer alten Heimat, andere hoffen auf oder wissen um eine baldige Gelegenheit für eine erneute Inkarnation und verweilen im jenseitigen Raum dieser Erde. Mitunter versuchen sie es zu einem späteren Zeitpunkt bei den selben Eltern oder in deren nahen Familienkreis wieder. Hat das Paar, das abgetrieben hat, Kinder, wartet manche Seele über Jahre und Jahrzehnte, um in der Familie der Nachkommenschaft unterzukommen. Der Grund hierfür liegt darin, dass dort ähnliche Voraussetzungen gegeben sind, oder dass sich eine abgetriebene Seele weiterhin zu ihren `ersten´ Eltern hingezogen fühlt und gerne in deren Umfeld aufwachsen möchte - manche Kinder haben zu ihren Großeltern eine intensivere Beziehung als zu Vater und Mutter.

Es gibt aber auch die Möglichkeit, zeitnah in einer anderen Familie unterzukommen. Das ist notwendig, wenn jemand unbedingt zu einer festgelegten Zeit als Mensch geboren werden soll, um einen erforderlichen Lebensweg beschreiten zu können oder um einer geistigen Berufung zu folgen.

Eine der Erde entstammende Seele, die aufgrund einer Abtreibung den Mutterleib verlassen musste, befindet sich als Wesens-Einheit ihrer vorgeburtlichen Existenzen so lange in der Erdensphäre, bis ihr erneut eine Einzeugung ermöglicht wird. Da dies unter Umständen dauern kann, kommt es vor, dass sie sich in ihrer Ungewissheit gewaltsam Zutritt in einen Menschen verschafft. Sie kann in ihrer instinktiven Vorgehensweise - der Gottesgeist wurde noch nicht eingepflanzt - die Abtreibung nicht nachvollziehen und besetzt blindlings eine ihren Veranlagungen entsprechende Person, in der Meinung, dadurch ihre Inkarnation zu bewerkstelligen. So eine längere Inbesitznahme kann zu einer schweren Erkrankung der Besetzten führen.

Eine Abtreibung bringt also immer Leid mit sich. Wer abtreibt, lädt Schuld auf sich, denn diese Tat verhindert einen Akt göttlicher Gnade. Doch wie bei jeder anderen Sünde, wenn sie in Reue eingestanden und nicht wiederholt wird, vergibt der himmlische Vater auch hier und seine Liebe macht es schließlich im Verlauf des ewigen Lebens wieder gut. In der neuen Zeit wird es Abtreibungen aber nicht mehr geben.

Bei einem nicht gewaltsam herbeigeführten Abgang oder einer Totgeburt kommt die Seele ins jenseitige Kinderreich, wo sie ihre Entwicklung unter anderen Voraussetzungen bewerkstelligen und vollenden kann. Falls nötig, wird sie in einer späteren Epoche noch einmal in dieser oder einer anderen Welt inkarnieren.

* * *

Depression

Immer mehr Menschen leiden heutzutage unter Depressionen. Neben der schädlichen Ein- und Auswirkung durch Strahlung verschiedenster Art liegt der vornehmliche Grund dafür in der drohenden Verfehlung von Sinn und Zweck des Erdenlebens und dem damit einhergehenden Verlust der Gotteskindschaft.

Je umfangreicher das mitgebrachte und nicht genutzte Glaubens- und Liebespektrum, umso intensiver drängt das Gewissen ins Bewusstsein. Was man geistig erblindet aber so nicht wahrnimmt, sondern man erfährt vor allem eine sich stetig steigernde Traurigkeit und Lebensunlust. Insbesondere macht sich die Seelenschwere in den Wechseljahren sowie im Alter bemerkbar, da die Denkstrukturen zunehmend verhärten - ein Umdenken beziehungsweise Loslösen von irdischen Verhaftungen wird zunehmend schwieriger.

Auf der Suche nach Ursachen wird überall geforscht, nur nicht da, wo sie zu finden sind. Psychopharmaka erleichtern den bedrückenden Zustand zwar, doch nicht selten unterliegen die Patienten. Für viele endet die dunkle Seelenodyssee in Lethargie oder gar Selbstmord.

Eine Hinwendung zu Jesus Christus würde seelische Aufhellung bewirken. Die Menschen sähen in sich den Nährboden ihres Leidens; sie würden gewahr, dass in vertrauensvoller Herzensöffnung zum himmlischen Vater Heilung geschehen kann.

* * *

Demenz

Was wir gemeinhin als dement bezeichnen, ist der Seele mangelnder Zugriff auf ihr Instrument Gehirn und damit auf das irdische Dasein. Das abnehmende Denkvermögen zeigt sich je nach Seelenbeschaffenheit und damit einhergehender Lebensweise und kann vielerlei Ursachen haben:

Im fortgeschrittenen Alter erzeugt die nachlassende Funktionalität des körperlichen Organismus nicht nur physische Einschränkungen, auch das zweckentfremdete Gehirn degeneriert. Tatsächlich werden dessen Zellen nicht, wie wissenschaftlich und allgemein angenommen, durch gedankliche Aktivität und Regsamkeit betriebsam erhalten, vielmehr erblinden diese in den jahrzehntelangen starr-materiellen Betrachtungsweisen, da das Gehirn eigentlich für die Aufnahme gottgeistigen Gedankenguts konzipiert ist. Aus diesem Grund ziehen sich vermehrt Seelen aus ihren Leibern ins Herz zurück, so dass quasi von ferne belebte Hüllen ein passives Dasein fristen.

Doch nicht nur verkehrtes Denken und das Alter sind für Demenz verantwortlich. Da Elektromagnetik der Verbindungsträger der Gedanken der Seele (Herzensgedanken) zum Gehirn ist, bewirken elektronische Strahlungen und andere giftige Umwelteinflüsse eine Störung der elektromagnetischen Gehirnimpulse. Ebenso ist die Abschwächung des Erdmagnetfeldes eine mögliche Ursache für die dramatische Zunahme von Demenz, denn auch dadurch wird die elektromagnetische Denkbrücke gestört, das Zusammenspiel Seele - Gehirn beeinträchtigt.

Reaktionen in der Demenz:

- Bei dementen Personen werden die individuelle Seelenverfassung sowie die charakterliche Grundausrichtung offenbar. Manche werden extrem (weh)leidig und aggressiv, andere wiederum friedlich und dankbar. Die Ursache hierfür liegt darin, dass sich der Mensch durch die reduzierte Gehirntätigkeit, beziehungsweise durch den Teilrückzug in seine jenseitige Welt in seiner tatsächlichen Verfassung findet und diese ins Diesseits transportiert. Da in der Demenz Anstands- und Verhaltensregeln wegfallen, kann der Seele wahrhaftiger Zustand ungehindert fließen.
- In der Demenz macht der Mensch Läuterungsphasen durch, die ansonsten erst nach dem Ableben in Kraft treten. Aus diesem Grund kommt es des Öfteren zu unerwarteten Gefühlsausbrüchen.
- Demenzkranke haben hauptsächlich Erinnerungen an emotionale Erlebnisse. Vor allem Musik und Gesang, die unmittelbar mit der Seele kommunizieren, zeugen von vorhandenem jenseitigem Gefühlsleben ohne diesseitigem Denkvermögen.

Wie in allen leidvollen Gegebenheiten ist bei lichtvoller Betrachtung auch in der Demenz ein göttlicher Schatz verborgen: Die Betroffenen bekommen eine irdische Gnadenfrist zur Freiwerdung von irdischen Verwachsungen und Fehlhaltungen, wodurch sie ihren Jenseitsweg enorm verkürzen. Die zweite Gnade fließt in die Pfleger, die in der selbstlosen Betreuung geistige Fortschritte machen können.

Wie wird die Zukunft bezüglich Demenz-Erkrankungen aussehen? Gottlose Gesinnung, seelenfremde Frequenzen und chemischer Niederschlag wirken sich zunehmend schädlich auf die Gehirnaktivität aus. Immer mehr Seelen ziehen sich aufgrund des zum Teil stark eingeschränkten Denkvermögens aus dem sonst funktionsfähigen Körper in die emotionalen Bewusstseinsbereiche zurück.

Was kann man tun? Mit Medikamenten kann Demenz nicht geheilt werden. Eine Möglichkeit der Linderung oder Vorbeugung wäre die Vermeidung schädlicher Strahlung, doch das Gegenteil ist der Fall, diese wird künftig zunehmen. Auch das Geoengineering wird nach wie vor gewissenlos betrieben. Zudem nimmt das irdische Magnetfeld weiter ab. Hier könnte Magnetfeldtherapie die Beeinträchtigung der Gehirnfunktion bis zu einem gewissen Grad kompensieren.

Aus geistiger Sicht könnte eine liebreiche Hinwendung zum himmlischen Vater das Ende von Demenz bewirken. Einem wahrhaft Gläubigen kann erstens schädliche Strahlung aufgrund seiner erstarkten Außenlebenssphäre nichts anhaben; zum andern würde sich die Seele nicht verfrüht aus dem Leib zurückziehen, da ihr das Instrument Gehirn lebensgemäß zur Verfügung stünde. In der geistigen Durchblutung würden die Gehirnzellen zweckdienlich gepflegt und erhalten. Das Bewusstsein wäre in dieser Lebendigkeit Träger und Ausführer göttlichen Gedankenguts.

* * *

Schlaf und Traum

Wie bereits erläutert, ist unsere leibliche Umhüllung ein organisches System, das von der Seele belebt wird - wie eine Maschine, die nur funktioniert, wenn sie an eine Energiequelle angeschlossen ist. Ohne die seelische Energie ist der Körper in dem Zustand, den wir als Tod bezeichnen.

Während einer Inkarnation kommt es in Zusammenspiel und Wechselwirkung Seele-Körper zu einer gemeinsamen Regenerationsnotwendigkeit, die wir Schlaf nennen. Dabei verliert die Seele aber nicht ihr Bewusstsein - sie schläft also nicht, sondern ruht sich quasi im Tod des Leibes aus. Schlaf gibt es im Jenseits nur im Sinne geistiger Bewusstlosigkeit.

Zum einen wird man sich im Schlaf seiner Innenwelt traumhaft bewusst, wobei das Gehirn als passives Organ nur Registrator des Geschehens ist. Genaugenommen bereist die Seele ihre Sphäre, worin alles vorhanden ist womit sie in Beziehung steht, sei es positiv oder negativ, sei es wissentlich oder unwissentlich. Es sind dies allerlei Tätigkeiten und Erlebnisse sowie Bewusstseinsfragmente zu und mit Menschen und Tieren, mit denen sie emotionalen Austausch gepflegt hat oder pflegt - das kann auch über die Medien Print, Fernsehen und Film geschehen. Zum anderen wiederum beschaut die Seele die im Gehirn gespeicherten Gedankenfelder. Aber auch jenseitige Wesenheiten, die sich in der Sphäre des Schlafenden aufhalten, tragen ihren Teil zum Traumgeschehen bei.

In geistiger Blindheit erzeugt dies Zusammenspiel zumeist ein chaotisches Traumkonglomerat, dem man nach dem Erwachen verständnislos gegenübersteht.

(NB: Da sich bei einer Erkrankung das Bewusstsein am Krankheitsherd intensiviert, können Träume stärker als sonst in Erscheinung treten, was zu Albträumen, bisweilen zu heilsamen Traumerlebnissen führen kann. Dies ist auch beim Fasten der Fall.)

Im Tagesgeschehen verblassen die nächtlichen Eindrücke bald wieder. Das ist auch notwendig und gut, denn bliebe das Traumgebilde geöffnet, es würde uns tagsüber belagern und binden, so dass wir zu keiner vernünftigen Tätigkeit fähig wären - was nach intensiven Träumen gelegentlich sogar der Fall ist. Sie zu deuten macht wenig Sinn, es sind haltlose Gebilde ohne Zusammenhang und geistige Substanz. Traumdeutung ist nur von Wert, wenn der Herzensgeist erwacht ist, dann können sinnvolle Rückschlüsse gezogen und Voraussagen getroffen werden.

Je heller es in einer Seele wird, umso geordneter und klarer werden ihre Träume, die dann eigentlich keine mehr sind, sondern geistlebendige Realität. Diese nächtlichen Erlebnisse beglücken und schenken ein freudiges Tagesbewusstsein. Sie können bedeutungsvoll sein, denn sie erklären und offenbaren allerhand Vorgänge in Vergangenheit, Gegenwart und Zukunft.

Während des Schlafes geschieht aber auch viel Heilsames. Würden wir des Nachts nicht von fleißigen Geistern umsorgt, die psychischen Erkrankungen würden dermaßen überhand nehmen, dass kaum noch geordnetes Dasein möglich wäre. Hier werden der Seele Wunden gereinigt und gepflegt, hier bekommt sie Weisungen, die sich mit der Zeit mehr oder weniger klar an der Bewusstseinsoberfläche melden. Es sind dies Gedanken des Mitgefühls und des Verzeihens sowie Entscheidungshilfen in schwierigen Lebenssituationen.

Leider erkennen die meisten Menschen diese Fürsorge nicht, sie bleiben gefangen in ihren verkehrten Ansichten und Taten. Erst im geistigen Erwachen sehen sie, dass ihnen immer wieder geholfen wurde und wird, und welche Bemühungen es gab und gibt, um ein Licht in ihnen zu entzünden, das ihre dunklen Wege stets von Neuem erleuchtet oder erleuchten hätte können.

* * *

Alter und Tod

Die meisten Menschen leben, als gäbe es keinen Tod für sie. Das Sterben scheint so fern, doch plötzlich ist es soweit, oft unerwartet und unvermittelt. Nicht nur für die Verstorbenen, auch für Angehörige ist die Lebenssituation plötzlich eine andere.

Bisweilen bringt der Trennungsschmerz, den die Hinterbliebenen erleiden, ein kleines Erwachen mit sich. Denn niemals ist ein Schmerz umsonst, wobei der körperlich wahrgenommene erst einmal `nur´ ausbremst und lähmt, während das seelisch erfahrene Leid tiefer dringt und eine grundlegende Reinigung bewirken kann - und dadurch Freiraum für ein neues Bewusstseinsfundament eröffnet.

Doch wer nutzt die Gelegenheit des Erwachens? Auch wenn die Betroffenen in ihrer unmittelbaren Not aufgeschlossen und hungrig nach geistiger Nahrung sind, versiegt dieses Verlangen bald wieder. Dem gutgemeinten Zuspruch, nach Krankheit oder Trauer erneut zu althergebrachten Gewohnheiten und materiellen Ablenkungen zurückzukehren, kommen sie schließlich gerne nach und füllen ihr Herz wieder mit den früheren gottlosen Verhaltensweisen.

* * *

Führt man kein (rechtes) Glaubensleben, kann der himmlische Vater nicht hilfreich ins Alltagsgeschehen eingreifen. Die familiären und beruflichen Herausforderungen verhindern dann geistiges Wachstum eher, anstatt es zu fördern. Für Freizeit und Urlaub offeriert die Welt heute tausenderlei Gelegenheiten der Zerstreuung, die den Menschen lautstark und nachhaltig aus seiner göttlichen Bestimmung entführen. Die leise zur Besinnung mahnende Stimme, den eigentlichen Daseinszweck nicht ganz zu verfehlen, kann in den täglichen Anforderungen und dem sich anschließenden Zeitvertreib nicht gehört werden.

Ist man im Alter finanziell halbwegs gut gestellt und im Großen und Ganzen gesund, kann man vielen scheinbar nutz- und sinnbringenden Beschäftigungen nachgehen, die als ausfüllende 'Lebensinhalte' in den meisten Fällen ebenfalls vom Streben nach lebendiger Gotteskindschaft ablenken. Sind derlei Freizeitgestaltungen aufgrund einer kargen Rente oder Erkrankung nicht möglich, kann man seine gottgegebene Identität verdrängen, indem man in früheren Erlebnissen schwelgt, sich mit einer beschönigten Vergangenheit weiterhin selbst betrügt, oder mittels verschiedenster Medien täglich in fremde Welten eintaucht und so seiner haltlosen Existenz scheinbare Erfüllung schenkt.

Doch eigentlich will das Versäumte bewusst werden. Das Werkzeug zur seelischen Öffnung ist das demütigende Leid des Alters. Denn noch immer besteht die Möglichkeit des Erwachens, auf dass das Erdenleben nicht gänzlich im Abgrund der Vergänglichkeit verloren geht. Gerade in den Altenheimen und bei den einsamen Alten sind die himmlischen Geister rege tätig, um in den letzten Jahren, Monaten und Tagen auf deren Herzen einzuwirken und sie für Gottes Liebe zuzubereiten. Aber die wenigsten nutzen diese Möglichkeit, denn es ist stets der freie Wille ausschlaggebend für ein Erwachen - sowohl im Diesseits als auch im Jenseits.

* * *

Im Leid ist man oft keines rationalen Gedankens mehr fähig. Man kann die Schmerzen nur erdulden und den Tränen freien Lauf lassen, während die Werkzeuge der Läuterung an einem arbeiten und verirrte Gedanken in die Demut führen. Jede Not dient der Loslösung der Seele vom Körper und bietet somit die Möglichkeit der Befreiung von irdischen Verhaftungen und Zwängen. Gerade im Alter, bei unheilbaren Krankheiten und andauernden Schmerzen, wenn man keinen Ausweg mehr sieht, wenn Operationen und Medikamente keine Gesundung bewirken und der leidende Mensch ob seines Zustandes keinen Lebenssinn mehr erkennt, ist Gottes Herz der verwundeten Seele am nächsten.

Die Zeit der Not ermöglicht, was man im bisherigen irdischen Dasein nicht verwirklicht hat: Die Anbindung an die geistige Heimat und die Eröffnung des Weges dorthin. Ein kurzes Leiden kann einer verweltlichten Seele einen langwierigen jenseitigen Loslösungskampf von mitgebrachten Abhängigkeiten ersparen. Im Wissen um die wahren Hintergründe des Leides, und dass jedem Schicksal ein Erlösungsweg innewohnt, kann man vielleicht Verzweiflungs- oder gar Selbstmordgedanken überwinden und die verbleibende Erdenzeit nutzen, um sich als Seele im Geist wiederzufinden.

Ein glaubensoffener Mensch hat die Möglichkeit der Bitte, dass der Vater ihm den Grund für seine Not aufzeigen und diese lindern oder beenden möge. Wenn dies im demutsvollen Herzen geschieht, wird der Wunsch zur rechten Zeit erfüllt. Ein Ungläubiger wird in seiner Verzweiflung vielleicht auch bitten, doch woher soll er jetzt sein Vertrauen nehmen? Er hat Gott nie in sein Leben eingelassen, geschweige denn geliebt. In seiner Geistesnacht ist es ihm unmöglich, Leidensursachen und deren Auswirkungen zu durchschauen und einen Kontakt mit helfenden Geistesmächten herzustellen. Doch auch hier waltet göttliche Barmherzigkeit und oftmals schenkt der Vater ein kleines Lichtlein, auf dass der Leidende sich ihm trotz seelischer Dunkelheit zuwenden kann.

Wenn sich jemand in der demütigenden Phase des Alterns nicht von dunklen Energien gefangen nehmen ließ und dadurch verbitterte, sondern in seiner Not zu Gott gefunden hat, geschieht der Austritt aus dem Leib angstfrei und ohne großen Schmerz.

* * *

Traurig anzusehen sind die Seelenzustände hinter der weltlichen Fassade gerade bei der älteren Generation. Auch wenn diese Menschen ein im Großen und Ganzen redliches Leben geführt haben, so haben sie im Grunde doch weitestgehend am Sinn und Zweck des irdischen Daseins vorbeigelebt. Sie dienten vor allem ihren materiellen Bedürfnissen, eine seelische Existenz haben sie nie wirklich in

Betracht gezogen. Geistiges Wissen ist ihnen fremd und Gott haben sie niemals ernsthaft gesucht und erst recht nicht geliebt. Obwohl ihre Erdenzeit sich dem Ende zuneigt, laben sie sich weiterhin an den verschiedensten irdischen Befriedigungs- und Genussmöglichkeiten. Lachend und vergnügt rennen sie auf ihre Gräber zu - und die Welt spricht: "Das ist doch toll, dass diese Generation noch so viel Freude hat und überall fröhlich dabei ist!"

Das ist sehr schade, denn diese Alten haben bis zu ihrem Ableben Anteil am geistigen Sterben und sind darin auch noch Vorbild für die Jugend. Ein wenig Zeit bliebe ihnen, um wenigstens jetzt innezuhalten und sich ihrer wahren Identität zu besinnen, doch berauschen sie sich bis zuletzt mit dem Gift irdischer Vergnügungen. Tief in ihrem Innern herrscht Trübsal ob ihres gottlosen Zustandes, die sie mit Oberflächlichkeit und Selbstbetrug verdecken und betäuben. Wenn im letzten Krankenbett die seelischen Hilferufe schließlich unausweichlich ins Tagesbewusstsein drängen, verfallen sie in Lethargie und Selbstmitleid. Letztendlich ergeben sie sich ohnmächtig ihrem Schicksal und warten angstvoll auf den Tod.

Damit soll nicht gesagt sein, dass man mit hängendem Kopf und trauriger Miene durchs Leben gehen soll und nicht fröhlich sein darf. Freude ist ein göttliches Attribut. Freude und Liebe sind untrennbare Geschwister, und nur ein freudvolles Herz findet den Weg ins Licht. Es besteht aber ein großer Unterschied darin, ob man seine Herzensfreude allein der sterblichen Welt schenkt und sich damit dem Tod untertan macht, oder ob man seine Freude und Erfüllung hauptsächlich aus der Liebe zu Gott und zum Nächsten bezieht und sich in der darin enthaltenen Lebendigkeit bereits auf Erden das Bewusstsein ewigen Lebens verleiht.

* * *

Wir verbringen unseren Urlaub in einer Ferienanlage am Atlantik. Ein sehr altes Ehepaar fällt mir auf, da es immer Hand in Hand geht. Sogar auf die öffentliche Toilette gehen sie gemeinsam, sich liebevoll aneinander haltend. Sie verabschieden sich, bevor jeder sein Geschäft erledigt, um anschließend wieder gemeinsam zum Strand zu trippeln. Die Liebe dieses Paares währt vielleicht schon 60, 70 Jahre und die gemeinsame Zeit hat diese Unzertrennlichkeit geboren.

Es ist ein schönes Bild, doch wenn kein lebendiger Glaube in dieser Liebe enthalten ist, wird der Tod eines Partners einen schrecklichen und schier unerträglichen Schmerz verursachen. Oft verliert dann der überlebende Part jeglichen Lebensmut und vegetiert bis zu seinem Tod traurig dahin.

Es besteht aber auch die Möglichkeit, dass der oder die Zurückgebliebene in Gottes Gnaden bald darauf ebenfalls den Körper verlassen darf und mit der oder dem Verstorbenen in Kürze wieder vereint ist, wobei in diesem Fall eine weitestgehend übereinstimmende Entwicklung stattgefunden haben muss.

Ganz anders sieht es aus, wenn das Paar lebendigen Glauben in den Mittelpunkt stellte. Die Heimkehr des oder der Geliebten wird zum Freudentag, denn beide wissen ihre Liebschaft geborgen im geistigen Zuhause. Eine Trennung ist nicht wirklich erfolgt, denn das eheliche Band ist geknüpft vom himmlischen Vater. Den kurzen Abschiedsschmerz füllt die väterliche Liebe, darin ein Trost enthalten ist, den die Welt nicht kennt.

* * *

Im Laufe des Lebens treten immer wieder die eigenen dummen Verhaltensweisen und falschen Entscheidungen sowie verschiedene traumatische Erlebnisse zutage. Im Alter ist dies verstärkt der Fall, denn die unerlösten Gedanken suchen Befreiung. Obwohl das Auftauchen der Altlasten sich meistens bedrückend auswirkt (vorausgesetzt man ist nicht in Ignoranz, Arroganz und Selbstgerechtigkeit verfallen und lässt die Bewusstwerdung eigener Fehler zu), ist das wiederholte Öffnen eigenen Fehlverhaltens als auch der an sich erfahrenen Ungerechtigkeiten eine Gnade, denn jede seelische Last kann im Glauben an Gottes Barmherzigkeit erlöst werden.

Und was diesseits frei wird, ist im Jenseits nicht lästiger Begleiter oft über Jahrzehnte oder gar Jahrhunderte, denn `wie der Baum fällt, so bleibt er liegen´.

Warum bleibt er erstmal so liegen? Das Freiwerden aus den dunklen Seelenfeldern ist im Jenseits nicht so einfach wie im Diesseits, denn in der jenseitigen Sphäre fehlt der Abstand zur eigenen Unvollkommenheit. Entsprechend der mitgebrachten irdischen Konditionierungen und materiellen Abhängigkeiten ist man fest in seiner Vergangenheit gebunden, denn eigentlich ist man das bewohnte Jenseits als Manifestation seines Bewusstseins in persönlicher Form und Sphäre selbst. Geht man glaubenslos hinüber, hat also das Licht im Herzen nicht entfacht, ist die freie Sicht auf einen Ausweg aus dem selbstgeschaffenen Kosmos versperrt. Im Diesseits hingegen sind die seelischen Belastungen nicht offensichtlich manifest. Man begegnet sich nicht ständig unmittelbar in seiner eigenen Beschaffenheit, sondern sieht sich aufgrund der Vermischung vieler geistiger Sphären allzeit auch mittelbar in seinen gottgegebenen Möglichkeiten.

Treten fehlerhaftes Verhalten und belastende Situationen in die Seele, ist dies folglich ein Akt göttlicher Barmherzigkeit. Der Mensch kann jetzt dem himmlischen Vater die Türe öffnen und um Befreiung bitten. Tut er das, sieht sein jenseitiges Dasein völlig anders aus, als wenn er diese Gnaden nicht ergriffen hätte. Er erspart sich einen möglicherweise langen Irrweg unter dem Kommando seiner niederen Bewusstseinsfelder, die ihn immer wieder binden und am Vorwärtsschreiten hindern. Gemäß seiner Liebe findet er bald in lichtere Regionen, wo ihn Führerengel in die ewige Heimat geleiten.

* * *

Eindringlich warne ich vor Einäscherung. Gott hat den organischen Körper nicht umsonst in einen dem Zustand der Seele entsprechenden Verwesungsprozess gestellt. Im Verbrennungsakt östlicher Religionen sowie der Einäscherung in Krematorien werden Seelenanteile, die aufgrund außerordentlicher materieller Lebensweise eine zeitgebundene Loslösung vom Leib benötigen, unnatürlich schnell freigesetzt. Einerseits kann dies den Hinübergegangenen Schmerzen bereiten, andererseits suchen die spontan entbundenen unerlösten Energien Halt in den nächsten ihnen entsprechenden Persönlichkeiten und bringen diesen oft großen Schaden. Hinzu kommt, dass der eigentliche Besitzer der fremdgegangenen Seelenanteile nun über einen kürzeren oder längeren Zeitraum an die quasi von ihm besetzte Seele gebunden ist.

Das Gegenteil der bei Feuerbestattungen abrupten Freisetzung von läuterungsbedürftigen Seelenbestandteilen finden wir in der Kryonik, dem Einfrieren des Körpers. Dieser soll wieder aufgetaut werden, wenn ein Heilmittel für diese oder jene tödliche Krankheit gefunden ist. Hier geschieht jedoch ein großes Verbrechen am Menschen: Bei künstlicher Erhaltung der Leibesfunktion wird das Blut durch eine Perfusionslösung ersetzt. Die noch im Leib befindliche Seele wird dabei förmlich zerrissen und erleidet große Schmerzen. In einem erbärmlichen Zustand muss sie nun so lange bei dem im Kühltank gefrorenen Körper verweilen, bis dieser wieder daraus entnommen wird. Dabei wird sie in eine lange und qualvolle Gefangenschaft gesetzt. Da eine nach körperlicher Unsterblichkeit strebende Person sicher kein Geistesleben entwickelt hat, ist ihre Jenseitswelt dunkel und trist; das ist ein sehr trauriger Zustand. Auch in der Mumifizierung und bei den plastinierten Körpern kann es zu einer anhaltenden Bindung an den unverweslichen Leib kommen.

Lebt ein Mensch bereits zu Erdenzeiten weitestgehend im gottgeistigen Bewusstsein, spielt es keine Rolle, was mit seinem Leib geschieht. Etwaige noch körpergebundene Seelenanteile erlöst der allmächtige Vater zusammen mit seinem Kind auf kürzestem Wege, unabhängig von äußeren Umständen.

* * *

Abschließend weise ich darauf hin, dass das Los eines Selbstmörders ein sehr leidvolles ist. Je nach Motiv der Selbsttötung ist er eine gewisse Dauer an Ort und Stelle des Suizids gebunden. Während dieser Zeit sieht er, was er sich in seiner weiteren irdischen Existenz an geistigem Gut hätte erarbeiten können - und erkennt so den unschätzbaren Wert des Erdendaseins. Das bereitet ihm große Qual und Verzweiflung. Oft kann er erst zum Zeitpunkt des vorgesehenen Ablebens seinen Weg fortsetzen (Wobei der Todestag nicht grundsätzlich festgelegt ist, dieser variiert gemäß der Lebensweise).

Ein Selbstmord aufgrund unerträglicher Schmerzen oder geistiger Umnachtung fällt nicht unter diese Gesetzmäßigkeit. Hier ist zwar auch wertvolle Erdenzeit verloren, doch werden solche Seelen angesichts der außergewöhnlichen Umstände alsbald in die jenseitigen Krankenlager geführt und dort gesund gepflegt.

Wobei nach einer gewissen Leidenszeit sich die Seele ohnehin aus dem Körper zurückzieht und diesen in der Folge verlässt. Wer sein Leiden in Demut bis zum gottgegebenen Maß erträgt, hat großen Fortschritt gemacht und steht seiner Vervollkommnung ungleich näher als ein Selbstmörder. Was nicht heißen soll, dass man keine Medikamente zu sich nehmen darf, denn auch diese können ein Geschenk der barmherzigen Liebe sein.

Generell verschaffen das Ertragen irdischer Widrigkeiten sowie das ernsthafte Überwinden materieller Verlockungen und Abhängigkeiten geistiges Wachstum, das im Jenseits nicht mehr so leicht erreicht werden kann. Es ist also in der Erdenzeit ein großer Schatz verborgen, den der Gläubige mit Gottes Hilfe heben kann.

Dazu sagt unser himmlischer Vater: *"Wer wahrhaft suchet, der findet. Wer ernsthaft nach Liebe und Wahrheit strebt und nicht sich selbst darin sucht, sondern Mich, den führe Ich den Weg in die Freiheit des Geistes, den führe Ich in die Vollkommenheit Meines Daseins schon hier auf Erden."*

* * *

Jenseits

*„Die Seele kann nur auf dem Boden stehen,
den sie sich selbst bereitet hat.“*

Der geistige Tod gebiert die irrtümlichsten und abartigsten Vorstellungen außerkörperlicher Existenz. Vielfach wird an ein allgemein gültiges Aufgehen in ein übergeordnetes Bewusstsein oder in ein `höheres Selbst´ geglaubt. Manche freuen sich auf das Eingehen ins Licht oder gleich auf den Freischein in den Himmel. Andere erwarten ernsthaft ein Paradies mit Ess- und Trinkgelagen oder zu Diensten stehenden Jungfrauen. In fernöstlichen Religionen wird der Reinkarnations-Glaube an schier endlos viele irdische Wiedergeburten mit anschließendem Eingehen ins Nirwana oder Moksha verbreitet. In einigen Glaubensvereinen wird man sogar wieder zum Tier. Und so gibt es noch eine Vielzahl anderer verkehrter und absurder Vorstellungen jenseitiger Verhältnisse.

Viele Menschen sind der Meinung, dass das Jenseits so beschaffen ist, dass man es nicht beschreiben kann. Die meisten glauben aber nicht an ein Leben nach dem Tod. Sie sagen, dass man das überhaupt nicht wissen kann, denn: "Es ist ja noch keiner zurückgekommen!" Für sie ist tatsächlich keiner zurückgekommen. Für die, die aufrichtig eine Antwort suchen, schon. Die folgenden Texte wollen all den verkehrten Ansichten jenseitiger Existenz entgegenwirken und die dortigen Verhältnisse so gut es geht wahrheitsgetreu darstellen.

Vorweg soll über das in vielen Jenseitsberichten geschilderte Eingehen ins Licht aufgeklärt werden, das aufgrund sogenannter Nahtoderfahrungen in der Öffentlichkeit Verbreitung gefunden hat:

Bis auf wenige Ausnahmen haben nur Personen mit guter Gesinnung und geistiger Offenheit eine konkrete Rückerinnerung an ihre Jenseitswelt. Da im Zustand des Nahtodes das Bewusstsein noch an den Körper gebunden ist, sehen sie ihre lichte Sphäre wie von ferne - das `Licht am Ende eines Tunnels´. Gemäß ihrer geistigen Wachheit offenbaren sich ihnen ihre in der Seele gespeicherten Erinnerungen. Sie empfinden das zumeist so, als ob ihr irdisches Leben in Sekundenschnelle an ihnen vorbei ziehen würde. Doch in Wirklichkeit erleben sie einen unmittelbaren Gesamteindruck seelenspezifischer Prägungen mitsamt deren wahrheitsgetreuen Auswirkungen. Je heller das Herzenslicht, umso klarer das Verständnis für alles vergangene und jetzige Geschehen. Manche dürfen `weitersehen´, sie haben Kontakt mit Verstorbenen oder Engeln. Dies ist vornehmlich bei liebegläubigen und herzensguten Menschen der Fall.

Äußerst selten erinnern sich sehr materiell oder böse gesinnte Personen nach einem Wiedererwachen an ihr jenseitiges Erleben - und wenn, dann nur in einzelnen Sequenzen und alptraumhaft. Das liegt in der Natur der Sache, denn ihre Sphäre ist finster und entbehrt jeglicher Klarheit und Lebendigkeit. Hätten sie eine deutliche Rückerinnerung und berichteten von ihrer trostlosen Erfahrung, wir würden vermutlich ein geistorientierteres und liebevolleres Dasein vollbringen.

(NB: Licht im Jenseits versteht sich natürlicherweise geistig, es offenbart geistige Verhältnisse in einer geistigen Welt. In den Himmelswelten ist es die geistige Sonne, die alles Leben zuinnerst in Liebe vereint und daraus in Weisheit erleuchtet.)

* * *

Wechselwirkungen und Zusammenhänge Diesseits - Jenseits

"Wo ist das Jenseits eigentlich?" frägt sich so mancher. "Gibt es Örtlichkeiten irgendwo im Universum, an denen die verstorbenen Seelen sich befinden? Ist das Jenseits überhaupt ortsgebunden?"

Im Verlauf der kosmischen Evolution entstanden in allerlei gedanklichen `Einbildungen´ sowie den unterschiedlichsten Interpretationen von Leben und Tod trennende Bewusstseinsräume. Diese relativen Sphären bilden das zeit- und raumgebundene und somit veränderliche Fundament diesseitiger und jenseitiger Existenz, das von ihren Gläubigern vor und nach dem Verlassen des Körpers bewohnt wird.

Da im derzeitigen Schöpfungsgeschehen eine Entwicklung vom materiellen ins geistige Dasein erfolgt, bestehen eine bewusstseinsbedingte Wechselwirkung und Anziehungskraft zwischen Materie und Geist, zwischen Diesseits und Jenseits. Aus diesem Grund findet sich alles nicht im Gottesgeist wiedergeborene Leben zunächst in, auf und über den jeweils zuvor bewohnten Sternen, Planeten und deren Trabanten wieder und verweilt dort je nach Intensität der seelisch-materiellen Verstrickung über eine kurze oder längere Zeitspanne. Dass sich das Jenseits der Bürger des Universums vorerst zumeist in deren jeweiliger Weltensphäre befindet, ist demnach in der individuellen Verhaftung an die vorangegangene Inkarnation begründet.

Erst wenn eine Seele sich von allen Schlacken und Abhängigkeiten ihres planetarischen Aufenthaltsortes gelöst, beziehungsweise alles ihr Angehörige von dort erlöst wieder in sich aufgenommen hat, verlässt sie dessen Umkreis und steigt auf in lichtere Sphären, die sich, je nach dem Grad ihrer Liebe, stetig näher am Ursprung und Lebensmittelpunkt des geistigen Kosmos befinden: Der Himmel. Dieser hat aber nur als gemeinsame Wohnstadt glückseliger Geister eine örtliche Bestimmung. Da himmlisches Bewusstsein allgegenwärtig ist, ist ein im Geist wiedergeborener

Mensch, gleich wo er sich aufhält, stets im Himmel, da er diesen in sich trägt. Göttliches Leben ist also überall zugegen, da es über, beziehungsweise außerhalb von allen Abgrenzungen und Trennungen wirkt und nicht an relative Welten gebunden ist. Der erwachten Seele zeigt sich die Schöpfung als lichterfüllte, allerlebendigste, wahrhaftigste Wirklichkeit, in die sie nun eingeboren ist.

Das Herz Gottes ist die Quelle der Liebe, die den Himmel bildet und nährt. Dieses belebende Zentrum übt, sowohl im stofflichen als auch im geistigen Kosmos, eine starke Anziehungskraft auf alles geschaffene Dasein aus. Jeder Mensch ist in seinem Herzen mit dieser Quelle verbunden und wird gemäß seiner Hingabe von ihr belebt und ernährt. Nur hier kann jeden erschaffenen Lebens Sehnsucht wahrhaftig und ewig gestillt werden.

* * *

Während mein Körper gemütlich im Stuhl sitzt, existiere ich als von ihm unabhängiges Bewusstsein. Dergestalt knie ich vor Jesus. Tief berührt mich seine Liebe - er reicht mir seine Hand und eine innige Umarmung entrückt mich in die geistige Welt.

In der Liebe zu Gott ist das Verlassen des Körpers ein angstfreies und selbstverständliches Eingehen ins jenseitige Dasein. Der Tod kann seinen Schrecken allein in der Identifikation mit der Materie verbreiten; sie bindet die Seele an Zeit und Vergänglichkeit. Dies erzeugt zum einen Todesangst, zum andern verhindert es den freien Übergang ins Jenseits.

Ist ein Mensch erwacht, richtet sich das seelische Bewusstsein nach innen aus, die Verhaftung an die äußere Welt löst sich. Der Tod ist dann nichts weiter als ein naturgemäßes Ausziehen des Leibes, ohne dass man das Sterben fühlt - eine Todesohnmacht ist nicht unbedingt erforderlich. Man geht einfach endgültig durch die Herzenstür in seine geistige Sphäre. Indem man sein Jenseits in sich betritt, geht man auch zugleich nach außen weg, denn Bewusstsein bildet sich immer von innen nach außen - so auch alles Leben.

Dem materiegebundenen Verstand verschließt sich die logische Einsicht in dies übersinnliche Geschehen. Da es sich dabei um rein geistige Vorgänge handelt, können diese allein mit dem Herzensgeist begriffen werden. In ihm verborgen ruht der Beweis der hier dargestellten Einsicht in das Wesen des Lebens und des Todes.

* * *

Immer wieder liest oder hört man, dass Seelen vorübergehend ihre leibliche Wohnstatt verlassen: Yogis treten aus ihren Leibern, geistig Fortgeschrittene berichten von Astralreisen; manche Personen bezeugen, sie befanden sich in einer speziellen oder präkeren Situation plötzlich neben respektive über ihrem Körper.

Aus eigener Erfahrung kann ich sagen, dass dies durchaus möglich ist. Bei begrenzten Körperaustritten bleiben alle Leibesfunktionen erhalten; Glücksgefühle sowie Angst oder Traurigkeit, die die Seele in den geistigen Welten erlebt, erzeugen energetische Wellen, die von den diesseits Umstehenden wahrgenommen werden können. Verweilt eine Person im Jenseits, ist ihre Lebenskraft also nach wie vor im Leib vorhanden, ein `Energieband´ erhält ihn lebendig.

Auch Seelen, deren Körper künstlich am Leben erhalten oder wiederbelebt werden, bleiben an diesen gebunden, obwohl sie sich in ihren jenseitigen Sphären befinden. Erst beim letztendlichen Austritt wird die Verbindung getrennt - die Seele geht durch ihr Herz hinein und hinaus in ihre selbstgeschaffene Sphäre, was ein und dasselbe ist. Da sie den Leib endgültig verlässt, kann dieser nun in die Verwesung übergehen und sie wird sich im Verlauf dieses Prozesses ihre erdgebundenen Anteile wieder zurückholen.

(NB: An dieser Stelle könnte man von den verschiedenen Funktionen des Äther- und Astralleibes sprechen. Ohne praktische Einsicht kann man jedoch nur theoretisch in die entsprechenden Bereiche vordringen, was lediglich zu einer abstrakten Betrachtung befähigt. Dem liebenden Gotteskind eröffnen sich geistige Verhältnisse ohnehin zur rechten Zeit wahrheitsgemäß und umfassend.)

Es ist von enormer Wichtigkeit, sich bereits im körperlichen Dasein als Seelenwesen zu begreifen. Denkt und handelt man gemäß dieser Einsicht, verliert der geistige Tod an Einfluss und der leibliche Tod seinen Schrecken. Lebt man in Liebe zu Jesus Christus, wird der Austritt aus dem Körper gar zum Freudentag.

Wir Menschen sind im Grunde nichts anderes, als für einen kurzen Zeitraum mit Materie umhülltes, unvergängliches, göttliches Selbstbewusstsein. Dies ist keine theoretische Aussage, sondern Offenbarung aus dem Erleben im Gottesgeist.

* * *

Jenseitige Verhältnisse

und das traurige Los
materieverfallener und liebloser Seelen

Vorab zum besseren Verständnis: Obwohl sich Verstorbene in ihren Sphärenwelten aufhalten, nehmen sie die irdische Umgebung, in der sie sich aufgrund ihrer materiellen Verhaftungen weiterhin befinden, auf die eine oder andere Weise wahr. Es kommt zu einem beständigen Ineinandergreifen von Diesseits und Jenseits.

Praktisch sieht das so aus: Eine verstorbene Seele durchwandert ihr lichtloses und karges Jenseits auf der Suche nach Nahrung oder Kontakt. Ihre mitgebrachten Abhängigkeiten und Begierden binden sie zugleich an die entsprechenden irdischen Orte. Dies können die frühere Behausung sein, die Wohnstatt einer geliebten, aber auch gehassten Person, oder Aufenthaltsorte von Erdenbürgern mit analogen Verhaltensweisen und Begehrlichkeiten. Je nach Zustand verbindet sie sich passiv instinktiv oder aktiv entschieden mit ihrem Verlangen entsprechenden diesseitigen Gedankenbildern. Dadurch nimmt sie unterschwellig am weltlichen Geschehen teil und ist zugleich Gefangene ihrer gottlosen Sphäre.

* * *

Stirbt ein Mensch, bildet die geistige Verfassung, die er im Laufe seines irdischen Daseins erzeugt hat, seine jenseitige Wohnstadt. Im Jenseits erschafft er seine Umgebung also komplett aus sich selbst, während ihm in den stofflichen Inkarnationen Sterne und Planeten als existenzielle Grundlagen gegeben sind, auf der die verschiedensten Bewusstseinswelten ständig ineinander greifen.

Wie bei Gott ist auch im Menschen Liebe die Schöpferkraft, die seine Existenz inhaltlich und umfassend bestimmt. Im Diesseits erzeugen Hingabe und Hilfsbereitschaft freilich nicht unbedingt ein entsprechendes Umfeld, die liebevolle Seele verliert aber auch in misslichen Umständen ihre herzgeistige Verbindung nicht - in ihrer Sphäre schwingt sie stets in Resonanz mit der Liebe Gottes, wodurch ihr die unvollkommene Welt im göttlichen Licht ersichtlich ist. Diese ihr bereits auf Erden zu eigen gewordene Lebensqualität mündet in der jenseitigen Vollendung in eine Existenz von unvorstellbarer Schönheit, immerwährendem Frieden und grenzenloser Glückseligkeit.

Hat man während des Erdenaufenthalts seinen Herzensgeist nicht ansatzweise erweckt, ist man geistig gestorben. Nach dem Ableben bleiben der Seele lediglich die Einprägungen ihrer egoistischen Inkarnationstätigkeiten, die nun ihre sphärische Umgebung bilden. Darin fristet sie nicht selten ein klägliches Dasein, denn diese Landschaften sind zumeist nicht sehr ansehnlich - in den geistigen Gefilden spendet allein Liebe Licht und Schönheit. Da der Seele Zustand ihr Jenseits bildet, hat sie nicht die Möglichkeit die Örtlichkeit zu wechseln, denn `drüben´ gibt es nur bewusstseinsbedingtes Weiterkommen (geistiger Fortschritt). Solange sie ihrem verkehrten Wollen verhaftet ist, ändert sich die Qualität der Umgebung nicht.

Aufgrund gegebener Gesetzmäßigkeit zieht sich Gleich und Gleich an, übereinstimmende Bewusstseinsfelder vereinigen sich zu seelischen Sphären mit gleicher Ausrichtung, deshalb kommen die Verstorbenen bald in Kontakt mit Ihresgleichen und erleben ihr liebloses und verkehrtes Verhalten wiederholt an sich selbst.

Regelmäßig betreten hilfebedürftige Geister die dunklen Sphären. Dieser Umstand ermöglicht den selbstsüchtigen Bewohnern barmherzige Nächstenliebe, die in der Tat zu einer Verbesserung ihrer verwahrlosten Gestalt und zur Erhellung ihrer Welt führt. Dadurch kommen sie zu einer klareren Einsicht ihres armseligen Zustandes, was in ihnen das Verlangen nach Wahrem und Gutem verstärkt. Dies Begehren eröffnet ihnen den Weg ins Licht, der sich gemäß der Sehnsucht nach reiner Liebe gestaltet. Bei arg verfinsterten Individuen sind jedoch nicht selten Jahrhunderte, ja Jahrtausende nötig, um deren seelische Betonierung aufzubrechen. Ein Heer von Geistern ist dabei behilflich. Ihre größten Stärken sind Geduld und göttliches Erbarmen.

* * *

Hängt jemand krampfhaft an seinem weltlichen Status, seinem irdischen Besitz und seinen körperlichen Begierden ist der Todeskampf oft ein erbärmlicher - der Mensch stemmt sich mit aller Kraft gegen den Leibesaustritt, der zum verzweifelten Kampf ums scheinbare Überleben wird. Drüben kommt er blind und armselig an. Dergestalt bereist er seine Bewusstlosigkeit auf der Suche nach Nahrung und Licht. Allerdings sucht er nicht nach geistigem Gut, sondern sehnt sich weiterhin nach den früheren Besitztümern und irdischen Genüssen. Ihm steht ein beschwerlicher Weg bevor, bis er die irdischen Prägungen und Verhaftungen wieder los wird - falls er überhaupt frei werden will, denn das verkehrte Wollen und Lieben ist ja das eigentliche Problem auf dem Weg in die Freiheit.

Die Beschaffenheit der jenseitigen Sphäre ist also nicht fremdbestimmt; es ist der Mensch selbst, der sich mit und in seiner fehlgerichteten und verirrten Liebe seiner göttlichen Identität beraubt oder sich in wahrer Liebe damit beschenkt.

Gott ist fürwahr kein Richter. Er stellt seinen Geschöpfen die Räumlichkeiten für alle Lebens- und Todesweisen zur Verfügung, damit sich in deren freiem Willen alle möglichen Bewusstseinszustände erfüllen können, seien sie gottfern (lichtlos) oder gottnah (lichterfüllt). Eine größere Freiheit kann es nicht geben.

* * *

Wie der Baum im Diesseits fällt, so bleibt er im Jenseits liegen

In ihrer jenseitigen Sphäre ist die Seele alles sie Umgebende eigentlich selbst. Ein Verlassen ihrer Unwissenheit und Verkehrtheit kann nicht leichtlich vonstatten gehen, da sie sowohl in sich als auch außer sich nur ihren eingebildeten Zustand sieht und kennt. Wirklichkeitsgetreue Einblicke in ihren und wahrhaftige Ausblicke aus ihrem trügerischen Kosmos bleiben ihr verwehrt - Selbsterkenntnis ist so nicht möglich. Oft kann erst in langwierigen Läuterungsphasen (quasi Entziehungskuren) eine schrittweise Abschwächung der auf Erden erzeugten Leidenschaften und Abhängigkeiten, die ständig in Resonanz mit der sphärischen Umgebung schwingen, stattfinden, auf dass das Bewusstsein allmählich an Licht und Liebe zunimmt.

Nicht so im Körper. Was der Erdengeist gegeben hat, muss er wieder zurücknehmen. Deshalb ist das Ablegen und Überwinden seelischer Mängel im Diesseits wesentlich leichter als im Jenseits.

Lebt ein in Sünde gefallener Mensch im Licht dieser Erkenntnis, verwendet er all seine Kräfte dahingehend, seiner Seele widergöttliche Neigungen und Fehlhaltungen bereits im irdischen Dasein in der Gottesliebe zu befreien. Seine Unvollkommenheiten sind und bleiben somit Eigentum der Erdenwelt. Darum ist es von enormer Wichtigkeit, an sich zu arbeiten und dem Geist der Liebe und der Wahrhaftigkeit das Zepter seines Lebens zu übergeben. Dann ist nach dem Verlassen des Leibes der Weg in die himmlische Heimat schnell gegangen.

* * *

Wie bereits ausführlich dargestellt, ist sowohl der Bewusstseinszustand als auch das daraus hervorgehende Handeln für Inhalt und Beschaffenheit jenseitiger Sphären verantwortlich.

(NB: Da wir nur oberflächlich im Diesseits existieren, als Seelen-Menschen uns im Grunde fortwährend in der geistigen Welt befinden, tragen wir in einer planetarischen Inkarnation natürlich ebenfalls eine Jenseitswelt in und um uns, die wir durch verschiedenste Lebensumstände wahrnehmen, welche wir in der Regel als Schicksal und Zufall bezeichnen.)

In den jenseitigen Gefilden erschaffen die mitgebrachten Prägungen und Verhaltensweisen aber nicht nur die landschaftliche Umgebung, auch diverse Wesenheiten werden als zeugnisgebendes Bildnis wahnhafter Begehrlichkeiten sichtbar, die von der Seele verirrter Liebe in ihren Erscheinlichkeiten gehalten werden. Dem Sehenden offenbaren sich hier wahrlich groteske Vorführungen und Auswüchse. Die abartigen Fegefeuer- und Höllendarstellungen entspringen solchen Jenseitsvisionen. Es sind dies aber nur schaubare Analogien seelischer Zustände und Vorgänge, keine Wirklichkeiten.

Die Bewohner solcher gefallenen Seelenwelten nehmen ihre Nöte und Qualen zumeist nicht als solche wahr. Sie kennen sich nur so - für ihr wahnhaftes Bewusstsein ist es ihr Normalzustand, wodurch sie ihr Verhalten gerechtfertigt finden. Erst im Erwachen wird ihnen ihre Geisteskrankheit ersichtlich.

* * *

Die tatsächlichen Gemütsverfassungen und Befindlichkeiten eines Menschen sind nur im göttlichen Licht spür- und schaubar. Im Standpunkt des Diesseits erlaubt diese Sichtweise dem erwachten Betrachter eine leise Wahrnehmung der psychischen Beschaffenheit einer Person bis hin zur klaren Einsicht in deren Sphäre, sprich Seele.

In der geistigen Welt ist der seelische Zustand formal ersichtlich, denn dieser bildet die wesenhafte Gestalt und natürlicherweise auch die entsprechende Umgebung. Ist ein Mensch bereits im Erdenleben derart erwacht, dass er in beiden Welten lebt, sieht er die Verfassung einer Person falls erforderlich auch in deren jenseitiger bildhaften Offenbarung.

Eine geistig tote Seele nimmt sich jenseits jedoch nicht in ihrer analogen Entstellung wahr, denn sie sieht ihre reale Beschaffenheit nicht. Macht man sie auf ihre Verwahrlosung aufmerksam, wird sie darüber spotten oder verärgert von dannen ziehen. In ihrer Verblendung sieht sie sich nicht in der Manifestation ihrer Bewusstseinsstörung, sondern in ihrer eingebildeten Erscheinung. Das ist auch im Diesseits zumeist der Fall.

* * *

Vor Gott zählt allein der Beweggrund einer guten Tat. Das Ausmaß einer Hilfeleistung spielt keine Rolle. Selbst der Welt größte Gönner, die `freigiebig und mildtätig´ (vielleicht auch aus steuerlichen oder anderen eigennützigen Gründen?) ihre überflüssigen Millionen in sogenannte Wohltätigkeitsorganisationen und Hilfsprojekte stecken, stehen im Jenseits recht klein da neben einem Armen, der in barmherziger Liebe sein letztes Stück Brot mit einem Bruder oder einer Schwester geteilt hat.

Was die Welt bewundert und bejubelt, ist oft sehr klein vor Gott und was die Welt belächelt und kaum beachtet, ist wahrlich groß vor Gott. Ist jemand zuvorkommend und freundlich zu seinen Mitmenschen und hat dazu noch ein einnehmendes Äußeres, wirkt dieser Mensch nett und sympathisch. Doch kann seine jenseitige Gestalt dunkel oder missgebildet sein und seine Sphäre kalt und leer, wenn er aus verborgenem Eigennutz oder Selbstgefälligkeit handelte. Eine uneigennützig liebende Person kann in einem unansehnlichen Körper wohnen und für die Welt verschlossen oder verschroben wirken, ihre Seelengestalt und Sphäre sind jedoch bereits im Diesseits erfüllt von Licht und Liebe.

* * *

Den Himmel kann der Hochmut nicht betreten, *"eher geht ein Kamel durch ein Nadelöhr."* Nicht die Reichen und Mächtigen, die bekannten Persönlichkeiten aus Politik und Wirtschaft, die Prominenz aus Schauspielerei und bildender Kunst, die Stars aus Musik und Sport sind es, die im Jenseits eine besondere Position darstellen. Sie wurden nur auf Erden von der manipulierten Masse verehrt und bewundert.
Diese hochgestellten Personen tun sich `drüben´ schwer, ihren Status loszulassen und sich in den Dienst der Nächstenliebe zu stellen. Unter einen Bettler wird sich ein reicher und hochgeachteter Künstler oder Wirtschaftmagnat nur schwer beugen, um diesem mit all seinen Kräften zu dienen. Jemand, der hohe Ämter bekleidete und stets in feinen Kreisen verkehrte, wird nur schwerlich von seinem Thron herabsteigen und seinen minderbemittelten Nächsten in Liebe und Geduld zur Seite stehen. Aber auch Kirche und Geistlichkeit, die gerne im Gewand der Demut auftreten, finden im Jenseits selten Eingang in die himmlische Glückseligkeit, denn die Zurschaustellung ihres Glaubens war zumeist auf dem Thron von Machterhaltung und Selbstdarstellung errichtet.

Wahrlich, Gottes Herz schlägt vor allem für die Schwachen und Erniedrigten und nicht für die Reichen und Mächtigen, die sich ihre Hände nicht schmutzig machen - außer an den Geldscheinen, die sie mit aller Macht festhalten, und an den Lobhudeleien, mit denen sie ihre schwarzen Herzen übertünchen. Sie haben ihren Lohn bereits erhalten.

Die sich liebevoll aufopfernden Pflegekräfte in den Altenheimen und Krankenhäusern; der unansehnliche Hilfsarbeiter, der, obwohl wegen seiner geringen Intelligenz oftmals belächelt, den Mitmenschen sein Herz nicht verweigert; die allzeit hilfsbereite Nachbarin, die sonst niemand beachtet; die kinderreiche mittellose Familie, hausend in einer Baracke und trotzdem nicht im Neid verbittert - das sind Beispiele wahrer Helden, für die Gott einen Platz in seinem Herzen bereitet hat.

Doch setzt der Himmel nicht unbedingt Armut oder schwierige Lebensverhältnisse voraus. Auch ein wohlhabender Mensch, der seinen bedürftigen Geschwistern herzlich zur Seite steht, hat sich bereits im Erdendasein eine jenseitige Welt aus Licht und Liebe errichtet. Allein der Zustand des Herzens öffnet oder verschließt die Tür zur Heimkehr ins Vaterhaus.

* * *

Das jenseitige Kinderreich
Aufgabenbereiche im Jenseits

Es gibt wohl nichts Schlimmeres für Eltern, als wenn ihr Kind leidet und stirbt. Verständlicherweise versuchen Mutter und Vater alles Erdenkliche, um ihr Kind am Leben zu erhalten. Auch eine Organtransplantation kann man in der Eltern Hinblick auf die scheinbare Endgültigkeit einer tödlichen Trennung nachvollziehen.

Ganz anders sieht so eine Situation aus, wenn man sie von geistiger Warte aus betrachtet. Die von der Erde genommenen Kinderseelen werden im Jenseits offenherzig erwartet und liebevoll gesund gepflegt. (In diesen Kinderheimen herrscht eine unvergleichliche Lebendigkeit. Die Unschuld und Reinheit der Kinderaugen dringen tief in mein Herz.)

Danach werden sie gemäß der individuellen Talente in den Liebe-Ausbildungsstätten in die göttliche Lebensweise eingeführt. Ihr weiteres Wachstum wird sie nun stetig näher zum Vater hinführen, bis er schließlich selbst auf den Plan tritt. Behutsam offenbart er sich seinen Kindern - manchen rein im Geiste, anderen auch persönlich. Jetzt haben sie ihre Bestimmung erreicht.

Als junge Erwachsene treten sie sodann in die verschiedensten Berufe ein. Einige gehen als Schutzgeister wieder zur Erde, um Kindern und Jugendlichen in den irdischen Flegeljahren mit ihrer ausgeprägten Geisteskraft beizustehen und sie wenn möglich vor dem Schlimmsten zu bewahren. Manche begleiten eine Person ein paar Jahre - manche ein Leben lang. Andere empfangen die im

Jenseits Ankommenden; sie sind hilfreich beschäftigt, dass vom rechten Weg Abgekommene sich in ihren Sphären zurecht finden und sich nicht noch tiefer in ihren Irrtümern verlieren. Wieder andere besuchen als göttliche Gesandte zur Reife gekommene Welten und bringen die frohe Botschaft vom zugänglichen Vatergott in Jesus Christus. Etliche ordnen und organisieren die Naturreiche von Planeten, weiter Fortgeschrittene lenken in Gottes Willen die Bahnen von Gestirnen im materiellen und geistigen Kosmos.

Und so gibt es vielerlei Tätigkeiten im großen Jenseits, die sowohl von den früh als auch spät Abberufenen ausgeführt werden. Da die Betätigungen ihren Veranlagungen ganz und gar entsprechen, vollbringen sie die jeweiligen Aufgaben mit ganzer Hingabe und in großer Glückseligkeit.

Im Hinblick auf solch wundervolles jenseitiges Dasein ist es für Eltern vielleicht leichter, ihr dem Leibestod geweihtes Kind freizugeben und es liebevoll auf die Reise in die wahre Heimat vorzubereiten, anstatt mit allen erdenklichen Mitteln eine künstliche Lebensverlängerung zu erwirken. Ja, große Freude zieht ein in die Elternherzen, im Wissen, dass ihr Kind im Geisterreich eine besondere Betreuung erhält, auf dass es sein Schöpfungsziel sicher erreicht. Und voller Freude wird es als vollendeter Geist seine Eltern eines Tages an der Pforte zum Jenseits in Empfang nehmen, um ihnen den Weg ins Vaterland zu zeigen und sie dorthin zu geleiten.

* * *

Gegebenheiten der lichten Jenseitswelt
Der Himmel

Diejenigen, die im Erdendasein nicht allein ihren niederen Instinkten folgten und nicht nur zum Selbstzweck lebten, insgesamt aber doch fern wahrhaftiger Gottesliebe dem Wohlleben dienten, kommen je nach Zustand früher oder später in die Kranken- und Schulungsheime des Zwischenreiches, wo sie gepflegt und unterrichtet werden, und woraus anschließend die schwere Arbeit des Nachholens von Versäumtem beginnt (Körper).

Diejenigen, die auf Erden das Gute und Wahre liebten und lebten, kommen im Jenseits leichter voran, da sie die Voraussetzungen für die göttliche Liebe-Einstrahlung mitbringen. Angeleitet von Führungsgeistern schreiten sie zügig vorwärts, wobei sich ihre Umgebung kontinuierlich lichterfüllter und paradiesischer gestaltet. Nach Ablegung noch vorhandener Mängel werden sie für eine ihrer Liebefähigkeit entsprechende Himmelsregion vorbereitet (Seele).

Diejenigen, die auf Erden aus Liebe zum Vater in seinem Willen leben, befinden sich bereits im Leib in der geistigen Heimat. Sie haben sozusagen abgekürzt und sind den schmalen, aber direkten Pfad gegangen, den die Welt nicht kennt. Sie erwarten den Übertritt voller Freude und sind mit ihrem ganzen Sein bereit dafür. Sie erleben keinen Tod, sondern gleiten schon aus dem Körper, bevor dieser seinen letzten Atemzug aushaucht. Drüben geleitet sie Jesus in ihre himmlische Wohnstatt, wo sie von ihren Geschwistern jubilierend empfangen werden (Geist).

* * *

Wie zuvor eingehend beschrieben, sind die jenseitigen Wohnstätte zustandsgeformt und unterliegen der Relativität ihrer Bewohner. So viele Seelenbeschaffenheiten es gibt, so viele Jenseitswelten gibt es.

Erwacht eine Seele aus ihrem jenseitigen Wahntraum, sieht sie ihre Welt ganz anders als zuvor. In der Einstrahlung des göttlichen Liebelichts schaut sie jetzt die Missstände ihrer Gestalt und ihrer Umgebung, sprich ihres fehlgerichteten Bewusstseins. In der Ferne sieht sie das Licht, das ihre Sphäre nun erleuchtet und das sie gleichsam magnetisch anzieht. Freudig weist sie ihre Mitbewohner auf diesen Umstand hin. Einige schenken den Worten Glauben, erwachen darin und schließen sich an, andere bleiben lieber in ihrer gewohnten Örtlichkeit. Hier gibt es keinen Unterschied zum diesseitigen Aufzeigen des Gottesweges.

Gemeinsam machen sie sich auf in lichtere Gefilde, treffen auf andere, die auch diesen Pfad beschreiten. Immer heller wird es in ihnen, gar schön sind sie schon anzuschaun. Bald erkennen sie das ferne Licht als Sonne der Liebe, das sie jetzt mehr und mehr durchdringt. Da sie sich in dieser Erfüllung zunehmend der Beschaffenheit der Sonne angleichen, können sie sich ihr beständig nähern. Schließlich werden sie zu Bewohnern des Landes, welches von der geistigen Sonne erwärmt und erleuchtet wird. Je nach Liebeskraft gehen sie ein in die dort herrschenden seligmachenden Zustände und Befindlichkeiten. Die Geister, die sich ganz und gar in der Vaterliebe gefunden haben, gelangen schließlich zu den Toren einer Stadt aus Licht und Liebe: Das himmlische Jerusalem.

Hier offenbart sich unveränderliche und unumstößliche Wirklichkeit. Hier löst sich jede noch vorhandene Projektion auf, jede Vorstellung wird hier zunichte. Erst im Himmel verlässt der Mensch endgültig die vergängliche und relative Zustandswelt und tritt ein in die unveränderliche Wahrhaftigkeit absoluten Seins. Hier bezeugt sich Wahrheit im Licht der alles erfüllenden Liebe Gottes: Jesus Christus ist Schöpfer und Erhalter allen Lebens in Ewigkeit und Unendlichkeit. Er allein ist der Weg, die Wahrheit und das Leben.

* * *

Genauso wie sich im Jenseits Umgebung und Behausung gemäß des Zustandes einer Seele gestalten, so wird sie auch mit der ihrer Beschaffenheit entsprechenden Bekleidung umhüllt. Diese bildet sich gewissermaßen aus ihrer Herzensliebe heraus. Man muss also nicht wie auf Erden nach einem passenden Gewand suchen und typgerechte Farben und Formen finden, es wird einem als Bildnis der Liebewahrhaftigkeit angetan.

Je liebevollkommener ein Geist, desto strahlender ist seine Gewandung. Gar herrlich sind die Himmelsbewohner anzusehen, wenn sie sich in ihrer Engelspracht offenbaren. Dies können sie allerdings lediglich bei Personen, die entweder in einer Schau `nur´ den bildhaften Eindruck himmlischen Glanzes wahrnehmen, oder, selbst zu Licht geworden, beim Anblick dieser Sonnen keinen Schaden nehmen. Ein verweltlichter Mensch würde in der Liebe-Licht-Strahlung dieser Geister erblinden und förmlich verbrennen.

Um sich allenthalben zeigen zu können, sind vollkommene Wesenheiten in der Lage, sich jeglicher Sphäre anzupassen beziehungsweise ihre Lichtgestalt nach Bedarf zu verhüllen. Das ist unumgänglich nötig, da sie ansonsten nicht in der Lage wären, Hilfebedürftige aufzuklären und aus ihren Schattenwelten herauszuführen.

* * *

Da Vorwärtskommen in der geistigen Welt allein in der Liebe möglich ist, muss die Mehrzahl der Hinübergegangenen die Fortbewegung dort erst erlernen. Viele Verstorbene kommen zunächst nicht von der Stelle (es gibt nur geistigen Fortschritt), auch wenn sie das bisweilen in ihrem traumatisch-eingebildeten Zustand nicht so empfinden.

Sobald sie mithilfe liebevoller Unterweisung seitens hilfreicher Geister aus ihrer Umnachtung erwachen, erhellt sich ihre Umgebung. Sie erhalten ein Heim, das exakt ihrem Innenleben entspricht respektive sich entsprechend ihrem geistigen Gewahrsein manifestiert. Mit der weiteren Reife gestalten sich ihre Sphären zunehmend liebreicher und harmonischer, darin sie sich frei bewegen können.

Wie auf ihren Welten tun sie das zunächst schrittweise. Im weiteren `Näher mein Gott zu Dir!´ bemerken sie, dass sie mit wenigen Schritten große Entfernungen überwinden. Das kommt daher, dass sie das Ziel mit mehr Liebe im Herzen erfassen. Das Licht der Liebe schenkt ihnen Klarheit über eine Person, einem Objekt oder einer Gegebenheit. Da im Geisterreich logischerweise Einsicht und Erkenntnis Abstand und Entfernung bestimmen, überbrückt eine entsprechende Erleuchtung jede Distanz augenblicklich. Die Geister sind im Nu an Ort und Stelle ihres Begehrens, sie bilden eine licht- und liebevolle Einheit mit dem gesetzten Ziel.

(NB: Genauso verhält es sich mit dem irdischen Verständnis in einem Sachverhalt. Versteht man ein Thema vom Grunde aus, erschließt sich dessen Inhalt eindringlich und umfassend, im fundierten Wissen wird man eins mit der jeweiligen Thematik.)

Doch erkennen sie noch nicht, dass sie, als im Gottesgeist lebendig, eigentlich überall gegenwärtig sind und ihr Bewusstsein sich an jedem beliebigen Ort der Schöpfung öffnen kann.

Die Geister der oberen Himmelsregionen haben bereits Anteil an Gottes Allgegenwart. Sie überblicken jegliche Gefilde der materiellen und geistigen Welt, da die in ihnen wirksame göttliche Lebendigkeit allesdurchdringend und allumfassend ist - eigentlich: Da der in ihnen sich verwirklichende Liebewille Gottes das bildende, erhaltende und elementare Fundament der Schöpfung ist. Ihre Fortbewegung ist im Grunde eine uneingeschränkte Gegenwärtigkeit. Allein in Begleitung unvollkommener Geister passen sie sich deren Fortschreiten an und bewegen sich erscheinlich in zeitlicher und räumlicher Dimension.

* * *

Da ich im Verlauf meiner Existenz so manchen Daseinsweg von den lichten Höhen bis zu den tiefsten Abgründen geschaut und durchschritten habe, sind verschiedenste Sphären mehr oder weniger Eigentum meiner Seele geworden. Öffnet mein Geist diese, fühle und sehe ich die dazugehörigen Befindlichkeiten, darin und daraus sich bildliche Verfassungen entfalten. Denn im Jenseits gilt die Formel: Geistiger Zustand = schaubare Umgebung.

In der Hölle

Hier wohnen entstellte Kreaturen, gefangen in ihren wahnhaften Gedankenschöpfungen. Sie sind Sklaven von Hass, Neid, Geilheit, Gier und Gewalt; Selbstgerechtigkeit, Stolz und Hochmut erhalten diese satanischen Eigenschaften wirksam und beständig. Die Erbärmlichkeit ihres lieblosen Daseins ist ihnen bereits auf Erden zur Normalität geworden und diese Falschheit findet hier ihre konsequente Fortsetzung. Sie schauen sich als Trugbilder auf der Leinwand des Todes, die ihnen Leben vorgaukelt. Ihr bedauernswerter Zustand ist jedoch selbstgewählt - sie wünschen keine Veränderung.

In Abständen sendet der himmlische Vater Boten in diese Finsternis. Machen sie die Höllenbewohner auf deren Elend aufmerksam, werden sie zumeist verlacht und verspottet, und wenn die Möglichkeit bestünde, würde man ihnen Gewalt antun. Auch hier gibt es kaum einen Unterschied zwischen Diesseits und Jenseits.

"Liebster Vater, in Deinem Herzen sehe ich unablässige Liebe und Barmherzigkeit für diese Wesenheiten. Ein einziger lichter Gedanke von ihnen würde Dich wie ein Magnet anziehen und Du würdest in diese Gefallenen erneut den Samen Deiner Liebe legen. Und Du selbst wärest der allerliebevollste Gärtner ihres Seelenerdreiches, Du würdest es hegen und pflegen und nicht von ihnen lassen, bis Du sie in Dein Herz schließen könntest für immerdar.

So wie Du es bei mir getan hast, denn einst war auch ich Bewohner dieser Höllenwelt. Du hast mich darin angerührt und Deinen Samen in das Erdreich meiner Seele gelegt. In Deinem Liebelicht ist dieser Same aufgegangen, als wiedergefundenes Kind stehe ich nun vor Dir, meinem Gott und Vater, meinem über alles geliebten Jesus!"

Im Himmel

Wie bereits beleuchtet, ist das Jenseits eine in viele Räume strukturierte Bewusstseinswelt: *"In Meines Vaters Haus sind viele Wohnungen."* Die Beschaffenheit einer Seele bedingt Inhalt und Größe ihres Wirkungskreises, bestimmt ihr Aussehen und die Mitbewohner entsprechen ebenfalls ihrer Verfassung und Ausrichtung. Je liebevoller eine Seele, umso lichter, sprich erkenntnisreicher ist ihre sphärische Wohnstatt. Diese bleibt jedoch solange relativ, bis sie in die Sphäre göttlicher Wirklichkeit eintritt.

Der Himmel ist die größtmögliche Realität geschaffenen Daseins. Hier erlischt jegliche Relativität, alles ist Wahrheit - an sich, in sich und aus sich. Der Himmelsbewohner Wonne ist nicht zu beschreiben. Sie schauen die Schöpfung vom Allerkleinsten bis ins Allergrößte mit den Augen Gottes. Der Geist der Liebe, das Willens- und Lebensprinzip der Gottheit, ist ihr Eigentum geworden. Darin und daraus in alle Ewigkeit immer tiefer einzudringen in ihres himmlischen Vaters ureigenes Dasein ist ihre glückselige Bestimmung und Erfüllung.

Den obersten oder innersten Liebehimmel bewohnen die Brautseelen Jesu. Aus dem tiefsten Tal gefallener Schöpfung sind sie aufgestiegen zum höchstmöglich erklimmbaren Gipfel der geistigen Welt: Das Herz Gottes. In der Liebe zu ihm ist ihr Herz eingegangen in sein Herz. An diesem \`Ort´, unendlich fern von aller Zeit und Vergänglichkeit - und doch näher als sich alles selbst ist, werden sie wohnen im Hause ihres Vaters immerdar.

* * *

Erklärungen zu Seelenwesen und Geistwesen:

- Seelen und Geister sind jenseitige Wesenheiten, wobei man die geistige Identität hinter einem Erdenmenschen auch als Seele bezeichnet (Er oder sie ist eine gute Seele).
- Verstorbene Seelen nennt man bei uns meistens Geister. Das kann man so machen, wenn man weiß, wer oder was gemeint ist.
- Bei rechtem Gebrauch bezeichnet Seele eine Wesenheit, die (noch) nicht vom Gottesgeist erfüllt ist - Geist sagt man zu vom Geist Gottes erfüllten Seelen.

* * *

Zum Abschluss

Das Jenseits mit dem Verstand zu begreifen ist eigentlich nicht möglich. Von den hier aus unterschiedlichen Perspektiven dargestellten Zuständen und Gegebenheiten kann man sich zwar ein ungefähres Bild jenseitiger Verhältnisse zeichnen. Tatsächlich ersichtlich wird die geistige Welt aber erst im Licht der Liebe unseres himmlischen Vaters. Allein darin findet der Mensch den Schlüssel zur lebendigen Erkenntnis der (Schein-)Realität der materiellen Schöpfung sowie zur klaren Einsicht in die Beschaffenheit aller geistigen Sphären von der Hölle bis zum Himmel.

* * *

Besessenheit - Okkultismus - Hypnose - Spuk

"Ich bin das Licht der Welt; wer Mir nachfolgt wird nicht im Dunkeln wandeln, sondern das Licht des Lebens haben."

Gewiss sind nicht alle psychischen und psychosomatischen Erkrankungen auf eine Besetzung jenseitiger Wesenheiten zurückzuführen. Viele seelische Störungen haben ihre Wurzeln in traumatischen Erlebnissen oder sind Erbe seelenkranker Vorfahren.

Besessen sein kann man auch von sich selbst (Egoismus), von einem Menschen, einer Vereinigung oder Religion (Fanatismus), oder von einem Gegenstand/Material (Fetischismus). Doch häufig sind Übergriffe aus der jenseitigen Welt für seelische Irrationalitäten verantwortlich. Während lichte Energien behutsam agieren, wirken negative Kräfte gewaltsam auf die Seele ein, weshalb der Einfluss aus den niederen jenseitigen Gefilden wesentlich verbreiteter ist als aus den liebehellen Sphären - unsere Welt ist der Beweis dafür. Dieser Umstand hat dazu geführt, dass immer mehr Menschen mit ihren Zuständen nicht zurechtkommen. Depression ist Volkskrankheit, viele leiden unter seltsamen Zwängen, manche hören Stimmen, die Selbstmordrate ist hoch wie nie.

Nicht selten verursachen eine traumatische Lebenssituation, Drogenkonsum oder blindnaive Hinwendung zur Geisterwelt eine Öffnung ins Jenseitige. Der Mensch weiß jedoch nicht darum und ist den ihn beeinflussenden Mächten schutzlos ausgesetzt. Auch kommt es vor, dass sich bei Berufenen aufgrund zeitgebundener Notwendigkeit das Jenseitstor geöffnet hat, obwohl diese noch tief im Weltensumpf stecken. In ihrer gottlosen Bewusstseinsausrichtung nehmen sie vorläufig in erster Linie niederträchtige Energien wahr - und dienen somit düsteren Gesellen der Schattenwelt.

Wie auch immer, grundsätzlich gilt: Ist die Herzensausrichtung aufrichtig und liebevoll, können lichte Einstrahlungen erfolgen. Ist der Mensch selbstsüchtig oder hat sich gar Lug und Trug verschrieben, ist er bösen Einflüssen ausgesetzt.

* * *

Zu Beginn meines Erwachens stand nachts des Öfteren ein dunkler Geist im Zimmer, was ich als sehr bedrohlich empfand. Aus Angst zog ich mir die Decke über den Kopf und getraute mich nicht aufzustehen.

So offensichtlich erlebt man das Gebaren Verstorbener üblicherweise nicht, doch ist die verstohlene Einflussnahme aus den gottlosen Jenseitswelten bei vielen Personen Ursache für Angstzustände und Verhaltensstörungen. Manche sind gedanklichen und gelegentlich akustischen Einflüsterungen ausgesetzt, die verwirren und zu irrationalem Tun treiben. Allerlei Formen von Ticks und Zwängen bis hin zum Tourette-Syndrom weisen auf eine jenseitige Beeinflussung oder gar Besetzung hin. Schizophrenie ist eine offensichtliche Form von Besessenheit; bisweilen haben mehrere Geister von einer Seele Besitz ergriffen und es wirken die verschiedensten Persönlichkeiten in und aus ihr.

(NB: Multiple Persönlichkeiten können bekanntermaßen ebenfalls durch schwere Traumatisierung - vor allem in der Kindheit - entstehen, oder durch Folter herbei geführt werden, wie es im Mind-Control praktiziert wird.)

Man ahnt nicht, wie sehr materielle und geistige Welt ineinander greifen und wie beinflussbar wir vom Jenseits her sind, denn mit gottloser Lebensweise geht zumeist eine ausgeprägte Blindheit nicht nur im Hinblick auf allgemeine geistige Verhältnisse, sondern insbesondere gegenüber der eigenen Verfassung einher. Dass psychische Erkrankungen von jenseitigen Wesenheiten herrühren können, die zwar nicht gesehen aber sehr wohl gespürt werden, hat in der Ratio von Schulmedizin, Psychotherapie und Psychiatrie keinen Platz. Sie schreibt die Psyche dem Gehirn zu und therapiert fachlich atheistisch und/oder betäubt es mit Medikamenten, um abnormales Verhalten zu neutralisieren und den Menschen ruhig zu stellen. Hierbei wird jedoch einerseits die mediale Antenne der Seele zerstört und eine ihr angeborene natürliche Veranlagung außer Kraft gesetzt, andererseits wird ihr Empfinden derart geschwächt, dass eine geistige Entwicklung oft nicht mehr möglich ist. Der arge Geist verlässt dann irgendwann aus Langeweile tatsächlich sein Opfer, sucht sich aber bald ein neues, in dessen Energie er sein Unwesen weiter treiben kann. Das Problem der Um- oder Besessenheit ist ursächlich keineswegs beseitigt.

(NB: Medikamente sind gewiss nicht generell schlecht. Da wir uns in der Materie verloren haben, benötigen wir solche Hilfsmittel zur Linderung unserer Leiden. Trotz der gewissenlosen Machenschaften von Wissenschaft und Pharmazie können wir auch hier Gottes Segen erkennen und dadurch in sein Herz finden.)

Eine grundlegende Gesundung, sowohl bei einer Erkrankung als auch im Falle von Um- oder Besessenheit, kann erst durch Hinwendung zu unserem himmlischen Vater eintreten. Vor der Macht der göttlichen Liebe muss alles Übel weichen. Vor allem ist sie der hochmütigen Gesinnung arger Geister unerträglich. Hastig fliehen sie aus der besetzten Seele - und finden sie keinen neuen Wirt, müssen sie sich in ihre Sphären-Gräber zurückziehen, wo sie sich in ihrer eigenen Bosheit so lange martern, bis sie schließlich nach endlosen Zeiten freiwillig in ein besseres Leben übergehen.

* * *

Durch die enorme Zunahme der Erdbevölkerung wird auch die erdnahe Jenseitswelt immer mehr bevölkert, und das in hohem Maße von verirrten und durchtriebenen Seelen, weshalb der Einfluss der bösen Geisterwelt enorm angestiegen ist.

Umsessenheit, wobei Verstorbene einen Menschen bedrängen und beeinflussen, ist inzwischen weit verbreitet. Auch Besessenheit, wodurch jenseitige Wesenheiten zeitweise oder ganz Besitz von einem Menschen ergreifen und diesen als Wirt für ihre eigenen

Interessen und Begierden benützen, ist nicht selten. Hätten wir nicht die Begleitung der Schutzgeister, die Welt würde in kürzester Zeit in einem Sumpf von Lüge, Hass und Mord versinken, wie es in manchen Städten und Ländern sowie einigen politischen und vielen anderen kriminellen Organisationen längst der Fall ist.

Da wir uns lediglich körperlich im Diesseits befinden, in unserer eigentlichen Existenz jedoch in der geistigen Welt, agieren, reagieren und interagieren wir unablässig im Zusammenspiel sowohl mit den niederen als auch mit den lichten Sphären, je nach seelischer Verfassung. Deshalb ist es notwendig, täglich Schutz und Geleit zu erbitten und sich zu bemühen, sein Leben nach bestem Wissen und Gewissen der Liebe anheim zu geben.

* * *

Jeder Mensch bekommt einen Schutzgeist zugeteilt. Nimmst du Kontakt mit ihm auf, wirst du von ihm geführt und instruiert. Er hat Verständnis für all deine Probleme, denn oft hat er einen Lebensweg mit vergleichbaren Problematiken hinter sich. Dein Schutzgeist sehnt sich danach, mit dir zu kommunizieren. Wenn man sich für ihn öffnet, erfährt man eine intensive und verbindende Freude zueinander. Mit dem Schutzgeist hat man immer einen wahren Freund oder Freundin bei sich.

In schwierigen Lebensphasen wird man meistens von einer Gruppe Engel begleitet. Ihre Einstrahlung beleuchtet unser Gewissen und wirkt tröstend und kräftigend auf unser Bewusstsein ein. Wenn möglich verhindern sie Unfälle und schenken gute Fügungen. Vor allem wird man vor negativen Einflüssen bewahrt. Gerade bei arglistigen jenseitigen Wesenheiten bewirkt eine Herzenshinwendung zu den uns beistehenden Mächten, dass diese ihre Kräfte entfalten können und verirrte Seelen in die Schranken weisen. Die Aktivität der Engel richtet sich stets nach der geistigen Ausrichtung und Herzensöffnung der zu beschützenden Person.

Im Grunde dient der Schutzengel dem in unseren Herzen wohnenden Gottesgeist, der weiß, was im Ablauf des irdischen Geschehens zugelassen oder verhindert werden soll. Ist ein Mensch in diesen seinen Geist eingegangen, endet die Aufgabe des Schutzengels. Der himmlische Vater selbst ist dann Beschützer seines Kindes.

* * *

Viele Verstorbene bleiben aufgrund ihrer materiellen Lebensweise im Dunstkreis der Erde haften. Sie leben zwar in ihrem individuellen Seelenkosmos, sind aber in Person zugleich gegenwärtig. Sie fristen ihr Dasein sozusagen in einer selbstgeschaffenen Welt in der Welt, wobei die diesseitigen und jenseitigen Energien permanent ineinandergreifen.

Es gibt Gruppierungen mit gleicher oder ähnlicher Beschaffenheit, und Seelen, die einsam im Jenseits der Erde verweilen. Bemerken diese unsichtbaren Begleiter ein ihren Süchten oder Veranlagungen entsprechendes Gedankenfeld, hängen sie sich daran, sie betreten quasi das Willensgebäude der betreffenden Person und verstärken dessen Energie. Dies kann, je nach Verfassung der jenseitigen Wesenheit, absichtlich geschehen, oder es ist ein blinder Akt aufgrund der Anziehung äquivalenter Bewusstseinsprägung. Und es gibt die dämonischen Auswüchse, die ihren Wirt nicht nur für eigene Interessen benützen, sondern Böses im Sinn haben und, satanischen Interessen dienend, mutwillig zerstören.

So ist ein Raucher oftmals von verstorbenen Rauchern besessen, die dadurch weiterhin an der Befriedigung dieser Sucht teilhaben können. Mit sexueller Wollust zieht man Geister herbei, die ihre Geilheit nicht verlassen können. Alkohol- und drogenabhängige Personen werden nicht nur von den eingenommenen Substanzen, sondern auch von der niederen Geisterwelt in den körperlichen und seelischen Ruin getrieben, da beim Konsum von Rauschgiften die Seele gänzlich offensteht.

Doch nicht nur Süchte, auch Geiz, Neid, Gier, Hochmut oder Ungeduld werden durch das Gewicht Jenseitiger mit gleicher Gesinnung ums Vielfache potenziert. Infolgedessen lebt mancher Mensch nicht mehr nur sein eigenes Leben, sondern wird in seinem

Denken und Handeln von jenseitigen Wesen mitbestimmt und ist sich dessen überhaupt nicht bewusst. In der Finsternis seines Weltverstandes hat er keine Möglichkeit, fremde Willenskräfte von den eigenen zu unterscheiden.

(NB: Vergleichbar ist das Eindringen destruktiver jenseitiger Energien mit einem Virus, der den Computer eines unbedarften und unvorsichtigen Menschen hackt. Obwohl man meint, man sei Herr über sein Instrument, ist es jemand anders, der im Verborgenen schaltet, waltet und Daten missbraucht. Im Falle der Besessenheit sind es verblendete Wesenheiten, die ihre schädlichen Energien in der Seele installieren.)

Den stärksten Schutz vor diesen Getriebenen bietet die Hinwendung zu Jesus Christus. Schon der Name, in Liebe gesprochen, ist der Dunkelheit ein Gräuel. Sie können dessen göttliche Schwingung nicht ertragen und nehmen Reißaus. Wird ein besetzter Mensch von seinen Peinigern befreit, ist plötzlich freier Raum in ihm vorhanden. Der schwere Ballast ist abgeworfen - tiefe Dankbarkeit erfüllt ihn. Überlässt er in diesem Zustand seine frei gewordenen Seelenräume Gott, ist unmittelbare Erlösung möglich.

* * *

Genauso wie es diesirdisch zahlreiche boshafte Individuen gibt, die gewalttätig ihr Unwesen treiben, gibt es in den Gefilden des Jenseits ebensolche Übeltäter in großer Zahl. Hegt man böse Gedanken, werden entsprechenden Gedankengängen folgende Geister gleichsam magnetisch angezogen, vereinigen sich mit den widergöttlichen Willensbildern und beschweren diese, bis die betroffene Person schließlich zu einer verbrecherischen Handlung schreitet. Das kann ein Vergehen an der eigenen Person sein wie Selbstverstümmelung oder Selbstmord, oder ein Gewaltakt an Mitmenschen bis hin zu Mord.

So mancher Verbrecher schwört nach seiner Tat voller Reue und Gewissensbisse, er wisse nicht, was ihn dazu getrieben hat.

Manchmal kann er sich nicht einmal mehr daran erinnern, da hat zumeist ein böser Geist für eine gewisse Zeit ganz von ihm Besitz ergriffen. Auch die wiederkehrenden Attentate und Amokläufe an Schulen sowie auf Straßen und öffentlichen Plätzen sind zum Teil zurückzuführen auf den Einfluss der dunklen Jenseitswelt, die in ihrem Zorn und Hass den mörderischen Ansätzen der Täter das Gewicht der Ausführung verleiht.

Leider werden Amokläufe und Anschläge in naher Zukunft noch häufiger auftreten, da zerstörerische Kräfte durch den herrschenden Hochmut und die allgemeine Lieblosigkeit verstärkt Zugriff ins Diesseits bekommen. Es gibt zunehmend Regionen, wo Angst herrscht auf die Straße zu gehen, um nicht erdolcht, erschossen oder absichtlich überfahren zu werden. Das ist nicht nur in Städten der Fall, auch auf dem Land verschaffen sich finstere Gewalten Herrschaft über Menschen, die von Neid, Hass und Rachebedürfnis erfüllt sind und in diesem Zustand zu willfährigen Werkzeugen satanischer Mächte werden.

Deshalb muss man so vorsichtig sein mit seinen Gedanken, die im Jenseits signifikante Formen bilden und dort weithin sichtbar sind. Erspäht eine jenseitige Wesenheit ein ihr entsprechendes Gedankengebilde, assimiliert sie sich damit, sie legt sozusagen ihr Eigengewicht mit hinein. Ist es ein willensstarker Geist oder sind es deren mehrere, kommt es zu einem nicht mehr tragbaren Gewicht für die besetzte Person und sie erliegt der destruktiven Energie. Aus diesem Grund hat Jesus Christus schon vor 2000 Jahren gesagt: *"Wachet und betet, damit ihr nicht in Versuchung fallet!"*

* * *

Nicht selten kommt es vor, dass eine Seele die Empfindung hat im falschen Körper zu wohnen. In den schulmedizinischen Fachbereichen werden eine Störung des Geschlechtsidentitätszentrums oder hormonelle Ungleichgewichte als Auslöser genannt. Diese werden allerdings dem Gehirn zugeschrieben und entsprechend thematisiert und therapiert. So betreibt die Welt Ursachenforschung wieder einmal in der Materie, denn der blinde Verstand gibt gerne vor zu sehen.

Auch Anhänger der Reinkarnationslehre haben schnell eine Antwort parat: "Man hatte in einem früheren Leben ein anderes Geschlecht, das nun wieder zutage tritt." Was plausibel klingt, entspricht nicht der Wahrheit, denn einen Geschlechterwechsel gibt es in den stofflichen Inkarnationen nicht - und irdische Vorleben sind eher die Ausnahme als die Regel.

Verkehrte Geschlechtsidentitäten können verschiedene Ursachen haben. Eine mögliche besteht in einer manipulierten Ausbildung des Körpers aufgrund anhaltender Irritationen während der ersten Schwangerschaftswochen. Diese können entweder durch die widersinnige Gedankenwelt der Mutter oder durch den Einfluss fremdgeistiger Energien auf das Embryo ausgelöst werden.

Auch die Inkarnation eines zweigeschlechtlichen Engels kann Auslöser dafür sein, dass eine Seele sich in ihrer geschlechtlichen Identität nicht zurecht findet beziehungsweise diese wechselt - oder dass er/sie die irdische Existenz als Hermaphrodit durchlebt.

Eine andere Ursache für eine andauernde geschlechtliche Verirrung kann eine Um- oder Besessenheit der betroffenen Person sein und steht zuweilen mit einer latenten Hellsichtigkeit in Zusammenhang.

Die Art und Weise der Wahrnehmung einer den Menschen begleitenden oder bewohnenden jenseitigen Seele äußert sich unterschiedlich. In diesem Fall ist es der vorrangige Eindruck des anderen Geschlechts. Hat sie ein übersteigertes Geschlechtsempfinden, überträgt sich dieses und gibt der besetzten Person das Gefühl einer falschen Identität. Wobei eine durchdringende gleichgeschlechtliche Beeinflussung die eigene Weiblichkeit oder Männlichkeit ebenso überspitzt oder verändert darstellen kann.

(NB: Tatsächlich hat einmal eine weibliche Seele von mir Besitz ergriffen. Sie trat unvermittelt in meine Sphäre, wobei ihr Bewusstsein meins gänzlich überlagerte, so dass ich ganz Frau wurde. Dieses Gefühl empfand ich als überaus angenehm, denn sie war ausgesprochen attraktiv und sinnlich. Ihre ausgeprägte Weiblichkeit und feminine Liebeskraft erfüllten mich mit einem zuvor nie gekannten Selbstbewusstsein. Dies erlebte ich sehr intensiv und war darin total überwältigt. Gerne wäre ich noch länger Frau geblieben, doch so schnell sie mich in Besitz nahm, war sie auch wieder verschwunden und mir blieb nur das Echo dieses wundervollen Geschlechterwechsels.)

Ist eine solche Besetzung bleibend, führt dies zu Transsexualiät/Transgender, und oft zu einer operativen Geschlechtsumwandlung, da die betroffenen Personen in ihrer vermeintlich falschen Identität keine anhaltende Lebensfreude mehr empfinden können.

Von dieser Warte aus betrachtet durchschaut man auch das Verlangen nach einer Amputation oder Verstümmelung. Hier liegt ebenfalls eine eindringliche Besessenheit vor, teils von Verstorbenen mit abgetrennten Gliedmaßen oder Missbildungen (Im Jenseits ist eine Seele zwar vollständig, da ihre Gliedmaße ja nicht entfernt wurden, in ihrer traumatischen Verhaftung lebt sie aber gelegentlich vorerst weiterhin mit dieser Behinderung und überträgt ihr Empfinden auf ihren Wirt), teils von dämonischen Wesenheiten, die aufgrund ihres wahnhaften Treibens missgebildet sind und als Besatzer bisweilen zum Bedürfnis der Entstellung werden.

Ein weiterer Grund für Selbstverletzung (vom Ritzen mit Messern bis hin zur Verstümmelung) oder verletzt werden wollen durch andere liegt in dem Drang, seelische Wunden körperlich sichtbar zu machen.

* * *

Religiöser Fanatismus ermöglicht, genauso wie Okkultismus, Drogenkonsum und Hypnose, Dämonen das Eindringen in die Seele. Sie treiben die Fanatiker zu den absurdesten Glaubensvorstellungen, welche diese mit aller Gewalt für ihre Zwecke durchsetzen und auch vor Vergewaltigung, Folter und Mord nicht zurückschrecken. Die katholische Kirche hat es uns ausgiebig vorgeführt.

Heutzutage ist es religiöser Wahn in Bereichen des Islam und des Hinduismus, der dämonischen Gewalten Tür und Tor öffnet und es den Ausgeburten der Hölle gestattet, mithilfe Verblendeter ihr Unwesen auf Erden zu treiben. Namentlich sind es die verstorbenen Anhänger fanatischer islamistischer Gruppierungen, die jenseits erkennen, dass sie nicht die ihnen versprochenen Paradieswelten bewohnen, sondern - entsprechend ihrer im Wahn getöteten Liebe - kahle und leblose Wüsten, die rachedurstig und zerstörungswütig zu ihren Spießgesellen zurückkehren und in ihnen und durch sie großes Unheil anrichten.

Auch in den unterschiedlichsten \`christlichen´ Gemeinschaften heutiger Zeit leben Dämonen ihre Lust an der Verführung und Verblendung irrgeleiteter Individuen und Gruppierungen aus. Sie verführen die \`Gläubigen´, göttliche Gaben ins Widergöttliche zu verkehren. Während dies im Satanismus absichtlich bewerkstelligt wird, geschieht dämonischer Kontakt im religiösen Fanatismus und in ekstatischen Riten meistens nicht mit Absicht - oder in geistiger Verblendung.

Da gibt es Personen, die der Überzeugung sind, sie seien Jesus Christus. Sie sind ein gefundenes Fressen für die dämonische Welt. Ebensolche Wahnsinnige haben nun von ihnen Besitz ergriffen und treiben ihr antichristliches Spektakel nicht nur mit den Besessenen, sondern durch diese mit verirrten Gläubigen, die solchen Täuschungen aufsitzen.

Das apostolische Zungenreden ist nicht vom Heiligen Geist inspiriert, sondern von Wesenheiten aus den dunklen Sphären, die sich einen Kauderwelsch-Schabernack mit ihren Opfern erlauben. Würden liebende Eltern unverständliche und undefinierbare Worte oder Laute zu ihren fragenden und bittenden Kindern sprechen? Sind Engel und Gott so andersartig als wir oder gar so heilig, dass wir sie nicht verstehen können oder nicht mit ihnen sprechen dürfen? Ist Gott nicht unser Vater und wir seine Kinder!?

Erträglichkeit großer Schmerzen bei Geißelungen oder sogar Kreuzigungen wird durch getriebene Ekstase ermöglicht. Unversehrtheit beim Schlangenpredigen wird ebenfalls nicht von guten Geistern oder Gott bewerkstelligt, denn auch Dämonen haben Einfluss auf das Verhalten von Tieren.

Mit der Verführung zu gewaltsamen Teufelsaustreibungen erlaubt sich die Unterwelt einen Spaß mit verblendeten Priestern, die in diesem Fall selbst die Besessenen sind. Viele weitere religiös motivierte Wahnhandlungen könnte man hier noch anfügen.

Ursprünglich und eigentlich sind all diese Handlungsweisen göttlicher Natur, denn vom Christusgeist erfüllt zu sein, Reden in fremden Zungen, körperliche Unversehrtheit, Heilung und Befreiung durch göttliche Autorität und andere Geistesgaben sind den wahren Kindern Gottes eigen. Doch in der eigennützigen Auslegung biblischer Worte, um diese zur Selbstdarstellung oder als Machtinstrument zu benützen, haben Blindgläubige das gefährliche Land der Dämonie betreten. Dort werden Gottesgaben in die Sackgasse von Aberglaube und Besessenheit geführt und letztendlich wird es ein böses Erwachen geben in der Erkenntnis, dass man auf satanische Verführungen hereingefallen ist.

* * *

Ist ein Mensch von jenseitigen Wesenheiten besessen - das können auch welche sein, die keine bösen Absichten hegen, sondern aufgrund ihrer Orientierungslosigkeit bei oder in einer labilen Persönlichkeit Wohnung nehmen - manifestieren sich die fremden Energien früher oder später als Tumore und Krebsgeschwüre. Entsprechend des Zustandes und der Absicht der Besatzer kann man hier zwischen bös- und gutartigen Wucherungen unterscheiden.

Die Ärzteschaft kann nur schulmedizinisch diagnostizieren und behandeln. Sie tötet die befallenen Körperzellen mittels Chemo- oder Strahlentherapie ab, wobei sich die gefährlichen Geistesenergien meistens zurück ziehen (falls es sich nicht um gänzlich aggressive handelt), wodurch auch die materielle Manifestation verschwindet. Doch das üble Treiben wird sich bald wieder materialisieren, wenn man nach überstandenem Leiden zu seinen Verirrungen zurück gekehrt ist.

Hat die Erkrankung einen Wandel erwirkt, der Mensch sich von seinen verkehrten Gedanken verabschiedet, kehren die Besatzer nicht wieder. Wird er trotzdem abberufen, kann er im Jenseits seinen Weg befreit fortsetzen. Die seelische Gesundung geht also unabhängig vom leiblichen Tod vonstatten. Im Ablauf allen Geschehens zählt allein die Erlösung der Seele - materielle Körper sind nur Mittel dieses hehren Zieles.

* * *

An dieser Stelle empfehle ich depressiven und auf Verdacht um- oder besetzten Personen Taten der Nächstenliebe auszuüben. Diese erheiternde Medizin wirkt wahrlich Wunder und ist Balsam für die Seele. Je mehr Liebe in einer Handlung, umso intensiver ist die heilende Wirkung. Verzeiht man jemandem von Herzen, der einem Übles möchte oder Böses hat getan, hat diese Medizin eine noch unvergleichlich größere Wirkung. Es dauert nicht lange und die zerstörerischen Energien nehmen in den Strahlen der Liebe Reißaus. Hastig flüchten sie in Gefilde, die ihrem Willen entsprechen.

Ein Heiler in Gottes Diensten tut nichts anderes. Er berührt den Herzensgeist der kranken Person, der dadurch Belebung erfährt. Die erweckte göttliche Energie berührt sanft das krankhafte Bewusstsein, so dass Heilung allmählich oder gelegentlich sogar spontan erfolgt. Bei Besessenheit nötigt die lichte Strahlung die Besatzer zur Flucht. Bemüht sich der Genesene, fortan nicht mehr zu sündigen, bleibt er frei und gesund. Sündigt er abermals, zieht sich der Gottesgeist wieder zurück, die Gefahr einer Erkrankung und/oder Besetzung ist erneut gegeben. Die sicherste Methode der Heilung ist freilich die Liebe zum himmlischen Vater. Sie ist der Schlüssel zur Befreiung von allem Übel und zu bleibender Gesundheit.

* * *

Hellsehen, Gedankenlesen, Spiritismus, Spuk

Das Spektrum der Hellsichtigkeit ist breit gefächert und kann auf verschiedenen Ebenen funktionieren. Der Öffentlichkeit bekannt sind in der Hauptsache mediale Menschen, die anderer Personen Gedanken `lesen´ oder Jenseitskontakte herstellen können. Beides kann entweder direkt oder über einen vermittelnden Geist geschehen.

Wie wird man Medium? Oft ist es so, dass jemand schon in jungen Jahren seine hellsichtige Veranlagung entdeckt. Bereits da kommt es darauf an, ob der Mensch seine Gewichtung mehr zum eigenen Vorteil oder zur selbstlosen Liebe hat, dementsprechend wird sich sein jenseitiges Umfeld gestalten. Ein der diesseitigen Welt dienliches Medium wird durch Schulung aus Büchern und/ oder in Seminaren und der dadurch ermöglichten verständlichen Wahrnehmung gedanklicher Impulse sowie dem zielgerichteten Verkehr mit diversen jenseitigen Wesenheiten erlernen, seine übersinnlichen Fähigkeiten zu kontrollieren und methodisch einzusetzen. Bei einem Gottesdiener wird sich das geistige Hören und Sehen von selbst ausbilden, wobei er gemäß seiner Hingabe immer klarere und umfassendere Einsicht in die geistige Welt gewinnt.

Auch kann es der Fall sein, dass ein traumatisches Erlebnis, eine außergewöhnliche Begegnung oder eine tiefgreifende Liebeerfahrung die Hellhörigkeit/Hellsichtigkeit eines Menschen eröffnen. Hat dieser wenig oder keine Kenntnis geistiger Vorgänge, weiß er nicht, was da gerade mit ihm geschieht. Falls er nicht dem Wahren und Guten zugewandt ist und dadurch mit Himmelswesen in Kontakt tritt, werden verirrte oder umtriebige Gesellen ein übles Spiel mit ihrem medialen Probanden treiben. Hier wäre dringend Aufklärung vonnöten.

Leider üben viele Personen ihre übersinnliche Begabung zum Selbstzweck aus, sie werden deshalb vorrangig von der niederen Geisterwelt beeinflusst. Das hat dazu geführt, dass das Talent der Hellhörig- und Hellsichtigkeit vielfach zum Instrument satanischer

Machenschaften umfunktioniert wurde. Dadurch hat sich die dämonische Welt auf dem Gebiet empfangener Botschaften in Glaubensfragen sowie in der Kontaktaufnahme mit Verstorbenen nahezu uneingeschränkten Zugriff verschafft.

Das Jenseits sollte man niemals mit okkulten Praktiken, sondern nur mit Herzensliebe öffnen. Mit magischen Techniken zieht man verirrte und arglistige Wesenheiten herbei; nur selten kommt der angerufene Verwandte, spirituelle Meister oder `Heilige´, um zu sprechen. So kann es geschehen, dass ein umtriebiger Geist von jemandem Besitz ergreift, der sich einer Sitzung anvertraut. Die betreffende Person spürt den Eintritt in ihre geöffnete Seele nicht einmal und eine Bewusstseinsveränderung wird sie ebenfalls nicht merken, da sie meint, sie selbst entwickle sich so oder so und es sind ihre eigenen Gedanken, die sie Entscheidungen treffen lassen. Doch nun beeinflussen ein oder mehrere jenseitige Übeltäter ihr Schicksal nachhaltig und lassen sie nicht selten von einem Missgeschick oder Unglück ins nächste stürzen. Oder sie wird in einen angesehenen Lebensstand gebracht und mit Reichtum überhäuft, darin sie dem Hochmut verfällt und nur noch der Materie dient - und dadurch keinen Zugang mehr zum Geistesleben findet.

Bei allem geistigen Erleben lauern also viele Gefahren, auf die man unbedingt achten muss. Vor allem bei Kontakt mit Verstorbenen als auch mit jenseitigen und kosmischen Botschaftern darf man sich nicht blind auf jedes Gespräch einlassen, solange man sich nur auf Worte und Stimmen sowie die Aussagen eines medialen Agenten verlassen kann.

* * *

Neuerdings kennt man sogenannte Mentalisten, die ihr Publikum mit einer Kombination aus Taschenspielertricks, Körperssprachelesen und Hellsichtigkeit zum Erstaunen bringen. Sie unterscheiden sich von den Magiern, die mit mechanischer `Zauberei´ und hoher Fingerfertigkeit ihrem Publikum eine gelungene Vorstellung darbieten.

Die Arbeitsweise dieser Mentalmagier geht verschiedentlich vor sich: Manche von ihnen benützen ihre Hellsichtigkeit unmittelbar, sie empfangen die Gedanken ihrer Probanden auf dem Weg erahnbarer bis klarer Inspiration. Sie kennen in der Regel das Prinzip gedanklicher Kräfte und sind auch in Hypnose bewandert.

Andere agieren in Zusammenarbeit mit den sie begleitenden jenseitigen Kumpanen, oder - wenn sie noch nicht in Kontakt mit arglistigen Geistern sind - bekommen in geheimen Zirkeln einen jenseitigen Vermittler zugewiesen, mit dem sie jederzeit kommunizieren können. Vor oder in den Vorführungen sieht dieser Geist die momentan präsenten Gedankeninseln des Opfers aus dem Publikum. Darin und daraus kann er dem Hellseher im Vorfeld bereits eine passende Aufgabe mitteilen. Nachdem diese gestellt wurde, erfährt der `Gedankenleser' sofort die richtige Antwort. In der Regel weiß der Mentalist also bereits zu Beginn des Ablaufs des Rätsels Lösung. Das Drumherum ist Show und dient dem Spannungsaufbau und der Mystifizierung des Geschehens.

Derart praktizierende Hellseher sind einen Pakt eingegangen. Auf keinen Fall dürfen sie die Hintergründe ihres Tuns offenlegen. Einen Kontakt zur Geisterwelt erwähnen sie niemals, denn das ist ihnen verboten. Auf neugierige Fragen antworten sie, dass ihre Methode auf wissenschaftlichen und zwischenmenschlichen Erkenntnissen sowie Intuition beruht. Ihr zumeist einnehmendes Äußeres und ihre Verstandsschärfe machen es ihnen leicht, ihre wahre Identität zu verschleiern. Aufgrund ihrer Egozentrik und Falschheit sind diese Personen zu einem tatsächlichen geistigen Erwachen nicht in der Lage.

Die sogenannten Wahrsager eröffnen ihre Sitzungen meistens durch schematische Fragestellung. Sie empfangen Informationen und Bilder intuitiv, oft mithilfe von Karten oder anderen mystischen Utensilien. Sie glauben an Inspiration und geistige Eingebung, nur wenige haben fachliche Kompetenz in Hellsichtigkeit, geschweige detailliertes Wissen um etwaige jenseitige Mitwirkende.

Leider ist es so, dass der Großteil dieser Okkultisten ihre Gabe zur Attraktion für das spektakellüsterne Volk umfunktioniert hat. Sie haben in der Tat ihre Seele verkauft. Nun dienen sie satanischen Mächten, denn mit ihrer Sensationsmacherei blenden und verwirren sie die Allgemeinheit, so dass diese letztendlich alles geistige Geschehen für Theater hält.

Wahrsager und Hellseher sowie Weiß- und Schwarzmagier, die sich bewusst der niederen Geisterwelt bedienen, machen sich ihren jenseitigen Helfern zinspflichtig, denn bei denen gibt es nichts umsonst. Wenn die diesseitigen Akteure einmal abberufen werden, treffen sie auf ihre Handlanger und sind dann oft für lange Zeit an deren Sphären gebunden. Nicht selten werden sie selbst zu Komplizen magischer Intrigen.

Kontaktaufnahme und Verkehr mit Geistern ist ein Talent, das nur im Zuge der Nächstenliebe verwendet werden soll. Aus Mitleid eine Verbindung mit Verstorbenen herzustellen, um unerlöste Konflikte zu bereinigen oder einen unerträglichen Trennungsschmerz zu lindern, auf dass Friede sein kann in den belasteten Seelen, ist ein Akt selbstloser Liebe. Wenn damit eine Entlohnung einher geht ist das in Ordnung - falls das Medium nicht das Seelenleid der Mitmenschen benützt, um sich über die Maßen zu bereichern.

Die eigentliche und wesentliche Aufgabe geistiger Hörer und Seher liegt jedoch in der Aufklärung über die wahren Zustände und Geschehnisse Diesseits und Jenseits sowie in der Übermittlung göttlicher Weisungen und Botschaften. Hellsichtigkeit und Wahrsagen können so zum Segen für die Menschheit werden und dazu beitragen, das verdunkelte Bewusstsein dieser Erdenwelt zu erhellen.

* * *

Hypnose in verschiedener Anwendung:

- Die hypnotische Wirkung der Fernseh- und Printberichterstattung sowie von Filmproduktionen ist weitestgehend unbekannt oder wird in der Hörigkeit an die Massenmedien nicht ernst genommen: Durch Zugriff in die psychischen Bereiche mittels emotional tiefgreifender Worte, Töne und Bilder wird der Mensch empfänglich für Manipulation und Indoktrination - sein Wille mutiert, ohne dass er es merkt. In der Filmindustrie und vor allem im Marketing sind diese Vorgänge bekannt, wodurch effektiv und anhaltend Massensuggestion betrieben werden kann.
- In der zur Schau gestellten Hypnose werden zur Belustigung und zum Erstaunen der Zuseher körperliche Kunststücke oder absurde Handlungen und Geräusche vollführt. Die natürliche Kontrollfunktion der Seele ist dabei außer Kraft gesetzt, sie steht nun jenseitig da wie ein offenes Scheunentor.
- Unter Hypnose können der Seele die unterschiedlichsten Süchte, Ängste und Traumata entnommen werden. Eine solche Freiwerdung kann jedoch, außer in Ausnahmefällen, nicht als selbst erarbeitetes Lebenseigentum geltend gemacht werden. Der Mensch muss diese früher oder später in einer neuen Phase zur Entfaltung seiner Geisteskräfte überwinden.
- Hypnotisierte Menschen können mittels sogenannter Rückführungen in angebliche Vorleben zurückblicken. Doch dabei offenbart sich ein solches äußerst selten. Verstorbene dringen in die Sphäre (Umsessenheit) oder gar in die Seele (Besessenheit) des Hypnotisierten ein und machen ihn glauben, ihre Leben seien seine aus vergangenen Zeiten. So kommen auch die angeblichen Geschlechterwechsel in den mutmaßlichen Reinkarnationen zustande.

Vor allem in der zum öffentlichen Spektakel oder für magische Vorführungen praktizierten Hypnose ist die Seele nicht mehr Herr über sich. Hier ist sie, genauso wie dies bei Drogen der Fall ist, ohne Schutz. Da lichte Geister keinen Menschen besetzen, sind hier nur finstere Gesellen am Werk; sie nehmen kurz- oder langfristig massiv Einfluss auf das Leben der Person, die sich leichtfertig und in gutem Glauben hypnotisieren ließ. Bleiben die umtriebigen Jenseitsbewohner in der eroberten Sphäre, wird eine kaum merkliche schicksalhafte Veränderung des Bewusstseins stattfinden, und/oder eine Krankheit setzt dem Spuk ein leidvolles Ende.

Im natürlichen Schlaf, einer notwendigen medikamentösen Anästhesie oder einer sanften Hypnose(-Narkose) ist die Seele beschützt, unter normalen Umständen kann kein Geist in sie eindringen. Trotzdem ist es ratsam, vor dem Schlafengehen und vor einer Narkotisierung ein Herzensgebet zum himmlischen Vater zu sprechen.

Beim Händeauflegen im Namen des Vaters kann bisweilen ein tranceähnlicher Zustand eintreten. Die behandelte Person verliert dabei ihr Selbstbewusstsein, doch nicht an dunkle Mächte, sondern an ihren Gottesgeist, der sie reinigend berührt und ihr gemäß ihres Glaubens Befreiung schenkt. Hier hat kein böser Geist Zugang, vielmehr flieht er vor den Liebe-Lichtstrahlen des Geschehens.

* * *

Geistererscheinungen

Immer wieder hört man von übernatürlichen Phänomenen. Obwohl es diese tatsächlich gibt, ist Gespenstertreiben oft Humbug, um in geeigneten Örtlichkeiten Tourismus zu fördern, denn mit vermeintlichem Spuk kann gut Geld verdient werden.

Üblicherweise finden Begegnungen mit verstorbenen Verwandten und Bekannten in Träumen statt, da wir uns im Schlaf in der seelischen Sphäre befinden. Wobei man sich an die Zusammenkünfte an sich selten erinnert; zumeist überkommen einen im Laufe der folgenden Tage Gedanken an diese oder jene hinübergegangene Person.

Nur selten können sich Verstorbene nicht hellsichtigen Menschen unmittelbar bemerkbar machen, denn in der Regel wird das Treiben der Geister nur über ein Medium offenkundig. In manchen Fällen kommt es jedoch zu einer schaubaren Manifestation, man sieht nebulöse Gestalten und auch Gegenstände werden manipuliert. Diese Erscheinungen treten zutage, wenn Verstorbene unbedingt diesseitigen Kontakt aufnehmen wollen, was verschiedene Gründe haben kann: Die meisten von ihnen möchten auf ihre Anwesenheit und auf ihr `Leben´ nach dem Tod aufmerksam machen, in der irrigen Meinung, sie seien für immer an Ort und Stelle gebunden. Andere, die nach dem Ableben partout ihre alte Umgebung nicht verlassen wollen, fühlen sich gestört oder sind der Meinung, man will sie vertreiben, weshalb sie Angst zu verbreiten versuchen.

Solche beharrlich-energischen Geister waren in ihrem Erdenleben sehr materiell eingestellt und können ihre Vergangenheit nicht loslassen. Mit ihnen zu kommunizieren bringt keine wahrhaftige Erkenntnis, sie äußern sich je nach charakterlicher Veranlagung gemäß ihrer eingebildeten weltlichen Prägung. Manche lügen und erfreuen sich am blinden Interesse ihrer Zuhörer, wenn diese ihren zum Teil erfundenen Ausführungen Glauben schenken. Am besten betet man in des Vaters Liebe für diese Seelen.

Bei materiellen Einflussnahmen machen sich Verstorbene Naturgeister zu Komplizen, die Kurzschlüsse auslösen oder Feuer entfachen. Sie sind auch für so manches andere Unglück verantwortlich, indem sie erschöpfte oder labile Personen durch gedankliche Beeinflussung bei einer Tätigkeit ablenken oder in prekären Situationen Angstzustände hervorrufen, was in irrationalen Handlungen zu Unfällen aller Art führen kann. Folgt jemand fortwährend destruktiven Gedankengängen, kann er zu Verbrechen bis hin zu Amokläufen verleitet werden. Hier betreten wir wieder das Feld der Besessenheit.

In Ausnahmefällen gibt es auch körperliche Attacken. Davon betroffen sind hauptsächlich gläubige Personen, die eine entsprechende Öffnung zur geistigen Welt in sich tragen. Warum lässt der himmlische Vater das zu? Zumeist sind dies Seelen mit starkem Opfercharakter. Deren liebevolle Hinnahme böser Gewalten bewirkt bei so manchem Übeltäter eine Wendung zum Guten. Oft geschieht so eine Besserung erst, nachdem das arge Tun längst vorbei ist und dem Dämon in seiner finsteren Sphäre ein Lichtblitz durch die Seele fährt, der ihm die verzeihende Liebe seines einstigen Opfers offenbart.

In den nächsten Jahren werden verstorbene Seelen vermehrt Erscheinungen erzeugen, man wird des Öfteren von Geistermanifestationen hören oder diese im Internet betrachten können. Wobei es leider, wie auf allen Ebenen medialer Darstellung, auch hier Fälschungen gibt, die die tatsächlichen Geschehnisse ins Unglaubwürdige ziehen. Vor allem sorgt die zunehmende Anzahl von Serien und Kinoproduktionen mit jenseitigen Inhalten dafür, dass die reale Geisterwelt als phantastische Erfindung von Autoren und Filmproduzenten betrachtet wird.

* * *

Wichtige Informationen für mediale Menschen:

- Wie und warum auch immer sich eine Hellsichtigkeit entfaltet, letztendlich ist dieses Talent dazu da, um der Liebe zu dienen. Erlangt jemand diese Gabe, betritt er eine Welt, die nicht nur geistigen Fortschritt bedingt, sondern auch Gefahren in sich birgt. Der Verkehr mit jenseitigen Mächten, sei es aus Neugierde oder zum Spaß, kann schwerwiegende Verletzungen verursachen. Denn allerorten gibt es Widersacher des Lichts, die giftige Samen in das Erdreich der unbedarften Seele streuen, daraus früher oder später Pflanzen und Früchte zum Vorschein kommen, die den geistigen Tod in sich tragen. Deshalb muss jeder Jenseitskontakt unbedingt mit Gebet beschützt werden.

- Sehr wichtig ist es, eigene Gedanken und Phantasien von jenseitigen Botschaften zu trennen und zu erlernen, die sich mitteilenden Geister zu unterscheiden. Da dies zu Beginn des Erwachens oft noch nicht möglich ist, ist es ratsam, die Hilfe des Schutzengels zu erbitten. Dieser wird nur dann außerhalb seines vorgegebenen Tätigkeitsfeldes aktiv und kann Licht spendend ins mediale Geschehen eingreifen.
- Jenseitige Mitteilungen sind kein Garant für Wahrhaftigkeit. Gedanken und Ideen entstehen grundsätzlich in den Geisteswelten. Da deren Fundamente guter oder böser Natur sein können, müssen sie nicht zwangsweise Wahrheit offenbaren, sondern können auch von selbstherrlichen oder verlogenen Wesenheiten stammen. Oftmals ist es eine Kombination aus Irrtum oder Lüge und einigen Weisheitsformeln, die sich da kundtut.
- Während des geistigen Wachstumsprozesses lernt man, seine Wahrnehmung zu vertiefen und dieser stetig mehr zu vertrauen, bis das mediale Fühlen und Spüren ins Hören und Schauen übergeht. Dies bringt einerseits große Erleichterung, da man nun, wenn nötig, die Geister auch sichtbar unterscheiden kann. Andererseits ist man jetzt nicht nur mit dem Anblick anmutigen Lebens, sondern auch mit armseligen Erscheinungen konfrontiert. Das ist ein großer Unterschied zum früheren intuitiven Kontakt. An Jesu Seite stellt diese Sichtweise jedoch kein Problem dar, denn hier betrachtet der Christ die jenseitigen Welten und deren Bewohner zusammen mit seinem himmlischen Vater. In dessen Licht durchschaut er alles Leben von innen heraus. Er sieht nicht nur das Leben im Tod, in der Gemeinschaft mit Jesus Christus ist er das Leben im Tod.

* * *

Was sich hier teilweise unglaublich liest, ist leider traurige Wahrheit. Die Menschheit hat die geistige Orientierung komplett verloren. Dass Diesseits und Jenseits im Grunde eine gemeinsame Welt bilden, kann nicht mehr erkannt und nachvollzogen werden.

Falls dieses Kapitel den Anschein erweckt, dass wir alle mehr oder weniger dem Einfluss der niederen Jenseitswelt ausgesetzt sind - es kommt auf die Gesinnung an. Bei gutwilligen und herzensgläubigen Personen ist den niederen Mächten anhaltende Zudringlichkeit verwehrt, wenn diesen nicht eine permanente seelische Schwachstelle immer wieder als Eintrittstür dient.

Personen mit boshafter und/oder rein materieller Gesinnung blockieren geistigen Beistand, sie sind der dämonischen Heimtücke oft schutzlos ausgesetzt. Doch sind nicht alle absonderlichen und kriminellen Handlungen auf Fremdeinwirkung zurückzuführen. Es gibt massenweise Verirrte und Verbrecher, die ihren Wahnsinn ohne jenseitige Beeinflussung verbreiten.

Trotz aller Gefahren, die zurzeit auf dieser Erde herrschen, darf man sich nicht mit übertriebener Sorge belasten. Vor allem Angst wäre kontraproduktiv und würde Aufklärung den dunklen Mächten zuspielen. Auch sollte man sich mit der Thematik Besessenheit/Dämonie nicht zu intensiv befassen, denn dieser Weg führt nicht zu Gott. Wirklich wichtig ist allein die Liebe zu Jesus Christus. Darin ist man vor allen Nachstellungen und Übergriffen beschützt. Sie ist der Schlüssel zur Freiheit des Geistes, sie ist der Schlüssel zur Tür in die himmlische Heimat.

* * *

Sexualität

"Wir müssen jederzeit bereit sein, das, was wir sind, aufzugeben für das, was wir werden können."

Ich möchte mich hier nicht als Moralapostel aufspielen. Über Jahrzehnte habe ich Seele und Körper mit abartigen sexuellen Praktiken gemartert. Nichtsdestotrotz gehört es zu meinen Aufgaben, Hintergründe und Gefahren von Sexualität verschiedenster Art aufzuzeigen.

Zügellose und hemmungslose Wollust ist mitverantwortlich dafür, dass die Menschheit tief in die Materie herabgesunken ist. Wird der Akt fortwährend zur sinnlichen Befriedigung vollzogen, führt er nicht nur zu einer übersteigerten Körperidentifikation, sondern zu einer Abzehrung und Missbildung der seelischen Gestalt, was sich schließlich in leiblichen Gebrechen äußert. Viele Krankheiten haben ihre Wurzel in der sexuellen Maß- und Tabulosigkeit, die in der heutigen `Zeit der Aufklärung´ freizügig praktiziert wird.

Für nach geistiger Verwirklichung Strebende ist Sexualität ein unumgängliches Thema, das sie auf ihrem Weg intensiv begleitet. Je nachdem, wie tief man ins Geistesleben eindringen möchte, muss man bereit sein, seine leiblichen Lustbedürfnisse hintan zu stellen. Auch `spirituelle Erotik´ ist kein Weg zur göttlichen Liebe, denn ihre Motivation entspringt versteckter sinnlicher Begierde und körperlicher Leidenschaft. Wobei die bewusste Verlagerung zu seelischen Berührungspunkten im geschlechtlichen Akt, also mittelbare Berührung der Seele des Partners durch sanfte Zärtlichkeit in aufrichtiger Liebe zueinander, bisweilen eine Reinigung der Sinnlichkeit und der daraus hervorgehenden Fleischeslust bewirken kann.

Das hohe Ziel der Wiedergeburt in den Gottesgeist ist jedoch allein in der sexuellen Enthaltsamkeit zu erreichen. Dies funktioniert nicht durch äußeren Zwang oder unwilligem Gehorsam - der Mensch muss das in der Erkenntnis dieser Notwendigkeit auch wirklich wollen. Möchte der berufene Arbeiter im Weinberg des Herrn seinen Dienst allen Ernstes antreten, kommt er nicht umhin, seine sinnlichen Begierden sukzessive loszulassen und abzulegen. Sein Ziel ist es, den Beischlaf nur zu vollziehen, um einer Seele die Inkarnation zu ermöglichen.

Um diesen Akt der Selbstüberwindung zu vollbringen, muss die Liebe zu Gott über allen irdischen Bedürfnissen stehen. Dann erfährt man seine `Höhepunkte´ in der Vereinigung mit dem göttlichen Geist. Dies ist das Geschenk des Vaters an sein Kind, das mit diesem Opfer seinem Glauben die notwendige Tiefe gab, um das Höchste zu erreichen.

* * *

Wird jemand mit einer anormalen sexuellen Seelenstruktur geboren oder verändert sich auf dieser Erde dazu, wird er oder sie von Gott genauso bedingungslos geliebt wie jeder Mensch. Die Mär von der Verdammung sich körperlich gleichgeschlechtlich Liebender oder einer sexuellen Abart Verfallener ist eine Erfindung der Kirche.

Gott sieht allein auf das Herz und nicht selten tragen homosexuelle Paare eine größere Liebebereitschaft in sich als heterosexuelle. Es spielt also für Gott und den Menschen vorerst keine Rolle, ob man schwul oder lesbisch oder einer anderen sexuellen Besonderheit verfallen ist, wenn diese Vorlieben und Praktiken in beiderseitigem Einvernehmen geschehen. Sie stellen zu Beginn des geistigen Weges kein Hindernis dar.

Doch eigentlich wurde Sexualität weder für gleichgeschlechtliche Partner noch zur lustvollen (Selbst-)Befriedigung begründet. Sie ist für Mann und Frau vorgesehen und soll allein der Zeugung von Nachkommen dienen. Allein in der Polarität positiv (Mann -

gebend) und negativ (Frau - empfangend) findet der göttliche Lebensfluss statt.

Für jeden Mann, für jede Frau gibt es ein ergänzendes andersgeschlechtliches Pendant. Diese zwei Seelen, die ihre Entwicklung meistens voneinander getrennt vollbringen, werden zu gegebener Zeit zusammengeführt. In ihrer geistigen Vervollkommnung bilden sie eine vollkommene Ehe; sie werden zu einer seelisch-göttlichen Einheit, bleiben jedoch zwei eigenständige Personen. Eher selten geschieht so ein Zusammenschluss im irdischen Dasein, und auch nicht allzu oft in den jenseitigen Wachstumsbereichen (zumindest hat das Paar seine Dualität hier und dort noch nicht erkannt), die bewusste Vereinigung findet zumeist erst in den Himmelssphären statt.

Für alle die Gotteskinder, die sich keine Beziehung oder Ehe mit einem Partner des anderen Geschlechts vorstellen können, oder ihre (sexuelle) Erfüllung nur unter bestimmten fetischistischen Voraussetzungen erleben können, kommt also einmal der Zeitpunkt, in dem ihnen Gott diesbezüglich ein Licht entzündet, wodurch ihnen die mutierte Wurzel ihrer verirrten Liebe ersichtlich wird. Kraft ihres freien Willens können sie dann wieder in die göttliche Ordnung eintreten. Und wenn sie einst mit ihrer Dualseele zusammentreffen, können sie sich vor Dankbarkeit und Freude nicht fassen - und gehen mit ihrem anderen Ich ein in die himmlische Glückseligkeit.

* * *

Jeder Mensch, der mit einer übersteigerten Triebhaftigkeit oder abnormen geschlechtlichen Neigung behaftet ist, hat die Möglichkeit, mit Gottes Hilfe frei zu werden und zu gesunden. Keine medizinische oder psychologische Maßnahme kann diese Erkrankungen wirklich heilen. Ja, diese werden in der heutigen `aufgeklärten´ Zeit nicht einmal als Verirrung oder Krankheit bezeichnet, sondern erhalten durch das Toleranz- und Zeitgeistgewicht den Status fortschrittlichen Sexuallebens.

Jede körperliche Entartung ist eigentlich seelischer Natur, denn in der Welt der Materie werden seelisch-geistige Vorgänge und Gegebenheiten in ihre sinnbildliche Ausdrucksweise verkehrt. Jede materielle Verirrung spricht somit auch eine geistige Sprache. Diese Entsprechungen kann man von verschiedenen Standpunkten aus beleuchten, wobei die folgenden Betrachtungsweisen nur einige von vielen zeigen.

Sadomasochismus hat eine sehr komplexe Struktur:

- Immer mehr Menschen nehmen das schmerzliche Ausgeliefertsein sowie die Hörigkeit ihrer gottlosen Seele an die materiellen Gewalten unterschwellig wahr. Im Zusammenschluss mit den triebhaft sinnlichen Begierden verführt sie diese Wahrnehmung zum Ausleben lustvoll-peinigender Praktiken.
- Die göttliche Eigenschaft der Demut kann sich unter der irdischen Last in Unterwürfigkeit verkehren, die Gier zu herrschen und zu unterdrücken manifestiert sich in sadistischer Gewaltanwendung. Diesen Umstand benützt das inkarnierte Böse, um Kinder Gottes in schmerzlicher Lust gefangen zu halten.
- Gründe für eine devote oder masochistische Veranlagung können auch tiefsitzende Schuldgefühle sein, dann lässt sich der Mensch auf die eine oder andere Art und Weise bestrafen. Missbrauch oder ein anderes traumatisches Erlebnis sind ebenfalls Auslöser für abnormales (sexuelles) Verhalten. Diese sind - neben Besessenheit – auch verantwortlich für das Bedürfnis, seinen Körper zu verstümmeln.
- In seltenen Fällen kann eine Neigung zum S/M in einem früheren Leben wurzeln, in dem jemand gefoltert wurde oder selbst folterte. Diese Prägung drängt oder zwingt die jeweilige Person, sich abermals so auszuleben. Dieser Umstand gibt ihr in der erneuten Inkarnation die Möglichkeit, ihr Trauma zusammen mit Gott zu überwinden und davon frei zu werden.
- Der allgemeine Sadomasochismus wird gemeinhin nicht als solcher bezeichnet, doch ist er gefährlicher und verletzender als der in der Folterkammer praktizierte: Da die meisten Menschen

sich in der Welt der Reizüberflutung nicht mehr spüren, benötigen sie Schmerz, um ihre Betäubung zu durchdringen - je nach Veranlagung an sich selbst oder anderen zugefügt. Dies kann subtile oder tyrannische Gewalt an der Seele sein oder körperliche Gewaltanwendung. Das nötige Aufputschmittel dafür liefern Massenmedien und Filmindustrie.

S/M wird zumeist in Kombination mit disziplinarischem Bondage praktiziert: In einer Inkarnation ist die Seele an den Leib gefesselt. In ihrem gottlosen Tun und der damit verknüpften Verwickelung in die Welt der Materie wird sie auch geistig zunehmend bewegungsunfähiger - bis hin zur völligen Erstarrung. Im Bondage lebt sie dieses Gefühl der Körpergebundenheit und seelisch-geistigen Regungslosigkeit zusätzlich aus. Bondage kann auch ein Sich-binden-wollen an die Materie darstellen, wenn das Bewusstsein die irdischen Inkarnationskräfte nicht verbindlich akzeptiert. Dann hat der Mensch das für seine Selbstwahrnehmung notwendige Bedürfnis einer äußeren Bindung.

Fetischismus gibt es praktisch unbegrenzt; dabei sind die absonderlichsten Affinitäten und Handlungsweisen entstanden. Sehr verbreitet ist die Liebe zu und in hautenger Lack-, Leder- und Gummibekleidung. Mit dieser zweiten Haut ahmt die sensitive Seele Mensch die Umhüllung durch den Körper unbewusst nach.

Inzest kann verschiedene Ursachen haben. Eine mögliche besteht darin, dass sich zwei Personen, die in einer anderen Welt ein Liebes- oder Geschwisterpaar waren, diesseits in familiären Banden wiederfinden. Dann kann es der Fall sein, dass die in der Seele verankerte vorgeburtliche Zuneigung nun auf Erden auch die körperliche Liebe bestimmt. Ebenso kann sich Homosexualität aus einer ehemaligen kosmischen oder himmlischen Bruder- oder Schwesterliebe gestalten.

Von den hier angeführten Abarten betroffen sind hauptsächlich hellfühlige Personen, die von ihren übersinnlichen Wahrnehmungen in eine folgenschwere Abhängigkeit getrieben werden. Sämtliche Veranlagungen können auch durch Um- oder Besessenheit zutage treten. Hier waren die Abnormitäten anfangs nur latent vorhanden, sie würden ohne das Gewicht der bedrängenden Wesenheiten nicht oder nur ansatzweise ausgelebt.

Jede Verirrung kann mit Gottes Hilfe besiegt werden. Jede seelische Wunde heilt an des Vaters Herzen. Jeder Mensch, der mit einer sexuellen Perversion oder unkontrollierbarer Triebhaftigkeit belastet ist, hat die Möglichkeit, diese zusammen mit Jesus Christus zu überwinden und in seinem Geiste zu gesunden.

* * *

Der sexuelle Akt ist die größtmögliche körperliche Vereinigung von Mann und Frau, wobei die Libido der Frau zumeist mehr als die des Mannes vom Aspekt seelischer Einheit geprägt ist. Vorgesehen ist dieser Akt eigentlich zur Zeugung von Nachkommen und dient somit dem Fortbestand und der Vermehrung der Menschheit. Dies ursprüngliche Motiv ist aber oft unerwünschte Nebenerscheinung. Die sexuelle Begierde hat das Zepter fest in der Hand, sie hat den Vorgang der Zeugung zur hemmungslosen Befriedigung auf jede nur erdenkliche Art und Weise degradiert.

Je mehr geistige Gewichtung der Beischlaf bekommt, umso weniger wird die Seele dabei ins Fleisch gezogen und verunreinigt. Möchte das Paar in der Tat göttliches Leben verwirklichen, wird es den Geschlechtsverkehr nur ausführen, um einer zum Menschsein gereiften Seele die Erdentüre zu öffnen.

Zuvor bittet es den himmlischen Vater um seinen Segen. Das gebende Herz des Mannes und das empfangende Herz der Frau finden und berühren sich, fließen ineinander, werden eine Flamme, die zu ehren der Liebe brennt. Kinder, die aus einer solchen Zeugung hervorgehen, sind ausgestattet mit vielerlei Gaben des Himmels. Bei rechter Erziehung werden sie nicht nur zum Segen für ihre Eltern, sie beglücken ihre Mitmenschen mit Sanftmut, Liebe und Weisheit, die rein aus ihren Herzen kommen. In der neuen Zeit werden sie die Menschheit lehren und hineinführen in das Zeitalter des Friedens und der Liebe.

Den Geschlechtsakt gibt es auch im Jenseits. In den Sphären der Besessenheit offenbaren sich die mitgebrachten sexuellen Auswüchse in ihrer geistigen Entsprechung. Dabei kommen nicht selten groteske und abstoßende Vorstellungen zustande, die aber nur im göttlichen Licht wahrgenommen werden können - die Gefallenen selbst sind sich ihrer Entstellung nicht bewusst.

In den himmlischen Sphären beinhaltet der Liebesakt die Vereinigung von Mann und Frau mit dem Höhepunkt des Zusammenfließens der jeweils göttlichen geschlechtsspezifischen Eigenschaften. Unendlich zärtlich ist dieser Akt, voller Anmut und Würde, ein intimes Eintauchen in die ursprüngliche Einheit, eine Beschau der Göttlichkeit des Seelenpartners. Hier erkennen sich beider Herzen in einer nie geahnten Tiefe, hier berührt man die intimsten Bewusstseinsfelder des oder der Liebsten.

Hier vereint sich der Mann - der als ursprünglich zweigeschlechtlicher Geist in der Polarität universeller geistiger Schöpfung als einheitliches negatives Lebensprinzip die göttliche Liebe empfängt, als Abbild Gottes aber auch mit eigener Polarität ausgestattet ist und in seiner positiven geist-seelischen Wesenheit Überbringer der göttlichen Liebe - wieder mit der ihm entnommenen weiblichen Individualität, die nun, dem männlichen Part vollkommen gleichgestellt, von diesem die Liebe Gottes mittelbar, in ihrer gotteskindschaftlichen Eigenständigkeit unmittelbar von ihrem Vater und Bräutigam Jesus Christus empfängt.

* * *

Die Macht der Liebe der Frau

Anmut, Sanftmut, Güte und weisheitsvolle Geduld sind Werkzeuge, die, verborgen in der Tiefe des weiblichen Herzens, die Frau in ihrer demutsvollen Hingabe an die göttliche Liebe vervollkommnen. Sie sind auch mächtige Waffen, die das männliche Herz überwältigen. Härte und Strenge des Mannes entblößen und besänftigen sich in der unverhüllten Zartheit wahrhaftiger Weiblichkeit -

so geöffnet finden beide Seelen ineinander. Die göttliche Liebe vereint ihre Herzen zu einem Herzen. Mann und Frau werden ein Wesen, bilden zusammen ein Bewusstsein - sie sind eins und sind doch zwei.

In des Vaters Gnade darf ich diese Einigkeit betrachten, und finde nur schwer noch Worte ... zu zweien eins zu sein in himmli schem Einklang, dieses gemeinsame Eintauchen in immer neue Erkenntnisebenen mit dem Erleben wundervoller göttlicher Lebensinhalte, dieses einhellige Beschauen unendlicher schöpferischer Realität - das sind Geschenke unseres himmlischen Vaters aus seiner unermesslichen Liebe, um seinen Kindern größtmögliche Glückseligkeit in alle Ewigkeit zu bereiten.

* * *

Der schmale Pfad

Die Nachfolge Christi

"Ich bin der Weg, die Wahrheit und das Leben.
Niemand kommt zum Vater als durch mich."

Die Nachfolge Christi führt den Menschen aus dem Labyrinth seiner gottlosen Gedankengänge und schenkt ihm wahrhaftige Freiheit. Die Nachfolge Christi gibt ihm seine göttliche Identität zurück und ermöglicht ihm die personale Gottesliebe. Das ist der Weg, den wir nicht nur gehen können, sondern gehen müssen, wollen wir einkehren ins Vaterhaus, um vom Tod ins Leben überzugehen.

Dieser Weg beginnt mit der Annahme unserer Lebenssituation im Vertrauen auf Gottes Fürsorge und Beistand. Er beinhaltet die schrittweise Ablegung irdischer Begehrlichkeiten in der Liebe zu Jesus Christus. Ihn zu gehen bedeutet das Loslassen all dessen, was die Seele an die Welt vergänglicher Sinnesfreuden bindet - mit dem gleichzeitigen Ergreifen der göttlichen Vaterhand. Will man tatsächlich erneuert im Geiste wiedergeboren werden, muss man diesen Pfad der Entsagung und Hingabe beschreiten.

Was für den Ungläubigen als törichte Weltfremdheit, als Gang in die Ungewissheit erscheint, wird indes für den Christen bald sichtbar als Geschenk der Liebe. Er wird gewahr, dass Jesus Christus allzeit mitgeht an seiner Seite und ihm sein göttlich Herz offenbart. Im gemeinsamen Vorwärtsschreiten entpuppt sich der schmale Pfad abseits der breiten Straßen der Welt, das Nadelöhr, durch das man in der Nachfolge gehen muss, als unbezahlbarer Schatz, der im Grunde jedes Menschenherzens vergraben ist und den es im Verlauf des Erdenlebens zu heben und zu öffnen gilt.

* * *

Lebt man in der Welt, muss man der Welt gerecht werden. Das Beschreiten des geistigen Pfades befreit nicht von irdischen Pflichten, eine Inkarnation bedingt auch die Annahme und Befolgung angeordneter Gesetzgebung. *"Gib dem Kaiser, was des Kaisers ist."*

In der Verantwortung für das eigene und das Leben seiner Familie ist es notwendig, einen rechtschaffenen Beruf auszuüben. Zuweilen muss man gesellschaftlichen Verpflichtungen nachkommen und entsprechende Gespräche sind nie ganz auszuschließen. Es kommt immer darauf an, wie man etwas tut und nicht so sehr, welche Tätigkeit man ausübt und wo man sein Dasein zeitigt.

So kann ein wahrer Christ nach außen hin ein ganz gewöhnliches Leben führen, in seinem Seelenreich ist er jedoch bereits Bewohner der geistigen Welt. Er besitzt irdische Güter, aber er hängt nicht an diesen, denn er betrachtet sie als Leihgabe des himmlischen Vaters. In seinem Herzen trägt er eine innige Liebe zu Jesus Christus, darin und daraus er seine Mitmenschen liebt. Im Laufe seines Erdenlebens wächst er immer tiefer hinein ins Geistesleben.

* * *

Die meisten sogenannten Christen denken, dass sie ganz passabel leben und die paar Schwächen so schlimm auch wieder nicht sind. Doch was im Allgemeinen unter dem Deckmantel weltlicher oder spiritueller Selbsterkenntnis schlummert, ist im Licht der Wahrheit betrachtet zumeist ein verwahrloster Zustand. Selten kennt sich jemand in seiner eigentlichen Beschaffenheit; in der Regel sieht man sich in seiner eingebildeten Verfassung. Der verstandesträchtige Egoismus ist ein Meister der Tarnung und der hintergründigen Falschheit; er kann sich in verschiedensten, scheinbar rechten und gerechten, ja sogar selbstlosen Verkleidungen vorstellen, ohne dass man es merkt.

Ist ein Mensch bereit für Veränderung und öffnet sich in Demut für die göttliche Einstrahlung, lüftet sich der Seelenvorhang allmählich, wodurch ihm sein tatsächlicher Zustand ersichtlich wird. Nun ist er über alle Maßen erstaunt, aber auch schockiert, was sich für Abgründe in ihm auftun. Steht er aufrichtig zu seinen Verirrungen und stülpt nicht Scheinheiligkeit über seine Schwachstellen, schenkt er himmlischen Mächten die Möglichkeit, fortwährend auf seine Seele einzuwirken, so dass ein baldiges Freiwerden von den Hemmnissen vonstattengehen kann. Vor allem ruft es den Vater auf den Plan, der sein liebebereites Kind auf dem weiteren Weg persönlich begleitet und ihm mit Rat und Tat zur Seite steht.

* * *

Da man durch das Auf- und Abgeben egoistischer Gewohnheiten und materieller Vorlieben am Beginn des Glaubensweges einen scheinbaren Verlust erleidet, erfordern die ersten Schritte auf dem noch nicht einsehbaren Pfad bereits ein hohes Maß an Ernsthaftigkeit. Doch sollte man aufgrund des Verzichts nicht sofortige und andauernde Gemeinschaft mit Gott erwarten, denn die weitere Entwicklung besteht hauptsächlich im Ausbrennen seelischer Missstände durch Glaubensprüfungen. Die unlauteren Gedanken der vorangegangenen Lebensweise haben sich förmlich in die Seele und in die Gehirnzellen eingebrannt (feste Konditionierungen); diese Verunreinigungen müssen nun beseitigt werden. *"Man füllt neuen Wein nicht in alte Schläuche."*

In diesem Licht- und Schattenspiel, im Auf und Ab des geistigen Erwachens darf man nicht verzagen, sondern muss sein Herz immer wieder aufs Neue dem Vater anheimgeben und auf dessen Liebe und Barmherzigkeit vertrauen. Im aufrichtigen und gewissenhaften Handeln geschieht schließlich das Wunder der Verwandlung.

* * *

Immer wieder hört man: "Wie kann man andere lieben, wenn man sich selbst nicht liebt?!" Dieser Grundsatz ist in der Esoterik populär, in der Psychologie ist er wissenschaftlich unterlegt. Doch diese Art des Selbstverständnisses birgt eine große Gefahr, denn sich mit all seinen Fehlern und Schwächen anzunehmen und wertzuschätzen, um fähig zu sein für die Liebe, nimmt dem Gottesgeist jeglichen Raum - seine Wirksamkeit wird dadurch bereits im Keim erstickt.

Erst in der demütigen Einsicht und dem Eingeständnis, dass allein Gott gut ist und der Mensch gemäß seiner Hingabe an Gott Anteil am Wahren und Guten hat, können göttliche Lebendigkeit und Liebe in der Seele erstehen und sich in der Tat manifestieren. In der innigen Herzensgemeinschaft mit Jesus Christus ruht die Gewissheit, dass jeder Mensch in seiner geschaffenen Personalität fürwahr ein Kind Gottes ist und von ihm bedingungslos geliebt wird. Diese Erkenntnis schenkt wahrhaftiges (Selbst-)Bewusstsein und (Selbst-)Verwirklichung, darin der einzig gültige Wert, Sinn und Zweck allen Lebens in Zeit und Ewigkeit liegt.

Richtig muss es heißen: "Wie kann man andere wahrhaft lieben, wenn man Gott nicht liebt?!"

* * *

Jesus nachzufolgen und das Kreuz der Selbstverleugnung zu schultern bedeutet nicht, sich widerspruchs- und reaktionslos jedem falschen und lügenhaften Treiben auszusetzen - das wäre falsch verstandene Nächstenliebe. Nachfolge kann auch das Aufzeigen verkehrten Verhaltens beinhalten, solange es zum Wohl des Nächsten geschieht. Doch dem sollen allezeit Langmut und Sanftmut vorangehen, denn vor allem duldende Liebe hat die Kraft der Erlösung. Hier muss man allerdings darauf achten, dass man Feigheit und Mutlosigkeit nicht in das Gewand geduldiger Nächstenliebe kleidet und sich dabei ständig heimlich ärgert.

Wie man sich in verschiedenen Situationen verhalten kann und soll, erkennt man in der Liebe zu Gott fortschrittsgemäß. Ist man zu Beginn noch unsicher im Glaubensleben, eröffnet das göttliche Liebelicht im weiteren Verlauf mehr und mehr das richtige Sprechen und Handeln in den alltäglichen Begegnungen und Angelegenheiten.

Die Selbstbeschau, um in Seelenbereiche vorzudringen, die uns die Komplexität unserer Lebensumstände eröffnen, braucht unbedingt Jesu Christi Licht. Keine Meditationstechnik, keine Anleitung zur Selbsterkenntnis, keine Zugehörigkeit zu einer Glaubensgemeinschaft beleuchtet unsere Seele wahrheitsgetreu.

Allein die unvoreingenommene Liebe zu Jesus Christus schenkt göttliche Einsicht, die Voraussetzung ist für die Befreiung von den unsichtbaren Kräften, die die Seele an den geistigen Tod binden.

* * *

Die Bereitschaft, den göttlichen Willen über die Ansichten, Meinungen und das Verlangen der Mitmenschen zu stellen, bringt eine große Herausforderung mit sich. Hier muss man sehr behutsam vorgehen und achtgeben, dass man Eigenwille nicht mit Gotteswille und Eigenliebe nicht mit Liebe zu Gott `verwechselt´, ansonsten man zum religiösen Diktator und Richter mutiert, der in Gottes Namen seine Umwelt für seine egoistischen Belange benützt.

Sanftmut und Geduld, Mitgefühl und Verständnis mit dem Unverständnis oder gar der Abkehr der Mitmenschen, ohne Ärger, ohne Anklage, doch mit Bestimmtheit in der Erfüllung göttlicher Anordnung - das ist der Weg, den der Christ in der Nachfolge gehen kann.

* * *

Zurückgezogenheit in Stille für Gebet und Besinnung, zur Selbstbeschau und inneren Einkehr ist wichtig und notwendig. Doch erst in der Überwindung der Fehler und Schwächen im alltäglichen Lebenskampf stellt sich bleibender und unzerstörbarer Friede ein. In dieser Auseinandersetzung mit sich selbst stolpert man immer wieder über seine Unzulänglichkeiten, darin man seine Mitmenschen verurteilt, die oft nicht so handeln, wie man es sich wünscht oder für richtig hält. Das ist eine grundlegende Problematik, an der man sich unweigerlich stößt und in der man Tag für Tag herausgefordert ist.

Bleibt man beständig auf dem vorgegebenen Pfad, wird bald ersichtlich, dass der Vater allzeit mit hineingeht in die Selbstgerechtigkeit seines Kindes, um dort Licht und Liebe zu spenden. Selbst wenn es fällt und Schwachheit es umklammert, bleibt er bei ihm und bietet seine helfende Hand. Unter der väterlichen Führung kommt das Gotteskind immer öfter mit den herausfordernden Situationen zurecht und macht gute Fortschritte.

Schließlich eröffnet ihm der Vater Einblick in die Seelen, die es richtet oder belächelt, die es in Schubladen steckt, über die es sich insgeheim in seinem Standesdünkel stellt. In dieser Einsicht wird ihm die Geschwisterschaft aller Menschen ersichtlich. Das geschwisterliche Band ist die göttliche Liebe, erfüllend die Herzen mit inniger Zuneigung und Verbundenheit.

* * *

Der verweltlichte Verstand kann nicht nachvollziehen, dass gottloses Gedankengut und die daraus hervorgehenden Handlungen für einen Christen unweigerlich zum Stolperstein werden. Der Wanderer auf dem Wahrheitspfad kennt jedoch die \`unwichtigen´ Kleinigkeiten, er sieht die verborgenen Hindernisse, die das Bewusstsein an materielle Begierden und vergängliche Leidenschaften binden und so die Freiwerdung der Seele verhindern. In der Achtsamkeit göttlicher Gegenwärtigkeit spürt er genau, was er tun und lassen kann, um nicht vom geraden Weg abzukommen und sich wieder im Labyrinth konditionierter Denk- und Verhaltensmuster zu verirren.

In der Folge eröffnet der geistige Fortschritt Einsicht in die Notwendigkeit des Freiwerdens von irdischen Abhängigkeiten und befreit die zu Beginn auf blindem Gehorsam basierende Entsagung. Bald steigert sich das Verlangen, weitere Weltengewichte abzulegen, die die Seele auf dem Weg ins Vaterherz beschweren.

Wenn man den Erfordernissen, die zur geistigen Wiedergeburt führen, nachkommen möchte, muss man jedoch aufpassen, dass man Verzicht und Opferbereitschaft nicht in den Mittelpunkt stellt, denn dann verliert man schnell die Liebe aus den Augen. Schließlich wird Selbstgerechtigkeit zur `christlichen´ Motivation, was ein beständiges, oft unterschwelliges Verurteilen der Fehler seiner Mitmenschen bedingt.

Ein spezielles Opfer allerdings muss jedes Gotteskind dem Vater darbringen. In jedem Menschen ist je nach Veranlagung und Berufung mindestens eine ihm scheinbar unüberwindbare Schwäche angelegt, die ihm des Öfteren schwere Kämpfe bereitet, ihn immer wieder zu Fall bringt und in seiner Unzulänglichkeit demütigt.

Dieser Schwachpunkt stellt die Umkleidung des Samenkorns dar, das im Seelenerdreich absterben muss, auf dass Gottesleben darin und daraus erstehen kann. Demut lockert die Seele und schafft die Voraussetzung für kräftiges Wachstum. Überwindet und verlässt der Christ im ernsthaften Wollen das über alles geliebte irdische Begehren oder das sein Fortschreiten hemmende Laster, kann der Vater im freien Herzensraum seine Wohnstatt errichten - ein großer Schritt in Richtung geistige Wiedergeburt ist getan. Hier bewahrheitet sich, dass in der schwersten Last der größte Schatz verborgen ist.

* * *

Im materiellen Dasein ist Zeit ein wertvolles Gut. Sie ist die Währung, um sich das ewige Leben zu erkaufen. Jeder Augenblick ist kostbar. Jede Stunde zählt und ist unwiederbringlich. Doch der Mensch verschleudert dieses Kapital und bezahlt damit den Preis der Vergänglichkeit und des Todes.

Überkommt einen das Licht dieser Erkenntnis, macht es wenig Sinn, sich ständig zu geistiger Beschäftigung zu zwingen, um dem Geschenk der Zeit gerecht zu werden. Dann wären Unruhe, Ungeduld und Furcht die treibende Motivation, wodurch der Verstand das Regiment behielte. Sinnvoll ist ein schrittweises Vorgehen einerseits durch das Studium von Büchern mit geistigen Inhalten, zum anderen mittels zeitweisem Rückzug in das Seelenbewusstsein, um in kindlichen Herzensgebeten einen Kontakt mit Jesus

Christus herzustellen. Diese Begegnungen ermöglichen wirkungsvolle Selbstbeschau, gemäß Hingabe und Treue erwacht die Liebe zum Vater beständig.

In der neugewonnenen Lebendigkeit wandelt sich schließlich die Zeit vom alles verschlingenden Feind zum lebenspendenden Freund des Menschen. Gemeinsam gestalten und vollbringen sie den Tag. Da das Herz der Zeit ein Kind der Gegenwart ist, entfalten sich innere Ruhe und Geduld praktisch von selbst. Der Erwachte erkennt, dass Vergänglichkeit ihn nicht länger regiert. Mithilfe der Zeit ist er zur Ewigkeit vorgedrungen. Nun hat die Zeit ihre Aufgabe erfüllt, denn in der Ewigkeit ist diese Währung ohne Wert.

* * *

Ist es einem Gläubigen wirklich Ernst mit der Nachfolge und zeigt er im täglichen Bemühen, dass er den christlichen Weg in der Tat verwirklichen möchte, macht auch der Vater Ernst und tritt mit ganzer Macht in das Geschehen der Befreiung seines Kindes. Jetzt ist es dringend notwendig, dass man seinen geistigen Vorhaben und Vorgaben treu bleibt und nicht ständig zurückblickt. Ansonsten erfährt man die göttliche Strenge, die einen die ganze Macht früherer Gewohnheiten spüren lässt, was in dieser Phase sehr schmerzlich ist.

Bleibt man beharrlich im Vertrauen und in der Hingabe, kann der Vater seinen Geist im Menschen ausgießen. Wie fließendes Wasser sich in freien Raum ergießt, so erfüllt der Gottesgeist den in der wahren Demut von Eigensinn und Selbstgerechtigkeit entleerten Seelenraum. Das gottliebende Herz ist der Magnet, der diesen Geist sanft aber bestimmt festhält.

Jesus spricht: *"Ich bin bei dir gemäß deiner Hingabe. Jede Sekunde des Tages, die du Mir schenkst, bringt dich Mir näher. So bestimmst du dein Fortschreiten selbst. Ich bin immer da und warte auf dich."*

* * *

Jeder Mensch trägt Anteile satanischer Eigenschaften in sich, die er zur Erlösung bringen soll. Im täglichen Ringen um deren Befreiung werden göttliche Kräfte entbunden, die im widerstandslosen Leben verborgen blieben. So dient das Böse stets dem Guten auf dem Weg zur geistigen Wiedergeburt.

Überwindet jemand in Gottes Gnaden eine Schwäche, wird er oder sie zum Bahnbrecher und Wegbereiter für Geschwister, die ebenfalls in einem derartigen Unvermögen gefangen sind. Sie können sich dann leichter davon lösen, da die erkrankten Bewusstseinsfelder im Licht des erwachten Gotteskindes geklärt werden. Je mehr Christen Jesus Christus nachfolgen, umso gelöster und freier wird die kollektive Weltenseele. So schenkt die individuelle Befreiung nicht nur eigenes Heil, sondern ist globales, ja universelles Erlösungsinstrument.

Nur mithilfe seiner Kinder möchte der himmlische Vater die gefallene Schöpfung befreien. Den Grundstein dafür hat er selbst vor 2000 Jahren gelegt. Durch sein irdisches Wirken in Jesus Christus wurde für alles Leben der Pfad der Errettung aus den Fängen des geistigen Todes eröffnet.

* * *

Der Vater zeigt mir die Entwicklung von den ersten Glaubensschritten bis zum göttlichen Leben:

Man beginnt im übertragenen Sinn wie ein Kleinkind im Kindergarten, das mit Bauklötzen spielt. In diesem Stadium hantiert man bereits mit geistigem Gut, dies ist aber noch Spielerei ohne Verantwortung.

Jesus kommt zu Besuch und hat viele Gaben dabei, die er gerne verteilt. Die Kinder haschen und greifen danach, es sind wunderschöne Geschenke und mehr als genug für alle. Doch wie man das von Kindern halt so kennt, verlieren sie an ihrem Spielzeug bald das Interesse, weil sie lieber das des anderen Kindes möchten, oder machen ihres kaputt und schreien und weinen, wenn etwas nicht mehr funktioniert. Dann wenden sie sich wieder `wichtigeren' Dingen zu und beschmieren sich von oben bis unten mit Dreck und vergessen die Geschenke.

Im geistigen Unterricht, der parallel zur praktischen Ausbildung verläuft wie irdisch Lehre und Berufsschule, steht der Zögling bereits in größerer Verantwortung des Gotteslebens und ist sich darin Rechenschaft schuldig. Die göttlichen Gaben sind keine Spielsachen, sondern Werkzeuge und Waffen, die nur mit Ernsthaftigkeit gehandhabt werden dürfen. Freude und Zufriedenheit entstehen nicht mehr vorrangig in der Selbst-Befriedigung an geistigem Gut, sondern gründen sich in der hingebungsvollen Liebe zum himmlischen Vater und in den daraus hervorgehenden Taten der Nächstenliebe. Die darin enthaltene Wonne führt den Schüler stetig tiefer in das sich verschenkende Herz Gottes.

Nun bekommt der Zögling spezielle Aufgaben zugewiesen, nein, vielmehr öffnen sich jetzt die Aufgaben-Samen, die der Vater einst zusammen mit ihm in sein Seelenerdreich legte. In dieser seiner Berufung ist der Christ vollkommen glücklich. Er erkennt, dass der in ihn gelegte Same eigentlich Gott selbst ist, und genau in der zu erfüllenden Lebensaufgabe die Vereinigung von Gottvater und Menschenkind stattfinden kann.

* * *

Auch wenn man phasenweise von Gottes Gegenwart erfüllt ist und seine Liebe erleben darf, ist man noch in der Ausbildung. Jeder Tag ist ein Tag des Lernens und Überwindens. Man sollte nicht zu weit nach vorne schauen, sondern sich immer nur diesem einen Tag widmen. Am Morgen im Gebet Jesus um seinen Segen bitten, auf dass sein Licht und seine Liebe einen begleiten mögen:

"Lieber Vater, wie kann ich Dir heute näherkommen? Du und ich, wir gehen gemeinsam durch diesen Tag. Du bist mein Lehrer, mein Meister. In jeder Situation zeigst Du mir das richtige Handeln, zeigst mir die rechte Lebensweise. So eine Freude, mit Dir zu gehen, von Dir zu lernen, Dir in Liebe zu dienen."

Jeder Augenblick des Tages ist so in Gottes Liebewillen gebettet. Jederzeit in Mitgefühl und Geduld zu handeln und das Schicksal des Tages anzunehmen ist oberstes Gebot der Nachfolge Christi. An Jesu Seite sieht man bereits zu Beginn des Weges das Ziel in sich, im ständigen Blick darauf steht und geht man auf festem Grund und Boden. Stets ist es ein Handeln Hand in Hand und Herz in Herz von Meister und Schüler, von Vater und Kind. Wenn der Lehrling eigensinnig agiert, bleibt der Meister geduldig dabei und zeigt ihm das Ergebnis, das bei göttlicher Handlungsweise entstanden wäre. Gelegentlich kommt der Schüler in Situationen, in denen der Lehrer ihn scheinbar alleine lässt - so lernt er, selbstständig im Geist zu agieren. Im täglichen Gebrauch werden die göttlichen Attribute zunehmend Eigentum des Gotteskindes, mit jeder freien Willensentscheidung für die Liebe geht es mehr und mehr ein in seinen Herzensgeist. Übung macht auch hier den Meister.

Im Gebet am Abend den vergangenen Tag zusammen mit Jesus anschauen und mit ihm besprechen. So kann er uns heilen. Er allein ist unser geliebter Heiland.

* * *

Lebt man unvollkommen, spricht sich in und aus der erlebten irdischen Unvollkommenheit das eigene seelische Befinden aus. Das Verhalten der Umwelt ist ein Spiegel, und nötigenfalls ein Vergrößerungsglas, in dem man zuweilen ablesen kann, wie es um einen bestellt ist. Das kann man manchmal gar nicht glauben, doch die Seele ist vielschichtig; in der Regel kennt man nur ihre Oberfläche, ihre tatsächliche Beschaffenheit ist unsichtbar.

Der Welt Verhältnis zu uns zeigt aber auch und vor allem das eigene Verhalten Gott gegenüber auf. Die irdische Spiegelung offenbart uns also nicht nur zu heilende Seelenstrukturen im zwischenmenschlichen Bereich, sondern in erster Linie zu Gott - was im Grunde freilich ein und dasselbe ist.

Es kann mitunter hilfreich sein, das Gesetz des Seelenspiegels anzuwenden. Dies funktioniert jedoch nur, wenn Liebe zu Gott das

Bewusstsein erhellt. Ohne sie wird diese Praxis bald zur untragbaren Last, da sich das Erkennen der entsprechenden Reflexionen nahezu unmerklich auf die egozentrische Ebene verlagert und dadurch die jeweiligen Prozesse als Widerstände und persönliche Angriffe empfunden werden. Dies verhindert eine vorbehaltlose Demütigung der aus dem Unbewussten sich entfaltenden und zu erlösenden Seelenanteile. Grundsätzlich ist es nicht ratsam, jede Situation zu analysieren. Schnell gewinnt der Verstand die Oberhand und man macht sich verrückt im Gedankenstrom des ständigen Hinterfragens.

Lebt man in bewusster Gemeinschaft mit Jesus Christus und den geistigen Helfern, werden die kleinen und großen Lebensumstände ohnehin zu Werkzeugen, die geistiges Wachstum bedingen. Im steten Vertrauen in die göttliche Führung öffnen sich die verschlossenen Zufallstüren und führen das Gotteskind aus der Dunkelheit von Schicksal, Schuld und Sühne ins Licht der alles erhellenden Liebe seines himmlischen Vaters.

* * *

In der Welt zeitlicher Erfahrung und Entwicklung ist Motivation notwendig, um eine vernünftige Existenz zu gewährleisten. Positiv motiviert bereitet einem jede Tätigkeit Freude, darin man gute Leistungen erbringt. Motivation ist der Antrieb in Schule und Beruf, im Sport, in der Kunst sowie in vielen anderen Bereichen des irdischen Daseins. Oft dient Motivation dazu, einen weltlichen Status zu erlangen, um das ehrgeizige Bedürfnis nach Selbstbestätigung und Anerkennung zu befriedigen und/oder Macht und Reichtum zu besitzen. Hier zeigt sich häufig ihre dunkle Seite, die über jede Form von Menschlichkeit hinausgeht. Der eigennützige Verstand benützt die Kraft der Motivation, um andere zu besiegen, zu verdrängen oder ihnen zu schaden.

Auch die ersten Schritte auf dem geistigen Pfad sind positiv motiviert, denn man will Gutes tun und seinen Glauben an die Liebe und in der Liebe verwirklichen. Man möchte Not und Elend lindern und seinem Leben dadurch ein Gefühl von Sinnhaftigkeit und Zufriedenheit verleihen. Das ist aller Ehren wert und das ist zumeist die erste Wegstrecke im Glaubensleben.

Der Nachfolger Christi erreicht jedoch einmal einen Standpunkt, auf dem jede Form der Motivation zum unüberwindbaren Hindernis wird. Der egozentrische Motor des Eigenwillens mit all seinen Facetten und Auswirkungen verursacht zu viel Lärm und Unruhe in der Seele und beansprucht so den für das göttliche Leben benötigten Freiraum. Dies ist die Phase, in der die gut gemeinte Motivation des Kindes in das Motiv Gottes eingeht. Der Mensch steht jetzt an einer alles entscheidenden Weggabelung.

Hier spricht der Vater: *"Wenn du Mir dein Wollen schenkst, schenke Ich dir Mein Wollen."*

Er fordert nun allen Ernstes das Meinungs- und Scheinleben seines Kindes. Er fordert die Herausgabe der blinden Liebe. Er fordert das "Dein Wille geschehe!" in seiner ganzen und unausweichlichen Konsequenz. Hier endet jedes Verstandes- und Vernunftdenken. Hier werden die Weichen für den weiteren Lebensweg gestellt. Hier trennt sich die Spreu vom Weizen.

Spricht der Christ das Ja, ändert sich sein Leben radikal. Jetzt geht es ans Eingemachte, wie man so schön sagt. Die folgenden Prüfungen fordern ihm alles ab, sie können nur in der demutsvollen Anheimgabe an die göttliche Liebe bestanden werden. Die übernimmt nun mehr und mehr das Wollen des inneren und äußeren Menschen und realisiert damit dessen Hingabe.

Dann wird es noch einmal Nacht: Der Lebensabschnitt Gethsemane. Der Vater zieht sich zurück. Gleichzeitig drängen die Wunden der Vergangenheit sowie die noch vorhandenen Schwächen, Sorgen und Begierden ins Bewusstsein des Gotteskindes. Aber auch seine Zukunft ist ihm offenbar, denn es lebt bereits in der Vorausschau seiner unerkannten oder öffentlichen Berufung. Eindringlich ist ihm der geistige Tod der Menschheit vor Augen gestellt und es weiß: Gibt es sein Leben seinem himmlischen Vater anheim, kann dieser wirksam ins Weltgeschehen eingreifen. Hier schließt sich der

Kreis der Motivation, denn noch einmal ist sie Antrieb zum Durchhalten in dieser Phase weitreichender Entscheidung.

Doch nun tut sich ein Geheimnis auf, ein Geschenk der barmherzigen Liebe: Das mit sich ringende Gotteskind hat die Möglichkeit, Jesus in dessen Gethsemane-Nacht zu besuchen und zusammen mit ihm den Versuchungen Satans zu widerstehen. In der Zweisamkeit und Vertrautheit mit der kämpfenden Jesu-Seele bekommt es Einblicke in das Wesen der Liebe, die zu diesem Zeitpunkt sonst nicht möglich wären - wodurch eine tiefgreifende Vereinigung von Vater und Kind stattfindet.

Wie kann das vonstatten gehen, dass man Jesus Christus in der Nacht vor seiner Kreuzigung in Gethsemane aufsuchen kann? Da gibt es verschiedene Möglichkeiten: Einmal kann man sich gedanklich vorstellend dorthin versetzen - je mehr Gefühl, also Seelenkraft dabei mitwirkt, umso intensiver und klarer wird die Begegnung. Steht man bereits mit seinem Herzensgeist in engem Verband, stellt die Liebe eine anschauliche Zusammenkunft her und schenkt den Eindruck tatsächlichen Beisammenseins - was es im Grunde ist, denn im erwachten Seelenleben steht geistiges Schauen auf dem Fundament göttlicher Realität. Je inniger die Liebe zu Jesus Christus, desto stärker die Kraft zur tatsächlichen Zusammenführung.

Ist schließlich die Eingeburt in den Gottesgeist erfolgt, ist man immer und überall mit Jesus vereint. Eine Trennung kann es nicht mehr geben. Der wiedergeborene Mensch liebt und lebt in Ewigkeit im Geiste Jesu Christi.

* * *

Wahrer und falscher Glaube

Als er aber in das Haus gekommen war, traten die Blinden zu ihm; und Jesus sprach zu ihnen: "Glaubt ihr, dass Ich euch heilen kann?" Sie sagten zu ihm: "Ja, Herr."
Dann rührte er ihre Augen an und sprach:
"Euch geschehe nach eurem Glauben!"

Jeder Mensch hat seinen ganz persönlichen Glauben. Keinen Glauben gibt es nicht, denn selbst ein Ungläubiger glaubt, dass es keinen Gott gibt. In den folgenden Texten geht es jedoch um spirituelle und religiöse Gläubigkeit. Darin gestaltet jeder seinen ganz individuellen geistigen Pfad. Ob dieser an ein Ziel führt, hängt zumeist von der Absicht des Gläubigen ab. Will er wirklich in die göttliche Wahrheit eintreten? Soll Religion nur ein Hobby sein? Glaubt man aus Tradition und Gewohnheit? Dienen Spiritualität und Religion der seelischen Selbstbefriedigung? - und werden somit zum Selbstbetrug. Oder benützt man Gott, um sich irdisch zu bereichern?

Im Verlauf der Menschheitsgeschichte sind allerlei Arten und Abarten von Religiosität entstanden:

Es gibt den toten Glauben in der Anbetung des göttlichen Namens. Es gibt den eitlen Glauben auf den Tummelplätzen spiritueller Eigenliebe und Selbstdarstellung. Es gibt den schwärmerischen Glauben, der sich fern jeder Tiefe und Wahrhaftigkeit mit Gesängen und Glückseligkeitstänzen beweihräuchert. Es gibt die Charismatiker, die mit spektakulärem Händeauflegen und seltsamem Zungenreden einen Gott der Sensationen beschwören. Es gibt ausdrucksstarke Fernsehprediger, die ihre Zuseher und Zuhörer vor allem mit großen Worten und Gesten beeindrucken. Es gibt diverses fanatisches Sektierertum, das eine Erlösung nur für sich beansprucht und alle Andersgläubigen in der Hölle verdammt weiß. Es gibt das Asketentum, dessen Anhänger ihr Heil in der Welt- und Menschenflucht suchen. Und so gibt es im Aberglaubens-Dschungel noch allerlei dubiose Vereinigungen, deren Mitglieder und Anhänger nach spirituell-religiöser Befriedigung ihrer irdischen Persönlichkeit streben und nicht nach Verwirklichung ihrer göttlichen Identität.

In all diesen Gruppierungen gibt es Gotteskinder, die der Vater noch auf den rechten Pfad führen wird. In der Einsicht in ihre Verirrung oder Anmaßung beginnt für sie dann erst der wahre Glaube.

* * *

Ein Mensch ist geistig tot, wenn sein Glaube nicht der Wahrheit entspricht, oder nicht durch die persönliche Herzensliebe zu Gott und den daraus hervorgehenden Taten lebendig gemacht wird.

Viele Religionsgemeinschaften ernähren sich von vergifteter Nahrung. Diese ist entstanden durch Verfälschung von Gottes Wort, durch Angleichung geistiger Botschaften an die Glaubensvorstellungen des Verstandes, vor allem aber durch die Hoheitsansprüche selbstgerechter Religionsführer. Die geistigen Pflanzen, die in der vertrockneten und vergifteten Erde solch religiöser Verblendung gedeihen, spenden der Seele ungenießbare und verdorbene Früchte. So werden selbst aufrichtige Gottsucher in die Irre geführt und wundern sich, dass ihnen der himmlische Vater fern bleibt und sein Leben sich nicht in ihnen verwirklicht.

Erst wenn man sich von falschen religiösen Ansichten und Vorstellungen löst, Gott offenherzig um Führung bittet und sich dieser vertrauensvoll anheim gibt, betritt man das erlösende Glaubensfeld. In den darin und daraus sich entfaltenden Werken der Nächstenliebe manifestiert sich göttliches Leben. Allein solch wahrhaftige Hingabe eröffnet dem Vater eine Wohnstatt im Herzen seines Kindes. Nur dann erfüllt sich darin sein Wort und schenkt Speise und Trank aus den Himmeln.

* * *

Die Mitglieder mancher Glaubensvereine kennen die Bibel in und auswendig und bekennen sich ernsthaft zum Wort Gottes. Sie glauben fest an die biblischen Begebenheiten, sie glauben an Himmel und Hölle, sie anerkennen Jesu Wundertaten und seine Auferstehung. Allerdings kleben sie fest am Buchstaben, denn die Sprache des Geistes ist ihnen fremd. Ihr ursprünglich gutes Wollen ist in den Worthülsen erstarrt und gebiert die absurdesten Ansichten und einen selbstgerechten Fanatismus, die eine kindliche Liebe zum Vater unmöglich machen. In ihrer Verblendung verurteilen sie jeden, der sich nicht zu ihrer Glaubensauffassung bekennt. Sie machen Gott zu einem unbarmherzigen und grausamen Richter, der alle mutmaßlichen Sünder in die Hölle verbannt, in der sie auf ewig verbleiben müssen. Dadurch wurden diese vermeintlichen Gottesdiener selbst Gefangene ihrer eigenen satanischen Gesetzgebung.

Wahrsagen wird allein den Propheten des Alten Testaments sowie den Aposteln und Evangelisten des Neuen Testaments zugesprochen. Doch gerade für die Jetztzeit hat Jesus Christus Propheten und Verkünder zur Erde gesandt, um die Menschheit zu warnen und wachzurütteln. Die Bibel wird als alleinig wahr geltend gemacht und jedes andere Wort Gottes als Werk dämonischer Mächte angeprangert. Aber warum sollte sich der Vater seinen Kindern nicht unmittelbar, sondern nur über Mittelsmänner mitteilen? Und das nur in der Vergangenheit? Was wäre das schon irdisch genommen für ein grausamer Vater, der nicht persönlich zu seinen Kindern spricht - und ab einer gewissen Zeit überhaupt nicht mehr?! Das ist ja des Vaters größte Freude, sich mit seinen Kindern von Herz zu Herz zu unterhalten und sie einzuführen in seine Schöpfungs- und Liebegeheimnisse!

Diese selbsterwählten `Christen´ haben sich mit ihrem Vergangenheitsglauben ihre Gräber schon geschaufelt. Sie dürfen sich nicht wundern, wenn Gott einmal zu ihnen sagen muss: *"Ich habe euch noch nie erkannt; weichet von mir, ihr Übeltäter! Ich bin hungrig gewesen, und ihr habt Mich nicht gespeist. Ich bin durstig gewesen, und ihr habt Mir nicht zu trinken gegeben."*

Was ist aber des Vaters Hunger und Durst? Sie sind seine Sehnsucht nach der Liebegemeinschaft mit seinen Kindern, aber auch das Verlangen nach Nächstenliebe unter ihnen. Viele `Gläubige´ haben Gott noch nie in Wahrheit erkannt, geschweige denn geliebt, weshalb sie keinen Weg in sein Herz und daraus in die Herzen ihrer Geschwister finden konnten.

Insgesamt kann man sagen, dass der Pfad lebendigen Glaubens nicht nur ein schmaler in der inneren Abkehr von der gefallenen Welt ist, er stellt auch eine gefährliche Gratwanderung dar in den Extremen fanatischer Religiosität - vor allem hier haben Hochmut, Machtgier und Selbstgerechtigkeit zu menschenunwürdigen Zuständen und grausamen Diktaturen geführt -, dem Leben in der Geisterwelt, das nur in der dienenden Liebe göttliche Gestalt annimmt, und der eigennützigen Welt- und Menschenflucht, die Mitleid und Verständnis in ihrer theoretisch-religiösen Egozentrik nicht zulässt. Unverfänglich kann dieser Pfad nur an der Hand unseres himmlischen Vaters beschritten werden, voller Vertrauen in seine Führung und seine uneingeschränkte Liebe.

* * *

Wahrer Glaube

Viele `Gläubige´ sagen, sie glauben an einen Gott - aber ihr ganzer Glaube besteht darin, dass sie ihn verbal kundtun. Sie glauben, dass es irgendwo vielleicht oder wahrscheinlich oder sogar mit ziemlicher Sicherheit einen Gott gibt, der aber unnahbar und unerreichbar ist - möglicherweise nach dem Tod. Sie glauben auch, dass nur besonders auserlesene und begnadete Personen wie der Papst, oder (von ihm ernannte) Heilige Gott nahe kommen und mit ihm in Gemeinschaft leben können. Obwohl doch jeder Mensch in inniger Verbundenheit mit Gott leben kann, darf und soll! Diese Gläubigen schlafen tief und fest, in den kirchlichen Zeremonien finden sie allezeit das passende Schlafmittel für ihre theoretische und zweifelhafte Religiosität.

Jesus sagt: *"Wenn ihr glaubet, könnt ihr Berge versetzen, könnt ihr noch größere Dinge tun als Ich getan habe."*

Glauben heißt leben in Gott, eine Liebesbeziehung mit seinem Schöpfer und Vater in Jesus Christus einzugehen und dadurch seiner Göttlichkeit teilhaftig zu werden. Im lebendigen Glauben geht der menschlich-blinde Wille ein in den göttlichen Willen, welcher Grundlage und elementare Substanz ist sowohl der materiellen als auch geistigen Schöpfung. Dieser Glaube kann Wunder wirken, denn darin ist der Mensch eins geworden mit der Basiskraft allen Lebens, die schafft und erhält.

Das ist wahrhaftiger Glaube, dessen Verwirklichung Wunsch und Ziel unseres himmlischen Vaters ist: Seine Kinder sollen mit ihm und durch ihn das All regieren, sollen frei in seiner Liebe handeln können, denn er gab und gibt ihnen alles, was er selbst hat und ist. Dies ist seine Freude, dies ist sein Wille, dies ist seine Seligkeit ewiglich.

* * *

Je weiter man auf dem Wahrheitsweg voran schreitet, umso klarer erkennt man, warum es so wenig wahrhaftige Christen im Verlauf der Zeiten gab und heutzutage gibt. Der ernsthafte Glaube erfordert Entschlossenheit und Mut. Das Loslassen der Scheinrealität sowie die mit hingebungsvollem Herzen erkämpfte und gelebte Liebe in den Herausforderungen des Alltags erfolgt nicht so nebenbei und ist in keinster Weise ein Selbstläufer.

Ein weiser Mann hat einmal zu seinem Schüler gesagt: *"Um das göttliche Leben zu erreichen, musst du mit der Kraft darum ringen, mit der du um Atem beim Ertrinken kämpfen würdest!"*

Gibt es in den christlichen Kirchen und Gemeinschaften solche Menschen? Wer liebt Gott wirklich über alles und daraus seinen Nächsten wie sich selbst? Wer ringt und kämpft mit all seiner Kraft um Gottesgegenwart? Wer ist entschlossen, weiter zu gehen, als sein Glaube zu sehen vermag? Wer empfängt alle seine Tage und Nächte aus der Hand unseres himmlischen Vaters? Wer ist bereit, für Jesus Christus sein Leben zu geben? Und wer wird in seinem Eifer nicht zum allesbekehrenden und -bestimmenden Fanatiker, sondern lebt seinen Glauben in Liebe und Geduld, ausführend allezeit den erkannten göttlichen Willen?

Es gibt wohl Religionen wie Hinduismus und Islam, darin Familie, Kultur und Gesellschaft grundlegend glaubensgeprägt sind und deren Angehörige sich in Leben und Tod ihrem Gott verschrieben haben. In Händen wahnsinniger Gläubiger wurden die prophetischen Worte der Religionsgründer jedoch zu satanischen Machtinstrumenten, welche die Herzen ihrer Anhänger blendeten.

Im Buddhismus lebt man ebenfalls einen intensiven Glauben, der bis auf wenige Ausnahmen nicht fanatisiert ist. Hier sieht man, dass die Willenskraft der Seele bis zu einem gewissen Grad ausreicht, um durch Einkehr in geistige Bereiche Liebe und Frieden zu offenbaren. Doch ein glückseliges Leben an der Hand unseres himmlischen Vaters findet man hier nicht, da der Buddhismus eine Religion der Selbsterlösung ist. In ihr gibt es keinen Gott.

(NB: Jenen, die es mit Rücksicht auf Andersgläubige ungerecht, ja anmaßend finden, dass gerade der Gott der Christen der einzig wahre sein soll und aus diesem Grund alle Religionen gleichstellen, sei gesagt: Es gibt nur die von der geistig verirrten Menschheit verursachten Inkarnationsmöglichkeiten, daher nicht jede Seele Christ sein kann. Ein liebevoller Mensch, der aufgrund seiner kulturellen oder religiösen Zugehörigkeit keinen Zugang zu Jesus Christus findet, begegnet ihm sicher bald im Jenseits. Wie in allen Belangen des Lebens kann man dem Vater auch hier getrost vertrauen. Er kümmert sich um jedes seiner Kinder, als wäre es sein einziges in der Unendlichkeit.

Als Christ hast du die Möglichkeit, deinem himmlischen Vater hier und jetzt in deinem Herzen zu begegnen - tu es, denn das war und ist dein Vorhaben für dieses Erdenleben. Und das ist es seit deinem Anbeginn, als du tratest aus Gottes unermesslicher Fülle und wurdest eine selbstbewusste und selbstbestimmte Wesenheit, um ihn zu lieben mit deinem ganzen Sein und mit ihm und in ihm zu leben in Ewigkeit.)

* * *

Jesus Christus ist alleiniger Gott und außer ihm gibt es keinen. Doch er sieht nur auf die Liebe und nicht auf die Glaubenszugehörigkeit. Ist ein Mensch Buddhist, Hindu, Moslem, Jude oder einem anderen Glauben angehörig, kommt es allein auf den Zustand seines Herzens an, ob der Vater ihn anrühren und heimführen kann oder nicht. So steht ein jeder mit Liebe erfüllte Mensch, gleich welcher Religion, Kultur oder Weltanschauung, vorerst unbewusst in der Nachfolge Jesu. Hier ist christliche Toleranz gegenüber Andersgläubigen am rechten Platz, jedoch im Sinne von Achtung des Glaubensstandes des Nächsten in der Freiheit seines Willens und nicht in der Anerkennung, geschweige im Gutheißen seiner irrtümlichen Gotteserkenntnis.

Wege zu Gott gibt es viele, Wege mit Gott jedoch nur einen. Verständnisvoll führt er jeden Menschen nach dessen anerzogenen Glauben oder Unglauben, diesseits oder jenseits ist dabei nicht von Belang. Oft braucht es lange Zeiträume, bis Jesus Christus sich seinem Kind als einzig wahrer Gott offenbaren kann, was bisweilen erst vor den Toren des Himmels geschieht. Im Bewusstsein, dass sein Gott und Schöpfer leibhaftig vor ihm steht, fällt augenblicklich jeglicher verbliebene Irrtum von ihm ab. Die Freude in der dann erfolgenden Umarmung kennt keine Grenzen. Hier ist des Gotteskindes endgültige Heimat, hier findet es wahrhaftige Erfüllung und Glückseligkeit.

* * *

Spirituelle Erleuchtung und geistige Wiedergeburt

Viele Erleuchtete sagen, es gebe keinen Weg. Man ist immer zeitlos gegenwärtig und war nie getrennt vom `höheren Selbst´ - und darin und daraus von allem Leben. Yogis, Gurus und sogenannte spirituelle Meister lehren das notwendige Loslassen des illusorischen Ichs mit dem Eintauchen in die Leere und Stille, darin das kosmische Bewusstsein sich entfaltet, auf dass dem Menschen die Fülle allen Seins zuteil wird. Doch dies Geschenk des Erwachens mit der Einsicht in die Zeitlosigkeit der Seele ist äußerst selten und kann nicht bewirkt werden. Wenn, dann geschieht das radikale Loslassen des irdisch geprägten Verstandes unter den seltsamsten Lebensumständen, meistens erfolgt dieser Durchbruch aufgrund außergewöhnlichen Leidensdrucks. Dafür gibt es aber kein Rezept und keine Übung.

Erlebt ein Mensch eine solche Freiwerdung, liegt dieser zumeist eine vorgeburtliche Zubereitung zugrunde. Fast immer handelt es sich um Wesenheiten aus den lichten Welten, die hier ihre freie Gotteskindschaft bewerkstelligen. In den östlichen Religionen werden sie mitunter zu hochgeachteten spirituellen Lehrern. Die geistige Speise, die sie den nach Liebe und Licht hungernden Gläubigen reichen, ist jedoch meistens geprägt von der jeweiligen Kultur und religiösen Grundgesinnung, oder beinhaltet aufgrund des universellen kosmischen Gewahrseins keinen direkten Gottesbezug. Einen Vatergott kennen sie noch nicht und können ihn daher nicht vermitteln.

Bei genauer Betrachtung stellen sich die Einsichten so mancher spiritueller Lehrer aus dem Osten jedoch sehr überliefert dar. In des Vaters Licht ist ersichtlich, dass hier eine zum Teil selbstgefällige und widersprüchliche Erleuchtungsphilosophie entstanden ist, die inzwischen auch in der westlichen Welt Fuß gefasst hat. Denn viele ins Christentum Geborene haben ihr Seelenheil in fernöstlichen Lehren gesucht, was angesichts des von den Kirchen vermittelten institutionellen Glaubens verständlich ist. Der ernsthafte

Sinn- und Gottsucher will mehr als heruntergeleierte Worte in lästigen Zeremonien und die Aussicht auf ein katholisches, orthodoxes oder protestantisches Jenseits nach dem Ableben.

Doch niemand wird zufällig als Christ geboren. Durch Übertritt zum Hinduismus, Buddhismus, Islam, Judentum oder Hinwendung zu alternativen spirituellen (Glaubens-)Lehren lebt man an seinen geistigen Möglichkeiten vorbei. Allein Jesus Christus ist der Weg, die Wahrheit und das Leben. Und den findet man am besten ohne eine religiös-institutionelle Hierarchie, denn er wohnt geistwahrhaftig im Herzen jedes Menschen.

* * *

Die Vermittlung der Möglichkeit (spontaner) Erleuchtung mittels Meditationstechniken birgt für den spirituellen Sucher eine große Gefahr, da er die Hoffnung hat, innerhalb kürzester Zeit umfassende Freiheit zu erlangen und nicht den Weg der tätigen Gottes- und Nächstenliebe gehen zu müssen. Oder man macht sich in seiner geistigen Bequemlichkeit gleich die Aussage zu eigen, dass im Grunde ohnehin alles göttlich ist, da Gott ja alles in allem ist, es also genau genommen keine Unvollkommenheit gibt, deswegen man immer in Gott ist und daher eigentlich nichts falsch machen kann (außer die anderen natürlich).

Dies ist ein gutes Beispiel dafür, wie Wahrheit, in falsche Zusammenhänge gestellt oder in einer unrechtmäßigen Entwicklungsstufe angewendet, satanischen Interessen dient. Derartige Erleuchtungsperspektiven wären durchaus zeitgemäß, aber Gott folgt nicht dem Trend des Zeitgeistes. Um die Menschheit zurück zur Vollkommenheit zu führen, hat Jesus Christus nicht umsonst einen für alle Menschen gangbaren Pfad bereitgestellt. Auf diesem erfolgen Entwicklung und Erkenntnis Schritt für Schritt und Stufe um Stufe.

So sind viele Wahrheitssucher gefangen in der Erwartung plötzlichen Erwachens, doch warten sie vergeblich darauf. Oder man bindet sich an die verstandesträchtige Vorstellung einer anhaltenden Erleuchtung aufgrund eines zeitweiligen geistigen Hochgefühls, das so manchem im Nachhall ein morsches Fundament für einen lebenslangen Selbstbetrug bietet.

Von den zig Millionen Zuhörern und Anhängern verschiedenster spiritueller Lehren wurden und werden kaum wirkliche Befreiungen genannt. Oft sonnen sich die Schüler in den lichten Bewusstseinsfeldern ihrer Meister, die in ihren Außenlebenssphären gemäß ihrer Liebefähigkeit einen graduellen Glückseligkeitszustand verbreiten. In diesem Fall kommt es nicht selten zum Personenkult und der Lehrer steht im Mittelpunkt - und nicht Gott. Dann geschieht es leider manchmal, dass der Meister in Hochmut und Selbstliebe aus seiner geistigen Verantwortung fällt und seine Anhänger für eigene Interessen benutzt. Solche Zustände findet man in allerlei religiösen Einrichtungen und Gemeinschaften.

Aber auch so mancher seinem erwachten Bewusstsein treu bleibender Lehrer steckt fest im Vorgang der geistigen Transformation. In der Einstrahlung des göttlichen Lichts erkennt er sich in der Einheit allen Seins. In der Praxis bedeutet das: Die Seele hat die Scheidewand, die sie vom universellen Geist trennt, durchschaut oder gar durchdrungen. Somit wird das Verstandes-Ich transzendiert und erleuchtet. Der Mensch wird gewahr, dass er nur in der Einbildung beziehungsweise geistigen Blindheit als von allem Dasein getrenntes Bewusstsein existiert - und findet so zu einer, allerdings oft kulturgeprägten Einsicht in die seelische Einheit allen Seins. Eine Anleitung für den im Weltenverstand gefangenen Schüler, auf dass dieser ebenfalls Befreiung erfährt, kann nur schwer vermittelt werden, da für den Erleuchteten kein egozentrisches Ich da ist, das eine Belehrung befolgen kann. Der Zuhörer kann die ihm nahegelegten Zustände nur theoretisch erfassen und hat so keine Möglichkeit, ebenfalls Erwachen zu erfahren.

Das universelle Bewusstsein erleuchteter Meister ist aber erst ein anfänglicher Schritt auf dem göttlichen Pfad. Der Kontakt mit dem kosmischen Geist ist der Beginn lebendiger Gotteserfahrung, man ist längst noch nicht angekommen, von wo man ausgegangen ist. Erst in der Hingabe an unseren himmlischen Vater kann wahrhaftiges Erwachen auf dem Fundament gottpersonaler Liebe stattfinden. Hier wird das Kind in der Tat vergöttlicht. Hier lebt es in Gemeinschaft mit dem schaubar gewordenen Gott Jesus Christus, aus dessen Herz die Strahlen der Liebe die Unendlichkeit beleben und erfüllen.

* * *

Die vorangegangenen Texte wollen den Wert konfessioneller und überkonfessioneller Glaubensgemeinschaften in keinster Weise herabsetzen. Überall auf der Welt gibt es kleine Inseln der Liebe, wo man wahre Lebensfreude und Frieden finden kann, wo mit offenem Herzen selbstlose Nächstenliebe praktiziert wird. Diese Menschen leben zum Teil bereits jetzt so, wie die Weltbevölkerung nach der Erneuerung der Erde zusammenleben wird.

Auch sollen hier die ursprüngliche hinduistische, buddhistische und islamistische Weisheit und Liebe nicht geschmälert werden, die ein notwendiges Licht in den in Aberglaube und Fanatismus gefallenen Kulturkreisen darstellen. Erleuchtete Seelen wie Paramahansa Yogananda, Sri Aurobindo, Krishnamurti, Rumi oder der noch im Körper weilende Thich Nhat Hanh gaben und geben lebendiges Zeugnis von Liebe und Weisheit. Ramana Maharshi, der in der jenseitigen Welt zu Jesus Christus gefunden hat, ist geistwirkender Apostel dieser Zeit. Er kümmert sich fürsorglich um erwachende Endzeitjünger und spendet ihnen Licht und Liebe aus dem Herzen Jesu. Er begleitet mich seit meinem Erwachen.

Eine besondere Stellung nimmt Sadhu Sundar Singh ein, der, geboren und aufgewachsen in einer streng hinduistischen Familie, zum Christentum konvertierte und bereits auf Erden ein wahrer Apostel Jesu Christi wurde.

* * *

Gefahren für erwachende Gotteskinder

"Den Preis für den Eintritt in den Himmel
bezahlst du mit dem Schein deines Lebens."

Die Seele ist wie ein Acker, der voller Unrat und Steine ist. Diese symbolisieren ihre Fehler und Schwächen, ihre materiellen Begierden und gottlosen Gedanken. All der Müll sowie die kleinen und großen Steine müssen vom Acker getragen werden. Hat ein Mensch ernsthaft begonnen, auf seinem Seelenfeld zu arbeiten und die Hindernisse wegzuschaffen, gesellt sich Jesus dazu und hilft kräftig mit.

Wo gesäubert ist, fängt der ins Seelenerdreich gelegte göttliche Same bald an zu keimen und zu wachsen. Sind alle Hemmnisse entfernt, beginnt das Feld zu erblühen, um schließlich im Licht der geistigen Sonne frei und unbelastet wohlschmeckende Frucht zu tragen.

Liegen Unrat und Steine zu lange auf dem Acker, erstickt der Same - der Acker stirbt. Dann muss die Seele erneut einen kalten Winter über sich ergehen lassen (ohne die wärmende Gottesliebe), und ihr Seelenreich wird ihr für lange Zeit zum dunklen Grab (ohne das göttliche Licht zur geistigen Erkenntnis).

* * *

Im Erwachen berührt einen in Abständen die göttliche Liebe und ihr Segen hallt zuweilen in der Seele nach, doch noch verebbt dieses Geschenk in den vorhanden irdischen Leidenschaften und Begehrlichkeiten wieder - der Mensch ist neuerlich auf sich gestellt. Hier kommt er an einen Punkt, wo er nicht aus der Demut treten darf. Verlässt er Grund und Boden, auf dem er fähig ist Gottes Liebe zu tragen, schleicht sich unmerklich ein gewisses Hoheitsgefühl ein. Dann kommen (heimliche) Gedanken wie: "Als Berufener bin ich ja besser als andere und stehe geistig höher ...", und schon beschreitet man den Pfad mit Namen Hochmut und Falschheit. Denn in Wahrheit ist man ohne Gott zu nichts Gutem fähig. Allein von und aus ihm empfängt die Seele ihre geistigen Talente und nur er macht sie zum Träger liebevoller Eigenschaften, die einen wahrhaftigen Dienst am Nächsten erlauben. Lüge und Falschheit jedoch machen den Menschen zu ihrem Diener. Da fragt man sich am besten: "Was wäre ich ohne Gottes Segen? Wo stünde ich ohne seine Gnade?"

Eine weitere Gefahr besteht darin, in schwärmerischer Spiritualität vom wahren Geistesleben abzukommen oder dieses erst gar nicht zu erreichen. Mittelpunkt einer solchen Pseudoreligiosität ist stets der Mensch und nicht Gott. In seiner Egozentrik ist ihm spirituelle Selbstbefriedigung zur Sucht geworden, darin er die hilfebedürftige Umwelt weitestgehend ausblendet. Wird er darin gestört oder aufgrund eines bedürftigen Nächsten daran gehindert, ist von Liebe nicht mehr viel zu sehen - er reagiert richterlich-aggressiv oder zieht heilig-beleidigt von dannen. Diese Art des geistigen Todes unterscheidet sich in keinster Weise von einer gottlosen Lebensart. Im Gegenteil: Das geistige Bessersein birgt in seiner Wurzel bereits den Fanatismus, darin der verblendete Gläubige diejenigen, die ihn auf sein verkehrtes Verhalten aufmerksam machen, aufs Schärfste verurteilt und wenn möglich durch Diffamierung bestraft.

* * *

Das Erwachen berufener Seelen in der stetig intensiver werdenden Einstrahlung aus den liebelichten Sphären wird begleitet von einem Gefühl der Erleichterung und Befreiung. Am liebsten möchte man sein neugewonnenes Lebensgefühl und die damit einhergehenden Erkenntnisse aller Welt mitteilen. Obwohl jede anfängliche Erweckung gemäß der individuellen seelischen Beschaffenheit meistens nur einen kleinen Aspekt göttlichen Lebens offenbart, ist es leider so, dass viele Erwachende ihre weitere Entwicklung nicht abzuwarten bereit sind, darin sich ihre zunächst noch eingeschränkte Sichtweise vergrößern würde. In ihrer Euphorie vermischen sie weltliche Ansichten und Meinungen mit göttlichen Eindrücken, wodurch Wahrheit nur verfälscht wiedergegeben werden kann.

Manche geistig Strebende meinen, sie seien gleich hellhörig und empfangen kosmische oder jenseitige Botschaften oder sogar göttliche Offenbarungen. Doch nehmen sie ihre eigenen, aus dem Unterbewusstsein auftauchenden Gedankenströme wahr. Das Ergebnis ist ein Konglomerat aus angelesener Esoterik und persönlichen Ansichten und Wünschen.

Oftmals werden Einsichten in übernatürliche Gegebenheiten im spirituellen Übereifer in unrechtmäßige Zusammenhänge gestellt, wodurch der Glaubenspfad unweigerlich in einem geistigen Gefängnis endet. Mit Inhalten wie: "Alles ist gut! Ihr macht keine Fehler, ihr seid nur auf der Suche. Eigentlich gibt es keine Sünde und kein Böses ..." wird Fehlverhalten legalisiert, ja gerechtfertigt und in dieser missverständlichen Sichtweise scheinbar von Gott gutgeheißen.

Macht man sich als geistiger Eleve solche Botschaften zu eigen, kann dies schnell zu Missverständnissen führen, da man versucht ist, den zehnten Schritt vor dem ersten zu machen. Das Gute in allem offenbart sich erst auf einer hohen Geistes-Stufe. Die erreicht man, wenn die Seele im Feuer der Liebe geläutert und vergöttlicht ist. Allein darin und daraus offenbart sich die lebendige Erkenntnis von Zusammenspiel und Wirkungsweise von Gut und Böse im Dienst der alles durchdringenden Vollkommenheit. Ist dies Licht nicht vorhanden, wird Wahrheit zum Instrument satanischer Verblendung. Viele Suchende sind in diesem Netz gefangen und können sich nicht daraus befreien, oder besser: ... wollen dieses bequeme spirituelle Bett nicht verlassen.

* * *

So mancher Religionsführer oder spirituelle Lehrer hat bereits in seinem Erdenleben seine zum Teil selbstgebastelten Lehren verbreitet und hungrigen Schülern eine Mixtur aus Wahrheit und Irrtum oder Wahrheit und Lüge serviert. Nur zu gerne möchten diese fehlgegangenen Meister ihr Amt als Botschafter aus den jenseitigen Welten fortführen. Dazu bedienen sie sich medialer Menschen, deren geistiges Fundament nicht in wahrhaftiger Liebe zu Jesus Christus errichtet ist, denn auf diesem können Verirrung, Hochmut und Lüge nicht bestehen.

Einige dieser Hinübergegangenen meinen es gut. Sie wirken auf hellsichtige/hellhörige Personen ein - zunehmend sind dies Kinder, die in einer Mixtur esoterischer Ansichten erzogen werden, wodurch ihnen wahrhaftiges Unterscheidungs- und Erkenntnisvermögen fehlt -, verkündend ihr Wissen gemäß ihrer jenseitigen Erfahrungen. Diese selbsttätigen Geister haben keine Einsicht, ob ihre Botschaften im Sinne Gottes sind. Sie stellen geordnete Erkenntnisebenen in unordentliche Verhältnisse oder vermischen sie mit allerlei phantastischen Inhalten. Hier wird mit Außerirdischen, diversen Dimensionen, Parallelinkarnationen, Zeit- und Astralreisen u.v.m. gespielt, das es nur so eine Freude ist. Dieser spirituelle Cocktail mundet dem Zeitgeist hervorragend.

Andere Verstorbene geben sich für erleuchtete Autoritäten oder gar Heilige aus. Das Spektrum reicht vom Botschafter ferner Galaxien bis zum `aufgestiegenen Meister´, vom Erzengel und Apostel über die `Gottesmutter´ Maria bis hin zu Gott selbst. Diese Geister betrügen nicht nur mit falscher Identität, sie täuschen Wahrheit vor mit einer Mixtur aus Lügen und schmeichelhaften Weisheitsformeln. Hier wird zumeist eine Kuschelreligion proklamiert, getragen von Engelsgesängen und den wohlklingenden Worten:

"Ihr alle seid wunderbare vollkommene Wesen. Es gibt keine Schuld, ihr macht keine Fehler, ihr seid nur auf der Suche. Sünde ist eine Erfindung der Menschen, genießt das Leben in vollen Zügen! Diese Inkarnation ist bloß eine Erfahrung von vielen ... alles ist gut, im Jenseits wartet das Licht!"

Derlei Botschaften liest der `Wahrheitssucher´ gerne - die Abteilung Esoterik in den Buchläden zeugt davon. Im Laufe der Zeit entstand hier ein Jahrmarkt geistiger Eitelkeiten, welcher hauptsächlich der spirituellen Lust- und Gewissensbefriedigung dienlich ist. Im breit gefächerten und gut sortierten Sammelsurium esoterischer und religiöser Literatur in Form jenseitiger und außerirdischer Mitteilungen, Erleuchtungsanleitungen und zeitgemäßer Bibelauslegung kann man sich bequem an Gott vorbei befriedigen.

Jesus Christus spielt dann nur noch eine Nebenrolle als verheirateter Religionslehrer oder wird gleich gänzlich aus dem Programm gestrichen, da er nicht mehr ins spirituelle Zeitgeistschema passt. Dabei wäre gerade die Vermittlung des Gottes Jesus Christus ein gültiger Maßstab für den Wahrheitsgehalt einer jenseitigen oder kosmischen Offenbarung.

Warum lässt der Vater derartige Verfälschungen zu? Zuoberst steht hier der freie Wille, der auch im Jenseits unangetastet bleiben muss. Die freie Selbstbestimmung ermöglicht dem Guten sowie dem Bösen uneingeschränkte Tätigkeit in allen Daseinsbereichen. Auch suchen die jenseitigen Willensprägungen, seien sie wahrer oder falscher Natur, eine irdische Manifestation - und drücken sich daher in Wort und Schrift entsprechend aus. Doch wie in allen Geschehnissen in Ewigkeit und Unendlichkeit muss auch hier zuletzt das Böse dem Guten dienen: Der Vater nützt die geistigen Irrtums- und Lügenwelten als Sammelbecken, um diejenigen, die sich in verkehrten Ansichten verfangen haben, einst von dort abzuholen und heimzuführen - wenn sie dies wollen.

(NB: Gewiss sind nicht alle Kundgaben von fernen Sternen oder aus dem Jenseits Erzeugnisse verirrter Seelen. Viele im Geiste Gottes lebende kosmische Völkerschaften und jenseitige Geschwister möchten uns in dieser besonderen Phase der Erneuerung beistehen. Einige von ihnen teilen sich durch mediale Personen mit, wobei sie allerdings lediglich gemäß ihres eigenen, als auch des Standpunkts des Mediums unterstützen können. Die meisten jedoch segnen und beten im Herzen für die Menschheit - so auch die Himmelsbewohner.)

* * *

Die Gefahr heutiger Musik

Wie in den verschiedensten spirituellen und religiösen Lehren vermischen sich in den Texten und Tönen der Musik gleichermaßen lichte und dunkle Strömungen. Vor allem in heutiger Zeit wird Musik aus den niederen Sphären inspiriert. Die extreme Lautstärke, die hemmungslose Hingabe an die brachialen Rhythmen und das enorme Aggressionspotential vieler Kompositionen wirken zerstörend auf die in den energetischen Schwingungen geöffnete Seele und führen sie hinterrücks in Gottlosigkeit.

Auch der gesteuerte Erfolg von Rock- und Popstars, die Kindern und Jugendlichen als Vorbilder dienen, trägt zur geistigen Erblindung bei. Mit ihrem extrovertierten und exzessiven Privatleben sowie ihren aggressiven und obszönen Vorführungen reißen sie die letzten natürlichen Schamgrenzen und Hemmschwellen unserer Gesellschaft nieder - und leisten somit einen nicht zu unterschätzenden Beitrag zur Verwahrlosung dieser Erde.

Warum schreibe ich dies? Gerade in der heutigen jungen Generation befinden sich vermehrt Sternen- und Himmelsgeister, die einer göttlichen Berufung folgen sollen. Die dämonische Welt möchte diese Gotteskinder mit allen ihr zur Verfügung stehenden Mitteln vom Erwachen abhalten. Und die Musik heutiger Zeit ist, wie auch die Sexualität, ein tödliches Instrument in Satans Hand - derart raffiniert getarnt, dass der geistige Tod der den blinden Leidenschaften verfallenen Seele eine unverzichtbare Lust ist.

* * *

Gefahren für Berufene und Auftrags-Seelen im geistigen Kampf

Die Jahre des Wandels

Manche geistigen Veranlagungen und Talente können sich nur in gewissen Lebensabschnitten bleibend entfalten. In diesen existenziellen Zeiten ist der Christ besonders gefordert. Die Prüfungen nehmen zu; es scheint, dass sich jetzt alles gegen ihn stellt. Abläufe, die bisher im Alltagsleben reibungslos verliefen, geraten ins Stocken. Er gerät vermehrt in Situationen mit schwierigen Mitmenschen und ist verstärkt Ungerechtigkeiten ausgesetzt. Vielleicht stirbt auch noch unerwartet ein naher Verwandter oder guter Freund - oder eine Krankheit verbreitet Leid und Seelenschmerz. Es ist dies eine Phase der Notwendigkeit. Der Vater setzt alles daran, dass sein Kind das gesetzte Ziel erreicht. Eine Schar hilfreicher Geister begleitet es jetzt, betet und beschützt, ihre ganze Aufmerksamkeit gehört dem mit den schicksalshaften Gegebenheiten ringenden Gotteskind.

Gelingt der Fortschritt nicht und der Christ überwindet die Herausforderungen zur Entmachtung seiner Schwächen nicht bis zum gebotenen Zeitpunkt, ist eine große Chance im `Näher mein Gott zu Dir!´ vorerst vertan. In Abständen werden diese Prüfungen wiederholt, um ihm weiterhin die Möglichkeit zu bieten, seiner Bestimmung gerecht zu werden.

Doch einmal kommt die Zeit, da er nicht mehr in den geistigen Kampf findet, weil er aufgrund mangelnder Ernsthaftigkeit seinen Willen zu sehr geschwächt hat. Er weiß meist nicht um die vertanen Möglichkeiten oder will sie nicht wahrhaben; er lebt in der Einbildung, er mache weiterhin Fortschritte, tritt aber auf der Stelle. Des Lebens Widerstände bleiben auch jetzt nicht aus, doch sind sie abgemildert, denn die Kräfte vergangener Jahre stehen nicht mehr im vollen Umfang zur Verfügung - im Alter ist man auch seelisch nicht mehr so belastbar. Das Christentum ist dann oft ein substanzloses, der Glaube hat keine Festigkeit.

Hat jemand viele Möglichkeiten vertan, findet aber in den späten Jahren zur wahren Herzensdemut, gibt es ein barmherziges Geschenk des himmlischen Vaters: Sieht er in seinem Kind den aufrichtigen Willen Versäumtes nachzuholen, schenkt er erneut die erforderliche Kraft. Allerdings sind dann oft schwere, kurz aufeinanderfolgende Prüfungen vonnöten. Doch sobald das Kind des Vaters Liebe in den misslichen Umständen findet, ist es auch schon vorbei mit der Not. Nun kann er es in seine Arme nehmen und in die ewige Heimat führen.

* * *

Erwacht ein Mensch in Gottes Gnaden, steckt jedoch zu diesem Zeitpunkt noch tief im Weltensumpf, beginnt bisweilen ein langwieriger Kampf, darin er seine Berufung zu verwirklichen sucht. Gottesbegegnungen und Glücksmomente wechseln sich ab mit Phasen der Mutlosigkeit oder gar Verzweiflung. Kommt es aufgrund der eigenen Unzulänglichkeit zu Selbstanklagen oder Selbstmitleid, schleichen sich leicht Unzufriedenheit und unterschwelliger Trotz gegen Gottes Erziehungsmethoden ein. Stolz und Hochmut verdrängen die anfängliche Demutshaltung und manifestieren sich als dunkle Wolken in der Seele - und füllen sie mit der Zeit unmerklich aus, so dass der Christ einmal nicht mehr in der Lage ist, sich von ganzem Herzen zu freuen und das Leben zu lieben. In diesem Zustand kann er Göttliches nicht länger fassen und ertragen, sein geöffnetes Herz schließt sich wieder. Da er diesen Umstand nicht wahrhaben will, lebt er in der Einbildung geistigen Fortschritts - seine Religion wird zur Illusion.

Deshalb ist es wichtig, sich Selbstmitleid, Unmut und Selbstanklage nicht zu unterwerfen. Vergeistigung ist ein Prozess. Gerade in dieser gottlosen Zeit ist es kein leichtes Unterfangen, sich von der Welt zu lösen. Vertrauen auf unseres himmlischen Vaters Geduld, Erbarmung und uneingeschränkte Liebe verhelfen dazu, wieder aufzustehen und den Blick nach vorne zu richten. Dazu gehört Mut. Dies ist der Mut, den man in der wahren Demut findet.

* * *

Das ist eine große Gefahr der Erweckung: Der mit der Welt verhaftete Mensch wurde von Gott angerührt, die Stricke irdischer Gebundenheit entknotet, er kann seine geöffneten Fesseln aber nicht loslassen - beharrlich hält er an seinen Verkehrtheiten fest. Hier erscheint es manchmal so, dass die Erweckung unzeitgemäß oder unter falschen Voraussetzungen erfolgt ist, doch ist sie in diesem Lebensabschnitt notwendig, auf dass dem Angerührten genügend Zeit bleibt, um in den folgenden Jahren und Jahrzehnten die gültige Bestimmung im Sinne seines Auftrags zu verwirklichen.

In dieser Phase kommt es zwar immer wieder zu Gottesbegegnungen, dominiert wird die Seele aber weiterhin von den in ihr vorhandenen Schwächen und materiellen Begierden. Viele Erwachende durchleben so schwere Kämpfe und düstere Lebensabschnitte, die sie zeitweise in Hoffnungs- und Mutlosigkeit treiben. Da sie den entscheidenden Schritt in die Freiheit des Geistes nicht wagen, versinken sie immer tiefer im Weltensumpf. Herausziehen kann der Vater seine Kinder aber nicht, da er unter allen Umständen deren freien Willen achtet. So werden sie in ihrer Unentschlossenheit hin und her gerissen. Sie möchten zwei Herren dienen und bringen sich so fast zu Tode. Erst wenn sie durch Gottes Geduld und unaufhörliche Liebesbeweise wachgerüttelt sind, kann Befreiung erfolgen.

Das kann Jahrzehnte nach dem ersten Erwachen der Fall sein. Dann wendet sich doch noch alles zum Guten und der Christ erkennt, dass seine Erweckung das Legen der Liebe-Samen in sein Seelenerdreich darstellte, und der Kampf mit den irdischen Gegenkräften das Werkzeug war, das die Pflanzen der göttlichen Liebe stark und fest auf dem Seelenacker wachsen ließ, so dass ihnen fürder kein Weltensturm etwas anhaben kann.

* * *

Der Wille des Menschen bleibt immer frei und ist deshalb allerlei Gefahren ausgesetzt, solange nicht die gänzliche Vereinigung mit dem Gottesgeist stattgefunden hat. Selbst wenn es nicht mehr möglich ist, nicht an Gott zu glauben und seine Existenz zu verneinen, kann es der Fall sein, dass man sich eigensinnig von ihm abwendet oder ihn aus Furcht verleugnet, wie es Petrus widerfahren ist. Das kann nach Jahren göttlicher Gemeinschaft geschehen, wenn man unerwarteten Prüfungen ausgesetzt ist. Diese sind jedoch notwendig, denn hier erweisen sich Treue und Standhaftigkeit, die das Fundament für das weitere Vorwärtsschreiten bilden. Hält das Gotteskind nicht stand und fällt, kann es sich im darauffolgenden Leid der Reue wieder in des Vaters Barmherzigkeit finden.

Besteht die Gefahr, dass ein Kind seine Lebensaufgabe gänzlich verwirkt, setzt der Vater unter Umständen Not ein, um eine Korrektur herbei zu führen. Hilft das nicht, wird es durch Abberufung aus dem es zu verschlingen drohenden Sumpf gezogen. Dadurch werden vertane Zeit abgewendet und einstige quälende Schuldgefühle größtenteils neutralisiert. Die nicht verwirklichte Bestimmung wird ihm erst eröffnet, wenn es dies weitestgehend schadlos erkennen kann. Auch hier steht die väterliche Liebe über aller Gerechtigkeit.

Bleibt der Christ treu in den Prüfungen, wird er schließlich Gott in sich und sich in Gott verwirklichen. In dieser Liebesvereinigung lebt nicht mehr er, sondern Jesus Christus in ihm. Jetzt kann es keine Trennung mehr geben und demnach auch keine Abkehr von Gott.

* * *

Im Leben eines jeden Berufenen und Erwählten kommt einmal der Zeitpunkt, wo er den alten Menschen ablegen und sein weltgebundenes Dasein verlassen muss. Schon lange hat er geahnt, dass er diesen Schritt einmal tun muss, so richtig wahrhaben wollte er das aber nicht. Doch jetzt steht er tatsächlich vor dieser Entscheidung. Er spürt unfehlbar, dass es seinem himmlischen Vater Ernst ist, und dieser teilt ihm das unmissverständlich mit. Mit Wollen und

"Eigentlich möchte ich ja ..." ist es nicht mehr getan, nun müssen Taten folgen.

Noch einmal ist das Gotteskind vor die Entscheidung gestellt: Der Welt oder Gott zu dienen. Dafür schenkt ihm der Vater Zeit und Möglichkeit zum Rückzug zur Selbstbeschau. Kann es darin seine Berufung nicht bejahen oder möchte diese abgeben, wird sich sein Dasein wieder mehr in weltlichen Bahnen bewegen. Daraufhin wird es eine Zeitlang vielleicht eine innere Leere und unterschwellige Traurigkeit empfinden, die es aber an seiner Seelenoberfläche, in die es bald zurückfällt, nicht mehr eindringlich wahrnimmt - oder große Erleichterung, wenn es seine Berufung nur verstandesmäßig erfassen konnte und diese aufgrund der dadurch verursachten Zweifel und Widerstände als Zwang empfand.

War die Zusage Selbstbetrug ohne tatsächliches Loslassen der bindenden Strukturen, wird eine anfängliche Not darauf hinweisen, dass eine gültige Entscheidung getroffen werden muss. Wollen und nur gelegentlich tun geht auf die Dauer nicht. Das weiß man dann auch - vorausgesetzt man ist ehrlich in Gott und daraus zu sich selbst.

Belügt sich der Christ weiterhin mit Scheingläubigkeit, zieht sich der himmlische Vater mitsamt der geistigen Arbeiterschaft vorerst zurück. Es hat wenig Sinn, jemandem volle Unterstützung angedeihen zu lassen, der ständig beteuert, Gott dienen zu wollen, aber sein Dasein nicht wirklich danach ausrichtet. Ernsthaftigkeit und Treue sind Voraussetzung zur wahrhaftigen Nachfolge. Im seelischen Zwiespalt des Selbstbetrugs wird sich das `Wollen-aber-nicht-tun´ schließlich auf den Körper übertragen - eine Krankheit kann die Folge sein.

Folgen Taten und zeigt der Mensch Bereitschaft, den Willen des Vaters tätig umzusetzen, betritt er eine völlig neue Dimension des Glaubens. Bislang verborgene Seelenbereiche öffnen sich - was zuvor verschwommen war, steht ihm nun klar und deutlich vor Augen. Im göttlichen Licht erkennt er Grund und Ursache seiner vorherigen Eigensinnigkeit und der daraus hervorgehenden Niederlagen. Immer tiefer und öfter wird er erfüllt von Gottes Gegenwart; er fühlt eine ungeahnte Lebenskraft in sich, die durchdrungen ist von Freude und Geborgenheit, von Liebe und Barmherzigkeit. Auch der allgemeine geistige Tod wird ihm in ganzer Tragweite ersichtlich, was ihm zusätzlich Ansporn verleiht, den göttlichen Pfad beharrlich und mutig weiter zu beschreiten. In dieser Hingabe kann jetzt alles ganz schnell gehen und eine Eingeburt in den Gottesgeist bald erfolgen.

Liebe Geschwister, viele von uns streben nach geistiger Verwirklichung, wagen aber nicht die endgültigen Schritte in die Freiheit. Hiermit bittet euch der Vater, dass ihr diese jetzt tun sollt. Jeder wahrhaftige Christ muss sich einmal seinen Dämonen stellen, muss der scheinbar übermächtigen Schlange den Kopf zertreten, muss über seine Sünden und Schwächen ein entschiedenes NEIN sprechen. Zugleich bezeuge ich und stehe mit meinem gotterfüllten Herzen dafür, dass sich hier Wahrheit kundtut und dass zumindest eine teilweise Eingeburt in den Geist Gottes für alle, die den Vater in Jesus Christus erkannt haben und in der Tat lieben, noch in diesem Erdenleben Realität werden kann. Denn es ist eine besondere Zeit, in der wir leben. Der Vater schenkt Gnade wie nie zuvor, das Himmelstor ist weit geöffnet. Erkennt die Wiederkunft Jesu Christi!

* * *

Zum Abschluss

Der letzte Abschnitt dieses Kapitels zeigt Gefahren auf, denen vor allem Personen ausgesetzt sind, die einer göttlichen Berufung beziehungsweise einem göttlichen Auftrag nachkommen sollen - das betrifft viele Leser dieses Buches. Die irdischen Herausforderungen und geistigen Anforderungen richten sich nach individueller geistiger Begabung und Bestimmung. Je gewichtiger die Aufgabe, umso tiefer muss man in die Demut gehen, denn umso außergewöhnlicher sind auch die Prüfungen. Dementsprechend groß ist die Gefahr, im Kampf zu scheitern; umso weitreichender sind wiederum Gnade und Barmherzigkeit unseres himmlischen Vaters.

Demütigende Seelen-Korrekturen mittels Krankheit und Not sind keine Strafe für ein Fehlgehen oder gar göttliche Willkür. Vielmehr ist es erbarmende Liebe, die das Gotteskind vor Schlimmerem bewahren und alles Leben seiner Befreiung zuführen möchte. Niemals handelt der Vater aus einem anderen Grund, auch wenn es an der materiellen Oberfläche so aussieht.

Angst vor Versagen und Strafe entspringt nicht dem Geist vertrauter Liebe. Richtende Gesetzgebung und gebotene Gottesfurcht gelten allein der gefallenen Schöpfung, die einen himmlischen Vater nicht kennt oder anerkennt. In seiner Gegenwart wandelt sich göttliche Strenge zu Barmherzigkeit und unsagbarer Liebe. Allein auf das Herz Gottes soll unser Herz gerichtet sein.

Glaube und Gottvertrauen kann man theoretisch oder lebendig innehaben. In der theoretischen Hingabe werden die Prüfungen des Lebens zu oft unüberwindbaren Hürden, die zu und in Aggression, Resignation oder Verzweiflung führen können. Gibt man sich in den Herausforderungen des irdischen Daseins vorbehaltlos der gottväterlichen Liebe anheim, führen sie die Seele in die Lebendigkeit des Glaubens, bereitend wunderbare Geborgenheit und Glückseligkeit.

* * *

Abkömmlinge des Lichts

"Meine Schafe hören Meine Stimme und Ich kenne sie.
Sie folgen Mir und Ich gebe ihnen ewiges Leben
und sie gehen nicht verloren ewiglich,
und niemand wird sie aus Meiner Hand rauben."

Warum verlassen Allbewohner ihre meist paradiesischen Sternenwelten, wo Krankheit, Not und leidvoller Tod nicht vorkommen, um auf unserer Erde in einem schwerfälligen und verletzbaren Körper eine zwar kurze, jedoch von Schmerz und allgegenwärtiger Sterblichkeit geprägte Lebensspanne zu verbringen? Sie haben Kenntnis, dass Gott hier das Materiekleid anzog und durch sein Sterben am Kreuz und seine Auferstehung den Tod entmachtete, wodurch er der gefallenen Schöpfung einen für alle Ewigkeit gültigen Pfad aus der materiellen Gefangenschaft in sein Herz eröffnete.

Allein die erdgeborenen Menschen haben das Vorrecht, vorausgesetzt sie beschreiten den christlichen Pfad ernsthaft und treu, direkt ins himmlische Jerusalem zu gehen, um dort in des Vaters eigenem Haus zu wohnen, wo sie mit ihm und in ihm in innigster Vertrautheit leben. Diese besondere Ausgangslage ist im gesamten Universum sonst nirgendwo gegeben. Das ist angesichts der zahllosen Gestirne des Kosmos schwer nachzuvollziehen - und doch ist es so.

Aber auch Himmelsgeister kommen aus bedeutsamen Gründen hierher. Dazu muss man wissen, dass es ein fest im Gottesgeist verankertes Ursprungsleben und -lieben gibt und eine freie Vaterliebe. Zwischen diesen besteht ein unendlicher Unterschied: Die einst nicht aus der göttlichen Vollkommenheit getretenen Geister kennen sich einheitlich in verordneter Gotteszugehörigkeit. Ihr Wollen ist fest in Gottes Willen verankert. Freie Liebe zu Gott kann sich aber allein in geistiger Unabhängigkeit entfalten. Um diese zu bewerkstelligen, muss jeder Geist entweder in gänzliches Vergessen eintreten (kürzester Weg zur freien Vollkommenheit, allein auf dieser Erde möglich), oder in teilweises Vergessen (Weg durch Äonen auf anderen Gestirnen), denn nur so kann er selbstbestimmt und freiheitlich Liebe zu Gott in sich erwecken und darin von Neuem geboren werden.

Grundsätzlich kann man unterscheiden zwischen

- den Geistern des Himmels, die auf dieser Erde schon einmal eine Inkarnation zur geistigen Wiedergeburt getätigt haben. Sie ziehen das Erdenkleid erneut an, um einen Auftrag auszuführen. Um ihren Gottesgeist wieder entbinden zu können, müssen sie verschiedensten seelischen Gegenkräften und Herausforderungen unterworfen sein, wobei mancher von ihnen vom vorgenommenen Pfad abkommt. Eine folgenschwere Gefangenschaft in Satans Händen ist aufgrund der ihnen bereits zugehörigen Gotteskräfte aber nicht mehr möglich.
- den Engeln, die die freie Wiedergeburt in den Gottesgeist noch bewerkstelligen müssen. Diese erstmals inkarnierten Geister sind einst nicht mit Satan gefallen. Sie kommen zur Erde, um ihren im Göttlichen verwurzelten Willen zu verlassen. Aus dem irdischen Vergessen heraus können sie in sich ein neues, freies Liebeleben zum himmlischen Vater begründen.
- den Seelen, die schon einmal über diese Erde gegangen sind und sich sodann in den unterschiedlichsten Sphären des Jenseits außerhalb der Himmelsregionen aufhalten. Sie bekommen eine erneute Inkarnation mit der Möglichkeit zum geistigen Fortschreiten geschenkt. Sie bilden jedoch eine irdische Minderheit und nicht die Mehrheit, wie vielfach angenommen.
- den Abkömmlingen vielgestaltiger Gestirne und Planeten des Universums. Sie kommen ebenfalls mit dem Vorsatz hierher, um im irdischen Überwindungskampf auf kürzestem Wege die größtmögliche Gemeinschaft mit und innigste Liebe zu Jesus Christus zu erreichen.

- den Menschen, die der Seelen-Evolution dieser Erdenwelt entstammen. Auch sie sollten eigentlich ihr Leben nach Kräften der geistigen Wiedergeburt widmen. Sie bilden das Gros der Erdbevölkerung.

Bei den vier letztgenannten ist ein Verfangen in Satans Fallstricke sehr wohl möglich. Sie können tief in ihren auf Erden erzeugten gottlosen Begierden versinken, was einen schwerwiegenden und schicksalhaften Freiheitsentzug bereits im Diesseits - und nach dem irdischen Ableben im Jenseits bedingt.

In den folgenden Texten geht es in der Hauptsache um die Erdenmensch gewordenen Himmelsgeister sowie um die hier inkarnierten Bürger verschiedenster kosmischer Welten. Sie alle sind charakteristischen Neigungen und Schwächen unterworfen, auf die an dieser Stelle näher eingegangen wird. Eine ausführliche Differenzierung der außerirdischen Wesenheiten würde den Rahmen des Kapitels sprengen, der Einfachheit halber sind sie deshalb gemeinsam als Abkömmlinge oder Kinder des Lichts benannt. Beim Studieren der Texte kann man gegebenenfalls selbst Unterscheidungen treffen.

Ehemalige Bewohner anderer Gestirne sind in dieser besonderen Phase der Erdgeschichte verhältnismäßig viele inkarniert, sie dürften etwa fünf Prozent der Erdbevölkerung ausmachen. Auch Himmelsgeister sind vermehrt anwesend, um in der Zeit des Wandels Gott zu dienen. Einige sind bereits erwacht, etliche sind im Erwachen befindlich, viele sind noch nicht erwacht und stecken eigensinnig in materiellen Begierden oder verfälschten Glaubenssystemen fest, die ihre Herzen in geistige Gefängnisse sperren.

Gerne möchte ich diesen Geschwistern mitteilen, wer sie sind und was zu tun ist - was hiermit auch geschieht. Doch die Erfahrung zeigt, dass Wahrheit nicht besonders gerne gehört wird, denn sie zerstört nicht nur falsche Weltbilder, sondern auch spirituelle Schein- sowie religiöse Wahn- und Betrugswelten. Zumeist sind Unverständnis und Ablehnung die Reaktion, wenn eine grundsätzliche und allgemeingültige Wahrheit angesprochen wird, deren

Verwirklichung Demut vor und Hingabe an einen allmächtigen Gott namens Jesus Christus erfordert. Selbst Geister, die einst in inniger Liebe zu Jesus Christus gestanden sind, können ihn im irdischen Religions-Irrgarten nicht mehr finden. So bete ich im Stillen für sie. Vertrauensvoll blicke ich dabei in Gottes Augen, die sagen: "*Alles wird gut, hab Geduld, wie Ich mit dir Geduld habe.*"

* * *

Im Verlauf der vorangegangenen sechs Jahrtausende haben regelmäßig Bewohner der Sternen- und Himmelswelten das Erdenkleid angezogen, um die Menschheit auf ihre Herkunft und Bestimmung hinzuweisen und ihnen die Gefahren widergöttlicher Lebensweise aufzuzeigen. Selten nahm man sie ernst, oft wurden sie verlacht, verfolgt oder gar getötet. Nur wenigen war es möglich, ihre göttliche Berufung angemessen auszuführen; wenn, dann zumeist im kleinen Kreis, unerkannt von der Welt.

Manche von ihnen konnten das in sie gelegte Wort Gottes gemäß der anerzogenen Glaubensansichten nur verzerrt wiedergeben. So entstanden neben einigen wahrhaft christlichen Gemeinden verschiedenste religiöse Gemeinschaften, deren Bekenntnisse reines Gottesleben nicht stiften konnten und können. Andere Abkömmlinge des Lichts fielen ganz aus ihrer Identität - sie versanken in den Begierden irdischen Wohllebens, materiellen Reichtums und Machtstrebens.

Leider ist die Erdbevölkerung derart verdorben und (be)trügerisch geworden, dass nur wenige verkörperte Engel sich in ihrer Berufung finden können. Alle Welt strebt allein nach Erreichung ihrer materiegebundenen Sehnsüchte und nicht nach Erfüllung ihrer geistigen Identität, die ihre eigentliche und einzige Wirklichkeit in Zeit und Ewigkeit offenbaren würde.

Das Netz des Zeitgeistes ist engmaschig - die Fallen lauern vor allem da, wo man es nicht erwartet. Die Wiedergeburt im Geist kann man nur realisieren, indem man seine Bedürfnisse von der Welt abzieht. Allein die Himmels- und Sternenkinder, die in Demut den von Jesus Christus vorgezeichneten Pfad beschreiten und auf eine verweltlichte Manifestation ihrer geistigen Talente verzichten, offenbaren des Vaters Liebesmacht.

Das ist aber nicht ihr Vorrecht. Diesem und anderen Planeten entstammende Seelen sind den Kindern des Lichts völlig gleichgestellt. In Gott erwacht sind auch sie Offenbarer seines Lebens und seiner Liebe. Und natürlicherweise haben auch sie Befreiungskämpfe zu bestehen - allein deren Ursachen und Umstände sind oftmals herkunftsspezifisch. Im Grunde gibt es nur gleichwertige Geschwister, jedes lebendig in der ihnen von Gott verliehenen Wesensart, darin sie ihre ewige Bestimmung finden.

* * *

Des Menschen Schwächen gründen sich zum Großteil in seiner vorgeburtlichen Abstammung. Er bringt gefallene Seelenanteile mit in seine Inkarnation, darin sie ihm bei rechter Lebensweise als Instrument zum geistigen Erwachen dienen. Dies ist sowohl auf anderen Planeten als auch und vor allem auf dieser Erde der Fall, wo dem satanisch Bösen aufgrund der vorherrschenden absoluten Willensfreiheit uneingeschränkte Macht eingeräumt ist.

Auch Sternenbewohnern, die ihre oft lichtherrlichen Welten verlassen, um sich in die Dunkelheit grobstofflicher Existenz zu wagen, stehen neben positiven notwendige negative Veranlagungen zur Verfügung, die eine sofortige geistige Wiedergeburt ermöglichen. Ebenso belasten sich Himmelsgeister in einer irdischen Inkarnation mit zur Materie Bezug habenden Seelensubstanz, um in der rechten Handhabung derselben ihren Gottesgeist zur Entfaltung zu bringen.

Die Auswirkungen solcher Gegenkräfte sind nicht unerheblich beeinflusst von den Gegebenheiten der Welt, von der man abstammt. Je nach Lebensart der vorangegangenen Existenz zeigen sich, neben der Entfaltung vorbildlicher Charaktereigenschaften und großartiger Talente, auch allerlei unvollkommene Verhaltensweisen:

Vormalige licht- bis geistesschnelle Fortbewegung und ehemals augenblickliche Willenserfüllung können jetzt zu Trägheit und/ oder Ungeduld führen, denn nun müssen die einstigen Sternen- und Himmelsbewohner den sie ummantelnden schweren Fleischleib tragen, darin sie sich zeitlichen Abläufen unterordnen und räumliche Entfernungen überwinden müssen. Ihr zuvor göttlicher Gerechtigkeitssinn erzeugt im irdischen Dasein bisweilen rücksichtslose Selbstgerechtigkeit. Ein einst vorherrschendes Weisheitsprinzip kann zu einer unnatürlichen Verstandeslastigkeit führen, was wiederum Stolz und Hochmut hervorruft. Das unterschwellige Verlangen nach der im himmlischen Zustand allzeit gegebenen Einsicht in das Wesen aller Dinge kann nun in penetrante Neugier ausarten. Abkömmlinge von Gestirnen, wo Ordnung und Gleichmaß das wesentliche Prinzip darstellen, können auf Erden einem unnatürlichen Ordnungszwang unterliegen, der nun ihr Verhalten bestimmt. Und so sind viele weitere exotische Ansichten und seltsame Handlungs- und Verhaltensweisen auf die Verhältnisse der zuvor bewohnten Welten zurückzuführen.

Ihr Befreiungskampf besteht, genauso wie der dieser Erde entstammenden Seelen, in der Überwindung unterschiedlichster negativer Eigenschaften im Glauben an das Wahre und Gute. Durch Zurückstellung eigener Bedürfnisse in der Familie, durch Hilfsbereitschaft im Bekannten- und Freundeskreis, durch Befolgung von Anordnungen im beruflichen Bereich sowie Einhaltung staatlicher Gesetzgebung erwächst rechte Demut im Herzen, die unbedingt nötig ist, um den christlichen Pfad beschreiten zu können. In der Entfaltung von Mitgefühl und Barmherzigkeit angesichts des schrecklichen Leids in der Welt erwacht ihr Wunsch, dieses durch Opferbereitschaft zu lindern. Gemäß der Hingabe an die Liebe werden die anfänglich negativen Seelenkräfte schließlich zu Aufnahmegefäßen göttlichen Bewusstseins. Die zuvor dominanten Unzulänglichkeiten gehen ein in ihre ursprüngliche Vollkommenheit.

* * *

Für die der Erde entstammenden Seelen beginnt das Menschsein erst mit der Einzeugung in den Mutterleib und der darauf folgenden Einkerkerung des Gottesgeistes im Herzen. An ihre Existenz vor dem einstigen Fall aus der Göttlichkeit sowie an ihre daraus in Gang gesetzte Entwicklung durch unzählige Zeitenläufe haben sie vorerst keine Erinnerung.

Die Abkömmlinge aus dem Licht lebten vor der irdischen Inkarnation bereits in selbstbewusster Existenz. Da im Erdenmenschsein ihr Gottesgeist ebenfalls verborgen im Herzen der Seele ruht, ist ihre Herkunft für sie zunächst auch nicht ersichtlich. Je nach Erziehung und Umfeld wachsen viele in einem weltlich prägenden Umfeld auf und vollführen ein vorwiegend materielles Dasein mit allen möglichen Höhen und Tiefen.

Um eine Erweckung zu bewirken ist zumeist Leidensdruck notwendig, da sowohl im Schlaf der Verweltlichung und scheinbaren materiellen Geborgenheit als auch in der Egozentrik spirituellen Lustlebens göttliche Berührungen meistens nicht oder nur verfälscht wahrgenommen werden können. Authentisches Erwachen ohne schmerzliche Einflussnahme geschieht deshalb äußerst selten. Doch selbst mit der Herausforderung problematischer und leidvoll demütigender Lebensumstände kommen eine wahrhaftige und bleibende Geistesoffenbarung sowie eine bisweilen damit einhergehende Einsicht in die vorgeburtliche Existenz kaum zustande.

Wendet sich der Mensch in seelenöffnender Not nicht zu Gott, kann sein misslicher Zustand einen tiefen Fall in Aggression, Verzweiflung oder Depression bewirken. So mancher greift dann zu Alkohol oder härteren Drogen und/oder versumpft in seinem Leid. Diese Gotteskinder enden gelegentlich als Obdachlose. So mancher schmutzige Bettler ist ein Engel des Lichts.

Während und nach der Erneuerung der Erdenwelt werden einige dieser verlorenen Geschwister in ihr Göttliches erwachen. In der neuen Zeit werden sie zu Offenbarern himmlischen Gedankenguts.

* * *

Wie bereits erwähnt, ist die Beschaffenheit der Kinder des Lichts ihrer vorangegangenen Existenz, ihrer geist-seelischen Struktur und ihrer Berufung geschuldet. Diese Voraussetzungen schaffen in ihnen nicht selten ein Gefühl irdischer Nicht-Zugehörigkeit. Für ihr Umfeld erscheinen sie oft `lebensuntüchtig´ und unangepasst, auch seelisch labil - etliche sind inselbegabt und autistisch. Viele tun sich schwer in der Schule, was nicht auf Dummheit zurückzuführen ist, sondern sich zumeist in der unbewussten Abwehr der lieblosen und verkehrten Art und Weise irdischer Erziehung und schulischem Unterricht gründet.

Etliche sind später in sozialen Berufen tätig oder agieren angesichts ihrer Freiheitsliebe selbstständig, wobei sie wegen ihrer Gutmütig- und Gutgläubigkeit selten gewinnorientierte Geschäftsleute werden. Aufgrund ihrer eigentümlichen Wahrnehmung verweigern sich viele dem Diktat des Verstandes, weshalb sie vorrangig ihrem Gefühl und ihrer Intuition folgen. Da vor ihrem Erwachen keine bewusste Verbindung mit dem Gottesgeist besteht, sind diese Gefühlsmenschen leicht beeinflussbar und werden oft ausgenützt.

Bedingt durch fehlenden weltlichen Halt werden viele von ihnen spirituelle Sucher. Doch ihr von der Welt losgelöster Verstand verirrt sich leicht im Labyrinth von Esoterik und verfälschter Religion. Ihre ausgeprägte Sehnsucht nach Geborgenheit prädestiniert sie leider auch dazu, in extremes Suchtverhalten zu fallen. So ist ihr Weg eine gefahrvolle Gratwanderung zwischen weltlicher Zugehörigkeit und Freigeistigkeit. Die sie begleitenden Schutzgeister haben `alle Hände voll zu tun´, auf dass diese Seelen nicht zugrunde gehen. Doch gerade schwierige und leidvolle Umstände sind die Basis für eine Erweckung zur rechten Zeit. In ihren oftmals mühseligen und unsicheren Lebensumständen befreien sie sich leichter von irdischen Fesseln als in einer gesicherten Existenz.

* * *

Einige Kinder des Lichts erreichen gemäß ihrer Beschaffenheit hohe weltliche Positionen. Oft sind dies vormalige Bewohner von Welten mit hoher Weisheitslastigkeit, die sich nun in gedanklicher Klarheit und Verstandesschärfe ausdrückt. Aufgrund ihrer Seelenstruktur besitzen sie nicht nur vielerlei Talente, sondern häufig auch eine nahezu unbeugsame, jedoch egozentrierte Willenskraft. Im Verbund bergen diese Eigenschaften eine große Gefahr, da der berechnende Verstand zumeist alles ihm dienliche zur Bereicherung seines grenzenlosen Ehrgeizes, seiner Herrschsucht und Habgier benützt, deshalb man solche Personen häufig in den oberen Etagen großer Konzerne mit gewissenloser Gewinnorientierung findet. Hier sieht man deutlich, wie sich göttliche Fähigkeiten durch Machtwahn und Habsucht ins Satanische verkehren.

So leben einige der Großen in Wirtschaft und Politik an ihrer eigentlichen Mission vorbei. Als Abgesandte des Lichts sollten sie die Menschheit eigentlich geistig unterstützen und nicht noch tiefer in die magische Welt der Materie ziehen. Doch sehe ich etliche von ihnen erwachen und sich als die erkennen, die sie in Wahrheit sind: Kinder der Liebe Gottes. Als solche werden sie einst ihre vermeintlichen Reichtümer verlassen und Jesus nachfolgen.

(NB: Die letzten beiden Texte zeigen prinzipielle Möglichkeiten auf. In der Regel vermischen sich die Eigenschaften mehr oder weniger, daher es zu vielen verschiedenen Schicksalen und Verhaltensweisen kommt.)

* * *

Manche Abkömmlinge des Lichts besitzen eine außerordentliche Anziehungskraft - ihre lichte Ausstrahlung übt eine stimulierende Wirkung auf ihre Umgebung aus. Verfallen solche Geister materiellem Streben, kann die gottlose Welt gezielt auf sie einwirken und benützt deren Charisma geschickt für niedere Zwecke. Sie schenkt ihnen unermesslichen Reichtum und Ansehen. In den Hochglanzmedien werden sie als bekannte Persönlichkeiten bewundert und verehrt. Zusammen mit den mit Prominenten-Status versehenen

Seelen der dämonischen Welt sind sie die Götter der konditionierten Völker und die Verblendungs- und Manipulations-Marionetten der Regisseure hinter den Kulissen dieses Erdentheaters.

Vor allem in jungen Jahren ist die unablässige Verehrung Gift für diese Menschen. Im Hoheitsrausch können sich viele nur noch in Momenten uneingeschränkter Würdigung spüren. Deshalb empfinden sie trotz allen nur erdenklichen Wohlstands fortwährend eine unangenehme innere Leere. Leider greifen sie im Verlangen nach Erfüllung selten nach geistigem Gut, sondern befriedigen und betäuben sich mit Besitz, ausschweifendem Party- und Sexualleben sowie exzessivem Alkohol und Drogenkonsum. So fallen sie immer tiefer und mancher \`Star´ überlebt seine Exzesse nicht. In der Musik- und Filmwelt gibt es genug Beispiele dafür. \`Only the good die young!´ ist dann der passende Slogan dazu.

* * *

Des Öfteren beschließen zwei oder mehrere Sternen- oder Himmelsgeschwister eine gemeinsame Inkarnation auf dieser Erde. Sobald die passenden Verhältnisse für die \`Passagiere´ gegeben sind, treten sie die Reise des Vergessens an und begeben sich in die Leiber der Mütter. Von jetzt an geht jede Seele ihren ganz eigenen Weg, wobei die vorgeburtlichen Gemeinschaften bisweilen auch auf Erden familiär verbunden sind oder sich in bekanntschaftlichen Verhältnissen wiederfinden. Ihre vormalige Zusammengehörigkeit können sie in der Regel aber nicht mehr sehen.

Im Verlauf des irdischen Daseins entwickeln sich die unterschiedlichsten Lebensumstände und Wirkungsfelder. So fügt es sich vielleicht, dass eine Seele aus der lichten Gemeinschaft ein weltbekannter Künstler, Wirtschaftsmagnat oder Regent wird und dadurch sehr reich und angesehen. Eine andere verbringt ein Leben in Armut oder Pflegebedürftigkeit. Jeder Mensch hat sein ganz persönliches Schicksal, je nach Veranlagung, je nach Notwendigkeit der Berufung.

Nicht wenige inkarnieren mit dem Wunsch, dass sie ihren vormaligen Familienmitgliedern oder Himmelsgeschwistern gelegentlich oder wenigstens einmal begegnen dürfen, falls sie sich nicht verwandtschaftlich finden. Wenn sie schließlich `zufällig´ aufeinandertreffen, spüren sie eine innige Liebe und Verbundenheit zu der scheinbar fremden Person. Dann kommt es leider vor, dass sich bereits Verheiratete neu verlieben, bisweilen in der irrigen Meinung, sie haben nun ihre sogenannte Dualseele getroffen, was jedoch in dieser Phase der Erdgeschichte äußerst selten der Fall ist. So manche Ehe ist dadurch schon in die Brüche gegangen.

In manchen Fällen kommt es vor, dass jemand bei einem Zusammentreffen mit einer Geschwisterseele aus dem Licht die geistige Verbindung unbewusst aber eindringlich wahrnimmt und sich `unsterblich´ in diese verliebt - die andere jedoch nicht. In der weltlichen Blindheit führt so eine einseitige seelische Verbindung bisweilen zu unsäglichem Liebeskummer der betroffenen Person, manchmal zum sogenannten Stalking.

Nach etlichen Jahren und verschiedensten Lebensläufen ist es schließlich soweit, die Erde wieder zu verlassen. Jede Seele betritt zu ihrer Zeit ihr individuell geschaffenes Jenseits und je nach Verweltlichung oder Vergeistigung geht nun die weitere Entwicklung vonstatten. Neben den wahrhaft Gläubigen sind es vor allem die Notleidenden, die der Erde kaum eine Träne nachweinen. Ihre einstige Bedürftigkeit ermöglicht ihnen ein schnelles Freiwerden von irdischen Bindungen.

Die bekannte und wohlhabende Person, die jede nur erdenkliche Annehmlichkeit genoss, die vielleicht durch Reichtum und Verehrung in Hochmut und Selbstherrlichkeit verfiel, tut sich eher schwer. Sie ist verwachsen mit den materiellen Begierden, vor allem aber fehlt ihr der weltliche Status, den sie mit ins Jenseits gebracht hat. Auch hier möchte sie darin geliebt und vorzüglich behandelt werden. Sowohl im Diesseits als auch im Jenseits ist es jedoch allein die dienende Liebe, die geistiges Wachstum ermöglicht. So hat sie sich durch irdischen Reichtum und/oder Macht einen beschwerlichen Weg bereitet, wenn sie ihren hohen Stand nicht zum Wohle der Mitmenschen verwendet hat.

Ab einem gewissen Reifegrad kommen die Seelen in lichtere Gefilde. Hier wird ihnen ihre Geschwisterschaft wieder sichtbar. Die Fortgeschrittenen wirken nun mit all ihrer Liebe auf ihre zurückgeblieben Schwestern und Brüder ein. Ihr Gebet wird nicht nachlassen, bis auch die letzte Geschwisterseele frei geworden ist, was je nach Bereitschaft zur Loslösung von irdischen Begehrlichkeiten und Verhaftungen längere Zeiträume in Anspruch nehmen kann.

Zuletzt existieren die früheren weltlichen Unterschiede zwar nicht mehr, aufgrund des auf Erden erarbeiteten Glaubens- und Liebevermögens kommt es jedoch zu abweichender Aufnahmefähigkeit des Gottesgeistes, was zum Teil große Verschiedenheit in den Seligkeitszuständen bedingt. Wobei jede Erfüllung ihren eigenen Maßstab von Vollkommenheit in sich trägt - und somit auch eine ganz eigentümliche Glückseligkeit.

* * *

In dieser Zeit der Wandlung und Erneuerung verlassen verhältnismäßig viele Gemeinschaften die Geborgenheit ihrer lichten Welten, um sich auf dieser Erde mit einem feststofflichen Körper zu umkleiden. Aufgrund der gegebenen Inkarnationsmöglichkeiten kommt es dadurch gelegentlich zu zeitlichen Streuungen von einigen Jahren bis zu Jahrzehnten.

So ist es keine Seltenheit, dass sich gemeinsam \`Abreisende´ beispielsweise als Mutter und Tochter oder Großvater und Enkel auf Erden wieder finden. Räumliche Streuungen unterliegen in der Regel seelenspezifischen Notwendigkeiten und schaffen mannigfaltige Voraussetzungen für göttliche Berufungen. Wenn sich zu gegebener Zeit zwei oder mehrere Personen aus verschiedenen Ländern oder Kulturkreisen \`zufällig´ treffen und als Geistesgeschwister erkennen, war und ist es so gewollt.

Der Grund für eine gemeinsame Eingeburt liegt oft in dem Wunsch, auch auf Erden nicht getrennt zu sein, bisweilen jedoch in der Notwendigkeit einer göttlichen Mission. Hier führt der Vater die Sternen- und Himmelsgeschwister wieder zusammen, auf dass diese eine Insel der Liebe bilden, sei es als Familie, als Freundeskreis oder als Glaubensgemeinschaft. Leider ist es manchmal der Fall, dass ein so gestaltetes Bündnis in geistigen Hochmut oder Irrglauben verfällt, wodurch sich eine fanatische Vereinigung bildet. Dann geht das ursprüngliche Licht verloren, das Lebenswerk kann nicht vollbracht werden.

Gelegentlich nehmen eine Bruder- oder Schwesterseele Armut oder eine Behinderung auf sich, um neben der eigenen Lebensaufgabe ihrem irdischen Umfeld Hingabe im Dienen zu ermöglichen. Die fürsorgliche Nächstenliebe ermöglicht es den Helfern und Pflegern, gute Fortschritte in ihrer geistigen Entwicklung zu machen. Solche Opferseelen dienen mancher Auftragsseele zur schnelleren Entfaltung des Gottesgeistes, was zuvor in Liebe abgesprochen war.

Im geistigen Kampf stehen alle für einen und einer für alle. Der `Lohn´ der Opferseelen ist der gleiche wie der der Arbeiterseelen. Hier gibt es kein besser oder schlechter, kein höher oder niedriger. Zuletzt sind alle wieder vereint, und die Liebe zu ihrem Vater in Jesus Christus ist ihr gemeinsames Leben.

* * *

Erdenseelen

Es gehört zu meinen Aufgaben, aufzuklären über die Verhältnisse der diesseitigen und der jenseitigen Welt. Ein klein wenig durfte ich an dieser Stelle über die Abkömmlinge ferner Planeten und Gestirne sowie von den Geistern aus den himmlischen Gefilden berichten. Gleichermaßen und vor allem geht es im universellen Erlösungsprozess um die Kinder dieser Erde, die in der feststofflich gebundenen Seelensubstanz namens Materie als stetig freier werdendes Bewusstsein durch das Natur- und Tierreich bis hin zum freien Menschsein wandern, um zuletzt die Brücke der Gotteskindschaft beschreiten zu können. Auch sie sind aufgrund des luziferischen Falls mit Schwächen und Unzulänglichkeiten behaftet und unterliegen denselben Bedingungen wie alle anderen kosmischen Wesenheiten.

Die außerirdischen Völkerschaften bringen jedoch andere Voraussetzungen mit ins irdische Dasein und sind dadurch befähigt, als Diener der Liebe mitzuarbeiten an der Erlösung der gefallenen Erde. In diesem verantwortungsvollen Amt steht man nicht über, sondern unter seinen vom Planeten Erde ausgeborenen Geschwistern. Vor Gott gibt es keine wie immer gearteten Hoheitsrechte - eine Sternenherkunft oder himmlische Abstammung ist in erster Linie Verpflichtung, sich in den Dienst der Liebe zu stellen.

Ist eine Erdenseele erwacht, kann es durchaus der Fall sein, dass sie den Abkömmlingen aus dem Licht an Liebe und Weisheit voraus ist und zu deren Lehrer und Führer wird - und so wird es einst auch sein. Niemand kann erahnen, was in einem noch so tief gefallenen Menschen enthalten ist - gleich welcher Herkunft.

Ich möchte noch einmal betonen: Vor Gott gibt es keine Zwei- oder Dreiklassengesellschaft, keinen Werte-Unterschied zwischen Geistern aus den Himmeln, Seelen von fernen Sternen und Planeten, und den Seelen, die der Substanz dieser Erde entnommen sind. Eher neigt sich die göttliche Liebe dem Gefallenen und Hilfebedürftigen zu. Das Herz des Vaters hat große Sehnsucht nach Erlösung seiner gefallenen Schöpfung. Sein ganzes Sein widmet er dieser Befreiung. Er ist erst dann vollkommen glücklich und zufrieden, wenn dereinst auch das letzte verlorene Kind seiner Liebe wieder nach Hause gefunden hat.

* * *

Wegweisende Worte jenseitiger Geschwister

"Ergreife im Licht der Gnade, das Gott dir schenkt,
das Licht der Gnade und nicht das Dunkel,
das dir jetzt sichtbar wird."

In eigensinnigem und gleichgültigem Verhalten verfalle ich immer wieder der Selbstgerechtigkeit und verhängnisvollen Leidenschaften, die mich von meiner geistigen Identität trennen. Stets erhalte ich daraufhin zurechtweisende und warnende, aber auch aufmunternde und tröstende Kundgaben, die freilich allgemein gültig sind. Alle Geschwister, die mit ihren Unzulänglichkeiten und niederen Begierden ringen, können sich hier angesprochen fühlen und sich den Geist der Worte zu eigen machen.

"Auch das gutgemeinteste Vorhaben scheitert, wenn keine bleibende Gottesnähe, die Achtsamkeit schenkt, vorhanden ist. Ohne den unbedingten Willen, nicht mehr zu sündigen, geht es nicht. Ohne Standhaftigkeit und Selbstüberwindung ist geistiges Wachstum nicht möglich. Mit schwärmerischen Gedanken und Worten hatte noch kein Plan, geschweige seine Ausführung Bestand. Den geistigen Weg zu begehen ist eine sehr ernste Sache und verlangt ganzen Einsatz. Der Laue fällt immer wieder, der lockere Grashalm dreht und wendet sich nach jedem Wind, der Übermütige und Hochmütige bekommt stets den Beweis seines Selbstbetrugs.

In gewissen Begierden muss man sich Gewalt antun, sonst fällt man zurück. Dazu gehört der unbedingte Wille, bei dem Vorgenommenen zu bleiben. Das Herz muss immer an erster Stelle stehen, dann stehen einem die geistigen Lichtkräfte zur Verfügung und unterstützen in allen Lebenslagen. Wenn man Fehler macht, ist es richtig und wichtig, nicht in Selbstanklage zu verhärten, sondern sich auf Gottes Liebe und Vergebung zu besinnen, sich zum Vater hinzuwenden und die Sache mit ihm zu besprechen. Er richtet dich wieder auf und du kannst guten Mutes weitergehen. Mutlosigkeit, Zweifel und Ärger sind Türen zur Dunkelheit.

Bitte stets um Liebe zu allen Menschen und du wirst dich wundern, welche Fortschritte du machen wirst und was Liebe alles vermag. Bedenke stets: Deine Zeit steht in Gottes Händen, du gehörst ihm in jeder Lebenssituation. Du bist ein Liebe-Werkzeug in seiner Hand, sein Diener und Arbeiter, sein Ritter und Soldat.

So gehe nun und tue danach. Diese Zeilen sind dir sowie allen geistig Strebenden gegeben als Anleitung und Führung. Nimm sie ernst und lese sie recht oft durch. Und werde in der Strenge zu dir nicht auch streng und hart zu deinen Nächsten, sondern sei allezeit sanftmütig und geduldig, so wirst du großen Gewinn erzielen. Opfere deine geistige Arbeit allzeit deinem Vater, der dir Bruder ist im Mit-dir-Gehen, aber auch Gott in seiner Macht und Herrlichkeit. Gott sei mit dir, Heil dir in Jesus Christus."

* * *

Aufmunterung nachdem tiefem Fall

"Jetzt steh wieder auf, Seele, sei zuversichtlich und lass Freude zu, schüttle ab deine Dunkelheit, übergib sie Gott; sieh seine Gnade und sein Wohlwollen, lass dich nicht unterkriegen. Nicht Selbstvorwürfe und Selbstmitleid sollen dich gefangen nehmen. Bete um Licht und Liebe, sieh den Himmel, sieh die Sonne, fühle die Wärme, sei im Fluss des Lebens. Ergib dich der Lebensfreude, die du immer in deinem Herzen findest, darin Gottes Liebe wohnt.

Gib niemals auf, Bruder! Hörst du, gib niemals auf! Wenn du gefallen bist, steh wieder auf! Wenn dich Mutlosigkeit überkommt ob deiner Schwächen und Fehler, so hab Geduld und bete in deiner Finsternis und habe Hoffnung und Vertrauen in Gottes Beistand. Dein schlechter Zustand wird nicht lange anhalten und es wird bald besser werden. Bald schon wird Licht in dir und du wirst dich erfreuen am neu gewonnenen Leben und an den darin verborgenen Möglichkeiten; dem Leben, das du dir immer gewünscht hast in der Vereinigung mit deinem Vater Jesus Christus."

* * *

"Gebt niemals auf, ihr kämpfenden Seelen. Nicht in der tiefsten Schmach vor euch selbst und im euch immer wieder unbegreiflichen Tun eures weltlichen Wesens. Nichts ist unverzeihlich vor Gott, doch müsst ihr euch einst selbst vergeben eure vertane Zeit und euer oft so laues Handeln, denn verlorene Zeit ist unwiederbringlich. Es ist nie zu spät, Ernst zu machen auf dem Weg zu Gott. Daher seid nicht missmutig und zweifelt nicht, auch wenn ihr Niedergeschlagenheit in euch verspürt ob eures Verhaltens.

Lasst Jesus nicht los, auch wenn ihr ihn im Hochmut bespuckt, auch wenn ihr ihm mit euren verletzenden Gedanken die Dornenkrone aufsetzt, auch wenn ihr ihn mit euren Sünden geißelt, auch wenn ihr ihn mit eurer Lieblosigkeit kreuzigt, auch wenn ihr ihm mit euren lieblosen Worten Essig und Galle zu trinken gebt. Blickt auf zu ihm, erhebt eure müden Augen zu seinen Augen - seht seine Liebe!"

* * *

"Du stehst am Scheideweg, handle jetzt, bevor Gott für dich handelt. Zwar zu deinem und euer aller Besten, doch ist es dann ein steiniger Weg zu gehen mit vielen Tränen und Verlust und Trauer. Gott verlangt kein Leid, das weißt du wohl, doch die Notwendigkeit steht oft dafür, so oft ...

Und du weißt darum, andere wissen es nicht - du bist sehend geworden, mach die Augen auch auf und handle dementsprechend, so wird es ein Leichtes sein und du hast eine wundervolle Zeit vor dir und auch deine Familie, und ihr werdet alle gesund bleiben und frohen Mutes in Gottes Gegenwart in die Zukunft schauen und gehen, beschützt und genährt von seiner Liebe.

O welche Gnade euch hier zu Teil wird, was für ein göttliches Geschenk! Verstoße es nicht länger - besinne dich, lass es geschehen, steh gerade und aufrecht, diene nicht weiter der Lüge, zeige Warmherzigkeit und Mitgefühl, lass Gott durch dich diese Erde betreten."

* * *

"Warum kämpfst du nicht? Wir müssen alle kämpfen! Im Kampf steht Jesus auf deinem Todespunkt. Lass ihn dort wirken durch deine Hingabe.

Du bist für Jesus in diese Welt gekommen. Tritt beiseite, dein Leben gehört ihm, du bist ein Instrument seiner Liebe. Lange wurdest du vorbereitet für dieses Erdenleben. Du hast eine Mission zu erfüllen. Und nur dieses eine Mal kannst du sie erfüllen. Nie wieder wirst du Gott so dienen können wie jetzt, denn diese Zeit ist einmalig und dein Versäumnis hier unwiederbringlich. Sei ein wahrer Ritter deines Herrn und Königs. Lass deinen Tod los und überlass dich ganz und gar deinem Vater im Himmel. Erkenne die Realität der Wiederkunft Christi an und halte sie dir stets vor Augen.

So kann jetzt ein neues Leben in dir beginnen. Nicht das von deiner verweltlichten Seele erträumte Leben in körperlicher Lust und täglicher Sinnesbefriedigung, sondern das freie Leben in Gott, die Entfaltung all deiner geistigen Talente und die eine wahre Liebe, die dich unendlich glücklich macht: Die Liebe Jesu.

Zwei Leben standen immer vor dir: Eines führt geradewegs ins Verderben, das andere direkt in die Glückseligkeit. Du hast dich für den Himmel entschieden. Die Geisterwelt freut sich über deine Entscheidung, und wie du weißt, unterstützt sie dich mit all ihren Kräften. Unsere Gebete tragen dich durch dunkle Wolken. Wir, deine Brüder und Schwestern im Herrn, sind immer um dich. Wir sehen deine Ernsthaftigkeit und diese begründet unseren ganzen Einsatz für dich. Doch uns allen voran geht unser Gott und Vater Jesus Christus, von ihm kommt alle Kraft, alle Liebe, alles Wollen und Vollbringen.

Geliebter Bruder im Fleisch, unsere Liebe in Jesus Christus ist allezeit mit dir, sei gesegnet mit seiner Liebe, sei gesegnet in seinem Namen."

* * *

"Dein einziger Wunsch sei, Gott zu gehören und ihm zu dienen. Sei Kämpfer für die neue Zeit. Sei Kämpfer für die neue Erde. Dies ist eine Gemeinschaft der Zuversicht und des Glaubens an die Macht der Liebe! Komm, Krieger Gottes, fürchte dich nicht, denn sein ist das Reich und die Kraft und die Herrlichkeit! Komm, Ritter der Endzeit, knie nieder vor deinem Gott und König Jesus Christus, auf dass er dich stärke und aufrichte im Angesicht deines Todes. Lass dich ausbilden auf dem Übungsfeld

dieser Erde, auf dass du zur Streitmacht stoßen kannst! Wir warten auf dich! Wir brauchen jeden Kämpfer! Lass dich zubereiten, auf dass wir vollendet werden. Der Leib Christi muss vollständig sein in uns und durch uns! Komm, gefallener Engel, steh auf! Es ist höchste Zeit! Es ist Hochzeit."

* * *

"Lieber Samuel, deine Zeit ist nun gekommen, du musst jetzt Abschied von der Welt nehmen. Lass alles hinter dir, was dich von deinem göttlichen Auftrag trennt. Bald folgen weitere Offenbarungen, dafür du bereit sein musst in allen Seelenbereichen. Bisher konntest du viele Inhalte der dir vermittelten Botschaften und Einsichten mit anderen Kundgaben und Prophezeiungen abgleichen. Das wird fernerhin nicht mehr möglich sein, denn es werden dir Aspekte des geistigen Lebens sowie Offenbarungen bezüglich der Zukunft der Menschheit gegeben, die bisher noch nicht vermittelt wurden.

Du trittst jetzt in eine neue Phase deiner Entwicklung. Diese birgt nicht nur die Möglichkeit geistigen Fortschritts, sondern auch eine große Gefahr. Gehst du nicht in deiner Ganzheit mit, wird deine Seele arg ins Straucheln geraten. Schließlich könntest du fallen und dich schwer verletzen, so dass eine lange Heilungszeit vonnöten wäre. Die seelischen Konflikte würden sich auch auf deinen Körper übertragen und dir Krankheit und Not bringen.

Deshalb sollst und musst du eine vor Gott gültige Willensentscheidung fällen. Du hast immer noch die Möglichkeit, diesen Gottesdienst abzugeben. Dein Wille ist frei. Bedenke, dass dir dein end- und neuzeitliches Amt kein besonderes Verdienst verschafft, du erhältst dafür keinen Lohn. Sieh, deine geistige Sphäre existiert unabhängig von deinem Auftrag. Dein Motiv ist allein die Liebe. Bedenke das gut. Dein Herz wird dir alles Weitere offenbaren."

* * *

Fragen und Antworten

"Der Glaube fordert die Seele dazu heraus,
weiter zu gehen als sie sehen kann."

Die folgenden Texte sind über viele Jahre entstanden. Sie behandeln sowohl Themen, die mich zu Beginn des geistigen Pfades bewegt haben, als auch solche, die mich kontinuierlich berühren. Dadurch ergibt sich ein breites Spektrum an Antworten von Seiten jenseitiger Begleiter, die allesamt recht gute Einblicke in verschiedenste Bereiche des Lebens und des Todes bieten. Manche Fragen habe ich stellvertretend für die Allgemeinheit gestellt, was man an den Formulierungen leicht erkennen kann.

* * *

Ist man Ungerechtigkeiten und Beleidigungen ausgesetzt, reagiert das weltliche Denken mit Unverständnis und Aggression. Der Mensch gleicht dann oft einem Vulkan, der gewalttätig ausbricht und vernichtendes Feuer und Lava über seine Umgebung speit. Wie können wir am besten mit diesen Situationen umgehen? Welches Bewusstsein muss man entwickeln, um die Fehler der Mitmenschen nicht persönlich zu nehmen, um nicht beleidigt oder aggressiv gegen andere und gegen sich selbst zu reagieren?

"Jedes Verständnis hat seine Grenzen und weltliches Denken grenzt sich immer ab, es reagiert im Rahmen seelischen Befindens und seelenspezifischer Beschaffenheit. Friede ist ein Seins-Zustand, ein bewusst sein, nicht kontrolliert von egoistischen Gedanken und Emotionen, nicht beeinflusst von weltlichen Ängsten und Begierden. Der Mensch kann sich diesem Herzensbewusstsein zur Verfügung stellen. Es wohnt in ihm, unabhängig von seiner irdischen Identität.

Das Tor dazu ist die Hingabe an die Liebe. Man tritt sozusagen zurück und lässt der Liebe den Vortritt. Dann empfängt und berührt sie diejenigen, mit denen man in Kontakt tritt. Dies hat mit weltlichem Denken und Handeln nichts gemein. Anstelle der menschlichen Reaktion handeln göttliche Liebe und Weisheit, handelt eigentlich Gott selbst."

Wie ist eine vollkommene Seele beschaffen in Bezug auf Beleidigung und Verletzung?

"In ihr ist kein Widerstand, deshalb geschieht kein reflektierendes Denken und Handeln. In dieser Unberührbarkeit erwacht Schritt für Schritt ein neues Berühren. Verletzende Worte, Verleumdung, Strahlung von Hass und Wut, alles zerstörend auf sie Einwirkende wird von göttlicher Liebe empfangen und darin unmittelbar selbst zu Liebe.

Jetzt berührt die Seele jegliches Geschehen von innen heraus. Was bleibt, ist klarstes Schauen und Erleben in Gottes Gegenwart. Wird ein Gotteskind angegriffen, geht dieser Angriff zuvor durch das Herz des Vaters, darin das Kind sieht, warum er etwas zulässt oder nicht. So steht es jedem Geschehen furchtlos gegenüber.

Dieses Leben ermöglicht es, ganz und gar für Gott da zu sein, da er jetzt im Kind lebt und alles, was mit dem Kind geschieht, eigentlich Gott geschieht. Die Erfüllung seines Willens ist nun des Kindes größte Freude. Dies ist höchste Vollkommenheit auf Erden. Das zu erreichen ist möglich für jeden Menschen, der es wahrhaftig will."

* * *

Solange ich mich zurückerinnern kann, leide ich unter Angstzuständen. Noch als Erwachsener hatte ich Angst vor alltäglichen Abläufen und Begegnungen. Ich fragte nach der Wurzel der Angst.

"Angst hat verschiedene Ursachen. Oft ist es die Angst vor Enttäuschung, vor der eigenen Unberechenbarkeit, vor der eigenen Verletzlichkeit. Im Grunde ist es jedoch die Angst der Seele in und vor ihrem Tod. Diese Angst ist in jedem Menschen mehr oder weniger vorhanden - teils bewusst, teils unbewusst - und benützt verschiedenste Gegebenheiten zur Entladung. Dieser Umstand zwingt zu ständiger Aktivität und Ablenkung, denn diese verdecken die Angst. Aber gerade die irdische Überreizung lähmt die Seele und hindert sie, sich ihrer göttlichen Identität anheimzugeben, die sie dem geistigen Tod - und somit der Furcht - entreißen

könnte. So ist hier ein Teufelskreis entstanden, den der Mensch nicht alleine durchbrechen kann.

Jesus hat für seine Kinder einen Ausgang aus diesem Gefängnis geschaffen. Ihre Herzens-Hingabe führt sie in die Freiheit des Geistes und befreit sie von jeglicher Furcht. Wenn du dich für Gottes Liebe öffnest und darin das Wagnis der Verletzlichkeit riskierst, wirst du gewahr, dass dich das Gespenst der Angst für immer verlassen hat, ja, dass Angst nur ein Phantom der Vergänglichkeit und des Todes war und ist."

* * *

Wie kann man mit dem Herzen denken, ja schauen?

"Die Augen des Herzens sehen nicht mit den fleischlichen Augen. Es ist ein anderes Schauen, denn die Liebe des Herzens existiert unabhängig vom Körper. Mit dem Herzen blickt man jenseits der Stofflichkeit und sieht die Welt und alles Leben in deren seelisch-geistiger Gestalt. Unbeschreiblich liebevoll ist dieser Blick, dieses göttliche Geschehen im wahrhaftigen Erkennen, diese Schau mit Gottes Augen."

Wie aktiviert man diese Herzensliebe?

"Man konzentriert sich in liebenden Gedanken an den Vater frei und leicht auf die Gegend des materiellen Herzens, dadurch öffnet sich der Zugang zum geistigen Herzen. Es wird warm in der Brust, die Liebe bewegt sich, ganz zart und leicht ist diese Bewegung, wie ein `sanftes, leises Säuseln´, das die Seele in ihrer Tiefe berührt und sich wie ein warmer Liebesstrom über sie ergießt.

Da diese Liebe in jedem Menschenherzen vorhanden ist, berührt sie sich selbst im Nächsten, verbindet sich mit sich selbst und nimmt den Liebenden dabei mit. Die eigene Liebe ist dann im Herzen des Mitmenschen gegenwärtig. Im eigentlichen Sinne jedoch berührt sich Gott selbst von Mensch zu Mensch, von Herz zu Herz. Das geht nicht sofort und erfordert Übung wie alles im Leben. Doch es ist die beste aller Meditationen; in der stillen Herzensliebe zu Jesus Christus macht die Seele die größten Fortschritte."

* * *

Der schlummernde Geistesfunke im Herzen der Seele entzündet sich vor allem in der Liebe zum himmlischen Vater in Jesus Christus. Doch nicht immer geht im Glaubensleben vertrauensvolle Liebe vorneweg, um Gotteserkenntnis zu bewirken. Gerade in der verstandesgeprägten Welt steht das Bedürfnis der Erkenntnis vor kindlichem Gottvertrauen. Wie kann man Gott erkennen und wo findet man ihn?

"Eine Begegnung mit Gott kann nur stattfinden, wenn man ihm die Türe öffnet. Selbst mittels äußerer Erkenntnismöglichkeiten kann die Einsicht in seine Wesenheit nicht ohne Herzensöffnung geschehen. Die Seele erkennt und findet ihn

- *in der Natur, in allem Leben, wenn man das Dasein nicht einem blindem Fatum zuschreibt, sondern einem liebenden Schöpfergott.*
- *im Lesen göttlicher Offenbarungen. Hier muss man aufrichtig um die rechte Literatur bitten, da man sonst Irrglauben und Lügengeistern aufsitzen kann.*
- *im stillen Herzensgespräch, wobei man den Vater in Demut um Befreiung aus der weltlichen Gefangenschaft, um Vergebung der Sünden und um ein Herz voller Liebe bittet.*
- *in der Nächstenliebe, denn hier offenbart und manifestiert sich göttliche Liebe im praktischen Tun des alltäglichen Lebens.*

Ist der Liebefunken im Herzen entflammt, gilt es, diesen zu hegen und zu pflegen, denn noch ist es ein kleines verletzliches Feuer, welches das Gewicht der Welt schnell wieder ersticken kann. Durch tägliche Verinnerlichung, in der man sich im weltabgewandten Herzenskämmerlein Jesus Christus zuwendet, wird das Feuer der Liebe immer wieder von neuem entfacht, mit der tätigen Nächstenliebe gibt man das passende Brennholz hinzu. Demut ist der Sauerstoff, der das weitere Entflammen ermöglicht.

Beständig wächst nun die Freude in der Begegnung mit der göttlichen Liebe. Kommt die Seele vom geraden Weg ab, hilft ihr der Vater und führt sie zurück in sein Herz. Dies kann öfters geschehen, doch der Vater gibt sein wiedergefundenes Kind nimmermehr her. Das Kind erkennt solch geduldige Liebe und Barmherzigkeit, dadurch bekommt das Feuer seiner Liebe stets von neuem Nahrung. Bald wird die Liebe zum Geliebten zu einem lodernden Brand. Schließlich geht die Seele vollends ein ins liebefeurige Herz Gottes."

* * *

Auf dem spirituellen Pfad kommt man immer wieder in Kontakt mit Berichten über Erleuchtung und Bewusstseinserweiterung - sowohl in östlichen Religionen als auch bei spirituell Erwachten der westlichen Welt. Diese Menschen sind frei von irdischen Bindungen, sie haben sich wiedergefunden in ihrer geistigen Identität. Warum erkennen sie nicht ihre göttliche Vater-Kind-Beziehung? Warum sehen sie nicht den Weg ins Herz des Vaters? Warum berichten sie von endgültiger Wahrheit und Realität, obwohl sie erst am Beginn des Weges stehen?

"Meditatives Dasein und Herzensliebe erleuchten den Verstand der Seele. Diese Einstrahlung zeitigt, je nach weltlicher Prägung und Religiosität, verschiedene Auswirkungen. Zumeist wird der Mensch frei von irdischen Beschränkungen und Bindungen. Die Last des Todes fällt von ihm ab, denn er sieht sich in seinem unvergänglichen und allverbundenen Dasein - was allgemein als Eingehen in das `Höhere Selbst´ bezeichnet wird.

Dieser Zustand erzeugt wohl ein graduelles Gefühl von Glückseligkeit; die menschlich-göttliche Existenz beinhaltet jedoch unendlichmal mehr als solch freiheitliches Erleben. Mit dem Erwachen in den Christus-Geist ist diese Art der Spiritualität nicht vergleichbar, denn in der Liebe zu Jesus Christus geschieht die Vereinigung von Schöpfer und Geschöpf, von Vater und Kind - um die geht es eigentlich im Ablauf allen Geschehens. Sodann erlebt der Mensch Gottes Selbst-Bewusstsein und hat Anteil an dessen ureigener Lebendigkeit.

Dies ist der unmessbare Unterschied zwischen sogenannter Erleuchtung im Sinne östlicher Traditionen zur wahrhaftigen Gotteskindschaft."

* * *

Warum kommen viele Seelen von anderen Planeten und Sternen zur Erlangung der Gotteskindschaft auf diese Erde, wo sie doch auf ihren Welten ebenfalls eine geistige Entwicklung erfahren, die sie in die himmlische Glückseligkeit führt?

"Ja, den Weg in den Himmel gibt es auch über viele andere Gestirne der materiellen Schöpfung, der Weg über diese Erde aber ist der kürzeste - und der gefährlichste. Diese Erde ist ein besonderer Planet, denn hier west das satanische Zentrum, hier schlägt das Herz des Bösen und der Falschheit. Und hier hat Gott Fleisch angenommen und ist Mensch geworden, um einen unmittelbaren Zugang in den Himmel zu bereiten.

Die Menschwerdung Gottes in Jesus Christus mit der für alle Ewigkeit gültigen Offenbarung seines Herzens, sowie der in der Welt namens Erde gebundene Geist Satans ermöglichen die absolute Gegensätzlichkeit von Gut und Böse, von Wahrheit und Lüge, die nötig ist, um diesen kleinen Planeten zum wirksamsten und wertvollsten Erlösungsinstrument der Unendlichkeit zu erheben.

Auf anderen Gestirnen ist zwar ebenfalls der freie Wille vorherrschend, jedoch ist dieser je nach Beschaffenheit der dortigen Bewohner in enge oder weitere Grenzen gefasst. Ihr Handlungsbedarf bewegt sich in der Regel im Rahmen einer Art geistig-instinktiver Vernunft, die genährt ist mit verschiedenen Aspekten göttlicher Eigenschaften, vorwiegend sind dies Weisheit, Willenskraft, Ordnung und Liebeernst.

Sternenbewohner, die ihr Dasein auf ihren Gestirnen vollbringen und vollenden, erreichen wohl auch eine ihrer seelischen Gestaltung entsprechende Glückseligkeit, die ihnen eine Wohnstatt im Himmel bereitet; in des Vaters eigenem Hause wohnen aber nur die Geister, die ihm auf eurer Erde nachgefolgt sind.

Regelmäßige Besuche himmlischer Geister auf allen Gestirnen des Kosmos weisen die dort ansässigen Bewohner auf die Möglichkeiten hin, die auf eurer Erde gegeben sind, aber auch auf die vorherrschenden Gefahren. Aus diesem Grund sind es, im Vergleich zur endlosen Zahl kosmischer Wesenheiten, verhältnismäßig wenige Seelen, die die Reise ins irdische Vergessen wagen. Zumeist sind die Völker anderer Gestirne glücklich und zufrieden mit ihrer Daseinsform und wünschen keine Veränderung. Allein die Kraft der Liebe zum Vater und die darin enthaltene Sehnsucht, ihn in Jesus Christus in Person anzutreffen und ewiglich bei und mit ihm zu sein, vermag sie aus ihren heimischen Gefilden wegzulocken in die Ungewissheit und tödliche Umarmung eurer Welt.

Seid euch dessen stets bewusst: Ihr lebt im tiefsten Tal dieser Schöpfung. Von dort führt ein Weg direkt ins Herz Gottes, das am Kreuz geöffnet wurde für alle Zeit und Ewigkeit. Was für ein Vorrecht! Nützt diese einmalige Gelegenheit!"

* * *

Warum werden Menschen in ärmlichen und andere in reichen Verhältnissen geboren? Warum wachsen manche Kinder in kriminellem und andere in ehrlichem Umfeld auf? Warum werden Menschen mit Behinderungen geboren? Warum treffen eine Krankheit oder ein Unglück den einen und den anderen nicht? Was ist die Ursache allen Leids und aller Ungerechtigkeit? Und die Hauptfrage dabei ist: Warum lässt Gott das alles zu?

Diese Fragen werden immer wieder gestellt. Theoretische Antworten gibt es zwar zur Genüge, doch eine befriedigende Erklärung findet man nicht. Leid mit Karma aus früheren Leben zu begründen behandelt die Thematik nur einseitig und hilft einem in der Not auch nicht weiter. Die eigentlich für diese Fragen zuständig Priesterschaft findet ebenfalls keine erleuchtende Antwort und stellt ratlos fest: "Gottes Wege sind unergründbar!" oder "Gott wird schon wissen, warum er das alles zulässt." Das ist in ihrer Umnachtung auch die einzig mögliche und richtige Antwort. Ich stelle die Frage von Leid und Ungerechtigkeit an die geistigen Geschwister.

"Die Hintergründe für das Geschehen auf dieser Erde sind dem Verstandesmenschen nicht ersichtlich, ihm eine Erklärung zu geben ist daher schwierig. Gerne schenken wir jedoch aufrichtig suchenden Seelen Licht in dieser sehr wichtigen Lebensfrage:

An erster Stelle steht stets der freiheitliche Wille des Menschen, der das Fundament seines Daseins in Zeit und Ewigkeit bildet. Diese seine Freiheit bleibt unter allen Umständen unangetastet, denn sie ist Grundvoraussetzung für die freie Wiedergeburt in den göttlichen Geist. Die Ausübung des freien Willens eröffnete die Möglichkeit der Gottferne und führte den Menschen aus seiner Vollkommenheit an die äußerst mögliche Hemisphäre unvollkommenen Daseins. An dieser kritischen Oberfläche herrscht die Willkür der gottlosen Freiheit, die eigentlich eine Gefangenschaft ist. Hier ist der Mensch seinem Tod mit Leib und Seele ausgeliefert.

Obwohl in dieser äußersten Glaubens- und Gottlosigkeit aufgrund der göttlichen Allgegenwärtigkeit auch Vollkommenheit präsent ist, kann diese ohne die aktive Hingabe an den Gottesgeist nicht offensichtlich wirken, ja nicht einmal wahrgenommen werden. Erst das geistige Erwachen gebiert die Erkenntnis allgegenwärtiger Vollkommenheit, die alles Leid letzten Endes und im Grunde vergöttlicht.

Je tiefer eine Seele eindringt ins Vaterherz, umso erkenntlicher werden ihr die Wege Gottes und dadurch die der Menschheit. Hier werden Gründe und Hintergründe für die verschiedensten Geschehnisse in Zeit und Ewigkeit offenbar. Hier sieht man, dass

- den Seelen zur Verkörperung nahezu ausnahmslos nur die in der gottlosen und leidvollen Welt gegebenen Verhältnisse zur Verfügung stehen, die aufgrund der Willensfreiheit der Menschen zustande kommen.
- den embryonalen Seelchen im triebhaften und ungezügelten Geschlechtsakt der Eltern und in mit entsprechenden Gedanken und Taten begleiteten Schwangerschaften bereits im Mutterleib großer Schaden zugefügt wird.
- das sündhafte Treiben der Eltern und deren Vorfahren lange Schatten auf die Nachkommen wirft.
- der aufgrund des gottlosen Verhaltens ermöglichte Einfluss der dämonischen Welt viel Leid und Elend bewirkt.
- die vorgeburtliche Existenz eines Menschen eine gewichtige Rolle spielt, wie sich sein Erdenleben gestaltet und man sieht, was vor der Inkarnation abgesprochen wurde.
- eine Seele zu ihrem Schutz und zum geistigen Fortschreiten oftmals schmerzhafte Korrekturen benötigt und scheinbare Willkür als Instrument dafür dient.
- der körperliche Tod nur eine untergeordnete Rolle spielt im Ablauf menschlichen Daseins.

Hier offenbart sich die mitleidende Liebe des Vaters und seine uneingeschränkte Hilfsbereitschaft - und es wird ersichtlich, dass nahezu kein Mensch sie in Anspruch nimmt. Und hier sieht man das Ziel jedes Menschen: Die Erlangung der Gotteskindschaft.

In diesem Ursprungs-Ziel verborgen liegt die endgültige Erlösung allen Lebens. Von diesem Ursprungs-Ziel aus handelt Gott und handelt die gesamte geistige Arbeiterschaft. Das Erreichen dieses Ziels steht bedingungslos über allem Geschehen in Zeit und Ewigkeit, und jeder göttliche Handlungsbedarf ist davon motiviert.

Im Erreichen seiner Gotteskindschaft bekommt der Mensch schließlich Einsicht in alle Vorkommnisse seiner bisherigen Existenz. Er erkennt, dass alles, was mit und um ihn geschieht und geschehen ist, Werkzeug zur Erlangung dieses hehren Zieles war und ist. In der Vollkommenheit der Liebe dient jedes Geschehnis, sei es ein freud- oder leidvolles, einem göttlichen Zweck; dies sieht man jedoch erst im Gnadenlicht unseres Vaters."

Ich bat um eine ausführlichere Erklärung.

"An der Oberfläche allen Lebens herrschen scheinbare Willkür und Ungerechtigkeit. Da Leben aber in und aus sich göttlichen Ursprungs ist, ist jegliches Geschehnis von Gottes Geist durchdrungen - und dieser schafft darin und daraus im Grunde immer Gutes. In Gottes Vollkommenheit greifen alle Leben ineinander und ergeben einen vollkommenen Ablauf allen Geschehens. Tritt aufgrund von Gottlosigkeit Unvollkommenes in Erscheinung, ist dies nur an der Oberfläche der Materieidentifikation der Fall. Lebt man allein für materielle Belange, ist man fester Bestandteil materiellen Geschehens, darin man Tod und Vergänglichkeit unterworfen ist. Man ist blind für jegliche geistige Tiefe - Zufall und Willkür sind die schicksalsbestimmenden Elemente.

Durchschaut ein Mensch die weltliche Oberfläche mitsamt deren Blendwerk und blickt hinter die Kulissen scheinbarer Unvollkommenheit, erkennt er, je tiefer er sieht, immer mehr Vollkommenes im Ablauf allen Geschehens. Er ist zwar weiterhin Betroffener der leidbringenden irdischen Vorkommnisse, auf festem Geistesfundament stehend sieht er jedoch, dass immer alles durchwirkt ist von Gottes vollkommener Liebe."

Aber was sollen Eltern, deren Kind ermordet wurde oder schwer erkrankt unter großen Schmerzen leidet und schließlich hinweg genommen wird, mit so einer Aussage anfangen?! Für sie heißt das, dass eigentlich Gott verantwortlich ist für ihr namenloses Leid ... und in der Konsequenz eigentlich für alles Leid dieser Erde ... !

"Das ist das Dilemma dieser Welt. Durch den Glaubensabfall erblindete die Menschheit - die Welt wurde finster, abgrundtief finster. In dieser Dunkelheit herrscht Chaos. Man ist den tödlichen Stürmen an der materiellen Oberfläche hilflos ausgeliefert. Die grausamen Verbrechen zeugen von dieser geistigen Blindheit.

Gottlosigkeit ist Gottlosigkeit. Man ist Gott los. Gott kann nur helfend eingreifen durch den Glauben an ihn. Da wahrhaftiger Glaube und Gottesliebe verloren gegangen sind, ist unsagbares Leid entstanden. Das ist sehr traurig.

Man kann es so zusammenfassen: In der gottlosen Welt herrscht das Böse, denn die Menschheit steht durch die Anbetung der Materie und alle damit verbundenen Umstände auf satanischem Boden. Dadurch nimmt sie Gott das Recht über ihre Lebensverhältnisse und übergibt diese an satanische Mächte, die die Menschheit weiter ins Verderben führen. Kriege, Mord und Verbrechen aller Art sind an der Tagesordnung. Krankheit und Sterben werden zur Normalität. Ein Teufelskreis.

Betritt ein Mensch göttlichen Boden, gibt er Gott Macht über sein Leben. Zufall und blindes Schicksal haben auf diesem Fundament keinen Platz. In seiner Innenwelt herrscht das Gute, auch wenn er sich äußerlich in der Hölle befindet. Sein bisher unvollkommenes Leben wird in der Hingabe an des Vaters Liebe göttlich wirksam und somit erlöst.

Mit anderen Worten: Alles, was man in seiner Unvollkommenheit erlebt und bewirkt, hat einen verborgenen und verschlossenen göttlichen Kern. Gibt sich ein Mensch in Demut und Vertrauen dem Vater anheim, nimmt dieser die begangenen Sünden und das an Leib und Seele erfahrene Leid seines Kindes an sich und legt diese in seine Barmherzigkeit. Sodann entfaltet sich im sündhaften Tun göttliche Liebe, durchdringt es und bewirkt Erlösung. So wird letztendlich alles Böse zum Instrument der Liebe - was aber nicht heißt, dass Böses an sich gut ist.

Zu einer klaren Schau dieser innersten und umfassenden Vollkommenheit kommt man aber erst durch die Wiedergeburt in den Gottesgeist, dann erschließen sich einem alle Lebensprinzipien von selbst.

Der Lebens-Weisheit letzten Schluss können jedoch weder die hier geäußerte Offenbarung noch eine andere geben, noch eröffnet sich dieser in der Eingeburt in den Geist Gottes, da Weisheit in sich unendlich ist. Allein unser himmlischer Vater in Jesus Christus ist im Besitz der Unendlichkeit und ist selbst Anfang und Ende allen Wissens. Er ist die Quelle aller Weisheit und ist das unendliche Meer, darin alle Weisheit mündet.

Apropos Unendlichkeit: In der Materie wohnhaft denkt der Mensch natürlicherweise in materiellen Entfernungen, weshalb er versucht ist, Unendlichkeit zeitlich-räumlich zu erfassen. Da wir eigentlich in einem geistigen Universum leben, kann Unendlichkeit in Wirklichkeit nur geistig verstanden werden. Geht ein Mensch ein in seine göttliche Identität, wird er der geistigen Dimension der Unendlichkeit gewahr. Er erkennt, dass er sich in Gottes unendlichem Bewusstseinsraum befindet, darin er, fortwährend von göttlicher Willenskraft gehalten, als gedankliche Wesenheit existiert.

Für geschaffenes Leben ermöglicht dieser grenzenlose Kosmos unendliches Wachstum - für den Vater als absolute Vollkommenheit gibt es kein Wachstum, denn er ist in sich umfassend und erfüllend gegenwärtig. Allerdings bedingt das ewige Fortschreiten seiner Kinder in Liebe und Weisheit für ihn eine völlig andere Glückseligkeit als die in und an der eigenen Vollkommenheit - aus diesem Grunde man doch von einer Zunahme göttlich-väterlicher Glückseligkeit, also göttlichem Wachstum sprechen kann."

Ich bedanke mich für diese Ausführungen.

* * *

Die Erfahrung zeigt: Wenn ein Mensch Gott nahe kommen möchte, benützt der satanische Geist der Seele weltgebundene Schwächen und Verirrungen, um sie zu Fall zu bringen. Ich empfinde das bildlich gesprochen so, dass man an Gummiseilen vorwärtsgeht, die sich immer mehr spannen. Schließlich reicht die die Kraft des Willens nicht mehr aus, um standhaft zu bleiben - die Seele schnellt zum Ausgangspunkt ihres sündhaften Daseins zurück.

"Das geht vielen Menschen so. Doch nur wenige sehen diesen Umstand. Den meisten ist dieser Vorgang verborgen, da ihnen das Bewusstsein des radikalen Gottesweges fehlt und sie eine kontinuierliche Selbstüberwindung nicht in Betracht ziehen. Für die Mehrheit sind Fehler und Schwächen ganz normale Gegebenheiten, die zum Leben dazu gehören."

Ja, aber der Gotteskrieger sieht das anders. Und doch ist er nicht in der Lage, seine Berufung zu realisieren. Es besteht also kein Unterschied zwischen einem theoretischen und einem praktischen Christen - beide können aus verschiedenen Gründen Gott in sich nicht verwirklichen. Was kann man da tun? Wie ist ein Eingehen in den Gottesgeist unter den gegebenen Umständen möglich?

"Es gibt nur einen gangbaren Weg. Der eigene Wille muss in der Liebe zu Jesus Christus in den Gotteswillen eingehen. Nur dieser hat die Kraft und die Macht, die Stricke der Gebundenheit zu durchtrennen, um die Seele frei in Empfang zu nehmen."

Aber die eigene Liebe ist ja gerade das Problem! Sie begehrt irdisches Vergnügen und Zerstreuung - und bindet somit den freien Willen an materielle Umstände aller Art. Richtet der Mensch seine Liebe zu Gott und geht anfangs mutigen Schrittes voran, ziehen ihn die versteckten Willensteile wieder zurück.

"Ja, der Gottesweg kann tatsächlich zu einem Teufelskreis werden. Der Mensch muss in der Tat all seine Kraft aufwenden, um die schmale Demutstüre der Anheimgabe des Eigenwillens zu durchschreiten. Es ist eigentlich ein gleichzeitiges Loslassen und Ergreifen: Das Hinweggeben der Eigenliebe mit dem gleichzeitigen Erfassen und nicht mehr Loslassen der Liebe des Vaters. Da gibt es keine halben Sachen, denn Halbherzigkeit bedingt, sowohl in der materiellen als auch in der geistigen Welt, allezeit das Misslingen eines Vorhabens.

Man kann nicht zwei Herren dienen, der Welt und Gott. Will ein Mensch wirklich das Höchste erreichen, muss er alles abgeben, was ihn in den seelischen Niederungen festhält. Er muss in der Welt stehend die

Welt verlassen, nur dann kann er die Hand des Vaters ergreifen. Alles andere ist halbes Tun und zeitigt wenig oder keinen Erfolg. Deshalb musst du dich mehr bemühen, denn deine Lauheit und Sinnesbefriedigungssucht ist dir stets ein Stolperstein und wird dich niemals ans Ziel bringen. Amen, das sage Ich dir, dein himmlischer Vater."

Die letzten Worte überraschten mich, da es Worte des Vaters waren. Sein Bei-mir-sein erfüllte mein Herz mit Freude, denn es linderte die Bedrückung ob meiner andauernden Nachlässigkeit in der Liebe zu ihm.

* * *

Zum Thema Anfechtung und Versuchung kam auch folgende Antwort:

"Steht ein Mensch in Gottes Gnaden, erhält er geistige Geschenke, die er in sein Dasein integrieren muss. Diese können nur in wiederholten Prüfungen bleibend in der Seele `verankert´ werden. Oft sieht er aber nur die verstärkten Anfechtungen und meint, Satan hat die Macht, jeglichen Fortschritt sogleich wieder zunichte zu machen. Doch tiefer eingesehen oder von einer höheren Warte aus betrachtet wartet die Erkenntnis, dass die widergöttlichen Kräfte ein notwendiges Instrument sind. Denn die vorgeführten Geistesgaben sind erst dann seelisches Eigentum, wenn man die dazugehörige polare Gegenkraft überwunden hat. Und das nicht nur einmal, immer wieder müssen die Seelenmuskeln gestärkt werden, auf dass man in der Folge nicht mehr fällt und den Gottesgeist recht und gerecht in sich tragen kann.

In diesem Licht stehend kann der Christ die mit den niederen Instinkten einhergehenden Anfechtungen und Verführungen des satanischen Geistes als Instrument zur geistigen Wiedergeburt einsetzen. Verfällt er aber dieser egozentrischen Kraft, wird ihn der Geist Satans zerren in die Abgründe der Vergänglichkeit und des Todes."

* * *

Es kommt vor, dass sich in einer noch nicht ausgereiften Seele die Tür zum Vaterwort öffnet. Dann wird dieses von persönlichen Ansichten entstellt. Diese Nahrung ist vergiftet - wer sie zu sich nimmt, dessen Seele wird krank. Warum lässt Gott das zu?

"Wie immer und überall steht auch hier der freie Wille im Vordergrund, denn nur in ihm und durch ihn ist das Erreichen der Gotteskindschaft möglich. In der Freiheit seines Willens kann jeder Mensch im Rahmen seiner irdischen Inkarnation tun und lassen, was immer er möchte. Dies betrifft sowohl das Wort als auch die Tat. Und auch hier ist aufgrund der uneingeschränkt wirkenden Vollkommenheit im scheinbar Üblen Gutes verborgen:

Jeder Mensch steht auf einer ihm eigentümlichen Entwicklungsstufe, auf der ihn nackte Wahrheit nicht erreichen würde beziehungsweise ihm sogar Schaden zufügen könnte. Deshalb bedarf es unterschiedlicher Methoden geistiger Darstellung. Neben bildlichen Entsprechungen beinhaltet dies auch eine, den verschiedensten seelischen Mißgestaltungen gemäße Verkleidung göttlicher Lebensinhalte, die sich je nach Glaubensstand offenbaren. Hat ein Mensch den rechten Pfad betreten, wird er schrittweise zu immer klarerer Einsicht geführt - Wahrheit entblättert sich nach und nach.

Da es nur eine Wahrheit gibt, kann ihre Umhüllung nur Nicht-Wahrheit sein. Da Nicht-Wahrheit keine Realität besitzt, ist die Umhüllung im Grunde nicht, beziehungsweise nur scheinbar vorhanden. Das bedeutet: Der Mensch durchschaut entsprechend seines geistigen Potentials die Täuschung oder Lüge, die sich im weiteren Erwachen schließlich auflöst. Zu guter Letzt offenbart sich ihm Wahrheit an sich. Alle aus der Wirklichkeit gefallene Existenz ist demnach mit Nicht-Wahrheit umhüllte Wahrheit, ist mit Materie umhüllter Geist, ist mit Vergänglichkeit umhüllte Unvergänglichkeit, ist mit Unvollkommenheit umkleidete Vollkommenheit, ist mit Eigenwillen umkleideter Gotteswille.

In einem anderen Grund stellt das verfälschte Wort eine Prüfung dar: Bleibt man in der Nachfolge Jesu, wenn einem ein bequemerer Weg angeboten wird? Hier beweisen sich Ernsthaftigkeit und Treue. Verlässt der Mensch aufgrund einer ihm dienlichen `Wahrheit´ seinen ursprünglichen

Gottesweg und begibt sich auf scheinbar leichtere und wohltuende Pfade, hätte er auch in den weiteren Prüfungen, die in der Folge nötig sind für das geistige Wachstum, nicht standgehalten und wäre in verstandesrechtliche Denkstrukturen zurückgefallen.

So bedient sich der Vater verschiedenster Hilfsmittel, um seine Kinder zu formen und zu führen. Diese Führungen sind sehr vielschichtig und weitsichtig angelegt; viele dem Menschen unverständliche Vorgänge reichen weit hinein in seine jenseitige Existenz."

* * *

Eine Endzeit ohne Kriege und Katastrophen als sanfter Übergang in ein neues Zeitalter wäre nicht nur der Wunsch vieler gläubiger Menschen, sondern auch der Herzenswunsch unseres himmlischen Vaters. Aufgrund des Zustandes der Welt ist das jedoch kaum mehr möglich. Die Lawine der Finsternis hat bereits zu viel Fahrt aufgenommen. Die Erdbevölkerung stürzt unaufhaltsam auf den Abgrund der Vernichtung zu. Zwar sind die satanischen Gegenkräfte notwendig zur Erstarkung der Seele im Geist, doch haben diese angesichts des allgemeinen geistigen Verfalls solch mächtige Einflussnahme erhalten, dass eine gottgemäße Lebensart nur schwer noch möglich ist. Würde der Vater diesen Absturz nicht verhindern, wäre die Menschheit verloren. Warum hat er nicht schon früher etwas dagegen getan?

"Hat er das nicht?! Hat er nicht immer wieder Menschen erweckt, um die Welt auf ihr verkehrtes Treiben aufmerksam zu machen? Und tut er das nicht auch heute? Doch wie ernst nahm und nimmt man die Warnungen der Seher und Propheten? Sie wurden allzeit entweder totgeschwiegen oder als religiöse Fanatiker verspottet oder gar getötet.

Und war Gott nicht selbst auf Erden, um Augen und Herzen zu öffnen? Doch was machte die Welt mit ihm? Was machte sie aus seiner Lehre? Diese wurde zur todbringenden Waffe eines fanatischen und machthungrigen Systems umfunktioniert und brachte unsägliches Leid über die Menschheit!

Heutzutage wird die christliche Wahrheit verwässert und verdunkelt durch die Vermischung mit zeitgeistigem Humanismus und den darin enthaltenen verstandesphilosophischen und ethischen Sichtweisen, sowie mit dem in falsch verstandener Toleranz blindem Eingeständnis, dass alle Religionen gleich sind. Vor allem aber mit der Entgöttlichung Jesu Christi und das dadurch für die Menschheit nicht mehr erfass- und greifbare Erlösungswerk seiner Menschwerdung, Kreuzigung und Auferstehung."

Will die Menschheit überhaupt zurück zu Gott?

"Wer erkennt sich heute noch als Seelenwesen, als Kind Gottes? Wer entäußert sich der vergänglichen Befriedigungen der materiellen Welt und ist bereit, ein unvergängliches Leben in Gott zu beginnen? Wer wendet seine Augen ab von der Welt Blendwerk und richtet sie auf das göttliche Vaterherz? In zeitgeistiger Gefangenschaft ist dies nicht möglich. In der Gebundenheit des im materiellen Denken erstarrten Verstandes kann die Seele den Abgrund zu Gott nicht überwinden, eine freiwillige Umkehr kann somit nicht erfolgen.

Nun ist das Maß voll, das Gott gestellt hat. Das `Bis-hier-und-nicht-weiter´ ist erreicht."

* * *

Wie kann man die unantastbare Willensfreiheit mit einem Gottes-Gericht vereinbaren?

"Wie handeln Eltern, wenn ihre Kinder blindlings auf einen Abgrund zustürmen? Zuerst warnen sie, auf dass die Kinder von selbst anhalten und umkehren. Sie zeigen ihnen die Konsequenzen des Absturzes auf, und, je näher diese dem Abgrund kommen, umso eindringlicher reden sie auf sie ein. Aus Achtung vor der Kinder Selbstbestimmung wollen die Eltern jedoch nicht in deren freien Willen eingreifen und Gewalt anwenden, deshalb halten sie sie nicht fest. Einige hören auf die Worte der Eltern und anderer Mahner und Warner und halten inne. In ihrem Innehalten sehen sie den tödlichen Abgrund vor sich und versuchen nun selbst, die blinde Horde zur Vernunft zu bringen.

Doch immer näher kommt diese dem Absturz, der den sicheren Tod bringt. Die erwachten Kinder und die Eltern stellen sich den Abtrünnigen in den Weg, doch diese drängen und stoßen, lärmend, tanzend und singend, berauscht von ihrer Eitelkeit und blind in ihrer Selbstgefälligkeit, die Eltern und auch die anderen Warner beiseite. Sie lachen über alle Warnrufe und werden ärgerlich und bösartig, weil sich ihnen jemand in den Weg stellt.

Da sehen die Eltern keinen anderen Ausweg: Sie packen die Kinder und halten sie fest, um den Absturz zu verhindern - und greifen dadurch in deren freien Willen ein.

So wird und muss auch Gott eingreifen, um die Menschheit vor dem Absturz in den Seelentod zu bewahren. Lange hat er gewarnt, doch seine Rufe blieben und bleiben unerhört. Wohl denen, die sich jetzt noch besinnen und innehalten, sie wird der Vater in seine barmherzigen Arme nehmen und heimführen. Die anderen wird Gottes langer Arm schmerzhaft berühren, um das Leben ihrer Seelen zu erhalten."

* * *

Wie ist das zu verstehen: Den Eigenwillen aufgeben und in den Willen Gottes eingehen?

"Woraus und worin besteht der freie Wille? Er besteht allein darin, sich für die Liebe zur Welt oder für die Liebe zu Gott zu entscheiden, sein Herz der Materie oder dem göttlichen Liebegeist zu schenken. In der Entscheidung für die Welt erlebt der Mensch keine wirkliche Freiheit, sondern eine vorgetäuschte. Er lebt in seiner begrenzten Erfahrungs- und Meinungswelt; sein Bestreben besteht hauptsächlich darin, ein Leben in äußerer Sinnesbefriedigung, Anerkennung und materieller Sicherheit zu führen. Da er nur seinem Weltverstand vertraut, kann er wahrhaftige Erkenntnis von Gut und von Böse nicht erlangen. Unvollkommenheit ist für ihn Normalität, Sterblichkeit sein Schreckensgespenst, eine geistige Welt kennt er nicht oder kann er sich bestenfalls theoretisch vorstellen. Wenn er damit glücklich ist und keine Sehnsucht hat nach unvergänglichen Schätzen und göttlichen Lebensinhalten, welche nicht vom Abgrund des Todes verschlungen werden, kann er Kraft seines freien Willens bei dieser Nahrung verbleiben.

Betritt ein Mensch den christlichen Pfad, schenkt ihm das göttliche Licht Einsicht in die Sinnlosigkeit vergänglicher und unvollkommener Lebensumstände. Er sieht, dass der blinde menschliche Wille geradewegs an den Rand eines todbringenden Abgrunds führt. In seinem steten Erwachen findet er immer tiefer in das Herz seines himmlischen Vaters - und bald hat er nur noch einen Wunsch: Sich dessen vollkommenen Willen ganz anheim zu geben. In der fortschreitenden Hingabe wird er ganz vom göttlichen Liebewillen erfüllt, bis schließlich sein unvollkommenes Wollen eingeht in seines himmlischen Vaters Wollen - er ernährt sich von den Früchten des Lebensbaumes."

Was ist denn der Wille Gottes so ganz eigentlich?

"Er ist alles. Alles Geschaffene, sei es geistig oder stofflich, ist Gottes Wille. Gott will, dass es ist, und es ist. Ununterbrochen erhält sein Wille alles Sein im materiellen und geistigen Kosmos."

Gibt es denn einen Unterschied zwischen dem Liebewillen und dem schöpferischen Erhaltungswillen Gottes?

"Nein, es gibt nur einen göttlichen Willen, eine erschaffende Quelle, ein lebenspendendes Herz, eine gültige Wirklichkeit und Wahrheit."

Das bedeutet, wenn eine Seele in den Willen Gottes eingeht, ist sie Teilhaber der göttlichen Schöpferkraft?

"Ja. So ist Leben göttlich. Das ist der Glaube, der Berge versetzt. Das ist das lebendige `Dein Wille geschehe!´"

* * *

Leben aus dem Geist

Das Gebet

"Und wenn ihr betet, sollt ihr nicht viel plappern wie die Heiden; denn sie meinen, sie werden erhört, wenn sie viele Worte machen."

Angesichts der Besonderheit der absoluten Willens- und Glaubensfreiheit unterscheidet sich der Planet Erde von anderen Gestirnen des Kosmos fundamental. Während es hier in der Gegensätzlichkeit von Gut und Böse, Liebe und Hass, Wahrheit und Falschheit keine Grenzen gibt, verläuft das Denken und Tun der meisten kosmischen Völkerschaften in vorgegebenen Bewusstseinsbahnen; sie vollführen ihr Dasein in mehr oder weniger festgelegten Rahmenbedingungen und Richtlinien gottgegebener Gesetzmäßigkeit. Zumeist ist ihnen das Geistesleben ein innewohnendes Bedürfnis wie das Atmen. Deshalb sind uns viele von ihnen - zum jetzigen Zeitpunkt kosmischer Seelenevolution - in der Entwicklung voraus und in der Lage, uns hilfreich zur Seite zu stehen.

Je weiter der freie Wille gesteckt ist, je mehr Unabhängigkeit von Gottes Willen auf einem Planeten oder Stern waltet, umso passiver verhält sich der Geist im Herzen der Seele. Dieser Umstand bedingt eine große Gefahr der geistigen Verrohung und Erblindung.

Da auf unserer Erde das Prinzip der bedingungslosen Willens- und Glaubensfreiheit waltet, kann Gott einem Menschen nur dann tätig zur Seite stehen, wenn dieser die Seelentür für ihn öffnet. Deshalb ist das Gebet eine notwendige Voraussetzung, um angemessene Geistesnahrung zu erhalten und um Gottes Wirksamkeit zu ermöglichen. Sodann ist er nicht mehr nur Schöpfer und Daseins-Erhalter, sondern fürsorglicher Begleiter und liebevoller Vater. Dieses Beten setzt ein hohes Maß an Demut voraus, darin das Kind sich eingesteht, dass es seinen himmlischen Vater braucht, um vom Tod ins Leben überzugehen.

* * *

Wie soll man beten?

Je nachdem, auf welcher Entwicklungsstufe sich ein Mensch befindet, gibt es verschiedene Formen des Gebets. Grundsätzlich erreichen die an Gott gerichteten Worte nur dann ihr Ziel, wenn das Herz dabei mitschwingt. Die in den religiösen Zeremonien zumeist verständnislos heruntergeleierten Gebetsformeln haben allenfalls Eigenhypnose-Wirkung, sie berühren nicht einmal den Saum des Vatergewandes.

Durchdringend betet man meistens erst in einer Notlage. Das ist in der Regel eine Bitte um Linderung von Leid und Schmerz oder um Hilfe in einer aussichtslosen Situation. Bewirkt die Not eine Herzensöffnung, erreichen die flehenden Worte das Vaterherz; je nach Intensität der Hingabe können geistige Kräfte helfend einwirken. Auch wenn dies nicht immer unmittelbar offenbar ist, so werden doch Prozesse in Gang gesetzt, welche früher oder später von Gottes Segen zeugen.

Ein freies Herzensgebet, das keinem seelischen oder körperlichen Leid entspringt, hat bereits eine stärkere Wirkung. Das kann das Bitten um göttlichen Beistand für ein herzliches und wahrhaftiges Vorhaben sein, in der Hauptsache jedoch das aufrichtige Ersuchen um Führung und Schutz in allen Lebenslagen. Der kindliche Dank ist ebenfalls ein Gebet und beglückt die Seele mit Gottesnähe. Des Vaters Freude ist unermesslich, wenn ein Kind Liebe-Gemeinschaft mit ihm sucht und sein Dasein mit ihm gestaltet.

Auch das in Herzensdemut gesprochene Fürbittegebet für den Nächsten sowie für die Erde insgesamt zieht lichte Geisteskräfte herbei. Es verschafft Notleidenden Gesundung und Standhaftigkeit und eröffnet verirrten Seelen einen Weg aus Sünde und Tod - diesseits oder jenseits spielt hier keine Rolle. Auslöser für ein solches Gebet ist immer des Vaters Barmliebe, die das ihm angehörige Herz anrührt.

Ein Gebet, das das Gotteskind quasi mit Lichtgeschwindigkeit in des Vaters Arme trägt, ist das aufrichtige Vertrauen in allen schicksalhaften Gegebenheiten, seien sie süß oder bitter. Hier sieht es, dass alles, was mit ihm geschieht, zuvor durch des Vaters Herz geht. In diesem Licht sieht es auch, wie es sich in den jeweiligen Situationen verhalten soll. Dieses Gebet öffnet ihm die Tür ins Bewusstsein göttlicher Geborgenheit. Dadurch bekommt das innige Herzensgebet eine ungleich größere Dimension, denn es wird in der Tat lebendig. In dieser trauten Zweisamkeit von Vater und Kind entsteht wahrhaftiger Glaube, darin die allerletzten Zweifelsfunken verbrennen und darin das vollkommenste aller Gebete geboren wird:

Die geistige Wiedergeburt. Hier findet kein isoliertes Beten mehr statt. Hier schlägt das Herz der Seele im Liebetakt Gottes, hier findet die getrennte Liebe allerlebendigst wieder zu- und ineinander; das Herz des Kindes und das Herz des Vaters werden zu einem Herzen.

Diese Vereinigung von Seelenbraut und Gottbräutigam ist das ewige und wahrhaftige Gebet der Liebe. Allein für dieses Gebet wurde der Mensch erschaffen.

* * *

Wenn man in sich ein leises Hingezogen-sein zum Gottgeistigen wahrnimmt, im Gebet aber noch keine Liebe zum Vater verspürt, braucht man sich keine Sorgen zu machen. Da göttliche Liebe dem Herzensgeist entspringt, ist sie im beginnenden Glaubensleben nicht unbedingt fassbar und erfahrbar. Hier muss man langsam einen Schritt nach dem anderen tun.

Die ersten verstandesgeborenen Gebete sind quasi blind und erscheinen kraftlos. Der Mensch sieht nicht, wohin seine Worte gehen und weiß auch nicht, ob sie irgendwo ankommen. Der Vater hört das ehrliche und aufrichtige Gebet aber sehr wohl und weiß genau, ob es jemand ernst meint mit der Bitte um Erlösung und Gottesnähe. Nach und nach spendet er den Kindesworten Liebesbeigaben und zieht es behutsam näher an sein Herz. Hier wird das Gebet fortwährend mit Licht und Liebe gespeist; es erwächst - wie der Betende selbst - vom hilfebedürftigen Neugeborenen zum selbstständigen Erwachsenen, und entwickelt sich bei anhaltender Treue so wie im vorhergehenden Text beschrieben.

Jeder Mensch kann aber immer und überall das Gebet der Nächstenliebe praktizieren. Den bedürftigen und mittellosen Mitmenschen Gutes zu tun, ihnen nach bestem Wissen und Gewissen zu dienen, dem Sünder zu vergeben, das sind Gott wohlgefällige Gebete. Sie erfüllen die Seele nach und nach mit göttlicher Liebe und öffnen ihr das Tor ins Himmelreich.

* * *

Der himmlische Vater hat großes Wohlgefallen, wenn seine Kinder ihm alles anvertrauen, ihre tiefsten Geheimnisse mit ihm besprechen, ihre Ängste, ihre Fehler und Schwächen offen bekennen und aufrichtig um Rat und Unterstützung bitten. Es ist ihm eine Freude, ihnen auf ihre vertrauensvollen Bitten hin seine Liebe und Fürsorge zu zeigen und jederzeit in allen Lebenslagen beizustehen.

Des Vaters größte Freude ist es, wenn sein Kind in diesen Begegnungen erkennt, wie liebevoll er ist; ja, hier offenbart sich, dass Gott nicht nur sanftmütig und unendlich geduldig, sondern in seiner sich verschenkenden Liebe demütig ist. Dieses Geheimnis seiner innersten Herzenskammer wurde aller Welt offenbar in seiner Gefangennahme und Kreuzigung, doch wurde dieses Opfer vielfach als Schwäche ausgelegt.

Ein Mensch, der Gott in seiner unermesslichen Vaterliebe findet, verspürt nicht weltlich vergängliche, sondern ewig-göttliche Freude. Man kann sich keine Vorstellung davon machen, welche Glückseligkeit in der Aufnahme eines wiedergefundenen Kindes in das göttliche Vaterherz enthalten ist. Hier findet der Mensch die Erfüllung all seiner Sehnsucht, er tritt ein in das ewige Leben, in das Land des Friedens und der Liebe - sein endgültiges und wahrhaftiges Zuhause.

* * *

Essensgebet

In der heutigen Zeit serviert uns die Nahrungsmittelindustrie praktisch Gift auf dem Teller. Die Lebensmittel in den Supermärkten sind mit gesundheitsschädigenden Zutaten versehen und in dieser Beschaffenheit eigentlich legalisierte Sterbehilfen. Raffinadezucker ist langsam wirkendes Gift und für allerlei Krankheiten verantwortlich. In der Gastronomie werden zumeist mit allerlei Chemikalien versetzte Fertigprodukte verarbeitet, die auf Dauer zerstörend auf den Organismus wirken. Dasselbe gilt sowohl für die mit Pestiziden verseuchten und gentechnisch veränderten Nahrungsmittel als auch für die grundsätzliche Verfütterung von Antibiotika an Tieren; hier greift man in die göttliche Ordnung ein und setzt zerstörende Prozesse in Gang, die bald außer Kontrolle geraten.

Nur vergleichsweise wenige Menschen ernähren sich ökologisch, wobei man bei Importen nicht immer weiß, welche Wertigkeit zur Zertifizierung angewendet wurde. Zudem ist auch biologische Nahrung nicht frei von Verseuchung durch chemischen Niederschlag.

Aus diesem Grund ist das Essensgebet zu einer Notwendigkeit geworden. Wenn man vor der Mahlzeit vertrauensvoll bittet, dass der Vater Speise und Trank segnen möge, dann geschieht dies. Die Nahrungsaufnahme schadet dem Menschen dann nicht, sondern stärkt ihn. Der aufrichtige Herzensdank nach dem Essen vertieft der Seele Demut und schenkt ihr innige Verbundenheit mit dem Geber aller Gaben.

Das bedeutet nicht, dass man betet und sich sodann der Völlerei hingibt, dies wäre Gott versuchen. Etwas vernünftig sollte man sich schon ernähren, denn durch das übermäßige Essen festigt sich die Bindung der Seele zum Körper und behindert diese in ihrer Entwicklung. `Essen und Trinken halten Leib und Seele zusammen!´ heißt es ganz richtig in dem Sinne, dass Speise und Trank der Seele das Leben im Körper erhalten - doch leider wurde diese Weisheit zum Sinnspruch hemmungsloser Völlerei. Wichtig wäre eine gesunde Synthese von Seele und Leib, wobei sich die Seele jederzeit vom Körper lösen und frei nach innen wenden kann.

Hat sich ein Mensch durch seine rechte Lebensweise mit dem Gottesgeist vereint, ist all sein Tun zum Gebet geworden. Die Gegenwart des Vaters reinigt und segnet alles, was sein Kind zu sich nimmt, was es spricht und tut und was immer ihm begegnet.

* * *

Auswendig aufgesagte Gebete sind nur von Wert, wenn die Seele dabei in kindlicher Liebe mitschwingt. Ein kurzes Gebet oder ein nach Worten ringendes, aber aufrichtiges Herz ist dem Vater tausendmal lieber als vorgefasste Worte und Bekenntnisse ohne Glaubenskraft:

*

Lieber Vater, bitte schenke mir
ein mit Liebe zu Dir erfülltes Herz,
befreie mich aus meiner irdischen
Unzulänglichkeit und Dunkelheit.
Nimm mein Leben in Deine Hände,
auf dass ich Dich in mir finde
und mich erkenne als Kind in Dir.

*

Meine Zeit steht in Deinen Händen,
nun kann ich ruhig sein,
ruhig sein in Dir.
Du gibst Geborgenheit, Du kannst alles wenden.
Gib mir ein festes Herz, mach es fest in Dir.

*

Lieber Jesus, ich möchte Dir in allen Menschen begegnen.
Im liebevollen Nächsten zeigst Du mir Deine Zuneigung und Güte,
im Sünder zeigst Du mir meine Fehler und Schwächen.
Bitte stärke mich im Vertrauen zu Dir.
Hilf mir, meine Unzulänglichkeiten zu überwinden,
überwinde Du sie in und mit mir,
denn ohne Dich vermag ich nichts.
Bitte nimm mich an Deine Hand und zeig mir Deine Liebe,
damit ich allezeit darin und daraus handeln kann.
Dass ich mit ganzem Herzen sagen kann:
Dein Wille geschehe.

*

Lieber Vater, gib, dass ich mit Deinen Füßen schreite,
mit Deinen Händen gebe, mit Deinen Ohren höre,
mit Deinen Augen sehe, mit Deinem Mund spreche
und mit Deinem Herzen liebe alles Leben.
Dies kannst nur Du, lieber Vater, geben.

*

Vater unser, der Du bist im Himmel,
geheiligt werde Dein Name,
Dein Reich komme, Dein Wille geschehe
wie im Himmel so auf Erden.
Unser täglich Brot gib uns heute, und vergib uns unsere Schuld,
wie auch wir vergeben unseren Schuldigern.
Lass nicht Versuchungen über uns kommen,
(die wir aufgrund unserer Sündhaftigkeit selbst bewirkt haben,
denen wir in unserer Schwäche jedoch nicht widerstehen können),
sondern erlöse uns von dem Bösen.
Denn Dein ist das Reich
und die Macht und die Herrlichkeit in Ewigkeit.

* * *

Sonnenaufgang - Erwachen

"Erst im Erwachen erkennst du, dass du geschlafen hast."

Wenn der Schlafende erwacht, steht er noch im Banne seiner Bewusstlosigkeit, das Rad der Gebundenheit dreht sich einige Zeit weiter. Es kommt zum Kampf zwischen Wach-sein und Schlaf, zwischen Tag und Nacht, zwischen Leben und Tod. Das Erwachen wird zur existenziellen Herausforderung.

Doch letztendlich wird der Mensch aus seinem geöffneten Todeskäfig steigen, denn den Weg der gestrigen Wunden kann er nicht länger gehen. Die geistige Sonne geht auf, ein ewiger Tag bricht an, ein neues Zeitalter beginnt, darin die Menschheit sich erkennt und erlebt in ihrer wahrhaftigen Realität und Identität. In der Hingabe an die göttliche Liebe wird sie zum selbstbewussten Gotteskind.

Dies erfahre ich im Licht der aufgehenden Sonne. Darin schreibe ich die erweckenden Worte des Tages, wissend: Erwachen heißt sterben. Wer erwacht, entstirbt dem Schlaf. Ohne das Sterben der Nacht gibt es keine Geburt des Tages.

* * *

Das Wintersamenkorn wird im Herbst ausgesät, alsdann überwintert es im kalten Boden, auf dass es im Frühjahr in den erwärmenden Sonnenstrahlen zu keimen beginnt und schließlich als die Welt bereichernde Pflanze zum Vorschein kommt. So ist es auch mit den Worten, die Jesus Christus vor 2000 Jahren in der Erde Seele legte. Nun ist der kalte Winter vorbei, die geistige Sonne erweckt das eingeschlossene Gottesleben, das kündet von Liebe, Wahrheit und der Wiederkunft Jesu Christi.

Wie im weiteren Verlauf in den wärme- und lichtspendenden Strahlen der natürlichen Sonne alles irdische Naturleben erwacht und man überall vielfältiges Erblühen sieht, so schenkt die geistige Sonne eine bunte und genussreiche Vielfalt an geistigem Wachstum. Gleich den Blumen, die den Betrachter mit ihrer Farben- und Formenpracht erfreuen, sprießen die unterschiedlichsten Liebegedanken Gottes im Garten der Seele. Entsprechend den wohlschmeckenden Früchten der Natur bietet der Baum des Lebens geistige Früchte dar, deren Speisung die Sehnsucht des Herzens nach göttlicher Lebendigkeit stillt.

Es gibt aber auch Unkraut, das selbstverliebt und rücksichtslos alles Wahre und Gute mit Falschheit und Bosheit überwuchert. Und es gibt die Früchte giftiger Pflanzen, entsprossen den Samen Satans, die den Tod in sich tragen.

In den Liebelichtstrahlen wird das geistige Frühlingserwachen rasch weiter voranschreiten, wie es uns die materiellen Entsprechungen jedes Jahr schenken. Zudem werden jetzt und bald bisher nie gesehene Geistesfrüchte zum Vorschein kommen, die den nach himmlischer Nahrung Hungernden und Dürstenden zu ungeahnter Erkenntnis verhelfen.

Doch nur wer die Augen öffnet, wird diese Früchte erblicken und genießen. Wer die Augen geschlossen hält, wird verhungern oder giftige Nahrung zu sich nehmen und den Tag der Erlösung nicht erleben.

* * *

Sonnenaufgang

In der Welt geistiger Umnachtung leuchtet allein der Verstand mit seinem geborgten Licht am Seelen-Firmament. Dies Schattendasein hält die Menschheit für die einzig mögliche Existenzgrundlage. Sie lebt im Glauben, es gibt nur die Nacht (Verstand) und leugnet den Tag (Geist Gottes).

Sinnbild des Weltverstandes ist der kalte Mond, der mit seinem Schein-Licht die irdische Dunkelheit etwas erhellen kann, darin man bestenfalls schemenhafte Umrisse erkennt.

Was aber ist die Nacht im Vergleich zum Tag!? Was das kalte, tote Mondlicht im Vergleich zu den wärmenden Strahlen der Leben spendenden Sonne!? Sonne, Sinnbild der göttlichen Liebe und Weisheit. Wenn die Sonne der Wahrheit am Horizont erscheint, der Tag die Nacht vertreibt und der Mond erblasst, werden viele ihre Augen verschließen, sich umdrehen und weiterschlafen, um ihrem Tod weiterhin zu dienen. Sie werden in die Abgründe ihrer Wahnvorstellungen fliehen, wo sie auch künftig in ihren sinnentleerten Träumen schwelgen können, fern jeder göttlichen Wahrheit und Lebendigkeit. Das ist die Welt, die sie sich selbst geschaffen haben und die sie über alles lieben.

Ist der Mensch erwacht, wird ihm der geistige Sonnenaufgang zur Freude und Glückseligkeit. Er erkennt, dass der Sonne Liebewärme und seine Herzenswärme einer Quelle entspringen. Er wird gewahr, dass das Licht des neuen ewigen Tages und sein Herzenslicht im Grunde ein Licht ist, denn die allgemein aufgehende Geistessonne befindet sich auch lebenspendend in seinem Herzen.

* * *

Wie erwacht man? Zuerst muss man sich eingestehen, dass man schläft. In dieser Einsicht bittet man den himmlischen Vater, er möge einen aus dem Totenschlaf erwecken - mit dem Vertrauen, dass es geschehen kann. Dann muss man stetig den Blick auf Gottes Liebe richten und das Herz zum Beten bringen. Dabei darf man nicht nachlassen, denn Erwachen ist ein Prozess und man braucht sich nicht zu schämen, wenn man des Öfteren zurückfällt ins alte Traumleben. Was man nicht loslassen kann, was einem als schier unüberwindbares Hindernis erscheint, da muss man inständig und ausdauernd des Vaters Hilfe erflehen, um frei zu werden. So kann man gut sterben, um zu erwachen.

Doch ohne die innige Herzensliebe zu Jesus Christus geht es nicht. Und wenn man sich damit schwer tut, muss man diese immer wieder erbitten. Der Vater erfüllt jeden aufrichtigen Liebewunsch, auch wenn er sein Kind mitunter etwas warten lässt, um dessen Treue und Ernsthaftigkeit zu prüfen.

Sodann erfolgt das endgultige Erwachen: Wenn das Kind tief in Gottes Liebe schauen darf, wenn es des Vaters unendliche Geduld erlebt, wenn es spürt, wie sehr auch er die Erlösung und Befreiung seines Kindes wünscht, wandelt es sich vom geistig blinden Träumer zum sehenden Gottmenschen.

* * *

Der Schmutz der Seele

Die Fensterscheiben bei Nacht betrachtet lassen nicht erkennen, ob sie verschmutzt sind und wie sehr. Auch bei dämmrigem Licht kann man nicht viel Schmutz auf den Scheiben erkennen. Doch wenn es hell wird und die Sonne durch die Scheiben scheint, sieht man den Dreck so richtig. Jede Schliere, jedes Stäubchen wird sichtbar - es ist kein schöner Anblick.

Unsere Seelen gleichen den Fensterscheiben. In der Nacht der Glaubenslosigkeit sehen wir unseren Seelenschmutz nicht. Doch wenn es hell wird, wird jede Verunreinigung sichtbar. Das ist für den Erwachenden nicht einfach und er ist zunächst einmal all seinem sündhaften Verhalten ausgesetzt. Diese wahrhaftige Selbsterkenntnis demütigt ihn und lässt ihn hinknien vor Gott, um dessen Hilfe zu erbitten, damit eine Reinigung erfolgen kann.

Vater und Kind beginnen nun gemeinsam, die Seele zu säubern. Sie reinigen und polieren Tag und Nacht, immer lichtdurchfluteter und lieblicher erglänzt ihr Inneres, bis schließlich das Sonnenlicht alle Räume rein und klar erhellt. Dann nimmt der Vater selbst Wohnung im Haus seines Kindes, wodurch dieses erstrahlt in himmlischem Glanz - und selbst zur Sonne wird, welche beleuchtet und erhellt die Seelenhäuser der Umgebung.

* * *

Erst im Erwachen sieht man, wie dunkel es im Seelenschlaf eigentlich gewesen ist, man hat es nur nicht wahrgenommen. Der geistige Tod wurde in all den irdischen Ablenkungen und Vergnügungen verdeckt, beziehungsweise wurde er nicht als solcher erkannt, da man die gottlose Verstandestätigkeit bereits für das Tageslicht hielt.

Sicher beschert uns zeitliches Erleben Zufriedenheit und Beglückung. Doch in der Welt des Scheines und der Vergänglichkeit unterliegt auch Freude der Polarität, sie trägt das Leid von Tod und Trauer bereits in sich. Alles, was die Erde gibt, nimmt sie wieder. Das ist der Preis, den wir bezahlen während des Aufenthalts im Erdeninternat. Es gibt kein irdisches Happy End.

Es gibt jedoch einen Weg, der uns aus dem Tal der Tränen herausführt. Auf diesem sind unsere Schulden bereits bezahlt. Sein Name ist Jesus Christus. Zusammen mit ihm steigen wir heraus aus dem Sumpf irdischer Befriedigungssucht und finden Glück und Freude in der Liebe zum wahren Geistesleben. Das Schöne daran ist, dass nun auch unsere weltlichen Erlebnisse frei sind, denn diese vollbringen wir an der Hand unseres himmlischen Vaters.

Jetzt erst ist Leben so, wie wir es uns immer gewünscht haben: Angst- und sorgenfrei, erfüllt von Licht und Liebe. Dies ist wahrhaftige Glückseligkeit, dies ist das Happy End im Sonnenlicht der ewigen Liebe.

* * *

Die Wahrheit ist eine Sonne. Sie ist quellendes Zentrum allen Lebens, sie ist grenzenlose Schaffenskraft und Schöpferkraft - und somit Fundament jeglicher Existenz. Diese Sonne sendet ihre Strahlen in alle Richtungen des Universums, sie bildet die Brücke in die Freiheit, die jeder Mensch kraft seiner Liebe beschreiten kann.

Zu Beginn des Glaubenslebens sieht man die Sonne nur von Ferne, doch in dieser Schau steht man bereits auf ihrem Strahl, der erste Schritt ist getan. Je weiter man voranschreitet, umso heller wird es im Herzen, umso klarer und offenherziger kann Wahrheit erkannt und erfasst werden. Es wird ersichtlich, dass diese Sonne reinste und allesdurchdringende Liebe ist - und dass Gott, Liebe und Wahrheit im Grunde untrennbar eines sind.

Erreicht man die Sonne, beginnt das eigentliche Leben erst. Voller Freude nimmt der Vater sein Kind in die Arme und drückt es an seine Brust. Und in alle Ewigkeit wird es schöpfen können aus dieser Liebe, göttliches Leben wird sich ihm auftun, immer tiefer wird es eindringen in die geistige Sonne, in die Sonne der ewigen Liebe.

* * *

Geistiges Leben
Seelische und geistige Wiedergeburt

Der Vater spricht:
"Wenn du Mir dein armseliges Leben gibst,
gebe Ich dir Mein vollkommenes Leben."

Das göttliche Leben hat mit dem Rausch des Erdendaseins nichts zu tun. Auch wenn man als Weltenbürger glaubt zu leben, es ist der Tod, der einem im schillernden Gewand der Materie Lebendigkeit vorgaukelt. Dies ist jedoch die Lüge der Welt schlechthin.

Von seinen Gefühlen hin und her geworfen zu werden wie ein Boot auf dem stürmischen Ozean und alle Genüsse der Vergänglichkeit wie ein Polyp an und in sich zu ziehen ist kein Leben, das sich in der Unsterblichkeit finden kann. Und auch wenn das Streben nach maximaler materieller Erfüllung als Normalität eingestuft wird - dem Sehenden ist es Wahn. Er sieht die Menschen in ihrem blindwütigen Treiben als Spielbälle zerstörerischer Kräfte solange, bis sie an der Hand Gottes auf sicherem geistigen Boden stehen.

Wahrhaft zu leben bedeutet, auf den Wassern der Seelenwelten zu gehen und Herr zu sein über die überwogenden Gefühlswellen und stürmischen Leidenschaften. Wahrhaftiges Leben kennt nicht den Stachel des Todes, denn es ist unvergänglich und unsterblich. Wahrhaftig zu leben bedeutet, die Welt als Werkzeug zur Erfüllung geistigen Strebens zu betrachten, und unabhängig von allen äußeren Umständen Frieden zu finden durch die Hingabe an die göttliche Liebe. Wahrhaft zu leben bedeutet, sich mit Gott zu vereinen schon hier auf Erden. Dieses größte Abenteuer des Menschseins, das das scheinbar Unerreichbare und Unvorstellbare ermöglicht: Zu wohnen im Hause unseres Schöpfers und Vaters für immerdar.

* * *

Auf dem christlichen Pfad reduziert sich das Denken auf das Wesentliche der jeweiligen Situation. Unnützes und Überflüssiges fällt weg. Das irdische Geschehen wird zum Bildnis seelisch-geistiger Abläufe. Gerede über Andere sowie mit Banalitäten angefüllter Smalltalk belasten die Seele und zunehmend kostet es Überwindung, in oberflächliche Unterhaltungen einzusteigen. Allein aus Gründen der Nächstenliebe nimmt das Gotteskind daran teil. Stellt sich heraus, dass jemand Hunger nach geistiger Nahrung hat, führt man das Gespräch behutsam in entsprechende Bereiche, doch nie drängt man seinen Mitmenschen etwas auf. Hier ist Toleranz am rechten Platz, um den jeweiligen Glaubensstand des Nächsten zu achten.

"An der Liebe sollt ihr sie erkennen", sagt Jesus Christus. Wo selbstlose Liebe waltet, ist Gott zugegen. Wo aus Eigennutz Ängste geschürt und radikal überzeugt werden möchte, herrscht Dunkelheit. Liebe, Sanftmut und Geduld sind die Haupteigenschaften der Gotteskinder. In ihnen wohnt der Vater.

* * *

Im geistigen Erwachen begegnet man der Umwelt zunehmend auf der Herzensebene. Dann fällt es bisweilen schwer, für längere Zeit in die Welt des Sprechens zu gehen. Zu viele Worte fernab jeglicher Realität unterbrechen den Kontakt nach innen und binden das Bewusstsein an Oberflächlichkeit. Leider reden auch viele \`religiöse´ Menschen ständig über Belanglosigkeiten. Wenn sie Geduld hätten abzuwarten, bis aus ihren Herzen gottgeistiges Gedankengut emporsteigt, könnte eine rasche Veränderung der Seelenstrukturen eintreten, was die Möglichkeit geistigen Wachstums eröffnen würde.

Begegnen sich im Geist Erwachte, ist in einem Augenblick und einer Umarmung bereits viel gesagt. Sie erkennen sich in ihren übereinstimmenden Sphären, sprich in ihren Herzen, auch wenn sie sich irdisch noch nie getroffen haben. Ihre Gedanken und Worte entspringen derselben Quelle, so auch ihr Leben und ihre Liebe.

Dies Geschehen erzeugt ein intensives Gefühl der Zusammengehörigkeit in allen feinfühligen Anwesenden.

Die Kommunikation der Engel ist noch inniger. Jedes ihrer Worte ist Erfüllung, ist ein harmonischer Gleichklang im göttlichen Liebelicht. Die Intensität des Empfindens ihrer Präsenz ist jedoch abhängig von der geistigen Öffnung und dem individuellen Liebezustand der anwesenden Personen.

* * *

Lebt man mit einem liebebrennenden Herzen, ist man versucht, willkürlich Menschen zu umarmen. Das geht im materiellen Dasein natürlich nicht. Jetzt ist es eine gute Übung, seine noch körperbezogene Sinnlichkeit mehr auf die geistige Ebene zu verlagern und als seelische Umarmung in der göttlichen Liebe zu festigen, auf dass diese sich weiter entfalten und im Nächsten berühren kann.

In der Regel spürt ein verweltlichter Mensch das göttliche Liebewehen in der körperlichen und/oder seelischen Umarmung aber nicht. Er ist gefangen in seinen Konditionierungen, die die Türe zum Empfang der Gottesliebe fest verschlossen halten. Doch auch wenn solch ein Anrühren nicht bewusst wahrgenommen wird, es bleibt der Seele erhalten. Und einst wird der himmlische Same aufgehen und wird ein Licht sein in geistiger Dunkelheit, welches die Möglichkeit des Erwachens eröffnet.

So wirken auch in Liebe gesprochene Fürbittegebete und das Händeauflegen im Namen Jesu. Und selbst wenn seelisches oder körperliches Leid nicht sogleich verschwinden, der oder die Behandelte wird von Gott nachhaltig berührt und ist dadurch reich gesegnet.

* * *

Geistesgut kann man nicht festhalten. Die Gedanken aus dem Herzensgeist schießen wie Blitze in die Seele und stehen ihr im Moment der Manifestation klar und deutlich vor Augen. Doch im anfänglichen Erwachen verschwinden die Eindrücke schnell wieder.

Deshalb ist man geneigt, sich die Erkenntnisse zu merken und aufzuschreiben, was in diesem Stadium sinnvoll ist.

Ist man tiefer ins geistige Dasein eingedrungen, lernt man, sich den göttlichen Offenbarungen fortwährend zu überlassen, um augenblicklich daraus zu leben und darin zu agieren. Noch betrifft das nicht alltägliche zeitbedingte Handlungen, wie die Einhaltung von Terminen und Verabredungen oder arbeitstechnische Abläufe. Aber auch dies Tun wird vergöttlicht durch die Hingabe an die alles durchdringende Liebe des Vaters, die jegliches zeitlich-vergängliche Geschehen in ihr unvergängliches Eigentum verwandelt.

Ist eine geistige Eingeburt erfolgt, lebt man quasi ständig in der Präsenz des gegenwärtig notwendigen Wissens. Die göttliche Quelle spendet unaufhörlich das im Moment benötigte Gedankengut, um wahrheitsgemäß handeln zu können. In diesem vollendeten Erleben ist ungleich mehr enthalten als im zeitgebundenen Denken, denn sein Inhalt thematisiert essenziell und umfassend: Je nach dem Grad der Erleuchtung erschließt sich ein Wissensgebiet mehr oder weniger ganzheitlich und unmittelbar in seiner ursprünglichen Wahrhaftigkeit. Hier findet kein Lernen statt, vielmehr ist es ein immerwährendes Beschauen schöpferischer Realität.

* * *

Wach im Schlaf

Gemäß seines geistigen Fortschritts werden die nächtlichen Träume des Gotteskindes immer klarer und zeichnen wunderschöne Bilder der jenseitigen Wohnstatt. Eines Nachts erwacht es, während sein Körper schläft. "Oha! Was ist jetzt los?!", denkt es. Nun ist der Seele Bindung zum Leib soweit gelockert, dass sie sich jederzeit von ihm lösen kann. Das traumhafte Abgleiten des Schlafenden ins Unterbewusstsein wird zum wachen Selbstbewusstsein.

In diesem Stadium herrscht bereits göttliche Ordnung in der Seele. Ihre Gründe und Abgründe sind weitestgehend gereinigt und stehen im Licht. Der Mensch ist sich seiner inneren Räume gewahr - er empfindet sich als unsterbliches Geistwesen. Erst jetzt kann man von Selbsterkenntnis sprechen.

Schließlich wird er immer öfter erwachen, während sein Körper schläft. Als geistige Wesenheit verrichtet er jenseitige Tätigkeiten, zugleich findet er im sphärischen Zuhause Erholung von den irdischen Aufgaben. Hier gibt es viele Umarmungen und regen Austausch mit Geschwistern, und je nach Intensität der Liebe zu Jesus Christus auch Begegnungen mit ihm.

Der rege Herzensgeist schenkt dem Erwachten im `Traum´ aber nicht nur Einblicke in seine Jenseitswelt, sondern auch prophetische Ausblicke - sowohl der eigenen als auch der Erde Zukunft -, die ihm der Vater in der Nachbeschau gerne deutet. Ist der Mensch schließlich ganz in seinen Geist eingeboren, lässt er seinen Körper bei Bewusstsein einschlafen. Bei Tag und bei Nacht ist er jetzt aktiver Bewohner zweier Welten - des Diesseits und des Jenseits, der Erde und des Himmels.

(NB: Nicht alle geistig Erwachten erleben den wachen Schlaf und/ oder erinnern sich klar und deutlich an ihre nächtlichen Erlebnisse. Am darauffolgenden Tag schwingt aber ein eindringlich wahrnehmbarer Nachhall der glückseligmachenden Begebenheiten in der Seele nach, der zu Sehnsucht nach Verlassen des Körpers führen kann. Ich habe diese Todessehnsucht intensiv erlebt. Das geistige Heimweh hielt bisweilen tagelang an; diesen Schmerz empfand ich jedoch nicht als unangenehm, da er mich zugleich mit einem wundervollen Gefühl jenseitiger Geborgenheit erfüllte.)

* * *

Seelische und geistige Wiedergeburt

Die seelische Wiedergeburt ist nicht gebunden an eine bestimmte Religion. Unabhängig jeglicher Gottesanschauung ist der Herzensgeist aufgrund einer vorgeburtlichen Zubereitung und/oder liebevollen Lebensweise bereits erwachend tätig. Er erleuchtet die Seele gemäß ihrer kulturellen und religiösen Prägung. Er schenkt ihr weitreichende Erkenntnis und Einsicht ins göttliche Dasein. Eine erneute Trennung von Seele und Geist ist infolge des freien Willens aber möglich - eine unlösbare Vereinigung hat noch nicht stattgefunden.

Ist jemand mit Leib und Seele Christ, zieht der Vater dessen Sehnsucht stetig näher zu sich. Dabei erkennt das Gotteskind mehr und mehr, wie sehr es von seinem himmlischen Vater geliebt wird - und kann und will schließlich nichts anders, als sich dieser Liebe ganz und gar anheim zu geben, wodurch es unwiderruflich eingeht in den Geist Gottes: Der Christ ist geistig wiedergeboren.

* * *

In der Einstrahlung seines Gottesgeistes zieht sich der Mensch immer öfter zurück in sein Herz, die Materieidentifikation löst sich zusehends auf. Körpergebundene Seelenanteile, die gemäß des derzeitigen Entwicklungsstandes der Erdbevölkerung zumeist erst im weiteren jenseitigen Fortschreiten frei werden, werden größtenteils bereits im irdischen Dasein entbunden - der Mensch erfreut sich seiner natürlichen Vollständigkeit.

Sein Verstand ist erleuchtet, die irdischen Bedürfnisse unterdrücken den Gottesfunken im Herzen nicht länger. Er hat Einblick in geistige Verhältnisse, er steht in Kontakt mit der jenseitigen Welt. Unsterblichkeit ist sein Eigentum. Er ist seelisch wiedergeboren. Im weiteren Verlauf kann der Christ in der Liebe zu seinem himmlischen Vater einen vollständigen Zusammenschluss mit seinem angestammten Gottesgeist erwirken, der ihn schließlich durchdringt und bleibend erfüllt. Körper, Seele und Geist bilden sodann eine harmonische Einheit. Hat jemand diese seine Bestimmung in der Tat realisiert, bezeichnet man das als geistige Wiedergeburt.

Dies Wiedergeboren-werden ist gemeint in religiösen Schriften, dessen Sinn jedoch von der blinden Priesterschaft fehlinterpretiert oder zur Machtausübung verfälscht wurde, und von vielen spirituellen Suchern ebenso blind übernommen wurde und wird. Auch die buddhistische Lehre vom Rad der Wiedergeburt entspricht nicht den tatsächlichen irdischen Gegebenheiten.

Durch diese Verkehrtheit wurde die Wiedergeburt in den Geist zur sogenannten Reinkarnationslehre degradiert. Reinkarnation bedeutet nicht die wiederholte Geburt der Seele als Mensch auf dieser Erde. Vielmehr handelt es sich um das Eingehen der Menschenseele in ihren Herzensgeist, um sodann vergöttlicht in den vorhandenen Körper zurückzukehren, der ebenfalls erneuert wird während dieser Re-Inkarnation.

(NB: Würden alle Menschen andauernd auf dieser Erde wiedergeboren, gäbe es aufgrund der Steigerung der Weltbevölkerungszahl zwar eine allmähliche Zunahme inkarnierter Wesenheiten, ein evolutionäres Erlösungswerk mit letztendlicher Menschwerdung der zu feststofflicher Substanz erstarrten Geister wäre so aber nicht möglich. Der Erde Platz wird für sie benötigt. Es gibt wohl vereinzelt Seelen, die aus berufenen Gründen öfters inkarnieren oder gar eine Wanderung durch die Epochen dieser Welt machen, in der Regel lebt man aber nur einmal im Erdenkörper.

Im Falle der universellen kosmischen Wiedergeburt verbringen die Menschen anderer Gestirne ihr Dasein auf stets höher entwickelten Welten, bis ihr Zustand den Eintritt in die himmlischen Gefilde erlaubt. Allein auf dieser Erde gibt es eine Tür mit direktem Zugang nicht nur in die Himmelswelten, sondern ins dortige Wohnhaus unseres Vaters in Jesus Christus.)

* * *

Der Weltverstand kann sich in keinster Weise vorstellen und nachvollziehen, was mit und in einem Menschen geschieht, der den christlichen Weg wahrhaftig beschreitet. Wenn es dem Vater ernst ist mit einem Kind und dem Kind ernst mit der Liebe zum Vater, findet eine göttliche Metamorphose statt.

Zuerst geschieht dies im Verborgenen, hier werden die Weichen gestellt, hier wird die Verwandlung vorbereitet. Schließlich tauchen die göttlichen Eigenschaften aus den Tiefen des Bewusstseins auf, so dass der Mensch mehr und mehr verwundert ist ob des tatsächlichen Geschehens: Gott nimmt Wohnung in ihm, obwohl er noch in Unvollkommenheit verharrt. Doch genau hier beginnt und vollzieht sich das Wunder der Verwandlung. Nur in der Gegenwart Jesu ist vollständige Heilung möglich, nur im Begreifen der göttlichen Liebe findet sich der Sünder in seiner gottgegebenen Identität.

Manchmal ist ihm schon etwas seltsam zumute, denn er ist jetzt nicht mehr der, den er kennt. Seine Selbstwahrnehmung und die Wahrnehmung seiner Umwelt verändern sich. Er spürt, dass etwas Unglaubliches in ihm und mit ihm geschieht: Der Vater öffnet sein Herz im Herzen seines Kindes und durchdringt dessen Seele von innen heraus. Dies ist die Wiedergeburt in den Geist Gottes - das Ziel sowohl jeden einzelnen geschaffenen Wesens als auch der Schöpfung insgesamt.

(NB: So wie auf allen Planeten und Gestirnen des Kosmos vielerlei Anlagen und Talente gegenseitige Hilfsbereitschaft und Nächstenliebe ermöglichen, so beinhalten individuelle geistige Wiedergeburten verschiedenste Wesenszüge Gottes: Unterschiedliche Begabungen und Veranlagungen bewirken unterschiedliche Vollkommenheitszustände aufgrund vorherrschender göttlicher Eigenschaften. Dadurch wird auch im Himmel tätige Nächstenliebe ermöglicht, die Gotteskinder können sich so untereinander mit ihren himmlischen Talenten beschenken.)

* * *

Im Gegensatz zum Ungläubigen, der sein Dasein dem unbekannten Schicksal unterordnet, hat der Erwachte wahrhaftige Einsicht in, und umfassendes Verständnis für alle Geschehnisse in Zeit und Ewigkeit. Im göttlichen Licht sieht er diesseitige und jenseitige Verhältnisse und die damit verbundenen Auswirkungen in einer seiner Seelenidentität entsprechenden Art und Weise.

Getrost schaut er dem Tod ins Auge: "Komm, süßer Tod! Wie willst du mich erschrecken? Lebe ich doch geistig. Nur das Kleid der Seele nimmst du - es gehört dir, du hast ein Recht darauf und es ist gut. Doch allein deinen Anteil darfst du behalten, das darin gefangene Leben wird mir wieder zugeführt zur ewigen Erinnerung ans Erdendasein."

Was bedeuten vergängliche Befriedigungen noch im Angesicht göttlicher Lebendigkeit und Wirklichkeit! Nicht nur so dahin gesagt, sondern vollauf bewusst ist dem Menschen nun das ewige Leben. So existiert er hier und jetzt bereits in zwei Welten. Jetzt hat er den wahren Sinn und Zweck nicht nur seiner irdischen, sondern seiner kosmisch-geistigen Existenz verwirklicht: Die geistige Wiedergeburt durch die Heimkehr ins Herz seines himmlischen Vaters. Unsagbare Geborgenheit ist seine Glückseligkeit, sein Bewusstsein ist erfüllt von Friede und Freude in einer dem Weltverstand nicht begreifbaren Dimension.

* * *

Die göttlichen Eigenschaften nehmen Wohnung im Menschen. Das neue Leben erfüllt ihn mit himmlischem Frieden und einer bisher nie gekannten Freiheit des Herzens. Immer öfter übernimmt die Liebe das Zepter und regiert die Gedanken der Seele, die nun in letzter Konsequenz anbetend vor Gottes Thron knien.

Aber noch ist der Christ nicht vollendet. Um eine geistige Eingeburt zu realisieren, muss der Vater sich zuzeiten zurückziehen, um seines Kindes Treue zu prüfen. Diese Prüfungen sind individuell verschieden, sowohl in der Art und Weise als auch in der Intensität, je nach Zusammenspiel des vorherigen Lebenswandels mit der jeweiligen Seelenstruktur. Sie bedingen das Abtöten irdischer Begehrlichkeiten, die dann ins Grab (der Verwesung) gelegt und letztendlich, vom Tode auferstanden, der Seele geläutert wieder hinzugefügt werden.

Doch mit einem Mal öffnet sich der Gottesgeist gänzlich im Bewusstsein: "Das bist ja Du!" sagt das Kind erstaunt zum Vater und gleich darauf: "Du wohnst in mir und denkst und handelst! Nicht mehr ich lebe, sondern Du lebst in mir! Und in diesem Zusammenleben sind wir ganz eins, eine Liebe und ein Leben!"

Nun sind Geist und Seele keine Grenzen mehr gesetzt. Der wiedergeborene Mensch ist völlig frei, denn in all seinem Schöpfertum wirkt er göttlich. Doch ist es nicht so, dass Gott für ihn dann kein Gegenüber mehr darstellt, vielmehr geht er eine himmlische Ehe mit Jesus Christus ein. In dieser Liebevereinigung kann die Brautseele völlig eigenständig handeln. Aber wahrhaft glücklich ist sie nur, wenn sie ihr Tun an der Seite ihres göttlichen Bräutigams vollbringt. Und auch er möchte sich ganz und gar mit seinen Brautseelen teilen und ihnen all das schenken, was er selbst hat und ist.

* * *

Der geistig Wiedergeborene ist Regent seiner Seelenwelt. Sein Innenleben findet im Licht der Wahrheit statt. Nur noch Gutes und Wahres kann sich in ihm und durch ihn manifestieren, denn das göttliche Licht erlaubt keine Dunkelheit. In der Liebe zum Vater sieht er wundervolle Gedanken aus seinem Herzen emporsteigen, ihn erfüllend mit unsagbarer Freude und himmlischem Frieden. Nun ist der Mensch vollständig wiederhergestellt, ist göttlich lebendig. Aber noch ist er an seinen Körper gebunden, soll ihn nicht verlassen, denn jetzt ist er eine Offenbarung Gottes in der Welt des Scheines und des Todes.

Erst wenn das Gotteskind seine Aufgabe erfüllt hat, wird es den Körper ausziehen wie ein abgetragenes Kleidungsstück und heimkehren ins Herzenshaus seines über alles geliebten Vaters. Ich kann seine Heimkehr sehen ... doch nicht beschreiben. Allein meine

Freudentränen geben Zeugnis von der Gnadenschau geistvollkommener Glückseligkeit.

(NB: Der wiedergeborene Mensch ist zugleich Brautseele Christi und geliebtes Kind seines himmlischen Vaters. Eine nähere Erklärung dazu findet man im eigenen Herzen.)

* * *

Früchte vom Baum des Lebens

"Ich bin das Brot des Lebens;
wer zu Mir kommt, wird nicht hungern,
und wer an Mich glaubt, wird nie mehr dürsten."

Geistige Felder öffnen sich, daraus kann die Seele schöpfen, so viel sie möchte. Die Aspekte des Göttlichen sind unermesslich, die Zahl der Äste und Verzweigungen des Lebensbaumes ruht im Schoße der Unendlichkeit, deshalb er nie zu überblicken ist. Jeder Zweig trägt eine andere wunderschöne Blüte, jeder Ast eine andere köstliche Frucht. Je mehr man von diesem Baum entdeckt, je mehr Früchte man genießt, umso reicher und umfangreicher, umso begreiflicher und zugleich unbegreiflicher, umso berührbarer aber auch unberührbarer wird er.

Der Baum des Lebens eröffnet unablässig neue Ausblicke und Erkenntnisse. In jeder Lebensfrucht offenbaren sich Inhalte und Auswirkungen weiterer Früchte, denn jede Frucht ist in der anderen enthalten. Man könnte sich tatsächlich in Ewigkeit von einer einzigen Frucht ernähren. Und so ist es eigentlich, denn jegliche Frucht des Lebens entspringt der Urfrucht: Dem Wort Gottes.

In den Schriften berichte ich von der Vielfalt und Schönheit des Lebensbaumes. In Demut reiche ich seine Gaben zur Verkostung dar, um ihn dadurch auf die Erde zu verpflanzen, auf dass hungernde und dürstende Seelen daran Sättigung finden. Doch bin ich nur Mittler und Überbringer - mit leeren Händen stehe ich vor Gott, reich beschenkt gehe ich von dannen, um seine Geschenke zu verteilen.

* * *

Die Frucht der Zeit entstammt dem Baum der Erkenntnis, die Frucht der Ewigkeit dem Baum des Lebens

Es gibt zwei Wege, die zu gehen sind. Der erste ist der zeitliche zu und mit Gott, worauf die Seele sich mit den Früchten des Baumes der Erkenntnis speist, jedoch unterworfen Vergänglichkeit und Sterblichkeit. Hier ist der Weg nicht das Ziel, er führt bei christlicher Lebensweise zum Ziel. Bei rechter Beschreitung wartet die Gewissheit, dass Gott in der eigenen Seele wohnt. Daraus hervor geht das Kennenlernen und die Ergründung seines Herzens, darin man die Beschauung seiner Liebe findet, woraus sich Wahrheit offenbart. Geht der Mensch entschlossen diesen Pfad, wird er schließlich vom göttlichen Geist erfasst und erfüllt.

Jetzt betritt er den zweiten, ewigen Weg in Gott, ernährt von den Früchten des Baumes des Lebens. Hier ist der Weg das Ziel, denn der Mensch ist eingegangen in das: *"Ich bin der Weg, die Wahrheit und das Leben."* Nun lebt er in der Gegenwart der alleinigen Wahrheit und Wirklichkeit. In dieser seiner himmlischen Existenz wird er immer tiefer eindringen ins göttliche Dasein. In alle Ewigkeit wird der himmlische Vater mit seinem Kind seinen vollkommenen Lebensraum durchwandern. In unermesslicher Glückseligkeit werden sie Hand in Hand und Herz in Herz Universen von unvorstellbarer Schönheit erschaffen und erhalten, versehen mit von Liebe und Licht erfüllten Wesenheiten ohne Zahl, unendlich verschieden und verschieden unendlich.

* * *

Da der Menschheit die göttliche Wahrheit verlustig gegangen ist, erschuf sie sich ihrem irdischen Verständnis dienliche `Wahrheiten und Wirklichkeiten´. Das sind hauptsächlich weltanschauliche, wissenschaftliche und religiöse Ansichten und Überzeugungen. Diese bestimmen ihr Denken und Handeln sowohl im Diesseits als auch im Jenseits.

All diese Bewusstseinsgebäude, seien sie individuell oder kollektiv, sind relative und somit veränderliche Scheinrealitäten, da sie auf gottlosen sowie abergläubigen Meinungsfundamenten errichtet sind.

Unabhängig davon existiert die absolute und unveränderliche Wahrheit/Wirklichkeit als Grundursache allen Seins. Gäbe es sie nicht, erhielten die relativen Welten kein Leben. Das bedeutet: Ohne Wahres gibt es kein Falsches, Wahres jedoch existiert ohne Falsches, denn göttliches Leben ist Wahrheit an und in sich. Ohne Vollkommenheit gibt es keine Unvollkommenheit, Vollkommenheit hingegen existiert ohne Unvollkommenheit. Ohne Absolutheit gibt es keine Relativität, Absolutheit indes existiert ohne Relativität. Daraus folgt: Der materielle Kosmos ist ein vergängliches Bildnis der Wirklichkeit.

In biblischer Sprache: Der Baum des Lebens (zeitlose Wirklichkeit) verleiht dem Baum der Erkenntnis (zeitlich bedingte und somit relative Erfahrungswelt) in feste Form gebundene und dadurch verschlossene Lebendigkeit, die sich demjenigen, der die Früchte der Erkenntnis nach Gottes Ratschlag zu sich nimmt, offenbart, ihn durchdringt und zum Verkoster der Früchte des Lebensbaumes macht.

* * *

Gott bestimmt den Tagesablauf der Menschen nicht, doch ist alle Zeit in ihrem Ewigkeitsgrund in Vollkommenheit gehüllt. Behutsam formt er jeden Augenblick, indem er ihn in allen Belangen den sich dauernd verändernden individuellen und globalen Zuständen anpasst. Anhand der negativen oder positiven Verfassungen jedes Einzelnen, jeden Volkes, als auch der Menschheit insgesamt verändert sich der Weltentag entsprechend. Dies schließt auch die verstorbenen erdgebundenen Seelen mit ein. Insgesamt sind das mehr als zehn Milliarden verschiedene, sich mit jedem Gedanken und mit jeder Tat verändernde Verhältnisse, die unter ihrem oberflächlichen Chaos wie Puzzleteile ineinandergreifen und so immer einen vollkommenen Tag erzeugen.

Darin und daraus erhält man stets, was man gemäß seiner Verfassung benötigt, um zu erkennen und zu reifen. Alle Geschehnisse und Begegnungen dienen dem seelisch-geistigen Fortschritt, auch scheinbar unwichtigste und unnötigste Umstände sind Teil dieser in allem enthaltenen Vollkommenheit. Selbst im Bösen und insbesondere im Leid ist sie als Tür ins Licht vorhanden. Doch nur wenn diese im Glauben und Vertrauen an des Vaters Beistand geöffnet wird, kann göttliche Liebesmacht ihre Wirksamkeit offenbaren.

Dass der Mensch dies nicht sieht, liegt daran, dass er sich selbst nicht kennt. Er kennt nur seine Oberfläche - und oft nicht einmal die. Erst wenn man die verborgenen Schichten des Bewusstseins durchdringt, eröffnet sich die tatsächliche Seelenbeschaffenheit, und erst dann wird einem mithilfe des göttlichen Liebelichts das grundlegende Zusammenspiel von Leben und Tod eröffnet.

Ein im Geiste Erwachter erlebt sich beständig in dieser Vollkommenheit. Ist er in Gottes Geist eingeboren, sieht er, dass die ihn und alles umgebende und durchdringende Vollkommenheit eigentlich aus ihm selbst erschaffen wird, sprich aus Gottes Herzen in seinem Herzen. Er ernährt sich vom Baum des Lebens.

* * *

Dreieinheit Körper-Seele-Geist

Vergänglichkeit und Tod regieren die materielle Umhüllung seelisch-geistigen Lebens, die wir Körper nennen. Materie ist eigentlich zu Leblosigkeit erstarrte Seelensubstanz, ist als und in feste Form gebundenes Bewusstsein, das einst eigenmächtig aus der lebenspendenden Wärme göttlicher Liebevollkommenheit trat.

Das im universellen Erlösungsprozess wieder aus der materiellen Gefangenschaft befreite Seelenleben ist als wesenhaft feinstofflich näher der ursprünglichen geistigen Beschaffenheit. Es ist fortwährendem Wandel unterworfen, denn alles aus der göttlichen Ordnung Getretene unterliegt notgedrungen Veränderung und Erneuerung. Das feinstoffliche Seelenleben ist selbstverständlich weitaus freier in seiner Ausübung als das als Materie gefestete, denn es hat die Möglichkeit der Fortbewegung im Rahmen seiner planetarischen Existenz, wobei es den feststofflichen Körper als notwendige Umhüllung mit sich führt.

Die menschliche Seele ist stets hin und her gerissen zwischen dem Gefühl der Sterblichkeit und der Unsterblichkeit. Was überwiegt, ist der Bewusstseinsausrichtung geschuldet. Der Materie höriges Gedankengut bindet an Tod und Vergänglichkeit und dies erzeugt Todesangst, gottgeistige Orientierung schenkt fortschreitende Gewissheit ewigen Lebens.

Der Gottesgeist im Herzen des Menschen ist vollkommen. Er ist rein und unbefleckt. Er unterliegt weder Zeit noch Raum. Er ist ohne Anfang und ohne Ende. Er beinhaltet alles Wissen, das man für seine nimmer endende Existenz benötigt. Mit und in diesem Geist schenkt der himmlische Vater seinen Kindern sein göttlich Leben.

In seiner passiven Auswirkung ist der Gottesgeist das freiheitliche Prinzip der Seele, er erlaubt ihr Selbstbestimmung in jeglichen Daseinsbereichen, sei es im Leben, sei es im Tod. In seiner aktiven Funktion als Instrument zur Vergöttlichung ist der Herzensgeist zwar vorerst gebunden, mithilfe verschiedenster irdischer Gegenkräfte hat der Mensch jedoch die Möglichkeit diesen freizusetzen, um sich von ihm erfassen und durchdringen zu lassen. Dadurch verliert die Seele ihren zeitgebundenen Status, sie verlässt den Kreislauf der Vergänglichkeit und des Todes, sie wird eingeboren in Gottes ureigenes Sein - und ist sodann vollendet.

(NB: Mancher fragt sich vielleicht, wie die menschenähnlichen Wesen vor Adam beschaffen waren, da sie ja den Gottesgeist noch nicht innehatten. Sie erhielten ihre Lebendigkeit von der Seele ureigenem Belebungsgeist, wie es auch bei den Tieren der Fall ist (tierische Intelligenz). Unter seiner Regentschaft kann nur in seelenspezifischer Gesetzmäßigkeit gehandelt werden, was wir als (Überlebens-)Instinkt bezeichnen. Erst seit Adam gibt es einen individuellen Zugang zum freien Gottesleben, den der Herzensgeist im eigentlichen Sinne darstellt. Dieser Eingang wurde durch der Menschheit verkehrten Lebenswandel allerdings verschüttet. Um ihn wieder zu öffnen, musste unser Vater in Jesus Christus selbst zur Erde kommen.)

* * *

Feste Körper bieten dem seelischen Bewusstsein evolutionäre Existenzgrundlagen zur Rückkehr ins göttliche Sein. Die Seele bildet und belebt ihr Materiekleid nach ihrem Ebenmaß, hat also selbst pflanzliche, tierische oder menschliche Gestalt. Ihr freies Menschsein erhält sie vom ihr innewohnenden Geist Gottes. Dieser wiederum benötigt die ihn umhüllenden menschlichen Individualitäten, will er als und durch eigenständige personale Wesenheiten seine schöpferisch-göttliche Wirksamkeit realisieren.

Der Geist im Herzen der Menschenseele ist ein vollkommener Gott im scheinbar kleinen Maßstab. Scheinbar deshalb, da dieser, als in, an und außer sich unendlich, nicht in klein oder groß sowie zeitlichen Begrenzungen bemessen werden kann. In seiner Absolutheit gibt es keine Vergleichsmöglichkeit von und zu Zeit und Raum.

(NB: Himmlische Geister haben natürlich ebenfalls eine wesenhafte Form, da sie sich ansonsten in der Unendlichkeit verlieren würden. Ihre Gestalt ist jedoch nicht der Allseele entnommen, sondern ist ihnen aus der göttlichen Vollkommenheit angetan, beziehungsweise gestaltet ihre göttliche Charakteristik ihre formales Äußeres.)

Hat jemand den Gottesgeist verwirklicht, stehen ihm alle seine Eigenschaften zur Verfügung - er oder sie wird in der Tat selbst zu diesem Geist. Erfolgt dies im Erdenleben, wird auch der Körper in die Vergeistigung mit einbezogen. In und zugleich außerhalb der Zeit ist der Mensch nun am Ziel allen Schöpfungsgeschehens. In und bei Gott erfährt er die Unvergänglichkeit jeglichen zeitlichen

Erlebens. Tiefer betrachtet: Im Geiste Wiedergeborene erleben die in der Zeit Veränderung und Vergänglichkeit unterworfenen Bewegungen der göttlichen Gedanken in deren unvergänglicher und wahrhaftiger Ursache. Noch essentieller: Ohne Zeit existiert alles wesenhaft Geschaffene im Hier und Jetzt seiner gottgültigen Erfüllung und Bestimmung.

Das Ende der Zeit bedeutet jedoch keinen Stillstand. Da der Gottesgeist Unendlichkeit in sich birgt, betritt man mit und in ihm einen völlig neuen Erlebnisweg. Als göttlich freie Vollkommenheit ist man in der Lage, in alle Ewigkeit immer tiefer einzudringen in das zeitlose und unerschöpfliche Sein unseres himmlischen Vaters.

* * *

Form, Wort und Sprache

Wie das Wort den Träger Ton braucht, um hörbar zu werden, der Sinn darin aber ohne die Lautsprache nicht nur existiert, sondern weitaus realer ist ohne das ihn umhüllende Gewand irdischer Akustik, so benötigt die kosmische Schöpfung den Trägerstoff Materie, um als und durch stoffliche Verdichtung eine räumlich-zeitliche Manifestation zu erhalten, ist jedoch ohne die vergängliche Ummantelung in ihrer freien geistigen Existenz weitaus wirklicher und wahrhaftiger. Das eigentliche Leben innerhalb und somit außerhalb jeglicher an Zeit und Raum gebundenen Erfahrungswelt ist demnach unvergleichlich lebendiger, in einer Klarheit und Intensität erlebbar, wie man es sich in der Materie wesend nicht vorstellen kann.

Obwohl Geist raum- und zeitlos und somit frei von allen Banden ist, hat in ihm wirkendes Leben einen konkreten Wesenskern, ein Herz, einen Liebegrund, von dem alles aus- und in den alles eingeht, ansonsten Individualität nicht möglich wäre. So ist Gott beschaffen - und wir als seine Kinder ebenso.

* * *

Wie alles Geschaffene bestehen auch Wort und Sprache in und aus einer Dreieinheit. Die Hülle des Wortes als hör- und sichtbare Form, die Seele als Sinn und Zweck des Wortes und der das Wort erschaffende Geist, der als Urgrund allen Lebens dem Wort Kraft und Lebendigkeit verleiht. Worte sind also geäußertes Leben an und in sich.

Im stofflichen Universum muss der Mensch eine Sprache erlernen um Inhalte zu erfassen, beziehungsweise entsteht für ihn durch die akustische Umhüllung erst erfahr- und erlebbare Wahrnehmung. Kommunikation braucht also eine sicht- oder hörbare Verpackung, darin und daraus eine indirekte seelische Verständigung über die sprachliche sowie bildliche Ausprägung stattfindet. Das ist in dieser Schöpfungsepoche bei den meisten kosmischen Völkern der Fall.

So wie die Seele im Ableben ihren vergänglichen Leib verlässt, legt auch das Wort im Jenseits die Hülle ab. Dies führt dazu, dass sich in der geistigen Welt Inhalte - sowohl in personaler als auch in sprachlicher Ausdrucksform - immer wahrhaftig offenbaren. Im Geisterreich erfolgt also eine unmittelbare Kommunikation.

Eigentlich. Denn eine aus dem stofflichen Universum ins Jenseits gegangene Wesenheit erfasst ihren eigenen sowie des Wortes Sinn nur ihrer mitgebrachten planetarischen Konditionierung gemäß. Ist diese fern der Wahrheit, kann sie sich allein im Irrtum oder in der Lüge verständigen. Weder ihre eigene, noch die Gestalt des Wortes sind ihr in Realität ersichtlich. All ihre `Wahrnehmung´ geschieht durch die Brille ihrer verkehrten Ansichten und Vorstellungen.

Der erwachte Geist hingegen existiert wahrhaftig. Er empfängt und verwendet das Wort wirklichkeitsgetreu. Er spricht und hört nicht nur die seelische Bedeutung, er erlebt das rein Geistige jeden formalen Ausdrucks, also dessen göttlich existenzielle Aussage. In dieser Verfassung sind sowohl seine eigene als auch des Wortes Seelenform ausführende Individualitäten himmlischer Lebensart, wie auf Erden bei rechter Lebensweise die körperliche Hülle sachdienliches Instrument der Seele ist.

Was geschieht nun, wenn ein Mensch in seinen Gottesgeist eingeboren ist? Er nimmt das Wort innerhalb dessen Umkleidung wahr. Er erfasst dessen Sinn unmittelbar im Herzen, darin es nur eine Sprache gibt. Das bedeutet, dass die verschiedenen sprachlichen Ausdrucksweisen dieser Erde für ihn kein Hindernis darstellen - und dass er jede Lüge sogleich erkennt. Gleichermaßen erlebt er sowohl die Bedeutung der Tierlaute als auch die sinnbildende Außenlebenssphäre der Flora als offenkundige Bewusstseinsbotschaften.

Im Umkehrschluss wird die Verschiedenheit göttlicher Offenbarungen verständlich, denn das im Herzen sich manifestierende Wort Gottes muss eine kleidsame Begrenzung annehmen, um sich in der Welt der Stofflichkeit ausdrücken zu können; die wird ihr von der Persönlichkeit beziehungsweise seelischen Prägung des Mittlers angetan.

In der geistigen Ausgeburt findet also eine Umkleidung statt, während in der Eingeburt in den Geist eine Entkleidung vonstatten geht. Das ist auch der Fall im Ablauf allen Schöpfungsgeschehens.

So kann man feststellen, dass Mensch und Wort vollkommen identisch sind und sowohl im Diesseits als auch im Jenseits den gleichen Verhältnissen und Bedingungen unterliegen. Ja, die gesamte Schöpfung ist in ihrer Struktur eine Dreieinheit aus Materie, Seele und Geist.

Das Endziel allen geschaffenen Daseins ist die Vergeistigung und somit Auflösung aller Materie, ist das Eingehen aller kosmischen Völkerschaften in den Geist Gottes. Wobei die seelischen Umhüllungen als notwendige Individualitätsplattformen bestehen bleiben, jedoch nicht mehr agierend als selbsttätige Lebensprinzipien, sondern als ausführende Organe göttlicher Wesenheit.

* * *

Vater und Gott

Wenn man Gott sagt, meint man eigentlich den Vater, denn nur als Vater ist Gott für seine Kinder zugänglich. Der Vater ist die Liebe und somit das Leben der Gottheit; der Sohn ist der für uns schau- und berührbare Ausdruck des Vaters, also Gott in Person, der da heißt Jesus Christus; der Heilige Geist ist der in aller Unendlichkeit machtvoll wirkende Wille Gottes.

Da die Menschheit ihren himmlischen Vater aus ihren Herzen verstoßen hat, ist sie ihrer Gotteskindschaft verlustig gegangen - nun regelt der allmächtige Herr der Schöpfung unser Dasein. Jetzt haben wir es mit der gesetzlichen Willenskraft der Gottheit zu tun, die nicht nur alles geschaffene Leben im ewigen Dasein erhält, sondern jede Unvollkommenheit gemäß Ursache und Wirkung unabdingbar und schicksalshaft mit schmerzlicher Krankheit und Tod ahndet. Das klingt nicht besonders vertrauenserweckend, und doch ist das offensichtlich und eindeutig der Fall, was man auf dieser Erde leicht feststellen kann, wo verschiedenste leidvolle Gegebenheiten die menschliche Existenz bestimmen.

Aus diesem Grund heißt es, dass wir nicht wider den Heiligen Geist sündigen sollen. Was wiederum sagt: Allein in der Liebe zu unserem himmlischen Vater ist Leben ohne Sünde wider den Heiligen Geist möglich.

Die Heiligkeit Gottes ist unantastbar. Nichts Unreines und Unvollkommenes kann in ihr bestehen. Ihre endgültige und absolute Weisheit duldet nur sich selbst. Allein die Liebe in der Gottheit ist unser aller Vater. Erst in der Hingabe an seine Herzensliebe kann uns Gott fürsorglicher Vater sein und uns aus dem Kreislauf von Vergänglichkeit und Tod herausführen.

Deshalb hat sich allein Gottes Liebe in Jesus Christus verkörpert. Hätte die Gottheit sich in ihrer absoluten Heiligkeit auf die Erde gesandt, die sündige Welt wäre augenblicklich im `Feuerlicht´ Gottes vernichtet worden. Gottes barmherzige und duldsame Liebe versöhnt unsere Unvollkommenheit allzeit mit seiner Absolutheit und macht ihn dadurch zum berührbaren Vater allen Lebens.

(NB: Als das von Gottes Liebefeuer ausgehende Licht ist der Sohn aber auch des Vaters Weisheit, die der Liebe untertan ist. Des Feuers Wärme, Licht und Kraft als Vater, Sohn und Heiliger Geist sind im Grunde untrennbar eines. Ein Feuer - ein Gott.)

* * *

Einst gab es in der Gottheit einen Kampf zwischen ihrer absoluten Weisheit und ihrer sich nach freien Kindern sehnenden Liebe. Die Liebe errang den Sieg. Daraufhin übergab die unberührbare Absolutheit Gottes das königlich-göttliche Zepter der für alles Leben berührbaren Liebe - gültig für alle Ewigkeit.

Sucht man Wahrheit und Verwirklichung mittels verstandesrechtlicher Wissenschaft und stellt dabei die Liebe hintan, begegnet man der unantastbaren Vollkommenheit der Gottheit. Sie verstößt alles Unvollkommene in die Abgründe der Vergänglichkeit, was heißt: Der kalte Verstand bringt den Tod - der beste Beweis ist diese Erdenwelt.

Allein das Herz des Menschen sucht und findet das Herz Gottes. Nur das kindliche Gemüt findet die barmherzige Liebe des himmlischen Vaters, der nicht nur alles Leben vor dem Tode bewahren, sondern seine Kinder mit allem erfüllen möchte, was er selbst hat und ist.

(NB: Der Tod bei Pflanzen und Tieren hat eine andere Ursache. Hier nötigt die seelische Evolution zu Vergänglichkeit, wodurch alles erstarrte Seelenbewusstsein durch die verschiedensten Lebensformen bis hin zum Menschen gebracht wird, der, als Krone der Schöpfung, alles Gefallene wieder der Göttlichkeit zuführt - beziehungsweise zuführen sollte.)

* * *

Ohne die Liebe Gottes, welche heißt der Vater, wäre niemals freies Leben ins Dasein gerufen worden. Die Gottheit wäre trotz oder gerade wegen ihrer Vollkommenheit in alle Ewigkeit in ihrer und an ihre unantastbare Heiligkeit gebunden. Allein in Gott gefestetes und demzufolge unfreies Leben wäre möglich, da dieses sich nicht aus Vollkommenheit entfernen kann. Doch darin ist Gott immer alles selbst, denn allein sein Wille bestimmt solch geoffenbarte Gedanken.

Würde Gott nicht denken beziehungsweise sich nicht betrachten und somit sein Bewusstsein nicht konkretisieren und realisieren, gäbe es keine schöpferische Offenbarung. Kein Sein würde sich je mit einem Wort umkleiden, keine geäußerte Idee würde Zeit und Raum eröffnen. Die Unendlichkeit wäre ein formloses, unbestimmtes, in sich geschlossenes Nichts und Alles ohne Namen, ohne Sinn und Zweck. Doch da Gott keinen Anfang hat und kein Ende, da er war, ist und wird sein immerwährend tätige Lebenskraft, ist auch sein Erschaffen ohne Anfang und ohne Ende. In der Unendlichkeit ist genug Platz dafür.

* * *

Die freien Willenstaten der Menschen stehen nicht im Widerspruch zur Allwissenheit Gottes, da dieser aufgrund seiner vollkommenen Weisheit ihr Handeln voraus sieht und nicht vorherbestimmt.

Oder anders beleuchtet: Die Absolutheit des göttlichen Bewusstseins gebiert Allwissenheit = Allgegenwärtigkeit. Daraus und dadurch greift Gott aber nicht in unseren Willen ein - als von ihm unabhängige Wesenheiten können wir jederzeit selbstbestimmt über unser Leben entscheiden.

Eine göttliche Offenbarung ist Bedingung und Ursache jedweden Erschaffens. Im derzeitigen Schöpfungsgeschehen trat Gott wesenhaft aus seinem innersten Grunde. Das ermöglicht ihm, nicht unablässig bewusst allwissend zu sein - er wendet sich quasi von seiner Allwissenheit ab, indem er unbeeinflusste und unberührte Liebe zu seinen Kindern in den Mittelpunkt stellt. (So wie auch ein reifer

Mensch im liebevollen Zusammensein mit seinen Kindern sein Wissen hintanstellt - also gleichsam `vergisst´, sich in deren Entwicklungsstand hineinbegibt und vorwiegend mit dem Herzen agiert.) Dies erlaubt ihm und uns ein freudvolles und unvoreingenommenes Mit- und Zueinander.

Gott kann also jederzeit allwissend sein, er kann aber auch zeitliche und räumliche Abfolgen betreten und zusammen mit seinen Kindern Zukunft eröffnen, die, da sie eine zeitliche Verkörperung der ewigen Gegenwart ist, in und aus sich sukzessive Allwissenheit und Allgegenwärtigkeit gebiert.

Mittels dieser Vorgehensweise schenkt der Vater seinen Kindern Früchte des Baumes der Erkenntnis in der raum- und zeitgebundenen Dimension (Länge der Zeit), während in der himmlischen Dimension der Baum des Lebens (Tiefe der Gegenwart) Nahrung für und in alle Ewigkeit spendet.

* * *

Kein geschaffenes Leben kann und wird das göttliche Bewusstsein je umfassend ergründen können, denn Gott ist ohne Anfang und ohne Ende und ist zugleich Anfang und Ende, wobei im ewigen Wesensgrund Gottes Anfang und Ende als energetischer Lebensmittelpunkt und Lebenswillenskraft untrennbar eines sind. Hier betrachtet sich das fundamentale Nicht-offenbare, das Unendlichkeit und alles darin Befindliche unmittelbar in sich vereint. Hier geschieht alles, was jemals war und ist und sein wird in dimensionsloser Gegenwärtigkeit und höchster Vollkommenheit selbstbewussten Gottseins.

Aus diesem Grund entspringt die Quelle, die allem Dasein ewiges Leben und unbegrenztes Wachstum in Liebe und Weisheit verleiht. Diese Quelle ist gleichzeitig Ursprung und Ziel aller Schöpfung, sie ist das Alpha und das Omega jeglicher Existenz.

Trinkt man von dieser Quelle, wird man gewahr, dass niemand Gott jemals etwas geben kann, denn er ist alles selbst. Nur Gott kann geben, entweder aus sich unmittelbar als Schöpfer, oder aus sich mittelbar durch seine Schöpfungen. So ist Gott immer alles in allem in Ewigkeit und Unendlichkeit.

Um sein Bedürfnis nach vollkommen freier Liebe im Zusammenleben mit seinen Kindern zu verwirklichen, trat Gott aus seinem innersten Sein. Das ist der Vater. Nur in und durch ihn können wir uns als von Gott geliebt begreifen. Mit seiner Menschwerdung hat er sich für alle Ewigkeit eine personale Umkleidung geschaffen. Seit diesem Zeitpunkt ist die ursprünglich unzugängliche Gottheit als Vater in Jesus Christus schau- und berührbar.

Für uns geschaffene Wesenheiten zählt also nur die göttliche Vaterliebe. Sie schenkt uns allzeit die nötige fassbare Portion Weisheit, auf dass Liebe und Licht uns in rechtem Maße durchdringen, erfüllen und vervollkommnen.

(NB: So mancher wird sich vielleicht wundern oder daran stoßen, dass Gott stets als Vater dargestellt wird. In seiner allumfassenden und alles erfüllenden Liebe ist Gott selbstverständlich auch Mutter. Für uns zählt aber in erster Linie das gebende, schöpferische Prinzip Gottes - das ist der Vater. Aus diesem Grund verkörperte sich Gott als Mann Jesus Christus und nicht als Frau.)

* * *

Wunder

Nicht die Schöpfung ist ein Wunder. Die (Ent-)Materialisation von Gegenständen, auf dem Wasser zu wandeln oder Wasser in Wein und Steine in Brot zu verwandeln sind ebenfalls keine Wunder. Auch eine jungfräuliche Geburt ist kein Wunder. Selbst die augenblickliche Heilung eines Kranken durchs Wort oder die Erweckung eines Toten, was einem vom Gottesgeist erfüllten Menschen tatsächlich möglich ist, sind keine Wundertaten.

Das wahrhaftige und einzige Wunder ist die Rückkehr eines in der freien Liebe wiedergeborenen Menschen zu seinem himmlischen Vater. Dieses Geschehen steht über allen göttlichen Handlungen in Zeit und Ewigkeit. Nur dieses hat vor Gott einen Wert, denn es ist nicht mit seiner Allmacht geschrieben. Allein für dies Wunder wurde die Welt erschaffen.

* * *

Die Kreuzigung

Diese Erde wird in alle Ewigkeit Zeugnis und Wahrzeichen der göttlichen Liebe sein. Auf diesem verkommensten und verwahrlosesten aller Planeten des Universums nahm Gott Menschengestalt an. Und hier ließ er sich aufs Grausamste misshandeln und kreuzigen. Es wäre ihm ein Leichtes gewesen, dies zu verhindern, und seine qualvolle Hinrichtung war auch nicht unbedingt notwendig, um den Tod zu durchbrechen und der Welt Sünde zu erlösen - er hätte dafür auch andere Wege eröffnen können. Doch um den freien Willen seiner Geschöpfe zu bewahren, ließ er all dies mit sich geschehen.

Da jeglichem Tun Gottes Vollkommenheit innewohnt, wurde seine grausame Ermordung zur Verherrlichung der Liebe. Wer sehen kann, dass es Gott war und ist, der von seinen Geschöpfen ans Kreuz geschlagen wurde, wird Erlösung erlangen, denn er sieht das Herz des himmlischen Vaters bluten für seine Kinder.

So wurde die Muschel Materie von Jesus Christus geöffnet, und bald wird sie ganz aufgehen. Und die gefallene Erde wird sichtbar werden als wertvollste Perle des Alls und wird erstrahlen und erleuchten die Unendlichkeit. Ja, alles Leben im Universum blickt auf diesen kleinen, unscheinbaren Planeten, der sich in einer von unzähligen Galaxien befindet, wobei jede aus Milliarden und Abermilliarden von Planeten und Sternen besteht, der aber geistigerweise im Allerinnersten des Herzens Gottes wohnt und thront. Der Schauplatz des größten geistigen Kampfes aller Zeit und Ewigkeit ist, und schließlich und endlich die Krone Gottes als schönste aller Perlen schmücken wird.

* * *

Schöpfungs- und Menschheitsgeschichte

O Gott, keinen Anfang hast Du und kein Ende. Du bist die Unendlichkeit selbst. Sie ist Dein geistiger `Raum´, darin Du Dich betrachtest. Was hast Du schon alles erlebt? Was tatest Du all die Ewigkeiten hindurch? In Deinen zahllosen Schöpfungen stelltest Du die wunderbarsten Gedanken in Dich, Wesenheiten ohne Zahl, jedes vollendet in seiner Gestaltung, erfüllt mit Licht und Liebe. Doch warst Du selbst immer dieses Licht und diese Liebe. Kein von Dir unabhängiges Gegenüber sagte: "Ich liebe Dich!" Keiner Deiner Schöpfungen wohnte die Selbstständigkeit der Liebe inne - Liebe geschah stets in fortwährender Gebundenheit an Deinen heiligen Willen.

Da sprachst Du wieder einmal das Schöpfungswort, und aus Dir heraus traten unzählige lichterfüllte Gedanken. Aber diesmal sprachst Du ein Wort wie keines zuvor. Du schenktest ihnen eigenes, von Deinem Willen unabhängiges Leben. Diese Freiheit gab ihnen die Möglichkeit der Entscheidung für oder gegen Dich. Du eröffnetest die gegenwärtige Schöpfung einzig und allein der freien Liebe wegen.

Und die Geschöpfe erkannten sich in Dir und waren glücklich in ihrer vollkommenen Freiheit und freiheitlichen Vollkommenheit. Doch einer von ihnen, der da war Träger Deines Urlichtes und hieß Luzifer, ging Kraft seines von Dir losgelösten Willens eigene Wege, und zahllose Geister folgten ihm und entfernten sich von ihrer Lebensquelle. In der Folge verschloss sich die Türe namens Demut zum Empfang der göttlichen Attribute - Starrsinn, Stolz und Hochmut wurden ihre vorherrschenden Wesenszüge. Ihre Liebe erkaltete, ihre Herzen verdunkelten, sie konnten Dich in sich nicht mehr erkennen. Schließlich erblindeten und erstarrten sie vollends in ihrer selbstgeschaffenen Finsternis und Kälte. Denn trotz der Willensunabhängigkeit von Dir benötigen Deine Geschöpfe unablässig Deine Lebenskraft, -wärme und -licht, um sinngemäß existieren zu können.

Aus dieser fallenden Geisterschar formtest Du das materielle Universum. Deine barmherzige Liebe fing das haltlos in die Tiefen der Unendlichkeit stürzende Geistesbewusstsein auf, gab der zunehmenden Verdichtung Zusammenhalt (konkrete Seelensubstanz) und der finalen Erstarrung Ordnung und Struktur (feststoffliche Seelensubstanz = Materie = Kosmos). Somit war für die gefallene Schöpfung ein Fundament geschaffen zum Wiederaufstieg ins göttliche Sein.

Oder in natürlicher Abfolge betrachtet: Aus dem ursprünglich freien Geistesbewusstsein entstand der ätherische Lebensgrundstoff. Im Laufe von Jahrmilliarden verdichtete sich dieser, bekam zunehmend Festigkeit und bildete eine erste substantielle Form. Die Urzentralsonne wurde geboren, daraus unzählige weitere Sonnen entstanden und daraus wiederum flammende Planeten (vermeintlicher Urknall). Diese kühlten schließlich in der Abnabelung von ihren Gebärerinnen ab und begannen in geordneten Bahnen um ihre Muttersonnen zu kreisen. Unzählige Galaxien mit zahllosen Sternen und Planeten erfüllten nach und nach den zu diesem Zweck bereitgestellten Weltenraum.

Auch unsere Erde ward so geboren und auch hier wurde, so wie auf allen Gestirnen des Universums, die Rückführung der mit Luzifer gefallenen Wesenheiten eröffnet, wobei das Willenszentrum Luzifers diesem Planeten zugeteilt wurde.

(NB: Der Vollständigkeit halber muss erwähnt werden, dass der Geist Luzifers/Satanas - Satan ist ein zweigeschlechtlicher Geist, ursprünglich vorherrschend weiblich agierend als empfangende Wesenheit von Gottes Liebe, nun vorrangig in und aus seinem männlichen Prinzip wirkend - zuerst in einem anderen Planeten unseres Sonnensystems eingebunden war. Dessen Bewohner haben ihre Wohnstatt jedoch mutwillig zerstört, was nicht zuletzt auf Satans Einfluss zurückzuführen ist. Ihr Planet brach auseinander - seine Einzelteile verloren sich in den Weiten des Alls. Satans Machtzentrum wurde daraufhin in unsere Erde gebannt.)

Aus der zu Materie gefesteten Seelensubstanz ließest Du Pflanzen wachsen, erstes Leben aus dem Tod, erstes Weichwerden des Erstarrten. Dann ließest Du Tiere jeglicher Art erstehen, wodurch Seelenleben nicht mehr an Ort und Stelle gebunden war, die jeweiligen Kreaturen sich im Rahmen ihrer Bestimmung frei bewegen konnten. Im weiteren Evolutionsverlauf gab es schon menschenähnliche Lebewesen, die wir heute Neandertaler nennen. Sie waren ausgestattet mit instinktiver Intelligenz, daher ihr Dasein bereits ein selbstständiges war. Doch waren sie nicht in der Lage, sich über ihr gefallenes Bewusstseins zu erheben, einen höheren Sinn und Zweck als den der Lebenserhaltung kannten sie nicht.

Und vor gar nicht allzu langer Zeit formtest Du aus der Erdenseele ein erstes Menschenpaar und hauchtest ihm Deinen Odem ein: Du anvertrautest ihm Deinen Geist, der göttliches Leben ermöglicht. Dadurch konnten sich Adam und Eva über die animalisch-instinktive Gesetzmäßigkeit erheben; sie waren in der Lage, Dich zu erkennen und selbstbestimmt in der Vollkommenheit Deiner Liebe zu handeln.

Doch sie und viele ihrer Nachkommen entfernten sich von Dir und fielen aus ihrer wiedergeschenkten Göttlichkeit. Daraufhin reinigtest Du die Wiege der Menschheit mit dem Wasser Deiner Erbarmung und ließest ein neues Geschlecht erstehen auf Erden. Aber auch deren Nachfahren verirrten sich in ihrer materiellen Verfallenheit, obwohl Du sie durch Propheten und Engel belehrtest und auf ihre Verirrungen hinwiesest.

Und dann kamst Du selbst zu Deinen gefallenen Kindern, auf dass Du sie führest aus ihrer Dunkelheit und ihnen schenkest ewiges Leben in Dir. Worauf sie Dich auf grausamste Weise töteten, was Du geschehen ließest, auf dass die Welt Deine unendliche Liebe erkenne.

O Gott, wie kann man das begreifen?! Deine Liebe macht es begreiflich. Der Weg zu Dir ist gebahnt von Dir durch Dein irdisches Wirken. Du sühntest des Todes Schuld mit dem Blut Deines gekreuzigten Herzens. Du stelltest die göttliche Allmacht hintan und übergabst Dein Leben der barmherzigen Liebe. So machtest Du Deine Wesenheit für Deine gefallenen Geschöpfe zugänglich und berührbar, ja, bewohnbar ewiglich. Wir brauchen Dir nur nachzufolgen, dann kommen wir dahin, wohin Du gegangen bist. Doch wie viele Deiner Kinder folgten und folgen Dir nach?

Ewigkeiten sind vergangen, seit Du freie Gedanken aus Dir stelltest. Doch wo stehen wir nun? Vergessen bist Du, o Vater - wieder sind wir gefallen! Die Erde wird beherrscht von der Finsternis der Gottverlorenheit! Deshalb kommst Du jetzt wieder. Die Samen, die Du ins Erdreich legtest, sind gekeimt und gewachsen. Bald wirst Du Ernte halten. Die Deinigen wirst Du heimholen, und die, die die Lust der Welt loben und preisen, werden andere beschwerliche Wege zu gehen haben.

Dies alles wusstest Du vor dieser einzigartigen Schöpfung. In Deiner Allgegenwärtigkeit sahst Du all die Möglichkeiten von Elend und Verlorenheit. Du sahst das namenlose Leid der Menschheit, sahst das grausame Sterben Deiner verirrten Kinder, hörtest die schmerzerfüllten Schreie der in den Sümpfen der materiellen Begierden versinkenden Seelen. Du sahst die Flüsse von Tränen und die Bäche von Blut, die ins Meer der Hoffnungslosigkeit und Verzweiflung münden. Und sahst die unendlichen Zeiträume dieses freiheitlichen Weges Deiner Schöpfung - bis zu ihrer Rückkehr in die göttliche Heimat.

Und die Liebe in der Gottheit sprach zur Gottheit: *"Lass es uns vollbringen, lass uns dies einmalige Abenteuer wagen. Ich werde Dir alles wiederbringen. Ich übernehme die Verantwortung und nehme die Schuld allen gefallenen Lebens auf Mich. Kein Opfer wird Mir zu groß sein, auf dass sich der Liebewunsch unseres Herzens erfüllt. Und einst werde Ich das letzte geschaffene Licht heimführen und es wird uns als liebenden Vater erkennen. Dann werden alle Kinder sprechen mit einer Stimme: `Ich liebe Dich!´. Und es wird ein Fest sein und Freude ohne Ende. Dann ist es vollbracht!"*

* * *

Die vorangegangene kurze Schilderung gibt in verständlichen Worten Entstehung, Zweck und Ziel allen Lebens wieder. In der fortschreitenden Geistesevolution wird der Mensch diese seine hehre Bestimmung immer tiefer und umfassender erkennen, denn alles göttliche Schaffen birgt Unendliches in sich.

Was mir unser Vater immer wieder vor Augen führt ist das Ergebnis dieser Schöpfungsepoche. Denn dass er seinen Plan verwirklichte, schließt ein vollkommenes Ergebnis mit ein: Alles jemals erfolgte und noch erfolgende Leid wird unendlichfach aufgewogen im freien Liebeleben in und mit Jesus Christus mit unsagbarer Daseinsfreude. Dieses Leben wird niemals ein Ende finden; immer mehr werden wir durchdrungen werden vom Licht der Wahrheit, immer tiefer werden wir eindringen in das liebende Herz Gottes. Und unser über alle Maßen beglückendes Wachstum bedingt auch eine neue, unermessliche Glückseligkeit für unseren himmlischen Vater.

* * *

Musik und Ton - Das Lied der Vollendung

"Die Seele ist das Instrument des Geistes,
auf dem er sein göttliches Lied spielt."

Einst war ich ein verlorenes Kind, ein toter Schrei, der nach Halt rief und nach Leben. Aber der Tod gibt keinen Halt, und meine Schreie versanken in den unersättlichen Begierden dieser Welt. Doch nun ist aus dem Schrei ein Lied geboren, das Lied meines Herzens, welches besingt für immer und ewig die Liebe Gottes.

Und der Tod wich von mir, erlöst in diesem Lied, das die Welt nicht singen kann; dem einen Lied, das alle verlorenen Lieder sammelt und in sich vereint. Und im Licht der Liebe Gottes sehe ich: Im Innersten meines Schreis war dieses Liebeslied seit jeher gegenwärtig, denn aus diesem Lied bezieht der Schrei sein Leben und seine Energie. Jeder Schrei ist im Grunde ein verwundetes und verzerrtes Echo der göttlichen Melodie.

* * *

Höllische und himmlische Musik

Im irdischen Menschsein benötigt man ständig neue Melodien und Klangfarben, um der Seele Sehnsucht nach emotionaler Berührung und Erfüllung zu stillen. Das musikalische Repertoire ist breit gefächert, es gibt verschiedenste Stilrichtungen. Gegenwärtig erfolgen die Inspirationen zumeist aus den niederen Geisteswelten, entsprechend dem allgemeinen gottlosen Zustand.

Doch nicht nur die aggressiven und seelenlosen Rhythmen und Klänge geben Zeugnis von dämonischem Treiben; auch in den Texten, oft verfasst von durch Drogenkonsum um- oder besessenen Musikern, verleihen sich Wesenheiten aus den höllischen Regionen lautstark Gehör.

Es gab und gibt aber auch immer wieder wunderbare, aus den himmlischen Sphären inspirierte Kompositionen. Sie versetzen Herz und Seele der Zuhörer in harmonische Schwingung und öffnen sie für Geistesgaben aus dem Licht.

Mit irdischen Instrumenten und Stimmen ist es jedoch nicht möglich, die Töne so aufzuschließen, dass göttliche Vollkommenheit daraus sprechen kann. Die in der materiellen Welt verankerte Seele kann das himmlische Schaffen nicht so erfahren, wie der freie Geist es erlebt. Vielmehr hören wir nur die Oberfläche der Musik, wie sich auch in der Hülle des Wortes lediglich der materielle Sinn offenbart. Erst im geistigen Erwachen oder in einer Entrückung erfährt man der Musik göttlich-geistigen Inhalt. In den lichten Sphären besteht kein Abstand zu den wundervollsten und reinsten Klängen, die so vollkommen mit der Seele zusammenwirken, dass man es sich nicht vorstellen kann. Man ist gleichsam im Herzen synchronisiert mit göttlich-schöpferischer Lebendigkeit. Und dies von innen heraus und nicht, wie in der materiellen Einbildung, von außen nach innen.

Im Himmel kann ein Lied in Ewigkeit Freude und Glückseligkeit spenden, denn dessen unerschöpfliche Tiefe ist den Bewohnern offenbar. Ja, ein einziger geöffneter Ton Gottes würde alle Schöpfung in Zeit und Ewigkeit ernähren und erhalten. Und so ist es eigentlich. Denn der Ton ist das Wort, das war am Anfang und war bei Gott und in Gott und ist Gott selbst.

* * *

Die Seele ist das Instrument des Geistes, darauf er sein göttliches Lied darbietet. Die Saiten der Seele sind ihre Eigenschaften, die, in Demut und Hingabe gespielt, Lieder und Kompositionen in vollkommener Harmonie erzeugen. So ist im Grunde jeder Mensch in seinem erwachten Geistesleben ein perfekt gestimmtes Instrument in Gottes Hand.

Die gegenwärtige Schöpfungsperiode stellt die Krone aller bisherigen Schöpfungen dar. Ihre Symphonie erzählt von der freiesten Hingabe und uneingeschränkten Liebefähigkeit der Kinder Gottes.

In Begleitung der Gemeinschaft aller Lebensinstrumente besingt der himmlische Chor die Liebe, Güte und Barmherzigkeit unseres Vaters in Jesus Christus. Sein Blut durchdringt dieses gemeinsame Lied und trägt den Gesang in sein Herz, darin geboren wird eine neue Glückseligkeit auch für unseren Vater im Himmel, der ein Vater ist und bleiben wird seinen Kindern jetzt und für immerdar.

* * *

Im Herzen der Liebe wird alles zu Musik -
Musik wird im Herzen zu Liebe

Beim Anhören schöner Musik wird meine Seele von der Töne Oberfläche in die Wahrhaftigkeit der Stimmen und der Instrumente Klänge entführt und dabei manches Mal in den Himmel entrückt. Hier erlebe ich, was Musik eigentlich bedeutet:

Der himmlische Vater steht vor seinen Kindern. Mit seinen wohlwollend-liebenswerten, strahlend blauen Augen findet er jedes Kindes Blick. Sein Herz ist geöffnet, seine Liebe berührt uns zärtlich im Allerinnersten. Eine Jede und ein Jeder ist vollends angenommen und wird aufs Unaussprechlichste mit seiner Gegenwart erfüllt.

Ein flammender Engel beginnt in Demut die Liebe Gottes zu besingen. Sein Gesang atmet Anbetung in Vollendung. Dann stimmen wir mit ein, der Chor der Wiedergefundenen und Heimgekehrten. Im Gleichklang der Liebe erklingen unsere Stimmen wie eine Stimme, verbindend alle Herzen miteinander und mit Jesu Herz. Jede Faser unseres Seins ist nun durchdrungen von Liebe und Leben. Wir stehen in Flammen, die zu einer Flamme wird, einer Liebe, ein Verstehen. Immer intensiver werden Gesang und Töne, tragend Liebe hinaus in die Unendlichkeit. Ja, es ist tatsächlich so, dass dies Lied alles Dasein durchdringt. Und zugleich trägt die Demut der Töne die Liebe zurück in Gottes Herz.

Hier geschieht, was keines Menschen Auge je gesehen, keines Menschen Ohr je vernommen und keines Menschen Mund je auszusprechen imstande ist.

Was bedeutet noch die Welt! Sie ist ein Traum, ein vergänglicher Schatten! Ich will bleiben und nicht länger diesen Körper bewohnen! Und doch drängt es mich zurück, um Gott zu dienen mit jeder Faser meines Seins, mit jeder Sekunde meines Lebens. In seiner Gnade darf ich diesen Ort hin und wieder besuchen und dort verweilen, während meine fleischliche Hülle Bäche von Tränen vergießt; doch der Geist dieser Tränen reinigt die Seele und spült alles ihr angehörige Dunkel in die barmherzige und alles verwandelnde Liebe Jesu Christi.

* * *

Ich sehe das Ende der Zeit

Das letzte Atom Materie ist vergeistigt. Die Unendlichkeit erfüllt von Geistern ohne Zahl. Aus den Tiefen des Alls dringt ein Ton. Er steigt an, aus sich heraus, wird zum Gesang. Es ist das Lied der Vollendung, denn es ist vollbracht - der Kreis der Schöpfung hat sich geschlossen. Alles Verlorene ist wiedergefunden, alles hat seine göttliche Bestimmung verwirklicht.

Immer intensiver wird der Gesang, der Chor der Glückseligkeit hat eingesetzt. Jegliches Leben stimmt ein in dieses Lied, besingend die Herrlichkeit Gottes, besingend die sanftmütige und barmherzige Liebe des Vaters. Die Geister stehen in Flammen, es ist nicht zu beschreiben, wie wahrhaftig, wie vollkommen erfüllt sie singen … jetzt werden alle zu einer Liebeflamme, die zu Ehren Jesu Christi brennt.

Hier erfüllt sich das Wort, das war im Anbeginn bei Gott und war Gott selbst. O Menschheit! Welches Ziel! Welche Glückseligkeit! Das Wort, das die Zeit eröffnete, findet seine Vollendung im Herzen Gottes. Etwas ganz Neues beginnt … doch darf ich nur erahnen, was

nicht sagbar
nicht sagbar
nicht sagbar ist.

* * *

Prophetentum und Gottes Wort

"Und nach diesem will Ich Meinen Geist ausgießen über alles Fleisch,
und eure Söhne und Töchter sollen weissagen,
eure Ältesten sollen Träume haben,
und eure Jünglinge sollen Gesichte sehen."

Zeiten der Einsamkeit und der Askese dienen der Verinnerlichung in und der Vereinigung mit Gott. Doch allein durch Zurückgezogenheit und Gebet kann die Seele nicht dauerhaft erstarken. Abseits der alltäglichen Herausforderungen ist geistiges Wachstum nur bedingt möglich. Erst im Ringen mit den irdischen Gegenkräften öffnen sich der Seele Himmelsgaben - wenn sie dies an der Hand des Vaters tut. Stete Kämpfe sind Notwendigkeit, um mit dem Herzensgeist in Verband zu kommen, der nicht nur die Kraft der Überwindung verleiht, sondern göttliche Lebensinhalte eröffnet und diese gemäß der Wahrhaftigkeit des Glaubens entschlüsselt.

Ein Diener Gottes muss also kein Eremit oder Asket sein. Ein Prophet heutiger Zeit kann durchaus im beruflichen und familiären Dasein seinen Mann oder seine Frau stehen und ist somit legitimer Bewohner dieser Erdenwelt. Er darf sich nur nicht an seinen Besitz binden und seine irdischen Freuden über die Liebe zu Gott stellen.

Doch einst kommt der Tag, ab dem der Arbeiter im Weinberg des Herrn aus dem weltlichen Geschehen tritt und, seiner Hingabe gemäß vollendet, nur noch seinem göttlichen Auftrag nachkommt. Dann gehört sein Dasein ganz seiner Berufung. Dann kümmert sich der Vater selbst um alle Belange seines Kindes und wird Ordner und Führer bis ins kleinste Detail dessen Lebens.

* * *

Ein Prophet hat keinen Verdienst vor Gott. Auch nicht ein angesehener Prediger, ein Heiler, ein Medium, ein Religionsführer oder spiritueller Meister. Diese Personen haben Gaben mitbekommen, um der Menschheit zu dienen. Ihnen eröffnen sich bei gutwilliger Lebensweise die geistigen Talente zu gegebener Zeit, auf dass sie ihrer Berufung gerecht werden können. Ein Verdienst ist das nicht und erst recht nicht eine Regentschaft.

Propheten und Apostel sind, genauso wie jeder andere Mensch, mit Schwächen und Fehlern behaftet. Auch sie müssen sich das durch sie geoffenbarte Geistesgut im täglichen Lebenskampf zu eigen machen. Einzig die praktisch gelebte Liebe im Alltag ist Richtschnur gottgeistiger Realität. Nur sie ist gültiger Maßstab tatsächlicher Gottesgegenwart - und nicht das geäußerte Wort.

Kommt es zur Erhöhung eines Propheten oder Gottesdieners durch Personenkult oder eigenmächtiger Heiligsprechung, vermischen sich niedere Bedürfnisse mit gottgegebenen Talenten. Dann gehen die Gnadengaben verloren, der Geist zieht sich zurück, Gottesdienst wird zum Selbstzweck. Letztendlich wird der Gottesdiener zum Satansdiener und benützt seinen früheren Status, um seine Selbstherrlichkeit und die seines neuen Meisters aufrecht zu erhalten. Viele Irrlehren und falsche Voraussagen sind durch solche Auswüchse entstanden und haben mit dazu beigetragen, dass Wahrheit und Lüge nicht mehr unterschieden werden können.

* * *

Ein Traum der Menschheit ist es, durch die Zeit zu reisen. Dieses Thema taucht immer wieder in Science Fiction Romanen und Spielfilmen auf. Aber auch anerkannte Wissenschaft beschäftigt sich ernsthaft und ausführlich mit dieser Thematik und beleuchtet alle denkbaren Möglichkeiten auf dem Gebiet theoretischer Raum- und Zeitforschung.

Doch wie es niemals gelingen kann, kreatürlichen Körpern mit wissenschaftlichen Methoden Unsterblichkeit zu verleihen, so sind auch Zeitreisen mithilfe technischer Mittel nicht möglich. Gott hat es so eingerichtet, dass der verkörperte Mensch an seine Zeitlinie gebunden bleibt - diese kann weder verlassen noch außer Kraft gesetzt werden. Und selbst in den niederen Bereichen der jenseitigen Welt kann eine Seele nur in ihrer zeitgebundenen Sphäre verweilen, der Zugang zur freien Ewigkeit ist ihr verwehrt.

Ist jemand prophetisch erwählt und/oder in Gott wiedergeboren, kann er im Geiste zeitliche und räumliche Schranken überwinden, da er sich zuweilen nicht mehr nur in seiner eigenen Lebenssphäre befindet, sondern in der allumfassenden Sphäre Gottes. Darin offenbart ihm der Vater eine Zukunft, die dem gegenwärtigen Entwicklungsstand eines Menschen, eines Volkes oder der Welt insgesamt zugrunde liegt.

Visionen und prophetisches Schauen sind somit eigentlich Reisen durch Zeit und Raum. Propheten sind gewissermaßen Zeitreisende, deren Ziel von Gott vorgegeben ist.

Wie andere übersinnliche Gegebenheiten kann auch diese geistige \`Fortbewegungsart´ von visionärer Kreativität erahnt werden, aufgrund der materiellen Verhaftung werden solche Vorgänge jedoch auf die Ebene der Feststofflichkeit transportiert. So kommen die irrige Vorstellung beziehungsweise der Wunsch zustande, Zeitreisen mittels technischen Fortschritts bewältigen zu können.

* * *

Wie das im Herzen gesprochene Wort Gottes muss auch jede schaubare Offenbarung durch die seelische Struktur und weltliche Färbung eines Menschen hindurch, um in dessen Bewusstsein zu gelangen. Eine jungfräuliche Vision muss also erst das konditionierte Glaubensland respektive geistige Verständnis des Sehers durchwandern, bevor sie sich der Welt kundtut.

Die Intensität des Glaubens oder einer Glaubensverirrung ist verantwortlich für den Grad von Wahrhaftigkeit oder Verfälschung sowohl der Einsicht in jenseitige Verhältnisse als auch für den Blick in zukünftige Vorkommnisse im irdischen und universellen Kosmos. Je tiefer jemand in einer weltlichen Prägung verankert ist, umso entstellter wird die ursprünglich wahrhaftige Offenbarung.

In den Visionen katholisch geprägter Seelen fließen religiöse Dogmen mit ein, so kommt es zu teilweise absurden Jenseitsvorstellungen und verkehrten Darstellungen des Jüngsten Gerichts sowie der \`römisch-katholischen´ Zeit danach. Auch der Marienkult spielt bei solchen Prophetien eine gewichtige Rolle. Die göttliche Liebe wird nicht selten in Person der Gottesmutter Maria dargestellt, die so zur Heilsbringerin und Erlöserin wird. Doch nur Jesus ist Heilsbringer und Erlöser. Er allein ist Gott, wir alle sind Geschwister in und aus ihm.

Beim Durchwandern einer Seelenlandschaft, die von sogenannten New-Age-Lehren oder fernöstlichen Glaubensauffassungen geprägt ist, wird Gottesgut oft derart entstellt, dass es den spirituellen Irrgarten dieser Welt vergrößert, anstatt Licht ins Dunkel zu bringen.

Nicht selten vermischen sich in einer latenten medialen Veranlagung bei Autoren reale jenseitige Gegebenheiten mit materiellem Vorstellungsvermögen, woraus kommerzielle Fantasy- und Science Fiction-Literatur und Filmproduktionen entstehen, die das Bewusstsein vieler an irreale Welten binden - mit dem Ergebnis, dass alles übersinnliche Geschehen nicht ernst genommen und ins Land der Phantasie gestellt wird.

Und so findet man noch allerlei Kuriositäten in den Darlegungen hellhöriger und hellsichtiger Personen jeglicher Welt- und Glaubensanschauung.

Je losgelöster und freier eine Seele von irdischen Vorstellungen und Konditionierungen ist, je unverbildeter ihr Geistesleben, umso klarer und reiner kommen jenseitige beziehungsweise göttliche Botschaften und Bilder in ihr Bewusstsein. Um Wahrheit zu erfahren ist es also notwendig, einen Großteil der angeeigneten philosophischen und spirituellen Betrachtungsweisen fallen zu lassen sowie anerzogene Glaubensdogmen abzulegen. Allein die Liebe zum himmlischen Vater soll das Anliegen eines Gottesdieners sein, sie wäscht alle Verirrungen hinfort. In ihr hört und sieht der Prophet die Gnadengaben unverfälscht und kann diese wahrheitsgetreu offenbaren.

* * *

Eine prophetische Schau ist immer eine Dreieinheit: Sie enthält den geistigen Kern, der das beabsichtigte Ergebnis des Ereignisses in sich trägt, sie beinhaltet die seelische Veranlassung des Geschehens, und offenbart den äußeren Vorgang als materiellen Ausdruck und Instrument zum konsequenten Erreichen des gottgeistigen Zieles.

Es gibt `schlafende´ Propheten, die lediglich äußere Abfolgen sehen, geistige Hintergründe sind ihnen nicht oder nur andeutungsweise bekannt. Solche Vorhersagen liegen einer natürlichen oder traumatischen Hellsichtigkeit zugrunde, müssen jedoch nicht zwingend einer göttlichen Berufung folgen. Mitunter vermischen sich hier eigene Ansichten mit dem Geschauten, das in der persönlichen Interpretation mehr oder weniger verfälscht werden kann. So kommen auch falsche Zeitangaben zustande - wobei zeitliche Voraussagen immer den Verhaltensweisen betroffener Personen und Völkern unterliegen. Eine exakte Terminierung kann es erst kurz vor einem Ereignis geben, und auch nur dann, wenn eine Veränderung zum Guten nicht mehr möglich ist.

Der von Gott erwählte Prophet ist größtenteils frei von weltlich konditioniertem Gedankengut, deshalb kann er eine Vision oder Gottes Wort getreu wiedergeben. Er sieht in der Hauptsache die seelisch-geistigen Ursachen des Ereignisses, er kennt Hintergründe und Zusammenhänge und weiß um Zweck und Ziel des Geschehens, sprich das göttliche Ergebnis. In seinem prophetischen Dienst findet er gänzliche Erfüllung, denn dieser ist Teil seiner Bestimmung von Ewigkeit.

* * *

Das hör- und/oder sichtbare Wort Gottes im Herzen gibt Anweisungen zur Unterstützung in allen Lebenslagen sowie Grundsätzliches zum Leben aus dem Geist und zur Lage der Welt. Dieses persönliche Wort vom Vater ist bereits in einem frühen Stadium auf dem Geistesweg erfahrbar, auch wenn die Räume der Seele noch nicht gänzlich von Altlasten befreit sind. Die göttlichen Botschaften dienen ja den noch vorhandenen Problematiken und wirken heilend auf das erwachende Gotteskind.

In einer Kundgabe für eine andere Person muss der Seelen-Kanal bereits freier sein, da die Worte sonst von den persönlichen Ansichten und Unzulänglichkeiten des Mittlers verfälscht werden. Ist dies der Fall, fließen sowohl Sympathie und Antipathie als auch Vorurteile aller Art mit ein, die die Mitteilung positiv oder negativ verändern und so dem beschenkten Kind ein trügerisches Selbstbild vermitteln.

Heutzutage können viele Verkünder des Vaterwortes `nur´ allgemeine Botschaften mit oft ähnlichem Wortlaut überbringen. Manchem Christen ist das zu wenig, er sehnt sich nach innigerem Austausch - den findet er jedoch in erster Linie im eigenen Herzen. Man darf nicht außer Acht lassen, dass es korrespondierende Kundgaben für jede Entwicklungsstufe geben muss, um angemessene Nahrung in den jeweiligen Glaubenslandschaften darzureichen.

Ist das Medium überwiegend frei von irdischen Einflüssen und Verhaftungen, schenkt der Vater konkrete Anweisungen für eine Person oder für die Allgemeinheit, allerdings niemals zwingend. Nur speziell vorbereitete und ausgebildete Gottesdiener dürfen Übermittler solch inhaltsschwerer Offenbarungen sein. Diese entsprechen zwar der seelisch-geistigen Struktur des Mediums - die ist jedoch für genau diesen Dienst gestaltet. Eigentümlich sind nur der anerzogene und erlernte Wortschatz sowie der regionale Sprachstil.

* * *

In der mosaischen Schöpfungsgeschichte, den Prophezeiungen des Alten Testaments und der Offenbarung des Johannes werden sowohl individuelle und universelle Entwicklungsstufen als auch erdgeschichtliche und endzeitliche Vorgänge in Gleichnissen und Bildern dargestellt. So kommt eine Entsprechungs-Sprache zustande, die nur entschlüsselt werden kann, wenn man mit dem göttlichen Geist im Verband steht. Mit dem für geistige Vorgänge blinden Weltverstand ist es nicht möglich, das Geoffenbarte sinnvoll nachzuvollziehen.

Es liegt jedoch in der Natur des Menschen, alles verstehen zu wollen. Dies hat zu den absurdesten Auslegungen der Bibel und etlichen prophetischen Missverständnissen geführt und dazu beigetragen, dass man das Kind gleich mit dem Bade ausgeschüttet hat, indem man nicht verständliche Offenbarungen für erfundene Dichtungen irrsinniger Geschichtsschreiber hält. Oder man ist der Meinung, dass absichtlich inhaltsschwere Verfälschungen vorgenommen wurden - dies ist jedoch in den tragenden biblischen Überlieferungen nicht der Fall. Allein falsche Übersetzungen verursachten vereinzelt Missverständnisse.

Die Prophetenseelen der Bibel sind durch ihre innige Liebe zu Gott frei und unbefangen von religiösen Dogmen. Ihr Innenleben war und ist erfüllt von Liebe und Wahrhaftigkeit. Sie sahen irdische und kosmische Ereignisse zuvorderst in ihrer geistigen Realität und dementsprechend berichteten sie. Sie konnten diese aber nicht in jetztzeitliche Formulierungen übersetzen, denn die Begriffe dafür gab es damals noch nicht; auch sind geistige Vorgänge oft nicht in Worte zu fassen und daher nur in treffenden Bildern darzulegen.

Die Erkenntnisse und Visionen dieser Propheten beinhalten und offenbaren tiefgreifende Geschehnisse, die maßgebend sind für viele Zeitschichten und Entwicklungsperioden, die die irdische sowie die kosmische Menschheit noch durchschreiten werden. Vor allem die Schriften des Moses und des Johannes sind von fundamentaler Bedeutung und haben weit in die Ewigkeit hinein Bestand.

Erst wenn die Erde mitsamt ihrer Bewohner geistig wiedergeboren sein wird, werden sich die prophetischen Bücher schließen, wie sich in der Vollendung des Kosmos einst auch die Zeit schließen wird. Und dereinst wird eine neue Schöpfungsperiode wieder eine Ewigkeit mit nie dagewesenem Leben begründen. Doch die unsäglichen Abgründe von Zeit und Vergänglichkeit mit ihren höllischen Auswüchsen wie wir sie kennen wird es Gott sei Dank nicht wieder geben.

* * *

Das dunkle Kapitel

Satanische Weltordnung - Der Antichrist

"Der Herr ist mein Hirte, mir wird nichts mangeln.
Er weidet mich auf grüner Aue und führet mich zum frischen Wasser.
Er führet mich auf rechter Straße um seines Namens willen.
Und ob ich schon wanderte im finstern Tal, fürchte ich kein Unglück;
denn Du bist bei mir, Dein Stecken und Stab trösten mich.
Du bereitest vor mir einen Tisch im Angesicht meiner Feinde.
Du salbest mein Haupt mit Öl und schenkest mir voll ein.
Gutes und Barmherzigkeit werden mir folgen mein Leben lang
und ich werde bleiben im Hause des Herrn immerdar."

Als Werkzeug Gottes habe ich Einsicht in die Pläne antichristlicher Machenschaften hinter den Kulissen dieser Welt. Unterscheiden muss man hier zwischen den unter der Fassade der Demokratie manipulativ agierenden Diktaturen der westlichen Wohlstandswelt, den offensichtlichen politischen Diktaturen der östlichen Hemisphäre (Russland, China, Türkei, Nordkorea ect.) sowie den afrikanischen, latein- und südamerikanischen Militärdiktaturen. Die folgenden Darstellungen veranschaulichen in erster Linie das hinterhältige und gewissenlose Treiben von Politik und Wirtschaft in den Wohlstands- und Industrienationen, wobei ich, als politisch und wirtschaftlich unbedarft, nur einen vereinfachten Abriss zeichnen kann.

Findet eine geheime `Weltverschwörung´, wie sie in gewissen Medien dargestellt wird, statt? Ja und nein.

Die die Weltwirtschaft und die Finanzwelt bestimmenden Institutionen haben sich einen Status geschaffen, darin sie Einflussnahme auf das politische Geschehen sowohl in einzelnen Ländern als auch global nehmen können. Viele scheinbar autonom handelnde Regierungen verabschieden ihre Gesetze unter dem Diktat der Lobbyisten machtbesessener Konzerne und/oder werden aufgrund finanzieller Abhängigkeit am Gängelband wirtschaftlicher Interessen geführt. Das ist eine offensichtliche Tatsache und keine neue Nachricht.

All diese Personen, vom unermesslich reichen Finanz- und Wirtschaftsmagnaten bis hin zum selbstherrlichen Politiker, sind Sklaven ihres Egoismus und Ehrgeizes. Geraten ein Unternehmen, eine Organisation oder eine Regierung ins Fahrwasser von Herrschsucht und Habgier, werden sie unweigerlich zur Betrugs- und Ausbeutungsmaschine, die jedes Tier- und Menschenleben zum Gebrauchsgegenstand gewissenlosen Gewinnstrebens und skrupelloser Machtansprüche herabsetzt.

In der weltumspannenden Ausübung dieser destruktiven Machenschaften ist der geistige Tod zum Selbstläufer geworden - ein globales egozentrisches Energiefeld, das die Menschen zu selbstsüchtigen Marionetten in jeder Beziehung degradiert.

Hat man Zugang zu diesem übergeordneten Seelenfeld, ist man in der Lage, es aktiv mitzugestalten oder es gar zu bestimmen, um Einflussnahme auf die Lebensführung der unterschiedlichen Bevölkerungsschichten zu nehmen. Durch zielgerichtete Handhabung psychischer Mechanismen und Automatismen wird so in allen Daseinsbereichen kontrolliert, manipuliert und betrogen, um größenwahnsinnige Ziele umzusetzen.

Obwohl das herrschende Politik-, Finanz- und Wirtschaftswesen zum Teil lose, in einzelnen Bereichen fest mit- und ineinander verflochten ist, ist ein umfassender Zusammenschluss noch nicht erfolgt. Dieser gestaltet sich deshalb schwierig, weil in der Welt egoistischen Machtstrebens einer dem anderen nicht über den Weg traut. Aufgrund des Konkurrenzdenkens konnte bislang kein stabiles und einheitliches Gefüge errichtet werden. Das wäre nur einem eingeschworenen Bündnis möglich, welches durch Erzeugung und Aufrechterhaltung grundlegender existenzieller Abhängigkeiten in allen Lebensbereichen weltweit und absolut regiert.

Die Urheber dieses Neue-Weltordnung-Gedankens gibt es tatsächlich. Es sind dies die mächtigen und superreichen Familienverbände der US-Bankiers und Ölmagnaten, die - nicht nur in ihrem Land - immer wieder korrupte Regierungen bildeten und verbrecherische Präsidenten einsetzten. Da sich im Computer- und Internetzeitalter neue marktbestimmende Strukturen und Hierarchien gebildet haben, haben diese Clans erheblich von ihrem Einfluss eingebüßt. Das allgemeine Denken und Verhalten wird jetzt mitbestimmt von den Konzernriesen der Neuen Medien und des World Wide Web sowie den großen Mischkonzernen. Diese agieren wiederum überwiegend unter dem Diktat der einflussreichen Investmentbanken und Fondsgesellschaften.

Diese Wirtschaftsgiganten arbeiten eifrig daran, sich sämtliche ihnen dienlichen und konkurrierenden Unternehmen einzuverleiben, mit dem Ziel, monopolistisch den Weltmarkt zu beherrschen. Gut getarnt ist ihr Vorgehen mit medienwirksamer sozialer Verbindlichkeit, scheinheiligem Umweltengagement sowie vorgetäuschtem Gutwillen gegenüber dem Verbraucher mittels freundschaftlich-herzlicher Werbekampagnen.

Im Gegensatz zum politisch motivierten Machtstreben, dem es in erster Linie um bedingungslose und diktatorische Befehlsgewalt geht, sind die Banken und Großkonzerne von rücksichts- und gewissenloser Unersättlichkeit getrieben, die alles in ihren ruchlosen Rachen schlingen will - am besten gleich die ganze Welt. Hier regiert der satanische Geist absolut.

Inwieweit insgeheim hinter verschlossenen Türen zusammengearbeitet wird, wie sich die Verflechtung der Finanzunternehmen, Konzerne, Regierungen, Geheimdienste und Logen gestaltet, darüber wird auf entsprechenden Plattformen bereits genug recherchiert und berichtet. Es ist auch nicht meine Aufgabe, dies näher auszuführen.

Was ich aber mit Gewissheit kundgebe: Die Pläne der antichristlichen Agitatoren werden schlussendlich nicht aufgehen, denn auch sie sind nur Marionetten ihrer Machtbesessenheit, Geldgier und Ruhmsucht, die zuletzt immer Verfall und Untergang bewirken. Sie wissen nicht, dass ihr egoistisches Streben in den Händen satanischer Energien ganz anderen Absichten dient, was in der Folge noch erläutert wird.

Trotz allerhand Widerstände arbeitet man weiter an der Umsetzung niederträchtiger Pläne. Beispiele erforderlicher Zielsetzungen:

- Die Kluft zwischen wenigen Reichen und vielen Armen wird immer größer gestaltet. Seit Jahrzehnten wird intensiv darauf hin gearbeitet, Kapital und Vermögen auf die bereits steinreiche Oberschicht und mächtigen Globalplayer umzuverteilen. Doch nicht, um, wie gerne dargestellt, gezielt der Armut dieser Welt entgegenzuwirken, sondern um durch finanzielle Versklavung der Bevölkerung zunehmend Kontrolle ausüben zu können.
- Bargeld soll schrittweise abgeschafft werden, Geld schließlich nur noch virtuell im Umlauf sein. Ein implantierter Mikro-Chip - läuft in einigen Ländern bereits als Versuchsphase - soll bald Zahlungs- und Identifikationsmittel für alle Bereiche des Lebens sowie Legitimation für soziale und medizinische Versorgung sein. Pro-argumentiert wird mit Praktikabilität und Sicherheit: Man hat alle Daten und Ausweise immer gesammelt bei sich, oder besser: in sich. Smartphones, Dokumente und Kreditkarten können verloren gehen oder gestohlen werden, der implantierte Chip nicht. Um bei einem Verirren oder Unglück immer ortbar zu sein, wird angeraten, ein Implantat mit Sender zu verwenden - dies erlaubt aber auch lückenlose Überwachung. Wird der Chip deaktiviert, ist man isoliert und mittellos.
- Mit dem mobilen Internet wird die Menschheit einheitlich automatisiert. Die umfassende Digitalisierung macht die Welt auf allen Ebenen steuer- und kontrollierbar. Auf die Gesundheit wirken sich die neuartigen Frequenzen verheerend aus. Schlafstörungen und Erschöpfungszustände, Demenz, Krebs und Tumore werden in erschreckendem Ausmaß zunehmen, weltweit kommt es zu gravierenden psychischen Schäden. Den geldgierigen Unternehmen ist das egal. Da ihnen die regierenden Instanzen hö-

rig sind, können sie ihren todbringenden Wahnsinn nahezu ungehindert fortsetzen.

- Wie es bereits bei Aids der Fall ist, werden krankheitserregende Viren, die vergleichsweise nur in wenigen Fällen tödlich sind, zur lebensbedrohlichen Seuche erklärt und dadurch zum Instrument weitreichender Medikation. Den Herstellern bekannte Nebenwirkungen werden gerne in Kauf genommen. Was sind die Gründe dafür?

  1. Eine `notwendige´ medizinische Versorgung der Allgemeinheit im Rahmen einer staatlich angeordneten Impfpflicht bringt den Konzernen große Gewinne.
  2. Unsicherheit, Angst und Leid erzeugen Abhängigkeit.
  3. Durch gezielte Einflussnahme auf die Bevölkerungszahlen sind die unterschiedlichen Gesellschaftsschichten leichter zu lenken.

All diese Verbrechen an der Menschheit werden von so manchen zuständigen Regierungseinrichtungen nicht nur stillschweigend geduldet, sondern zum Teil sogar angeordnet, denn sie sind Abgeordnete der Psychopathen hinter den Kulissen dieses Erdentheaters und nicht Diener ihres Staates.

Was ist das Motiv für dies teuflische Handeln? Einerseits gilt es, den unermesslichen Reichtum und die Machtposition für sich und die leiblichen Nachkommen abzusichern. Andererseits geht es darum, jederzeit und überall nach Belieben auf das Weltgeschehen Einfluss nehmen zu können. Solche diktatorische Despoten gab es im Verlauf der Geschichte schon immer. Doch mit den heutigen Möglichkeiten umfassender digitaler Vernetzung zur seelischen Indoktrination und Suggestion hat der irdische Wahnsinn eine neue Dimension des Grauens bekommen.

* * *

Von Zeit zu Zeit inkarnieren himmlische Geister in die herrschsüchtigen Familienbande oder werden vom Vater in gehobene Positionen verschiedener Konzerne geführt, wo sie versuchen, verhärtete Strukturen aufzubrechen und geheime Machenschaften entweder intern anzuprangern oder der Welt offenzulegen. In ihrer liebevollen Denk- und Lebensweise erschaffen sie ein lichtes Gewissenfeld, das so manche arglistige Seele berührt und zum Umdenken animiert. Es ist also nicht jeder Mensch ein Übeltäter, der einer ausbeuterischen Institution oder einem diktatorischen Regime angehört. Leider sterben diese guten Geister oft eines frühen Todes durch `Unglücke oder Selbstmorde´, wenn sie nicht Konform gehen und kriminelle Machenschaften an die Öffentlichkeit bringen (wollen).

Bedauerlicherweise kommt es nicht selten vor, dass sich bei einem Abgesandten aus dem Licht die heilsamen Eigenschaften ins Gegenteil verkehren und er skrupelloser Macht und Geldgier verfällt. In Kombination mit seiner enormen Willenskraft kann ihn das zum gestaltenden Mitglied oder gar Oberhaupt einer korrupten Regierung oder einer habgierigen Organisation machen.

* * *

In vergangenen Zeiten war Gewalt zumeist offensichtlich. Intrigante und herrschsüchtige Königshäuser sowie größenwahnsinnige Oberhäupter der Kirche führten ein strenges und ausbeuterisches Regiment. Die Bevölkerung wurde klein gehalten - wer sein Blut nicht in Frondienst und Sklavenarbeit vergoss, wurde als Ketzer oder Hexe gefoltert und öffentlich hingerichtet oder als Soldat auf den immer wiederkehrenden unsäglichen Kriegsschauplätzen grausam abgeschlachtet. Man wusste, woran man war. Gewalt war sichtbar.

Offensichtliche Gewalt gibt es auch heute. Viele staatliche Institutionen werden mit diktatorischem Terror aufrecht erhalten. Weltweit werden täglich unzählige Gräueltaten und Misshandlungen verübt. Morde gibt es jeden Tag etwa 1000! Ohne Kriege! Die Zahl derer, die jährlich an Unterernährung sterben, wird derzeit (2017) mit etwa 8 Millionen beziffert, davon sind ein Drittel Kinder.

Doch vor allem in der Wohlstandswelt hat sich eine neue, kaum wahrnehmbare Gewaltwelle breit gemacht. Neben all der offenkundigen Brutalität wirkt hier eine unsichtbare Kraft, die die Menschen auf eine raffinierte Art und Weise immer weiter aus ihrer ureigenen göttlichen Identität entführt - sie trägt die Namen Suggestion und Manipulation. Instrumente dieser feingesponnenen Machenschaften sind die weltweit vernetzten Medien. Durch sie wird die Verblendung der Massen nicht nur aufrecht erhalten, sondern permanent verstärkt. Ihr Bewusstsein wird gewissermaßen in die Materie zementiert.

Gezielte Manipulation fußt heutzutage auf Erkenntnissen wissenschaftlicher Forschung und nicht wie früher auf Erfahrungswerten. Mittels der öffentlichen Medien kann die Bevölkerung so gezielt (um)programmiert und gelenkt, ihr Denken und Verhalten bestimmt werden. Und selbst die Gegenkräfte, erzeugt von schwer oder nicht beeinflussbaren Personen, die die manipulativen Wellen ausbremsen und brechen, sind in Betracht gezogen. So wird das Unterbewusstsein nach Belieben gesteuert - und wer Herr ist über dieses, ist es über das Bewusstsein.

In ihrer subtilen Abhängigkeit von diesen destruktiven Kräften wurde die Erdbevölkerung zum Sklaven des geistigen Todes, den sie als Zeitgeist erfährt und liebt - und macht so den alltäglichen Wahnsinn zur Normalität. Dieser Krieg, der allein auf seelisch-geistiger Ebene ausgetragen wird, degradiert die Menschen, die eigentlich den Pfad ins göttliche Leben beschreiten sollten, zu sinnentleerten Spaß- und Konsummarionetten.

So wird Gott kommen wie ein Dieb in der Nacht, während wir weltlichen Befriedigungen hinterher jagen. Da wird großes Jammern und Klagen sein in den Geschehnissen der letzten Zeit. Jetzt ist die Stunde, sich zu besinnen und die breite Straße, die in den Abgrund führt, zu verlassen. Man kann seelisch aus der Welt treten und doch körperlich darin weiter sein Leben fortführen. Die Liebe zum Vater ist der Schlüssel, der die Türe zur Freiheit öffnet.

* * *

Die gänzliche Identifikation mit der Materie, das eigentliche Grundübel gefallenen Menschseins, hat dazu geführt, dass ein ewiges Leben nicht mehr in Betracht gezogen wird und auch kein göttlicher Sinn, deshalb man bestrebt ist, sich im Erdendasein möglichst viel Vergnügen und Zeitvertreib zu bereiten. Diesen Umstand machen sich Wirtschaftsunternehmen und Massenmedien zunutze; sie bedienen die allgemeine geistige Orientierungslosigkeit, indem sie Lebensinhalte auf das Streben nach Reichtum, Macht, Schönheit und sexueller Freiheit reduzieren: Das Erdenleben ist ein Spiel des Zufalls - nimm dir, was du kriegen kannst!

Die Vor- und Verführungen der im Rampenlicht stehenden Prominenz aller Couleur bedient unser infiltriertes Verlangen nach vorgegebenen Schönheitsidealen, Ansehen, Luxus und das angeblich damit verbundene Glück. Vor allem die programmierte Welt des Lifestyle stellt ein wirksames Hypnose- und Narkosemittel dar, initiiert, lanciert und poliert von den größtenteils hochmutsverseuchten Organen eines dem selbstsüchtigen Zeitgeist dienenden Verlagswesens. Der Dauerrausch in den Fernsehmedien, erzeugt durch spannungsgeladene Sport- und Quizsendungen, glamouröse Shows, schadenfreudige Komödien, gewalttätige Kriminal-, Action- und Horrorfilme sowie zahlreiche andere `künstlerisch wertvolle´ Darbietungen, vergiftet unsere Seelen täglich aufs Neue.

All diese Erwartung erzeugenden und scheinbar erfüllenden Unterhaltungselemente, Nervenkitzel und Dramen verhelfen uns zur Flucht vor der eigenen sinnentleerten Realität. Im diesem passiven Erleben sind Verstand und Vernunft über die instrumentalisierten Emotionen beliebig manipulierbar. Unmerklich und allmählich wurde so die Decke geistiger Blindheit und seelischer Verrohung über das menschliche Bewusstsein ausgebreitet.

(NB: Wobei es durchaus auch ansprechende Filme und Dokumentationen gibt, worin und woraus der gottverbundene Mensch Gewinn für seine Seele erzielen kann.)

In den allseits beliebten Talkshows werden mit Meinung und Gegenmeinung leitbildende Parteien gebildet, die in ihren anerzogenen Sichtweisen langfristig steuerbar sind. Die Leiter dieser Diskussionsrunden sind vordergründig instruiert und dienen somit hintergründigen Meinungsmachern. Um politische Gesinnungen zu etablieren und die Zuseher für eigene Zwecke zu mobilisieren, unterstützen bezahlte Claqueure lautstark die mediale Propaganda.

Nachrichten und Zeitungen füttern uns mit täglich sich wiederholenden wirtschaftlichen, politischen, gesellschaftlichen und sportlichen Seifenblasen. Tatsächliche sowie künstlich erzeugte Feindbilder dienen als emotionale Fixierungspunkte und festigen über Jahrzehnte etablierte Konditionierungen.

Um alarmierende wissenschaftliche oder wirtschaftliche Erkenntnisse zu neutralisieren oder in gewinnbringende Bahnen zu lenken, werden korrupte Sachverständige für eigene Belange eingesetzt und hinter verschlossener Tür aus unerschöpflich zur Verfügung stehenden Mitteln entlohnt. Deren Lügen dienen dazu, die zur allgemeinen Narkotisierung nötigen Energiefelder aufrecht zu erhalten, die das öffentliche Bewusstsein vom Vorgang ihrer Verdummung ablenken. Hier bewahrheitet sich der Satz: "Ist eine Lüge nur groß genug, werden die Menschen sie auch glauben!"

`Political Correctness´ und staatliche Bedarfslenkung, die bereits in den Schulen großen Einfluss auf Kinder und Jugendliche ausüben, stellen freiheitliches Denken in den Mittelpunkt, bewirken aber im Grunde genau das Gegenteil, nämlich die Nachahmung verordneter Moralität und Wertevorstellungen.

Toleranz ist das Zauberwort schlechthin. Darunter verstecken sich jedoch sowohl Akzeptanz und Zulassung jeglichen Aberglaubens als auch jeder nur erdenklichen materiellen Abartigkeit - mit dem Diktat, einerseits möglichst rasch einen substanzlosen Religionscocktail zu etablieren, andererseits erlaubt die kollektive `Freiheit´ jede Art gesellschaftlicher und sexueller Dekadenz und führt die Menschheit noch tiefer in Schamlosigkeit und Perversion.

So gilt `Brot und Spiele für das Volk´ mehr denn je, um antichristliche Vorgänge zu verschleiern, die die Bewohner dieser Erdenwelt immer tiefer in die Abgründe des geistigen Todes führen. Dieser ist aber nicht der Konzernvorstände und Regierungen vordringliches Leitmotiv. Ihnen geht es in erster Linie um Machterhalt sowie maßlose Bereicherung an Geld und Besitz. Letzten Endes sind auch sie nur blinde Diener satanischer Gewalten.

* * *

Seit etwa 100 Jahren ist die Menschheit verstärkt dem Einfluss von Wesenheiten aus dem Totenreich ausgesetzt, denn je liebloser und materieverfallener die Gesellschaft, umso leichter finden dämonische Kräfte diesseitigen Zugang. Gleichzeitig nahmen und nehmen für diese Zeit ausgebildete Engel irdische Gestalt an und bekämpfen, zusammen mit der jenseitigen himmlischen Armee, die auf Erden herrschende geistige Finsternis.

Diese Vorgänge wirken sich auf das kollektive Bewusstsein aus, jedoch nehmen kreativ tätige Personen, die nicht selten eine unterschwellige Hellsichtigkeit in sich tragen, die verborgenen Mächte verstärkt wahr. Sie transformieren den Kampf Gut gegen Böse in die Welt der Schriftstellerei und Filmindustrie, wodurch die geistigen Gewalten zum Befriedigungs- und Konsumartikel für die Massen werden. So kann man in der Buch- und Filmwelt recht gut ablesen, was in den jenseitigen Bereichen der Erde vor sich geht; wobei diese Geschehnisse in den künstlerischen Darstellungen stets dem materiellen Verständnis angepasst wiedergegeben werden.

Beispielhafte Genres:

- Je näher der Zeitpunkt der Welt-Erneuerung heranrückt, umso häufiger kommen apokalyptische Inszenierungen in die Kinos. Ebenso sind die vorgeführten Klima- und Naturkatastrophen sowie Asteroidenbedrohungen und Meteoriteneinschläge Konsumvorboten einer uns bevorstehenden Realität.
- Vampirfilme offenbaren uns den geistigen Vampirismus. Das Blut des Körpers ist Träger des Seelenlebens. Das Blut (Nährstoff) der Seele ist Träger göttlichen Lebens. Die Liebe zur materiellen Welt entzieht uns dieses und auch die niedere Geisterwelt saugt an uns und raubt uns die Liebekraft unserer Herzen.

- Die Retter der Welt in den Comics, die immer wieder gerne verfilmt werden, entsprechen den inkarnierten Geistern aus dem Licht. Begabt mit verschiedensten Talenten sind sie unerkannt in ihrem Lebensumfeld tätig. Mit übermenschlichen Kräften ausgestattet bekämpfen sie das Böse, jedoch nicht mit materieller Gewalt, sondern mit der Macht göttlicher Liebe. Diese Darstellungen zeugen in besonderer Weise davon, wie Satan geistige Vorgänge für niedere Zwecke missbraucht. Einige Schauspieler, die solche Heroen und Weltretter verkörpern, sind himmlische Auftragsseelen. Da sie den Kontakt zu ihrer wahren Identität verloren haben, leben sie ihre Berufung in Filmrollen aus. Das klingt seltsam - und ist doch traurige Wahrheit. Man ahnt nicht, welche Absonderlichkeiten im Zusammenspiel irdischer und geistiger Berufung zustande kommen.
- Aufgrund gesteigerter Wahrnehmung jenseitiger Gegebenheiten seitens kreativ Schaffender kommen in den Fernseh- und Internetserien zunehmend übernatürliche, mystische und dämonische Phänomene zum Ausdruck. Computerspiele beinhalten als digitale Vorboten tatsächlicher Ereignisse vermehrt kriegerische und apokalyptische Szenarien.

All diese Darstellungen verhärten die Meinung, dass Himmel und Hölle, Engel und Dämonen, ja alles jenseitige Treiben eine Erfindung der Unterhaltungsindustrie ist. Doch in Wahrheit ist es umgekehrt: Die Inspirationen entstammen realen geistigen Gegebenheiten. Außerdem dient die Instrumentalisierung jenseitiger Vorgänge dazu, die Menschheit mittels medialem Konsumrausch weiterhin zu narkotisieren und im Tiefschlaf zu halten, so dass ein allgemeines geistiges Erwachen nicht stattfinden kann.

Das ist in der Regel jedoch nicht das Motiv der irdischen Akteure. In ihrem Erfolgswahn, ihrer Geldgier und ihrer Anerkennungssucht sind die Produktionsfirmen, Drehbuchautoren und Regisseure auch nur Marionetten des alles beherrschenden satanischen Geistes. Er ist der heimliche Drahtzieher hinter aller, scheinbar noch so harmlosen und doch tödlichen Bedürfniserweckung und -befriedigung der menschlichen Spezies.

* * *

Wie alle weltlichen Gegebenheiten und Vorkommnisse hat auch das Internet zwei Seiten. Zum einen wird hier viel Aufklärungsarbeit geleistet und abseits der öffentlichen Medien über die Hintergründe irdischen Geschehens berichtet, andererseits werden Lügen mittels gefälschtem Film- und Tonmateriel verbreitet, um noch mehr Verwirrung in den Herzen der Menschen zu stiften. Mithilfe sogenannter Verschwörungstheorien wird auf den Onlineplattformen derart manipuliert, dass die Mehrheit der Bevölkerung wahr und falsch nicht mehr unterscheiden kann. Dadurch wurde für tatsächliche kriminelle Vorgänge und Pläne, wie sie in den folgenden Texten beschrieben werden, quasi ein Freibrief erstellt.

Ufos und Außerirdische

Nicht beweisbare Theorien über unerklärliche Phänomene faszinieren seit jeher. Auch die Ufo-Thematik beschäftigt die Menschheit seit über einem Jahrhundert. Inzwischen lebt eine ganze Industrie von der Ufologie - eine Lüge ist zum Milliardengeschäft geworden.

Gerne werden Außerirdische als Helfer im kommenden Endzeitgeschehen und als Begleiter im neuen Zeitalter herangezogen. Dass Unterstützung von außen stattfindet ist schon richtig, doch kommt sie nicht in Raumschiffen, sondern es handelt sich dabei um lichterfüllte Wesenheiten sowohl des diesseitigen als auch des jenseitigen Kosmos, die der Menschheit im Geiste beistehen.

Beachtliche Verbreitung findet die These, dass die (antiken) Götter eigentlich Außerirdische waren, die die menschliche Zivilisation begründeten; und dass sie wieder kommen, um die Erdbevölkerung auf dem Weg in die Zukunft anzuleiten. Mit solchen Täuschungen erzielen Autoren und Verlage hohe Verkaufszahlen.

Seit einiger Zeit kursiert das Gerücht, dass eine hinter der menschlichen Gestalt verborgene reptiloide Elite die Welt regiert.

Serviert wird diese Thematik mit allerlei spirituellem Gedankengut, untermauert wird sie durch gefälschtes Bildmaterial. Mit solchen und anderen Lügenmärchen wurden verschiedenste geistige Gefängnisse errichtet, darin sich viele Suchende in einer Welt fernab jeglicher Realität verfangen haben. Auslöser dafür sind Personen, die durch Öffnung des geistigen Auges aufgrund von Drogenkonsum oder Traumatisierung tatsächlich die unter dem Körper verborgene dämonische Reptiliengestalt einer arglistigen Person erblicken. Diese Erscheinung ist aber nur Analogie, keine Realität. Andere absurde Behauptungen, wie zum Beispiel, dass die Erde im Innern von einer anderen Rasse bewohnt wird oder dass dieser Planet erwiesenermaßen doch flach ist, werden gestreut, um anhand der allgemeinen Resonanz Studien zu erstellen, die als Grundlage für eine Intensivierung der Bewusstseinssteuerung dienen sollen.

Diejenigen, die angeblich mit sogenannten Außerirdischen in Kontakt getreten sind, sind vornehmlich Wichtigtuer, die gerne einmal in der Öffentlichkeit stehen möchten. Angesteckt von der Ufo-Schwärmerei unterliegen viele aber einfach nur Sinnestäuschungen oder ihrer Vorstellungskraft.

Detaillierte Berichte von extraterrestrischen Begegnungen werden bisweilen von Personen vorgetragen, die unter Mind-Control stehen (Bewusstseinskontrolle durch schwere Traumatisierung. Mehr dazu im Kapitel `Satanismus´). Kommen Themen wie Ufos und Außerirdische zur Sprache, werden `getriggerte´ Areale der Seele aktiviert (seelische Implantate), worauf dem Thema dienliche Erlebnisberichte und explizite Beschreibungen von Ufos und deren Insassen vorgetragen werden, was sehr emotional vonstatten gehen kann; solche Darstellungen entsprechen jedoch keinesfalls der Wahrheit. Auch finanzielle Entlohnung kann Motiv dafür sein, dass angeblich integere Personen von Begegnungen mit Außerirdischen berichten. Ja, man geht sogar so weit, dass Spezialtruppen des US-Militärs die Existenz Außerirdischer vortäuschen und Entführungen vollziehen.

Gelegentlich kommt es zu einem Kontakt mit vermeintlichen Außerirdischen, wobei es sich aber um Jenseitsbewohner handelt. Dies können unkundige Hellsichtige erleben, denn ihnen fehlt bisweilen das nötige Unterscheidungsvermögen für geistige Escheinungen, deshalb sie nicht gefeit sind vor jenseitigem Spektakel; oder es sind Personen, denen nicht bewusst ist, dass sich ihr geistiges Auge geöffnet hat (Auch hier kann ein seelischer Einbruch aufgrund eines traumatischen Erlebnisses oder Drogenkonsum die Ursache sein). Nun sehen sie jenseitige Wesenheiten, die sie für Außerirdische halten - oder die sich arglistig für solche ausgeben. Eigentlich sind es auch welche, nur sind sie nicht materieller Natur und auch keine Piloten von Ufos.

Ausdrücklich wiederhole ich: Es gibt keine Außerirdischen, die hier in Ufos landen oder sich leiblich auf eine andere Art und Weise auf diese Erde versetzen können. Genauso wenig gibt es Personen, die angeblich aus einer Zukunft kommen, die Zeitreisen ermöglicht.

(NB: Tatsächlich sind unzählige Planeten und Sterne von mit festen Körpern umkleideten bis hin zu feinstofflich-ätherischen Wesenheiten bewohnt. Gott hat die Verhältnisse und Entfernungen aber so gestaltet, dass nur ein geistiger und kein materieller Kontakt möglich ist. Dies trägt Sorge dafür, dass Begegnungen erst ab einer gewissen Entwicklungsstufe und Geistesreife stattfinden können.)

Warum und wofür dann der ganze Aufwand um die Lüge Ufo? Dafür gibt es verschiedene Gründe. Zum einen dient sie als Ablenkungsmanöver und zur Verschleierung von wissenschaftlichen Forschungen und Versuchen in militärischen Einrichtungen. Zum anderen braucht es künstlich erzeugte Interessensbündelungen, die gezielt kollektive Bewusstseinssteuerung ermöglichen - dazu gehört auch die Ufo-Thematik. Deshalb wurde und wird mithilfe fortschrittlicher Manipulation die Anwesenheit Außerirdischer im Bewusstsein leichtgläubiger und nach Gemeinschaft mit Bewohnern ferner Gestirne sich sehnenden Menschen implantiert, die in Wirklichkeit bei uns so nicht existiert.

Generell werden möglichst viele unbeweisbare Behauptungen und Gegenbehauptungen benötigt, denn so kann man die Menschheit am besten an der Nase herumführen. Um die allgemeine Verwirrung aufrecht zu erhalten ist es notwendig, das Thema Verschwörungstheorie so vielfältig als möglich zu gestalten, um eine Unterscheidung Wahrheit - Lüge auf allen Ebenen zu unterbinden. Reale Begebenheiten gemeinsam mit Fälschungen und kriminellen Machenschaften im Boot der Lächerlichkeit und Ungereimtheiten übers bunte Verschwörungsmeer zu steuern ist ein Grundlagenprinzip der Massensuggestion und Indoktrination.

* * *

Zusehends wird Politik auf nationaler und internationaler Ebene intensiv hinterfragt. Im Internet verbreiten sich aufschlussreiche Berichte über illegale Machenschaften von Regierungen und Geheimdiensten, die das allgemeine Interesse wecken. Dann ist es dringend notwendig, das wachsende Verlangen der Bevölkerung nach Aufklärung umzulenken. Abschalten kann man dieses nicht, man kann es jedoch steuern und in vorbestimmte Bahnen lenken. Dazu ist ein traumatisierendes Ereignis nötig, um das darauf folgende menschliche Schutzbedürfnis emotional wieder an staatliche Institutionen zu binden.

Attentate sind ein probates Mittel dafür. Gegebenenfalls werden Terrororganisationen von Geheimdiensten finanziert und unterstützt. Aufgrund terroristischer Gräueltaten wird der Wunsch der Bevölkerung nach mehr Kontrolle verstärkt, ja sogar von ihr gefordert. So werden Übergriffe auf Persönlichkeitsrechte legalisiert und gerechtfertigt, Freiheit und Privatsphäre werden Schicht für Schicht untergraben.

Andererseits dienen Anschläge dazu, um unter dem Deckmantel der Terrorbekämpfung militärische Interventionen und Kriege zu initiieren. Dies ermöglicht es, nach erfolgtem Völkermord korrupte Regierungen einzusetzen, um wirtschaftlich gewinnbringende oder politstrategisch wichtige Länder zu beherrschen und ihre Destabilisierung nach Belieben aufrecht zu erhalten. Einen nicht zu unterschätzenden Einfluss auf politische Entscheidungen betreffs Unterstützung von Diktaturen oder Anordnung kriegerischer Auseinandersetzungen hat die Waffen- und Rüstungsindustrie, die sich ein nahezu unantastbares Imperium geschaffen hat.

In naher Zukunft wird es vermehrt Anschläge und Attentate geben. Polizeiliche Kontrollen werden zwangsläufig verstärkt, die Überwachung wird umfassender. Das Motto: `Ohne Überwachung keine Sicherheit und somit auch keine Freiheit!´ Dabei handeln viele Regierungsgewalten gemäß ihren politischen Richtlinien, in ihrer Selbstgefälligkeit und ihrem Machtwahn sind sie jedoch blind für die Indoktrination der im Verborgenen waltenden Weltenlenker - oder es sind deren ideologische oder gekaufte Vasallen. Die arglistig im Hintergrund Waltenden, die glauben zu wissen und zu herrschen, sind wiederum selbst Marionetten satanischer Energie.

* * *

Europa trägt große Verantwortung für diese Erde im geistigen Kampf sowohl während des endzeitlichen Geschehens als auch in der apostolischen Tätigkeit nach Erneuerung der Erdenwelt. Insbesondere in Deutschland wird eine außerordentliche Erweckung von Soldaten Christi stattfinden und findet bereits statt, denn diese Nation steht unter besonderer Gnade in der göttlichen Vorhersehung. Deutschland ist nicht nur das Herz Europas, aufgrund der Inkarnationsintensität himmlischer Geister ist es vor allem das Herz des Leibes Christi. Hier wird der Endkampf ausgefochten - sowohl irdisch als auch geistig. Hier findet eine göttliche Manifestation statt wie noch selten zuvor auf Erden.

Deshalb bekämpft Satan mithilfe seiner antichristlichen Marionetten dieses Land in besonderer Art und Weise. Seit über einem Jahrhundert wird intensiv daran gearbeitet, Deutschland anhaltend zu schwächen, um politisch und wirtschaftlich Einfluss nehmen zu können. Das wurde auch ermöglicht durch die Einsetzung eines wahnsinnigen Diktators, der diese Nation in einen unsäglichen Krieg führte, auf dass sie als besiegte Macht auf lange Sicht leichter zu handhaben ist.

Heutzutage geschieht das unter anderem dadurch, dass man Schuld und Verantwortung der Grausamkeiten des 2. Weltkriegs mit allen Mitteln im öffentlichen Bewusstsein hält, um Deutschland dauerhaft für die damaligen Verbrechen zur Rechenschaft ziehen zu können. So sind das Volk moralisch und die Regierung politisch erpressbar. Diese unablässige Schuldzuweisung hat eine rückgratlose Toleranz- und Hörigkeitspolitik geboren, die ganz im Sinne böswillig agierender Individuen das Land zunehmend spaltet und die gesellschaftliche Ordnung untergräbt.

* * *

Jede Nation hat nicht nur eine irdische, sondern vor allem eine seelisch-geistige Identität und Homogenität. Diese sind begründet in der Struktur der inkarnierten Seelen, welche die geistige Einheit eines Volkes bildet, sowie in der gemeinsamen Ausrichtung und Entwicklung der Liebe und der darin enthaltenen Schuld dem Leben gegenüber. Vermengen sich die Völker, vermengen sich auch deren Identitäten auf den seelischen Ebenen. Jedes Volk trägt dann in seiner überkommenen oder übernommenen Verantwortung Schuld und Sühne eines anderen Volkes mit und muss diese zum Teil mit bezahlen. Bis zu einem gewissen Grad ist dies tragbar und das Gefüge einer Nation wird dadurch nicht allzu sehr beeinträchtigt.

Werden die Völkerschaften jedoch in Massen und ohne göttlichen Segen vermischt, bringt das große Not über die Menschheit, da diese noch nicht reif ist für eine gemeinsame Welt. Vor allem in dieser Zeit des Umbruchs, in der sich das Böse formiert und ein liebevolles Zusammenleben mit allen Mitteln zu zerstören sucht, liegt eine verborgene Gefahr in der Kombination von abergläubiger Kultur, fanatischer Religiosität und blinder Toleranz. Nur unter der Führung und Obhut unseres himmlischen Vaters, wenn Nächstenliebe oberstes Gebot aller Menschen geworden ist, ist eine gemeinsame Welt in Frieden und Harmonie möglich.

Die seit Jahrzehnten aus allen möglichen Kulturkreisen erfolgte Zuwanderung in die europäischen Wohlstandsstaaten sowie die derzeit notwendige Aufnahme von Flüchtigen aus Syrien und den afrikanischen Krisengebieten dienen hinterhältigen Despoten als Instrument zur staatlichen Zersetzung. Denn nicht nur das Unvermögen regierender Instanzen, eine fundierte und praktikable Integration zu vollziehen und den flüchtigen Bedürftigen ein lebenswertes Dasein zu eröffnen trägt zum allgemeinen Unfrieden bei.

Mit der Überhandnahme insbesondere der fanatischen und frauenverachtenden islamistischen Religion soll sowohl die nationale als auch christliche Identität unterminiert werden. Die unter diesen Umständen entstandene Spaltung der Bevölkerung im Für und Wider der Einwanderungspolitik ist gewollt und wird medial forciert. Dadurch werden konträre Bewusstseinsfelder gebildet und gebündelt, die leicht zu führen sind. Diese und andere Machenschaften ermöglichen es, strategisch wichtige Länder zu destabilisieren, um sie durch politische und wirtschaftliche Einflussnahme leichter handhaben zu können.

Vor allem in Deutschland haben Ignoranz, Arroganz und Feigheit sogenannter Volksvertreter zu einer konfusen und unzulänglichen Flüchtlingspolitik geführt, die viel Zwietracht gesät hat und sät. Doch wie immer und überall, so muss auch hier letztendlich das Übel dem Guten dienen. Die Hilfsbereitschaft und liebevolle Unterstützung vieler Bürger und ehrenamtlicher Helfer sowie die Eigeninitiativen von Gemeinden und Kommunen in der Betreuung und Begleitung Bedürftiger öffnet geistige Pforten, durch die Gottes Segen fließt. So bringt die Hilfe am Nächsten einen ungleich größeren Nutzen als der herbeigeführte Schaden.

Viele Menschen suchen bei uns Schutz vor Verfolgung und Ermordung. Sie zieht und leitet die Macht der Liebe, die sich hier entfaltet, denn Deutschland ist das erwählte Vater-Land.

* * *

Ein vorrangiges Ziel, um nach dem Machtverlust der katholischen Kirche weiterhin Christus-Kräfte zu unterbinden, ist die Etablierung eines Spiritualismus, worin religiöse, esoterische, philosophische und ethische Lehren zu einem undefinierbaren Einheitsbrei verschmelzen. Fast unmerklich gewinnt diese abstrakte und substanzlose Glaubenslehre die Oberhand - das Christentum wird zunehmend verwässert. In dieser allgemeingültigen Spiritualität ist viel von Verständnis und Nächstenliebe die Rede. Doch Ziel ist es, Gott möglichst anonym zu halten und Jesus Christus als `normalen´ Menschen mit Fehlern darzustellen, um ihm so die personifizierte Gottheit abzusprechen.

Die religiöse Gleichstellung bezeichnet man als Fortschritt und Weiterentwicklung in Zeiten von Toleranz und Aufklärung: Jegliche Glaubens- und Lebensweise ist im Namen der Freiheit nicht nur zu akzeptieren, sondern soll immer und überall uneingeschränkt ausgeübt werden können. Gleichzeitig wird die freie Meinungsäußerung in Bezug auf die Wahrheit Jesu Christi untergraben und an den Pranger gestellt. Dadurch wird die Entfremdung zum wahrhaftigen Glauben weiter vorangetrieben: Der Weg zum Vater ist nicht mehr erkennbar.

Entgegen der proklamierten Einheitsreligion, in seiner satanischen Instrumentalisierung dieser ebenbürtig, steht der Islam. Begünstigt wird seine weltweite Ausbreitung durch fanatische Gewalttätigkeit sowie blindnaive Toleranz und religiöse Gleichberechtigung. Dies trägt dazu bei, das Christentum weiter zu neutralisieren. In Gebieten mit überwiegend muslimischen Bewohnern werden radikale Islamisten Christen zunehmend bedrängen. Sie stellen eine ernsthafte Bedrohung für die Anhänger Jesu dar, wie es in manchen Ländern bereits der Fall ist, wo geisteskranke Muslime mit Vergewaltigung, Folter und Mord drohen - und ausführen, wenn Christen ihrem Glauben nicht abschwören.

Islam und Hinduismus haben sich bereits und werden sich weiter spalten in fanatische `Gotteskrieger´ und liebevolle, aufrichtige Gläubige ihrer Religion. Diese klagen ihre verblendeten Geschwister an und zeigen ihnen ihre Verirrung auf, woraufhin sie selbst verfolgt und mit dem Tode bedroht werden.

Für Christen ist es von großer Wichtigkeit, das manipulierte Denken in der Liebe zum Vater zu erleuchten, damit eine Unterscheidung von Wahrheit und Lüge erfolgen kann. In der Hingabe an die göttliche Liebe wird die Wiederkunft Jesu Christi zur Gegenwart Jesu Christi. Während die antichristlichen Mächte ihre Vorhaben im Verborgenen zu verwirklichen suchen, manifestieren des himmlischen Vaters getreue Kinder göttliche Kräfte, aus und mit denen eine lichte Welt in der irdischen Finsternis ersteht mit Jesus Christus als König. Sie bilden seine Arbeiterschaft auf Erden.

Jede Seele, die sich hier angesprochen fühlt, ernsthaft an der Errichtung des Reiches Gottes mitzuarbeiten, gehört dazu. Dies ist heiliger Ernst! Niemand soll sich zu klein, zu gering, zu unbedeutend erachten oder sich unwürdig fühlen, an Gottes Seite zu kämpfen! Viele seiner Kinder hat der Vater in einer gewissen Niedrigkeit und Demut in und vor der Welt gehalten, auf dass sie beim Erweckungsruf nicht im Gefängnis von Hochmut und Materialismus verharren.

Ruf aus der geistigen Welt:

"Dies ist ein Aufruf Gottes an alle Berufenen und Auserwählten! Hört den Ruf Jesu Christi! Wacht auf und öffnet euch für seine Liebe. Es ist die Zeit des Erwachens! Weit geöffnet ist das Herz des Vaters. Niemand, hört! Niemand wird zurückgewiesen! Und wäret ihr über und über bedeckt mit Sünden, der Vater wird eure Seelen mit seiner Liebe reinigen und mit seinem Licht erleuchten, wenn ihr zur Nachfolge bereit seid!

Die Kirche Satans wird er einreißen und in drei Tagen wieder aufbauen als Kirche Gottes. Diese Kirche wird sein eine neue Erde. Der Altar wird sein das Herz Gottes und die Glocken werden verkünden die Macht seiner Liebe über die ganze Erde und darüber hinaus in den unendlichen Sphären seiner materiellen und geistigen Schöpfungen!"

* * *

Zusammenfassung gegenwärtiger und kommender Ereignisse

In den nächsten Jahren soll zum einen eine gleichgeschaltete und einstimmige Regierung zuerst in der westlichen Welt, und letztendlich weltweit etabliert werden. Zum anderen soll in der globalen Vernetzung marktbestimmender Unternehmen eine kontrollierte Finanz-, Wirtschafts- und Konsumdiktatur entstehen. Die Initiatoren verfolgen nicht das Ziel einer gemeinsamen friedvollen Erde, vielmehr sind es besitzgierige und machtbesessene Staatsoberhäupter sowie größenwahnsinnige Eigentümer diverser Konzerne. Sie versprechen Wohlstand, Sicherheit und Frieden, doch dienen sie allein ihrer Herrschsucht und Habgier.

Verbrechensbekämpfung und humanitäre Hilfe werden medienwirksam zur Schau gestellt, die ausführenden Staatsgewalten werden als Verteidiger von Frieden und Freiheit gewürdigt. In erster Linie dienen Staatsschutz und Hilfeleistung aber der Vertrauensbildung und emotionalen Bindung an regierende Instanzen.

Die Vermischung verschiedener Religionen und Konfessionen mit freigeistiger Spiritualität, philosophischen Betrachtungsweisen, Moral und Ethik mündet in einem Bekenntnis für einen anonymen Gott oder erzeugt aufgrund der geistigen Verwirrung Glaubenslosigkeit.

(NB: Der Drang zum globalen Zusammenschluss sämtlicher Institutionen hat seine Ursache in der geistigen Einheit allen Seins, die in jedes Menschen Herz enthalten ist. In der materiell-egoistischen Welt verkehrt sich diese Realität ins Satanische: Das Streben nach Einheit wird zu diktatorischem Machtstreben. So wird alles göttlich Wahre und Gute in der gefallenen Schöpfung zu Lüge, Bosheit und Besessenheit.)

Oberstes Gebot, um das Bewusstsein der Massen zu dirigieren, ist permanenter Konsum in den Online-Welten sowie in den Print- und Fernsehmedien. Mittels der Eventbereiche Sport, Show, Kino und Musik wird die Bevölkerung gut unterhaltend narkotisiert. Im ständigen Erwerb sogenannter Billigware einesteils sowie in der Gier nach den immer neuesten Produkten auf dem Markt irdischer Eitelkeiten andernteils wird die Sehnsucht nach Anerkennung und Erfüllung zum Kaufzwang. Uneingeschränkte sexuelle Freizügigkeit ist ebenso ein probates Mittel zur Steuerung seelischer Energien. Im Ausleben ihrer niederen Begierden als auch in den ununterbrochen aufs Neue erzeugten materiellen Bedürfnissen ist die Spaß- und Konsumgesellschaft am leichtesten zu lenken. `Panem et circenses´ in Vollendung!

Gesetze, die auf europäischer Ebene zur Durchsetzung der Interessen despotischen Herrschertums nötig sind, werden, von der breiten Masse nahezu unbemerkt, einzeln und in zeitlichen Abständen verabschiedet. Im Gesetzesverbund vervollständigen sie das Fundament umtriebiger Machtausübung unter dem Diktat der Lobbyisten machtbesessener Konzerne. Bei Verfassungsänderungen, die von der Öffentlichkeit misstrauisch beäugt oder vehement abgelehnt werden, dienen notfalls ein mediales Großereignis, eine Naturkatastrophe, ein Attentat oder der Tod einer prominenten Person als Ablenkungsmanöver zur leisen Verabschiedung.

In Angst vor Terror und Krieg werden viele Bürger die Verordnungen und Gesetze ihrer Regierungen - teils bereitwillig, teils widerwillig - annehmen. Teile der Bevölkerung verlangen nun sogar, was zuvor strikt abgelehnt wurde: Umfassende Kontrolle durch Polizei und Militär.

Doch das blinde Vertrauen vieler wird nicht nur für niederträchtige irdische Zwecke benützt. Hinter den scheinheiligen Worten und Taten menschlichen Machtstrebens und Größenwahns steht eine noch viel verdorbenere und durchtriebenere Gewalt, die etwas ganz anderes mit der Welt im Sinn hat: Satan.

Mit der allgemeinen Anbetung der Materie hat dieser Geist ein Ziel bereits erreicht: Die Menschheit zu versklaven und den wahren Gott aus ihren Herzen zu verdrängen. Aber erst mit der Auslöschung der Erdenwelt kann er seiner blindwütigen Meinung nach die Wiederkunft Christi verhindern und sicherstellen, dass die Brücke ins Haus unseres himmlischen Vater zerstört wird - so wie er vor 2000 Jahren in seinem blinden Hass Jesus Christus vernichten wollte, in der Meinung, das göttliche Werk durchkreuzen zu können. Und so treibt er seine dunklen Pläne weiter voran ...

Während die Massen nach wie vor verblendet in ihr Verderben laufen, erkennen eigenständig denkende Menschen ihre Hörigkeit und Abhängigkeit. Ihnen wird klar, dass sie die Sklaven größenwahnsinniger Despoten sind, die ihre Machtstellung dazu benützen, um sich auf Kosten der Bevölkerung maßlos zu bereichern und ihre Herrschsucht gewissenlos auszuleben. Ihnen wird bewusst, dass die proklamierte Freiheit eigentlich eine Gefangenschaft an ein machtgieriges und korruptes Polit-, Finanz- und Wirtschaftsregime ist. Kritiker und wahrhaftige Christen werden unter den Deckmänteln `Political Correctness´, Fortschritt und Toleranz als Querulanten und Fanatiker in den Medien diffamiert, verspottet und geschmäht; die manipulierte Masse wird zum geistigen Träger dieser Verleumdungen und Anklagen.

Allein wirtschaftlichen und eigenen Interessen dienende Regierungen hatten bereits untragbare Steuerlasten verursacht, wodurch die Rentner und die arbeitende `Unterschicht´ zunehmend in ein Korsett finanzieller Bedürftigkeit gesteckt wurden, das aber mit Billigkonsum (ermöglicht durch Ausbeutung von Mensch und Erde), unbegrenzter Unterhaltung in den Medien und sexueller Freizügigkeit erträglich gehalten wurde. Doch nun mündet das Dasein für viele Menschen aus allen Gesellschaftsschichten in Mittellosigkeit und Armut. Die Kapitalmärkte geraten außer Kontrolle. Das Kartenhaus von Aktien und Finanzen verliert an Stabilität und droht einzustürzen. Bargeld, das bereits ein Nischendasein führte, verliert weiter an Kaufkraft. Aber auch das imaginäre Guthaben der Konten ist nun gefährdet. Versicherungen und Banken gehen Bankrott. Schuldenbelastete Immobilien werden gnadenlos enteignet. Millionen Arbeitsplätze gehen verloren. Soziale Leistungen werden radikal gekürzt. Noch mehr Steuern werden einbehalten.

Die Welt befindet sich im Chaos, alles scheint aus den Fugen zu geraten. Die politischen Zustände sind unerträglich, es wird nur noch lamentiert und fadenscheinige Versprechungen werden gemacht. Wahrheit und Lüge kann man nirgends mehr unterscheiden. Weltweit toben Bürgerkriege und regionale Kriegsgeschehen. Die Flüchtlingsströme nehmen kein Ende, doch jetzt fliehen die Menschen auch vor Dürre und Wassermangel, unaufhörlichen Unwettern und Stürmen sowie riesigen Feuersbrünsten und Überschwemmungen.

Weltweit kommt es wiederholt zu Aufständen der aufgebrachten Bevölkerung - in einigen Ländern wird der Ausnahmezustand ausgerufen. Vielerorts bilden sich kämpferische Untergrund- und Freiheitsbewegungen. In Städten finden Straßenschlachten statt, Geschäfte werden geplündert, ganze Stadtteile brennen. Anarchie macht sich breit. Viele Städter suchen Schutz auf dem Land, um diesem Schrecken zu entgehen.

Gott sei Dank gibt es lichte Inseln in der Dunkelheit. Verteilt über den Erdball haben sich kleine christliche Gemeinden gebildet, erfüllt von Gottes Geist und stark im Glauben. Ihre Angehörigen wirken in einigen Ländern bis hinein in Regierungskreise - und verhelfen so der Bevölkerung zu einer Abmilderung nationaler Not.

In den letzten Tagen treten die Apostel Christi öffentlich als Mahner auf, verkündend das nahe Gericht, sollte keine Umkehr stattfinden. Schonungslos offenbaren sie die Wahrheit des Lebens und des Todes. Doch werden sie öffentlich denunziert und verspottet, einige werden inhaftiert, andere kommen auf mysteriöse Weise zu Tode. Ein Teil der Armee Gottes wirkt verborgen von der Welt, sie stärkt die kleinen Herden im Glauben und Gottvertrauen. Gemeinsam erwarten sie die Wiederkunft Christi. Sie sind vorbereitet auf das Kommende, ihre Herzen sind voller Freude ob der Neugeburt der Erde. Sie stehen in innigem Verbund mit den himmlischen Mächten.

Wer die Augen geöffnet hat, sieht, dass wir uns bereits in den hier dargestellten Geschehnissen befinden, wobei die Abfolgen variieren können. Etliche sind bereits geschehen, andere stehen noch bevor, und manche bemerkt man in seiner Weltblindheit nicht, obwohl man mittendrin steckt. Gewisse Vorgänge finden schwerpunktmäßig nur in einzelnen Ländern statt. Einige Völker und Regionen sind von Unruhen sowie vom wirtschaftlichen Kollaps nur bedingt betroffen, sie sind jedoch verstärkt Naturgewalten ausgesetzt.

Schließlich und endlich kommt es aller Voraussicht nach zu einem 3. Weltkrieg, denn Satan benötigt einen entscheidenden großen Krieg, um seine Pläne zu verwirklichen. Dieser läutet die letzten Tage der heutigen Menschheit ein. Der Gnadenarm Gottes wird die Kampfhandlungen jedoch nach kurzer Zeit beenden.

Über diesen Krieg gibt es zum Teil sehr genaue Vorhersagen. Aus den Prophezeiungen einiger Hellseher geht hervor, dass er sich in einem Jahr mit vorangehendem mildem Winter und frühem, reichlichem Pflanzenwachstum ereignet. Der Ausbruch ist zumeist auf August - Oktober datiert. Die Dauer wird mit drei Monaten angegeben. Laut Prophezeiungsexperten findet dieser Krieg noch in diesem zweiten Jahrzehnt statt. Das war zuzeiten der Propheten möglicherweise so gesehen, diese Zeitangaben stimmen aber nicht mehr. Der Vater teilt mir mit, dass sich das letzte Geschehen aufgrund der allgemeinen Entwicklung zunächst ins dritte Jahrzehnt verschiebt. Ob die jahreszeitlichen Angaben dann noch gültig sind, weiß ich zu dieser Stunde (2017) nicht.

* * *

Die vorangegangenen Erläuterungen enthalten einige Zielsetzungen der regierenden Gewalten dieser Erdenwelt. Diese werden im Verlauf der kommenden Jahre zunehmend offensichtlicher. Phasenweise wird es vordergründig noch einmal so aussehen, als ob alles in Ordnung wäre - da darf man sich nicht täuschen lassen. Die kurzen Atempausen sollen dazu dienen, aufgebrachte Gemüter zu beruhigen und verschiedenste Endzeitthesen zu neutralisieren. Fehlerhafte Auslegungen bestehender Prophezeiungen sollen verunsichern und weismachen, dass eine globale Erneuerung durch die Wiederkunft Jesu Christi nicht stattfindet.

ABER: Der Vater wird die hier geschilderten antichristlichen Pläne nur bis zum gegebenen Maß zulassen. Einiges wird er je nach der Gebetskraft und Liebefähigkeit seiner Kinder abmildern oder gar vereiteln. Für sie wird er die Tage großer Drangsal verkürzen, wie es geschrieben steht.

Der Vater spricht: *"Bald wird es geschehen. Bleibet im Glauben an Mich, eurem Vater in Jesus Christus. Haltet euch an Mich, kommet immer wieder zu Mir und lasst euch nicht in die Irre führen. Ihr wisst um die Wahrheit. Bleibt dabei! Liebet Mich und kommt an Mein Herz, Meine Kinder. Der Satan wird euch bedrängen wieder und wieder, doch lasst Mich nicht los! Ich liebe euch, bleibt bei Mir. Ich liebe euch."*

* * *

Der Antichrist

Der satanische Geist, der die Welt beherrscht, wird Antichrist genannt. Belebt wird er durch die Anbetung der Menschheit an die Materie. Jede körperliche Verfallenheit, jeder egoistische Gedanke, jedes lieblose und boshafte Wort, jede selbstsüchtige Tat schenkt dieser Macht Energie und erhält sie am regieren. Fanatische Religion, hartherzige Marktwirtschaft, gewissenloser Kapitalismus, gottlose Wissenschaft - jedes weltliche System, das vorrangig zum eigenen Vorteil agiert und sich im kalt berechnenden Verstand gründet, stärkt seine Position.

Die antichristlichen Machenschaften beziehen sich folglich in erster Linie nicht auf eine bestimmte Regierung oder Organisation, sie sind in allen Strukturen dieser Welt zu finden. Der Antichrist ist im Grunde nichts anderes als absoluter Materialismus - er ist der Abgrund von Zeit und Vergänglichkeit, er ist der Geist von Hochmut, Gewissenlosigkeit und Egoismus, er ist der Meister des geistigen Todes, verleugnend die Herrlichkeit Gottes.

Im Verlauf der Geschichte hat es immerzu staatliche, kirchliche und wirtschaftliche Obrigkeiten gegeben und gibt sie, die die satanische Energie bündeln und kaltblütig ausüben. Doch wie gelegentlich behauptet wird, dass dieser oder jener Mensch Satan selbst sei, entspricht nicht der Wahrheit. In ihm dienenden, von Herrschsucht und gewissenloser Geldgier getriebenen Personen ist Satan jedoch mittelbar inkarniert und bekommt so irdischen Zugriff.

Da sich so gut wie alle herrschenden Institutionen diesen destruktiven Eigenschaften verschrieben haben, hat der satanische Geist seine Arme überall, die in ihren Machtpositionen synchron wirken und im Verborgenen einander zuarbeiten. Dies ermöglicht ihm eine alle Lebensbereiche umfassende Einflussnahme, ohne dass der Mensch wahrnimmt, dass er in seinen Begierden, Sehnsüchten, Leidenschaften und Verhaltensweisen eine Marionette satanischer Gewalten ist. Im Zusammenschluss heimtückischer und bösartiger Energien unter Satans Herrschaft kann man folglich von einer global praktizierten und funktionierenden Verschwörung sprechen - nicht jedoch in der Welt hochmütigen Menschseins, das in Egoismus und Rivalität eine einheitliche und absolute Diktatur letztendlich nicht zulässt.

Dieser materiegebundene Geist namens Satan oder Luzifer bildet die Basis von allem Bösen. Er ist jedoch `nur´ das Fundament von Lüge, Betrug und Gewalt. Er ist der Versucher, Verführer und Blender, er ist der Inspirator und Anstifter - die Vollstrecker des Bösen sind die in Gottlosigkeit gefallenen Menschen selbst. In ihrer gewissenlosen und unmenschlichen Getriebenheit sind sie die wahren Ausgeburten der Hölle. Ihre skrupellosen und brutalen Taten benützt Satan wiederum für seine Zwecke. Mehr dazu im weiteren Verlauf.

* * *

Satanismus

"Und es ward ausgeworfen der große Drache, die alte Schlange,
die da heißt der Teufel und Satan, der die ganze Welt verführt.
Und ward geworfen auf die Erde,
und seine Engel wurden auch dahin geworfen."

Dass es Satanismus tatsächlich gibt ist weithin unbekannt. Wenn er zur Sprache kommt, werden diese Praktiken zumeist als Märchen phantasievoller Autoren abgetan oder ins bunte Land der Verschwörungstheorien gestellt. Doch gerade die Unglaublichkeit der satanischen Realität bildet eine Schutzmauer um die geheimen Logen.

Die Mitglieder des luziferischen Netzwerks üben ihren Einfluss in vielen Bereichen des irdisch organisierten Daseins aus. Sie kommen zusammen, um Satan anzubeten und sich zu berauschen an der ekstatischen Macht, die ihnen in den Ritualen zuteil wird. Sie verschreiben ihre Seele dem Bösen mit Blutopfern von Tieren und Menschen - bis zum Opfertod.

Man kann sich dem satanischen Geist unabsichtlich oder mit Absicht verschreiben. Die meisten Menschen wissen jedoch nicht, dass sie ihm dienen. Als blinde Marionetten irdischer Begehrlichkeiten verwenden sie all ihre Energie, um ihre Geldgier und ihren Darstellungswahn zu befriedigen. Indem sie materielle Erfüllung zum einzig gültigen Daseinszweck erklären, sind sie zu blinden Handlangern des geistigen Todes geworden. Mehr oder weniger gehört die gesamte Erdbevölkerung dieser Kategorie an.

So manche finden durch Kontakt mit Headhuntern oder Mitgliedern diverser Logen in die unteren Ränge eingeschworener Vereinigungen, vorerst unwissend, wo sie da eigentlich hingeraten sind. Beeindruckt vom gesellschaftlichen Status und Wohlstand der Mitglieder, fasziniert von den gewinnbringenden Auswirkungen von Lüge und Betrug, zuweilen geblendet von der Magie der Manipulation und Suggestion fallen sie bald in die Abhängigkeit dämonischer Mächte. Geführt und kontrolliert werden sie durch Rekrutierung in vom antichristlichen Geist geleitete Unternehmen und Organisationen, wo sie bei Bedarf auf die Erfolgsleiter geführt und finanziell großzügig entlohnt werden. Sie werden gegebenenfalls mit Drogen versorgt und für ein ausschweifendes Sexualleben mit allen erdenklichen Perversionen ist ebenso gesorgt. Diese blinden Satansdiener findet man oft in der gehobenen Gesellschaftsschicht. Etliche sind in der Musikszene, in der Filmindustrie, im Verlagswesen und in der Modebranche zuhause. Für sie ist die Zugehörigkeit zum satanischen Bündnis ein gefährliches, oft tödliches Spiel. Sie stehen zumeist nicht in bewusster Verbindung mit Satan, werden aber von ihm bevorzugt behandelt, wodurch er sie geschickt für seine Zwecke benützen kann.

Des Weiteren gibt es die Kultur der von den Dunkelwelten faszinierten Gruppierungen. Sie gehören selten einer satanischen Loge an, umgeben sich aber gerne mit mystischen und dämonischen Symbolen. Einige versuchen sich in Spiritismus, experimentieren mit weißer oder schwarzer Magie. Doch auch wenn sie nicht bewusst Kontakt mit den jenseitigen niederen Mächten aufnehmen - nicht selten erfolgt eine Öffnung dorthin. Diese Personen haben keine Ahnung, in welche Gefahr sie sich mit ihrem unkundigen Dämonismus bringen. Oft ist die Folge Um- oder Besessenheit, die zu Erkrankung, Depression oder gar Selbstmord führt.

Dann gibt es den elitären Kreis aktiver Satanisten. Das sind Personen, die sich mit Absicht bösen Mächten verschrieben haben. Sie stehen in Rängen organisierter luziferischer Verbände. Sie haben geschworen, all ihre Energie zur Blasphemie Gottes einzusetzen. Als pseudoreligiöse Instrumente satanischer Intrigen sprechen sie Lüge-Wahrheit-Lüge, wodurch sie die bereits bestehende Glaubensverwirrung verstärken.

Aufgrund ihrer psychopatischen Anlagen sind sie Experten in Sachen Verstellung. Sie sind zumeist intelligent, gebildet und rhetorisch trainiert. Ihre Nahrung ist Macht, Geld und exzessive Sexualität. Pädophilie ist in diesen Kreisen verbreitet, überregionaler Kinderhandel wird hier organisiert. In ihrer Hingabe an das Böse werden diese Unmenschen oftmals unermesslich reich, denn in den Kanälen von Herrschsucht, Betrug und Gewalt fließt Satans Blut.

Den Hohepriestern Satans verschaffen ihre Gewissenlosigkeit und ihre verlogene geistige Autorität uneingeschränkte Macht sowohl in den luziferischen Kreisen als auch in ihren beruflichen Wirkungsfeldern. Sie sind die Meister der der Doppelzüngigkeit, selten stehen sie im öffentlichen Rampenlicht. Da sie das imperiale antichristliche Netzwerk uneingeschränkt unterstützen, werden alle ihre irdischen Wünsche erfüllt - bis Krankheit und Tod Einhalt gebieten.

Gott spricht: *"Dieses Netz wird im Feuer Meiner Wiederkunft im Augenblick verbrennen, und die Asche wird Dünger sein für den fruchtbaren Boden der neuen Erde."*

* * *

In den satanischen Messen werden finstere Mächte beschworen und mit der den Hohepriestern verliehenen geistigen Autorität wird Dämonen der Zugang zur materiellen Welt eröffnet.

Dämonen sind verstorbene Menschen, die einst auf Erden böswillig und gewissenlos ihr Dasein gefristet haben und nun in den dunklen Gefilden des Jenseits ihr Unwesen treiben. In den Riten öffnet sich ihnen das Tor ins Diesseits und damit die Möglichkeit, ihre Bosheit, ihren Hass und ihre Schadenfreude erneut in der materiellen Welt ausleben zu können.

Je nachdem, wo sie sich in der teuflischen Hierarchie befinden, müssen sie den Satanisten bedingungslos gehorchen, treiben aber zugleich in ihrer feurigen Getriebenheit die Teilnehmer der Messen zu immer abartigeren und grausameren Ritualen und Blutopfern. Durch die ihnen in der Seelenöffnung der Teilnehmer ermöglichten Besetzung haben sie deren Machtempfinden über Leben und Tod, was ihnen große Befriedigung verschafft.

Da Satanisten ihre Seele verkauft haben, sind sie dem satanischen Geist auf Leben und Tod verpflichtet. Verräter werden verfolgt und vernichtet. Entweder dadurch, dass von den antichristlichen Mächten ermöglichte Straftaten oder widerwärtige Lebensweisen ins öffentliche Rampenlicht gestellt werden und die abtrünnige Person dadurch beruflich und privat ruiniert ist. Oder sie kommt durch einen `Unfall´ oder `Selbstmord´ ums Leben.

Nur wenige entkommen dieser Schattenwelt. Die es schaffen, haben Hilfe von göttlicher Seite erhalten. Der Vater errettet so manche Seele aus den Fängen der Höllenmächte, auf dass sie davon berichtet in Wort und Schrift. Wer suchet, findet auch hier.

* * *

Bitte folgenden Text nur lesen, wenn du eine ungeschönte Darstellung grausam-satanischer Machenschaften verkraften kannst.

Von den mehr als 1 Million Kindern und Jugendlichen, die weltweit jedes Jahr als vermisst gelten, bleiben über 50.000 verschwunden. Sie wurden entführt. Was in Westeuropa vergleichsweise selten vorkommt, ist vor allem in Osteuropa, Amerika, Asien und Afrika der Fall. Dort wird das namenlose Verbrechen der Kindesentführung täglich ausgeübt. Die Medien berichten allerdings nur gelegentlich davon - es wird dafür gesorgt, dass dieses Thema nicht auf breiter Ebene diskutiert und damit zum internationalen Politikum wird.

Doch die Realität sieht anders aus. Die meisten der entführten Kinder und Jugendlichen werden von Menschenhändlern an pädophile Kreise verkauft, wo sie jahrelang missbraucht und schließlich professionell beseitigt werden. Einige werden satanischen Bündnissen ausgeliefert; in den Messen werden sie gefoltert, vergewaltigt und schließlich in grausamen Ritualen getötet, was meistens gefilmt und entsprechenden Gruppierungen zugeführt wird. Andere werden in `Mind-Control´-Lager transportiert, wo ihr Bewusstsein mittels tiefer Traumatisierung durch Folter und unablässiger Vergewaltigung in verschiedene Persönlichkeiten zergliedert wird. In den programmierten Abspaltungen sind diese Opfer willenlos und dadurch absolut kontrollier- und steuerbar. Ihr Zustand ist vergleichbar mit Schizophrenie, nur dass im Mind-Control (MK-Ultra) die einzelnen Persönlichkeiten mittels zuvor im Unterbewusstsein programmierter Codes aktiviert werden können, ähnlich wie in der Hypnose. Sie werden als Drogenkuriere eingesetzt, müssen in Pornofilmen agieren (zumeist BDSM) oder dienen niederträchtigen Regierungs- und Wirtschaftskreisen als Sexsklaven.

Die Technik des Mind-Control wurde in der zweiten Hälfte des vorigen Jahrhunderts in den USA entwickelt und perfektioniert. Einige der damaligen Regierungen sowie CIA und NASA (macht nicht nur Raumfahrt) sind für solch unmenschliches Sklaventum verantwortlich.

Manchmal ist ein Bauernopfer nötig, um die Allgemeinheit mit der Aufklärung eines Sexualverbrechens oder Aufdeckung eines Pädophilen-Rings zu beruhigen, und zu zeigen, dass man perverse Machenschaften verfolgt und bestraft. Dann wird der medienhörigen Masse ein unangenehmer Mitläufer als Täter dargeboten und öffentlich angeklagt. Doch stets werden die Kleinen geopfert, die \`Großen´ nur dann, wenn sie in ihrer perversen Triebhaftigkeit zu unkontrollierbaren Einzeltätern werden. In der Regel decken sich diese Verbrecher gegenseitig - redliche Ermittler werden mitunter vom Fall abgezogen und/oder mit Androhung der Vernichtung ihrer beruflichen Existenz mundtot gemacht.

(NB: Wer Näheres über satanische Praktiken wissen möchte, dem sei das Buch \`Die TranceFormation Amerikas´ meiner Herzensschwester und Mind-Control-Sklavin Cathy O´Brian empfohlen. In ihrem Fall steht Satanismus für die üblen Machenschaften und unmenschlichen Grausamkeiten diverser US-Regierungen und deren Geheimdienste. Um dieses Buch zu lesen braucht es eine starke Seele.)

* * *

Satansdiener erkennt man an unersättlicher Geldgier, unstillbarem Machthunger und an der hinter der freundlichen Fassade verborgenen Skrupellosigkeit. Im Diesseits erscheinen sie groß, in den lichten jenseitigen Gefilden sind sie jedoch unbedeutend und finden kaum Erwähnung, denn dort hat nur göttliche Liebe Realität.

Satanisten der oberen Hierarchien haben eine außerordentliche Präsenz und wirken sehr selbstsicher. Dies ist einerseits begründet in ihren meist uneingeschränkten finanziellen Ressourcen sowie ihrer beruflichen und gesellschaftlichen Machtposition, andererseits in ihrem Halbwissen um jenseitige Gegebenheiten als auch der ihnen zu Diensten stehenden dämonischen Welt. Sie wissen, dass Satan ihnen alles zuspielt was sie für ihre Pläne benötigen. Er öffnet für seine Vasallen jede weltliche Erfolgstür, seine Begünstigten erreichen großen Reichtum und einen nahezu unantastbaren Status.

Die Selbstsicherheit wahrer Christen ist begründet in der Gegenwart Jesu in ihren Herzen. Sie sind eingeweiht in die Verhältnisse des Diesseits und des Jenseits. Sie wissen, dass Satan die Welt regiert. Sie wissen aber auch, dass Gott dies zulässt und dass das Böse in letzter Konsequenz ein Werkzeug in Gottes Hand sein muss. Von ihrem himmlischen Vater bekommen sie alles, was sie benötigen, um ihre Aufgaben zu erfüllen. Er öffnet ihnen allzeit seine Herzenstür und macht sie reich an Liebe und Weisheit.

Christen erkennt man an ihrer kindlichen Demut und ihrer uneingeschränkten Liebe zu Jesus Christus in Leben und Tod. In dieser Welt sind sie klein, geistig ist ihre Größe jedoch unüberschaubar.

Nach dem Ableben werden die Satansdiener in ihre selbsterrichteten höllischen Abgründe stürzen, während die Kinder des Lichts in Gottes Gnaden in ihre himmlische Heimat geführt werden.

* * *

Satanischer Geist - Satan spricht

"...ich bin der schwarze Engel im Lichtgewand!"

Satan oder Luzifer war - und ist eigentlich - eine das göttliche Licht manifestierende vollkommene Wesenheit. In dieser absoluten existenziellen Lebenskraft konnte sich Gott schöpferisch begreifen und erleben. Durch und aus Luzifer wurden Geister ohne Zahl ins Leben gerufen.

Als Gott Luzifer in autonomes Daseins stellte, wurde dieser in seiner Eigenmächtigkeit selbstverliebt und dadurch zum verneinenden Lebensprinzip. Seine ursprüngliche Demut, die Aufnahmegefäß für Gottes Liebe-, Licht- und Lebensenergie war und ist, verkehrte sich in Hochmut. Dadurch verschloss sich seine Lebensader, göttliche Lebendigkeit konnte nicht mehr in sein Herz einfließen - und somit nicht in seine ihm angehörige Gefolgschaft. Satan und der Großteil der durch ihn geschaffenen Geister verloren sich in den Tiefen der Unendlichkeit und erstarrten darin.

Um eine Rückführung ins göttliche Dasein zu ermöglichen, wurde das erkaltete und abgestorbene satanische Bewusstsein mitsamt seinen gefallenen Vasallen in unendlich viele Partikel aufgespalten und in und als zahllose Welten gebunden - sie bilden den seelisch-substantiellen Kosmos.

Der Geist Satans, also seine ureigene personale Identität, wurde zuletzt gebannt in die Tiefen dieser Erde, daher hier sein Einfluss am größten ist. Das stoffliche Universum ist folglich ein Konstrukt des zu Fall gekommenen Geistes Luzifer. Durch die Erlösung jeder einzelnen mit und durch ihn gefallenen Wesenheit soll alles Verlorene Gott wieder zugeführt werden. Jeder aus freien Stücken zum Vater heimkehrende Geist bringt einen verdunkelten Seelenanteil Luzifers zurück ins Licht.

* * *

In seiner Kraft, mit der er das seelisch-geistige Leben an das stoffliche Universum bindet, stellt Satan eine gewisse Gegenmacht zu Gott dar. Er ist jedoch nicht dessen Gegenpol, denn in seinem Urgrund steht Gott in keiner Polarität mit Satan, ansonsten er an und für sich keine Existenz ohne diesen Geist hätte. Gleichwohl braucht Gott in sich seiende Widerstände, quasi Aufnahmegefäße oder Spiegel seiner Gedanken, die ihm tätiges Bewusstsein ermöglichen. Diese empfangenden Kräfte ist er jedoch selbst im allervollkommensten Maße.

In der gegenwärtigen Schöpfungsperiode gab Gott seinen fassenden Geisteskräften eigenes Leben. Luzifer, als der größte dieser Geister Empfänger und Träger allen Lichtes der Gottheit, verselbstherrlichte jedoch in seiner Unabhängigkeit, wodurch er das in ihm sich erfüllende Gottesbewusstsein erscheinlich von dessen Quelle trennte und mit sich in die unendlichen Tiefen des göttlichen Daseinsraumes riss. Dort fing Gottes Gnadenhand ihn auf, band das in Unvollkommenheit gefallene Geisteschaos in gerechte Gefäße (Sterne und Planeten, als unzählige Galaxien manifestiert, das gesamte Universum entsprechend einem Gottmenschen), und stellte es in geregelte Bahnen, um Luzifer mitsamt seinem Anhang wieder zurück in die ursprüngliche Freiheit und Einheit führen zu können. Der materielle Kosmos war geboren, die Rückführung des Gefallenen war eröffnet.

Die einst aus ihrem göttlichen Sein getretenen Gedanken und Ideen stellen nun die Wesenheiten auf den zahllosen Festen dieser Schöpfung dar. Sie alle, seien es Bewohner von Sternen oder Planeten, haben menschliche Gestalt als Ebenbild von Gottes vollkommener geistiger Gestalt, allerdings in verschiedener Größe, je nach Ausmaß des bewohnten Gestirns.

So ist jeder Mensch im Grunde ein göttlicher Lichtgedanke, und der einst gottgleiche Luzifer war und ist unser übergeordnetes Bewusstsein, das uns in der materiellen Verblendung tötet, als überwundener Widerstand uns in Gott verherrlicht, und uns als dereinst wiedererstandene Geistesmacht erfreuen wird mit ungeahnten Inhalten göttlicher Existenz.

Insbesondere auf dieser Erde stellen die satanischen Anfechtungen und Verlockungen ein wirksames Werkzeug zur geistigen Wiedergeburt dar. Dient der Mensch jedoch diesem gefallenen Geist, lebt also nur für seine egoistischen Begierden, verfängt er sich darin und es tritt das Gegenteil einer Vergeistigung ein: Seine Seele erstarrt erneut und stirbt den geistigen Tod. Das ist die große Gefahr der irdischen Inkarnation - und bedauerlicherweise unser derzeitiges Schicksal.

Geht die Menschheit den nächsten Schritt, weg von Egoismus und materieller Verfallenheit in eine neue Geistigkeit, verliert Satan seine Herrschaft über die Erde. Sein `Körper´ bleibt zwar weiterhin existenzielles kosmisches Fundament, doch ist er in Ausübung seines Einflusses, welcher besteht allein aus Hinterlist, Lüge und Betrug, arg gebunden. Die zur geistigen Entfaltung notwendigen seeleneigenen Gegenkräfte kann der Mensch dann im Licht der Wahrheit wesentlich leichter durchschauen und handhaben als es unter satanischer Einwirkung der Fall war.

Obwohl Satan insgeheim weiß, dass er der Gottheit nicht die Stirn bieten kann, versucht er mit allen Mitteln, den Übergang ins neue Zeitalter so bitter als möglich zu gestalten. In seiner Boshaftigkeit will er in der ihm verbleibenden Zeitspanne von wenigen Jahren der Erdbevölkerung noch möglichst viel Leid zufügen und viele Seelen mit in den Abgrund des geistigen Todes reißen. Dies wäre seine letzte große Genugtuung. Inwieweit er das bewerkstelligen kann, liegt in Gottes Hand. Sein Sturz vom Thron und das Ende seiner Regentschaft sind aber bereits beschlossene Sache.

Doch gerade die bevorstehenden Nöte verhelfen der Erde zur Neugeburt in eine bessere Epoche, denn letztendlich muss das Böse stets dem Guten dienen. Immer wenn Satan großen Schaden anrichtet, bewirkt er großen Nutzen. Dies beweist die Kreuzigung Jesu. Die kommende Zeit wird es bestätigen.

* * *

Satan ist Herr der Lüge und Falschheit, indem er vorgibt, materielles Dasein sei der Menschheit einziger Sinn und Zweck. In und mit diesem verlorensten aller Planeten namens Erde schlägt sein verblendetes Herz. Satan kann jede Gestalt annehmen: In der geistigen Welt in entsprechenden Bildern seiner hervorstechenden Eigenschaften: Schlange oder Drache sind analoge Offenbarungen seiner arglistigen oder zornfeurigen Vorgehensweise. Im irdischen Geschehen in Form widergöttlichen Lebens mit all den unmenschlichen und grausamen Gegebenheiten des geistigen Todes, aber auch im Gewand verführerischer materieller Erscheinungen, die des Menschen innerste Sehnsucht nach göttlicher Schönheit und Harmonie an leibliche Begierden und Leidenschaften, an Tod und Vergänglichkeit binden.

Mit den Machenschaften Satans wird in Büchern und Filmen gern gespielt - dass es ihn tatsächlich gibt und wie es um seine Beschaffenheit steht, wissen bisher nur wenige Menschen. Seine größte Waffe ist die Tatsache, dass er ins Reich der Märchen versetzt oder sein Einfluss so verfälscht dargestellt wird, dass man entweder nicht an seine Existenz glaubt, oder ihn trotz offensichtlicher Wirksamkeit nicht erkennt. Er ist ein Meister der Verstellung und verbirgt sich genau dort, wo man ihn nicht sucht - beziehungsweise nicht suchen will. Denn seine Energie regiert in der Hauptsache die Bewusstseinsfelder, die man in der allgemeinen geistigen Verblendung als völlig harmlos betrachtet, oder die man in sich höchst ungern betritt. Es sind dies unsere verborgenen und übertünchten Sünden, gewachsen auf dem Boden des Selbstbetrugs.

Der satanische Geist bezieht seine Nahrung hauptsächlich von den Menschen, die der Materie und dem Hochmut dienen. Im Grunde sind dies die egoistischen Begierden in Bezug auf das körperliche Dasein, die als Gedanken und Bilder in der Seele auftauchen und sich in der äußeren Welt als widergöttliche Worte und Taten manifestieren.

Die Auswüchse des Bösen entstehen also stets im Zusammenschluss satanisch-materieller Verführung mit den seeleneigenen negativen Veranlagungen, die in der Vorherschaft des Weltverstandes ein Eigenleben entwickelt haben und den Menschen mit selbstsüchtigen und niederträchtigen Bedürfnissen zu Fall bringen. So sind unsere Stammeltern Adam und Eva gefallen, so fielen einst Kain und Judas - so sind wir alle dem Tod untertan.

Satan kann seine tyrannische Regentschaft nur aufrechterhalten, wenn die kosmische Bevölkerung seinem Willen gehorcht. Da die materielle Schöpfung durch ihn und aus ihm entstanden ist, sieht er sich als ihr Besitzer und Herrscher. Sie ist seine gefallene Seele, die ihm erst wieder angetan werden kann, wenn er sich der Liebe Gottes anheimgibt. Vor allem aber liegt ihm die Erde am Herzen - und das ist durchaus wörtlich gemeint.

Warum gerade dieser winzige Planet, wo es doch deren unzählige gibt? Der Vater hat unsere Erdenwelt zum Ort der Erlösung auserkoren. Sie ist das (materielle) Tor zum Himmel. Sie ist der Schlüssel zum Herzen Gottes, denn der Planet Erde ist Träger des innersten Lebensprinzips dieser Schöpfung. Hier begegnen sich das absolut Gute und das absolut Böse. Nirgendwo sonst im unendlichen Weltenraum gibt es diese Extreme von Hoch und Tief, von Licht und Dunkel, von selbstlos göttlicher und egoistisch satanischer Liebe. Hier entscheidet sich das Schicksal des gesamten kosmischen Daseins.

Auch wenn diese Aussage aufgrund der endlosen Zahl der Gestirne und der schier unendlichen Weite des Alls für so manchen nicht nachvollziehbar ist, so ist es doch Gottes Ratschluss. Des Vaters Liebe bedient sich vor allem des Hilfebedürftigsten, des kleinen Unscheinbaren, des Unansehnlichen.

Solange die Erdbevölkerung Satans Falschheit folgt, kann er herrschen. Deshalb versucht er mit allen Mitteln zu verhindern, dass sich Liebe und Wahrheit offenbaren. Da er Herr des Weltverstandes ist, hat er Macht, die Menschen derart zu beeinflussen, dass sie eine göttliche Realität ablehnen, ja, in ihrer Verblendung die Boten Gottes sogar verfolgen und mundtot machen.

Aufgrund ihrer verkehrten Lebensweise ist die Menschheit dermaßen in satanische Energien verwickelt, dass sie sich daraus nicht mehr selbst befreien kann. Deshalb muss Gott diesen Teufelskreis jetzt durchbrechen. Um die Fesseln des geistigen Todes zu durchtrennen, benötigt es jedoch einen starken Hieb, der die Erde schwer treffen wird - sie wird arg taumeln in diesem Schlag. Der Arm Gottes als Handlanger seiner barmherzigen Liebe wird einen nachhaltigen Eindruck hinterlassen.

Jeder Mensch kann aber um Befreiung aus dem Netz von Sünde und Falschheit bitten, indem er seines himmlischen Vaters Herz ergreift und sich darin reinigen und erneuern lässt. Wenn das allgemeine Weltgericht einsetzt, hat er sein persönliches bereits hinter sich. Zusammen mit Jesus Christus wird er hineingehen in das Reich des Friedens und der Liebe.

* * *

So wie ich Botschaften der lichten Geisterwelt empfange, vernehme ich auch Mitteilungen der Dunkelwelt und des satanischen Geistes. Gelegentlich höre ich folgende Worte, die Satan ungehört zu jedem Menschen spricht, der Jesus ernsthaft nachfolgen möchte:

"Ich werde alles daran setzen, dass du dein gesetztes Ziel nicht erreichst! Ganze Legionen meiner Teufel würde und werde ich opfern, auf dass du dich nicht mit Gott vereinst. Du sollst mir gehören! Ich werde deine Befreiung nicht erlauben. Mit deinen Sünden hast du dich mir verschrieben. Dein Leben gehört mir und auch dein Tod. Ich werde dich in den Abgrund der Verlorenheit reißen mit der Gewalt von Verzweiflung und Mutlosigkeit. Und deine Schreie werden sich verlieren im Lärmen und Toben der Welt und aller gequälten Seelen!

Ich bin König und Herrscher über die Menschen. Sie sind meine Sklaven und Untertanen! Sie sind mein! Meine Befriedigung ist die schamlose Lust und totale Verfallenheit der Menschheit an mein Reich der Materie, denn gerne teile ich meine tote Welt mit den Kindern Gottes.

Du glaubst wohl, ich weiß nicht um das Geschehen dieser Zeit?! Jede einzelne Seele kenne ich, jede habe ich gezeichnet. Alle habe ich sie in mei-

nen Händen, die auf die Erde kamen, um für ihren Gott und gegen mich zu kämpfen! Haha, diese Stümper! Erst die großen Worte, ihr Leben Gott zu opfern! Und jetzt kriechen sie im Kot der Welt umher und sind Gefangene des Fleisches und des Geldes, voller Lüsternheit und Gier!"

* * *

"Du wagst es, dich dem einzig wahren Gott zu nahen! So zeige ich dir meine Macht über dich, denn du gehörst mir; du hast dich durch deine Sünden mir verkauft, verschrieben mit deinem Herzblut und deiner Seele. Jedem, der es wagt, sich dem wahren Gott zu nahen, zeige ich meine Macht, bis ich ihn zermürbt habe und er wieder ablässt von seinem Vorhaben aus lauter Selbstzweifel, Mutlosigkeit und Selbstanklage.

Ich fange ihn in meinem Netz und lasse ihn jahrelang zappeln und geistig verdorren. Ich kleide mich in verschiedene Lichtgewänder und verführe die Seelen auf jegliche Art und Weise, und lasse erst wieder locker, wenn sie auf meine Irrwege geraten sind und denken, ich wäre der Weg zu Gott oder wäre gar selbst Gott und mich anbeten und verehren. Die Geschichte beweist es.

So wird es auch dir ergehen. Gebunden in mein Netz voller Verführungen und Verhängnisse werde ich dir Wünsche eingeben, die du nicht erfüllen kannst und lasse dich daran erbosen und verzweifeln und mutlos werden. Oder ich überschütte dich mit Wohlstand und Reichtum, denn auch dafür bin ich zuständig, und du wirst deinen christlichen Weg in all deinen Vergnügungen bald verlassen und Gott wird dir lästig werden.

Ich bin der schwarze Engel im Lichtgewand, nimm mit mir vorlieb, weil du deinen Gott niemals erreichen wirst. Und wenn er dich berührt, wirst du danach wieder meine Macht über dich erfahren, du treulose Seele, Versager, Lügner!" (lacht)

Dies ist unser Kampf. Doch Jesus Christus hat den Sieg bereits errungen. Wenn sich das Gotteskind seinem himmlischen Vater mit ganzer Seele anheimgibt, muss Satan weichen.

* * *

Vom Vater beschützt stehe ich auf satanischem Boden. An seiner Seite können mir die dunklen Mächte nichts anhaben. Vor seinem Hauch fliehen die Teufel in ihre dunklen Verließe. Satan bleibt, und in der Gegenwart Gottes muss dieser Geist die Wahrheit sprechen:

"Dies ist mein letzter Tanz. Darin werde ich alle meine Möglichkeiten nutzen, um Zerstörung und Verzweiflung herbeizuführen. Voller Lust werde ich dieses Schauspiel genießen. Ein letztes Mal bin ich uneingeschränkter Herrscher der Welt. Auch ich kenne das Ergebnis dieser Zeit und weiß um die Erneuerung. Doch das ist mir gleichgültig, die Lust an der Befriedigung meiner Herrschsucht wiegt mir mein kommendes Schicksal auf. In meiner ursprünglichen Göttlichkeit ist auch mein Trotz grenzenlos und mein Eigensinn ist meine Macht über Gott.

In meiner Einbildung werde ich immer und ewig König über die Schöpfung sein und bleiben. Mein Blut fließt in den Adern dieser Welt und unendlich vieler anderer. Doch in dieser Erde schlägt mein verlorenes und verbittertes Herz - und hier lebt es seine Verblendung gewalttätig aus. Ich lebe in der Verdammung, doch unzählige Seelen habe ich ebenfalls in diese Verdammung gestellt. Das ist mein Sieg. Das ist die Belohnung meiner zukünftigen Verbannung.

Viele Seelen werde ich noch blenden und mit in den Abgrund reißen. Vor allem Christen will ich von ihrem Weg abbringen, wie ich es bereits sehr erfolgreich seit Anbeginn der Zeit getan habe und immer noch tue. So macht mir meine Macht am meisten Spaß und Freude. So bin ich Gott nicht nur ebenbürtig, sondern stärker als er (Satan glaubt das in seinem Größenwahn tatsächlich). *So konnte und kann ich das Christentum unglaubwürdig machen und mit den anderen von mir mit Wahn und Blindheit durchsetzten Religionen gleichstellen. Ich, Satan, bin immer noch Herr über diese Welt! Ich kontrolliere die Menschheit nach Belieben! Sie kniet vor mir nieder und betet mich an und hält mich für ihren Gott. Was für eine unbeschreibliche Genugtuung für mich!"*

* * *

Satan bedrängt die Seele hartnäckig; er weiß, dass er das Kampfesfeld bald räumen muss und diesen Menschen in seiner Bestimmung nicht aufhalten kann.

Er spricht: *"Du bist doch unsterblich. Versuche deinen Körper zu töten! Gott wird dich beschützen, er braucht dich als Propheten in seinen Diensten!"*

Der Mensch antwortet: "Du sollst deinen Herrn und Gott nicht versuchen. Mein Leben ist in unseres himmlischen Vaters Händen!"

Erneut klopft Satan an die Tür: *"Sündige ruhig weiter, du hast noch genug Zeit. Gott wird dich schließlich schon erlösen. Du bist auserwählt!"*

Der Mensch erwidert: "Ja, ich werde mein gegebenes Ziel erreichen. Doch Sünde ist dein armseliges Leben und dein Tod und nicht mein Teil. Es ist jetzt die Zeit der uneingeschränkten Gottergebenheit."

Und wieder spricht Satan: *"Wenn du mir dienst, mache ich dich angesehen und zu einem Messias der Endzeit. Die Menschen werden dir zu Füßen liegen, sie werden dich verehren und lieben!"*

Mit Jesus antwortet der Mensch: "Vor dem Herrn, deinem Gott, sollst du dich niederwerfen und ihm allein dienen." Und weiter: "Weiche jetzt von mir, Satan! Ich kenne dich, du bist ein Blender, Lügner und Betrüger! Bald hast du ausgedient und wirst einsam und verlassen deine finsteren Wege gehen. Gott ist dein Richter und ich bin der beraubten Welt Zeuge! Dein Los ist der Kerker, den du geschaffen hast vor Äonen, darin du die entführten Kinder Gottes gefangen hieltst und hältst. Doch der Vater wird die seinen daraus befreien, dann wirst du allein in deinem Gefängnis verharren, bis du dich besinnst und Gott unterwirfst, damit du wieder zu deiner einstigen Herrlichkeit aufsteigen kannst in Ewigkeit!"

* * *

Zu diesem dunklen Kapitel möchte ich abschließend sagen, dass es vor allem für die berufenen Streiter Christi wichtig ist, zu erfahren, was hinter den Kulissen dieser Welt vor sich geht, welchen Gefahren wir jetzt ausgesetzt sind und in Zukunft ausgesetzt sein werden. Dazu ist es hilfreich, dass man das Blendwerk Satans durchschaut.

Zum Thema antichristliche Weltordnung habe ich nur einige grundlegende Beispiele angeführt, man könnte viel tiefer eindringen in die Betrügereien und Intrigen des Bösen hier auf Erden, doch das ist nicht meine Aufgabe. Im Licht der Wiederkunft Christi wird sicher alles Lügenwesen offenbar und in den Abgrund stürzen, den es selbst errichtet hat - was teilweise schon jetzt geschieht.

Auf keinen Fall sollte man sich zu intensiv mit den finsteren Mächten beschäftigen und verweilen im Land der Verschwörungen und des Satanismus. Hier wird man geblendet, vom christlichen Pfad abgebracht und mit Sorge und Furcht belastet. Es genügt, um so manche Gegebenheiten zu wissen; wenn dies und jenes eintrifft, ist man vorbereitet.

Vor allem mit Satan sollte man sich nicht abgeben, denn seine Falschheit ist ohne das Licht der geistigen Sonne nicht einsehbar. Allein der göttliche Geist enttarnt ihn; hier wird sichtbar, dass Satans Macht eigentlich sehr beschränkt ist und er sich nur aufbläht in Lüge und Betrug, um Wahrheit zu verschleiern, Ängste zu schüren und Gedanken der Gewalt und des Hasses zu sähen. Wichtig ist allein das `Näher mein Gott zu Dir!´, um für das Kommen unseres himmlischen Vaters bereit zu sein, um an seiner Seite Schutz und Geborgenheit zu finden für sich und die seinen in den Stürmen der letzten Tage.

Liebe Geschwister, kümmert und sorgt euch alleine um die Liebe zu Jesus Christus. Alles andere wird uns hinzugegeben.

* * *

Übergang ins Licht

Endzeit - Die Apokalypse
Drei Tage Finsternis

"Und Ich werde Wunder tun oben am Himmel
und Zeichen unten auf Erden. Blut und Feuer und Rauch.
Die Sonne soll in Finsternis und der Mond in Blut verwandelt
werden, ehe der Tag der großen Offenbarung des Herrn kommt.
Und es soll geschehen:
Wer Meinen Namen anrufen wird, der wird gerettet werden."

Jesus aber begann zu reden: "*Habt Acht, dass euch niemand verführt, denn viele werden unter Meinem Namen kommen und sagen: "Ich bin der Christus!" Und wenn dann jemand zu euch sagen wird, hier ist der Christus oder siehe dort, so glaubt es nicht. Denn es werden falsche Christusse und falsche Propheten aufstehen und Zeichen und Wunder tun, um auch die Auserwählten zu verführen.*

Wenn ihr aber von Kriegen und Kriegsgeschrei hören werdet, so erschreckt nicht, denn es muss so geschehen. Aber es ist noch nicht das Ende, denn ein Volk wird sich gegen das andere erheben und ein Königreich gegen das andere und es wird hier und dort Erdbeben geben und Hungersnöte und Unruhen werden geschehen. Das sind erst die Anfänge der Wehen. Denn in jenen Tagen wird eine Drangsal sein, wie es keine gab vom Anfang der Schöpfung bis jetzt und wie es auch keine mehr geben wird. Und wenn die Tage nicht verkürzt würden, so würde kein Mensch gerettet werden. Aber um der Auserwählten willen habe Ich die Tage verkürzt.

Siehe, Ich habe euch alles vorher gesagt. Aber in jenen Tagen nach jener Drangsal wird die Sonne verfinstert werden und der Mond wird seinen Schein nicht geben und die Sterne werden vom Himmel fallen und die Kräfte der Himmel werden erschüttert werden. Und man wird den Menschensohn in den Wolken kommen sehen mit großer Kraft und Herrlichkeit.

Dann wird er seine Engel aussenden und sammeln von den vier Himmelsrichtungen, vom äußersten Ende der Erde bis zum äußersten Ende des Himmels. Um diesen Tag aber und um die Stunde weiß niemand, sondern allein der Vater. So wachet und betet, denn ihr wisset nicht, wann die Zeit da ist. Wahrlich, Ich sage euch: Dieses Geschlecht wird nicht vergehen, bis dies alles geschehen ist. Himmel und Erde werden vergehen, aber Meine Worte werden nicht vergehen."

* * *

Der Übergang in ein neues Zeitalter sowie die Beschaffenheit der erneuerten Welt bilden das Herzstück dieses Buches. Dazu muss ich vorrausschicken, dass die hier dargestellten apokalyptischen Szenarien auf dem derzeitigen gottlosen Zustand und dem daraus hervorgehenden sündhaften Streben der Menschheit beruhen.

Aufgrund unserer Willensfreiheit ist zwar die Möglichkeit der Besinnung und Umkehr allzeit gegeben - und dieses Buch ist ein Aufruf zu Besinnung und Umkehr -, auf dass große Not abgewendet werden kann. Doch da der Mensch in seiner Verblendung den geistigen Tod über alles liebt, und Hochmut, Selbstsucht und Falschheit sich in ihm und durch ihn eine unantastbare Machtposition geschaffen haben, wird aller Voraussicht nach (im tatsächlichen Sinne dieses Wortes) kein tiefgreifender Wandel zum Guten mehr erfolgen. Deshalb hat Jesus Christus mich in die Schau einer schweren Geburt geführt - und nur von dieser Warte aus kann ich berichten. Was nicht bedeutet, dass es so kommen muss, bei Beibehaltung jetziger Verhaltensweisen aber so kommen wird. Der Erdbevölkerung Zukunft liegt allein in ihrer Bewusstseinsausrichtung.

Die Erneuerung der Erde wird sich also mit großer Wahrscheinlichkeit anders gestalten als in spirituellen Kreisen angenommen. Das kommende Geschehen hat nichts mit scheinheiliger Erleuchtung zu tun. Wir werden nicht in friedlichem Einklang, umgeben von Außerirdischen oder aufgestiegenen Meistern, in die neue Zeit hineingeführt, wie es uns die New-Age-Bewegung und Übermittler kosmischer und jenseitiger Botschaften vielfach weismachen.

Diese Neugeburt beinhaltet eine grundlegende Reinigung mit viel Leid und Opfer. Alles, was den Weltmenschen von heute ausmacht, wird von der Erde gefegt werden. *"Siehe, Ich mache alles neu!"* spricht Gott und meint es auch so. Doch ist sein Eingreifen, das seit jeher als `Jüngstes Gericht´ bezeichnet wird, keine Strafe, sondern eine Korrektur. Ja, es ist die Rettung vor dem Ertrinken mit gleichzeitiger Errichtung eines neuen religiösen und daraus materiellen Fundaments, welches das weitere Vorwärtsschreiten der Menschheit in ihre ureigene Göttlichkeit wieder ermöglicht. Nachdem das baufällige Weltgebäude eingestürzt sein wird, wird das bereits errichtete geistige Haus irdische Gestalt annehmen. Stets muss das Alte vergehen, damit Neues entstehen kann.

Für die Zeit des Wandels hat Gott eigens Diener erwählt. Wie die Propheten vergangener Epochen künden sie von seiner Liebe, aber auch von den Gefahren und Auswirkungen gottlosen Treibens. So bin auch ich berufen, ihm zu dienen. Der himmlische Vater hat mich aus dem Seelenschlaf erweckt und ins geistige Leben einberufen. Das beinhaltet nicht nur die Offenbarung göttlicher Wahrheit, sondern auch die Verlautbarung seiner Wiederkunft in Jesus Christus. Hier besteht meine Aufgabe unter anderem darin, auf das kommende Geschehen aufmerksam zu machen, die Gründe für die Notwendigkeit einer globalen Erneuerung aufzuzeigen und diese nachvollziehbar und begreifbar darzulegen.

Einige Ausführungen dieses Kapitels sind bereits prophetisch bezeugt, andere sind bislang nicht geoffenbart. Von manchen Vorgängen und Ereignissen, die nachfolgend aufgeführt sind, hat man also möglicherweise schon gehört. Gemäß meiner Berufung weise ich auf Irrtümer hin, ergänze, revidiere oder bestätige Vorhersagen, bringe Abläufe in richtige Reihenfolge, stelle Geschehnisse in helleres Licht und zeige Zusammenhänge und Hintergründe für ein besseres Verständnis des Kommenden auf. In des Vaters Gnadenlicht darf ich auch Einsichten in die weitere Entwicklung der Erdenwelt schenken, deren Schau mir allzeit große Freude bereitet, im Gegensatz zu den leidvollen Betrachtungen der endzeitlichen Katastrophenszenarien.

Die Offenbarungen überkommen mich zumeist unvermittelt. Eine jenseitige Botschaft oder ein zukünftiges Geschehen öffnen sich, gleich wo ich mich gerade befinde oder womit ich zu dem Zeitpunkt beschäftigt bin. Die Seele wird dabei gänzlich von den Eindrücken vereinnahmt, gleichzeitig kann ich irdische Tätigkeiten aber weiter ausführen - als ob ich in diesem Moment zwei Personen wäre: Ein innerer und ein äußerer Mensch. Währenddessen bin ich absolut gegenwärtig und es überkommt mich ein Gefühl der Geborgenheit, auch wenn es ein tragisches Ereignis ist. Sobald sich eine Möglichkeit bietet, trage ich das Vernommene oder Geschaute ins Tagebuch ein. Danach gehe ich die Texte mit dem Vater und den jenseitigen Helfern nochmals durch; sie stellen die Inhalte ins rechte Licht. Habe ich etwas falsch verstanden oder interpretiert, muss ich es ändern. Um erhaltene Kundgaben und eigene Visionen bereits bestehender Prophetie richtig zuordnen und das Ganze als Puzzle zusammensetzen zu können, benötigte ich intensive Unterstützung der geistigen Geschwister.

In den nächsten Jahren werden bereits erwachte und noch erwachende Gottesdiener ihre prophetische Tätigkeit sowohl im kleinen Kreis als auch in der Öffentlichkeit verstärkt aufnehmen und vollbringen; ihr Rufen wird man allerorts vernehmen. Wer sich danach richtet, besteigt die rettende Arche und ist beschützt in den nahenden Weltenstürmen. Die Hinwendung zu Jesus Christus im Hinblick auf die bereits in die Wege geleitete Scheidung der Geister ist von enormer Wichtigkeit, denn des Menschen Zustand im Angesicht der Wahrheit ist entscheidend für sein Schicksal.

Jetzt ist die Zeit der großen Gnade. Jetzt und hier ist Befreiung möglich. Die Tore des Himmels, eingebettet in Gottes Herzen, sind weit geöffnet. Die gesamte Himmelswelt ist tätig, um mitzuhelfen am Erlösungswerk und um mitzuwirken bei der Errichtung der neuen Erde.

* * *

Aufschlüsse und Einsichten

Aufgrund ihrer gänzlichen Identifikation mit der Materie und dem damit einhergehenden Verlust ihrer göttlichen Identität erschuf die Menschheit im Verlauf ihrer Existenz eine immer schneller, gewaltiger und gewalttätiger werdende Zeitgeist-Lawine. Fest darin gebunden stürzt sie auf einen Abgrund zu, der sie ausweglos und nahezu unwiederbringlich zu vernichten droht. Angetrieben und gelenkt wird diese Lawine mittels des, dem satanischen Geist hörigen, kollektiven (Unter-)Bewusstseins.

In und aus diesem globalen Seelenfeld sind wir sowohl individuell als auch gemeinschaftlich tätig. All unser gottloses Denken, Sprechen und Handeln wird hier eingespeist und all unser verwahrlostes weil wahrheitsfernes Agieren und Reagieren wird wiederum daraus bestimmt.

Zwar hat Jesus Christus einen Weg gebahnt aus der Gefangenschaft von Sünde und Tod; wir können die Bereitstellung, geschweige die Notwendigkeit dieses Erlösungspfades aber nicht mehr erkennen und drohen in unserer selbstgeschaffenen Finsternis zu verenden. Deshalb stellt sich Gott jetzt diesem Wahnsinn in den Weg. Der Zusammenprall Welt und Gott wird die Lawine des Todes öffnen und ihren Inhalt im Licht der Wahrheit offenbaren. Die Zeit wird stillstehen im Angesicht der Ewigkeit: Ein Crash mit Höchstgeschwindigkeit gegen eine Wand aus Licht und Liebe.

* * *

Wird man in einer geistig toten Welt geboren, erfährt eine Erziehung fern wahrhaftigen Glaubens und verbringt sein weiteres Dasein in einem allein der Materie dienlichen Umfeld, ist es unmöglich, den geistigen Tod als solchen zu erkennen - ein Toter kann den Tod nicht sehen, der Schlafende weiß nicht, dass er schläft.

Da der Mensch in seiner Umnachtung sein verlorenes Dasein über alles liebt, wird er es mit allen Mitteln verteidigen. Er betrachtet seine Verirrung als zweckdienlichen Fortschritt, als notwendige

Entwicklung, als den `Sinn des Lebens´. In dieser Sichtweise sind Denken und Wollen derart versklavt, dass eine geistige Freiheitsberaubung nicht wahrgenommen wird. Es ist dies die gefährlichste Form der Gefangenschaft und unser Schicksal.

Wohin führt ein solcher Weg? Wenn dem sündhaften Treiben nicht Einhalt geboten wird, endet er unabänderlich in der Selbstzerstörung. Doch kann die erblindete Menschheit diese Gefahr nicht erkennen; ja, das Wort Sünde wird in der heutigen `aufgeklärten´ Zeit diskret weggelächelt. Allein im Gnadenlicht des Vaters sieht man, dass nur noch durch einen Eingriff eine Heilung dieser Erdenwelt herbei geführt werden kann - so wie auch bei einem schweren Herzinfarkt nur noch eine Notoperation helfen kann.

Deshalb wird und muss unser himmlischer Vater das lieblose und ausbeuterische Treiben beenden, auf dass das Herz der Welt erneut im Takt der göttlichen Liebe zu schlagen beginnt. Wenn sich die Menschheit bis an den äußersten Abgrund der seelischen und materiellen Vernichtung getrieben hat, wird sie der Bote Gottes schmerzlich treffen.

* * *

In Gottes Gnade sehe ich verschiedenste Entwicklungsstadien der Menschheit in naher und ferner Zukunft, sehe die Schöpfung in erlöstem Zustand, sehe alles Leben, einst verbringend sein Dasein in unbeschreiblicher Glückseligkeit. Und sehe den Abgrund zwischen Gott und den Menschen heute. Diese unüberwindbare Kluft, unsichtbar in der Verblendung irdischen Wahnlebens, nicht auszudenken vom in der Materie erstarrten Verstand, unbegreiflich im Angesicht des geistigen Todes.

Das derzeitige Weltenbewusstsein erlaubt keine Liebe zum himmlischen Vater, es kann wahrhaftige Demut und lebendigen Glauben nicht nachvollziehen. Geistiger Hochmut im Sinne von: "Wir brauchen keinen Gott!" ist die Norm. Hingabe an das göttliche Leben mit den nötigen Konsequenzen ist in den Augen der Welt Spinnerei und fanatische Religiosität - die Nachfolger Christi werden für verrückt gehalten, die Kinder der Welt werden verehrt und zu Vorbildern einer verblendeten Lust- und Konsumgesellschaft.

Will man mit Gott in Kontakt treten, muss man das Weltentreiben komplett infrage stellen und sich von diesem todbringenden Lügengebäude befreien. Das kann aber nur geschehen, wenn eine Öffnung für wahrhaftigen Glauben vorhanden ist und Gott freier Herzensraum zur Verfügung steht. Ein mit Selbstsucht angefülltes Seelenhaus bietet der Wahrheit keinen Platz. Liebe zur Welt und Gottesliebe gehen nicht zusammen. Man kann nicht zwei Herren dienen.

Da sich die Erdbevölkerung in ihrer materiellen Versklavung in eine ausweglose Situation gebracht hat, drohen Sinn und Zweck ihrer gottgegebenen Existenz gänzlich verloren zu gehen. Um die Menschheit vor dem Schlimmsten zu bewahren, muss der Vater jetzt eingreifen.

* * *

Fehlerhafte Darstellungen sowie falsche Zeitangaben apokalyptischer Szenarien verirrter Weltuntergangspropheten hat es schon viele gegeben. Immer wieder bereiten sich religiöse Gruppierungen auf das `Jüngste Gericht´ und die Wiederkunft Christi vor, im Glauben, nur sie seien das erwählte Volk und nur sie finden Eingang in den Himmel. Doch Gottes Gegenwart richtet sich nicht nach Religion und Glaubensbekenntnis, sondern findet sich allein in der Herzensliebe eines Menschenkindes.

Verwirrung stiftet auch das Auftreten von Prophezeiungs-Forschern und -`Verstehern´ mit den verschiedensten Bewusstseinsprägungen und die dadurch entstandenen, teils absurden Interpretationen vorhandener Weissagungen. Neben aufrichtig nach Wahrheit strebenden Personen findet man diverse Sensationsmacher und spirituelle Wichtigtuer. Ihnen geht es in erster Linie nicht um den Wahrheitsgehalt ihrer Ausführungen, sie benützen die endzeitlichen Szenarien zur Selbstdarstellung und Selbstbehauptung.

Teilweise haarsträubende Ansichten in Bezug auf die nahe Zeitenwende, wie das Eingreifen Außerirdischer in Raumschiffen oder das plötzliche Verschwinden der Gläubigen (Entrückung) haben das tatsächliche Geschehen der Wiederkunft Christi für viele unglaubwürdig gemacht. Kundgaben für verschiedene Epochen werden in ein Geschehen zusammengefasst, in verkehrter Reihenfolge aufgeführt oder falsch zugeordnet. Dadurch ist ein widersprüchliches Prophetie-Chaos entstanden und man weiß oft nicht mehr, welche Weissagungen Wahrheit beinhalten oder ob man Prophezeiungen überhaupt Glauben schenken soll.

(NB: Bei einer Entrückung wird eine Person körperlich an einen anderen Ort versetzt, oder eine zeitweilige Umwandlung des Leibes ins Geistige bewirkt ein Unsichtbar-werden, was aber nur bei wahrhaftigen Christen möglich ist. Während der bevorstehenden Ereignisse findet wohl eine Entrückung statt, wobei die Gläubigen in Jesu Geist geborgen sind, doch wird dabei niemand `verschwinden´. Erst zu einem späteren Zeitpunkt der Menschheitsgeschichte wird es eine umfassende körperliche Entrückung geben.)

Wie kann nun ein Suchender die Wahrheit finden im Dschungel echter, falsch verstandener oder gar erfundener Prophetie? Wie und woran orientiert man sich im Irrgarten prophetischer Missverständnisse, endzeitlicher Lügengebäude und verschiedenster Weltuntergangs-Szenarien?

Das Motiv spielt hier eine entscheidende Rolle. Ist es allein Neugierde, die den Menschen treibt? Hat man die allseits kursierenden Verschwörungstheorien zu seinem Hobby oder gar Lebensinhalt gemacht? Möchte man sich mit einer eingeschworenen Glaubenszugehörigkeit einen Platz im `Erlösungsbus´ sichern? Projiziert man die eigene seelische Zerrüttung nach außen und ergötzt sich heimlich an Katastrophen und möglichen apokalyptischen Szenarien? Hat man als kritiksüchtiger oder zynischer Mensch Spaß an der scheinbaren Widerlegung überirdischer Vorgänge und der Verhöhnung gottvertrauender Christen? Dann wird man die Wahrheit vorerst nicht finden, sondern genau die kranken

Sensationen und Spektakel, die in der Welt gerne diskutiert werden.

Der Schlüssel zur Wahrheit befindet sich im Herzen. Wer aufrichtig sucht, mit einer von Sehnsucht nach Liebe und Wahrhaftigkeit erfüllten Seele, der findet. Wer den leisen Ruf in sich verspürt, dass seine Zeit der Einkehr und Heimkehr ins Vaterhaus gekommen ist und sein Leben danach ausrichtet, dem werden die Augen geöffnet. Und dazu bekommt er allzeit hilfreiche Begleitung in schriftlicher Form.

* * *

Ein Haus ist total vermüllt und verdreckt. Die Wände sind verschimmelt, die Zimmer derart vollgestopft mit Gerümpel, dass man sich kaum noch bewegen kann. Überall liegt Abfall herum und es stinkt fürchterlich. Die Böden sind teilweise löchrig und durchgebrochen, das Dach undicht. Ratten und allerlei Ungeziefer haben sich breitgemacht - das Heim ist eigentlich nicht mehr bewohnbar.

Wie kann man so ein Gebäude wieder seiner Bestimmung zuführen? Da gibt es zwei Möglichkeiten: Entweder man reißt es ab und erbaut ein neues ... oder man entkernt und renoviert. Dazu muss es vom Keller bis zum Dachboden komplett entrümpelt werden. Dann werden Ungeziefer und Ratten entfernt und was da sonst noch so kreucht und fleucht. Das schimmelige Mauerwerk wird entfernt, die alten Böden herausgerissen und durch neue ersetzt. Der morsche Dachstuhl wird abgerissen und mit gutem Holz wieder erbaut, das Dach neu eingedeckt. Türen und Fenster werden eingesetzt. Nachdem Leitungen für Wasser und Elektrik verlegt wurden, wird verputzt und gestrichen. Sind alle weiteren Kleinarbeiten abgeschlossen, wird das neue Zuhause wohnlich eingerichtet. Nun ist es bezugsfertig.

Der geweckte Geist weiß, worauf das Beispiel hinaus will. Die Erde ist dieses Haus. Gott hat sich für die zweite Variante entschieden und wird entrümpeln und renovieren. Vom Keller, entsprechend dem Unterbewusstsein mit all seinen verborgenen Begierden und dämonischen Auswüchsen, über die unterschiedlichen Etagen und Zimmer als die verschiedensten abwegigen Weltanschauungen mit ihren unmenschlichen politischen und wirtschaftlichen Systemen und Strukturen, bis zum Dachboden, entsprechend den alten verstaubten Glaubenssystemen der verschiedenen Weltreligionen und den im geistigen Hochmut gefangenen spirituellen Denkweisen, wird entkernt und gereinigt. Nichts bleibt zurück.

So tritt nun in Kraft, was seit langem prophezeit: Die Erde wird wieder zu einem Haus für Gotteskinder umgestaltet. Eine solche Reinigung geschieht auch mit dem Seelenhaus jedes Menschen, bevor der Vater in ihm Wohnung nimmt.

* * *

Die Wehen

Jesus Christus hat mit seiner Wiederkunft immer wieder verzogen, um der Erdbevölkerung eine Abkehr von Hochmut und Bosheit und somit einen sanften und schmerzfreien Eintritt ins Zeitalter des Wahren und Guten zu ermöglichen. Eine Umkehr ist aber nicht erfolgt. Im Gegenteil: Die Menschheit hat sich soweit von ihrer göttlichen Identität entfernt, dass sie sich aus eigener Kraft nicht mehr aus der satanischen Verstrickung zu befreien vermag.

Doch nun kann ihre Entbindung nicht länger hinausgezögert werden, da es sonst zu einer Todgeburt kommt. Längst haben die Wehen eingesetzt, deren Abstände verringern sich stetig, die Schmerzen werden intensiver, immer größere Katastrophen folgen immer dichter aufeinander. Die Situation wird sich im Laufe des dritten Jahrzehnts zuspitzen, bis die Menschheit schließlich das Licht der Welt erblicken wird.

* * *

Das Jahr 2012 fand in einigen Prophezeiungen Erwähnung, wo es als bedeutsames Datum für die weitere Menschheitsentwicklung genannt wurde. Tatsächlich begannen sich in jenem Jahr die Wehen von Mutter Erde zu verstärken.

Zum einen durch verblendeter Menschen Wahn: Die Attentate mehrten sich, Kriege wurden initiiert, durch religiöse und politische Verfolgung wurden Völkerwanderungen in Gang gesetzt. Zum anderen intensivierten sich die aufgrund der verkehrten Lebensweise heraufbeschworenen Naturkatastrophen: Dürre, Hagel, Überschwemmungen, Stürme und Tornados, Erdrutsche und Erdbeben sowie gewaltige Feuersbrünste suchen viele Länder heim und verwüsten diese in großen Teilen. Missernten, Menschen- und Tierseuchen haben drastisch zugenommen. Im egoistischen Treiben der Menschheit offenbaren sich nun die Wunden der Erdenseele.

Mit all den katastrophalen Vorkommnissen hat sich zugleich die göttliche Einstrahlung erhöht, die sich je nach Bewusstseinsausrichtung bemerkbar macht. Christen, die ihr Herz für ihren himmlischen Vater geöffnet haben, erfahren seine Gnade in einer zuvor nicht gekannten Intensität. Sie kann er jetzt zu sich ziehen und ihrer wahren Bestimmung anheimgeben. An seinem Herzen sind sie beschützt in den dramatischen Ereignissen der kommenden Jahre und Tage.

* * *

Die Welt wird zunehmend ins Chaos stürzen. In den globalen Kriegsgeschehen, begleitet von Naturkatastrophen gigantischen Ausmaßes, wird es keinerlei Schutz mehr für die gottlose Menschheit geben. Ohne den Vater wird man den bevorstehenden Ereignissen ohnmächtig ausgeliefert sein. Viele werden mit weltlichen Mechanismen und Mitteln versuchen, sich noch einige Sicherheiten zu verschaffen, das wird zuletzt aber nicht mehr möglich sein. Allein die Elite der Reichen und Mächtigen hat sich im Verborgenen Überlebensräume geschaffen - doch ihre Tage sind längst gezählt.

Das Gros der Erdbevölkerung wird dann nicht in der Lage sein, um Errettung zu beten, denn woher soll sie plötzlich den Glauben an einen liebenden Gott nehmen? Woher das Vertrauen in einen himmlischen Vater? Gerade dann werden die Schreie laut: "Was ist das für ein Gott, der solches Leid über die Erde bringt!" oder "Es gibt keinen Gott, denn der würde das alles nicht zulassen!"

Im Verlauf des Endzeitgeschehens werden sich die Schutzgeister von den Individuen, die sich dem Bösen verschrieben haben, zurückziehen und sie gänzlich der Dunkelheit überlassen. Ihnen werden keine lichten Einflüsterungen mehr zuteil. Sie haben dann kein Gewissen mehr, denn ihres haben sie in den Abgründen ihrer verwaisten Seelenlandschaften begraben. Auch von den Personen, die in ihrem Egoismus keine Gottes- und Nächstenliebe zulassen können, werden sich die beschützenden Engel entfernen und sie ihrem traurigen Schicksal anheim geben.

Die liebeerfüllten und tatchristlichen Menschen befinden sich in den apokalyptischen Stürmen und Umwälzungen geborgen an des Vaters Seite. Auch von ihnen werden einige hinweg genommen, doch der Tod hat keinen Schrecken für sie und es wird vielfach ein freudiges Eingehen in die jenseitige Heimat.

Jetzt ist Gnadenzeit. Jetzt kann man binnen kurzem einen Kontakt zum himmlischen Vater herstellen und seiner Gegenwart teilhaftig werden, denn gemäß der Intensität der Dunkelheit wird stets das rechte Maß an Geisteslicht gestellt - vorausgesetzt man meint es ernst mit seiner Hingabe an die göttliche Liebe.

Doch einmal wird sich diese Türe schließen und viel Klage- und Wehgeschrei wird über die Erde hallen im Angesicht der Wahrheit. Dann wird die Scheidung der Geister vollzogen und Gut und Böse werden getrennte Wege gehen. Die einen aufsteigend im Licht der Liebe Gottes, die anderen fallend in ihrer Liebe zur Welt. Denn ohne Liebe ist Existenz nicht möglich, selbst der abgrundtief verdorbenste Geist hat nur ein Sein in der Liebe zu sich selbst.

* * *

Ein ähnliches apokalyptisches Geschehen wie das uns bevorstehende verursachte einst das Aussterben der Dinosaurier. Diese hatten im Verlauf ihres Daseins verschiedenste Aufgaben. Unter anderem transportierten sie durch ihre unablässige Nahrungsaufnahme über Millionen von Jahren riesige Mengen von pflanzlich gebundener Seelensubstanz auf eine freiere Entwicklungsstufe und schufen zugleich den Dünger, der der Erde üppige und artenreiche Vegetation ermöglichte. Aufgrund ihrer übermächtigen Population konnten sich andere Tierarten jedoch nur bedingt vermehren respektive ausbreiten - sie waren den Gewaltherrschern sklavisch ausgeliefert.

Um einen weiteren Schritt seelischer Evolution zu ermöglichen brauchte es eine globale Reinigung von der tyrannischen Übermacht. Das Instrument dafür war ein Eingriff in Form eines Asteroiden. Die Seelen der Dinosaurier konnten sodann in feinere und neuartige Tiergattungen mit anderen Aufgaben übergehen.

Im übertragenen Sinne ist es auch heute so. Die Menschheit ist reif für den nächsten Schritt ihrer seelisch-geistigen Evolution. Der alte Mensch hat ausgedient und wird aussterben. Der neue Mensch wird nicht mehr von Falschheit, Größenwahn und dümmlicher Selbstherrlichkeit unterdrückt. Er ist sich seiner Herkunft und Bestimmung bewusst und lebt seiner Art gerecht.

* * *

Das Aussterben der heutigen Dinosaurier

Römisch-katholische Kirche, Papsttum

Die katholische Kirche hat ihre Macht schwer missbraucht und trägt die Hauptverantwortung dafür, dass es im Christentum keine rechte Gotteserkenntnis gibt. Bereits ihre Gründung, mit der Behauptung Petrus sei ihr Stifter, ist eine Lüge, da Petrus nie eine religiöse Hierarchie begründet hat. Barbarische Kreuzzüge, Folter und Mord, brutale Kinderschändung und Vergewaltigung kennzeichnen das doppelzüngige, intrigante und machtgierige Bischof- und Papsttum der letzten Jahrtausende. Pädophile Priester unterliegen bis heute keiner offiziellen Gerichtsbarkeit und genießen den Schutz ihrer ignoranten Obrigkeit.

Im Verlauf ihrer Machtausübung hat die römisch-katholische Kirche Reichtümer von unschätzbarem Wert angesammelt und trotz himmelschreiender Armut und Hungersnot werden diese weiterhin gehortet. Anstatt den eigenen Reichtum zu verwenden, ruft man pietätvoll die Bevölkerung auf, gemäß des Gebotes der Nächstenliebe den Bedürftigen zu geben.

Gerne reisen Päpste in arme Länder, um Trost zu spenden und katholisch-messianisch Liebe zu predigen. Tränenerfüllt und voller Dankbarkeit hungern und darben die Völker danach gerne weiter und erwarten sehnsüchtig einen geschenkten Himmel nach dem irdischen Ableben. Verblendung und Naivität, einträchtig vereint, dienen auch hier satanischen Interessen.

Zweifelhafter Idealismus und mitunter unter Frömmigkeit versteckte Anmaßung und/oder geistiger Hochmut vieler Pfarrer und Bischöfe, aber auch Gewohnheit, Leichtgläubigkeit und Dummheit Millionen Gläubiger werden benützt für die Erhaltung dieses pseudochristlichen Regimes, das mit perfektionierter Scheinheiligkeit die Menschheit immer noch blendet, als Wächter über Himmel und Hölle nach wie vor Angst zu verbreiten sucht und ihre hörigen

Mitglieder durch angeblichen Sündenerlass weiterhin in ihren Fängen hält.

In den monströs-religiösen Lügengebäuden, manifestiert in den Kirchen und Domen dieser Welt, vielfach errichtet mit dem Blut von Arbeitersklaven, wohnte und thronte jedoch niemals ein Gott. Gottes Kirche ist die Natur, Gottes Kirche ist die Baracke einer bedürftigen Familie, Gottes Kirche ist ein ihn liebendes Herz. Erst wenn ein wahrhaftiger Christ ein kirchliches Gebäude betritt, wird dieses mit Gottes Gegenwart geheiligt.

Und auch wenn die versteinerten Strukturen langsam aufbrechen und damit vordergründig Weltoffenheit zur Schau gestellt wird, springt die Geistlichkeit damit nur mit auf auf den Blindenzug falsch verstandener geistiger Aufgeschlossenheit, die den Weg bereitet für eine Verwässerung und Verweltlichung der christlichen Lehre, auf dem sich diese zunehmend in Bahnen rationaler Erklärungen bewegen wird. Diese Anpassung an den Zeitgeist benützt die römische Obrigkeit als Rettungsring, um im Zeitalter der Aufklärung nicht in den althergebrachten Dogmen biblischer Wundertaten zu ertrinken. Damit wirft sie aber essenzielle christliche Wahrheiten über Bord und baut jetzt von der anderen Seite der Scheinheiligkeit mit an einer Toleranzreligion mit einem entgöttlichten Jesus Christus und der Anonymität eines unnahbaren und unerreichbaren Einheitsgottes.

So kämpft die von Machterhalt getriebene Institution mit allen Mitteln dagegen an, dass der Geist Jesu Christi die Herzen der Menschen zum Leben erweckt, denn der wahre Gott stellt eine Bedrohung für sie dar. Ihn hat sie hinter Roms verschlossenen Türen sicher verwahrt oder geschickt Sektierertum zugeschrieben, denn eine Verbreitung der nicht in der Bibel enthaltenen göttlichen Offenbarungen würde das Ende des Kleriker- und Papsttums bedeuten. Die Menschheit würde gewahr, dass sie Gott in sich trägt und im wahren Glauben jederzeit mit ihm kommunizieren kann, und dass eine hierarchische Glaubensorganisation absolut unnötig, ja sogar widergöttlich ist.

Über Jahrtausende hat Satan die Kirche als Waffe zur Verschleierung der Wahrheit einsetzen können, doch nun ist dieses Instrument nutzlos, Ansehen und Glaubwürdigkeit gehen dahin. Viele Passagiere verlassen das sinkende Schiff, die schlafenden Mitreisenden werden mit der verblendeten Mannschaft untergehen.

Nach der Erneuerung der Erde werden diese und andere pseudoreligiöse Organisationen aus dem Bewusstsein der Menschen verschwunden sein. Man wird Gott wieder im Herzen anbeten, stehend im Licht der einzigen Wahrheit, die da heißet Jesus Christus. Dies geschieht ohne äußeren Prunk und toter Zeremonie. Dann kann der Vater im Namen der Liebe eine neue Kirche auf Erden errichten. Die Gottesdienste werden getragen sein von wahrhaftiger Hingabe; lebendiger Glaube wird die Gebete erfüllen und Freude über Freude wird sein in den Herzen der Gläubigen.

Anfügen möchte ich noch, dass es sicher in jeder Konfession aufrichtige und aufopferungsvolle Bischöfe, Pfarrer, Priester und Ordensleute gibt - und wahrhaft Gläubige. Selten ist eine religiöse Institution durchweg blind und verdorben. Von den Kirchen ins Leben gerufene Vereine und Organisationen haben in sozialen und humanitären Bereichen viel Gutes bewirkt und tun es noch. Doch wenn der faule und morsche Baum gefällt wird, werden auch die vereinzelten grünen Triebe mit entfernt.

Aber Gott ist ein gerechter Gott und ein gütiger Vater. Er wird die guten Triebe sammeln und in frisches Erdreich setzen. Er wird sie begießen mit dem Wasser seiner Barmherzigkeit, auf dass aus ihnen Bäume des Lebens erstehen, die den Menschen himmlische Früchte darreichen.

* * *

Ein schrecklicher Schmerz wird diese Erde erschüttern. Alle bisherigen Katastrophen und Unglücke zusammengenommen brachten weniger Not und Tod als das, was uns unter den gegebenen Umständen erwartet. Es werden Zustände herrschen, die man sich hierzulande kaum vorstellen kann. Vor allem die sogenannten Weltmächte wird es schwer treffen.

Die USA waren ursprünglich eine begnadete Nation, nun ist es eine gefallene. Dieses von Machtbesessenheit und Korruption regierte Land hat Hochmut und Größenwahn einen Thron errichtet. Von hier aus verführt und regiert der satanische Geist die Wohlstandswelt, hier befindet sich die Quelle, von der die Völker der Erde ihre seelentötende Nahrung beziehen. Hier verbergen sich Lenker und Drahtzieher einer beabsichtigten Eine-Welt-Regierung. Von hier werden Diktaturen unterstützt, Kriege initiiert und Flüchtlingsströme in Gang gesetzt. Dieses Land ist wie kein anderes verantwortlich für die Verdummung und Versklavung der Menschheit.

Deshalb wird diese Nation am schwersten in Mitleidenschaft gezogen - sie wird nach dem apokalyptischen Geschehen praktisch nicht mehr existieren. Naturkatastrophen riesigen Ausmaßes werden gewaltige Verwüstungen anrichten und tun es bereits. Das Erscheinen des Kometen und die nachfolgenden Ereignisse werden diesem Land schließlich das Genick brechen. Die errichteten Städte in den Tiefen der Berge werden keinen Schutz bieten, die Menschen darin werden verschüttet. Allein die liebetreuen Herden des Vaters, verteilt über das ganze weite Land, werden errettet. Aus ihnen wird ein Volk erstehen, welches besteht aus wahrhaftigen Kindern Gottes. Auch andere Großmächte sowie zahlreiche kleinere Nationen und Inselstaaten werden schwer in Mitleidenschaft gezogen. Sie werden nach den endzeitlichen Geschehnissen in heutiger Form nicht mehr existieren.

Generell wird Überleben in der letzten Zeit kein Zufall sein. Man braucht sich äußerlich nicht vorzubereiten, wichtig ist allein die innere Vorbereitung. Das Herz muss im Vater seinen Halt und Platz finden, dann ist man beschützt und weiß, was zu tun ist. Das ist alles, mehr braucht es nicht.

* * *

In den Wehen meines Erwachens gestalteten sich die geistigen Botschaften zunehmend prophetischer Natur. Als ich im September 1991 auf der World Trade Center Aussichtsplattform stand, hatte ich eine Eingebung, dass dieser Teil Manhattans zerstört werden würde. Genau zehn Jahre später kamen die beiden Türme zum Einsturz und viele Menschen verloren dabei ihr irdisches Leben.

Das Herz New Yorks, Manhattan, ist der Inbegriff für Materialismus und Dekadenz. In Zusammenarbeit mit der Londoner Finanzwelt befindet sich an diesem Ort das kapitalistische Machtzentrum der Erde. Die Zwillingstürme des World Trade Center standen sinnbildlich für die beiden Standfüße der Hure Babels: Einer für die herrschende Finanzwelt als raffgieriger Sklave satanischen Größenwahns, der andere für die ausbeuterischen und machtbesessenen Weltwirtschaftskonzerne.

Als Warnung ließ Gott es zu, dass beide Türme zum Einsturz gebracht wurden. Das dritte große Gebäude, das auch unter dubiosen Umständen einstürzte, sowie die anderen WTC-Gebäude, die wegen der schweren Beschädigungen in der Folge abgerissen werden mussten, stehen für die Satellitenorganisationen der babylonischen Türme. Der Zusammenbruch dieser sieben Gebäude symbolisiert den bevorstehenden Kollaps und Untergang sämtlicher irdischer Systeme.

Dass an selber Stelle ein neuer Turm mit Namen One World Trade Center errichtet wurde, steht gleichnishaft für die globale `Intervernetzung´ marktbestimmender Finanz- und Wirtschaftsunternehmen unter dem Dach antichristlicher Weltherrschaft - was in der satanischen Erdensphäre bereits geschehen ist.

Zum Ende dieser dunklen Epoche wird sich voraussichtlich erneut ein schreckliches Attentat auf New York ereignen. Bald darauf kommen Abläufe in Gang, die in einen verheerenden Krieg münden.

* * *

Die Apokalypse

Noch einmal möchte ich betonen, dass die folgenden Vorhersagen auf der gegenwärtigen Glaubenslosigkeit und den daraus hervorgehenden sündhaften Verhaltensweisen der Menschheit beruhen. Sowohl die regionale als auch die globale Intensität und Komplexität des apokalyptischen Geschehens sind begründet in der geistigen Verfassung jedes Einzelnen, jeden Volkes im Speziellen, als auch der Erdbevölkerung insgesamt.

Wie bereits ausführlich dargestellt, werden Amokläufer, der Fanatismus terroristischer Organisationen und religiöser Gruppierungen, die Machtansprüche größenwahnsinniger Regierungen sowie gigantische Naturkatastrophen weltweit immer mehr Elend und Not verursachen.

Doch Europa erwartet auch anderes Leid, denn im dritten Jahrzehnt findet hier ein letzter großer Krieg statt. Vor allem dem deutschen Volk wird ein schweres Schicksal aufgebürdet. Mit den überfallartigen Kriegshandlungen kommt unsägliche Drangsal in dieses Land. Eine effektive Gegenwehr kommt erst spät zustande, da sind bereits Hunderttausende zu Tode gekommen. In den dicht besiedelten Regionen, wo keine Gefechte stattfinden, herrschen Energienotstand und Nahrungsmittelknappheit. Teile der Bevölkerung fliehen aus den Ballungszentren in ländliche Gegenden; dort kommt es zu gewalttätigen Übergriffen und Plünderungen. Allerorts herrschen Angst und Chaos.

Dieser Krieg ist aber \`nur´ Auftakt des eigentlichen apokalyptischen Ereignisses: Ein bereits in Prophezeiungen angekündigter \`Feind aus den Lüften´ wird die Menschheit in Angst und Schrecken versetzen - und jegliche kriegerische Handlung augenblicklich beenden.

In einer Vision sah und hörte ich dieses gewaltige Geschehen: Ich stand in München am Olympiaberg und blickte Richtung Westen. Plötzlich gewahrte ich einen riesigen Kometen oder Asteroiden. In Blickrichtung über mich hinweg donnernd durchschnitt er das blaue, sonnendurchflutete Firmament. Zahlreiche seiner kleineren Gefährten trafen die Erde und entfachten Brände. Dann wurde ich im Geiste in große Höhe entrückt. Von dort sah ich allerorts Menschen in Panik umher laufen, die Schutz suchten vor den herab peitschenden Feuersalven. Viele kamen ums Leben, ich sah jammervolles Leiden und Sterben.

Einschlagen sah ich den Kometen nicht. Das wird auch nicht geschehen, denn aufgrund seiner Masse würde er die Erde vermutlich zerstören. Einige seiner Begleiter werden die Erde aber gewiss treffen. In jedem Fall bewahrheiten sich die wissenschaftlich belegten verheerenden Auswirkungen eines sehr nahen Vorbeiflugs eines großen Kometen sowie der Einschläge kleinerer Himmelskörper.

Anscheinend geschieht diese Katastrophe überraschend, obwohl man die kosmische Gefahr bereits gesichtet und beobachtet haben musste. Warum? Vielleicht kommt es wegen der Kriegshandlungen nicht zu einer (andauernden) Berichterstattung und somit zu keiner kurzfristigen Warnung. Womöglich befürchtet man aufgrund vorschneller Berechnungen keinen Kontakt - oder das Geschoß kommt \`direkt aus der Sonne´ und wird somit spät zu sehen sein.

Das mit diesem Geschehnis verbundene Kollabieren des Erdmagnetfeldes, das im nächsten Text näher beschrieben wird, eröffnet die gerichtliche Offenbarung der geistigen Finsternis dieser Zeit.

* * *

Wie die vorhergehende ist auch die folgende Schilderung keine theoretische Katastropheninszenierung, wie sie uns in Dokumentationen regelmäßig vorgeführt werden, sondern vorhersehbare Realität. Ob die anschließenden Darstellungen mit den derzeitigen wissenschaftlichen Erkenntnissen übereinstimmen, vermag ich nicht zu beurteilen. Inwieweit die elektronischen Impulse des Erdmagnetfeldes für physische Bewegungsabläufe verantwortlich sind, kann ich ebensowenig einschätzen. Auch kenne ich nicht die Beschaffenheit des Kometenschweifs. Mögliche physikalische und chemische Vorgänge des Geschehens kann die forschende Wissenschaft besser analysieren und theoretisieren. Deshalb beschränke ich mich auf die empfangenen Botschaften und Einsichten:

Der Komet stürzt die Menschheit in eine Katastrophe unvorstellbaren Ausmaßes. Doch damit verbunden wird es auch eine Umkehr der Pole geben, einen geomagnetischen Umschwung. Der Erd-Magnetismus ist bereits im Abnehmen befindlich, die dadurch bedingten elektromagnetischen Anomalitäten werden in den nächsten Jahren weiter zunehmen. Der endgültige Kollaps dieses Feldes geschieht aber in einem Augenblick aufgrund der einwirkenden Gewalt des Himmelskörpers. Seine enormen Kräfte bringen das geschwächte Magnetfeld abrupt zum Einsturz.

In der energetischen Allianz beider Ereignisse taumelt die Erde. Infolge ihrer plötzlichen Bewegung gegen die stehende Atmosphäre gibt es extreme Stürme und Luftverwirbelungen. Vielerorts bricht die Erdkruste auf, weltweit brechen Vulkane aus. Dörfer und Städte werden durch Erdrutsche verschüttet oder von Beben zerstört. Meere treten über die Ufer und verschlingen ganze Landmassen. Aufgrund des nun fehlenden Schutzschildes erreicht kosmische Strahlung ungefiltert die Erdoberfläche, was den globalen Ausfall der Elektrizität zur Folge hat. Sämtlicher Verkehr kommt zum Stillstand; Flugzeuge, die nicht im Bombardement des Kometen zerstört wurden, stürzen ab. Das allesbeherrschende Internet ist außer Kraft gesetzt; jegliche Kommunikation bricht zusammen, was angesichts der zahllosen Verletzten besonders schwer wiegt. Und selbstverständlich kommen sämtliche Kriegshandlungen zum Erliegen.

So plötzlich, wie sie nach der Erde Kontakt mit dem Kometen und dem darauf folgenden magnetischen Kollaps aufgetreten sind, verebben die globalen Beben und Stürme wieder. Des Himmelsgeschosses Gas- und Staubschweif, der sich unaufhaltsam über den Erdball gelegt hat, vereint sich mit den Staubmassen und Aschewolken, die den zahlreich ausgebrochenen Vulkanen und der aufgebrochenen Erdkruste entströmen. Viele der wütenden Feuer in den von Trümmern getroffenen Regionen ersticken in Staub und Asche. Gespenstische Finsternis hüllt die Erde ein.

Jeder Mensch ist Erzeuger eines spezifischen Magnetfeldes. Dieses komplexe biomagnetische Energiefeld interagiert wie jeder andere Magnetismus mit dem Erdmagnetfeld, das dadurch direkten Einfluss auf die Gehirntätigkeit nimmt. Der Kollaps des irdischen Magnetfeldes bewirkt somit eine drastische Veränderung unseres Bewusstseins. Unser Denken, das in seiner Funktion elektromagnetische Impulse benötigt, ist nun außergewöhnlichen Gegebenheiten ausgesetzt. Diesen Vorgang beschreibe ich sowohl in diesseitiger als auch in jenseitiger Betrachtung, wobei hier vorrangig der Zustand der geistig Toten zur Sprache kommt, da diese das Gros der Erdbevölkerung bilden.

In irdischer Betrachtungsweise:

Da die Katastrophe die Menschen zum größten Teil unvorbereitet trifft, werden viele verzweifeln. Sie sind sich in keinster Weise bewusst, was gerade mit ihnen geschieht. Die im Freien befindlichen Überlebenden irren orientierungslos in der Finsternis umher. Ihr Zustand ist ein gar beklagenswerter; ihr unerbittliches Sterben, als sie den erstickenden Staub einatmen, bietet einen jammervollen Anblick. Die Ungläubigen in den Häusern harren verängstigt der Dinge, die da kommen. Je nach Sündenlast ist ihr Befinden vergleichbar mit einer leichten bis schweren Depression - ein entsetzlicher Zustand der Bedrückung und des Schwermuts, dem man nicht entfliehen kann.

In geistiger Sichtweise:

Durch das Aussetzen der Denkimpulse und Gedankenströme werden die Erdenbürger in ihre tatsächliche Geistesverfassung versetzt. In ihren (Seelen-)Häusern brennt keine Kerze - "nur geweihte Kerzen brennen", sagen die Propheten. Die geweihte Kerze meint hier das entfachte Herzenslicht der Gottesliebe, das in seelischer Dunkelheit Segen spendet. Die nicht geweihte Kerze meint das Licht des gottlosen Weltverstandes, das jetzt wirkungslos ist. Nun ist man seinen widergöttlichen Energiefeldern schutzlos ausgeliefert.

Ausnahmslos jeder Mensch wird mit seinem realen Geisteszustand konfrontiert und richtet sich darin selbst (entweder in Falschheit und Gottlosigkeit zum Tod oder im wahren Glauben zur Auferstehung). Es findet eine eingehende Seelenoffenbarung statt, die man eigentlich erst durchlebt, wenn man sein irdisches Leben beendet, doch muss man aufgrund der Weltenreinigung bereits zu Lebzeiten seine jenseitige Sphäre betreten. So wird eine wahrhaftige Scheidung der Geister vollzogen und zu einem gerechten Ausgang geführt.

Eine Erklärung zum besseren Verständnis: Befindet sich eine ungläubige oder lieblose Person in aussichtsloser (Todes-)Not, kommt es zu einem seelischen Einbruch, wodurch ihr verborgene Seelenbereiche bewusst werden. Die in diesem besonderen Fall fehlenden Impulse des vorübergehend nicht mehr vorhandenen Erdmagnetismus verstärken diese Bewusstseinsoffenbarung, da die ansonsten unablässige Gehirntätigkeit praktisch außer Kraft gesetzt ist. Dadurch befindet sie sich in einem ähnlichen Zustand wie bei der sogenannten Nahtoderfahrung.

Bei den Menschen, die nun ihre Körper bleibend verlassen, kommen die Gehirnimpulse endgültig zum Erliegen und werden gemäß der geistigen Umnachtung durch seelische Projektionen ersetzt, während die ins irdische Dasein Zurückkehrenden sich eines gereinigten Bewusstseins erfreuen.

(NB: Einen ähnlichen Vorgang beschreibt Eckhart Tolle, als er in tiefster Depression eine seelische Neugeburt erfahren hat. Er ist seither ein leuchtendes Beispiel für Liebe und Mitgefühl. Auf der erneuerten Erde werden viele wie er beschaffen sein, allerdings leben sie im Glauben an den alleinigen Gott und Vater in Jesus Christus.)

Wenn der Tod sie nicht bereits durch die unmittelbaren Ein- und Auswirkungen des apokalyptischen Geschehens ereilte, werden in der Folge vor allem diejenigen Individuen, die sich in Materialismus und Lieblosigkeit ganz von ihrer göttlichen Identität getrennt haben, in ihren Jenseitswelten verbleiben; sie sterben auch im vermeintlichen Schutz ihrer Häuser und Bunker.

Doch Gottes Barmherzigkeit waltet auch hier: Nicht wenigen verhilft die Not zur Erlösung. In Todesangst entzündet sich in ihren Herzen ein Funke Demut, darin Reue ob ihres verwerflichen Treibens erwacht. Für sie öffnet sich das Vaterherz und schenkt einen Ausweg aus der geistigen Verlorenheit. Etliche finden dadurch zum wahren Glauben und werden kraftvolle Zeugen göttlichen Lebens (Auferstehung der diesseitigen Toten am Jüngsten Tag).

Diejenigen, deren Herzen den Empfang der neuen Lebensqualität erlauben, stehen während der Katastrophen und der dreitägigen Finsternis unter des himmlischen Vaters Obhut. Je nach Liebefähigkeit gestaltet sich ihr gerichtliches Erleben. Etwaige Ängste und Schrecken dienen der Demütigung seelischer Hemmnisse sowie der reinigenden Vorbereitung auf die erhöhte Liebe- und Lichtbeschaffenheit der erneuerten Erde - oder der lichten Jenseitsregionen, denn auch für manche von ihnen ist die irdische Zeit mit Beginn der Erneuerung abgelaufen. Engel begleiten sie auf dem Weg ins jenseitige Zuhause.

Die bereits erwachten Gotteskinder sind erfüllt vom Licht ihres Glaubens, ebenso ihr irdisches Zuhause. Während der Geschehnisse befinden sie sich in der Gegenwart Jesu Christi, ihres über alles geliebten Vaters (Entrückung). Auch von ihnen beenden einige das Erdendasein, denn ihre Aufgabe ist nun erfüllt. Freudig verlassen sie ihre Körper und gehen sogleich ein in die himmlische Heimat.

Infolge der kriegerischen Auseinandersetzung, den katastrophalen Auswirkungen des Kometen sowie den Folgen des magnetischen Kollapses ist bereits etwa ein Drittel der Erdbevölkerung ums Leben gekommen. Da viele weitere während der dreitägigen Finsternis ihre Körper bleibend verlassen, ist die Menschheit sehr dezimiert.

Die weltweit Überlebenden sind die Stammeltern der kommenden Generationen. Auch wenn sie einen äußerlich schweren Weg zu begehen haben, sind sie gemäß ihrer Gottergebenheit weitestgehend glücklich und zufrieden. Die bereits im Geiste wachen und wiedergeborenen Geschwister sind Träger göttlicher Liebesmacht, sie manifestieren die geistige Welt in der materiellen, sie tragen den Himmel in die neue Zeit.

* * *

Scheidung der Geister in den niederen Sphären

Mit der Läuterung dieses Planeten geht die Säuberung der jenseitigen Erdensphären einher. Auch hier wird das Licht Gottes hineinscheinen, um eine vollständige und umfassende Reinigung zu gewährleisten. In der Öffnung der Seelengräber wird den Toten ihre Verirrung aufgezeigt, jetzt haben sie die Möglichkeit zur Umkehr.

Einige werden sich im Entsetzen ihrer ihnen nun ersichtlichen Abgründigkeit besinnen, ihre selbstgeschaffene Finsternis wird sich in den Strahlen der göttlichen Liebe erhellen. Nun können sie in Gottes Gnaden aus ihren Gräbern erstehen (Auferstehung der jenseitigen Toten am Jüngsten Tag). Ergreifen sie des Vaters Hand, öffnet sich ihnen die rettende Pforte zum Eintritt in lichtere Regionen.

Die Unbelehrbaren werden sich abwenden und in ihrer Bosheit noch mehr verhärten. Sie werden sich in ihre seelischen Abgründe verkriechen, wo sie von ihren Sünden förmlich zerfressen werden. Erst nach ewiger Zeitdauer kann hier Befreiung geschehen.

* * *

Um eine vollständige Reinigung aller Lebensbereiche zu gewährleisten, ist die Freisetzung und Läuterung roher Naturkräfte in und auf der Erde notwendig. Deshalb geht parallel zur Seelenöffnung der Menschheit die Öffnung der Pforten zu den unreinen Naturgeistern einher. Die argen Luftgeister entladen ihren Zorn in verheerenden Stürmen und Gewittern, die aggressiven Erdgeister wirken sich in der materiellen Welt entsprechend aus als giftige Gase, erstickender Staub und Asche, die der vielerorts aufgebrochenen Erdkruste und den Vulkanen entströmen.

Zusammen mit der Dunkelheit, die der Komet auf die Erde schleuderte, bilden sie die Wolke des Todes. Dazu gesellen sich die freigesetzten zerstörerischen Kräfte aus den beschädigten Atommeilern. Sie bringen Tod allem Leben, das sich in ihrer Nähe befindet, nicht jedoch den Personen und Tieren, über die der himmlische Vater seine schützende Hand hält.

Alle diese lebensgefährlichen Energien werden schließlich von der geistigen Arbeiterschaft besänftigt und gereinigt und dergestalt der Erde wieder zugeführt; deshalb lichtet sich die Dunkelheit innerhalb weniger Stunden - es ist dies ein übernatürliches Geschehen. Abschließend haucht der Vater seinen Odem über die Erde. Dieser weht die noch vorhandenen giftigen Ablagerungen hinweg und schenkt der neuen Welt Reinheit und Fruchtbarkeit.

* * *

Dies ist in anschaulicher und aufschlussreicher Darstellung das Ereignis der endzeitlichen Apokalypse sowie der dreitägigen Finsternis, von der Propheten und Seher aller Zeiten mehr oder weniger verständlich künden. Es ist das Jüngste Gericht, das jeder Mensch als Ursache und Wirkung allzeit in sich trägt und das sich eigentlich erst nach dem körperlichen Ableben in der jenseitigen Sphäre individuell kennzeichnend offenbart - in jenen Tagen jedoch kommt es zu einem allgemeingültigen Gerichtsentscheid.

* * *

Weitere Einblicke und Erläuterungen
Die apokalyptischen Vorgänge in geistiger Betrachtung

Jede Katastrophe hat einen inwendigen Sinn - oder: Im stofflichen Schöpfungsgeschehen wird durch das wechselseitige Ineinandergreifen von Geist und Materie jeder geistige Vorgang zur Ursache einer materiellen Reaktion, die wiederum Konsequenzen in der jenseitigen Welt nach sich zieht. So auch der Komet. Seine Auswirkungen auf den Zustand der Erde entsprechen den Prozessen, die sich im Weltenbewusstsein abspielen, das ebenfalls ins Taumeln gerät und einer gravierenden Neugestaltung unterworfen ist.

Wer war und ist für die Menschheit allezeit ein Feind? Es ist die Wahrheit. Der Komet ist ein Sendbote der Wahrheit. Er wird unvermutet am Himmel erscheinen. Machtvoll reißt er die Welt aus ihrem Todesschlaf. Aufzeigend ihren wahren Zustand, hüllt er sie schließlich sichtbar in ihre geistige Finsternis.

Trotz oder gerade wegen der Überhandnahme von Lug und Betrug bringt der Geist der Wahrheit bereits jetzt vieles an Falschheit ans Licht. Während Unglaube und Materialismus stetig zunehmen, leuchtet zugleich die geistige Sonne ins sündhafte Weltendunkel und wird so manchem Übeltäter zum Gericht. Diese Ausstrahlung der Wahrheit ist Vorläufer der Offenbarung der Wahrheit - sie wird schließlich alle Unwahrheiten und Wahnvorstellungen durchdringen und bloßstellen: *"Siehe, Ich komme wie ein Dieb in der Nacht!"*

Dies ist die Wiederkunft Christi, der kommt in den `Wolken des Himmels´. Die Wolken stellen hier die haltlosen Ansichten des Weltverstandes dar, die den Himmel - die göttliche Liebe - im Menschen verdecken. Jesus Christus schwebt freilich nicht in sichtbarer Gestalt zur Erde hernieder. Es ist eine geistige Wiederkunft, die schon seit geraumer Zeit vonstatten geht, jedoch nur von seinen getreuen Kindern wahrgenommen wird. Für die gottlose Welt wird sein Erscheinen ein plötzliches sein.

* * *

Feuer spielt bei der Reinigung der Erdenwelt eine gewichtige Rolle. In den nächsten Jahren wird die Menschheit wiederholt von gewaltigen Feuersbrünsten heimgesucht. Zum bitteren Ende straft der Komet die Erde mit schmerzhaften Peitschenhieben und entfacht unzählige Brände.

Es sind dies die brennenden Geißelhiebe, mit denen Jesus Christus den Tempel zu Jerusalem vor nahe 2000 Jahren gereinigt hat: `*Und Jesus ging zum Tempel Gottes hinein und trieb hinaus alle Verkäufer und Käufer und stieß um der Wechsler Tische und die Stühle der Taubenkrämer und sprach zu ihnen: "Es steht geschrieben: Mein Haus soll ein Bethaus heißen; ihr aber habt eine Mördergrube daraus gemacht!"*´

Das äußere Feuer versinnbildlicht das Reinigungsfeuer der Seele, das vom Licht der Wahrheit entzündet wird. Dies innere Brennen ist sehr schmerzhaft, ich habe es erlebt. Sich in seiner weltlichen Verlorenheit und Verlogenheit zu betrachten tut weh, sehr weh.

Da kommt es darauf an, ob noch ein Funke Demut im Herzen ist, der Glaube an einen Vatergott ermöglicht, wodurch man dem geistigen Tod entrinnen kann. Ist keine Demut vorhanden, da sich der Mensch in seinem eitlen Hochmut ganz mit Selbstgerechtigkeit ausgefüllt hat, trifft ihn Wahrheit sehr schmerzhaft. Sie frisst sich quasi mit Gewalt durch die verhärtete Seele, wie Feuersglut sich durch Materie frisst. Die demütige Seele hingegen lässt Wahrheit widerstandslos eintreten und vereinigt sich mit ihr in hingebungsvoller Liebe.

* * *

Das Magnetfeld

Der irdische Magnetismus wird erzeugt vom Erdkern. Er ist das Herz dieser Welt. Magnetismus ist im eigentlichen Sinne der alles belebende und erhaltende göttliche Liebewille darin und daraus.

Der Erde Herz wird für drei Tage aufhören zu schlagen - die psychologische/subjektive Zeit steht derweil still. Währenddessen findet eine umfassende und eindringliche Weltenoperation statt, die `bipolare Störung´ wird beseitigt. Danach bringt der himmlische Vater das Erdenherz erneut zum Schlagen, das Magnetfeld baut sich wieder auf.

Nun ist die irdische Polarität qualitativ rein und hochwertig. Gemeinsam mit ihr gestaltet sich unser Bewusstsein harmonisch, feinfühlig und gutherzig. Der Mensch steht mit Mutter Erde in kosmischem Einklang. Damit ist die Welt, sowohl in ihrer eigenen Seelensphäre als auch durch jedes Menschen liebevolle Lebensweise, wahrhaft erneuert.

* * *

Mancher möchte vielleicht eine Erklärung, wie die Finsternis, so rasch sie gekommen ist, wieder verschwindet. Im natürlichen Ablauf würde unser Planet jahre-, vielleicht jahrzehntelang in Dunkelheit gehüllt. Leben wäre so nicht mehr möglich.

In äußerer Betrachtung ist es ein Gemisch aus Staub, Asche, Rauch und Schwefeldampf, das der Erde entströmt und als Schweif des Kometen von der Atmosphäre eingefangen wird. Doch eigentlich sind es naturgeistige Wesen, die den Globus in einen mehr oder weniger dichten bis undurchdringlichen Nebel hüllen, der kein Sonnenlicht durchlässt. Sie werden nach Ablauf der drei Tage von dienstbaren Engeln ihrer weiteren Bestimmung zugeführt.

Ein Teil dient der neuen Erde als Dünger für reiches Pflanzenwachstum. Die störrischen und tobsüchtigen Geister werden erneut in irdische Materie gebunden oder ins All entlassen, wo sie, von Asteroiden eingefangen, auf schier endlosen Bahnen ihren Zorn abkühlen können, bis die kosmischen Geschosse einst einem anderen Gestirn zugeführt oder selbst zu einer bewohnbaren Welt gestaltet werden.

Was den satanischen Geist betrifft: Ihm wird jegliche Macht genommen, sein Einfluss für eine bestimmte Zeitdauer gänzlich unterbunden. Die Kraft, die die Menschen bislang zu Hochmut und rücksichtsloser Selbstsucht verführte und sich deren Seelen dadurch quasi einverleibte, wird dem Weltenbewusstsein entnommen. Die widersinnigen und barbarischen Auswüchse gefallenen Menschseins gehören somit der Vergangenheit an.

Die im Zusammenspiel mit den materiellen Verlockungen aktiven egozentrischen Seelenanteile können ohne die heimtückische satanische Einwirkung nun liebelichtvoll gehandhabt und zielgerichtet als Instrument zum geistigen Erwachen verwendet werden. In der gereinigten Atmosphäre, verbunden mit rechter Geisteshaltung, kann eine gottgemäße Entwicklung wesentlich unbelasteter vonstattengehen als in den vorangegangenen Jahrtausenden.

* * *

Anmerkung zu geistigen Verhältnissen

Für einige Leser klingen die hier beschriebenen Vorgänge vielleicht zu phantastisch. Viele werden mich für einen Spinner oder religiösen Fanatiker halten - oder nur müde über die endzeitlichen Darstellungen lächeln. Wenn man geistig noch nicht erwacht ist - was nicht abwertend gemeint ist - und die Verhältnisse diesseitige-jenseitige Welt nicht durchschaut, ist so eine Reaktion verständlich.

Die naturwissenschaftlichen Prägungen erlauben keine uns umgebende wie auch immer geartete Geisterwelt, die die eigentlichen Kräfte in und hinter den Erscheinungsformen darstellen. Und dass der Komet nicht zufällig auf die Erde zusteuert, sondern ein notwendiges Instrument für eine globale Reinigung darstellt, ist für den konditionierten Verstand absolut undenkbar.

Der geistigen Realität Glauben zu schenken oder sie gar selbst schauen zu können, erfordert eine radikale Loslösung von den prägenden und alles beherrschenden Thesen und Theorien einer gottlosen Gesellschaft und Wissenschaft, die in ihrer Verblendung vorgeben zu sehen. Erst in der freien Erkenntnis, dass er nur in Gottes Liebewillen sinnvoll existiert, findet sich der Mensch in dem Bewusstsein, darin und daraus ihm die Wirklichkeit hinter der Welt des Scheines ersichtlich wird.

Solche Hingabe erfordert Demut. Nicht kriecherische Demut ist hier gemeint. In natürlich-kindlicher Demut vor unserem himmlischen Vater zu stehen, offenherzig und aufrichtig, sich der eigenen Unzulänglichkeit und Sündhaftigkeit bewusst, und dergestalt seine innige Zuneigung und bedingungslose Liebe zu erfahren, ist ein wundervolles Geschenk, das eine nie gekannte Freiheit und Freude offenbart.

* * *

Gerichtsbarkeit

Der freie Wille ist oberstes Gebot dieser Schöpfung. Da frägt man sich vielleicht: "Ist das Gottesgericht nicht ein Eingriff in unsere Freiheit - und bewirkt somit den Verlust des freien Willens? Gott übt ja in verschiedenster Weise Zwang auf die Menschheit aus!"

Nein, dem ist nicht so. Wenn Gott sich einem Gebot unterworfen hat, dann ist es die Einhaltung der freien Willensentscheidung seiner Geschöpfe. Ein einzelnes oder allgemeines Gericht ist nichts anderes als das Resultat verkehrten Verhaltens. Ursache und Wirkung sind Gesetzmäßigkeiten kosmischer Ordnung, die auf jeder existenziellen Ebene gegeben sind. Unglücke, Naturkatastrophen und Kriege sind selbst verschuldete Ereignisse, in und mit denen sich die Menschheit eigenmächtig richtet.

Allein in dieser speziellen Phase muss der Vater eingreifen, da der Glaubensabfall derart überhandgenommen hat, dass einerseits der Menschen göttliche Berufung völlig verloren ging, andererseits der irdische Wahnsinn solche Ausmaße erreicht hat, dass die Erdbevölkerung sich und ihren Planeten durch Krieg, Umweltverschmutzung und Verstrahlung zu vernichten droht. Es ist sozusagen Rettung vor dem Untergang in letzter Minute. Da die Werkzeuge dafür natürlicher Art sind, denn Komet und Polsprung sind Elementargewalten, wird kein Zwang auf das Denken und Wollen ausgeübt. Der Glaube bleibt somit frei.

Was die gerichtliche Scheidung der Geister betrifft: Ein Gericht beinhaltet die Darlegung widersinniger oder böswilliger Lebensweise, wobei Fehlgegangene die Möglichkeit haben, sich ihres verkehrten Verhaltens bewusst zu werden. Die Rechtsprechung bildet den Grundstein für ein neues individuelles oder kollektives Bewusstseinsgebäude, das bei gutem Willen errichtet und erhalten werden kann.

Die allgemeine Seelenoffenbarung zum Zwecke der Scheidung der Geister unterliegt zwar einer göttlichen Gerichtsbarkeit, dadurch ist der freie Wille aber nicht außer Kraft gesetzt, denn trotz des Erkennens seiner Schuld kann der Mensch in seiner Sphäre nach wie vor eigenständig wollen und tätig sein. Im Licht der Wahrheit kann er entweder den Vater um Erlösung bitten, oder sich in Anmaßung, Trotz und Hochmut weiterhin selbst betrügen und dadurch seelisch noch mehr verhärten - und sich somit Satans Todesweise anpassen. Es ist immer der Mensch selbst, der sein Schicksal gemäß seines Wollens und Handelns bestimmt. Kausalität bedingt sein Dasein im Diesseits sowie im Jenseits.

* * *

Worte zum Thema Weltgericht durch meine Schwester im Geiste, Vassula Ryden, eine Prophetin der Endzeit:

Der Vater: *"Wenn die Stunde der Dunkelheit kommt, werde Ich euch euer Inneres sehen lassen. Ich werde eure Seelen von innen nach außen kehren. Und wenn ihr seht, wie kohlrabenschwarz eure Seele ist, werdet ihr nicht nur Kummer erfahren wie nie zuvor, sondern ihr werdet euch qualvoll an die Brust schlagen und sagen, dass eure eigene Dunkelheit noch viel schlimmer ist als die Dunkelheit, die euch umgibt."*

Vassula: "In dieser Botschaft geht es um den Tag der Warnung, wo jeder Mensch eine volle Offenbarung seiner Seele haben wird, um mit den Augen Gottes seine Sündhaftigkeit und Erbärmlichkeit zu sehen. Unsere Sünden werden uns bewusst werden, es wird sein wie ein unstoffliches Feuer, das in unserem Bewusstsein brennt. In seinem Licht richtet sich der Mensch selbst. Einige Menschen wurden vom Herrn bereits so heimgesucht und sind durch dieses unstoffliche Feuer gegangen, das die Seele zur Reue und Umkehr bringt. Dieser Akt der Barmherzigkeit, denn es ist ein Akt der Barmherzigkeit, wird uns unsere Seele in seinem Licht zeigen."

Hier möchte ich anfügen, dass Angst vor dem kommenden Geschehen nicht das Motiv für eine Hinwendung zu Gott sein darf und soll. Gottesfurcht hat ihre Berechtigung auf dem christlichen Pfad, doch nimmt diese nur einen vordergründigen Platz ein und erwächst aus dem Wissen um die uneingeschränkte Allmacht der Gottheit. Das erwachte Gotteskind weiß aber, dass in der vertrauensvollen Liebe zu Jesus Christus die gebotene Gottesfurcht das Eingangstor zu noch innigerer Vaterliebe ist. Im Herzen Jesu wird einfach alles zu Liebe. Das Herz Jesu, unsagbare Liebe ... unsagbare Liebe.

Auch ist das genaue Wann und Wie der endzeitlichen Ereignisse nicht so wichtig. Das Warum sollte man sich vor Augen und vors Herz halten. Im rechten Vertrauen öffnet sich die Tür, die dem Vater die Möglichkeit gibt, sein Kind zu bewahren in den Stürmen der Wandlung und Befreiung. Gerade Liebe ist es, die uns unter seinen Schutz stellt; kindliche Liebe, ohne Hintergedanken, frei von Furcht - sie ist der Schlüssel zum Ort der Geborgenheit.

* * *

Zum Abschluss eine geistige Schau

Ich sehe das Theater, in dem das Stück von Falschheit und Tod seit Jahrtausenden gespielt wird: Die verblendete Menschheit feiert und beklatscht die Ver- und Vorführungen Satans, die körperliche Lust und Vergnügen, Geld und Macht als Lebensinhalte verkaufen und so die Lüge der Materie tief in den Seelen verankern. Einige Erwachte versuchen, das jubelnde Publikum aufzuklären, doch sie werden verspottet und aus dem Theater geworfen.

Nach dem letzten Akt fällt der Vorhang, das Theater wird geschlossen. Die Zuschauer und Schauspieler wollen ihre angestammten Plätze aber nicht verlassen. Bald darauf wird das Gebäude jedoch abgerissen. Ohnmächtig flüchten Belegschaft und Anhängerschaft - aber wohin? Sie kennen sich nur in der Vorstellung und sind jetzt völlig rat- und mittellos. Da sie kein eigenes Leben haben, erstarren sie in ihren licht- und lieblosen Seelenwüsten. Darin ist es kalt und öde. Ohne Nahrung irren sie umher und erkennen nun, dass sie belogen und betrogen wurden. Doch es ist zu spät. Ihre versteinerten Herzen lassen keine Rettung zu.

In der Ferne sehen sie die Gotteskinder, die sie zuvor verlacht und verfolgt haben und die jetzt beim himmlischen Vater wohnen. Diese mussten einst in der Welt hart an sich arbeiten und kämpfen, um ihrem Glauben treu zu bleiben und geistig zu überleben. Auch einige Vermögende und ehemals Weltmächtige sind unter ihnen. Sie haben ihren Reichtum recht verwaltet und ihre hohe Position nicht für eigene Zwecke benützt. Ihren Stand wussten sie Gott zu verdanken und so handelten sie auch allzeit in seinem Sinne.

Wach auf! Verlass jetzt dieses tote Theater! Weit geöffnet ist das Herz Jesu, unendlich seine Liebe.

* * *

Irrtümer

So spricht der Herr, der allmächtige Gott:

"Gebt acht, Ich hole die Leute von Israel aus den Völkern, zu denen sie gehen mussten, heraus und bringe sie von überall her in ihre Heimat zurück. Dort auf den Bergen Israels mache Ich aus ihnen ein einziges Volk unter einem einzigen König. Sie sollen nicht mehr zwei getrennte Völker sein und auch nicht zwei getrennte Königreiche. Sie werden sich nicht mehr durch ihren Götzendienst und ihre abscheulichen Untaten verunreinigen.

Ich befreie sie von ihrer Schuld und mache sie wieder rein; Ich bringe sie von ihren Irrwegen zurück. Sie werden Mein Volk sein und Ich werde ihr Gott sein, und der Nachkomme Davids, der Meinem Diener David gleicht, wird ihr König sein.

Sie alle werden einen Hirten haben. Sie werden nach Meinen Weisungen leben und Meine Gebote befolgen. Sie werden wieder in dem Land leben, das Ich Meinem Diener Jakob gegeben habe und in dem ihre Vorfahren gelebt haben; für alle Zeiten werden sie dort leben, ihre Kinder und Enkel und alle kommenden Generationen. In alle Zukunft wird ein Fürst, der Meinem Diener David gleicht, über sie herrschen.

Ich schließe mit ihnen einen Bund für alle Zeiten und verbürge ihnen Glück und Frieden. Sie sollen sich vermehren und zu einem großen Volk werden. Für immer wird Mein Heiligtum in ihrer Mitte sein; Ich will bei ihnen wohnen und ihr Gott sein und sie sollen Mein Volk sein. Wenn die Völker sehen, dass Mein Heiligtum für alle Zeiten in ihrer Mitte ist, werden sie erkennen, dass Ich der Herr bin, der Israel als sein heiliges Volk erwählt hat."

Dieser Bibeltext wird oft fehlgedeutet und auf das jüdische Volk im Staate Israel bezogen. Doch dieses hat mit Gottes erwähltem Volk nichts gemein. Gott spricht hier vom himmlischen Volk Israel. Damit sind seine Herzenskinder im Sinne wahrhaftiger Treue und Nachfolge gemeint, die über die ganze Erde verstreut leben, und nicht die Juden, die das geographische Land Israel bewohnen. Sie werden vergeblich auf ihren messianischen Erretter warten.

Allein die in seiner Liebe tätigen Kinder wird der himmlische Vater erwählen und erfüllen mit seinem Geist. Sie wird er sammeln auf den heiligen Bergen rechten und gerechten Glaubens. Sie wird er führen in ihre wahre Heimat, ihr Geburtsland, welches ist sein Herz in Jesus Christus.

* * *

Ein weiterer Irrtum besteht darin, dass viele Angehörige der römisch-katholischen Kirche glauben, diese werde nach dem `Jüngsten Gericht´ mit einem von Gott erwählten Papst wieder erstehen und die Kirche der Zukunft darstellen. Das ist reines Wunschdenken der Mitglieder dieser Organisation und begründet sich in der Hauptsache auf Prophezeiungen katholisch geprägter Seelen des vergangenen Jahrtausends. In dieser Anmaßung steht sie auf einer Stufe mit all den Sekten, die sich als allein errettet und als Heilsbringer der Menschheit betrachten.

Die neue Kirche ist das Herz eines jeden Menschen und im eigentlichen Sinne das Herz Gottes. Katholisch, evangelisch, orthodox oder eine andere mehr oder weniger blinde Konfession finden hier keinen Platz.

Man wird zwar die nicht zerstörten Kirchen wieder nutzen und auch neue Weihestätten errichten, wo man beten und göttliche Offenbarungen lesen wird - und womöglich wird man nach einem irdischen Oberhaupt der neuen Kirche Christi verlangen. Doch Gottes Wort und Herz gehören allein denen, die Jesus Christus über alles lieben.

* * *

Nachfolgend eine Klarstellung der endzeitlichen Abläufe. Diese werden in den Interpretationen vorhandener Prophezeiungen oft durcheinander gewürfelt oder unzutreffend gedeutet.

Der Erneuerung der Erde geht voran das selbstsüchtige und materieverfallene Treiben der Menschheit, begleitet von Naturkatastrophen, Attentaten, politischen Unruhen und Kleinkriegen. In diesem Szenario befindet sich die Welt jetzt. Es folgt, was als Jüngstes Gericht oder Apokalypse benannt wird, beinhaltend einen großen Krieg, den Kometen, Polsprung und drei Tage Finsternis. Daran anschließend beginnt das Reich des Friedens und der Liebe.

Nach den apokalyptischen Ereignissen wird es keine anarchischen Zustände mit plündernden und mordenden Banden geben. Es kommt nicht zum persönlichen Auftreten des Antichristen, der die Welt verführt; ebenso zu keinem 4. Weltkrieg, und auch zu keiner wiederholten Säuberung der Erde nach sieben Jahren mit Entrückung der Gotteskinder. Diese Deutungen basieren auf teilweise missverständlichen oder falschen neuzeitlichen Vorhersagen sowie auf verkehrter Auslegung biblischer Offenbarung.

Wenn Gott fegt, ist es erstmal gründlich sauber. Eine erneute globale Reinigung kann es zwar geben, aber nur, wenn Satan sich nach seiner Freisetzung zum Ende der 1000 friedvollen Jahre nicht seiner Herkunft besinnt und in Demut dem göttlichen Willen anheim gibt. Versucht er weiterhin, den Weg der Liebe und der Wahrheit mit allen Mitteln zu zerstören, wird es eine letztgültige Neugestaltung der Erdenwelt durchs Feuer geben, wobei es zu einer körperlichen Entrückung der Gläubigen kommt. Daran anschließend wird die Erde zum Paradies umgestaltet. Satan wird in ewige Verbannung gesetzt und hat fürder keinen Zugriff mehr in die Herzen der Menschen.

* * *

Hier der folgerichtige Ablauf der Ereignisse:

- Nach 2. Weltkrieg Aufschwung, fette Jahre. Materialismus, Kapitalismus. Wohlstand erzeugt Dekadenz, Gier und Habsucht.
- Antichristentum. Regierungen, Konzerne und Organisationen mit größenwahnsinnigen Zielen. Manipulation und Ausbeutung der Erdbevölkerung, Hungersnöte in den Entwicklungsländern.
- Maßlose Umweltverschmutzung, Raubbau der Erde, gewissenlose Tierhaltung, Genmanipulation, Verstrahlung durch seelenfremde Frequenzen.
- Naturkatastrophen nehmen weltweit zu, Klimaveränderung.
- Teuerung, Inflation, (Alters-)Armut.
- Anpassung der Lehre Jesu an abergläubige Religionen sowie rein moralischen und ethischen Grundsätzen im Namen von Toleranz und Aufklärung.
- Attentate, Aufstände, Bürgerkriege, Kleinkriege, Flüchtlingsgeschehen.
- Verstärktes Auftreten der Armee Gottes - Verkündigung des Gottesgerichts bei Beibehaltung der sündhaften Lebensweise. Verspottung wahrhaftiger Christen.
- Kriegsherd im nahen Osten eröffnet 3.Weltkrieg,
- beendet durch Komet und Polsprung, erzeugend globale Katastrophen mit Milliarden von Toten.
- Drei Tage Finsternis, Jüngstes Gericht durch wahrheitsgetreue Seelenbeschau, Vollendung der Scheidung der Geister.
- Beginn `1000jähriges Friedensreich´, Aufbau einer neuen Zivilisation, allgemeiner Glaubensaufschwung, gottergebene Zeit.

* * *

Epilog

Prophezeiungen zeigen Konsequenzen auf, die dem zum gegebenen Zeitpunkt präsenten Bewusstseinszustand einer Person, einer Gruppe, eines Landes oder der Erde insgesamt folgen. Die Vorhersagen unterliegen der Entwicklung des betreffenden Menschen oder der jeweiligen Zielgruppe. Die Basis hierfür ist der freie Wille. Ein bestimmtes prophezeites Geschehnis kann somit verstärkt, abgemildert oder sogar abgewendet werden. In diesem Sinne sind Voraussagen weder in ihrem zeitlichen Erscheinen noch in ihrer Gestaltung und Auswirkung festgelegt.

Im Falle einer globalen Besinnung könnte und würde sich der Übergang in ein neues Zeitalter tatsächlich weniger heftig oder gar schmerzlos gestalten. Es gäbe eine allmähliche, aber bestimmte und umfassende Fusion von gottgeistiger Wahrheit und Lebendigkeit mit vorhandener Politik, Wissenschaft, Technik, Industrie und Wirtschaft. Ist das bei der derzeitigen Entwicklung noch möglich?

Wohl gibt es Personen und Vereine mit guter Gesinnung, die gewaltfrei für eine bessere Welt kämpfen. Das sind nicht die Marktschreier und Besserwisser, die Rhetoriker und Schönredner. Es sind diejenigen, die in ihrem Lebensumfeld und Wirkungsbereich für das Gute und Wahre einstehen, die der Liebe täglich Opfer bringen - zumeist unerkannt von der verblendeten Welt.

Und es gibt die Kinder und Jugendlichen der neuen Zeit, aus den Lichtwelten auf die Erde gesandt, um in dieser gewissenlosen und niederträchtigen Epoche vielleicht doch noch einen sanften Wandel einzuleiten. Mit vielerlei Talenten ausgestattet offenbaren sie eine Geisteshaltung jenseits materieller Bereicherung und verstandesrechtlicher Denkweise. Sie rufen zur Umkehr auf, klagen Dummheit, Ignoranz, Geld- und Machtgier diverser Regierungen und Wirtschaftskonzerne an. Sie sind der Hoffnungsschimmer am kosmischen Horizont, wo sich der Zeitgeist und der Geist der Ewigkeit berühren. Doch können sie die todbringende Lawine von Tyrannei und Verlorenheit stoppen? Das satanische Fundament, bestehend aus Hochmut, Herrschsucht, Lüge und Betrug, regiert bislang alles weltliche Geschehen und hält jegliches gutherzige Bemühen in kontrollierter Kleinheit oder macht es wieder zunichte.

Jede und jeder Einzelne, jedes Volk sowie die Menschheit insgesamt hat allzeit die freie Wahl, sich zu entscheiden zwischen Gut und Böse, zwischen Nächstenliebe und Eigenliebe, für die Liebe zu Gott und ewigem Leben oder für die vergängliche Liebe zur Welt und dem darin enthaltenen Tod.

Der Vater setzt alle ihm zur Verfügung stehenden Mittel ein, um großes Leid von der Erde abzuwenden. Er entsendet regelmäßig Boten, um die Welt aufzuklären über ihr verkehrtes Tun und um ihr ihre existenzielle Wahrheit vor Augen zu halten. Auch die Offenbarungen dieses Buches sind Warnrufe aus dem Licht ins Dunkel. Gründe und Hintergründe, sowie die zur Reinigung und Neuausrichtung der Erde und ihrer Bevölkerung erforderlichen Vorgänge und Abfolgen habe ich im Auftrag Gottes in Zusammenarbeit mit der geistigen Welt nach bestem Wissen und Gewissen niedergeschrieben.

* * *

Ergänzung dieser Neuauflage:

Irdisch betrachtet ist `Corona´ eine globale Katastrophe; aus geistiger Sicht ist dieser Virus ein Bote Gottes, sowohl an jeden Einzelnen als auch an die Menschheit insgesamt gesandt, um in dieser gott- und lieblosen Zeit zur Besinnung zu kommen. Zugleich ist er ein Instrument zur Scheidung der Geister: Die gutwilligen und wahrhaftigen Menschen werden jetzt verstärkt vom Geist Jesu erfüllt, ihre Seelen erfahren ein erweitertes Liebe-Bewusstsein, sie werden einfühlsamer und selbstloser. Die egoistischen und böswilligen Menschen werden noch mehr verhärten, sie werden rücksichtsloser, gewissenloser und skrupelloser. Das bedeutet, dass die Gutherzigen in Zukunft zunehmend bösen Elementen ausgesetzt sein werden. Dieser Umstand bietet den Kindern der Liebe aber zugleich die Möglichkeit einer raschen geistigen Eingeburt.

* * *

Die neue Erde - 1000jähriges Friedensreich
Seelisch-geistige Evolution - Zukunftsbilder

Und ich sah einen neuen Himmel und eine neue Erde; denn der erste Himmel und die erste Erde sind vergangen, und das Meer ist nicht mehr. Und ich sah die heilige Stadt, das neue Jerusalem, aus dem Himmel herabkommen, bereitet wie eine geschmückte Braut für ihren Bräutigam.
Und ich hörte eine große Stimme von dem Thron her, die sprach:
"Siehe da, die Hütte Gottes bei den Menschen!
Und er wird bei ihnen wohnen, und sie werden sein Volk sein
und er selbst, Gott mit ihnen, wird ihr Gott sein und er wird abwischen
alle Tränen von ihren Augen, und der Tod wird nicht mehr sein,
noch Leid noch Geschrei noch Schmerz wird mehr sein;
denn das Erste ist vergangen."
Und der auf dem Thron saß, sprach:
"SIEHE, ICH MACHE ALLES NEU!"
Und er spricht:
"Schreibe, denn diese Worte sind wahrhaftig und gewiss!"
Und er sprach zu mir:
"Es ist geschehen. Ich bin das Alpha und das Omega,
der Anfang und das Ende."

Einblicke und Aussichten

Schon immer haben sich Menschen guten Willens nach einem Leben in Liebe und Frieden gesehnt, einem Leben ohne Ausbeutung, ohne Verbrechen, ohne Krieg. Jetzt ist es soweit. Nach jahrtausendelanger Gewaltherrschaft wird eine paradiesische Welt erstehen. Die Erdenbürger werden in geschwisterlicher Eintracht und wahrhaftiger Nächstenliebe zusammenleben. Geistorientiertes Dasein schenkt Zufriedenheit und Beglückung, im lebendigen Glauben findet der Herzen Sehnsucht Erfüllung.

Die in diesem Kapitel vorgestellten Zustände und Gegebenheiten sind zuerst aber noch kein Allgemeingut - nun kommt der Erlösungsprozess erst in Gang. Ein neues Fundament ist bereitgestellt: Der Wahrheits- und Liebe-Pfad, den Jesus Christus vor 2000 Jahren errichtet hat, ist jetzt offensichtlich und kann frei beschritten werden. Die satanischen Kräfte, die diesen Weg mit allen Mitteln verborgen hielten und zu zerstören versuchten, sind nicht mehr vorhanden.

Zu Beginn der neuen Zeit befinden sich nur Menschen auf Erden, die guten Sinnes sind. Sie sind die Stammeltern der zukünftigen Generationen. Die Erstgeburten des Friedensreiches sowie alle folgenden Nachkommen müssen stets aufs neue in Liebe und Weisheit zur Wahrheit erzogen werden. Sie entstammen dem kosmischen Erlösungsprozess und bringen gemäß der vorgeburtlichen Existenz allerlei seelische Eigenheiten und Unzulänglichkeiten mit in ihre Inkarnation, die im körperlichen Dasein mehr oder weniger ausgeprägte materielle Abhängigkeiten und Begierden mit allerlei egoistischen Auswirkungen erzeugen, die überwunden werden sollen. Diese sind weiter Notwendigkeit, denn sie gewährleisten geistigen Fortschritt, der von nun an umfassend auf einer höheren Stufe der Menschheitsentwicklung - zwar langsam, aber beständig und sicher - vonstatten geht.

(NB: Das himmlische Wachstum hingegen benötigt keine negativen Gegenkräfte. Die Seele, selbstbewusst eingeboren in ihre ursprüngliche Göttlichkeit, ist vollkommenes Aufnahmegefäß für Gottes Geist. Als solches empfängt sie ihres Vaters unerschöpflichen Reichtum, immer tiefer wird sie eindringen in das Wesen der Liebe und des Lebens. Nichtsdestotrotz ist der Himmelsbewohner aufgrund seiner Mitarbeit am kosmischen Erlösungswerk fortwährend mit Unvollkommenheit und Sünde konfrontiert, wodurch er seine Liebe-Weisheit festigt und vertieft.)

Die seeleneigenen Missstände gilt es vor allem durch licht- und liebevolle Geistesbildung in göttliche Bahnen zu lenken. Um die Erdbevölkerung auf dem rechten Weg zu erhalten, ziehen immer wieder eigens dafür ausgebildete Himmelsgeister irdische Körper an. Sie können nun uneingeschränkt offenbaren und werden nicht wie in der Vorzeit belächelt, verspottet, verfolgt oder in konfessionelle Gefängnisse gesperrt. Mit ihren göttlichen Talenten bilden sie die Stützpfeiler des geistigen Weltenhauses.

Die vollständige Wiedergeburt in den Gottesgeist werden in den nächsten tausend Jahren aber immer nur diejenigen erlangen, die ihr Dasein konsequent in der Liebe zu Jesus Christus gestalten. Das Gros der Menschheit wird ihre Vervollkommnung weiterhin in den jenseitigen Bereichen realisieren, aber wesentlich `geistreicher´ und nicht mehr derart gottverloren ins Jenseits eintreten, wie das heutzutage der Fall ist. Dadurch kommt es kaum noch zu negativen Einflüssen von verstorbenen Seelen, die Erdensphäre ist vorwiegend rein und unbeschwert.

Erst in der Phase der globalen Evolution ab Beginn des 3. Millenniums werden die seelische Wiedergeburt mehrheitlich, die geistige vielfach bereits im Materiedasein verwirklicht.

* * *

Vergleichbar ist das Weltgeschehen mit einem Menschen, der sich aufgrund seiner widergöttlichen Lebensweise Schaden zugefügt hatte und krank wurde. Gott rührte ihn an und machte ihn auf seine Verkehrtheit aufmerksam. Dieser kümmerte sich jedoch nicht groß darum und frönte weiter seinen Leidenschaften. Schließlich ging es ihm zunehmend schlechter - bis ihm die Ärzte mitteilten, dass er nur noch kurze Zeit zu leben habe, wenn er sich nicht radikal ändere.

Er wollte das aber nicht wahrhaben und lenkte sich ab mit allerlei Vergnügungen. Ja, er gewöhnte sich an die Beschwerden und befriedigte weiterhin seine unheilvollen Begierden. Über kurz oder lang zeigte sein geisteskrankes Verhalten jedoch Wirkung: Er bekam hohes Fieber, die Schmerzen nahmen überhand. In ihm tobten Angst und Verzweiflung, schließlich lag er im Todeskampf darnieder.

Doch Gott ist ein Gott der Barmherzigkeit und ein Vater seinen verlorenen Kindern. Der dreitägige Todeskampf läuterte und reinigte die Seele des Erkrankten, alles Übel fiel von ihm ab. In dieser segensreichen Befreiung öffnete er sich für die göttliche Liebe und gesundete. Voller Dankbarkeit und wie neugeboren erfreute er sich seines wiedergeschenkten Lebens.

Nach längerer Zeit melden sich, zuerst still und leise, dann ihn lautstark bedrängend, die alten Gewohnheiten wieder zu Wort. Nun kommt es darauf an, ob der Mensch seinem hehren Weg treu bleibt, auf dass ein Leben in anhaltender Gesundheit stattfinden kann. Widersteht er den dunklen Energien nicht, werden diese allmählich wieder die Herrschaft über ihn gewinnen. Dann wird es wohl noch eine Zeit lang gutgehen und er wird ein einigermaßen heiles und zufriedenes Dasein führen. Doch bald werden die früheren Verhaltensmuster sein Denken und Handeln wieder bestimmen, worauf er abermals in große Not geraten und Hilfe benötigen wird, um nicht erneut dem Tod ins Angesicht blicken zu müssen.

Hält er den wiederkehrenden Anfechtungen stand und bleibt seinem Glauben treu, führt sein Weg geradewegs in ein von Freude und Glückseligkeit erfülltes Dasein.

So oder so wird es auch dem Menschengeschlecht ergehen.

* * *

Nach dem 2. Weltkrieg diente die Bevölkerung, vom Leid des Krieges gedemütigt, gemeinsam dem Wiederaufbau der Länder. Erleichterung, aber auch Ernüchterung schufen eine zumeist hilfsbereite und mitfühlende Atmosphäre. Der Wille zum Guten war vorherrschend und prägte Wiederherstellung und Neuaufbau der Städte und der Infrastruktur sowie Gründung politischer und Errichtung wirtschaftlicher Systeme. Leider mündete das, was damals gutwillig begann, innerhalb weniger Jahrzehnte in eine hochmütige und dekadente Lebensweise - Wohlstand und Wohlleben haben in kürzester Zeit einen machtvollen und unersättlichen Materialismus geschaffen.

Nach der Erneuerung der Erde wird es eine weltweite Atmosphäre der Hilfsbereitschaft und Herzensgüte geben, die, da das Miteinander auf einem von Gott errichteten Fundament basiert, ein wahrhaftiges und beständiges Glaubensleben ermöglicht. Die zukünftigen Generationen werden ein von Licht und Liebe erfülltes Leben führen - ohne die Nöte vergangener Epochen.

Da der Vater dem satanischen Geist zum Ende des Jahrtausends noch einmal die Fesseln abnimmt, ist die Gefahr groß, dass sich die Schlange der Versuchung erneut im Garten Eden einnistet und Teile der Weltbevölkerung wieder in das Gefängnis der Glaubens- und Lieblosigkeit entführt. Sollte dies der Fall sein, wird diesem Übel ein für allemal das Handwerk gelegt - dann wird die Sonne der Liebe und der Wahrheit für immer über diese Erde aufgehen.

* * *

Ein Blick zurück aus der Zukunft

Vor der Umwandlung der Erdenwelt hatte man das Gefühl, dass die Zeit immer schneller vergeht, und nicht nur im Alter fragte man sich, wo die Jahre denn nun eigentlich geblieben sind. Dieser Umstand war der Endzeit geschuldet. Je näher die letzten Tage kamen, umso treibender gestaltete sich die Zeitfrequenz, umso mächtiger wirkte der Zeitgeist. Dies bedingte eine sich stetig steigernde allgemeine Ungeduld und kollektive Hast. Der Stress, der dadurch erzeugt wurde, machte vieler Menschen Seelen krank und negativ beeinflussbar. Wer nicht bewusst gegensteuerte, wurde im Sog der Zeit mitgerissen und bekam schmerzhaft die rettende Hand Gottes zu verspüren.

Diese Hand hielt die Zeit an, um im globalen Stillstand eine vollständige und sorgfältige Reinigung durchzuführen. In den drei Tagen der Finsternis schlug das Herz der Erde nicht. Dadurch hatte man kein Zeitgefühl, man war völlig gegenwärtig. Den Seelen, die im Licht der Liebe Gottes wohnen, schenkte dieser Zustand Geborgenheit. Ohne dies Licht herrschte große seelische Not.

In des Vaters Hand gesundete die kranke Erde schnell. Am dritten Tag begann ihr Herz wieder zu schlagen und ist auferstanden vom Tode. Die geheilte Erde und der gläubige Mensch bilden nun eine wunderbare Symbiose, darin sich eine völlig neue Lebensqualität offenbart: Nicht die Länge der Zeit ist jetzt ausschlaggebend, sondern die Tiefe der Gegenwart. Vergeudete Zeit gibt es nicht mehr. Sinnlosigkeit gehört der Vergangenheit an. Die Zeit wurde zum Freund des Menschen.

Der Magnetismus der erneuerten Erd-Polarität ermöglicht eine herzliche und einfühlsame Denkweise. Dank der veränderten Frequenz elektromagnetischer Impulse kann das Gehirn nun geistiges Gedankengut leichter erfassen. Der gleichsam magnetisch zum Herzen orientierte Verstand arbeitet wieder gottgemäß. Diese Entwicklung wird sich in der kommenden Epoche gemäß der Treue und Hingabe an das göttliche Leben fortsetzen und intensivieren.

* * *

In der neuen Welt

(Ich bin versetzt in verschiedene Zeitabschnitte)

Es ist vollbracht! Die Erneuerung der Erde ist erfolgt. Der Vater hält sein Neugeborenes in den Armen, behutsam wiegt und liebkost er es, sehnsüchtig erwartet er seines Kindes Blick ...

Hoffnungsfroh gehe ich durch teilweise zerstörte Ortschaften. Ein sanfter warmer Wind streichelt mich. Trotz der von den Naturkräften erzeugten katastrophalen Zustände herrscht eine unbeschreibliche Leichtigkeit. In dieser reinen Atmosphäre fühlt man sich automatisch glücklich; so, als ob man verliebt wäre, aber nicht personengebunden, vielmehr universell. Gleich wem man begegnet, gleich was man berührt, alles atmet Liebe, alles schenkt Liebe.

Voller Erwartung gehe ich in der Zeit vorwärts. Während man früher oft verlorenen Blicken begegnete, sieht man jetzt fröhliche Antlitze mit leuchtenden Augen, jedoch mit einem erahnbaren "Ist das wirklich alles passiert?" darin. Man spürt eine gewisse Verhaltenheit und Unsicherheit in der neu geschenkten Freiheit.

Als ich weiter vor gehe, fällt mir auf, dass alle Häuser offen zugänglich sind, nichts ist abgeschlossen. In den Begegnungen begrüßt man sich nicht beiläufig, sondern sieht sich in die Augen, tauscht innige Worte aus und umarmt sich herzlich. Überall sieht man Aufrichtigkeit und Ehrlichkeit, ohne Argwohn, ohne dass jemand einen Vorteil erheischen möchte. Dem Nächsten zu dienen ist das Gebot der Stunde - die gegenseitigen Liebegaben schenken allerorts ein vertrauensvolles und freudiges Zu- und Miteinander.

Zwar sind die Menschen getragen von dieser neuen Daseinsqualität, es ist jedoch vielfach ein unbewusstes Getragen-sein. In der beständigen Hingabe an das wiedergeschenkte Gottesleben muss man sich dieses erst zum bewussten Eigentum machen. Um das gut bewerkstelligen zu können, steht man auf einem sicheren geistigen Fundament. Die Menschheit ist wieder frei im Denken und Handeln, die Zwänge der Vorzeit sind verschwunden. Der Weg zum Himmelreich ist offenbar - jetzt kann man ihn sehend beschreiten.

Kurzer Ausflug ins verwirklichte Geistesleben: Voraussehen und in der Zeit vorwärtsgehen ist im Geiste ein und dasselbe. Ich habe in der Beschreibung tatsächliche Gegenwärtigkeit gewählt, da ich Zukunft nicht nur geschaut, sondern die vorherrschenden Zustände durch und durch empfunden habe. In diesem Sinne war ich als Seele real vor Ort, bin gleichsam in der Zeit vorgegangen.

Auch andere Darstellungen dieses Buches sind so entstanden - wobei manche rein geistigem Sehen entstammen, es sind dies ausschließlich bildhafte Eindrücke, die ich einfach nur in irdische Worte kleiden muss; andere Offenbarungen entspringen sinnhaften Botschaften aus dem Herzen, sind also gefühlte, unmittelbar mit der Seele kommunizierende Verhältnisse, deren authentisch-wörtliche Umkleidung Übung erfordert.

Im weiteren geistigen Wachstum wird jegliches Fühlen zum Sehen. Die erwachte Seele erkennt und erlebt, dass in der sie begründenden Geistigkeit im Fühlen und Sehen von Gegenständen, Gegebenheiten und Zuständen kein Unterschied besteht. Was sie fühlt, das sieht sie - was sie sieht, das fühlt sie. Erfolgt schließlich die geistige Wiedergeburt, ist ihr alles zeitlose, gegenwärtige Realität. Hier erlebt sie alles, wie es tatsächlich ist: Unumstößliche Wahrheit und Wirklichkeit, alles durchdringend, alles umschließend, alles belebend. Liebe, Liebe, Liebe. Amen, Amen, Amen.

* * *

Ausblick in die kommenden 1000 Jahre

Nach der globalen Erneuerung baut sich das irdische Magnetfeld wieder auf. Mit dem Weichen der Dunkelheit verlassen die Überlebenden ihre teils zerstörten Häuser. Die Erde, wie sie einst beschaffen war, gibt es nicht mehr. Die Artilleriegeschosse des Krieges, die Naturkatastrophen sowie die Einschläge der Meteoriten haben nicht nur Städte, sondern auch Dörfer und Ländereien verwüstet.

In einzelnen Gebieten wird man lange suchen, bis man auf Geschwister trifft. In anderen Gegenden finden sich mehr Menschen; dort bilden sich schnell Verbände, um mit dem Beerdigen unzähliger Toter und mit den Aufräumarbeiten in Stadt und Land zu beginnen. Sie haben schwere körperliche Arbeit zu bewältigen, die die meisten von ihnen nicht gewohnt sind.

Die Geographie der Erde hat sich drastisch verändert, denn nicht nur die magnetischen Pole stehen auf neuen Wirkungsorten, auch die geographischen Pole haben durch die leicht veränderte Neigung der Erdachse eine neue Sonnenausrichtung. Infolgedessen sind die Vegetationszonen gewandert: Wüsten erblühen, brachliegende Regionen werden fruchtbar. Aufgrund der schweren Beben haben sich Flussläufe verlagert, neue Seen sind entstanden, andere verschwunden; ganze Landmassen haben sich verschoben, neuer Erdboden hat sich aufgetan. Die Ländergrenzen sind gefallen - der Beginn einer gemeinsamen Welt.

Eine Zeitlang wird das irdische Geschehen noch gelähmt sein, bis wieder rege Tätigkeit entsteht. Fortbewegung wird größtenteils zu Fuß und mit Fahrrädern bewerkstelligt, auf dem Land dienen vielfach Pferde zur alltäglichen Wegbewältigung. In den Stadtparks werden Obst und Gemüse angebaut, Brot wird auf Feuerstellen gebacken, Wasser von Bächen, Seen und Flüssen geholt. Tausch Ware für Ware und Tätigkeit für Tätigkeit ist wieder üblich. Ehrliches Handwerk ist hoch geachtet und bekommt den Stellenwert, den es verdient.

Mit Beginn der Neuzeit nehmen die Apostel Christi ihre Berufung auf. Sie sind das Salz der Erde. Ihr Auftrag besteht in der Weisung und Führung der Menschheit hinein in die wiedergeschenkte Freiheit. Sie haben viel zu tun und widmen ihr Dasein allein dieser Aufgabe. Sie sind die Priester der einzig wahren Kirche: Das Herz Jesu Christi. Wie einst die Apostel vor 2000 Jahren tragen sie seinen Geist in die Städte und Länder. Kraft ihres Glaubens heilen sie Kranke und Verletzte, vereinzelt erwecken sie Tote zum Leben.

Doch nicht immer und überall sind sie vorbehaltlos willkommen. Vielerorts werden sie neugierig gemustert und befragt. Gelegentliche Widerstände sind keiner Boshaftigkeit, sondern Unwissenheit und Orientierungslosigkeit geschuldet. Aufklärung ist dringend vonnöten. Erst in der Einsicht in die Hintergründe des apokalyptischen Geschehens bildet sich das Glaubensfundament, auf dem man sein Dasein sinnvoll gestalten kann. Oftmalige Besuche himmlischer Boten sind nötig, bis sich die Herzen einsichtig für den Christusgeist öffnen. Im allgemeinen guten Willen wird das aber sicher vonstattengehen.

Zukünftig wird es jedoch auch immer wieder Personen geben, bei denen eine übermäßig ausgeprägte Eigenliebe den Willen zum Guten fortwährend unterdrückt. Sie sind die `Prüfsteine´ zur wahrhaftigen Erkenntnis sowohl des individuellen als auch des kollektiven geistigen Wachstums. Etwaige Querelen und Auseinandersetzungen finden aber stets im kleinen Kreis statt. Liebe und Geduld werden das Böse allzeit entwaffnen - zur Freude der Gemeinschaft der Gläubigen und der Verherrlichung Jesu Christi.

Im weiteren Verlauf wird die Menschheit in sehr einfachen Verhältnissen leben. Materieller Fortschritt tritt in den Hintergrund, die seelisch-geistige Entwicklung hat absoluten Vorrang. Nicht Konsumdenken, Gewinnstreben und Herrschsucht sind mehr Lebensinhalt, sondern selbstlose Hilfs- und Opferbereitschaft. Der menschenverachtende Kapitalismus und der zu Korruption und Machtbesessenheit entartete Kommunismus finden keine Neuauflage. Diktatur und moderne Sklaverei gehören der Vergangenheit an.

Die Ortsvorsteher sind wahre Stellvertreter Gottes; sie herrschen nicht, sondern dienen der Bevölkerung fürsorglich und verständnisvoll. In allen Bereichen irdischen Daseins bewirkt gelebte Nächstenliebe göttliche Realität: Jeder Mitmensch ist Bruder und Schwester. Wer hat, gibt gerne, ohne einen Gegenwert zu verlangen. Es wird nicht mehr gestohlen und betrogen, man kann jedem Menschen vertrauen. Was für eine wundervolle Lebensweise.

Die Erdbevölkerung steht auf einem Glaubensfundament, das eine Entwicklung im Sinne gottgeschaffener Existenz ermöglicht. Mit Fleiß und Geduld wird im Verlauf der folgenden Jahrhunderte eine vom Geist der Wahrheit und der Liebe erfüllte Zivilisation erstehen. Dank der seelischen Gesundung gibt es kaum noch Krankheiten und Behinderungen. Da die Menschen wieder in und nach wahrhaftigen Grundsätzen leben, erreichen sie zumeist ein hohes Alter - ohne die lebensverlängernden Maßnahmen heutiger Wissenschaft. Durch den achtsamen und liebevollen Umgang untereinander und mit sich selbst ereignen sich selten Unfälle und Unglücke. Wenn, dann sind sie zugelassen zum Aufzeigen versteckter seelischer Fehlhaltungen, was in der Regel so gesehen wird.

Gemäß des geistigen Fortschritts wird es möglich sein, mit geliebten Verstorbenen und anderen jenseitigen Wesenheiten sowie mit kosmischen Geschwistern zu sprechen und sich bisweilen sogar zu sehen. Immer dünner wird der Schleier, der Diesseits und Jenseits trennt - doch noch fällt er nicht.

In der zweiten Hälfte dieses Jahrtausends lebt die Menschheit bereits wieder in einer technikorientierten Gesellschaft, wobei sich Geistesleben und Wissenschaft die Waage halten, der Baum der Erkenntnis trägt gesegnete Früchte. Den Menschen geht es sehr gut - vielleicht zu gut? Im bleibenden Treuesein wäre ein sanftes Hineingehen in eine endgültige und bleibende paradiesische Epoche möglich. Der Vater führt mich aber zu folgender Einsicht, da dies offenbar die Entwicklung mit der höheren Wahrscheinlichkeit ist:

Gegen Ende des Millenniums machen sich in Teilen der Erdbevölkerung Muster der alten Welt bemerkbar. Ihre Liebe neigt sich mehr und mehr hin zu körperlichen Vergnügungen. Wohlleben verführt zu Lauheit und Dekadenz, dadurch verlieren viele den Herzenskontakt zum himmlischen Vater. Es kommt wieder zu Spannungen und Unfrieden, da materielle Ansprüche geltend gemacht werden. Im schleichenden Glaubensabfall gehen die geistigen Gaben allmählich und unmerklich verloren. Es entsteht eine Pseudospiritualität, der viele aus geistiger Bequemlichkeit zum Opfer fallen.

Auslöser für den neuerlichen Materialismus ist die Lockerung der Fesseln Satans. Für kurze Zeit wird ihm ein gewisses Maß an Freiheit eingeräumt, um ihm noch einmal die Möglichkeit der Umkehr und Besserung zu geben - wozu er offensichtlich nach wie vor nicht in der Lage ist.

Für die nun erfolgenden Glaubenskämpfe ausgebildete Himmelsgeister sind bereits inkarniert. Sie sind in der Lage, sich mithilfe der abermals wirkenden satanischen Gegenkräfte in kürzester Zeit in die höchsten geistigen Höhen zu erheben. Sie setzen all ihre Talente und Kräfte ein, um den Zwistigkeiten und seelischen Verirrungen entgegen zu treten.

Teile der Bevölkerung werden sich nach den göttlichen Offenbarungen richten, gemeinsam werden sie im Willen des Vaters leben, in ihnen wird die Sonne der Wahrheit und der Liebe bleibend aufgehen. Andere werden gänzlich der geistigen Blindheit anheimfallen und mit allen Mitteln die Erfüllung ihrer materiellen Begierden zu erreichen versuchen. Dadurch wird es wieder arm und reich geben, Herrschsucht und Hochmut beuten die Menschen guten Willens aus und benützen sie für ihre Zwecke.

"Daraufhin wird die Welt ein letztes Mal im Feuer Meiner Gnade erbrennen, dass für immer verbannt werde die Macht Satans von dieser Erde, auf dass sie erblühe in den Strahlen der ewigen Sonne der Wahrheit und der Liebe! Amen Amen Amen." so spricht Gott der Herr.

Dies ist die Epoche, in der die Welt in ihrer Gesamtheit in ein immerwährend bleibendes, von göttlichem Leben erfülltes Bewusstsein eintritt, darin sie den äonenlangen Weg beschreitet, bis alles in Materie gebundene Seelenleben erlöst ist. Dieses Wachstum führt die Menschheit immer tiefer ein in Gottes Dasein. Dadurch wird sich der Grad von Liebe und Weisheit beständig erhöhen, daran angleichend auch die allgemeine Lebensfreude.

Und so wird diese Erde, die bald aus ihren Trümmern wie Phönix aus der Asche erstehen wird, einst im Liebelicht ihrer wieder entdeckten Gotteskindschaft gen Himmel fliegen. Der Ort namenlosen Leids, dessen bisherige Geschichte geschrieben ist mit dem Blut unzähliger, auf grausamste Weise seelisch und körperlich Misshandelter und Ermordeter, wird zum Planeten größter Glückseligkeit.

* * *

Verbreitung des Christentums

Nach der Reinigung der Erde kann sich der Geist Jesu Christi nur in den Regionen entfalten und verwirklichen, in denen das Christentum bereits vorhanden ist. Überlebende in den Gebieten, worin Hinduismus, Buddhismus, Islam oder andere religiöse Gemeinschaften vorherrschen, haben noch keinen Zugang zum himmlischen Vater.

Doch der hat vorgesorgt: Über den Erdball verteilt befinden sich personell kleine, im Glauben jedoch große Christengemeinden. Sie haben die Aufgabe, ihre andersgläubigen Geschwister in Sanftmut und Geduld mit dem Vater bekannt zu machen, was aufgrund der allgemeinen Offenherzigkeit gut vonstatten geht. Auch die durch die veränderten Klimazonen bedingten Völkerwanderungen ermöglichen die Verkündigung und Verbreitung des einzig wahren Glaubens. So kann im Verlauf der Jahrhunderte eine weitreichende, licht- und liebevolle Bekehrung erfolgen.

Es gibt sehr entlegene Gegenden auf der Erde. Die dortigen Bewohner hat die Zivilisation bisher nicht erreicht, oder es kommt nach der Erneuerung niemand mehr dorthin. Sie führen ihr Leben annähernd so weiter wie bisher, doch auch sie fühlen seelische Wonne in der gereinigten Welten-Atmosphäre.

Durch die fehlenden dämonischen und satanischen Einflüsse sowie der Anwesenheit guter Geister verblasst vorhandener Aberglaube bald. Diese abgeschiedenen Völker empfinden ihre weitere Entwicklung als eine ganz natürliche, darin sie zumeist glücklich und zufrieden sind. Von der Lehre Jesu erfahren sie lange Zeit nichts, ihr weiteres Wachstum verläuft völlig unabhängig vom Rest der Welt. Erst nach Jahrhunderten werden sie zu ihren christlichen Geschwistern stoßen und es wird große Freude und Eintracht sein in allen Herzen.

* * *

Im göttlichen Licht geoffenbarte Neuerungen der Erdenwelt

Natürliche Veränderungen den Menschen betreffend

Die Erde ist ein seelischer Organismus, vergleichbar mit einem Tier. Sie hat Gefühle, empfindet Schmerz und Zufriedenheit. Dies organische Lebewesen hat der Mensch zum Sklaven seiner unersättlichen Begierden degradiert. Er hat seinen Planeten in eine Müllhalde verwandelt. Er hat die Natur vergiftet und die Luft verpestet. In seinem blinden Fortschritt hat er die Erde in ein gefährliches Strahlenmeer gehüllt. Er ist dabei, die `grüne Lunge´ der Erde zu zerstören. Er hält Tiere in Massen in unwürdigen Gefängnissen und schlachtet sie gewissenlos ab. Er greift in die Zellteilung ein, um genetische Mutationen zu erzeugen - und öffnet damit das Tor zur Selbstzerstörung. Durch die Spaltung des Atoms entbindet er unreife Naturgeister, die freigesetzt alles übergeordnete Seelenleben in ihrer Reichweite zugrunde richten.

Im Zuge der globalen Neugestaltung wird ein Großteil des Mülls mit hohen Halbwertszeiten durchs Flammenmeer wieder in sein Natürliches umgewandelt oder in den geologischen Umwälzungen von der Erde feurig-heißen Tiefen verschlungen. Auch Meer und Luft werden in den elementaren Neugestaltungen weitgehend gereinigt.

Die im endzeitlichen Geschehen aus den Atomkernen (es sind dies die Tore zur geistigen Dimension) freigewordenen Geister werden gebunden wieder der Materie zugeführt - eigentlich: Hinter verschlossener Materietür verwahrt -, auf dass sie ihren vorgesehenen Entwicklungsweg fortsetzen können, oder sie erhalten fern jeglicher Zivilisation einen für sie bereitgestellten Lebensraum. Auch die als radioaktiver Abfall in den Tiefen der Berge und des Meeres entsorgten naturgeistigen Kreaturen werden befreit und neuen Erlösungsorten zugeführt.

* * *

Das Mineral-, Pflanzen- und Tierreich erwächst und wird gebildet aus der Erde Seelensubstanz. In den unzähligen Gestaltungen der Natur kann man göttliche Vielfalt erahnen. Sie streben in verschiedensten Erscheinungsformen zurück ins Licht, sind aber geistig noch blind und folgen den niederen Instinkten der Selbsterhaltung im Rahmen ihrer spezifischen Art und Weise. Erst der Mensch ist in der Lage, sich bewusst über die Grenzen der Naturgebundenheit zu erheben, auf dass seine Seele zurück ins Göttliche findet.

Je liebevoller jemand ist, umso reiner und weitreichender ist seine Außenlebenssphäre. Seine lichte Ausstrahlung berührt alles Dasein von Stein, Pflanze, Tier bis zum Menschen und selbstverständlich die Jenseitswelt, was sich allseits befriedend und belebend auswirkt. Die dunkle Sphäre feindlich gesinnter und bösartiger Individuen hingegen wirkt sich beklemmend bis zerstörerisch aus, was sowohl Fauna und Flora als auch die geistige Welt intensiv wahrnehmen. Nur der materiell verhaftete Mensch hat kein reales Empfinden für die seelische Beschaffenheit seiner Umwelt und lässt sich zumeist von gefälligen Worten und schönen Gestalten blenden.

Nach ihrer Erneuerung wird sich im Zusammenspiel der lichten Menschensphären mit der globalen atmosphärischen Reinheit das Bild der Erde wandeln. In der kommenden Epoche gibt es ein bisher nie gesehenes Erblühen der Pflanzenwelt. Die schädlichen und giftigen Tiere ziehen sich aus den besiedelten Regionen zurück. In Gegenwart wiedergeborener Gotteskinder sind Raubtiere zahm und zutraulich. Im weiteren Zeitenverlauf kommen völlig neuartige Pflanzen- und Tierarten zum Vorschein, die allerorts erstaunen machen und beglücken.

Schließlich werden paradiesische Zustände herrschen wie zu Adams und Evas Zeiten. Man wird wieder mit der Tier- und Pflanzenwelt kommunizieren können, die Menschheit wird mit der Schöpfung in göttlicher Harmonie leben, es wird ein wunderbares Miteinander von Mensch und Natur.

* * *

Überschwemmungen, Erdrutsche, Waldbrände, verheerende Stürme, Dürre, Erdbeben und Vulkanausbrüche bringen seit jeher unsägliches Leid. Katastrophen vernichten Existenzen und führen in Heimatlosigkeit. Oft werden ganze Ortschaften oder Landstriche dem Erdboden gleich gemacht, wobei der Tod grausam und zumeist überraschend kommt.

Bis vor nicht allzu langer Zeit herrschte die Meinung, Naturkatastrophen seien eine willkürliche Gegebenheit. Heute weiß man: Durch Umweltverschmutzung und unbedachte Eingriffe in das Naturreich wird das biologisch-ökologische Gleichgewicht gestört oder gar zerstört. Dies hat der Mensch in wenigen Jahrzehnten geschafft. Er hat das System der Elemente komplett durcheinander gebracht. Verschmutzung und Raubbau auf allen Ebenen blockieren naturgemäße Vorgänge und setzen unnatürliche Abläufe in Gang.

Äußere Gegebenheiten sind jedoch stets Offenlegungen seelischen Raubbaus und seelischer Verschmutzung. Die Grundursache für alle Arten von Plagen liegt in der allgemeinen Gottverlorenheit und der dadurch bedingten Lieblosigkeit und Habgier. Naturkatastrophen, aber auch andere Unglücke sind stets Warnungen, Schüsse vor den Bug des auf einen tödlichen Abgrund zusteuernden Erdenschiffes.

In der neuen Zeit wird die Erdbevölkerung ein gottgefälliges Leben ohne Verbrechen und Ausbeutung, ein Leben in Nächstenliebe und Mitgefühl führen, weshalb kaum noch Katastrophen zu befürchten sind. Die wilden Naturgeister werden in der allgemeinen Liebe-Atmosphäre besänftigt und nur noch weitab der Zivilisation als entfesselte Kräfte vernichtender Gewitter, Orkane und Tornados über die Erde toben - beziehungsweise sehen die Siedler im Geiste die ungefährlichen Gegenden, darin sie ihre Behausungen errichten können. Dämme müssen nicht mehr erbaut werden und auch keine erdbebensicheren Häuser. In den Bergen braucht es keinen Schutz vor Steinschlag und Lawinen.

Des Menschen Liebe wird die Erde zum Erblühen bringen, die Ernten werden gesegnet sein, keine Schädlinge werden ganze Äcker und Felder vernichten, Pflanzenschutzmittel und Kunstdünger sind überflüssig. Niederschläge kommen stets zur rechten Zeit und die Temperatur ist allzeit der Fruchtreife gemäß.

Schließlich werden ihm die Elemente wieder untertan sein. Das Wasser wird seine Füße tragen, Wind und Feuer seinem Wort gehorchen. Die Erde und alles was auf, in und über ihr ist, wird zum Diener der gottestreuen Menschheit.

* * *

Politik, Wirtschaft, Gesellschaft Kulturelles und religiöses Zusammenleben

Mit der Reinigung der Erdenwelt haben das selbstsüchtige Politik- und Wirtschaftswesen ihr Ende gefunden. Da wieder regional gelebt und gearbeitet wird, braucht es die übergeordneten und schwerfälligen Verwaltungsapparate nicht mehr.

In Gremien, Ämtern und leitenden Institutionen arbeiten keine phrasendreschenden Theoretiker, die in der Hauptsache ihre eigene Karriere im Sinn haben, sondern vom Gottesgeist erfüllte Christen, die in ihren Zuständigkeiten stets im Sinne des himmlischen Vaters agieren. Da wird nicht viel geredet und diskutiert, sondern unbürokratisch gehandelt. Wo Hilfe vonnöten ist, werden entsprechende Maßnahmen getätigt, ohne dass verschiedenste Instanzen Verfügungen oder Erlaubnisse erteilen müssen. Man gibt und hilft gerne, ohne einen Gegenwert erhalten zu wollen. Nächstenliebe steht über allen Machtansprüchen, sie ersetzt Rechthaberei und Eigennutz.

Gesetze und Verbote werden durch das Gebot Jesu Christi ersetzt. Etwaige Konflikte werden von weisen Richtern behandelt, die eingeweiht sind in die geistigen Hintergründe irdischer Vorkommnisse. Im göttlichen Licht erkennen sie die seelische Beschaffenheit der Beteiligten und können so notwendige Betreuungen anordnen.

Das Aktien-, Banken- und Versicherungswesen sowie die verlogene Lebensmittel-, Pharma- und Rüstungsindustrie gehören der Vergangenheit an. Sowohl die den Weltmarkt diktierenden, Länder und Völker gewissenlos ausbeutenden Mischkonzerne als auch die Computer- und Internetgiganten sind von der Bildfläche verschwunden.

Da das geistige Leben eine nie gekannte Gegenwärtigkeit und Erfüllung schenkt, lebt man wieder in und aus sich selbst und wird nicht fremdbestimmt. Die Flucht in die Produktionen der Unterhaltungsindustrie ist nicht mehr nötig - die mediale Überflutung findet keine Neuauflage. In seinem erneuerten Bewusstsein bricht der Mensch auch mit althergebrachten Traditionen: Weihnachtlicher Geschenkewahn, Silvesterknallerei, Volksfeste, Faschingstreiben, Zirkusse und viele andere Massenbelustigungen bleiben im Sumpf der Vergangenheit zurück.

Kaufrausch und Markenzwang, um sich in materiellem Besitztum und Selbstdarstellung zu spüren, haben keinen Platz in der neuen Welt. Da nun innere Werte die zentrale Gewichtung des Daseins ausmachen, wodurch die seelische Ausstrahlung intensiver als in der Vorzeit wahrgenommen wird, spielt Mode nur eine untergeordnete Rolle - die selbstgefällige Modeindustrie ist Geschichte. In der weiteren Geistes-Evolution, darin Seelenstrukturen und -färbungen ersichtlich werden, dient die Bekleidung, neben ihrer eigentlichen Funktion als Bedeckung des Körpers, gerne der Untermalung der jeweiligen Wesensart. Auch Namen werden zuzeiten wieder in dieser Seelenschau vergeben und deuten auf die vorgeburtliche Herkunft, die damit verknüpften individuellen Talente sowie die daraus erwachsenden Aufgaben hin.

Das unsägliche Patentwesen hat mit der Neugestaltung ausgedient. Erfindungen werden als Allgemeingut betrachtet und freibleibend zum Wohle der Menschheit verwendet. Ebenso gehören Musikkompositionen der Öffentlichkeit, Tantiemen wird es nicht mehr geben. Generell werden sämtliche Ergebnisse kreativen Schöpfertums als Geschenke Gottes für die Allgemeinheit angesehen, auf Grund dessen sie niemand besitzen kann.

Drogenkartelle haben ein globales Imperium geschaffen, das nicht nur lebensbedrohliche Substanzen in Umlauf bringt, sondern in ihren Machtansprüchen mit gewissenloser Brutalität foltert und mordet. Mit der Reinigung der Erde finden diese Machenschaften ihr sicheres Ende. Auch die die Seele entwürdigende und verachtende Pornoindustrie und die käufliche Sexualität wird es nicht mehr geben.

Sitten und Kulturen erhalten Volksstämme und ursprüngliche Gemeinschaften. Diese heimatlichen Identifikationen bilden eine bunte Verschiedenheit und sind zugleich Bereicherung des gesellschaftlichen Miteinander. Derlei Lebensweisen und Volkstümlichkeiten werden im Bewusstsein der ersten Generationen noch einige Zeit vorhanden sein. Im Zuge des geistigen Fortschreitens verschwindet das Bedürfnis nach abergläubischem und rituellem Brauchtum aber bald. Sanft durchdringt die Hinwendung zum lebendigen Christentum althergebrachte Bräuche und Gepflogenheiten, vereinend die Völker in Liebe und gottgemäßer Lebensart.

Der durch das Ablegen gottloser Lebensinhalte geschaffene Raum lässt die Menschheit ungeahnte Welten in sich entdecken. Sie wird erkennen, dass äußere Erscheinungen nicht ansatzweise Vielfalt und Reichtum ihres Innenlebens offenbaren. Sie wird erkennen, dass das Reich Gottes in ihr ist. Dem in Gott verankerten Bewusstsein erschließt sich nicht nur das irdische Dasein vom Kleinsten bis zum Größten, es enthält alles Leben im Kosmos und darüber hinaus ist es in seinem Fassungsvermögen Inhaber der unendlichen geistigen Welt.

* * *

Da der Mensch den Kontakt zu seinem göttlichen Wesenskern ganz und gar verloren hat, kann er allein in der Vorstellung leben, die er von sich hat. Niemand ist der oder die, der oder die er oder sie tatsächlich ist. Nahezu niemand weiß, woher er kommt und wohin er geht. Die Menschheit verbringt ihre Existenz in schöngefärbter Blindheit.

Nach der Erneuerung werden die Völker ihrer wahren Identität wesentlich näher sein. Sowohl das individuelle als auch das kollektive Bewusstsein stehen in der Einstrahlung des göttlichen Lichts. Der Glaube gewinnt an geistiger Substanz, wird zunehmend gewiss und konkret.

Einsicht in die Einheit allen Lebens in der Liebe zu Jesus Christus schenkt Wahrhaftigkeit und tiefe Zufriedenheit in allen Daseinsbereichen. Achtung und Respekt vor dem Nächsten gründen sich nicht wie bisher auf äußerer Darstellung - man sieht wieder den Menschen und nicht seinen Besitz oder wer er vorgibt zu sein. Die universelle Verschiedenheit der geschaffenen Geister mit all den individuellen Talenten und Veranlagungen bildet einen vollkommenen Geistmenschen, an und in dem jede und jeder Einzelne zur umfassenden Einheit beiträgt. Jeder Mensch ist wertvoll in seiner geschaffenen Personalität.

In den Begegnungen und Tätigkeiten wird allzeit dem himmlischen Vater Ehre erwiesen. Die Erkenntnis, dass Gott allein gut ist und der Mensch nur durch, mit und in Gott wahrhaftig lieben und leben kann, wird sich in den künftigen Generationen bewahrheiten. Diese Geisteshaltung ist Basis für alles weitere Wachstum, worin sich der Schöpfung göttliche Bestimmung erfüllt: `Liebe Gott über alles und deinen Nächsten wie dich selbst´ wird gelebte Realität.

Jährlich begeht man das Fest der Neugeburt. Die Gläubigen kommen zusammen, um in stiller Andacht und musikalisch Jesus Christus ihren Dank darzubringen und den Tagen der Erneuerung zu gedenken. Wahrhaftige Apostel sprechen und führen die Anwesenden tiefer ein in die himmlische Liebe. Mit hingebungsvollem Herzen beten sie gemeinsam das Vaterunser. Jetzt singen sie `Näher mein Gott zu Dir!´ Freudentränen fließen, man umarmt sich, kein böser Gedanke stört die reine Atmosphäre. Viele Engel befinden sich hier, es ist fürwahr ein beglückendes Miteinander. Auch der Vater ist in ihrer Mitte, sichtbar jedoch nur für einzelne seiner Kinder.

Ganz frei von äußerlichen Stimulationen finden solche Begegnungen vorerst aber nur bei einem kleinen Teil der Bevölkerung statt. Noch haben die Menschen das Bedürfnis, ihre Herzenstempel in der Materie zu manifestieren und in geschmückten Versammlungsorten Gottesdienste abzuhalten. Erst weit in der Ewigkeit werden materielle Gestaltungen der von Licht und Liebe erfüllten Seelenwelten nicht mehr benötigt.

* * *

Sport, Kunst, Musik

Sport als Wettkampf ist stets ein Kräftemessen, um einen Gegner oder eine Mannschaft zu besiegen. Es geht darum, besser und schneller als andere zu sein. Die Sportler versuchen mit allen erlaubten und unerlaubten Mitteln, ihr ehrgeiziges Gewinnstreben zu befriedigen.

In der neuen Welt finden solche Wettkämpfe nicht mehr statt. Meisterschaften und Sportgroßereignisse werden nicht länger ausgerichtet. Wenn sportliche Betätigung, dann wird diese spielerisch miteinander und nicht gegeneinander ausgeführt.

Je weiter der Mensch in seiner göttlichen Bestimmung voranschreitet, desto unwichtiger wird ihm jedoch sportliche Aktivität. Die geistige Ausrichtung der Seele sowie gesunde Ernährung erhalten den Körper schlank, beweglich und geschmeidig. Beliebt sind Wanderungen und Bergbesteigungen, denn sie symbolisieren das Begehen und Erklimmen des Lebenspfades.

* * *

Neben der verstandeswirkenden Künstlerzunft gibt es viele Kunstschaffende, die, ohne es zu wissen, mit einer latenten hellsichtigen Veranlagung, bisweilen hervorgerufen durch Drogen, agieren. Sie beziehen ihre Inspirationen aus den unterschiedlichsten Bereichen der jenseitigen Welt. Durch den allgemeinen Glaubensabfall und der dadurch entstandenen geistigen Blindheit haben sich die meisten von ihnen in den Abgründen ihrer Seelenwelten verloren, aufgrund dessen ihr Schaffen von unreinen Geistern bestimmt wird. Sie ziehen den Künstler immer tiefer in die dunklen Gefilde von Wort, Bild und Ton, wo dieser sich schließlich verliert und zur Marionette verblendeter Mächte wird.

Leider ist dies dämonische Treiben in der heutigen Zeit in allen künstlerischen Bereichen vorherrschend, so ist Kunst zum Zerrspiegel einer selbstgefälligen Gesellschaft verkommen. Sie dient zumeist dem Geld, schöpferischer Eitelkeit und einer vortäuschenden und hochmütigen Kritikerschaft.

Die eigentliche Aufgabe der Kunst ist es, Wahrheit zu vermitteln. Wahre Kunst als Dichtung, Musik und Malerei bedient sich der Worte, Töne und Farben, um der Seele ihre ureigene Gottesverbundenheit zu offenbaren. Schriften, Musikkompositionen und Bilder sind energetische Lebewesen, die sich nach jeweils geschaffener Art und Weise mitzuteilen suchen. Hier dient der Mensch der Kunst und die Kunst dem Menschen, der in diesem Dienst als Mittler göttlicher Ausdrucksweise fungiert.

So gestaltet wohnt der Kunst die Macht inne, ihren Schöpfer und ebenso den Zuhörer/Betrachter mittels ihrer zeitlosen Botschaft zu erfüllen und sogar zu verwandeln. Der Mensch, der sich schöpferisch vom Geist Gottes führen lässt, wird immer tiefer in Worte, Töne und Gemälde eindringen und darin eine Lebendigkeit finden, wie es sie an der Oberfläche künstlerischer Selbstgefälligkeit und Anmaßung niemals geben kann. Erreicht er schließlich die Quelle seiner Inspirationen, wird er der geistigen Aussage seines Schaffens unmittelbar gewahr.

Wie Feuer und Wasser haben auch Worte und Töne die Macht, zu bewahren oder zu zerstören. Höllisch inspirierte Musik hat in den vorangegangenen Jahrzehnten viel Schaden an den Menschenseelen angerichtet. Musik aus den Himmeln wird im nächsten Jahrtausend und darüber hinaus allerorts Segen und Heilung bewirken.

Indem er mit dichterischen und musikalischen Kompositionen göttliches Leben offenbart, wird der Künstler zum Apostel der Liebe. Durch ihn wird Kunst wieder zur Schöpfung im wahrsten Sinne von Wort und Ton.

* * *

Familie, Ehe, Kinder, Jugend, Erziehung

Heutzutage trennen sich Familien zumeist, Kinder und Enkelkinder gehen ihre eigenen Wege fern des Elternhauses. Doch was sich heute entzweit, findet sich morgen wieder: In der neuen Welt bleiben die Familien in Gemeinschaft, viele Generationen wohnen unter einem Dach oder in Nachbarschaft.

Auch Partnerschaften und Ehe sind erneuert, sie gründen sich nicht länger in persönlichen Vorteilen und sexuellen Vorlieben. Ebenso gehört das schwärmerische Verliebt-sein der Vergangenheit an. Man stürzt sich nicht mehr blind in eine Lebensgemeinschaft, denn im Geiste erwacht erkennen sich zueinander gehörige Menschen. Seelenverwandtschaften werden größtenteils gespürt und auch gesehen - sie schenken die Sicherheit einer gesegneten Beziehung. Achtung voreinander und das Wohl des Partners stehen stets über egoistischen Ansprüchen. Etwaige Differenzen werden im christlichen Geist bereinigt.

Die Liebe zu Gott ist das Band, das Mann und Frau umschließt und vereint. Sind zwei Menschen in ihren Herzensgeist eingegangen, kommt eine vollendete Ehe zustande. Sie bilden eine Einheit in harmonischer Verbundenheit, die jedes Vorstellungsvermögen übersteigt. Die Seelen fließen ineinander, verschmelzen in und mit Gott zu einem Wesen. Sie sind zwei und doch eins. Ich verspüre unsagbare Liebe beim Anblick dieser Paare.

Beim Geschlechtsakt steht die Zeugung im Vordergrund. Zur Seele, die inkarnieren möchte, wird eine Herzensverbindung hergestellt; sie wird eingeladen, jetzt den Weg irdischen Menschseins anzutreten. Vom himmlischen Vater wird der Segen für alle Beteiligten erbeten. Mann und Frau vollführen eine geweihte Handlung, deren Erleben und Höhepunkt sich mehr und mehr auf die Seelenebene verlagert; dies schenkt vor allem dem weiblichen Part ungeahnte Glücksgefühle. Weit in der Zeit sehe ich die geschlechtliche Vereinigung in Demut und Andacht vollzogen, sie wird in ihrer Ausführung zunehmend reiner und ätherischer. Der hemmungslose und ungezügelte Akt, der das Bewusstsein in den Tod der Materie zog, wird somit zum Gottesdienst.

Die keusche Zeugung beschert den Kinderseelen Lebenskraft, Gesundheit und Unverdorbenheit. Enthaltsamkeit in der Schwangerschaft erhält das seelische Gleichgewicht sowohl des Kindes als auch der Eltern. Entbindungen sind weniger schmerzvoll und verlaufen weitestgehend komplikationsfrei. Abtreibungen gibt es nicht mehr. In seltenen Fällen kommt es zu einer jungfräulichen Geburt. Die so Geborenen sind mit besonderen Begabungen und Fähigkeiten ausgestattet, sie beschenken die Menschheit mit den reinsten Gaben des Himmels.

Engelsgeister und Sternenseelen, die das Erdenkleid anziehen möchten, begegnet man vor ihrer Geburt - falls man dies wünscht. Die Eltern kennen ihre Kinder also bereits vor deren Einzeugung und wissen um deren Abkunft und Identität. Dieser Umstand erhebt familiäre Verhältnisse in eine neue Dimension gegenseitigen Verständnisses, mitfühlender Geduld und grenzenloser Liebe.

* * *

Viele Kinder und Jugendliche führen heute ein gottloses Dasein zwischen Vergnügungssucht und einer schleichenden Verrohung des Verstandes, sei es durch die verkehrte Erziehung der Eltern, den krankmachenden Unterricht in den Schulen, oder den Massenkonsum in den Medien, der nicht nur manipuliert, sondern jeglichen Kontakt zur geistigen Identität unterbindet. Diese glaubenslose Orientierungslosigkeit hat eine Spaßgesellschaft herangezüchtet, die ihren Lebensinhalt hauptsächlich in weltlicher Befriedigung, Selbstdarstellung und der damit einhergehenden Anerkennung sucht. Innerer Halt durch Gottesverbundenheit ist so nicht möglich.

Die in der neuen Zeit Geborenen wachsen unter völlig anderen Voraussetzungen auf, als dies heute der Fall ist. Von Geburt an wirkt die reine Liebe der Eltern und der weiteren Anwesenden segensreich auf die Nachkommenschaft ein, zugleich schwingen die Kinderseelen mit der erhöhten Liebeenergie der Welt in harmonischer Resonanz.

Eine gottgemäße Entwicklung kann nur zustande kommen, wenn Erziehung im Licht der Wahrheit vollzogen wird. Frühzeitige Einführung ins geistige Leben ist der Schlüssel zur Entfaltung göttlicher Anlagen und hat absolute Priorität. Sowohl religiöse als auch wissenschaftliche Schulung, die im Grunde ohnehin nicht zu trennen sind, werden in Sanftmut und Geduld, aber auch in gerechter Strenge vollzogen. Da Geistwesen mittelbar - in ferner Zukunft unmittelbar - in den Unterricht mit einbezogen sind, bekommt man bereits von klein auf einen realen Bezug zu den Jenseitswelten. Talente werden individuell gefördert, so dass der später Erwachsene mit Liebe zur Tätigkeit sein irdisches Amt vollbringen kann. Im Verständnis, dass Funktion und Lebensdauer produzierter Werke von der Geistesgegenwart ihres Schöpfers abhängen, entfalten sich bereits in Schule und Ausbildung Fähigkeiten, die im späteren Berufsleben vortreffliche Ergebnisse in allen Schaffens- und Herstellungsbereichen hervorbringen.

Die auf materialistischem Weltbild basierenden Fächer und Studiengänge gibt es nicht mehr. Der Unterricht beinhaltet unter anderem: Entsprechungslehre, Seelen- und Naturkunde, jenseitige Sphären und Geisteswelten, Erd- und Schöpfungsgeschichte, der himmlische Vater in Jesus Christus. Physikalische sowie chemische Zustände und Vorgänge werden nicht mehr nur stofflich behandelt, sondern in ihren geistigen Bereichen, offenbarend die Geheimnisse der inneren Schöpfung. Gelehrte Marktwirtschaft hat nicht den größtmöglichen Gewinn im Sinn, sondern alle Berechnungen dienen dem Wohle der Menschheit. Die maßgeblichen Lehrbücher werden aus göttlichen Offenbarungen erstellt. Dereinst sind die Lehrkräfte aber durchweg selbst Gefäße göttlicher Lebensinhalte, woraus die Schüler geistige Nahrung erhalten. Gedrucktes und digitales Lehrmaterial wird nicht mehr benötigt.

Zum Ende dieser Schau bekomme ich Einblick in einen Unterricht: Die Schüler und Schülerinnen sind mit einer Hingabe dabei, dass es eine wahre Freude ist. Ihre Seelen gieren nach existenziellen Offenbarungen. Verstand und Seele werden gleichermaßen vom Geisteslicht durchdrungen, so erhält der ganze Mensch die nötige Speise, um zu wachsen und zu reifen. Es ist wahrlich ein lebendiges Lehren, ein gesegnetes Miteinander von Lehrer und Schüler.

* * *

Es ist erforderlich zu wissen, dass die Erde eine Schule für Gotteskinder darstellt. Das irdische Schulsystem gibt ein gutes Bild dafür.

Eine wichtige Voraussetzung besteht darin, wie die Kleinen ins Schulleben eintreten. Das ist unter anderem abhängig von der elterlichen Verfassung und vorschulischen Erziehung. Im Hinblick auf das seelisch-geistige Wachstum bedeutet das: Wie rein war die Zeugung? Welche Entwicklung haben Mutter und Vater vor und während der Schwangerschaft durchlebt? Schenken sie ihrem Kind wahrhaftige Liebe? Hat das Kind einen Herzensbezug zur geistigen Welt?

Schule ist eine Herausforderung, man muss kontinuierlich lernen, um den nächsten Bildungsgrad zu erreichen. Die Beschaffenheit des Unterrichts ist von den Lehrkräften abhängig. Haben sie am Fortschritt ihrer Schüler kein wirkliches Interesse, haben sie aufgrund des stereotypen Lehrplanes wenig Liebe zu ihren Lehrstoffen und deshalb keine ausreichende Motivation, hingebungsvoll zu unterrichten, oder sind sie in ihrer Fachidiotie nicht in der Lage einen gesunden Unterricht zu halten, werden viele Schüler freudlos lernen und als selbst Erwachsene ihren Kindern oder Schülern ebenfalls kein geistreiches Wissen vermitteln wollen oder können. Damit wird das schulische System immer verwaister, bis zuletzt nur noch tote Theorie gelehrt wird.

Sind die Lehrer gut ausgebildet und haben Freude an ihrem Beruf, werden sie den Unterricht kreativ und konstruktiv gestalten. Mit Liebe und Geduld werden sie die Schüler anschaulich einführen in die verschiedenen fachlichen Inhalte und sie mit Enthusiasmus dafür begeistern. Dadurch wird sich das Niveau beständig steigern. Der Unterrichtsbaum wird lebendige Frucht tragen.

Entsprechend verhält es sich in der Welt des Glaubens. Bislang wurde die Vermittlung göttlicher Lebensinhalte falsch vollzogen oder war bloß blinde Theorie, wodurch geistiges Wachstum nicht wirklich stattfinden konnte. In der kommenden Epoche werden Erziehung und Bewusstseinsbildung liebevoll, lebendig und wahrheitsgetreu erfolgen. Demgemäß wird die zukünftige Erde dann beschaffen sein.

* * *

In der gegenwärtigen Phase der Wandlung wurden und werden vermehrt Abkömmlinge aus den Lichtwelten geboren. Aufgrund der allgemeinen Gottlosigkeit tun sich viele von ihnen schwer - sie fühlen sich fremd in der Welt. Eigentlich bräuchten sie sehr behutsame Erziehung und sanft unterstützende Hinführung zum wahren Glauben. Meistens werden sie jedoch in die unterschiedlichsten Verstandesgefängnisse gesperrt, worin ihre Seelen verkümmern. Da sie die widersinnigen Zustände und Systeme (intuitiv) nicht akzeptieren, sind sie oft verhaltensauffällig und verweigern Integration. Nicht selten nimmt ihr Dasein autistische Züge an. Die Flucht in die digitalen Welten, um sich aus der geisttötenden Erziehungs-Zwangsjacke zu befreien, beziehungsweise vor der von ihnen unterschwellig wahrnehmbaren Verlorenheit dieser gottlosen Epoche zu fliehen, ist vorprogrammiert.

Einige von ihnen sind hochbegabt. Bereits in jungen Jahren zeigt sich ihr außerordentliches Talent, dem sie sich ganz und gar verpflichtet fühlen. Da sie mit ihrem Herzenslicht das Verstandesdenken zu durchdringen vermögen, werden sie zu fachlichen Koryphäen, die mit wissenschaftlichen und künstlerischen Offenbarungen allseits begeistern und somit der Menschheit bislang verborgene Möglichkeiten kreativen Bewusstseins und materiellen Fortschritts eröffnen. Allerdings werden ihre Gaben zumeist zum Zweck finanzieller Bereicherung oder gottloser Wissenschaft ge- und missbraucht - und dienen somit satanischen Interessen.

In der Liebeatmosphäre der neuen Welt werden diese Gotteskinder ganz in ihrem Element sein. Wunderbare Veränderungen gehen mit ihnen vor sich, ihre Seelen erblühen in den Strahlen der geistigen Sonne. Vielerlei Gaben kommen zum Vorschein, die in heutiger Zeit keinen Nährboden finden und unbeachtet verkümmern. Im weiteren Zeitenverlauf werden solche Geister regelmäßig geboren. In Zukunft finden sie aber bereits im Kindesalter in ihre göttliche Berufung und werden bald zu liebe- und weisheitsvollen Lehrern ihrer Geschwister.

* * *

Kulturerbe, Geisteswissenschaft, Technik

Einen bedeutenden Bestandteil heutigen Weltentums stellen Erforschung, Erhaltung und Bewahrung vergangener Kulturen in Form von Archäologie, Geschichtsschreibung und einiger weiterer Wissenschaften dar. Paläste, Schlösser, Burgen und andere tote Gemäuer werden unter Denkmalschutz gestellt oder als Weltkulturerbe gehegt und gepflegt, ausgegrabene Steinhaufen und Ruinen als wertvolles Erbe der Menschheit aufbewahrt. Die Überreste größenwahnsinniger Herrscher und von Päpsten heiliggesprochener Persönlichkeiten werden der Allgemeinheit als verehrungswürdige Reliquien dargeboten.

In den Schulen werden Kinder und Jugendliche gemartert mit den Kreuzzügen barbarischer Kirchenoberhäupter sowie den Feldzügen und Eroberungen despotischer Kaiser- und Königshäuser. Auch die unsäglichen Kriegsgeschehen des 20. Jahrhunderts mit all den Gräueltaten und Massenmorden wird ihnen und uns unablässig vor Augen geführt - mit der Rechtfertigung, aus der Vergangenheit zu lernen.

Erforschung und Bewahrung von Vergangenem können bis zu einem gewissen Grad sinnvoll sein, sie sind als verstandesbildende Elemente in der Erkenntnis- und Erfahrungswelt bisweilen vonnöten. Doch bindet das unverhältnismäßige Verhaftet-sein an Gewesenes das Bewusstsein unweigerlich an Vergänglichkeit und Tod.

Nun ist es an der Zeit, dass die Menschheit ihre geistige Ernährung umstellt. Lange hat sie gegessen von den vergifteten Früchten des Baumes der Erkenntnis. Unzählige schmerzliche Erfahrungen haben wir machen müssen, seit unsere Stammeltern aus ihrem göttlichen Bewusstsein gefallen sind und wir den Weg der Sterblichkeit antreten mussten. Wer kann bestreiten, dass der Marsch durch dieses dunkle Tal im Wesentlichen von Gewalt und Leid bestimmt war, und dass Falschheit und Tod als Widersacher der Wahrheit und des Lebens allzeit unser Dasein beherrschten?

Mit der Erneuerung der Erde lösen sich die Völker von all den althergebrachten Verhaftungen und Konditionierungen. Unterstützung findet diese Befreiung dadurch, dass die Mehrzahl der Monumente vergangener Weltgeschichte in den apokalyptischen Umwälzungen vom Erdboden verschwinden wird.

Im Licht der aufgegangenen Geistessonne werden die Großtaten scheinbar ehrwürdiger Regenten als Größenwahn erkannt und in den Abgrund verabscheuungswürdigen Hochmuts und Machtbesessenheit stürzen. Die Schriften politischer und religiöser Selbstdarstellung sowie zahlreiche wissenschaftliche Theorien zeigen ihr wahres Gesicht, nämlich das der Blindheit. Auch die Astronomie erneuert sich im Wandel: Das Weltbild zufälligen kosmischen Geschehens und eines auf materieller Basis existierenden und expandierenden Universums fällt in sich zusammen - die Menschheit erkennt sich als Teil des geistigen Schöpfungsmenschen.

Der Baum der Erkenntnis speist die Bewohner der neuen Erde mit göttlichem Gedankengut. Mehr und mehr wird erleuchtetes Bewusstsein Lebenselement und Lebenselixier, darin Vergangenheit in Gottesgegenwärtigkeit lebendig wird und sich in seiner wahrhaftigen Gestalt offenbart. Dadurch wird die Absurdität der Bindung an vergängliche Werte, wie auch der irrealen Projektionen in die Zukunft klar erkannt und durchschaut. Dies fehlgeleitete Denken versperrte allezeit den Zugang zur eigenen zeitlosen Identität.

* * *

Philosophie

Da die Menschheit ihren göttlichen Halt verloren hatte, suchte sie mit ihrem Verstand nach der Ursache von Schöpfung und Existenz. Doch diese kann der materieverfallene Intellekt niemals ergründen und begreifen. So entstanden im Labyrinth des Denkens die absurdesten Theorien über Sein und Nicht-Sein, über Schein und Wirklichkeit, über Zeit und Ewigkeit. Diese haltlosen Gebilde wurden auf dem Thron geistigen Hochmuts errichtet, wodurch sich Philosophie zu einer anmaßenden, eingebildeten und gottlosen `Geisteswissenschaft´ emporhob.

Im zukünftigen Glaubenslicht stürzen all die falschen philosophischen Betrachtungsweisen vom Thron des eitlen Weltverstandes. Gemäß seiner Gottesgegenwärtigkeit muss der Mensch nicht mehr im Trüben nach Wahrheit fischen. Liebevoll begleitet sie das irdische Geschehen, lichtvoll wohnt sie allem Dasein inne. Immer intensiver nimmt sich die Menschheit als Manifestation göttlicher Lebendigkeit wahr, immer umfassender und eindringlicher offenbart sich himmlische Liebe in den anbetenden Herzen, immer mehr erfüllt sich das Wort Jesu Christi: *"Ich bin der Weg, die Wahrheit und das Leben."*

* * *

Die neue Lebensweise wird eine einfache und naturverbundene Zivilisation begründen, die mit der hochtechnisierten Welt von heute und den vorausgedachten Zukunftswelten nichts gemein hat.

Viele als unentbehrlich und notwendig erachtete Erfindungen und Annehmlichkeiten fallen weg. Nicht der allem übergeordnete materielle Fortschritt und die gottlos forschende Wissenschaft, darin die Menschheit blind durch die Zeit stolperte, sind fürder Triebkraft und Perspektive, sondern wahrhaftiger Glaube an einen Schöpfergott und Vater, der seine Kinder mit allem versorgt, was sie zum irdischen Dasein benötigen.

Der selbstsüchtige Verstand gibt sich dem göttlichen Liebelicht anheim, beide bilden bald eine homogene Einheit - Wissenschaft ist gesegnete Frucht des Baumes der Erkenntnis. Nachfolgend einige Beispiele:

Dank modernster Technik ist man heute in der Lage, mittels Fotographie und Film den reißenden Strom der Vergänglichkeit anzuhalten, um jederzeit in frühere oder räumlich ferne Gegebenheiten eintauchen zu können. Dieser Drang ist tief im Menschen verwurzelt, er ist begründet in der materiellen Ungebundenheit der im Gottesgeist lebendigen Seele. In ihm und mit ihm ist sie in der Lage, jeden beliebigen Ort und Zeitraum zu gegenwärtigen - und das nicht nur von außen betrachtend, sondern wesenhaft miterlebend. Dies ist sowohl dem einzelnen Geist möglich als auch einer Geistergemeinschaft, die bisweilen einhellig verbunden und frei von jeglicher Begrenzung vielerlei Begebenheiten in allen Regionen der Unendlichkeit beiwohnen. In Jesu Gegenwart bewirkt dieses einträchtige Erleben unsagbare Glückseligkeit, denn sie erschließt göttliche Einsicht in die unerschöpfliche Tiefe jedweden zeitlichen und ewigen Geschehens.

In der fortschreitenden Vergeistigung wird diese göttliche Lebendigkeit - zuerst vereinzelt und vage, später allgemein und detailgetreu - bereits in der leiblichen Existenz ausgeübt werden können. Fotografische Vergegenwärtigung sowie filmisch-dokumentarische Darstellungen zeitlich und räumlich ferner Geschehnisse mittels technischer Hilfsmittel sind dann nicht mehr nötig.

* * *

Das Internet wird es vorerst nicht mehr geben. Weltweite Kommunikation durch Vernetzung erfährt erst im Wiedererstehen überregionaler Zusammenarbeit erneute Berechtigung und Notwendigkeit. Je weiter der Erdbevölkerung Vergeistigung voranschreitet, desto unnötiger werden jedoch materielle Manifestationen übernatürlicher Abläufe und Gegebenheiten. Sprich: Alle gegenständliche Analogie als instrumentalisierte Inkarnation immaterieller Vorgänge geht gemäß der allgemeinen seelisch-geistigen Evolution ein in ihre ursprüngliche Wahrhaftigkeit. Soll heißen: Ist die Menschheit in ihrer Entwicklung soweit gediehen, dass sie sich unabhängig von Raum und Zeit unterhalten und gegebenenfalls sehen kann, braucht sie die technischen Kommunikationsapparate nicht mehr.

Solche fließenden Übergänge finden im Verlauf kommender Epochen auf allen Ebenen zwischenmenschlicher Existenz statt, bis die Erdbevölkerung sich schließlich vollständig und umfassend im Geistesleben verwirklicht.

* * *

Die zukünftigen Wissenschaften haben wahrhaftige Einsichten bezüglich Entstehung der Erde, ihrer seelischen Evolution und Funktion, sowie ihrer Bestimmung zum Inhalt. Die Erkenntnis, dass sich alles Sein im Geistigen gründet, ist Fundament und Stammbaum aller weiteren Gelehrtheit, daraus eine neuzeitliche naturwissenschaftliche Lebendigkeit entspringt.

In diesem Licht stehend und gehend wird die Menschheit in ferner Zukunft in der Lage sein, Energie für ihr Wohlergehen unmittelbar aus dem allgegenwärtigen Äther zu ziehen. Denn im Grunde ist alles Energie oder eigentlich: Tatwille Gottes, dessen Basiskraft Liebe ist, die alles Geschaffene lenkt und erhält.

Doch zu guter Letzt ist der erleuchtete Mensch nicht mehr angewiesen auf die für seine irdische Lebensweise genutzte freie kosmische Energie, denn auf der höchsten planetarischen Entwicklungsstufe ist er selbstbewusster Inhaber und Ausführender göttlicher Schaffenskraft. Wo zuvor materiedienliches Denken und Handeln vorherrschten, um den Fortbestand der menschlichen Rasse zu bewerkstelligen, schenkt der Gottesgeist als belebendes und erfüllendes Prinzip auf jeder existenziellen Ebene Nahrung und Fortschritt: Das Volk der Erde ernährt sich vom Baum des Lebens.

* * *

Erleuchtetes Bewusstsein - Vergöttlichung

Seit etwa einem Jahrhundert forscht man ernsthaft nach extraterrestrischem Leben. In der allgemeinen geistigen Erblindung kann nicht gesehen werden, dass auf unserem Planeten ohnehin eine Vielfalt außerirdischen Lebens existiert, da hier ohne Unterlass Seelen von anderen Gestirnen als Erdenmenschen geboren werden, mit der Absicht, aus dem tiefsten Tal widergöttlicher Lebensweise den höchsten Gipfel des Glaubens und der Liebe zu erklimmen.

Die kosmische Abstammung ist für vielerlei charakterliche Eigenschaften und Vorlieben verantwortlich. Wem sich das vorgeburtliche Dasein seiner Mitmenschen offenbart, erkennt in allerhand Verhaltensweisen und Leidenschaften Merkmale und Charakteristiken verschiedenster Völker des Universums.

Auch bei den aus der irdischen Seelensubstanz Geborenen wirkt die pränatale Existenz oft ausdrücklich nach: Bei so manchem Menschen gibt nicht nur die körperliche Erscheinung Zeugnis animalischer Abkunft. In vielen alltäglichen Handlungen offenbaren sich grundlegende tierische Eigenschaften als kennzeichnende Charakterzüge - was sich sowohl positiv als auch negativ darstellen kann.

In ferner Zukunft ist dem Menschen nebst seiner geistigen auch seine kosmische Herkunft ersichtlich. Diese Eigenschaft stellt so manches, was zuvor im Dunkeln lag, ins Licht und schenkt Verständnis in vielerlei Gegebenheiten des täglichen Lebens. Zugleich eröffnet sie den außerirdischen Seelen die Pforte in ihr vorhergehendes Dasein, wodurch sie in Kontakt mit ihren früheren Lieben kommen können.

Immer mehr galaktische Völkerschaften verschiedenster geistiger Gestaltung finden zueinander, die Erde wird zum Dreh- und Angelpunkt universeller Erweckung. Der Grad der Lebensfreude übersteigt in jener Epoche jegliches Vorstellungsvermögen.

* * *

Sehen ist dreidimensional - heißt es. Doch eigentlich ist es ein zweidimensionales, das nur scheinbar Tiefe erfährt. Dies schreibe ich im Bewusstsein, in dem ich im Loslösen der Seele vom Körper dreidimensionales Sehen - ich nenne es freies seelisches Sehen - erlebt habe.

Im Gegensatz zum begrenzten Schauen, wobei die Seele an das Gehirn gekoppelt und dadurch an die im Denken erzeugten Bilder einzelner Gegenstände und Wesenheiten gebunden ist, geht man im freien seelischen Schauen gleichsam mit mit dem Blick und erfährt so eine Tiefe und Wahrhaftigkeit, die das materiegebundene Betrachten niemals erreichen kann. Da man in diesem interpretationslosen Sehen gleichzeitig hier und dort ist, bekommt der Raum eine überwältigende Plastizität und Ausdruckskraft.

Bei meinen Waldspaziergängen gewahrte ich in dieser körperlichen Losgelöstheit eine geistige Einheit, eine tiefgreifende Verbindung mit allem Dasein. Jeder Baum, jedes Blatt, jede Blüte war Liebe - göttliche Liebe, die alles beinhaltet, die alles belebt, die alles befreit.

Dieses erwachte Sehen gibt es, je nach seelischer Beschaffenheit, in vielerlei Nuancen und auf verschiedenen Ebenen. Es ist eine wundervolle Gabe, darin und daraus sich allgegenwärtige schöpferische Liebe offenbart. Im weiteren Evolutions-Verlauf wird diese Art der Wahrnehmung die Menschheit nahezu unmerklich überkommen. Sie eröffnet auch den Blick ins Jenseits, ist aber gewiss nicht Voraussetzung dafür.

* * *

In der zukünftigen Welt werden die Menschen zunehmend hellhöriger und hellsichtiger. Im Zusammenschluss der reinen Erdatmosphäre und der allgemeinen Vergeistigung können Gedankenformen und -bilder bereits vor ihrer wörtlichen oder tätlichen Offenbarung wahrgenommen werden (Telepathie). Zuerst geschieht dies intuitiv, später sieht und hört man bewusst mit den Organen des Geistes, wodurch man sich unmittelbar von Herz zu Herz unterhalten kann - eine Lautsprache ist nicht mehr unbedingt nötig.

Im Herzenswort ist weitaus mehr enthalten als in der formalen Entäußerung eines Gedankens, dem akustischen oder geschriebenen Wort, das erst im Zusammenschluss mit anderen Wörtern eine sinnvolle Offenbarung darstellt. Im göttlichen Bewusstsein beinhaltet und offenbart ein einziger Herzensgedanke ein komplettes Wissensgebiet, das von der Seele augenblicklich und vollständig erfasst wird. Hier gibt es kein zeitgebundenes Lernen, sondern unvergängliches Erleben.

Hier wird offenbar, dass jeder Gedanke in seinem Ursprung und Urgrund all seine zahllosen Gedankenkinder bereits enthält, und dass der Eröffnungsgedanke dieser Schöpfung, das "Es werde!" alle geistwesenhafte Existenz in Ewigkeit und Unendlichkeit in sich birgt - und dass dieses Wort Gottes in jedes Menschen Seelenherz als Quelle allen Lebens unzerstörbar enthalten ist.

Schließlich wird die Menschheit ihre körperlichen Grenzen überwinden. Das Wort Trennung, sei es räumlich oder zeitlich, ist nicht länger von Bedeutung, die Verbundenheit ist geistig universell. So beschaffen wird es der Erdbevölkerung möglich sein, geistpersönlich sowohl diesseitige als auch jenseitige Reisen zu unternehmen. Wobei diese eigentlich in den individuellen Seelenwelten stattfinden, denn der gesamte Kosmos, mit allem darin befindlichen Leben, ist in seiner geistigen Existenz in jedes Menschen unendlichem Bewusstseinsraum vorhanden.

Da sich das Seelenleben weitestgehend frei von materiellen Bindungen gestaltet, kann man zum Ende seiner irdischen Existenz seinen Körper bei Bewusstsein angst- und schmerzfrei ablegen.

Sterben hat nun die Bedeutung von Geburt in die Freiheit des Geistes. Der Verwesungsprozess des Leibes dauert nur noch kurz oder es gibt eine augenblickliche Auflösung desselben. Befinden sich in ihm noch Anteile der Seele, werden ihr diese in kürzester Zeit wieder zugeführt.

Es ist eine Welt ohne Leid und Schmerz, eine Welt voller Freude und Glückseligkeit. Endlose Zeiträume werden vergehen, die Menschheit dringt auf immer lichteren Erkenntnisebenen stetig tiefer ein in die göttlichen Schöpfungs- und Lebensgeheimnisse. Bewohner ferner Sterne kommen zu Besuch, Engel sind sichtbar anwesend, Gott besucht seine getreuen Kinder - der Gesamtorganismus Erde wird geadelt unter den Schritten seines Schöpfers und Erlösers Jesus Christus. Zuletzt senkt der Himmel sich zur Erde, sie wird zum Himmel umgestaltet. Das einst abgründig Tiefste wird zum Höchsten erhoben.

* * *

Schöpfungs- und Weltgeschichte sind von fundamentaler Bedeutung, sie sollen und müssen in Erinnerung bleiben. Dazu gehören auch die gewalttätigen Zustände der gottfernen Epoche vor der Neugestaltung der Erde. Neben der Menschwerdung Gottes in Jesus Christus, seiner Lehrzeit, Kreuzigung und Auferstehung nimmt vor allem seine jetzige Wiederkunft in der zukünftigen Geschichtsschreibung einen vorrangigen Platz ein.

Im voranschreitenden geistigen Wachstum vertieft man sich jedoch nicht nur in einzelne Geschehnisse, sondern betrachtet die Welt vom göttlichen Standpunkt aus und gewinnt dadurch ein völlig neues Verständnis von Zeit und Ewigkeit. Man wird gewahr, dass nicht nur der Raum, sondern auch die Zeit in sich unendlich ist. Man erkennt, dass die in Gegenwart und Gegenständlichkeit enthaltene Unendlichkeit in die universelle geistige Unendlichkeit mündet - ja, im Grunde mit ihr identisch ist. Man realisiert, dass jeder gegenwärtige Zeitpunkt ein Eingangstor zur Ewigkeit ist.

Der Mensch ist dann in der Lage, schier endlose Zeitdimensionen mit all ihren Inhalten komplex einzusehen. Wie eine Fotographie mit verschiedenen Personen und Umständen einen bildlichen Gesamteindruck vermittelt, so können dann zeitliche Abläufe zusammenfassend vergegenwärtigt werden; und dies nicht nur an ihrer Oberfläche, sondern fortschreitend in ihrer Geistestiefe. So erleuchtet schaut beziehungsweise erlebt man sowohl die Biographie dieser Erdenwelt als auch die Geschichte anderer Planeten und Gestirne des Universums.

In der Eingeburt in den Gottesgeist vergegenwärtigen sich schließlich Ewigkeiten - Äonen mit all ihren räumlichen und zeitlichen Abfolgen und Inhalten `verdichten´ sich zu augenblicklichen Bewusstseinselementen. Die Menschheit befindet sich jetzt zugleich außerhalb und innerhalb von Raum und Zeit, da sie deren Grenzen außer Kraft gesetzt hat. Sie weilt an der Quelle ewiger Gegenwart.

Was beinhaltet diese Erkenntnis? Ich wage es fast nicht auszusprechen, doch ist dies eine konsequente Schlussfolgerung: Ist jemand dergestalt vergöttlicht, dass er sich unabhängig von Raum und Zeit bewegt, begegnet er sich selbst in seinem vormals unvollkommenen Dasein und wirkt aus der zeitlosen Dimension in und mit Gott ein auf die eigene Entwicklung, auf das eigene Erwachen. Mit anderen Worten: In Gott eingeboren ist man mit Gott und gleichsam als Gott selbst der Geist im eigenen Herzen, der einen als freie Seele durchs Leben führt - und das seit Anbeginn der Schöpfung ... bis zur in alle Ewigkeit Bestand habenden geistigen Wiedergeburt. Hier schließt sich der Kreis von Werden und Sein. Und hier hat das menschliche Begriffsvermögen längst sein Ende gefunden.

* * *

Unsterblichkeit des Leibes

Je weiter die Entwicklung der Erdbevölkerung voranschreitet, desto älter werden die Menschen, sie erreichen dann nicht selten ein Alter von mehreren hundert Jahren. Hat eine Seele ihren Herzensgeist bleibend in sich aufgenommen und verwirklicht, durchdringt und vereinnahmt dieser auch den Körper. Sie bewohnt dann natürlicherweise bereits einen feinstofflicheren Leib. Die Intensität ihrer Vergeistigung richtet sich nach der dauerhaften Manifestation Gottes in ihr.

Ein vollständiges Eingehen in den göttlichen Geist kommt in den nächsten tausend Jahren eher selten zustande, jedoch wird es stets Personen geben, deren Seele und Körper angesichts ihrer uneingeschränkten Liebe zu Jesus Christus ganz von seinem Geist durchdrungen sind, und die folglich in ihrer Dreieinheit unsterblich sind.

In der kontinuierlichen Weiterentwicklung von Äon zu Äon werden immer mehr Menschen schon während ihrer irdischen Existenz durch und durch vergeistigt sein. Und unendlich weit in der Zeit, die dann nicht mehr so benannt wird, da Vergänglichkeit das Bewusstsein nicht länger beherrscht, werden viele Unsterbliche die Erde bewohnen - beziehungsweise leben sie zugleich in den zwei Welten Diesseits und Jenseits. Dann ist aber auch bald alle irdische Seelensubstanz erlöst. Die Menschheit geht in ihrer Gesamtheit endgültig ein in die Welt des Geistes.

* * *

Wie im Kleinen, so im Großen. Gleichwie der menschliche Leib zeitgebunden verwest, da mit ihm verschmolzene Seelenspezifika aufgrund materieller Lebensweise in oft langwierigen und mühsamen Prozessen freigesetzt und ihrer göttlichen Bestimmung wieder zugeführt werden müssen, wird einst auch der Erdkörper von seiner ihm innewohnenden Seelensubstanz befreit sein, da diese durch die Evolution Mineral-Pflanze-Tier-Mensch in den geistigen Zustand übergegangen ist, also alles der Erde angehörige und zugebrachte Seelenleben seine ewige Bestimmung erlangt hat. Nur das planetarische Grundgerüst hat materiellen Bestand.

Ist ein Stern oder Planet mitsamt all seinen Lebensprinzipien solchermaßen erlöst, bleibt seine geistige Essenz in Ewigkeit bestehen. Das zurückbleibende Materie-Skelett wird als gänzlich entseeltes Instrument von der Muttersonne verzehrt und augenblicklich aufgelöst.

Aufgrund des seit endlosen Zeitenläufen bestehenden Kosmos gibt es bereits unzählige derart vollkommene geistige Welten, unsichtbar für das menschliche Auge - und doch wirklicher als es Materie jemals sein kann. Es sind dies Wohnstätten von Geistern mit verschiedensten Bestimmungen. Das Ende des universellen Erlösungsprozesses ist erreicht, wenn alle materielle Schöpfung ins geistige Leben eingegangen sein wird.

Wann wird dies der Fall sein? Die Zeitspanne bis dahin zu ermessen ist dem Verstand nicht möglich. Allein der Gottesgeist als innerstes und umfassendes Lebensprinzip ist in der Lage, Raum und Zeit in solchen Dimensionen zu begreifen, eigentlich: Diese auszuschließen. Die Erde sowie alle anderen Welten des Universums bestehen also so lange fort, bis ihr seelisch-geistiger Erlösungsvorgang beendet ist.

Diese Tatsache eliminiert jeglichen Zufall. Nichts in Ewigkeit und Unendlichkeit geschieht ohne Gottes Willen und Zulassung. Die Furcht vor vermeintlich willkürlichen irdischen und kosmischen Katastrophen löst sich in dieser Erkenntnis auf und wird ersetzt durch Glaube und Vertrauen in die liebevolle Führung unseres himmlischen Vaters.

* * *

Zuletzt bleibt Freude

Es gibt kein Wort, das die Freude beschreibt, die das Volk der Erde in ferner Zukunft erfahren wird. Jede Seele ist erfüllt mit größtmöglicher Glückseligkeit gemäß ihres geistigen Potentials. Engelsgleiche Gotteskinder bewohnen die Erde, die, da sie sich mithilfe ihrer Bewohner dem Hemmschuh Materie entwunden hat, in ihrer geistigen Gestalt eingeht in die unvergängliche göttliche Freiheit und Wirklichkeit.

Nun befindet sich die Menschheit für immerdar in der geistigen Welt. Ich sehe sie ganz und gar erfüllt von Liebe zu Jesus Christus. Nichts kann diese Liebe mehr zerstören, ununterbrochen strömt sie und berührt sich selbst im Innersten allen Lebens, tragend jedes einzelne Bewusstsein zum Ursprung und Ziel aller Existenz, zum Herzen Gottes. Diese Quelle speist alles Dasein mit unerschöpflicher und mannigfaltigster Lebendigkeit. Die Unendlichkeit ist erfüllt mit den wunderbarsten Schöpfungen, welche die Kinder der Liebe tätigen an und in ihres himmlischen Vaters Herzen.

Doch das soll nur eine Vorschau sein. Jetzt gilt es, die Welt abzulegen und in den kommenden Geschehnissen der Liebe zu dienen. Unser Leben unserem himmlischen Vater zu schenken, auf dass er uns mit seinem Leben erfüllen kann - dafür sind wir hier.

* * *

Nachbetrachtung

An dieser Stelle möchte ich noch einmal klarstellen, dass die Erdbevölkerung nach ihrer Neugeburt nicht unvermittelt in eine immerwährend reibungslose und gradlinige Entwicklung eintreten wird. Ihre Zukunft teilt sich in zwei hauptsächliche Daseinsphasen:

Der erste kürzere Abschnitt von etwa 1000 Jahren entspricht in seiner Art und Weise des Menschen Kindheit, Pubertät und Jugend mit vereinzelten Problematiken, die sich je nach Gottesnähe mehr oder weniger herausfordernd darstellen. Er beinhaltet sinnbildlich die elterliche und schulische Erziehung sowie die Ausbildung bis zur Ausübung des erlernten Berufes, die mit fürsorglicher Liebe und göttlicher Weisheit vollbracht werden. In diesem Sinne werden sich die Jahrhunderte gestalten und es wird eine wahrhaft gesegnete Zeit.

Die Phase danach gleicht den verschiedenen Entwicklungsstadien erfüllten Erwachsenseins mit all den dazugehörigen Verantwortungen in Familie und Beruf. Die im Geiste Gottes lebenden Erdenbürger werden zur glückseligen Arbeiterschaft, um gefallenes Seelenleben in menschlicher Gestalt zu empfangen und in die geistige Heimat zu geleiten. Die Zeitdauer dieser Epoche kann man nicht ermessen.

Für die nächsten 1000 Jahre sind die hier beispielhaft dargestellten Bewusstseinszustände Möglichkeiten, sowohl individuell als auch kollektiv, die sich jeder Mensch gemäß seiner Glaubenstiefe und Lebensweise zu eigen machen kann. Angesichts der seelischen Herkunft und Ausrichtung werden das nicht alle gleichermaßen tun. Einerseits wird es immer die Herde Gottes geben, die das lichte Herz dieser Welt bildet, andererseits gibt es Geschwister, die sich im Geistigen etwas schwerer tun, da ihre Seelenkräfte sich mehr zur Materie hin neigen. Deshalb werden auch zukünftig Unterschiede in der Gottesverbundenheit und Nächstenliebe bestehen.

Erst nach diesem Millennium, also ab Beginn der geistigen Volljährigkeit, sind die göttlichen Attribute, von denen in diesem

Kapitel einige maßgebliche angeführt sind, praktisches Allgemeingut, die alle Menschen zu wahrhaftigen Kindern Gottes erheben. Diese Entwicklung findet kollektiv in der Vollkommenheit der Liebe statt, darin die Erdbevölkerung ihren Lebensinhalt in der Gemeinschaft mit Jesus Christus findet. Solch bestmöglicher Fortschritt kann und wird nur deshalb eintreten, da sie dem vorgegebenen Pfad ernsthaft und gewissenhaft folgt, in Demut und Hingabe die göttlichen Gnadengaben allzeit annimmt und tätig verwirklicht.

Gemäß der himmlischen Manifestation werden die seelischen Mängel kontinuierlich abnehmen, der Mensch wird als Aufnahmegefäß göttlicher Liebe und Weisheit stetig reiner und vollkommener. Schließlich geht das bislang auf materielle Gegenkräfte angewiesene Wachstum ein in unerschöpfliche Geistesgegenwärtigkeit. Fürsorglich und liebevoll wird Gottvater seine Kinder in alle Ewigkeit zunehmend mit seinem Leben erfüllen.

All die geistigen Gaben realisieren sich freilich auch ohne eine apokalyptische Erneuerung. Dies Geschehnis ist nicht Voraussetzung für die zukünftige Menschheitsentwicklung, sondern reinigende Notwendigkeit. Würde die Welt tatsächlich zur Besinnung kommen und sich von der sündhaften Lebensweise abkehren, würden sich die göttlichen Talente im weiteren Zeiten- und Ewigkeitsverlauf ebenso entfalten. Die Wandlung wäre sanft und frei von großer Not, auch ein mühsamer Wiederaufbau wäre nicht vonnöten. Statt einem operativen Eingriff würde eine natürliche Heilung erfolgen.

Und selbstverständlich kann jeder Mensch bereits in diesem seinem Erdendasein in seine Vollendung finden. Man muss nicht in einem fernen Zeitalter inkarniert sein, um eine in der Zukunft sich entfaltende Bewusstseinserweiterung zu erfahren. In der Liebe zum Vater ist Vollkommenheit immer gegenwärtig. Geht eine Seele ein in den Gottesgeist, steht ihr, gemäß ihrer Struktur und Aufnahmefähigkeit, das gesamte geistige Wachstum der Menschheit zur Verfügung - sie ist dann legitimer Bürger des Himmels. Was für ein wundervolles Geschenk!

Dann gibt es noch die Möglichkeit der Umkehr Satans. Ergibt er sich in seiner erneuten Freisetzung dem göttlichen Liebewillen, ist die Schöpfung augenblicklich frei von den Banden der Materie. Eine Heimkehr dieses gefallenen Geistes kann aber zu jeder Zeit und Ewigkeit stattfinden, denn seine Inhaftnahme bezieht sich nur auf seine böswillige Gesinnung. Wendet er sich vom Grunde aus zum Guten, ist er unmittelbar frei und steigt auf zu einstiger Größe. Jedoch nicht im Sinne äußerer Anbetungswürdigkeit, sondern in der demütigen Hingabe an den Geist der selbstlosen Liebe.

* * *

Gottes Armee

"Und ich hörte die Zahl derer, die versiegelt wurden: Hundertvierundvierzigtausend, die versiegelt waren aus allen Stämmen Israels."

Der Kampf zwischen Gut und Böse findet augenscheinlich in der materiellen Welt statt. Doch im Grunde sind die endzeitlichen Geschehnisse Entsprechungen geistiger Abläufe.

Das Auftreten der Armee Gottes setzt göttliche Kräfte frei. Diesen stehen die Mächte des antichristlichen Zeitgeistes gegenüber, der sich durch der Menschheit geistigen Tod zahlreiche Untertanen geschaffen hat. Ihnen ist Jesus Christus ein Ärgernis, das sie mit aller Macht bekämpfen.

Durch Meinungsmache in den Medien wird der Auftrag der Jünger Jesu nicht nur ins Lächerliche gezogen, sondern als geistige Verirrung dargestellt; in der Folge wird es eine allgemeine Abwertungs- und Aggressionswelle gegen die christliche Arbeiterschaft geben. Vor allem die Ankündigung eines leidvollen Gerichts bei Beibehaltung des gottlosen Treibens trägt zur allgemeinen Belustigung sowie Verspottung und Verleumdung der Gotteskinder bei. Die ihrem Vater treu bleiben und fest zu ihrem Glauben stehen, werden als religiöse Fanatiker zur Schau gestellt und in ihrer \`Intoleranz und Weltfremdheit´ öffentlich diffamiert. Ebenso stimmen die Oberhäupter der Kirche in ihrer zeitgeistlichen Anpassung, aber auch aus Furcht vor weiterem Machtverlust sowie Bekanntmachung ihrer antichristlichen Machenschaften \`aufklärend´ mit ein in die Abgesänge über die vermeintlich kranken und religiösem Wahn entsprungenen \`Weltuntergangsphantasien´.

Die körperlose Armee Satans besteht aus verstorbenen Seelen, die sich bereits zu Erdzeiten dem Bösen verschrieben hatten. Sie bedrängen und besetzen die verblendeten und lieblosen Menschen, so dass deren Verirrungen noch verstärkt werden. Die dem Guten und Wahren zugetan sind, werden von den dämonischen Kräften immer wieder vom geraden Weg abgedrängt und zu Fall gebracht. Vor allem hat es Satan abgesehen auf die in der Ausbildung befindlichen Soldaten der göttlichen Armee. Sie sollen um jeden Preis aus ihrer endzeitlichen Berufung gestoßen werden und sich wieder den vergänglichen Freuden der Welt zuwenden, auf dass sie nicht mehr zurück auf den vorgegebenen Pfad finden.

Doch der Vater hat vorgesorgt. Er wird Himmelstüren öffnen, die den dunklen Mächten nicht bekannt sind. Unter seiner Führung wird letztendlich eine Armee erstehen, erfüllt vom Heiligen Geist, ausgerüstet mit göttlicher Macht und Autorität. Diese Krieger Gottes bilden den Leib Christi auf Erden. Sie kämpfen ihren Kampf mit den Waffen der Liebe, der Wahrheit und der Gerechtigkeit.

In den geistigen Welten ist ein Heer von Engeln aufgezogen, um liebelichtvoll auf die Menschheit einzuwirken. Im Namen des Vaters nehmen sie Einfluss auf die Machenschaften der Finsternis; zudem stehen sie den Kindern Gottes bei, um sich vor den Nachstellungen und Verfolgungen fanatischer Gruppierungen und geheimdienstlicher Organisationen zu schützen. Über allem wacht Jesus Christus, der bereits bei und in seinen Kindern wohnt und ihnen im endzeitlichen Geschehen Halt und Kraft gibt. In seiner Liebe sind sie geborgen, ihr Leben haben sie in seine Hände befohlen.

Der Himmel, ja, alles erwachte Leben diesseits und jenseits blickt jetzt auf diese Erde und betet für die Menschheit - so wie es vor 2000 Jahren der Fall war, als Gott selbst in Jesus Christus menschliche Gestalt annahm, um durch sein Wirken aller Schöpfung den Weg in die Freiheit zu bahnen. Der alle Sünden der Welt auf sich nahm, um das einst und jetzt Gefallene zu befreien von Schuld und Sühne und ihm zu schenken Barmherzigkeit und unendliche Liebe.

* * *

Geistige Schau

Ich sehe Legionen von Dämonen über die Erde ziehen und höre ihr Rufen: *"Zerstören! Zerstören! Zerstören! Hass! Wir sind voller Hass! Alle sollen sterben! Wir wollen Tod! Tod! Tod! Unsere Nahrung ist die Energie der Aggression und kalten Wut, des Stolzes und des Hochmuts. Unsere Seelen kochen im Blut von Lust und Gewalt! So stürmen wir voran, Getriebene der Hölle - aber auch fein legen wir die Schlingen im Hinterhalt, um Gottes Kinder zu fangen, hahaha, Gott, der Idiot! Die Angst unserer Verlorenheit haben wir in den Abgründen unserer Seelen begraben, Lüge ist unser Herr und Meister geworden. Heil unserem König Satan! Hoch lebe er! Hoch! Hoch! Hoch!"*

So stehen sich die zwei Seiten gegenüber: Die Horden Satans und die Kinder Gottes. Doch auch wenn es so aussehen wird, dass die dunkle Seite die Oberhand behält, so steht der wahre Sieger schon fest:

Jesus Christus - Herr des Himmels und der Erde!

Vieles lässt er zu und lange sieht er zu, wie die Vasallen des Bösen Not und Tod über die Erde bringen. Doch mit einem Schlag wird er es beenden. Wenn das Elend am größten ist und die geistige Dunkelheit am dichtesten, wird er dem satanischen Treiben Einhalt gebieten. Sodann wird die Sonne der ewigen Liebe aufgehen in Glanz und Gloria. So wird es sein.

* * *

Ein Teil der göttlichen Armee ist bereits erwacht. Unerkannt von der Welt führen diese Menschen ein ganz `normales´ Dasein in den verschiedensten Verhältnissen, ohne jedoch sklavisch dem Irdischen anzuhangen. Manche sind einer Konfession zugehörig und besuchen Gottesdienste, andere leben freigeistig. Von Gott bevorzugte Glaubensgemeinschaften gibt es nicht, da nur die Liebe des Herzens zählt.

Noch haben nicht alle Kinder ihren Vater in Jesus Christus erkannt. Deshalb ist es notwendig, dass die christliche Wahrheit zunehmend Verbreitung findet, da die autorisierte Armee Gottes nur aus Aposteln Jesu Christi bestehen kann. Diese Aufgabe der Hinführung zum wahren Glauben übernehmen die bereits im Christus-Geist Erwachten. In demutsvoller Hingabe haben sie sich ausbilden lassen und ihr Leben ihrem himmlischen Vater anheim gegeben. In ihnen findet seine Wiederkunft bereits statt - sie betrachten das Weltgeschehen von göttlicher Warte aus.

In den letzten Tagen werden aus dieser Armee Verkünder mit scharfen Worten auftreten und die Völker vor dem kommenden Geschehen warnen. Schonungslos werden sie der Welt ihr gottloses Verhalten vor Augen halten und die Konsequenzen ihrer verkehrten Lebensweise aufzeigen. Wie einst Johannes der Täufer werden sie zur radikalen Umkehr, zu Reue und Buße aufrufen. Sie werden jedoch in der Öffentlichkeit keine Wunder wirken, was vielfach (spöttisch) verlangt wird, sondern die Seelen der Menschen allein durch das Wort Gottes berühren, auf dass Wille und Glaube frei bleiben. Die arge Welt wird sie daraufhin verlachen und verleumden, mitunter bedrohen und verfolgen. Doch die Soldaten Christi kennen nicht Furcht vor Hohn und Spott, vor Ächtung, Gefangenschaft und Tod. Als Apostel leben und sterben sie glückselig für ihren Herrn und Gott, ihren König und Vater in Jesus Christus.

Wohl denen, die sich nach der Botschaft richten und ihr Herz der göttlichen Liebe zuwenden, sie werden errettet. Wahrlich, wehe denen, die sich an den Verkündern des Gerichts vergreifen, sie bereiten sich mit ihrer boshaften Tat ein unglückseliges Schicksal!

Das öffentliche Auftreten der Boten Gottes ist ein Geschenk der barmherzigen Liebe - durch sie reicht der Vater seinen verlorenen Kindern seine rettende Hand. Bleibt man trotzdem im verkehrten Denken und Handeln, muss man fürderhin die Folgen des geistigen Todes tragen.

* * *

Alle Schöpfung erwartete diese Zeit der Wandlung und Befreiung. Göttliche Macht zentriert sich in diesem Hier und Jetzt, in diesem Kulminationspunkt existenzieller endzeitlicher Berufung. Darin und daraus ertönt der Ruf Jesu in den Herzen der geistigen Arbeiterschaft, zu erwachen aus dem Weltenschlaf.

Nicht mit lautem Geschrei erwachen sie, still und leise erstehen und erstarken sie, verteilt über die ganze Erde. Durch Zeit und Ewigkeit sind sie gegangen in der Vorbereitung für ihren Dienst in dieser Dekade der Erneuerung. Alles was sie benötigen haben sie mitgebracht. Es muss nur entdeckt und ergriffen werden, sodann durchdringen sie die göttlichen Waffen gemäß ihrer Hingabe.

Was vor nahezu 2000 Jahren geschah, geschieht wieder. Jesus Christus sammelt seine Apostel und Jünger um sich. Die Armee Gottes rüstet sich zum Kampf. Die geistige Sonne geht auf und erleuchtet ihre Seelen. Die Lichtträger entzünden ihre Herzensfackeln an Jesu Herzen. Schon verrichten sie ihre Arbeit im Gebet, im Kampf der Erweckung und der Hinführung zu Wahrheit und göttlicher Liebe.

Doch müssen alle, die berufen sind in dieser Armee zu dienen, zuvor in Gethsemane mit Satan ringen und sodann über Golgatha gehen, um dort in Gottes Gnaden ihren Tod zu überwinden. Dieser Tod des alten Menschen ist die göttliche Transformation, ist die Auferstehung des neuen Menschen, auf dass Jesus Christus leben kann in seinen Kindern. In und mit ihnen wird er über diese Erde wandeln und verkünden das Evangelium der Liebe und der Wahrheit. Und allen Menschen, die eines guten Willens sind, werden seine Worte zur Tür ins Himmelreich.

* * *

Geistige Schau

Der Erdboden ist voller Giftschlangen. Den Menschen erscheinen sie als `Süßigkeiten´, die Genuss und Vergnügen versprechen. Gierig greifen sie danach. Sie werden gebissen, ohne es in ihrer Tollheit und ihrem Übermut zu merken. Das Gift wirkt still und leise und macht sie zu Marionetten des geistigen Todes. Fast alle Kinder sind vergiftet.

Auf die Kämpfer der Armee Gottes hat es Satan besonders abgesehen und ein spezielles Gift für sie zubereitet. Doch will er nicht wahrhaben, dass eben dieses Gift zur Erreichung des Ziels der Jünger Christi wirksam ist, denn erst der Kampf mit den satanischen Gegenkräften ermöglicht ihnen die rasche Entbindung und Entfaltung ihres göttlichen Potenzials.

Nun ist die Zeit gekommen. Jesus Christus entgiftet die Seelen seiner gefallenen Kämpfer. Der Ruf erschallt: *"Seid ihr bereit?!"*

Der Vater kommt zu den seinen und hebt sie von der vergifteten Erde auf. Seine Liebe ist das Gegengift, so dass ihnen die Heimtücke der Schlange nichts mehr anhaben kann. Dann setzt der König seine Heerscharen wieder auf die Erde, vollmächtig und stark, angetan mit der Waffenrüstung Gottes:

"So steht nun, eure Lenden umgürtet mit Wahrheit, bekleidet mit dem Brustpanzer der Gerechtigkeit und beschuht an den Füßen mit der Bereitschaft zur Verkündigung des Evangeliums des Friedens! Bei alledem ergreift den Schild des Glaubens, mit dem ihr alle feurigen Pfeile des Bösen auslöschen könnt! Nehmt auch den Helm des Heils und das Schwert des Geistes, das ist Gottes Wort!"

Die Armee Gottes:

"Wo wir gehen und stehen ist Gottes Boden, denn wir stehen und gehen in und mit Gott. Wir sind der Welt entstorben und dadurch Kinder der Unsterblichkeit. Unsere Herzen sind gereift im Kampf mit den dunklen Mächten. Den alten Menschen haben wir überwunden in der Liebe zu unserem Vater in Jesus Christus, der das Herz ist unseres Leibes. Göttliches Leben hat sich aufgetan und ist zu unserem Eigentum geworden. Doch handeln wir zumeist nicht wie die Menschen es erwarten; viele von uns lassen sich erniedrigen und demütigen um der Liebe Willen, denn unergründlich und unfassbar sind der gefallenen Welt die Wege Gottes."

* * *

Die Armee Gottes bildet den Leib Jesu Christi. In göttlicher Einheit schreiten seine Apostel über die Erde. Sie sehen in die Seelen, erkennen der Menschen Zustand und Gesinnung und wissen entsprechend zu handeln. In ihnen wirkt mächt´ge Geisteskraft, doch allein ihres himmlischen Vaters Liebewille bestimmt ihr Sprechen und Walten. Lieber lassen sie ihre Körper töten, als dass sie ihre Macht missbrauchen.

In absehbarer Zeit wird der Leib Christi vollständig sein, kein Atom wird fehlen. Jeder Teil dieses Leibes hat eine andere Aufgabe, doch insgesamt ist es eine vollendete Einheit. Jetzt sehe ich: In jedem Christenherz schlägt noch einmal ein Herz, es ist das Herz des Vaters, das sowohl das Herz des ganzen Leibes ist als auch das Herz jeder einzelnen Seele. Dies bedingt ihre göttliche Eintracht. Gott hat sein Herz verschenkt an seine Kinder. O unsagbare Liebe!

* * *

Ruf an die Armee Gottes

Wenn ich das Gebet der Armee Gottes spreche, strömen aus meinem Herzzentrum Strahlen der Liebe. Damit verbinde ich mich mit allen Soldaten Christi - die mit eingeschlossen, die sich ihrer Aufgabe noch nicht bewusst sind. Diese Streitmacht bildet ein globales, ja universelles Netzwerk. Gemeinsam beten dann die diesseitigen Liebeskrieger, unterstützt von unzähligen Geistern in den lichten Welten bis in die höchsten Himmel, in Demut und Hingabe zu unserem Vater Jesus Christus die Worte, und es wird im Gebet ein Wort, welches das sichtbare und unsichtbare Universum erfüllt mit Liebe, Barmherzigkeit, Frieden und Heilung.

Im Chor spricht die Armee Gottes mit einer Stimme:

"Wir dienen der Liebe für das Reich Gottes auf Erden.
Wir sind bereit, täglich für unseren Vater und König zu leben
und zu sterben, auf dass wir in dieser Hingabe
wahre Apostel der Liebe werden!

So geloben wir Treue und Wahrhaftigkeit
mit jedem Herzschlag unseres Lebens
für Jesus Christus!"

Jeder Mensch, der sich in diesem Gebet findet, ist eingeladen, zur Armee Jesu Christi zu stoßen und selbst zu diesem Gebet zu werden. In der Einheit des Heiligen Geistes, im Namen der Liebe, im Herzen des Vaters.

Amen, in Jesu Namen, Amen.

* * *

Jesus Christus

Der Vater spricht

*"Gott spricht aus dem Innersten der Seele,
wenn diese schweigt."*

Ich schließe die Augen, überlasse mich vertrauensvoll der geistigen Welt und werde dabei von Gott angerührt. In dieser Berührung gleite ich in meinen endlosen Seelenraum. Darin sehe ich Ideen und Gedanken, an deren Wahrhaftigkeit und Liebe ich mich erfreue. Doch machen diese nur was ich will - sie sind gebunden an meinen Willen ...

Hier übernimmt der Vater und fährt fort:

"... Schon seit Ewigkeiten habe Ich Mich nach freien Gedankenkindern gesehnt, die in der Lage sind, Mich aus eigenem Antrieb zu lieben. In unzähligen Schöpfungen habe Ich dieses einmalige Abenteuer vorbereitet: Freie Götter neben Mir zu haben, Kinder Meiner Liebe, mit denen Ich in alle Ewigkeit Gemeinschaft haben werde. Nun ist es soweit, Ich eröffne diese einmalige Schöpfung und gebe Meinen Gedanken eigenes Leben, gebe ihnen Freiheit und Unabhängigkeit, auf dass sie sich selbst in Mir verwirklichen, ohne Zwang, ohne Bindung an Meinen Willen.

Doch was Ich vor Ewigkeiten kommen sah, bewahrheitet sich bald: In ihrer Eigenständigkeit entfernen sie sich von Mir, ihrem Schöpfer, ihrem eigentlichen Wesensgrund, ihrem Licht- und Wärmespender. Sie trennen sich von ihrer Quelle - und ihre Liebe versiegt in den kalten Räumen verlorener Demut.

Was werde Ich tun? Ich sehe ihr Unglück, sie verlieren ihre Vollkommenheit, sie verdunkeln und verhärten in ihrer geistigen Nacht! So erschafft Meine Barmherzigkeit ihnen einen Lebensraum gemäß ihres Zustandes und sendet Boten dorthin, die von Mir berichten. Doch nur die wenigsten Meiner gefallenen Kinder glauben ihnen und kehren zu Mir zurück, um neugeboren wieder in der Vollkommenheit Meiner Liebe zu leben, ihnen zur Freude und dadurch auch Mir.

O Ich bin so voller Liebe, ja, Ich bin die Liebe selbst. Ich nehme ihre Gestalt an, gehe hinein in ihre Dunkelheit, möchte ihnen helfen, ihnen den Weg zur Wahrheit und zum ewigen Leben zeigen, aber sie schlagen und bespucken, foltern und kreuzigen Mich.

Doch unsichtbar für die Menschheit erlöste Meine Liebe durch dieses Opfer alle Materie vom ewigen Gericht. Dadurch habe Ich aller gefallenen Schöpfung den Weg aus der Sünde gebahnt, und jede Seele kann diese Befreiung für sich in Anspruch nehmen. Dennoch beschreiten ihn nur die wenigsten.

So setze Ich ein Maß, wenn dieses voll ist von Sünden, werde Ich das blinde Treiben beenden und die Erde reinigen, auf dass wieder Friede herrsche und Licht und Liebe das Leben der Menschen sei. Und bis dahin ist Mein Herz weit geöffnet - und sollte auch nur ein Kind Mich in sich gewahren, so will Ich es um jeden Preis wieder zu Mir führen, denn Ich liebe jedes Einzelne so sehr wie alle zusammen.

O könnte Ich alle Meine Kinder schon jetzt umarmen, doch es darf nur in ihrem freiem Willen geschehen und nicht in Bestimmung, andernfalls war und ist dieser Weg umsonst und sie sind in ihrer Liebe wieder gesetzlich an Mich gebunden wie alle Meine bisherigen Schöpfungen. Denn Ich habe beschlossen, ihnen ihre Freiheit zu belassen, auf dass sie aus freien Stücken zu Mir zurückkehren und mit Mir und in Mir leben und lieben in alle Ewigkeit der Ewigkeiten. Doch ist es noch ein langer und beschwerlicher Weg, bis alle Meine Kinder vom Tode erlöst sind.

Nun habe Ich viele Boten auf die Erde gesandt, um mitzuteilen, dass Ich nicht mehr länger zusehen werde, denn das Maß der Leiden und Schmerzen, des abscheulichen Treibens und der namenlosen Sünden, die die Menschheit an sich ausübt, ist voll. Doch wie viele werden sich zu Mir wenden?

Seht, als Vater bin Ich auch traurig und möchte diese Not beenden. Meine Liebe erbarmt sich euer, die Liebe Meines Vaterherzens. Wahrlich, wäre Ich der Liebe nicht untertan, schon längst hätte Ich Mich abgewandt von euch in die tiefsten Tiefen Meiner unantastbaren Gottheit. Deshalb tötet die Liebe nicht in euch, tötet Mich nicht ganz in euch, dann kann Ich euch noch helfen. Außer Mir gibt es keinen der euch helfen könnte! Keinen! Ich bin der Einzige, ewig, ewig, ewig. Amen, Amen, Amen."

* * *

"Alle Wege führen zu Mir, auch die längsten. Doch Ich lasse Mein Licht leuchten auf dieser Erde so und so, und wer es erkennt und sich davon leiten lässt, erspart sich viele Tode. Wer an Mich hält, der geht den kürzesten und schmerzlosesten aller Wege. Und Ich komme ihm mehr als auf halbem Weg entgegen und nehme ihn in Meine Arme und führe ihn zu Mir nach Hause."

* * *

"Gib dich Mir zurück, denn du bist ein Teil Meines Herzens. Komm, Meine Liebe, komm! Ich rufe dich aufs Neue, kehre ein in dich. Hier warte Ich auf dich, hier wird das Tote lebendig, hier wird der Blinde sehend, der Taube hörend, der Stumme sprechend, der Lahme gehend. Hier, in der Stille und Tiefe deines Herzens, begegnen wir uns; du, der Erbärmliche, Ich, der Vollkommene - wann immer du willst."

* * *

"Ich bin jedem das, was er von Mir denkt oder wofür er Mich hält. Für Meine Geschöpfe bin Ich schicksalhafter Gott - für Meine Kinder bin Ich liebevoller Vater. Für den Ungläubigen bin Ich nicht existent, er allein verantwortet sein Leben, nur sein Dasein erhalte Ich. Für den im Glauben Verirrten bin Ich unergründliches Fatum oder unzugängliche Gottheit. Sein eigener Glaubenswahn ist der Abgrund zwischen Mir und ihm. Allein Meine Mich liebenden Kinder sehen Mich, wie Ich wirklich bin. Sie sind Träger der Liebe Meines Herzens, nur sie erkennen und offenbaren den wahrhaftigen Gott als ewig liebevollsten Vater. Ihr Leben liegt in Meiner Verantwortung, sie beschütze Ich mit Meinem Leben."

* * *

"Ich liebe es, Mich Meinen Kindern mitzuteilen. Ich tauche sie in Meinen Liebesstrom und verwandle sie in Liebe. Ich raube sie der Welt und nehme sie gefangen. Ihre Gegenwehr entwaffne Ich im Nahkampf mit einer zarten Berührung ihrer Herzen. Ihren Gehorsam erzwinge Ich mit der Sanftheit und Demut Meiner Stimme. Der Blick in Meine Augen macht sie gefügig und Mir ganz und gar ergeben. Einmal in Meinen Händen, gebe Ich sie nie mehr her.

Wendet sich eine Seele doch wieder von Mir ab, folge Ich ihr überallhin nach und weiche nicht mehr von ihrer Seite, auch wenn sie Mich verachtet und ignoriert. Und selbst wenn sie zurück in ihre Finsternis fällt und sich im ärgsten Weltentreiben wälzt, bleibe Ich bei ihr, denn Mein Name ist auch Treue und Beharrlichkeit.

Und so wie eine Seele Mir gehört nach unserer Vermählung, gehöre auch Ich ihr unabdingbar. Bei Mir gibt es keine Scheidung - Vergänglichkeit und Tod lasse Ich nicht zu. Ich bin unaufhörlich neu, bin unschuldigstes, reinstes Licht und lebendigstes Liebeleben.

Als Vater ist Mein Herz wie Wachs so weich. Jederzeit bin Ich bereit für Mein Kind zu sterben, auf dass es in Mir geboren werden kann. In der Liebe zu Meinen Kindern bin Ich grenzenlos. Kein Opfer ist Mir zu groß, denn auch in der Opferbereitschaft bin Ich unendlich.

Doch bin Ich keine blinde Liebe, sondern klarstes und allumfassendstes Sehen. Hier trage Ich den Namen Weisheit, und in Meinem Herzen paare Ich Mich mit Mir auf der Waage der Barmherzigkeit. Stets habe Ich in der Liebe mehr Gewicht, doch ein kleines gebe Ich in der Weisheit auch hinzu und Mein kleines Weisheitsgewicht schenkt dem Kind allezeit ein kleines Liebelichtkreuz, auf dass es sich wieder finde in Mir.

So nehmt diese Worte, Meine Kinder, und lasst sie tief sinken in eure Herzen, und lasst eure kleine Liebe dort verschmelzen mit der Liebe Meines göttlichen Vaterherzens. Amen, so spricht euer Vater Jesus."

* * *

"Bald ist es soweit. Bereitet euch auf das vor, was in Kürze geschehen wird. Wenn die Erde taumeln wird im Angesicht des endzeitlichen Geschehens bin Ich der Einzige, der euch Frieden und Geborgenheit geben kann. Kümmert euch nicht um den Zeitpunkt, wann etwas geschieht, sorgt euch allein um den Zustand eurer Herzen. Ihr werdet viele schreckliche Katastrophen kurz nacheinander erleben. Darin seid ihr nur bei Mir sicher. Ich bin alles, was ihr braucht. Bleibt allzeit in Meiner Gegenwart. Ich liebe euch."

* * *

"So spreche Ich zu Meinen Kindern:

Habt keine Angst. Wohl weiß Satan um die Geschehnisse dieser Zeit und es sieht wahrlich so aus, als ob ihm alle Menschen mehr oder weniger verfallen sind. Und doch habe Ich die Macht und die Möglichkeiten, ihm Meine Kinder zu entreißen und Meine Armee zu formieren. Auch wenn Satan vorgibt zu siegen, so weiß er doch insgeheim um den Ausgang der Schlacht.

Jawohl, eine Schlacht wird es werden, eine materielle und eine geistige Schlacht mit unzähligen Verwundeten und Toten. Noch niemals hat es dergleichen gegeben in der gesamten Schöpfung und wird es niemals wieder geben in Ewigkeit und Unendlichkeit. Meine Kinder werde Ich selbst führen durch diese Zeiten und keins soll Mir verloren gehen. Doch müsst ihr bei Mir bleiben, denn nur dann kann Ich mit Meiner Macht euch beistehen und euch behüten.

Und aus den Trümmern dieser Erde wird eine neue Erde entstehen. Und es wird eine Zeit sein, wie sie war einst im Paradies zu Zeiten der ersten Menschen. Und Friede wird sein unter Meinen Kindern ewiglich."

* * *

"An Meiner Seite sprecht ihr die Sprache Meines Herzens.
So lebt in Mir, Meine Kinder, atmet in Mir
und Mein Leben wird das eurige sein.
Und nie mehr wird die Dunkelheit die Oberhand gewinnen
und euch beherrschen, denn Ich bin das Licht,
das unzerstörbare und unbesiegbare Licht.
Wo Ich leuchte, muss alles Dunkel fliehen
oder sich Mir ergeben und selbst zu Licht werden in Mir.

So wird euer Tod zum Leben und eure Nacht zum Tag,
zum ewigen Tag des ewigen Lebens.
Darum zeigt Mir eure Treue, Meine Kinder,
öffnet Mir euer Herz und lasst Mich geboren sein in euch,
auf dass Meine Göttlichkeit euch durchdringt
und ihr wahrhaft heißen könnt Söhne und Töchter Gottes.

Denn Meine Freude ist die unbezwingbare Treue Meiner Kinder;
ihr festestes Vertrauen in Meine Liebe und Fürsorge
macht die Finsternis verstummen, und murrend abziehen
die Störer und Zerstörer Meiner väterlichen Pläne.

Meinen Feinden bin ich allmächtiger Gott,
Meinen treuen Brautherzen aber bin Ich göttlicher Bräutigam.
So kommet an Meine Brust geschwind, Meine Kinder,
und erlebet an Meinem Herzen die göttliche Liebe,
die euch durchdringt mit Meinem Leben.

Erstarket in Mir und alles, höret, alles ist gut!"

* * *

"Schon läuten die Glocken

Macht euch bereit, Meine Lieblinge,
schon läuten die Glocken zur Messe!
Zum Bersten gefüllt sind die Dome der Zeit
mit den Tränen der Hoffnungslosigkeit,
verlangend nach dem mit der Wahrheit gebackenen Brot,
verlangend nach dem in der Liebe gekelterten Wein.

Drängt euch ruhig vor, Meine Kinder, denn groß ist die Not,
noch früher als ihr denkt öffnet sich das Himmelstor
und ihr werdet eurer wahren Bestimmung übergeben,
ihr Boten der Liebe der Ewigkeit, ihr Kinder von göttlichem Leben.

Hört ihr läuten die Glocken?
So durchdringend war ihr Hallen noch nie!
Das Zeichen, euch, Meine Kinder, ins Erwachen zu locken
mit den Klängen der engelischen Harmonie.
Macht euch bereit, ihr Kinder und Künder der Liebe,
es läuten die himmlischen Glocken zum Sturm auf die Weltenbastille!

Morgen schon sollt ihr Söhne und Töchter der Freiheit sein,
entschlüpft dem Kokon der Vergänglichkeit.
Entfaltet schon eure leuchtenden Kleider, zu erhellen die Nacht,
zeigt der Welt eure himmlische Farbenpracht!
Dieser grauen Welt der verlorenen Poesie,
dieser toten Welt, gestorben in ihrer verirrten Phantasie.

O ihr Meine Treuen, Meine Kinder, Mein Leben,
alles was Mein Ich nenn hab Ich euch gegeben!
Nun macht euch bereit, denn schnell rennt die Zeit!
Nehmt schon die Körbe mit Brot,
nehmt schon die Kelche mit dem Wein,
denn Ich gebe ein Fest der Erlösung vom Tod
und es soll nimmer zu Ende sein, bis alles befreit!

Macht euch bereit!"

* * *

Nachworte

Aufgrund der derzeit gegebenen weltpolitischen Situation kann einer der größenwahnsinnigen und machtgierigen Staatsoberhäupter jederzeit einen Weltenbrand entfachen. Auch deuten einige Prophetien darauf hin, dass das apokalyptische Geschehen bereits in den nächsten Jahren stattfindet - doch es ist noch nicht soweit. Der Vater gibt Aufschub, auf dass seine Kinder Zeit zum Erwachen haben; denn noch sind viele am Ringen, um ihr Lebensziel zu erreichen und/oder ihre endzeitliche Berufung zu verwirklichen.

Die weltweiten politischen, wirtschaftlichen und religiösen Turbulenzen mit Teuerung, Attentaten, Kriegswirren, Völkerwanderungen und christlicher Unterwanderung werden weiter andauern. Auch die Naturkatastrophen werden uns bis ins letzte Geschehen begleiten. Zwischendurch kommt es immer wieder zu globalen Entspannungsphasen - die Pausen zwischen den Wehen.

Nach jetzigem Stand (2019) wird der Erde Neugeburt in der zweiten Hälfte der nächsten Dekade, also noch vor 2030, erfolgen. Den genauen Zeitpunkt kennt jedoch nur der Vater - und die Kinder, denen er es offenbart. Man sollte aber so leben, dass man allzeit bereit ist für den Jüngsten Tag, der sowohl jedes Menschen Todestag ist als auch der Tag des Weltgerichts.

Bis dahin werden fortwährend Botschafter und Propheten von Gott erweckt, um auf das kommende Geschehen hinzuweisen und damit den Völkern die Möglichkeit zur Einsicht und Umkehr zu geben. Auch andere Boten rütteln auf und bringen so manchen zur Besinnung: Armut bewahrt vor Hochmut und Konsumzwang, Krankheiten verhüten bisweilen den geistigen Tod der Seele. Der unausweichliche Tod des Körpers zeigt uns irdische Vergänglichkeit und schenkt das Bedürfnis nach einem tieferen Lebenssinn.

In den lichten Sphären herrscht bereits reges Treiben zur Vorbereitung auf das große Ereignis. Wenn es schließlich soweit ist, werden Mutter Erde und ihre Kinder stöhnen und wehklagen in den

Schmerzen ihrer Neugeburt. Doch alsdann werden sie voller Zuversicht und Freude ins neue Zeitalter hinein schreiten.

* * *

Es ist nicht immer leicht, die richtigen Worte zu finden, um Geistesleben verständlich und plausibel darzulegen. Kannst und willst du den Worten Glauben schenken, die dein Leben von Grund auf verändern können? Hast du Vertrauen, dich zu öffnen, um dich erfüllen zu lassen vom Geist dieses Buches? Bist du in der Lage, Notwendigkeit und Bedeutung einer Welterneuerung nachzuvollziehen?

An dieser Stelle gehe ich nochmal kurz auf einige Themen ein:

Nicht alle Christen beschreiten einen extremen Glaubensweg. Jede und jeder Berufene muss seine/ihre Bestimmung selbst in sich erspüren und sich sodann fragen, ob er oder sie bereit ist, den erforderlichen Pfad zu begehen, um den gebotenen Gipfel zu erreichen. All jene Geschwister, die anhaltend an sich zweifeln, da sie in der werktätigen Umsetzung ihres Glaubens immer wieder Rückschläge erleiden, ermuntere ich in den folgenden Zeilen, nicht nachzulassen im Kampf um die Realisierung ihrer gottgegebenen Identität:

Seit meinem Erwachen habe ich große Gnaden erfahren dürfen: Die Erkenntnis meiner vorgeburtlichen Herkunft und das Erleben seelischer Unsterblichkeit; die Eröffnung geistigen Hörens und Sehens, was den Kontakt mit Geistern sowie den Einblick in deren Sphären ermöglicht; die Schau in Vergangenheit und Zukunft sowohl einzelner Seelen als auch der Menschheit insgesamt; den Blick in den Himmel und das Erfahren dortiger Zustände durch die Berührungen des göttlichen Vaterherzens.

Trotzdem gibt es immer wieder Phasen, in denen ich Gottes Gnade mit Füßen trete und mich entgegen aller Warnungen der mir zur Seite gestellten jenseitigen Betreuer lieber im Land sinnlicher Begierden herumtreibe, wobei ich mich jedes Mal eigenwillig von der mir angetragenen Bestimmung entferne. Selbstvorwürfe und Selbstzweifel ob meines unsäglichen Verhaltens sind ständige Begleiter. Niemand weiß von diesen extremen Zuständen und Kämpfen, denn ich möchte mein irdisches Umfeld nicht mit meiner Zerrissenheit belasten. In der himmlischen Welt jedoch ist jedes Menschen Befindlichkeit offenbar - hier wird viel für die in der Materie sich mühenden Geschwister gebetet und Beistand geleistet. Die Geduld der uns unterstützenden Geister ist wahrlich bewundernswert. Da der Vater niemals ein Kind aufgibt, ringen und kämpfen auch sie duldsam und beharrlich um das Erwachen einer jeden Seele.

So lebe ich einerseits mit unbeschreiblichen Glückseligkeitszuständen, und andererseits im dunklen Dschungel meiner gefallenen Menschlichkeit. Warum bin ich noch auf diesem Weg und werde ihn in Gottes Gnaden auch vollenden dürfen? Ich habe nie aufgegeben. Ich bin tausendmal gefallen und genau so oft, von oben bis unten mit Weltendreck beschmiert, wieder aufgestanden und zum Herzen Gottes gegangen - nein: gekrochen. Hier hat der Vater mich jedes Mal liebevoll gereinigt, aufgerichtet und wieder in die Welt zurückgesandt.

In den Phasen, in denen ich mich aufgrund meiner unablässigen Sündhaftigkeit ganz von ihm abgewendet habe, hat er mich erst recht nicht gelassen und betaute meine zerschundene Seele mit dem Balsam seiner geduldig-barmherzigen Liebe, wodurch ich ihn erst wahrhaft erkennen durfte. Die Einsicht in Gottes Herz ist der Schlüssel zur Erlösung aus den Fängen des geistigen Todes. Und somit der Schlüssel zu allem.

Liebe Geschwister, niemand wird vom Vater angerührt, wenn sein Weg nicht bereitet und die Möglichkeit des Erreichens des Ziels gegeben ist. Auf diesem Pfad hat jeder Mensch eine ganz persönliche Entwicklung und somit eine ganz individuelle Not, darin sich ein eigenes Kämpfen ereignet, welches wiederum ein charakterspezifisches Erwachen bedingt.

Gottes Herz ist immer und überall geöffnet, so ist er in der Lage, seinem Kind jederzeit und an jedem Ort zu begegnen, es zu trösten und ihm seine Zuneigung zu offenbaren. Verzagen ist keine Option. Und die Hoffnung auf des Vaters Beistand und Liebe zu verlieren ist der Sieg der Dunkelheit. Letztendlich sind nicht Traurigkeit, Mut- und Hoffnungslosigkeit des himmlischen Vaters Vermächtnis, sondern göttliche Freude und hingebungsvolle Schaffenskraft.

Womöglich stellt sich bei dem einen oder anderen die Frage, ob ich mir wirklich sicher bin, dass alles der Wahrheit entspricht, was ich von mir gebe. Bin ich vielleicht ein Anhänger der Verschwörungstheorien, die ich in religiöses Gewand kleide? Oder ist die hier dargestellte Neugeburt der Welt gar ein von angelesener Prophetie verursachtes Erzeugnis aus meinem Unterbewusstsein, begleitet von spirituellem Geltungs- und Größenwahn? Wenn dem so wäre, entsprängen die Darstellungen dieses Buches meinen eigenen Vorstellungen und Wünschen und könnten sich somit mitnichten in einen Wahrheitsanspruch stellen.

Im Angesicht Gottes bezeuge ich: Die vorliegenden Offenbarungen entstammen nicht meiner Phantasie, sie kamen allein aufgrund meiner endzeitlichen Berufung zustande. Jesus Christus hat mich aus dem Weltenwahn erweckt und ins geistige Leben einberufen, um ihm in der Phase der Wandlung zu dienen. In seinem Gnadenlicht habe ich Einsicht in die tatsächlichen Verhältnisse des Diesseits und des Jenseits, in seinem Licht öffnen sich die Botschaften der geistigen Welt, in seinem Licht erwächst prophetisches Schauen.

Irdische Vorteile als Diener Gottes habe ich sicher nicht. Im Gegenteil: Ich halte der Welt den Spiegel der Wahrheit vor Augen, das ist ihr mehr als unangenehm. In der schonungslosen Darstellung ihres geistigen Todes sowie der Offenlegung satanischen Treibens in staatlichen, kirchlichen und wirtschaftlichen Institutionen mache ich mir nicht viele Freunde. Die Darlegung, dass diese Erde eigentlich eine Schule zur Erlangung der Gotteskindschaft ist und kein Vergnügungspark, wird in der Öffentlichkeit ebenfalls wenig

Anklang finden. Vor allem die Ankündigung des Weltengerichts wird Ablehnung und Spott hervorrufen.

Anhänger der Esoterik und fernöstlicher Glaubenslehren werden ihre Freiheit gefährdet sehen – im Fahrwasser zeitgeistiger Spiritualität werden sie mir religiösen Fanatismus unterstellen. Geistigen Grenzgängern wird aufstoßen, dass Gott hier als universelles Allheilmittel dargestellt wird und - dass Jesus Christus Gott ist. Dies sind jedoch die fundamentalen Aussagen dieser Schrift. Andere werden sagen: "Das ist ja zum Teil wirklich interessant und beeindruckend was hier steht, dieses Buch hat mein Bewusstsein tatsächlich erleuchtet; doch was das Jüngste Gericht betrifft, da ist der Autor wohl etwas übers Ziel hinaus geschossen!"

Ja, das wär′ mir auch recht. Aufgrund des derzeitigen Zustandes der Welt ist das aber offensichtlich nicht der Fall. Als Überbringer einer gerichtlichen Warnung erfülle ich einen göttlichen Auftrag und unterstehe somit Gottes Wort und Willen. Mit Gott ist nicht zu spaßen - sein heiliger Wille ist allesdurchdringende Gesetzmäßigkeit dieser Schöpfung. Allein die Vaterliebe in Jesus Christus nimmt das Menschenkind aus dem Gesetz und stellt es unter Schutz und Schirm göttlicher Gnade und Barmherzigkeit. Darin sehe ich ein winziges Fünklein Hoffnung lodern, dass das kommende Geschehen abgemildert, ja abgewendet werden kann. Denn wie schon erwähnt: Man darf nicht außer Acht lassen, dass sich eine Prophezeiung stets gemäß individueller und allgemeiner Verhaltensweisen erfüllt.

Wie ebenfalls bereits ausgeführt, können göttliche Offenbarungen allein getreu der Seelenstruktur und geistigen Verfassung des Mittlers veranschaulicht werden. Auch können materiellem Verständnis geistige Verhältnisse oft nur eingeschränkt vermittelt werden, denn die Herzensimpulse beinhalten übersinnliche, in sich unendliche Bewusstseinslandschaften, die erst ins vom Verstand begreifbare Sinnenhafte gezeichnet werden müssen. Das kann bisweilen zu scheinbaren Ungereimtheiten führen, das Nachsinnen darüber jedoch bewegt den Gottesgeist im Herzen, was von unschätzbarem

Wert ist. Im weiteren Erwachen (er)klärt sich alles vermeintlich Widersprüchliche von selbst.

Hinzuzufügen wäre noch, dass dieses Buch in keinster Weise Anspruch auf Vollständigkeit erhebt. Wer tiefere und umfassendere Einblicke in Gottes Haushaltung und in das irdische Lehramt Jesu Christi tätigen möchte, dem sei das Werk Jakob Lorbers empfohlen. Der Vater schenkte der Menschheit durch diesen unbekannten Propheten den größten geistigen Schatz, der der Welt jemals in schriftlicher Form dargebracht wurde.

* * *

Abschließend eine Vision, darin ich meine mutmaßliche Zukunft schaute. Sie schließt den Kreis dieses Buches. Ob es tatsächlich so eintreffen wird, ist von verschiedenen Faktoren abhängig. Eine Bestimmung dafür gibt es nicht, jedoch eine Zulassung - wobei der Vater hier das letzte Wort hat:

Meine Zeit ist nahe der Erfüllung, in der Ferne sehe ich meinen gewaltsamen Tod. An jenem Tag werde ich zusammen mit Jesus die Sterbestunde erwarten. Ich sehe, wie ich von Gefolgsmännern des Antichristen ermordet werde, sehe, wie mein Körper im Schmerz sich krümmt und daraufhin leblos am Boden liegt, sehe, wie meine Seele diesen Tod freudig begrüßt. Mein Herz schlägt nicht mehr für drei Tage. Unterdessen wird Jesus Christus mit mir hinabsteigen in die Gründe und Abgründe meiner Seelenwelt zur Erlösung der dort noch herrschenden satanischen Gedankenmanifestationen. Währenddessen wird niemand meinen Leib berühren.

Daraufhin liegt es an mir, ob der Vater meinen Körper wieder belebt oder ob ich in der geistigen Heimat verbleibe. Die voraussichtliche Rückkehr in die diesseitige Welt, um hier als Arbeiter im Weinberg des Herrn nochmals eine kurze Zeit tätig zu sein, wird das größte Opfer meiner irdischen Existenz gewesen sein.

Mit oder ohne diesen gewalttätigen Akt endet meine Inkarnation in der ersten Hälfte des Jahres 2050. Danach wird mich kein Erdenkörper mehr bekleiden. Wie zahlreiche andere im Geiste Wiedergeborene werde ich dienend einwirken auf die Entwicklung der Menschheit bis zu ihrer einstigen Vollendung.

Mögen viele Seelen errettet werden und an der Seite unseres geliebten himmlischen Vaters hineingehen in die Zeit des wahren Glaubens und der Liebe. Dafür bete und dafür lebe ich.

Der allesdurchdringende Friede und die immerwährende Freude, deren Quell das Herz Jesu Christi ist, sei mit allen Menschen.

Amen, in Jesu Namen, Amen

* * *

"So schwer wie diesmal hatte ich es noch nie, da mir ein Mensch mit schwachem Fleisch und einer eigenwilligen Seele gegeben wurde. Doch werde ich tun, was ich tun muss, um meine Aufgabe zu erfüllen. Ich bedränge ihn gar sehr, dass er sich mehr bemüht, seine Lauheit und seinen Tod zu verlassen.

Die Seelen, die ich bisher bewohnte, waren allesamt gottesfürchtig von Kind an. Diesmal musste ich jedoch in einem gefallenen Engel Wohnung nehmen, einem Menschen, der tief im Erdenmorast gebunden ist, um der Symbolik der Erneuerung gerecht zu werden. So sandte Gott ein Kind seines Herzens auf die Erde, auf dass es falle in die Tiefen vielerlei materieller Süchte und Begierden. Darin erblindete es vollends in Angleichung an den Zustand der Welt.

Der Tod Samuels entspricht somit dem Tod der Erde, seine Geburt zum ewigen Leben ist Gleichnis der geistigen Auferstehung der gefallenen Welt nach den Tagen der Finsternis - in lebendiger Nachfolge von Tod und Auferstehung Jesu Christi. Sein weiterer Lebensweg an der Hand unseres himmlischen Vaters beinhaltet die endgültige Freisetzung und Verwirklichung der göttlichen Eigenschaften, die er bereits jetzt in sich sieht.

Dieses Menschen hier vorgestellte Zukunft geschieht jedoch allein gemäß seines Lebenswandels und der Hingabe an die göttliche Vorhersehung. Kann er sich nicht übereinstimmend mit und in des Vaters Liebewillen verwirklichen, wird sich sein Schicksal andersartig gestalten.

Dies sage ich, Geist des Elias, Diener der Liebe, Träger und Offenbarung der Wahrheit Jesu Christi. Wie vor 2000 Jahren gehe ich auch heute her vor dem Herrn, um seine Ankunft zu verkündigen."

* * *

Weitere Bücher von Samuel:

Die jenseitige Welt
Einblicke und Aufklärung
Auszüge aus dem Buch
`Ein Crash mit Höchstgeschwindigkeit
gegen eine Wand aus Licht und Liebe´
81 Seiten

Die Apokalypse und die Ewigkeit danach
Aufschlüsse und Einsichten
Auszüge aus dem Buch
`Ein Crash mit Höchstgeschwindigkeit
gegen eine Wand aus Licht und Liebe´
123 Seiten

In der Reihe `Poesie des Lebens´ sind erschienen:

Aus Seinen Augen trinken
Gedichte über Gott,
die Liebe und das Leben
57 Seiten

Herzenskinderaugen
Gedichte über Kinder,
die Liebe und das Leben
28 Seiten

Liebelichter
Gedichte über den Weg,
die Wahrheit und das Leben
53 Seiten

Das Buch von der Einheit des Geistes
Früchte vom Baum der Erkenntnis
Aphorismen
52 Seiten

Das Buch von der Wahrheit des Herzens
Wahrhaftige Gedichte
92 Seiten

Es hatte die Nacht ihre
Wunden schon verschlossen
Zukunftsweisende Gedichte
53 Seiten

* * *

Alle Bücher gibt es als Taschenbuch und eBook.

Die angegebenen Seitenzahlen beziehen sich auf die Printausgaben.

Die Taschenbücher sind bei amazon und unter www.samuel-surazal.de erhältlich.

Das Buch
`Ein Crash mit Höchstgeschwindigkeit
gegen eine Wand aus Licht und Liebe´
kann auch im
Lorber-Verlag und Turm-Verlag, Bietigheim-Bissingen,
www.turm-verlag.de / info@turm-verlag.de,
in der Edition AVRA bei BuchWerkstatt Berlin,
www.edition-avra.de
sowie in allen Buchhandlungen bestellt werden.
ISBN 978-3-946467-80-9

Kontakt bei Fragen oder für Mitteilungen:
info@samuel-surazal.com